MINGUO TONGSU XIAOSHUO
DIANCANG WENKU

奈何天

民国通俗小说典藏文库·顾明道卷

顾明道◎著

中国文史出版社

顾明道和他的小说（代序）

张赣生

在本世纪（指二十世纪）二十年代末，能与"南向北赵"并称的武侠小说作家只有顾明道。

顾明道（1897—1944），原名景程，江苏苏州人。他八岁丧父，自幼体弱，上学时膝部患骨结核（中医所谓骨痨）致残，行动依赖拄拐。他毕业于教会所办的振声中学，因学习成绩优秀，即留在该校任教，并受洗为基督教徒。1922年，范烟桥移居苏州，范氏在辛亥革命的时候就曾与友人组织"同南社"，诗酒唱和；这时又于七夕会同赵眠云、郑逸梅、顾明道等九人组织"星社"，以文会友。顾氏由此结识了一批文友，他一生的文学活动大体未超出这个小团体的范围。顾明道因一直希望医好腿疾，所以结婚较迟，抗战爆发后，他和母亲、妻子全家移居上海，苏州的家产毁于战火，从此落入贫病交加的处境中。他一生以教书为业，战前一直在苏州振声中学执教，迁居上海后一面写作，一面仍自办补习学校，招生授课，直至肺结核把他折磨得卧床不起才停办。病重时生活无着落，全靠朋友周济，终年只有四十八岁，身后凄凉。

了解了顾明道一生的经历，有助于我们客观地认识和评价他的小说。

从顾明道一生经历来看，腿残、留校执教、参加星社，这三件事深刻影响着他一生的文学事业。民国初年的上海，盛行哀情小说，即文学史上称之为"淫啼浪哭"的时期。1912年，徐枕亚的《玉梨魂》和吴双热的《孽冤镜》在《民权报》同时连载，随即又连载李定夷的《霣玉怨》，流风所被，一片哀音。顾明道就在这种风气的影响下，开始试

1

写小说，那时他只有十七岁，尚未成年。他的处女作是短篇言情小说，发表在高剑华主编的《眉语》月刊上，这是一份以知识妇女为读者对象的刊物，脂粉气很重，在该刊的创刊号上发表了一篇阐明办刊宗旨的《宣言》，其中说："花前扑蝶宜于春；槛畔招凉宜于夏；倚帷望月宜于秋；围炉品茗宜于冬。璇闺姐妹以职业之暇，聚钗光鬓影能及时行乐者，亦解人也。然而踏青纳凉赏月话雪，寂寂相对，是亦不可以无伴。本社乃集多数才媛，辑此杂志，而以许啸天君夫人高剑华女士主笔政。锦心绣口，句香意雅，虽曰游戏文章、荒唐演述，然谲谏微讽，潜移转化于消闲之余，亦未始无感化之功也。每当月子弯时，是本杂志诞生之期，爱名之曰《眉语》，亦雅人韵士花前月下之良伴也。"看了这篇《宣言》，读者当能了解此刊物的性质。顾明道在 1914 年左右开始写小说时，选中这样一个刊物投稿，也就表明顾氏本人的性格难免有些多愁善感的脂粉气。

我指出顾氏性格中的脂粉气，因为这决定着他文学作品的基调，丝毫也没有嘲讽顾氏之意，每个人都在一定的环境下养成他的性格，这没有什么可嘲讽的，我们要研究的只是事实。郑逸梅在《悼顾明道兄》一文中提到两件事，其一为："明道最初的作品，刊登在许啸天所辑的《眉语》杂志上，该杂志多载女作家的文字，他就化名梅倩女史，撰着短篇小说。有一位读者，是登徒子之流，写信追求他，缱绻缠绵，大有甘伺眼波之意。明道接到了信，大笑之下，用梅倩具名答复他。那个登徒子欣喜欲狂，寄给他一帧照片，请他交换'芳影'，并约他会晤某园。明道到这时，才用真姓名自行揭破。这一段趣史，明道时常讲给人听的。"其二为："《江上流莺》稿成，我曾为他写一小序，有云：'江山摇落，风雨鸡鸣，我侪丁斯乱世，应变无方，干禄乏术，臣朔饥欲死，乃不得不乞灵于不律，红茧缫愁，绿蕉写恨，借以博稿资而活妻孥。社友顾子明道固与予相怜同病者也。'明道读了，亦为之感喟百端，不能自己。"当时正值日寇侵华，人民生活困苦，对此局面"感喟百端"也是情理中的事，我们不必咬文嚼字，过分挑剔；但达到"不能自己"的程度，就难免少些丈夫气了。以上两件事都可证明顾氏确有些多愁善感的脂粉气。

2

顾明道养成这样一种性格，固然与前述民初上海文坛的时尚有关，在当时一些人的心目中，唯其如此才配称为"才子"，少了贾宝玉味道就被视为粗俗；但是就顾氏本身的内因而言，腿残对他心理上的影响，恐也不容忽视。肢体的残疾不仅影响着顾明道的性格，也限制着他的行动。郑逸梅《悼顾明道兄》一文说："这时他在吴门振声中学担任教务，因不良于行，往返不便，所以他住在校中。"顾氏是一位多半生未离他那中学小天地的人，缺少广泛的社会生活经历，在这方面，他既不能与同时的"南向北赵"相比，更不能与后来的"北派四大家"同日而语。对于这样一位学生出身，生活面狭窄，又多愁善感的作家来说，写言情小说自然是最方便的，他可以坐在家里凭自己的情感体验来打动读者，只要情感诚挚，哪怕写的只是他个人的小天地，也总会有其可取之处。但自向恺然《江湖奇侠传》引起轰动之后，报刊编者和出版商均热心于武侠一途，顾明道为适应这一潮流，便也改弦易辙，于 1923 年至 1924 年在《侦探世界》杂志发表武侠小说。1929 年，他由杭返苏，途经上海，与当时主编《新闻报》副刊《快活林》的星社文友严独鹤相会，恰逢《快活林》需要连载长篇武侠小说，严约顾撰写，这就促成了他一生的代表作《荒江女侠》的问世。

《荒江女侠》刊出后竟大受欢迎，同年冬，上海三星图书局向新闻报馆购买版权出版单行本，至 1930 年 8 月已翻印四版，1934 年 11 月更达到十四版，这在当时是很可观的销行数。可见其轰动的程度。由于此书畅销，顾氏也就续写下去，共出版了六集，并被友联公司改编为十三集连续影片，上海大舞台、更新舞台也改编为京剧连台本戏，风靡一时，大有凌驾《江湖奇侠传》之上的势头。这部小说之所以能取得如此出人意料的效果，今天的读者或许很难理解。当时最著名的武侠小说，是"南向北赵"的作品，向恺然连缀民间传说，自有其吸引人的一面，但却少了点爱情纠葛、哀感顽艳；赵焕亭的《奇侠精忠传》据说原有不少狎媟的描写，因而触犯禁例，出版时经过删削。顾明道于此际把武侠、恋爱、探险等成分捏在一起，就给读者一种新鲜感，满足了十里洋场那特定读者群追求新奇、热闹的要求，正如严独鹤在《荒江女侠序》中所说："以武侠为经，以儿女情事为纬，铁马金戈之中，时有脂香粉

3

腻之致，能使读者时时转换眼光，而不假非僻之途，不赘芜秽之词。是以爱读者驰函交誉。"

顾明道用以吸引读者的另一个办法是写"冒险"，他在谈及自己的作品时说："余喜作武侠而兼冒险体，以壮国人之气。曾在《侦探世界》中作《秘密之国》《海盗之王》《海岛鏖兵记》诸篇，皆写我国同胞冒险海洋之事，与外人坚拒，为祖国争光者。余又著有《金龙山下》一篇，可万余言，则完全为理想之武侠小说也，刊入《联益之友》旬刊中。又曾写《黄袍国王》长篇说部，记叙郑昭王暹罗之事，曾刊《大上海报》，后该报停版，余亦中止，他日拟出单行本以飨读者矣。又新著《龙山争王记》，则方刊于《湖心》周刊中，该刊为西湖小说研究社出版者也。襄年余为《新闻报·快活林》撰《荒江女侠》初续集，尚得读者欢迎，今由三星书局出单行本，三集亦在付梓中矣；又为《小日报》撰《海上英雄》初续集，则以郑成功起义海上之事为经，以海岛英雄为纬，以上两种皆由友联公司摄制影片。又尝作《草莽奇人传》，则以台湾之割让，与庚子之乱为背景也。"（转引自郑逸梅《悼顾明道兄》）所谓"冒险体"或"理想小说"，显然是接受了西方的小说观念，是指类似斯蒂文生《宝岛》或斯威夫特《格列佛游记》的体裁，譬如他所著的《怪侠》，写一个身负绝技的革命者，失败后率党徒逃亡海外，去非洲探险，与当地土著争斗，称雄异域，即是一例。

就顾氏的为人来说，他是一个正直、爱国的书生。"一·二八"日寇进犯上海，顾氏写了《国难家仇》《为谁牺牲》等小说，表示了他作为中国人的同仇敌忾之心。顾氏一生写过五十多部小说，以武侠和言情为主，也有社会、历史、侦探等作，他临终前，春明书店出版了他的最后一部作品《江南花雨》，这本小说具有自述的性质。

目　录

自　序

　　《奈何天》何为而作也？当数年前，余应《新闻报》馆之约，握管写此说部时，正值江南兵燹之后，经济衰少，农村歉荒，市廛凋敝，社会杌陧，一班少年彷徨于十字街头，出路狭隘，难展鹏程，其一种苦闷烦懑之状，耳闻目击，恧焉伤之，盖实有不能已于言者焉。

　　某生少年志高，头脑清新，学问亦有根底，尝从余学古文，既而研究社会学，思想转变，弃其向日之旧文艺，而有新信心，与社会奋斗。顾所如辄左，未得枝栖，遑论施展其所学乎？亦尝一度经余之介，供职某处，顾以新旧思想冲突，不满于当事者之所为，愤而辞职，人皆非之，而某生不顾也。又尝一度搁管城子，以从事于投稿生涯，然亦郁郁不得志，文坛上无籍籍名。其后又轰笔而欲投入政治舞台，初亦不过为一摇旗呐喊之小卒而已。

　　二十六年军兴以后，某生即束装遄赴故乡，至今闻尚置身于艰艰之中焉。其初余尝惜其才，恧其志，颇欲助其有成。然我一介穷儒，何能为力？心有所感，遂借其影事以为余之小说，亦所以为一班穷途偃蹇、怀才不遇、突围无力、有志难成之少年，作同情之呼吁耳！

　　"上有天堂，下有苏杭。"此俗谚也，然可以证明两地居民生活之优裕为何如。世代书香，簪缨门第，一班富豪大族，固甚伙颐。然时代之变迁，社会经济之影响，往日繁华之梦，岌岌有不能持续者，比比然也。"旧时王谢堂前燕，飞入寻常百姓家。"盛极而衰，难逃天演之例。故吾书中所述之陈家，足以代表一班富贵阶级之崩溃，实有其事，且亦

1

尝亲闻之也。杜少陵有《哀王孙》一诗，读之凄怆满怀，时至今日，彼金张门第中人，填身沟壑中者，亦复不少。大时代之动荡，适足以扫除此辈寄生之蠹。呜呼！其亦可以猛省矣！

小说虽空中楼阁，然言为心声，心有所感，乃有斯言，特不能平铺直叙，为新闻式之报告，以取厌于读者。故推衍之，排比之，连缀之，描摹之，以求其有结构而成一书。至于是否能尽艺术上之能事，余才短，不敢以此自满。窃恐雕虫小技，贻讥于大雅耳！唯敢为读者告，书中大我与玉雪，虽无其人，实有其影。即歌女阿梅，亦非尽子虚耳！读吾书者，其能由此而窥见社会之一隅乎？非所敢知已。

当拙作在《新闻报》排日刊登时，当有人致函于余，欲写大我于死地者，而亦有不忍煮鹤焚琴，冀玉雪于不死者。各人之观感不同，于此可见。特余以为圣人云："所恶有甚于死者。"玉雪至此地步，亦不得不死矣！临终前之忏悔，亦可洗其罪过，死后之玉雪，反较苟活人世为愈也。至于大我之坎坷不遇，身世可怜，世间固亦有侘傺以死，英才埋没者。然孟子曰："天将降大任于是人也，必先苦其心志，劳其筋骨，饿其体肤，空乏其身，行拂乱其所为，所以动心忍性，增益其所不能。"又曰："独孤臣孽子，其操心也危，其虑患也深，故达。"旨哉言乎？吾人虽有立志，然必先遇险阻艰难，奋其全力以克胜之，然后盘根错节，终底于成。故孟子又云："生于忧患而死于安乐。"然则向日之忧患，非玉成其人者乎？故大我之经历困难险厄，卒得脱颖而出者，此亦非偶然之事也。古人又云："天定固能胜人，人定亦能胜天。"西谚云："天助自助者。"有志之士可以兴矣！

今者国华影业公司已撮此书情节，摄为电影，而春明书店亦付梓出单行本，以飨读者。余为重校一过。心灵上不无有二种怅触。斗室孤灯，劳神苦虑，寄迹春申，条逾四年，身受目睹，何一非不如意事？然则余亦日处《奈何天》中耳！安得有一日否尽泰来、拨云翳而重臻佳境？则读吾书者其亦可以皆大欢喜也已！

中华民国三十年双十节后一日

吴门顾明道序于沪滨寄庐

第一回

明月清风何来妙侣
阳春白雪竟遇知音

　　天空中有一丝雨丝轻漾着的白云，淡妆素雅的月姊，泻下她皎洁的月光，照在这个幽静多美的湖上，变成一片银色。微风吹动了水面，又似一绺一绺的银鳞，此时西子正蒙着轻纱白衣，在这轻灵的夜色中，现出她美丽的面目来。露挹清辉，四野轻风，树分凉影波光泛滟，四面众山静绕，又如千百美人临镜梳头，别成奇观。平湖秋月前的两株老柳被烟月笼着，微黄的柳条，飘拂在水边，虽已不是张绪当年，风姿濯濯，而半老徐娘立在秋风里，尚有一些媚态。

　　树下站着一个少年，他头上尚覆着一顶草帽，月光下只露出了他脸的下半部，身上披着一件半新旧的白罗长衫，足下踏着一双白帆布的鞋子，反负着双手，仰首看着天上的素月，低头瞧着湖上的波光，远远睹着环绕湖上的青山，静静地隐着它们的影儿，好似都睡着了，又好似被拥抱在月姊的一双白臂膀中间了。耳边又听得背后草地里秋虫唧唧的声音，如泣如诉，如怨如慕，在那里奏着失恋的挽歌，或是唱着悲秋的曲调，一阵微微的秋风吹到他身上。

　　此时的他，正是静静地立着，被这月色波光沉浸着，醉了醉了。当着这个微妙清艳的夜景，他的一颗心也已如醉如痴地融化在西湖姊姊的怀中了，又好似他已跳出了本来的环境。在这个一刹那的环境中，享受着一种大自然的安慰，醉了醉了。可是这一阵微风吹来，虽然是微微的，而在夜间的湖上，正当新秋，已含着大大的凉意，所以他陡然觉得身上一凉，从沉醉中醒过来，看看自己身上满披着月光，一个瘦长的影儿倒映在右面地上，他口里不觉微吟道："百顷西湖一明月，此身已在广寒宫。"又自言自语地说道：

"今夜的月色好极了，我哪里能够长对着明月，长伴着这美丽的西子湖过此一生呢？恐怕这一刹那的享受也不能说是现实的。听到这凄凉的虫声，又将勾起我的万斛牢愁，自伤身世了。唉！天边的明月，湖上的清风，青的山，绿的水，你们是虽历数千百年而不知忧愁为何物的，你们都是金刚不坏之身，逍遥自由地度你们悠久的岁月。无奈人们血肉之躯，有灵感的机体，欧阳子所谓'百忧感其心，万事劳其形，有动乎中，必摇其精'。像我这样空度着逝水华年的宝贵光阴，一无所成，坐待老大，怎不能自叹自恨？"

他说到这里，草间的秋虫益发叫得响了，好似听了那少年的说话，深表同情，助他的叹息，因为它们的生命在秋风中也不过一刹那的时间就要过去的，哪得不竭力地鸣着呢？

在这个时候，烟月朦胧的湖上，远远地听得打桨的声音，有一只划子船很快地向这里摇来，一会儿已在岸边靠住。那少年见了，且立在树的阴面向船上看来，先听得有温柔的笑语声，接着便有两个女子从舟中走向这平台，革履叽咯的声音，两人已走到月光里。那少年瞧得亲切，见她们都不过在十七八岁年华，头上都是烫着头发。一个身穿一件青地银点的软绸旗袍，身上满是一点一点的小银圆，被月光映着，一亮一闪的，好似有千百个小圆圈在她的身上。袖子只有几寸长，露出了一双雪藕也似的粉臂，和她的同伴紧握着手。那一个身上穿的一件红色的绸旗袍，触目生缬。月光照在她们的脸庞上，都是纤细的蛾眉，流利的美目，红红的颊，薄薄的唇，更见得一样妍丽。不知谁家娇娃，月夜游湖到此，倒也是雅人清兴呢！

少年一声不响地在树下静窥着，她们起初好像并不觉得别有人在此赏月，所以嘻嘻哈哈地跳跶着，又好似童心未除的女孩子一般。一个红衣的仰头指着天空的明月道：

"前几天只是下雨，我们只好在校中闷读书，今晚秋月这样皎洁，还是第一次呢！若不是我约你出来游湖，哪得赏此美景？方才我们在三潭印月也遇见许多游人，可见得人家都有兴致呢！"

那青衣的说道：

"谢谢你。"

遂曼声唱起几句《月明之夜》的歌词来，声音清脆得很，如出谷雏莺一般，非常好听。那红衣的女子笑道：

"此间无人，我们舞一会儿吧！"

两人遂翩翩跹跹地舞起来。渐渐舞到柳树近处，那青衣的偶然回过头来，瞧见了那少年，好似石像一般地立在树后，不觉吃了一惊，连忙放下手来，忍不住对那红衣的笑道：

"你说这里无人，那边不是一个好好的人吗？"

红衣的跟手向树边瞧了一瞧，微微一笑，遂挽着青衣的手臂走到前面去了，走的时候低低地耳语着，不知说什么话。此时少年也只得将身子走动着，又立在一处望着湖，一会儿革履声响，那两人又走回来。红衣的且行且说道：

"我们摇进西泠桥去，到孤山去一游吧！这里太静寂了。"

红衣的答应一个好字，于是二人走下小艇，面对面地坐着，舟子将桨划开银色的水，水声汩汩地向西泠桥划去。"V"样的纹痕，像一把银色的剪斜曳着，剪碎了一片银光的水面。终于人舟俱杳，秋虫唧唧地兀自悲鸣着。

那少年沉静的心恰被那方才的一幕所打动，也像湖水一般地被剪开了。明月清波，小舟美人，多么勾人的诗思啊！他在水边徘徊了一番，有一点儿萤火飞来，飞得很低，在柳条上一碰便不见了。寒露滴在襟上，草地里的秋虫依旧唧唧地叫着，又觉得十分凄清，再也立不住了，遂叹了一声，慢慢地走出平湖秋月来。对面一条路可以走到孤山去的，但他却并不想去，正欲沿着原来的路走回去，忽听迎面来了一阵歌声，有胡琴拍板和着。在那秋风里听去，歌声虽然清婉，而总带些凄凉。他听得出这是卖歌的来了，因为每当夏日，夕阳西坠、晚风微吹的时候，街坊上常有这些卖歌的人，二三人为一组，拉着胡琴，唱着各种时调小曲，走东到西。有些人家在乘凉的当儿，没法消遣，遂唤那些卖歌的人给他们唱歌以为乐，每唱一支，所费至多一角小洋，价廉的五六个铜元也够了。那些卖歌的人大半是妇女，懂得十数支流行的歌曲，只要背得滚瓜烂熟就行了，这种可怜的生涯也是小家妇女不得已而做的。也有些落伍的坤伶、老去的娼妓，无路可走而出来卖唱，那么她们兼擅京剧，有个小折子，将她能唱的戏曲写在上面，任凭人家点唱的，不过这种生涯只盛于夏天的晚上。一到秋风起时，便少人顾问，虽然走在街头，唱破了喉咙，往往也不得一饱了。

那少年听了歌声，便立定在道边等候，不多时，歌声由远而近，她们已到了自己面前。月光下，瞧见一个十六七岁小姑娘，穿着一件白纱旗袍，衣襟上已有一个补洞，足上倒也穿着一双肉色的丝袜，黑纱的鞋子，手里拍着檀板，口里唱着《四季相思》的曲调，背后一个五十多岁的老妇，瞎了一只眼，驼着背，手里拉着胡琴，两个人一拉一唱地徐徐走着。见了那少年，小姑娘便立定了身子，向少年问道：

"先生可要我唱支歌？"

少年微笑着不答。老妇也凑过来说道：

"先生，你就点一支吧！我家阿梅的小调唱得很好听的。"

少年依旧不答。老妇又带着一种恳求的情态说道：

"先生，你就点一支试试可好？我们走了许多路，唱不到几支曲子呢！我们的价并不贵的，凭你先生高兴赏赐，绝不争多少的。"

那小姑娘也掠着头发说道：

"你就听一支吧！"

少年被她们缠住，又瞧着二人可怜的神气，遂道：

"也罢，你们到平湖秋月里面去，我来点几支听听也好。"

老妇与那小姑娘听了，面上方才有一些喜色，遂跟着那少年一直走到里面的平台上，就是方才少年独自赏月的地方。少年仍立在柳树下，老妇便问少年要听什么曲子，少年道：

"你们会唱什么就唱什么，只要拣好听的唱出来，省得我点。"

老妇就对小姑娘说道：

"你就唱一支《湘江郎》。"

胡琴和拍板一响，那小姑娘便曼声唱将起来，果然很是好听。《湘江郎》唱完，那姑娘接着又唱一支《哭沉香》，声调却又很凄楚，动人

4

哀思。老妇道：

"你不要唱悲哀的曲调，惹人不欢，你可唱一支《十二月花名》，很好听的。"

小姑娘答应了一声，又唱将起来。唱完了，少年却说道：

"这个却并无十分意思，我倒喜欢听悲哀的曲调，眼里洒些眼泪，心头倒反觉畅快的，你把悲哀的尽管唱出来。"

小姑娘道：

"先生是个斯文人，自然爱听上等些的歌曲。既是喜欢听悲哀的，待我再唱一支《妾薄命》吧！"

少年道好，于是小姑娘将檀板一拍，又唱着道：

> 灯光不到明，宠极心还变。
> 只此双蛾眉，依得几回盼。
> 看多自成故，未必真衰老。
> 譬彼自开花，不若初生草。

少年听了，不觉大奇，便走过去向小姑娘问道：

"这是古人袁宏道所做的《妾薄命》诗，你怎么能够懂得唱此呢？你们大概唱的都是民间流行的世俗之曲，哪得有此雅句悲调？"

小姑娘答道：

"先生说得不错，这种歌我们也难得唱的。因为我家东邻有一老先生，是个饱学的宿儒，他听了我的唱，说我所有的曲子太俗，他遂编了几支歌，叫我读熟了歌唱。文意十分艰深，我只能背字，他老先生虽然讲解给我听，我只能懂其大意。今晚遇见先生说喜欢听悲哀而文雅的曲调，所以我就唱给你听了。我听老先生又说什么阳春白雪，曲高和寡，一般人绝不会领悟的，果然外边听唱的人都不要听的，也不过唱得二三回。今晚先生却能懂得出处，先生的学问当然是很好的了。"

少年道：

"原来如此，那老先生也是难能可贵的，你能再唱一曲吗？"

小姑娘点点头叫老妇拉起胡琴，再唱一支《相思怨》道：

人道海水深，不抵相思半。

海水尚有涯，相思渺无畔。

携琴上高楼，楼虚月华满。

弹着相思曲，弦肠一时断。

小姑娘唱到"弹着相思曲，弦肠一时断"两句时，哀音缭绕，真有舞幽壑之潜蛟，泣孤舟之嫠妇的情况。少年听了，连声赞美道：

"妙极妙极！这种曲子真能感动人的心弦，值得一听的。"

老妇见少年如此满意，也欢喜道：

"人家的嗜好果然各有不同，譬如对于食物，大都喜欢吃甜的咸的，至于苦的酸的，却少人爱吃了。我们以为老先生代我编的曲子，没有人喜欢听的，却不料你这位先生这样爱听呢！可要再唱一支？"

少年摇摇手道：

"你们也辛苦了，适可而止，不必再唱。时已不早，我也要回去了。"

老妇道：

"先生，你说时候不早，但是我们却每夜要唱到一二点钟方才回家睡眠呢。"

少年道：

"这样你们太累了。"

老妇道：

"这叫作吃了这碗饭也没得法想，人虽累了，袋里的钱也多了，娘儿俩不愁衣食了。可是在这几天的晚上，天气大凉，我们的生意也大大减退，今晚唱得不过二三百文呢。"

少年听老妇说，频频点头，又问道：

"你们俩靠着卖歌度日子的吗？家中有没有别人？"

老妇答道：

"我们娘儿俩相依为生的，只因阿梅的父亲早已过世了，没有人养我们，不得已而如此。"

少年听了，点点头，又说道：

"但是这种卖唱的生涯，只好在于夏天，过下去便没得人请教了，你们又将何以为生呢？"

老妇道：

"本来我是代人家做针线的，后来坏了眼睛，不能做了。阿梅年纪又轻，小时候只读过二三年书，也没有学会什么女工。不瞒先生说，我自己以前本是出身在娼家的，懂得许多歌曲，还没有忘记，便一一教了阿梅。因为我自己年纪老了，喉音已不好听，遂伴着她到街坊上卖唱。且喜阿梅小妮子十分会唱，六七月里着实可以多赚几个钱，可是到了秋天，便渐渐不兴了，其他的日子我们粘制火柴匣子，将就度日。先生，现在的时世，生活费日高，我们娘儿俩没得人照应，只好这样过一天是一天了。"

阿梅在旁边说道：

"我情愿在家里粘火柴匣子的，出来卖唱的时候吃力得很，生意好时，喉咙也要唱得哑，舌上津液要干，而人家出了几个铜元，或是至多一角钱，却坐在那里听了，唱得好时也不过赞几声，唱得不好时又要说坏话。有一次城里的陈家太太和小姐喊我进去唱，点这样，点那样，足足唱了一个黄昏，母亲的袋中虽然多了钱，但是我的小性命几乎送去半条了。并且每晚要跑上许多路，回家时走得筋疲力尽，这种生涯不是很苦的吗？"

老妇叹了一口气道：

"不要说了，我们都是生就命苦的了，命该如此。一个人命好命坏是前世注定的，以前我也曾过着快乐的日子，就是你小时候，家中也是好好的，后来却贫穷了。因为你生的一年恰是属羊，人家说男子属羊，出门不带饭粮，女子属羊，败完家乡，现在不败母家，将来必败夫家。果然你出世以后，你父亲便犯罪吃官司，闹得产业也卖去了，接连他也生病故世了。"

那小姑娘听了，把嘴一噘，说道：

"母亲不要唠唠叨叨地多讲了，人家要听我们的歌唱，并不要听这些话。我是属羊的，害得一家完了，自己命苦，只好出来卖唱，这还有什么话说呢?"

她说时声音颤动,像要哭出来的样子。老妇又叹了一口气,便一声儿不响。少年遂说道:

"一个人生在世上,忧患多而安乐少,尤其是无产阶级,只好挺起身子去和环境奋斗。你们的身世固然是可怜的,须知天地间尽有不少畸零痛苦之人呢!"

说罢,便从身边摸出一个银币来,拈在手里,被月光映着,亮圆圆的。老妇张着一只独眼,也早瞧见了,知道少年要赏赐给她们的了,心里十分喜欢。阿梅唱了四支歌竟有整块的银洋到手,不是幸运吗?可那少年将银币拈在手里,还不赏赐,面上似乎露出踌躇的样子。因为他虽然从衣袋中拿了出来,觉得身边本来只有两块钱,是要预备去买双新鞋穿的,若是给了人家,自己的鞋子便买不成了。然而钱已拿了出来,不能不慷慨到底,所以就走过来,塞在小姑娘的手里说道:

"这一些给你买东西的,今晚时已不早,天气又凉,你们不如早些回家吧!"

小姑娘接了说道:

"谢谢你!"

接着微微一笑,这一笑便好似对于少年的报酬了。老妇见钱已到手,当然也谢了一声,便和小姑娘辞别了少年,走出平湖秋月去,少年也跟着走在后面。到得门外,老妇回头说道:

"请教先生尊姓?"

少年道:

"我姓李。"

老妇道:

"李先生,我们家里住在羊肉弄口一个小矮闼里,外边挂着卖眼药的大眼睛招牌,就是我们的同居,极容易认的,你有空时可来走走。如李先生这种温文尔雅的人,我们极愿意认识,不知李先生可能赏光?"

少年听了,略却沉吟了一下,答道:

"很好,我有暇当来看你们。"

于是老妇和小姑娘向孤山的路上走去,少年却立着不动。小姑娘走了一段路，回转头来，见那少年立在月光下，尚没有走，便高声说道：

"李先生，回府去吧！"

少年方才掉转身躯，向断桥那边走去。走得十数步路，听得那方面胡琴的声音又响起来，清脆的歌声又从晚风里播送出来，不过大家是背道而行的，歌声也就渐渐听不见了。

少年埋着头向前边走去。此时，月笼垂柳，湖上小艇时有往来，又有一辆辆的摩托卡照耀着光明的电灯，发出呜呜的喇叭声，从他的身旁疾驶而过。一切的一切，他似乎都不觉得，早走到了湖滨路，一簇簇的电炬照入他的眼帘，方知到了热闹之地。他的寓所也快近了，他见有些店家已在那里打烊，便加快脚步向前走，转下几个弯，已到了三元坊，一家很大的店肆门前。店门早已上了，他推开旁边一扇小门，里面电灯还亮着，一个学徒正趴在柜台上看杨家将，见少年进来，瞧了他一眼，略一点头，两眼依旧看到书上去。还有个管账的正在那里打算盘，见了少年，也不睬理。少年一直穿过了店堂，里面是个三楼三底的生宅，人家都早已睡了，回廊下竹榻上一个出店司务躺着，鼾声如雷。少年悄悄地走到后面左边一个耳房前，推开了门走进去，把电灯开亮。那间耳房是朝北的，有四扇玻璃窗，可是窗外的天井很小，室中陈设也粗陋得很，沿窗放着一张旧书桌，桌上堆满书籍和笔砚，杂乱无序。桌边一张藤椅上也堆了些报纸，旁边壁上挂着些黝黑的对联，放着几把不整齐的旧几椅。里面一张小床，张着一顶夏布帐子，帐顶里已补了几块，床上还摊着一条席和一条薄被。那盏电灯又不过是十支光，所以室中更见得惨淡了。

少年把窗开了一扇，脱下长衣，挂在壁上，走到书桌前，瞧瞧桌上放着的一只旧闹钟，可是短针还指着六点，原来早已停了。少年将藤椅上的报纸取在手中，凑到灯下翻了几过，因为日间他早已读过了，此刻也找不到什么有趣味的文字，只拿着那张副刊尽是凝神地瞧着，因为这报是本地新出的《西湖日报》，他新著一种长篇小说《襟上泪痕》在这几天已在这报的副刊上开始登载了。他每日接到报时，仔仔细细地至少要读上三四遍，觉得文笔尚没有错处，情节也很能引人入胜，比较已享盛名的小说家也没有什么逊色。他瞧到自己小说上的文字如有被手民误植的，他必一一检出，写了一纸勘误表，送到报馆里去，以便次日校正。又将自己的作品每日剪下，另外贴在一本白纸簿上，很是郑重其事的。此时，他又看了一会儿，取过剪刀和洋浆瓶，把花格子里的小说剪了下来，粘在他的簿子上，放到抽屉里去，早听得楼上大钟当当地敲了十二下，有一个妇人的声音在楼窗边，似乎同一人讲话道：

"今晚他为什么回来得这样迟？半夜三更兀自开亮了电灯，不知在那里做些什么事。一些吃饭本领也没有，却每天在那里搦着破扫帚也似的笔，写什么劳什子的字，忙得很。"

妇人的话还没有说完，又听一个男子声音接着说道：

"你不知道他在那里做小说，希望要做小说家啊！"

妇人又开口说道：

"什么小说家？三百六十行中无此一行，他做会了小说，能够赚钱吗？"

男子答道：

"你不识字不看报，自然不明白这事了。现在小说盛行，一般有名的小说家做一千字可有五六元的稿费，只要他能够每天做上二三千字，那么也有十几块钱到手了。其次的也有二三块钱一千字，每天写了二千字，也有四五元光景，所以一般喜欢弄笔的少年，东也投稿，西也投稿，希望要做一个小说家。他也是这样想，于是便用心做小说了。"

那妇人冷笑道：

"我看你要写一封信似乎也是非常困难的，至少要费两个钟头，好像细细地做文章，写上了大半张信笺，又把来团去了重新再写，总要写几遍方才写好，所以我叫你写信到母家去时，你左耽搁右推辞地不肯就写，现在要叫别人家每天写上二三千字，不要写得人头晕眼花筋疲力尽了吗？"

男子笑道：

"这叫作会者不难，难者不会，做了小说家岂有写不来之理？他别的本领没有，写字却很快的。"

妇人道：

"做了小说也须有人家要，方才可以得钱，像他这样年纪轻轻的，并非有名的小说家，他的小说也不知做得好不好，不见得有报馆书局要请教他的小说稿子啊！"

男子道：

"你不要小觑他，他学问是有些的。现在此地《西湖日报》上已登了他的小说了。"

妇人哼了一声道：

"他拿得到钱吗？今天恰才走上楼来向我借钱，说他的鞋子破了，要借两块钱去买鞋子。我本想不借给他的，借与他便是给了他，他将什么来还呢？但因一则他长久没有来向我开口了，二则你总是愿意帮助他的，横竖是你的钱，免得说我舅母气量太狭窄。"

男子笑道：

"你的度量确乎是宽大的，我看在自己妹妹的面上，当然只好留养他的。其实这一年来自己运道不好，做公债次次亏蚀，心里也烦恼得很。"

妇人道：

"所以家中用度一切都要俭省，方可以将这二三十年的老店支持得住，客堂里的电灯火我早已吩咐老司务关闭了，然而你不瞧见后面墙上的灯光吗？这小子房里的电灯火仍亮着呢！横竖多用了电，不要他出钱的，他就大开而特开了。本来在他房里是一只十六支光的灯泡，前天被我换上了一只十支光了，他总是开得很长久的。你前天说起你的朋友周先生要介绍他到一家人家去教读，这件事究竟能不能成功？倘然介绍成功，我们家里也好少一个吃饭的人了。"

男子回答道：

"大约可以成功的，不过迟早问题而已。"

说罢，又听得有一种哧哧的声音，鼻子里嗅到一种大烟的气味，楼上边不响了。少年咬着嘴唇，微微叹了一口气，懒懒地立起身来，将电灯熄了，走到床前，放下帐钩，裹了一条薄被而睡。刚想闭目入梦，谁料自己的头着到枕上，脑海里的思潮便涌将起来，想起方才在平湖秋月玩赏风景的时候，和此刻睡在狭隘的小室中，有如两般境界，究竟哪一个是现实，哪一个是幻觉呢？我将怎样解释我的人生观呢？又想到同是

11

人类，为何在这世界上有许多不平等的现象呢？即如自己在平湖秋月的一幕，已大有感触了。那个可怜的歌女阿梅不也是一个好女子吗？但是她的处境，她干的生活，和起初来游的青、红二女郎，已大不相同了。一边是学校里受教育，并且像些有产阶级人家的所谓千金小姐，一边却是蓬门荜户中的女儿，严重生活压迫着她，使她不得不忍着苦痛，出来干这不愿意做的生涯，这是什么缘故呢？是谁造成她们有这样高低的甘苦的歧别呢？即如我遭逢祸难，寄人篱下，也是不得已而如此，却受尽人家冷淡，忍着一肚皮的闷气，抑郁无聊地过日子。自己也不知道前途如何，孤苦伶仃，毫无援助，虽然丈夫贵自立，何必依赖他人？然我现在的时代，自立的本能还不够，学业半途中止，无力继续，而就想到社会上做事，不是像树上的果子没有熟，先要摘下来送到口里吃吗？唉！环境如此，我的志愿只是梦想着而不能实现了，我寄居在这里，舅父待我还好，而舅母却把我看作眼中钉一般，冷嘲热讽，无所不用其极。方才她在楼上不是又在我舅父面前说我的坏话吗？他们说的事我也希望周先生代我早日玉成，我就可以不再在这里吃他们的闲饭受人之气了。还有那些可恶的店友，他们知道我无家可归，托庇他人宇下，主妇冷淡我，他们也就狗眼看人低地不来理会我了。其实我仍旧是吃的舅父的饭，他们也是在此帮忙的，何必这样瞧不起人家呢？但是世态炎凉，人情皆然，这些人本来是小人，也怪他们不得，此后我只有奋起我的精神，去打破我的环境。古人说得好，"生于忧患而死于安乐"，又说"天将降大任于是人也，必先苦其心志，劳其筋骨，饿其体肤，空乏其身，行拂乱其所为"，又说"独孤臣孽子，其操心也危，其虑患也深，故达"，那么我虽受尽颠沛流离之苦，安知不是老天要造就我呢？他想到这里，似乎在空虚中找到了一些安慰，渐渐蒙眬睡去。

窗前的秋虫却在冷露如雨之下悲鸣个不住，那一种凄凉的秋声，使悲秋之士听了，自然要觉得回肠荡气，自伤迟暮了。

第二回

养晦乡间戎余重罹劫
寄人篱下岁暮更多愁

距离江西赣州府的东北面七八十里，天马山之南，有一个平乐堡，那里住有数百人家，大都是靠着农田畜牧为生的，风气淳朴，家给人足，也是个富饶的乡镇，一向安居乐业，太平无事，不知有刀兵之祸。虽然不能说是世外桃源，然而在这四郊多垒之秋，他那里总算乐土了。谁料这一年土匪为祸，窜扰赣南，到处都是匪军的踪迹，四处城乡大大的不安，有的全家到外省去避难，有的跟了土匪去铤而走险，所以平乐堡也变得风声鹤唳，一夕数惊。

其中有一家姓李的是堡中首富，先世在前清也曾做过显宦，现在弟兄三人，长名舍我，有三旬以外年纪，执掌家中田地产业，在堡中开了一爿米行和一家布店，持筹握算，十分勤劳。次名惟我，以前曾进过陆军学校，在直军中做过营长，后来奉直之役，直军大大失败，将士涣散，他在此次戎马余生，觉悟到军阀弄兵争地的错误，以为这真是亡国的厉阶，也就回转家乡，闭门养晦了。幼名大我，年纪还轻，自幼天性聪颖而诚厚，专心研究学术，好学不倦，现在南昌一个中学里读书，已在高中三年，快要毕业了。堡中一般里人，对于李家都十分敬重，堡中每有事情，必向李家人问讯，上半年也因时局不佳，各处伏莽为患，所以由李惟我发起，招募堡中少壮之徒，组织一个保卫团，用军法来训练，禀准了有司，出资领得数十支旧式的枪械，以及大刀长枪之类，借此可以保卫桑梓。李惟我便做了保卫团团长，但自己也花去了不少金钱，此刻闻得惊耗，连忙召集团员训话，叮嘱他们每日必要早操，不许托故不到，时常戒备着，以便一有风声，立刻可以聚集。又和一班父老商议，大家捐出些资财，把原来的堡墙重行修理一过，使得格外坚固，且添筑了一座碉楼。大家见土匪害怕，所以提心吊胆地严防着。

有一天，赣州失陷的消息传到，顿时惊慌起来，有些胆小的人要想逃避。但是李家的财产都在本地，而且不动产居多，舍我和惟我二人哪里肯委弃而去呢？惟我立即聚集团丁，加紧守堡，一边又差人出去到四乡乞援，以及往附近防军那里去报告，希望官兵到来，早日可将这赣州克复。谁知次日官军未到，而赣州方面已有数十匪军携着不整齐的枪械到平乐堡来骚扰，李惟我便率领团丁出堡迎战，那些匪军以为乡人可欺，没有知道这里保卫团都是学过军事训练的，所以交战不到两个钟头，匪军已被包围，杀得大败，擒斩二十余名，其余的都鼠窜而去。李惟我得了胜仗，吹着军号，收众回堡，舍我却并不因此而喜，以为土匪甚多，今天他们受了重创而去，明日必来报复的，想到各地所受屠戮的情形，令人不寒而栗，惟我以为事已如此，只有死力守御，所谓效死勿去。倘然官军前来收复赣州时，这里可以幸免了，夜间仍照常严密守备，没有睡眠，总算一夜平安过去。

次日下午，李惟我正在碉楼上，见派出去探听的人急匆匆地回来报告道，赣州匪党首领已派数百人杀向这里来了，惟我遂仍率众出战。离开平乐堡十里路有个山头，一边沿河，较为险要，就是昨日击败匪众之处，他就带了百五十名团丁前去拦截，两下里开起火来。匪党声势虽然浩大，而惟我等倚着地利之险，战至傍午，没有什么胜负。李惟我探得匪众已有一部分绕道渡河，将直趋堡垒，断绝他们的后路，恐防自己有失，便率团丁不得已退守堡墙。匪党已掩杀过来，将平乐堡团团围住，李惟我和团丁们在城上死守，漏夜赶紧打发人又去告急，但是到了明天，仍不见有救援到来，匪党却又增多了一支人马，自朝至暮向堡上猛攻，喊杀之声连天。李惟我虽然竭力死守，可是子弹已缺，木石亦尽，并且众寡之势不敌，所以第二天的夜里，平乐堡竟被匪众攻陷了，在噼啪的枪声中，顿时火光四起，哭声震耳。直到天明，平乐堡已成一片瓦砾场，乡人死伤大半，李惟我竟在堡门边，被匪众围住，拔短刀肉搏，力杀数人，死于乱军中，舍我却投河而死，李家的人一齐同归于尽。只有一个六十多岁的老家人，不知怎样地从虎口里逃生出来，一路逃到了南昌，找着了他的小主人大我，将家乡惨况报告一遍，大我悲痛印心，立即晕了过去，慌得老家人连忙掐人中，高声喊叫。隔了良久，方才苏醒，大哭不已，校中师长和同学闻了，也都不胜叹息。老家人遂和大我商量商量，觉得家破人亡，此后的生活怎样过去呢？照大我的志愿，本来想在这中学里毕业后便到北平去考清华大学，然后再预备出洋留学，求高深的学术，回来为国家社会做一些事业，拯救贫弱。现在平地罡风，吹断了他的志愿，心中哀痛之余，几乎愤不欲生，四顾茫茫，何处托足？一切都成泡影，怎样再能继续求学下去呢？老家人见小主踌躇不决，遂对他说道：

"据老奴的愚见，现在的情形，读书是不可能的事了，赶紧要想生活的方法，此处无枝可栖，将值隆冬，不能过去。想到亲戚中，唯有小主人的母舅徐守信在杭州开设一家皮货店，景况甚佳，虽然我家老太太已过世多年，两边好久不通音讯，似乎有些疏远了。然而你究竟是他家的甥儿，遭逢着这种大祸，无以为活而投奔他，料想他家必要设法相助的了。"

大我听说，他也没有别的法儿想，遂听了老家人的说话，决定预备到杭州去投奔他母舅。幸亏衣服大半尚留在校中，不愁无衣御寒，只是阮囊羞涩，缺乏盘缠，校中同学知道了，有几个和他感情好的，遂凑集了数十块钱，送给大我，以作旅费，大我也老实不客气地受了。于是，老家人伴着大我，即日动身，坐了轮船先到上海，然后再坐沪杭车到得杭州，老家人在路上受了风寒和困顿，旧疾复发，勉强支持。大我知道他的母舅一向在三元坊开设皮货店，店号徐永昌，住宅即在店内，所以他和老家人寻到徐永昌店里来。徐守信正在店里和账房先生谈话，大我上前去拜见，徐守信多年不见大我，几乎不认识了，大我便将家乡遭难，以及自己投奔到此的原因略告一遍。徐守信听了，不胜惊叹，又瞧那老人家满面病容，气喘得很，遂引二人到后面去见他的夫人丁氏和长子克明、小女克贞，因为大家关山遥隔，不是常聚在一起的，自然不十分亲热，况且大我的母亲又早已故世了，两家的情谊更是淡薄。但是，徐守信却瞧在亡姊的面上，二人既然家破人亡，穷极来奔，当然要招待下来的，遂收拾一间耳房，叫大我住下，那老家人夜间便和出店司务同住在店堂里。晚上，徐守信特地添了几样菜，请大我吃夜饭，详细问询，大我就将家乡的情形，匪党的势焰，很详细地再报告了一遍，且说自己在高中科快要毕业了，现在逢到了这个天外飞来的大祸，不能再在南昌读书，亲戚中在家乡的也都一齐受了祸殃，死的死，逃的逃，无处可问下落，只有舅父一家在杭，所以不得已而投奔这里来。要求舅父顾念他的困难，代他想法，使能继续求学，将来如有自立的本能，重振家业。徐守信答应他可以帮助，叫他安心住在这里，先不妨用心自修，待过了这残冬再进学校，大我听他母舅如此说，正使他感激涕零，以为从此鹪鹩可得一枝之栖了。因为路中很是辛苦，这一夜方得安心睡眠，所以睡得很是恬适。

次日起身，来见他母舅，刚想去看看老家人怎样了，只见出店司务慌慌张张地跑进来说道：

"老爷，少爷，那个老家人昨夜和我睡了，咳呛了一夜，喉咙里咕噜咕噜地都是痰，今天早晨我看看他面色不对，问他可要吃什么，他也摇摇头，并且爬不起身来。我因店门是要早开的，遂把他背到店堂间壁的小屋里，睡在板上，我看他情形大大不佳，所以来报知一声。"

徐守信闻言，便和大我跑到那间小屋里来瞧看。那间屋十分黑暗，本来是堆放旧物的，现在中间搁了一块板，板上躺着那个老家人，尽在那里不住地呛咳，一见二人到来，翻起眼睛向他们望了望，先对徐守信说道：

"舅老爷，我是带病护送我家小少爷来此的，我的疾是老病，现在喘得很急，恐怕不会好了。只是又要有累舅老爷，老奴是万分抱歉的，舅老爷慈悲为怀，请你赏赐一口薄棺把我收殓了，老奴来世当投身犬马，以报此德吧！"

又继续着声音对大我说道：

"小少爷，我要与你长别了，且喜你已有了安身之处，此后好好在此用功读书，将来莫忘舅老爷相助之恩，希望你有一朝发达的日子，使李家一脉得以永续，老奴死在地下，亦含笑了。"

说毕，痰往上涌，喘得更是厉害。徐守信双眉微皱，便叫出店司务去请一个医生来看看，给他服一帖药，看他可能挽回。他自己是有事的，就要出外，不能顾及了。李大我心中知道老家人难以救治，好生不忍，这天常在老家人身边看看他。那出店司务请了一个中医前来，开了一张药方，只说：

"此病已重，且吃了药试试，倘然没有转机，也不必再请我了。"

大我听了，又瞧这医生的神气是个白花郎中，料也没有什么能力的，只得听天由命吧！赎药煎药都是出店司务去干，果然吃了药后，毫无效验。到晚上这个老家人竟一命呜呼了，只有大我一人在旁哭了一场，他的舅母丁氏这天躲在楼上，始终没有下来。徐守信回家时，听说老家人已死，遂吩咐账房先生明天买一口棺材，把他收殓了，便扛到义冢上去葬了吧。

次日，账房先生如命照办，大我却痴痴地跟了扛棺的人，和出店司务一同送到那地方，且在埋葬之处做了一个标记，以便日后可以认识，又在那里哭泣一番，因为他觉得此后孤零零地再没有一个同乡亲近的人了。出店司务催着他回去，遂忍住眼泪，回到徐家，却听他的舅母在楼上说得很响地和他母舅理论，有几句听得很清楚的，乃是舅母在那里说，该是他们倒糟，一个老病垂死的人走到他们门上来，死不但花去了钱，而且是不祥的事，要大我代他家斋太平。徐守信却劝她不要疑忌，人家也是不得已而如此，自己买一串鞭炮放放便好了。大我听得，自己也觉得十分没趣，缩到他的房里去，呆思呆想，心中更是凄惶。

过了两三天，他遂打开书箱，取出书籍来实行自修。他在南昌读书的时候，校中的成绩很好，考试时常列前茅，爱好文学，腹笥便便。因为他从小时候，早聘请得一位有名的文学家，把五经、四书、诸子百家一一讲解给他听，所以他的旧学根底很深，长兄舍我非常爱他。后来年纪大了，便送到外面学校里去肄业，博览报章杂志，研究蟹行文字，因此对于中西学术很能融会贯通。他在校中课余之时，足迹常在图书馆里，大家称他为图书馆的忠实信徒，然不知他学问所以进步得快，全在这个上啊！校中有一个校刊社，每学期出版校刊一期，是学生组织而成的，内中的著作除掉几个高兴的教师，撰几篇文字刊入去，增加学生的兴趣，此外都是学生的著作了。大家因为大我稿件最多，文字最佳，非常热心，遂举他做了编辑主任，他更用尽心力地把这校刊大加改革。校中的教师见他是个有学问能做事的高材生，都刮目相待，哪里知道天有不测风云，人有旦夕祸福，大我竟遭逢着这个绝大的打击，害得他无家可归，有校难读，变成了飞絮飘蓬，寄居到杭州来了呢？他对于他的半途辍学，也是一件非常痛心的事，不得已而只好自修，希望他的母舅能够答应他的请求，待到下学期开始，他可以在杭州继续求学，所以他一边自修，一边很留心地探听在杭州有什么良好的学校，可以去求高深的学术。

　　不久，他知道有一个之江大学，那里地方幽静，校誉也很好的，遂自己决定想到之江去肄业，得间想把他的意思告诉他母舅，只要母舅能够同意，便没有问题了。但是，徐守信一天到晚很忙的，常常出外，有时又要到上海去，因为他正在做投机事业，自然格外见忙，他又是抽大烟的人，回到家中时，常在楼上后房中一榻横陈，吞云吐雾，抽足了烟，躺在烟榻上想念头。这个时候，除掉他的夫人在旁伺候，别人却一概不许来缠扰的，因此大我和他见面的时候很少，就是有时相见，也没有几句话可以多讲，徐守信知道他甥儿没得钱用的，有时给他一二块钱，但大我很是节俭，也不肯用钱的。他在徐家终日坐在房中看书写字，店堂里也难得去的，有时觉得沉闷，便一个人走到西湖边上去散步，他觉得独学而无友，未免要孤陋寡闻，不过他是身居异乡之人，在此间当然没有什么朋友。他的表弟克明，年纪虽然比他小得二岁，却完全孩子气，虽在一个初中学校里读书，而不肯用心在学业上面，只知游玩，每天学校里归来时，难得瞧见他温习功课的，常常挟了一个大皮球，和几个同学到旷场上去踢球，星期六、星期日总是到电影院里去看电影。他母亲丁氏非常宠爱，徐守信也没有工夫管教，这样，大我和他自然道不同不相为谋，不会亲近的了。表妹克贞年纪只得六岁，正在幼稚园中，她却有时要跑到大我这边来和他说笑，要大我讲故事给她听，大我和她厮缠一会儿，倒也可以解去些寂寞。至于他的舅母却常常板着面孔，冷若冰霜，不多和大我讲话，大我也不去多说的。

　　光阴过得很快，腊鼓声中快要过年了，克明放了寒假，只是三朋四

18

友地出去游玩，丁氏忙着预备过年的事，徐守信因要结束各种账务，更是忙碌。大我的心却注意在求学上，常要守候他母舅空闲的时候可以和他说话，但是一连数天，总是等不到，心里焦急得莫可名状，有一天大雪纷飞，徐守信没有出去，直睡到下午二点钟，方才起身。四点钟的时候，独自吃了午饭，口里衔了一支雪茄烟，身上披着狐皮袍子，走下楼来，咳了两声。大我是留心的，一听得声音，连忙走出房来，上前叫了一声舅父。徐守信点点头，说了一句："今天天气冷啊！"却走到店堂里去了。大我悄悄地跟在后面，到外边一看，他母舅坐在账桌旁边，和账房先生讲话。这时，店里恰巧来了两个主顾，大买皮货，伙计们格外装着笑脸，殷勤招待，一个学徒忙着送烟，奔走不停，他瞧了这个情景，知道在这个当儿，绝对没有他和母舅谈话的时光，只得回到房中去看书，但是，他虽然眼中看书，心里却仍注意在他的母舅身上。隔了一刻工夫，听得他母舅的脚声走进来了，他连忙将桌上一本之江大学的章程拿在手里，跑出来对他母舅说道：

"舅父，我有一件事情要和你商量。"

徐守信立定脚步问道：

"大我，你有什么事？"

大我刚要回答，忽然那个学徒跑进来对徐守信说道：

"徐先生，那个周先生来了，正在店堂里等你出去讲话。"

徐守信听了，便对大我说道：

"你且暂慢，我有客人来了。"

立刻回身走到外边去了。大我叹了一口气，立在耳房门边，呆了一刻，此番他不回进去了，就在客堂里踱来踱去，等候徐守信进来，再可说话。瞧着庭中如鹅毛大的雪花旋转着飞舞，地上已堆了好多的雪，尖钻的西北风吹到身上来，有些砭骨。克贞却穿着绒头绳大衣，戴着绒头绳帽子，笑嘻嘻地从楼上奔下来说道：

"好个雪啊！下得大啊！今天下了雪，明天早上我要和哥哥把雪来做一个雪人了。大我表哥，你会代雪人画面目吗？"

大我遂握了她的手说道：

"会的，会的，明天我画给你看。"

克贞又说道：

"大后天我家要祀岁过年了，昨天有一个乡下人送来四五只鸡，内中有一只大雄鸡，它的羽毛多么美丽，等到杀时，母亲已允许我把鸡毛让我拿来做毽子踢了。"

大我听了不响，因他脑海里蓦地想起一件事来。那时候自己也不过七八岁，他的母亲还在人世，也是在过年的当儿，有一天雨雪霏霏，他穿了一件新制的皮袍子，在庭后和他的次兄惟我踢毽子，鸡毛有些坏了，他遂兴冲冲地跑到后面养鸡的院子里，要想去捉住一头雄鸡，拔它身上的毛，那雄鸡奔来奔去地躲避，他一心要捉住它，也就追来追去。不料地上有了雨雪，自然泞滑，他足下一滑，竟扑地跌了一跤，连忙爬起来时，面上身上都是污泥，累得那件新皮袍已肮脏了，被他母亲知道了，连忙扶他进去。他以为他母亲必要责打他，谁知他母亲代他将皮袍脱下，换上一件丝棉袍子，又吩咐下人端上热水来，代他洗脸揩手，用很温和的声音问他有没有跌痛，且说：

"你若要鸡毛，何不叫长工阿三来代你拔取？这样下雪的天，地上多么潮滑，你却在院子里追鸡，自然要跌翻了，跌污了袍子不打紧，万一跌破了头，如何是好呢？以后须要小心。"

说完了仍叫他出去玩。自己在那时年纪小，脑中没有什么感想，也不觉得怎样，但是到今日回忆起来，慈母的爱心何等伟大。然而人天永隔，我可爱的慈母又在哪里呢？自己年纪长大起来，却做了天涯游子，寄人篱下，眼看着人家有父有母养育爱护，自己是一个孤儿，形单影只，怎能够再得到慈母之爱呢？所以自己不但废诵蓼莪之诗，而且连那泷冈阡表先妣事略等一类文字也都不忍卒读了。他正在这样呆呆地追忆，克贞却忍不住喊道：

"表哥，表哥！你怎么抬着头不理我啊？我要你讲那雪中行军的故事给我听。"

大我遂低下头来，苦笑了一下，说道：

"我来讲给你听。"

大我把那故事讲毕，又饶上了聪明的兔子一个小故事，还不见他母舅走进来。客堂里已是黑暗，克贞嚷着要开灯，大我遂开了电灯，听壁

20

上挂钟当当地已鸣六下，方才见他母舅回身走入，克贞见了父亲，叫一声爹爹，扑到他怀中去，说道：

"你答应买太妃糖给我吃，为什么还不拿来？"

徐守信笑道：

"今天下了雪，我没有出去，明天一准买给你吃，不要吵。"

大我却捧着那本章程，恭恭敬敬地站在一旁。徐守信遂向他问道：

"你有什么事？"

大我将那本章程送到徐守信手里说道：

"这是之江大学的章程，是我前日索得的，我看此校的内容尚佳，并且在中学毕了业，又可直接升入大学，杭州恐怕再没有比它更好的学校了。甥儿很想到那里去投考，第一次考期已过，第二次考期恰在废历新正的元宵前三日，不知舅父意下如何？倘然舅父赞成的，那么可以先去报告，一面预备应考的课程，到那时再去投考。"

徐守信把头点了一点，取过章程，刚才翻阅得一页，忽听他妻子在楼上喊道：

"克贞，你爹爹进来了吗？快些上来。"

克贞答应了一声，要拖着她父亲上去。徐守信遂道：

"大我，待我看过了再和你说吧！这也是很好的。"

说毕，便携着克贞的手，一同走上楼梯去了。大我守候了好多时候，好容易见了他舅父，却又没有多讲话，他舅父已被舅母唤上楼去了，心里未免懊丧，但是那章程已给他舅父取去了。瞧他的脸色尚无反对之意，那么等到他把章程看毕以后，也许能够得到他的同意的，他前次不是曾允许过我代我想法继续求学吗？况且这是名正言顺的事，我求得了学问，将来方可在社会上立足，他岂能这样一辈子养我到老的呢？大我想到这里，心头又略觉安慰一些，也走回他的房里去了。

次日，庭中堆满了厚厚的雪，因为天气很冷，一些不融化，天上厚蒙着灰白色的彤云。大我早上起来，吃了粥，看看本地的报，他表弟克明被克贞飘着走下楼来，到庭中取雪，堆做雪人，大我自然也被他们绑票式地拉去一同陪着玩。午后，徐守信披了大衣，有事出门去了，大后天是徐家谢神过年，丁氏督着两个女仆一样一样地端整，非常忙碌，而

21

克贞却跳跳纵纵地很是有兴。晚上，徐守信回家来，一同坐在客堂里，点起红烛过年，正中生着一个大火炉，火光熊熊，顿觉暖意，大我也坐在一边，又触动了他的感怀，暗想：家乡倘然没遭劫难，此时校里放了寒假，我也早回平乐堡和我兄嫂等一同很快乐地度岁了。还有我那小侄女阿苹，比克贞还小一岁，却非常聪明伶俐，一样也要拉着我讲故事的，我长嫂还要很忙地做团子呢，她知道我喜欢吃蔼菜同虾仁馅子的，所以每次总是特地多做几个，且把冬笋切了末，和在其中，味道很鲜，十分好吃的。现在呢，这种的团子没的吃了，他们也不知存亡，大概都已化作猿鹤虫沙了。他一个人默默地这样想着，紧皱着眉峰，心中当然充满着不愉快，但是徐守信和丁氏、克明、克贞等却都有说有笑呢。

一会儿，店中的账房先生和几个伙友手里都拿着锣呀、铙呀、脸上一齐笑嘻嘻地走将进来，对徐守信说道：

"恭喜恭喜，今年过了发财年，明年一定大走鸿运，大发其财，大富贵，大安乐，老板在交易所中做买卖，大得其利，大家大大地快活，我们来敲一下胜利的锣鼓。"

徐守信正吸雪茄，此刻连忙吐了一口烟，对账房先生说道：

"王先生请坐请坐，多谢你们善颂善祷，可是这几天标金的形势大大不利，我恰巧大做空头，而且快要结束了，倘然再不转机，我就要受到很重的损失，因此这几天很担心事。"

王先生道：

"老板命运好，我想一定不会蚀本的。"

徐守信微叹道：

"这也难说啊！"

于是众人把锣鼓敲起来，克贞抢着一对小钹，克明抢着打鼓，王先生却提着大锣说道：

"我们先来一个急急风，大家一齐敲起来。"

顿时，响遍了内外，克贞伸着小手，把小钹只是用力地对碰，一张嘴却笑得合不拢来。大我却是很沉静地在旁观着，打了良久的锣鼓，大家觉得有些手酸，方才停手。徐守信对王先生说道：

"这种敲闹元宵的玩意儿，在以前时候，所谓户户爆竹，家家锣鼓，在这岁尾年头是很盛行的，一家老幼敲着闹元宵，快乐地过年。不过自从国民政府改了国历，一般人多早过阳历年，商界虽因种种关系，仍在废历年底结账度岁，而一切旧时的礼节，渐渐废除。像这种玩意儿，外边也不多了，并且这几年来，农村破产，百业凋敝，而有许多地方更是接连不断地闹着天灾人祸，以致人民的生活往往得不到安定。那些素称繁华的城镇，也呈露着萧条的景象，像这样的年头儿，真是民不聊生，我们哪里有心行乐呢？"

他说到这里，眼光转到大我身上，又说道：

"即如大我甥儿，他的家乡本来非常富饶的，现在却弄得颓垣残壁，无家可归，他的两个兄长也都不幸死于非命，而外边像他这样的人，恐怕还多着呢！"

说着，用手摸着他嘴边的短髭，望着上面挂的神像，停住口不说了，重燃了一支雪茄猛吸。账房先生苦笑了一下，也没有接话。丁氏却走到里面去，吩咐下人献三牲。几个伙友早退出去了，克明、克贞在炉上烘硬年糕吃。大我听了他舅父的话，更是百感丛生，不知所可了。

这天晚上，他当然不能和舅父讲什么求学的事，且不知他母舅可曾把那章程看过。又隔得一天，想要听回音，但是徐守信却忙得很，人影也不多瞧见。大我觉得这事一日不解决，心中总是不安，所以很觉焦躁，但不比自己的父亲和长兄，可以直截了当地逼他早定，只好忍耐着。

这一天下午，他也无心阅书，偶然走到店堂里去望望，却听得账房先生和一个朋友在那里谈话道：

"今年敝店里表面上营业似乎尚佳，可是比较前两年已暗暗大跌了，实在因为时世枯窘，一般人的购买力薄弱，饶我们用尽心机，大廉价大赠品，也没有得到多大的利益。所以今年大约除去开销，只有千余元的盈余吧！然而比较上已算好的了，同业中如天发源、大庆祥等，听说都要赔本的呢。"

那朋友听了，点点头说道：

"现在外边一切都不景气，我在上海经营的绸缎业，可算日久年深了，但是近来也觉得营业一落千丈，凭你大廉价大拍卖，仍旧做不到好生意。因此，我灰心了，已把数处添设的支店一家一家地收去。这个年头儿实在不能做什么生意了，除非你丧了良心去私卖人货，那么可以获利的。此外做公债，卖空买空，也是很不容易，稍一不慎，或是逢到时局有意外的变动，也就要被累的。"

王先生眉头一皱，说道：

"不错，不错，以敝东而论，他年年做标金的，总算稳健，赚的时候多，赔的时候少。今年却不对了，昨晚得到一个消息，听说他要被累到一万六七千余，倘不交割，恐怕要赔累更多，因此他忧急得很，今日赶到上海去了。"

大我在旁边听得这话，方知他瞧不到徐守信，是因为徐守信出门去了。原来，他母舅在这年底蒙受到这样重大的失利，当然他心里要异常烦闷不乐，那么我要请求他帮助我再继续去求学的事，不知道成功不成功呢。他得了这个恶消息以后，也觉得有些不乐，又见他舅母对他也不大理会，并且就在这天起，时常发怒，去向两个女仆叽里咕噜地责备她们这样做得不好，那样烧得不好，所以他也缄默着口不敢多说话。

又隔得数天，将近大除夕了，大我心中更是焦急，徐守信虽然回来了，却仍没有回音给他，自己不便向他紧问，但是光阴是不等人的，他想自己若然不问，也许他母舅事情一忙便要忘怀了。一天下午，他正在室中翻阅书籍，忽然听得他母舅的脚声正在走下楼来，连忙出房去迎住了他，叫了一声。徐守信瞧见了大我，便跟着走到他房里来，大我连忙把沿窗一张椅子一拖，请他母舅坐了，自己立在一边。徐守信一眼瞧见桌上放着不少书，便点点头道：

"你倒能这样用功，克明却一天到晚地游玩，难得见他温习校课的。以后我要叫他从你一起读呢！"

大我道：

"很好。"

徐守信又道：

"那本章程我已看过了，那学校果然是很好的，但不知你求学的志愿究竟如何？目的何在？"

大我不明白他舅父何以这样问他，莫非他怀疑我求学之志不坚固

24

吗？所以他就对徐守信说道：

"舅父，我在南昌读书的时候，本想等高中毕了业，去考北平的清华大学，清华毕业后，倘能够有机会给我出洋留学，我也很有乘风破浪的志向。无如事与愿违，半途受到了这种残酷的大祸，以致我的志愿也受了打击。一面蒙舅父照顾得免冻馁之虞，心中已是很感激的，倘能再使我继续去求学，这更是舅父的恩赐，那么我就想至少将大学课程读毕，出洋不出洋以后再看了。舅父，你说我到之江去读书可好吗？"

徐守信一手摸着短髭说道：

"当然是很好的，不过若要读到大学毕业，至少还有五年，我以为你目前的急务是要得到自立，不在读书的多少。"

说到这里，顿了一顿。大我听徐守信说出这两句话来，不禁有些惊愕，便道：

"甥儿就是因为现在自立的本能还不够，所以要继续读书，再求高深的学问，怎么舅父说不在读书的多少呢？"

徐守信道：

"学问是无止境的，自然愈求愈好，我是说你要得到自立，对于读书的多少却没有一定的关系。"

大我仍不明白，只得一声不响地听他说下去。徐守信见大我面上露着尴尬的样子，遂笑了一笑，接着说道：

"你不知道，近十年社会的情况和以前大不同了，生活日艰，职业日难，可以说得粥少僧多，人浮于事，外面尽有许多大学毕业的、出洋留学的，一年半载，东奔西跑，找不到什么位置，仍旧躲在家里守株待兔。而一班没有大学毕业的，没有出洋留学的，反倒有很好的地位，赚很多的钱，或做官，或经商，都能自立。又如我有个友人，他生有两子，大的是读到大学毕业，小的不过初中毕业，就去庄家学生意的，后来大的因为大学毕了业，无事可做，遂和他父亲商量了，筹得款项，再到美国去留学。不料他留学回来后，四五十块钱的事不愿意做，较大的也找不到，仍旧空闲着在家里吃父亲的，而他的兄弟几年来在庄家已升了很好的地位，做些投机生意也着实多几个钱，所以我那友人常常懊悔送他的大儿子出洋去留学呢。那么，留学生、大学生也有何用？自立之道岂非在彼而不在此。"

大我听了，忍不住说道：

"舅父所说的是另一问题，外面当然有一班人凭着父兄余荫，以及亲戚中有力者的提携，胸无点墨，一样也可直上青云的。但依我看来，这些都是寄生草，他一生的荣辱也跟着人家而转移，不足贵的。一个人总要在学问上有了根底，才能够真实地自立，至于商业，虽大半靠经验，然有时亦需要学问。甥儿自知性情不近，所以无意于此，况且已读到这个地步，自然想一直读上去了，望舅父栽培。"

徐守信道：

"不错，你说的话有你的见解，我说的话也有我的见解，我是鉴于你的情形和人家不同，最好在短时期马上得到自立，所以方才说这些话，意思是以为你不必读什么大学了。我本来也许能够相助你的，不过今年恰巧做标金失败，亏空了近二万，这店也不能多获利，自己在这岁底也是十分为难，和往年不同了，一切只好都求紧缩。因此对于你的学费也有些爱莫能助，况且你的志向又不是只读一二年的，恐怕我也不能长久帮助你，倒不如早些谋个自立的生活吧！"

大我听他舅父这一说，果然他的希望变成泡影而不能成功了，心里又气又急，眼眶里几乎滴下泪来，涨红着脸说道：

"甥儿也知道照我的志向去求学本是很难的，恰逢舅父今年不顺利，甥儿怎能再要有累你老人家呢？不过舍此而外，叫我怎样去找求自立？"

徐守信道：

"我也代你想过了，你在此是客地，况又是年纪很轻的人，陌陌生生的，自然叫你到哪里去找求自立？我也不能袖手旁观的，你若不想读书时，我倒有一个机会，因为此间新任的市政府陆秘书和我很有交谊，我可以托他为你代谋一个位子，我想他无论如何必要敷衍我的。不知你愿意去做做吗？"

大我道：

"这样又要费舅父的心了。"

徐守信道：

"这却是很省力的，明后天我就去见他。"

26

说毕，遂立起身来，走到外面店里去了。大我心中本来很热烈地盼望他能继续求学，谁知这几日来朝思夜想的之江大学依旧不能让他去求学，而徐守信偏又要代他介绍什么事，岂是他心里所要的？不过他的环境是如此，不能拒绝徐守信的美意，虽然在他的眼光里看来，这种美意并不甚美的，只得长长地叹了几口气。从此，他心中更是闷闷不乐，对于他的前途也觉得很渺茫了，自己方在求学之年，偏偏急于去找事做，好像暗中在他的进展的过程上，已筑了一道障碍很大的铁丝网，这岂非世界上的一种矛盾现象吗？

不多几日便过年了，新年里皮货当然关了门停止营业，账房先生和众伙友都换上新衣，摇摇摆摆地出去了。店堂里只剩下一个学生意的徒弟，闲着没事做，就和克明在桌子上掷骰子，一个喊九，一个喊十三，瞧见大我走出来时，克明便喊：

"表哥可来掷一把骰子？"

大我走至近处，把头摇了一摇，微笑道：

"我是不懂的。"

克明道：

"不要胡说，你岂有连这个玩意儿也都不知之理？"

学徒道：

"今年我们这里冷落了，往年老板也要在家里打牌，或是摇摊，很是热闹。账房先生等也都在这里赌钱的，现在他们却到别处去赌了。"

说着话，又见克贞穿上了一身美丽的新衣服，面上涂脂抹粉，手里握着一个气球，跳将出来，把大我衣袖一拖道：

"表哥陪我到马路上去玩。"

大我笑道：

"好的，好的。"

遂和克贞走出门去，一路游玩。街上有许多小贩把各种食物、玩物叫喊着卖。克贞见了，自然一样一样地要大我代她买，大我一摸身边尚有三块钱，因为他母舅曾在前天暗中给他四块钱，供给他在新年中应用的。他买些纸笔，花去了一元，所以还有三元在身边，便到烟纸店兑了一块钱，买了许多玩物给克贞，然后回来。克贞把许多玩具给她母亲看，且说这些都是大我表哥买给她的。丁氏却冷笑道：

"他有什么钱呢？不是你父亲给了他，方才买给你的吗？你父亲倒很欢喜塞狗洞呢！"

这几句话恰被大我听得，他心中如何不气？一个人坐在室中，思前想后，越加气闷，几乎要哭出来。暗中淌了几点眼泪，索性取出屈原所著的《离骚》，读了几篇，觉得当时的屈原，深忧楚国之前途，怀王之亲小人远贤人，自己满怀孤忠，反被放逐而不见用，以致行吟泽畔，哀思憔悴，不得已而自投汨罗，所谓举世浑浊，唯我独清，众人皆醉，唯我独醒，香草美人，借物自喻，这真是惊天地泣鬼神的好文章。直到汉朝的贾谊过长沙时，为赋以吊屈原，而太史公遂列屈、贾为合传，字里行间，处处都为二人深惜。其实，太史公怀才不遇，动而见谤，受着非人道的宫刑，也是惺惺相惜，有感而发的，所以后人读了他们的文章，没有不动心的了。唉！我这寄人篱下、无家无亲的孽子，虽有满腹牢骚、一腔哀怨，叫我从哪里发泄呢？只得长歌当哭，以酒浇愁罢了。想到这里，他遂到厨下去寻到了酒瓮舀了一壶冷酒，又去门外买了些花生米和螃蟹。回到房里，重把《离骚》朗读，赞了几句，喝一口酒，一会儿，酒已完了，再去舀一壶来。丁氏在楼上听着，笑道：

"这书呆子新年里不到街上去玩，却闭着房门读那劳什子的书，又像和尚念经一般，怪厌烦的，令人又好气又好笑。"

大我却把《离骚》读完，第二壶酒也喝得涓滴不剩，便觉得两颊发热，头脑昏沉，不能支持，遂到床上去和衣而睡。他本来不会喝酒的，至多能喝两杯，现在一口气喝了两壶酒，足有两斤之多，况且又是冷的，心里又是十分气闷，自然怎能够当得住？睡得不多时候，涌将上来，立刻张口大吐，狼藉满地，枕边也都弄污了。自己觉得天旋地转的异常难受，只好糊糊涂涂地盖着被头睡了，夜饭也没有吃，直到睡到次日早晨九点多钟起身，不自觉地有些头痛。女佣进来代他洗涤扫除，他知道昨天喝醉了，未免有些惭愧，女佣又去告诉丁氏听，丁氏当然又有不满意的话在徐守信耳边絮聒。

过了第五日，徐守信便走到大我房门口，咳了一声。大我连忙跑出来，叫了一声舅父。徐守信把一封信递给他道：

"昨日我又和陆秘书见面，向他讨回音，因为年底我已把你的事情托他了，他遂告诉我说，决定把你荐给本地土地局局长，请他不论大小，务须派你一个职事。这是他写的一封介绍书，你明天上午带了这封信上局去见局长，自然有事派你了。日间你就好好儿地安心在局里做事，晚上仍回到我家来住，青年人只要勤俭做事，将来自会慢慢儿地逐渐发展。"

　　大我向他母舅谢了一声，连答应几个"是"字，也没多说话，因为这个本来不是他的志愿啊。徐守信遂走开去了，大我也回身入房，把这封信向桌上一丢，自己坐在椅子中，伏在桌边，双手捧着头，好似在那里深思，可是他哪里还想得出别的妥善的方法呢？自然只好这样做了。退一步说，有人肯代他荐事，尚非容易呢。

　　次日上午，他遂整整衣冠，拿了陆秘书的介绍信，出了徐家店门，走向土地局去。

第三回

刬骨镂心沉沉著作梦
回肠荡气咄咄奈何天

现在李大我早已见过局长，在土地局里当着一个职员了，襟上还挂着亮晶晶的证章。当他走回徐家时候，那个学徒在店堂里瞧见了他，当笑嘻嘻地说道：

"李先生做了官了。"

大我听着，心里觉得又好气又好笑，也不高兴去和他多说，每天上午到局办公，五点钟回来，将中英文照常自修。徐守信见了他，问起情形，他也详细告诉，徐守信叫他暂且耐守。

原来，大我在局里任事，每月的薪金却只有十二块钱，是最低的薪额，陈局长年纪很轻，待人也很和蔼，当他初次接见大我的时候，便老实告诉大我说，本局经济不很充裕，职员又很多，一切职务早已分派定当，暂屈大我在文书股帮忙，每月薪金十二元，说了许多安慰的话，很是客气。大我心里虽然有些不愿意，可是他母舅一片好心代他出力谋到的，当然也只得屈就了。然而陈局长此次对于大我来局任事，也是看在陆秘书的面子上，不得不敷衍他在局里，因为陈局长接任以来，各处推荐的人非常之多，而且都是很有面子的人介绍的，不能推却。他自己又有许多亲戚，有些是族中的近亲，有些是外婆家的，有些是裙带上的，又有些是相知的同学，可说多于过江之鲫，这一个小小的土地局怎能够容留得许多人呢？他只好别想方法了，一面只得把自己腰包里的钱拿出来贴补薪金的不足。其实也不是真正他腰包里的钱，拆穿说一句，千里

30

为官只为财，若要文官不贪钱，武官不怕死，这是很难得的事，尽有外面标榜廉洁的美名，里面却是苞苴贿赂，不堪闻问，不过敛钱的方法巧拙不同罢了。陈局长当然也未能免俗，不过这样一来，他手头所得的自然减少了，一面他将各职员分作三等看待，第一等是有密切关系的，请他们坐最好的位子，薪水也很不薄；第二等是为公而用的，换句话说，也就是局中少数免不了的职员，对于他们的薪水不厚也不薄；第三等是完全敷衍性质的，一时不能不用，因此就把薪水大大减少，并且有一个限制数。譬如他每月贴出二百元的，有十个职员便是每人各得二十元的月薪，增加至十五人时，他就每人减少到十三四元了，以此类推，他总是把各职员的薪水截长补短，弥缝过去。有些人当然要嫌薪水太少，不够生活，于是不得不别谋枝栖，早日辞去，这样真是他求之不得的，最好要你们自己走了。

李大我是陆秘书荐来的，自然不能不留，但是薪水却由他指定，所以便给了他十二元的月薪。而大我在局里也没有什么事做，一天到晚地只是闲坐，因为像他这样的冗员也很多呢，然而大我却坐得苦了，偶然有一二件公事叫他照样抄写，也完全不要动什么心思的。大我有些不惯，看看别的人也都如此，他不觉自叹道：

"难道我竟为了这十二元一月的薪金，就把光阴空度过去，了此一生吗？"

他本来不愿意做事的，而局中情形又是如此，真使他意兴索然，百无聊赖。更兼在他上面的毕科长却是异常傲慢，眼睛好似生在额角上一般的，不大瞅睬他的手下人，和局长温和的态度，绝不相同。各小职员见他到办公室时，好似耗子见了猫一般慑伏，不敢声张。大我见了，却有些不服气，因他的性情也很有些傲气，以为你不过做了一个科长，有什么了不得的学问，这样瞧不起人家呢？所以他也不肯去奉承他，有事做做，无事坐坐，有些人在背地里对大我说道：

"这个毕科长常常要吹毛求疵，不好对付的，你也须得谨慎一些啊！"

大我冷笑一声，说了一个"哦"字，并不放在心上。到月底领薪水的时候，又要扣去航空捐等附加的捐款，不过得到十元数角，这样，他实在得到的只有七元多，幸而午饭还是回家吃的，否则竟没有多钱了，所以，他常想：照这样做事，仍不能够得到自立。我母舅的主意错了，年华不可蹉跎，我只有自己再想别法，要打破我的环境，走上光明的道路，那么前途方可有为，而心中也得安慰了。他在局中做了两个月，别的得不到什么，只认识了几个朋友。

其中有一个姓史的，名唤焕章，是苏州人，也在他科里做事，薪水比较大我略多，每月有三十元，他虽是高中毕业的，然而中文程度却很好，欢喜吟咏，因此和大我年相同，道相似，很是沆瀣一气的。星期日，二人常聚在一起，切磋学问，谈论时事，萍水相逢，竟成至契，有时同到湖边散步，在孤山等处瀹茗清谈，大家说起身世，都有搔首问天拔剑斫地之慨。那史焕章年纪虽比大我长得二岁，而已有妻室，生了一个小女孩，方在襁褓中，家中又有老母幼妹，别无产业供给日用，除掉有数间老屋聊蔽风雨，因此史焕章负担很重，每月要寄家用回去。他对大我说：

"你的月薪虽少，我却还情愿做你，我虽有三十元一月的薪金，可是每月至少要有十五块钱寄还家去，自己在这里伙食每月又要付去八元，也没有几块钱可供使用，所以寅吃卯粮，时常亏空。而家中也是苦得很，仰不足以事父母，俯不足以畜妻子，被生活压迫着，便有许多痛苦，虽在湖山胜地，也觉得跼天蹐地，毫无乐趣了。酒楼买醉，湖上吟诗，也是俗语所谓黄连树下操琴，聊求片刻的忘怀罢了。"

大我听了，也不胜叹息，从外面看他，本是一个很好的风流少年，哪里知道他内心的烦闷却有这样重大呢？

此外，大我还认识一个友人，也是个少年，姓奚，单名昌字，在总务科里做事的，不过他常要来寻找大我和焕章二人，很有心与他们交友。二人见他十分殷勤，且也不甚可憎，像是个斯文子弟，因此也就和他结识了。奚昌肚里文墨虽不畅通，而喜欢东涂西抹做诗、做小说呢，常和一班报馆里的朋友厮混，有时做了稿子，投在报上披露了，便十分快活，拿来给李、史二人看。二人见他做得并不高明，而诗词更是不通，大都是些油腔滑调的打油诗，此外也有几首算为很香艳的《无题》，不知他的意思指什么，然而报上却都登出来了。二人很直爽地常要指出他的错误之处，奚昌却很能虚心领教，他常怂恿二人也去投稿，且说：

"你们二位的大才比我高深，倘去投稿，无有不取之理。"

大我笑道：

"你不要恭维我们，却无异骂我们了。因为我们也不常做，做也做得不好，把来覆瓿则可，刊在大众共读的报章上则不可。"

奚昌笑道：

"你们又何必这样客气？我的东西可以登出，怎么你们的大作反不能登呢？又说什么覆瓿？报纸上登过的东西，再好的也不过如过眼云烟，三分钟的价值。以后不是一样被人家把来包铜元、包五香豆吗？"

说得二人也都笑起来了。奚昌又告诉二人说，他的老师是一位现今在国内文坛上大名鼎鼎的小说家，别署冷香阁主人的，他做的小说、杂记很多，可谓等身著作，都是风行海内，万人争读的，所以各处报馆书局都要征求他的作品去刊载，或是出版。现在他老人家同时要写七八部长篇小说，零星作品还不在其内，所以晨抄暝写，笔劳墨瘁，忙得了不得，幸亏他脑力充足，思想敏捷，精神也很好，换了别人，却对付不下了。史焕章道：

"呀！原来你的老师就是冷香阁主人，果然是一位很红的小说大家，他的小说我也看过数部，绝不蹈流俗无聊之弊，很能戛戛独造。但是，李长吉呕出心血，此老也大苦了。"

奚昌道：

"他为人倒很谦和的，大有柳下惠的遗风，我没事的时候，常到他家里去拜访，谈谈做小说的门径和技巧。他老人家颇肯指点，只是他常要伏案写述，他的光阴很宝贵的，我不敢多作逗留罢了。你们若要见他，稍缓数天我当代你们介绍，他很喜欢喝酒的，只要请他出来痛饮，那么他一定不会拒绝的了。"

二人含糊答应了一声。奚昌又道：

"因为我是小说名家的私淑弟子，真所谓附骥尾而名益显，本地几个报馆里的编辑就很愿和我交识，逢到他们出特刊的时候，便托我去向我老师乞些作品，三言两语，一鳞半爪，或是写几个题字。他们得了，也视若珍宝，争先刊登的。"

李大我道：

"现在的人口口声声说打倒偶像，其实哪一个不仍是崇拜偶像的？不过有些人崇拜新的偶像，有些人崇拜旧的偶像而已。试瞧不论什么杂志出版，开头几篇，哪一篇不是已在文坛上有了声名的人所做的呢？所谓无名作家，不过偶然放入一二篇罢了。所以说阀和军阀是差不多的，一样很有势力，各占着他们的地盘，还有些人更是党同伐异，自相标榜，造成很森严的壁垒，抱着清一色的主义，绝对不容他人插足。文艺竟不公开，也和政党一般各成派别，岂非是怪现象？而我辈后生小子，登龙无术，更是哪里能够走上高不可攀的文坛呢？"

奚昌听了，却很不以为然，正色说道：

"照你这样说，未免太消极吧，请问现在所闻的新旧小说名家，起初时候不也是和我们一样无名的吗？有为者亦若是。我们只要努力自求，何尝不能得到他们的地位？圣人且说后生可畏，我们不要自己太看轻了自己啊！"

大我和焕章听着，都微笑不语。奚昌又对大我说道：

"此地的《大亨报》副刊上很缺少稿件，编辑华吟风和我很熟的，我也常常有稿子投去，老兄倘然高兴做些，我当介绍，包你一定登出来的。"

李大我答应了他，然而也不放在心上，因为他的期望是要求学，自认学识不足，且在社会上也毫无经验，怎能就出其所学贡献于人呢？倘然吟风弄月，说怪搜奇，借此为笔墨游戏，或是去出小风头，那么又何苦费去可贵的光阴，做此无补大雅的事呢？

有一天，正是星期日，他因为自己的衬绒袍子已是敝旧，不好再穿了。目前他总算有了事，在外赚钱，说不出再向他舅父去要，便自己走到一家绸缎店里去购一身灰色绉纱的袍料和冲绸的夹里衬绒等，拿回家来，托徐家常做衣的王裁缝量量尺寸去裁制。他身边本来积蓄十五块钱，不舍得用去，现在买了袍料，身边的钱已不多，索性跑到书店里去购了几本新出的小说杂志回来。其中有一本《新世界》杂志，内容很是丰富，大都是名家的著作，里面的长篇小说便是冷香阁主人所做的。所以这天下午，他没有出去，便坐在房里看小说，一口气读了数篇，眼睛有些疲倦，抛下杂志，立起来舒展舒展筋骨，忽见店中的学徒跑进来对他说道：

"外边有个客人要来见你。"

接着便听有人喊道：

"大我兄，你在里面吗?"

大我忙走出来，见是奚昌。他今天穿了一身新制的西装，洁白的衬衫，美丽的领结，手里还拿着一根白银包头的司的克，以及一卷报纸，竟像个摩登少年，托托地走了进来，带着笑和大我握了一下手说道：

"今天我在家里坐得闷气，想起了你，特地寻到这里来拜访。且喜你没有出去，不至于白跑一趟，很好，很好!"

大我遂请他到房里坐下。那学徒早送上一杯茶来，大我就对奚昌说道：

"我这里是十分肮脏，不堪容膝的，今日贵客到此，诸多亵慢了。"

奚昌笑道：

"我们自己人还要说什么客气话?"

一眼瞧见了桌上那本《新世界》杂志，连忙取在手里，翻了几页，又说道：

"是新出的第五期啊，原来你在此研究小说。"

大我笑道：

"我不过偶然从书店里看见了，遂买了回来翻阅。你却说我研究，这是不敢当的。"

奚昌道：

"这杂志是很好的，我家里也早订下一份，只是还没有寄来，反不及你另购的快了。我老师的著作也有在里面，你可曾瞧过?"

大我道：

"有的，不过是长篇小说，已是第十回了，无头无尾的，所以没有看。"

奚昌道：

"这篇《憔悴京华记》是很好的社会小说，每期刊登两回，一般爱读的人尚嫌不够，伸长头颈要看他的'欲知后事如何，且听下回分解'。《新世纪》杂志虽然是半月刊，而依着读者一日不见如隔三秋的情况而论，那么十五天的光阴不已是数十秋了吗？外面的小说迷真多，你若要看时，我可以把以前四期一起供给你。"

大我道：

"也好。"

奚昌遂把杂志放下，把他带来的报纸展开来，取出一小张桃林纸的报，给大我看道：

"这就是我前天所说的《大亨报》，请你瞧瞧副刊小天地中今天恰巧有我所做的一篇《湖上惊艳记》，你看做得好不好？"

大我接在手里，翻看了小天地，把奚昌的作品很快地看了一遍，便笑了一笑，对他说道：

"《湖上惊艳记》，这五个字多么香艳啊！"

奚昌也不由哧的一声笑将出来，说道：

"你以为太香艳吗？我想报纸上唯有这种的作品，这样的标题，最受一班摩登男女的欢迎。"

大我点点头道：

"词藻纷披，美不胜收，果然做得很好。西湖的风景也被你描写得十分清楚，何况又有美人儿呢？此中有人，呼之欲出，若非熟读文选，哪得有此工致的笔仗？"

奚昌哈哈笑道：

"李，你的眼力果然不错，我平生也只有这一部昭明太子的文选，读得滚瓜烂熟。因为我的老师叫我做小说、杂记，思想固然重要的，而对于文艺上的技巧也不可忽略，须得多读文选，以求字汇之多，所以我把这部文选视为第二生命，朝也读，夜也读，读得没有一篇不背得出的。李，你若不信，只要你点一篇叫我背。"

大我笑道：

"好，好！你真是文选的信徒了。"

遂把那报纸放下。奚昌道：

"你有什么著作？待我来介绍前去。"

李大我道：

"现成的只有数篇《瀛海志异》，是我以前从外国杂志上译下来，预备印在校刊上的，左右无用，你拿了去也好。"

奚昌点点头道：

"那么快请见赐吧！"

大我开了抽屉，在纸堆中检出十数页稿子，递给奚昌道：

"请你斧正。"

奚昌道：

"客气，客气！"

便将大我的稿子略看了一二页，说道：

"内容果然很有趣味的，译笔也很流利晓畅，华吟风一定欢迎，且要谢我能代他拉稿子呢。因为编辑地方报小品文字，很是困难的，投稿人不甚多，佳作又少，倘然把一些非驴非马的劣等文章来滥竽充数，未免要被人家说太无精彩，销路就要减少，所以有时缺稿的时候，自己就要多做几篇来补缺，不会剪裁的就叫苦连天了。"

大我笑道：

"文章这样东西本来是要在高兴的时候做的，方能触动文思，汩汩而来，若然硬逼着写，一定要凑满若干字，笔底便见枯涩，难得有文章了。从前苏东坡以做文为乐事，我想他所以认为乐事，也是兴到笔随，左右逢源的意思。譬如他做的《前赤壁赋》，是写实的，遨游山水，饮酒赋诗，兴之所至，才有此佳作，余兴未尽，又来一个《后赤壁赋》，当时岂有人逼着他写的呢？又如欧阳修的《醉翁亭记》，写出许多乐事，也可以知道他当时何等的快乐，如内中的几句'苍颜白发，颓然乎其间者，太守醉也……太守谓谁？庐陵欧阳修也'，又怎样显出他得意的神情啊！所以我以为你的老师冷香阁主人虽在文坛上享着盛名，而每天必要写出数千字来，好如日常的功课，必要交卷的，他的脑真像一具被压榨的机器，这样恐怕他也许引以为苦而不能算为乐事了。"

奚昌道：

"你说得不错，但是他稿费的收入也多了啊！假使每天不是这样地压榨，他袋里哪里来许多钱呢？"

大我叹道：

"做文章的宗旨本不是要换钱的，但是现在却真是以稿易钱，数字计酬，变成了一种买卖式，于是有些人为着稿费的问题，不得不出卖他的脑。犹之古人所谓仕非为贫也，而有时乎为贫，文人的生活也太可怜。"

奚昌道：

"你说可怜，但是外边正有许多人偏偏热望着这可怜的生活呢！我的投稿却完全为了好名心所驱使，我一概不取稿费的。因为我在土地局里得到的月薪尽供给我个人的使用，不够时还要向家中要呢。像你薪水微薄，不敷生活，既然有了学问，何不投投稿，多少赚几个钱，对于你也是有益无损的，所以我劝你试试。"

大我笑道：

"那么待我试试看，明日起，我每晚做一些稿子何如？只怕没有去路。"

奚昌道：

"慢慢儿地自有去路，你不必先行多虑，你的处女作还没有出来，别人当然不会知道你的。"

二人谈了好一刻的话，奚昌方告别而去。

隔得不多几天，大我的《瀛海志异》便在《大亨报》上登出来，一连登了五六天，方才登完。大我那里也有一份《大亨报》从馆中寄来，大我看了，也有些高兴，便把自己做的别种稿件也都交给奚昌转去。奚昌对他说道：

"华吟风很欢迎你的大稿，望你源源见赐，以后你好直接寄去，一定取的。"

大我答应了，照他的说话把稿寄去。史焕章见大我已在报上投稿，便背着奚昌对大我说道：

"我知道一般销路不好的报，大都经济十分恐慌的，他们要了人家的稿，往往拿不出钱来，你若是代他们尽义务，当然欢迎，然而你费了许多心思，拼命投稿，为着谁来？难道真的求名吗？奚昌做稿子，完全抱的出风头主义，并不在金钱上。一班编报的人所以对于他欢迎，也是为了这个缘故。他这个人是糊里糊涂的，他劝你投稿《大亨报》，可曾和你谈过稿酬怎样的？"

大我摇头道：

"这却没有谈及，他只说编者很欢迎我的稿子，横竖今天是二十七号了，再过几天便是月底，我在这月中在《大亨报》上登出的文字足有二万之数，我想他们多少总要给我一些报酬的，不过菲薄而已。我既然没有成名，当然不能像冷香阁主人那样待善价而沽的。"

史涣章道：

"这也难说，缓日再看吧！"

大我等到了月底，便向奚昌问道：

"我在《大亨报》投稿也有一月了，承蒙你介绍之力，总算篇篇都登出来的，不知稿费如何可能拿得到手？在这报上的征文简约里，写明本栏欢迎投稿，文字新旧兼登，每千字酌酬一元至五元，每月结算后，由著者盖章领取。如此写法，我想有的了，你知道不知道？"

奚昌沉吟了一下，答道：

"我是不受酬的，所以没有留意。既然征文上这样说明，也许有的，不过上面所说每千字自一元至五元计算，五元云者也是好看话，他们哪里肯出这等重酬？照我师冷香阁主人的声价，普通的稿件也不过每千字得酬七八元之数，除非特约选述的稍大一些呢。"

大我道：

"我自然不敢望你老师的项背，但是至少每千字有一元吧！"

奚昌带笑说道：

"待我去报馆里问明白了再答复吧！明天我就代你去走一趟。"

大我道：

"有劳玉趾了。"

后天大我到局，饭后遇见奚昌，便问这事怎样，奚昌道：

"昨晚我已去问过了，华吟风对我说，'报上虽写月底结算，可是总要等到五六号可以发表，令友方面，我们报馆里自当直接去函奉上。'他既这样说，那么请你等他的来信吧！"

大我道：

"很好。"

他私下计算，倘然每千字可得一元的酬资，那么每月有二十元到手，若然每千字能够达到二元之数，便有四十元了，不是比较土地局里的月薪大得多吗？我就把这项稿酬储蓄起来，一年以后，便有二三百块钱。那时我就可以辞掉了这里的职务，去考入学校读书，进了学校，一边读书，一边仍旧在课余之暇做些稿子，或是从欧美的杂志上译些东西去投稿各报，再把稿费存储起来，作为第二年的学费。这样，只要我刻苦自励，多费些笔墨，一般也可读到大学毕业，不必再去恳求母舅帮忙，而受人的白眼了。况且以后投稿出了名，稿酬也会增加起来，从千字一二元而直至五元，也是意中的事啊！所以，他这样想了，心中很觉自慰，以为他想的方法确乎不错。

这天走回徐家来，店中的学徒一眼瞧见了他，便对他说道：

"李先生，我很难得见你的笑容，今天你脸上笑嘻嘻的，脚步走得很快，莫非你有什么得意的事情吗？局中加了薪水吗？"

一边说，一边双目又向大我身上初穿的那件新制的衬绒袍子打量。账房先生听见了，也抬起头来，向大我望了一下，点点头说道：

"局里回来吗？"

大我被那学徒这样一说，竟不觉笑了出来，说了一声是，又对学徒说道：

"在这几天内，倘然有《大亨报》馆送来的信，我不在家中时，就请店里代我收下。"

学徒道：

"《大亨报》上常常有你的大作啊！李先生做了小说家了。"

大我笑了一笑，便走到里面去。晚上，在灯下赶做一篇小说，到了十二点钟方才安眠。这几天他一面做稿子，一面伸长了头颈，盼望《大亨报》馆的书信和酬资快快到来。到得八号的下午，局里办公时间完毕，他走回来，到得店中，那学徒早双手送上一封书信，说道：

"这就是《大亨报》馆送来的信。"

大我接在手中，觉得很轻，便问学徒：

"只有这一封信吗？可有别的东西？"

学徒摇摇头道：

"没有。"

大我呆了一呆，只得走回房里，把那信封看了一看，首一行红字印着"《大亨报》馆编辑部缄"，加上一个草书的"华"字。立即把信撕开，抽出一张信笺，上面的字是用钢笔蘸着墨水写的，他就低低读下去道：

大我先生台鉴：

敝报小天地副刊，前月荷蒙先生迭赐大著，增光篇幅，不胜光荣。敝报本当照征文简约致送薄酬，借答雅意，但敝报经费奇绌，力不从心，故最近所刊文字，除特约者外，大都不受酬者。敝报只每人赠送义务报一份，略答诸君爱护之谊，他日敝报若得发展，自当照约奉酬也。

奚昌君为敝报之老投稿者，亦为热心爱护之一分子，先生不信，盍询之，便知敝报之不敢欺人也！况先生初次来稿，亦为奚君所介绍者，彼时奚君亦未声明必须得酬，故敝报与奚君一律看待。倘先生以后仍能为敝报尽义务，则大稿殊为欢迎也！

即祈鉴谅是幸，匆此布复，即颂。

著祺

华吟风拜启

大我将这封信读完时，好似兜头浇了一勺凉水，他一月来燃烧着的热望顿时熄灭了，又如一场幻梦醒了回来，颓然倒在椅中，只说道：

"我上了奚昌的当了。"

便把这信袋装好，丢在抽屉里，心中好不烦恼，白做二万字还是小事，而心里的如意算盘跌破了，顿时又使他觉得前途茫茫，不能达到他的志愿，不禁悲从中来，徒唤奈何。

在这天晚上，他吃了一碗饭，踏到房里，在椅子内坐下，只是呆呆地不知想什么，又想到他的身世凄凉，不禁回肠荡气，一缕酸辛涌上心头，恨不得放声一哭，再也不高兴握着那个毛椎子去做什么不值钱的文章了。

坐了一会儿，越想越觉乏味，就熄灯而睡。楼上徐守信却正在抽大烟，谈家常起劲的时候。克贞在灯下剪了红红绿绿的小纸做手工。克明算了几门代数，算来算去，总是不对，索性丢了算学去看小本的连环图画。丁氏剥了一只蜜橘给徐守信吃，自己悄悄地走到后窗一看，便回过来对她丈夫说道：

"大我自被你荐到土地局中去做事，月薪虽不多，但是他吃了我们的，住了我们的，一个人只费些，零用也够了，他也没有买些玩物或是好吃的东西给克贞，正是只想要人家的，自家身上落不下什么毛，全不想他都是受我家的恩赐啊！这一月来，我很留心的，每天晚上他常是伏着案子写不完的字，总要写到十一二点钟方才熄火，他不想点的别人家的电灯，却这样浪费。今天不知怎样，很早地熄了电灯睡了，这真是难得的。"

徐守信躺在烟铺上，只管抽他的烟，听了他妻子的话，不即回答，直至一筒烟抽完后，方才吐了一口气说道：

"你不知道他正在学投稿，所以每夜写得如此认真，实在土地局里的薪水太菲薄了，他不得不别想出路。本来要求学的，我没有帮助他，很是惭愧，多点些电灯还是小事，你何必计较？我看我家的克明没有他这样用功呢。"

丁氏听着，面上顿时有些不悦，说道：

"人家说癞痢头的儿子总是自己的好，你却偏说人家的好，我听了真气。去年我代克明算过一回命，算命先生说他的命宫真好，和当今国民政府主席相差得几分，因他命里有金饭箩，一生吃着不尽，无忧无虑的，将来高居人上，要做到像前清一二品的大官。我已问过他的外祖，如今的行政院长或是省政府主席差不多是一二品的官职，所以克明将来要大交好运，他做了省政府主席，你就是老封翁了。"

徐守信微笑道：

"我是不相信那些算命相面的说话，他们都是江湖派，欺骗妇人女子罢了。"

丁氏道：

"你不要这样说，那个当在门前挂了铁算盘弹着弦子走过的钱铁嘴，他算的命都很灵的。他曾代账房先生算过命，说他七月里有灾难，不见阳官定见阴官，不见阴官定见药官，药官就是说药罐，果然账房先生在七月里生了一场噤口痢，险些送掉性命。我又叫他算过你的命，也说你去年财运不佳，切宜谨慎，果然你做标金亏折了二万，你还不相信吗？你说我算电灯，和你的贤甥计较，却不知我也是为你打算，多用了电不要多花你的钱吗？嗯！你是量大的人，一心照应你贤甥的，算我多嘴的不是了。去年者他们来了，我家戳了霉头，那个老家人奔到我们门上来死，这是何等不祥之事？我总要怪怨的。"

徐守信笑嘻嘻地说道：

"你说钱铁嘴算我命运不佳，那么又不关那老家人死不死的事了。"

丁氏恨恨地说道：

"像你这种人真没有话讲的。"

说毕，身子一扭，走到外房去了。徐守信却仍旧抽着烟，心中打着他的算盘呢。

次日，大我带了《大亨报》馆的信到局里来，见了史焕章，便把那信给他看，宣布自己希望的失败，史焕章也代他叫冤枉，二人便去找寻奚昌。恰巧这天奚昌有事请假，没有到局，大我气闷了一天。

第二天见了奚昌，立刻将信给他看，且说《大亨报》登了自己的二万字，怎么一钱不名？奚昌对于大我很是抱歉，对他说道：

"我一心劝你投稿，没有代你想到这一层关系。因为我是不受酬的，《大亨报》销路虽然不错，可是开支大了一些，入不敷出，听说办那报的黄某每月总是贴钱的。况且近来新出了《西湖日报》，不免也受影响，经济方面当然更见拮据，怪不道我前天去见华吟风代你要稿费，他却含糊地回答。原来他们不肯出钱，我真大大对你不起，不如待我再去问问他看。"

大我道：

"这却不必累你白跑了，他信上写得明明白白，起初我们又没有说定，他只是不肯拿出来，你又怎样奈何他呢？"

奚昌只是对大我打躬作揖地赔不是。大我道：

"这也不能单怪你的，随他去休便了。我本来在写一篇创作，现在也不预备投稿了，死了心吧！"

奚昌道：

"你不要灰心，你有做小说的天才，《大亨报》的稿费虽然拿不到手，可是你在投稿方面也有些小名声了，也不好算是白做。前天有好几个人向我问起大我是什么人，我就说是我的朋友，他们都说你的文笔很好，比较一班有名无实的小说家高明得多呢！你不要灰心，以后我当代你在别处想法，以偿此番的损失。"

大我也就点头说一声好，说过不提了。隔得一星期，奚昌忽又邀了大我去小酌。在酒酣耳热的时候，奚昌又对大我说道：

"前天晚上我和老师在楼外楼饮酒，曾经谈到投稿《大亨报》的事，他也偶然见过你的著作，说你是个后起之秀，很有希望的青年作家。恰巧本地新出《杭江报》，编辑先生向他征求著作，我老师一时没有余暇，未能答应，老师说你若喜欢再投些稿子的，他可以介绍，每千字至少有一元之数。这张报是一个很红的政客办的，经济方面尚属充足，所以你若把稿子给我托老师转去，此番一定可以得到稿费的，不至于再使你失望了。你前天说过你有一篇新的创作，何不把来投去呢？"

大我道：

"既然你如此说法，我就再为冯妇，试一下子，好在这篇创作只有一丁多字未完了，今晚我回去把它写好了，再交给你何如？"

奚昌道：

"明天是星期日，我老师是停笔的，不如明天早上我和你一起去见他，代你介绍认识这一位享盛名的小说家，你可有意吗？"

大我道：

"也好，我就去认识认识。"

二人约定了，吃罢了酒，奚昌抢着还过账，分头各自回家去。这个晚上，大我便把他的创作做好了。明日起身，吃过早饭，奚昌已跑来了，见了大我，坐也不肯多坐，拉着大我道：

"去去去！"

大我遂带了稿子，跟他出门。二人一路步行前去，大我就问道：

"冷香阁主人住在什么地方，他是个何许样的人，莫非是一位老者？这个别署很是古旧的。"

奚昌道：

"我老师也不过四旬开外的人，因为他以前时常吟诗，出过一本《冷香阁诗钞》，以后做小说便署了这别号，出了名也就不易更改了。不像现今的文艺家用着很新奇的名字，或是化名，其实仍是免不了文人的积习，倒不如你索性用真姓名来得爽快了。他住在葛岭之麓，自己新建的一座小洋房，背后有个小小的园林，正当里湖，春秋佳日在著作之余徜徉其中，花香鸟语，山色湖光，多么怡情悦性啊！"

大我闻言，又说道：

"咦！文人大都穷愁潦倒，十分困苦的。冷香阁主人却能够在这湖山胜处有一座新的建筑物，他的生活当然很优游的，难得难得。"

奚昌道：

"我老师本来也是个穷措大，只因他每月稿费、版税收入甚丰，而自奉又很俭约。他的夫人江峰青女士又擅丹青，有名于时，定的画倒很贵的，而求她法绘的人很多，单是他夫人一方面计算，每年至少也有五六千元收入。夫妇二人卖文鬻画，同心合作，所以积储得巨款，买了那块地，造了一座新式的屋宇，又种了许多梅树，要学林和靖归隐湖上了。"

大我听了，遂说道：

"原来如此，你老师自然和别的文人不同了，他能够享有这种清福，那么何必还要劳神苦思多做小说呢？"

奚昌道：

"这个我也不知，据他说是性之所喜，也许请教他的人太多，就谢绝不下吧！"

二人且说且行，早已望见了那簪花美人般的保俶塔。这时，正是暮春三月，柳绿桃红，江南风景大好，何况在明媚的西子湖边呢！大我瞧瞧风景，早把愁怀抛弃。二人直走到葛岭之下，一路石磴曲折，绿树成荫，转了几个弯，奚昌把手指着绿树那边露出的一带粉垣，上面都有薜荔蒙复着，更有一朵朵的猩红色的小花点缀其间，说道：

"这就是我师的所居了。"

大我喝声彩，加快着脚步和奚昌走向那边去。

第四回

残肴剩羹一餐看白眼
香车宝马三笑遘红粉

二人跑到那个屋子前面，见两扇绿色的铁门紧闭着，门上有一白石砌就的横额，大书"冷香小筑"四个淡红色的字，写得苍劲古朴，是谭延闿的手笔。大我瞧着，点点头，奚昌上前一按电铃，听里面丁零零地响起来。一会儿，双扇开了，有一个十六七岁的婢女，身穿一件绿格子布旗袍，截着发，容貌很是姣嫩，手中拿着一把修花叶的剪刀，站在一边，对着二人笑嘻嘻地说道：

"奚先生早啊！"

奚昌和大我一边走进去，一边向那婢女问道：

"阿慧，我师在家吗？"

阿慧嘻开着嘴答道：

"奚先生，你来得不巧，我家主人和主母不在这里。"

奚昌闻言，缩住了脚步，又问道：

"都不在吗？他们到哪里去的呢？"

阿慧低着头，将手指弹去剪刀上的泥，慢慢地答道：

"他们是到上海去吃喜酒，顺便参加什么画会的。昨天动的身，大约要有二三天耽搁呢！你们可有什么事？"

奚昌指着大我说道：

"我是特地奉陪这位李先生来拜访吾师的。这位李先生是一位青年作家，他有一篇稿子要托你家主人代为介绍的。今天可惜来得不巧，我们就将这稿交于你代达一切吧！横竖我已预先说明过了。"

奚昌说着话，便向大我要得稿纸，塞向阿慧手中。阿慧接过，看了一看，说道：

"很好！待我主人回来，我当交给他。"

又对大我瞧了一下，对他微微一笑，大我却被她这一笑有些不好意思，便回转头向四下里瞧看。门里一片芊绵的芳草，中间一条水门汀的人行道，排列着许多盆数的奇花异卉，姹紫嫣红，开得很是烂漫。两旁种着十数株矮矮的梅树，可惜不在初春，不能领略那暗香疏影之致了。对面是三楼三底的新式洋楼，洋台上也排着不少花盆架子，有一只小狸奴正蹲在一边，静静地向那花间飞的一双蛱蝶伺着。奚昌指着东边两扇玻璃长窗的所在，对大我说道：

"这一间就是我师著作之所，但是杏黄色的窗帘掩蔽着，室迩人远，不能一识荆州。"

大我心里未免有些怅惘。阿慧带笑说道：

"主人虽不在家，二位很远地跑到这里，可请到里面去小坐片刻，待婢子瀹茗敬客。"

奚昌道：

"谢谢你，这却不必了，我们改日再来吧！"

说毕，遂同大我返身走出。阿慧送至门边，又道：

"二位来此走了一个空，徒劳玉趾，抱歉得很。那么缓日再请过来吧！"

慢慢地把两扇铁门关上。二人走了几步，大我又回头瞧了一瞧，对奚昌说道：

"我们来得真不巧，你将我的稿子交给那婢女，不知她要不要失落的？"

奚昌笑道：

"你请放心，你莫小觑这婢子，她年纪虽小，却已能读书看报，据说她最喜看哀情小说，是一个聪明伶俐的慧婢，并不是之无不识的蠢丫头。你放心吧！你的大作恐怕她先要拜读一过哩！方才你不听她吐语何等温文吗？"

大我点头叹道：

"郑康成家有诗婢，后人传为美谈，这也是出于主人熏陶的功夫了。"

二人且行且谈，走到了湖畔，奚昌望着湖中的游艇，立定了脚，同大我道：

"今天我们到哪里去？"

大我因白跑了一趟，没有见得冷香阁主的面，心里很是懊丧，遂懒洋洋地说道：

"我想回家去了。"

奚昌道：

"你已出来了，何不在湖上一游？我们到杏花村去用午膳吧！此刻你若走回家去，恐怕店里饭早，你要够不到了。"

大我无意游玩，一心要回去，只是摇着头，不从奚昌的话。奚昌道：

"你既然必要回家，我也不敢相强，我就到西泠别墅去看友人了。"

于是二人分手，各自走去。大我本想要坐车子回去的，只因他一向欢喜走路，不惯坐人力车，以为自己大马金刀般坐着，要别人出着汗，费了力，拖着他走，是近乎非人道主义的；二则他得钱不易，也要省出些车钱，所以他一人在外来往，总是不坐车辆的，此刻他提起两腿，匆匆地走回徐家去。到得客堂里，却见他舅母带着克贞，上下打扮着，陪着一位浓妆艳抹的少妇，一同走下楼来。大我立定身子，叫了一声舅母，丁氏便问道：

"你在外可吃过饭吗？"

大我摇摇头。丁氏便将眉头一皱道：

"啊呀！现在已是十二点半了，我们一向是准十二点钟吃午饭的，至多稍迟几分钟，今天我因为要陪着这位从松江新来的叶太太上戏园里去看京戏，所以将午饭也提早吃过了，现在恐怕饭已冷了。你若先知照了，我们不妨少待呢！"

大我道：

"今日天气甚暖，冷些也不要紧。"

克贞却说道：

"表哥，你可和我们一起看戏去？听说有上海来的名角在这里演唱什么新排的好戏《七擒孟获》，爸爸说是《三国志》上的故事，你若一同去，可以讲给我听了。"

大我还没有回答，丁氏遂很勉强地说道：

"你的表弟克明已先去了，我们一共订了五个位子，你若去时，可以添座的。或者停一刻你同你母舅一起来，他还在楼上抽烟呢！"

大我答道：

"多谢舅母的好意，恰才有些头痛，所以没有在外边吃饭就回来的，不能去看戏了。"

丁氏听大我这样回答，也不再说什么，就对少妇说道：

"我们去吧！今天很挤的。"

少妇正向大我身上打量着，便笑了一笑，姗姗地和丁氏、克贞走出店去了。丁氏却凑在她的耳朵上，轻轻地说着话。大我心中十分闷气，跑到厨下，见一个老妈子正坐在桌子边吸水烟，一个女仆在灶上洗碗，大我便问：

"有饭吗？"

老妈子瞧了他一眼，冷冷地答道：

"有的，只是已冷了。好少爷，你怎么这时候才回来吃啊？"

大我也不和她多说，却板了面孔说道：

"那么快拿出来吧！"

这老妈子自己仍不立起，却叫那女仆端整。大我回身走出去的时候，却听得老妈子叽里咕噜地对那女仆说道：

"这样性急，倒生得好大脾气，自己回来得迟了，却来催人，我是当着了水烟袋不肯就放的，不要说他来，就是老爷呼唤我，也要吸足了烟方做事的。他不想想也是和我们差不多一样吃着别人家的饭啊！真是米也不知道几多钱一升的，你就拿一只青菜碗，一盘莴苣笋，还有方才放着的两只荤菜碗给他吃吧！"

那女仆道：

"饭已冷了，可要烧一把？"

老妈子又道：

"管他冷不冷？谁叫他不按时回来？有这种工夫再给他烧火呢！"

大我耳中听得清楚，不由气往上冲，暗想：这老妈子如此可恶，我吃的舅父的饭，要她来说我的不是吗？太势利了，要想回进去赏她两下耳巴子，既而一想，下人不是我用的，我也不好去管她们，况且又在背后说的话，打了她也没有什么道理，舅父、舅母也许反要怪我性子暴躁呢！这种小人也不值得和她们一般计较，忍住了气，走到客堂里，在吃饭桌子边坐了下来。不多时，那女仆早托着饭盘出来，放上四样菜肴，那两样素的他已先听得了，一看那两样荤的，一碗是火腿烧蹄髈，已是吃残的，剩着一张光皮和一根无肉的光骨，和半碗冷汤，上面已结着一层薄薄的白色油。还有那一碗红烧鲫鱼，却剩了半个背心和一个破头，旁边放着一小锅冷饭，和一副碗箸。大我看着这残肴剩羹，心里一气，满想不吃了，但是肚子有些饿，且已吩咐她们搬了出来，遂盛着半碗饭勉强吃着，只吃了两样素菜，把碗箸一丢，脸也没洗，用自己身边的手帕擦擦嘴，立起身，走回他的房里去了。他受了这个闷气，没处发泄，自己又无亲近的人可以告诉，只好闷在肚里，自伤自叹罢了。

隔得十数天，大我这篇创作竟在《杭江报》的副刊上刊登出来，不消说得自然是冷香阁主介绍前去的了。奚昌很高兴地要约大我再去葛岭拜访他的老师，大我因为前次寻访不遇，没得勇气再去，所以奚昌一人去的。

次日，奚昌便告诉大我说，他老师已和《杭江报》的编辑主任谈妥了，每千字准酬稿费一元之数，以后你如有稿件，可以直接寄去，那里必能采用的。大我听了，很是快慰，遂又做了几篇寄去，果然都登的。到月底结算时，《杭江报》馆寄上一张领酬单，写明应得稿费十八元六角。大我遂盖了自己的印章，托店里的学徒去领了回来，总算他第一次得到的文字上的报酬了。第二个月，他当然撰了稿子，继续投去，那编辑很欢迎他的文字，排在很好的地位，他做得也是篇篇精警，当行出色。有一篇短篇小说，题目是一个《兵》字，把一班的丘八爷刻画尽致，用笔也一唱三叹，大得幽默风味，看报的人都交口称誉，大我的文名遂在杭州的文坛上渐渐露出头角来了。他一面在局中任事，一面起始卖文，以为这样双方收入，总可积蓄些金钱起来，著作的黄金梦可说没有打破，从此可以做下去，达到他理想中的梦境。哪里知道，时运不济的人总是没得话说的，陈局长忽然为了一些问题而辞职去任，新任了一位姓鲁的局长前来，于是局中大小职员也跟着旧局长而星散，其中砸碎不知许多饭碗，可是新局长也早带来大批随员来接收。

新官上任，旧官请出，宦海中的浮沉升迁本来是如此的，刻刻在那里调东调西，于是一班要想在政界中吃饭的人，常常仆仆风尘，奔走于显贵之门，希望碰到机会，可以得着一官半职，过过他们的从政生涯，所以只要有一个机关把人员调动，那些信息灵通而有势可援的人便要大忙特忙起来了。倘是遇到什么机关改组，那么大大小小、上上下下，不知又要忙着几多人，有的人得着了新的位置，固然弹冠称庆，喜气洋洋，可是那些失去了原有枝栖的人，却须另寻门路了。总之，只有那些做大官的人，纵然离职他去，但是靠了他平素所有的权势，仍有优良的地位，而一班手下人却也苦极了，好容易托了亲朋吹嘘之力得到了一个小小位置，鸡肋风味，勉强糊口，一朝上面的人调了，他们只有卷起铺盖回老家去，又要再等机会了。做大官的人，此失彼得，不愁没有事做，即使从此不干，而宦囊中多少已积得若干的金钱，优哉游哉，可以卒岁，到底不像从前有些爱惜身名，熬做清官的人，两袖清风，一肩明月，回到故乡，依旧是家徒四壁，嚼菜根，卧青毡的呢，岂非苦来苦去，苦了下面的小职员吗？因此，陈局长一走，毕科长等也要走了，大我和史焕章更没得留局的希望，因为这时候市政府的陆秘书也早到南昌政界里去任事了，更无人去代他对新局长说项。好在大我心里本来志不在此，也就罢了，唯有奚昌却因他的父亲面子大，依旧有蝉联的希望。陈局长走的时候，大家还要凑出公份，代陈局长钱行，每份派着一元七角钱，大我想：这个钱可以省了，所以托故没去。他满拟专心一意地多做些文稿，便可多得稿费，土地局里十二元一月的薪金总可以做出来的。史焕章却无枝可栖，不得不束装返吴，大我和奚昌知道了他的行期，遂约了他在明湖春酒家相聚小酌，也算是临别的纪念，虽然同事得几个月，而大家情感很深，送君南浦，伤如之何？不免有些惜别之意。谈起此后的出路，史焕章说在上海有一家亲戚，在商界也有些相当的历史，或者可以想法，只因自己一向是个学界中人，只会握管笔，没有亿中之才，所以不想厕身其间，此后若没有别的路可走，只好去那里拜托了。大家又约别后彼此常通音问，交换些文艺上的知识。

这晚，大我虽然不会喝酒，而借人杯酒，浇己块垒，竟喝得大醉回去。明天，他和奚昌又送史焕章到火车站，谈了许多话，方才判袂。从此，大我终日坐在他的一间小室中，运用他的脑力，从事著作，一面又买了些爱读的书籍，研究研究，书价大而无力去购的，便向奚昌告借，因为奚昌家中藏书甚多，足供他的饱览呢。徐守信知道大我歇了职，便向大我问问情形，很有意思要代大我别谋一个小事，然而一时却没有机会。大我也将投稿的事情告诉他的母舅，徐守信也很赞成，叫大我耐心待时。丁氏听得大我没有事做，却不免时常说些带有讥讽的话，大我总是忍气吞声地不理会。

其时，榴火照眼，熏风逼人，已是夏日了。史焕章去后，曾有函至，大都说些感时伤事的话，大我也写了一封很长的复信寄去。奚昌有时也走来谈谈文艺，或约他出去小饮，稍解岑寂。可是又一个不幸的消息传来，风行一时的《杭江报》忽然为了政治上关系，宣告停版，出世不到几个月，竟寿终正寝了。别的不打紧，却苦了大我，一个很好的投稿地方去掉了，再从哪里去取得稿酬呢？心里自然增加了一重忧闷，而感觉到卖文的生涯实在不可恃的。要求如冷香阁主那样地有名有利，真是可望而不可即，而且冷香阁主不但自己在文坛上树立了坚固不拔的旗帜，还有他的夫人，蜚声画苑，零缣断素，人家都是争相求购，这种优美高尚的生活，岂是寻常人所能做得到的呢？因此，他也就辍笔不做，在这个长夏中，却把箱中所藏的哲学之书细细研究。徐守信知道他空着，遂叫克明跟大我一起自修，托大我指点一二。大我虽然很热心去指导他，可是克明总是没有心思来切磋学问，一心以为有鸿鹄将至，尽贪着嬉戏游玩。大我也无法诱掖他，真是不曰如之何如之何者，吾未如之何也已矣，古今有同慨了。

大我闭户读书，虽然在学术上增进不少，可是他的生活仍不得解决，他前番受了老妈子的气，一直闷在心头，不能一吐为快，而这个老妈子又是徐家多年的老女佣，不论什么事她总是倚老卖老，脸上一种奸气，瞧见了便令人感到不愉快，但丁氏却十分信任她的，所以这老妈子倚着主人的势，对于一班寻常的人都看不起了，并且大我在土地局里解职后，店中人也格外对他冷淡。大我本是个心傲的人，处此环境，蓬心不振时当书空咄咄，忍着眼泪度着这无聊的光阴。他母舅虽然允代他向一个朋友周先生那里想法，可是一直没有佳音，他也不好去催问。

转瞬已过了七夕，天气渐凉，有一天，大我正坐在室中，读着《逍遥游》，忽然奚昌走来看他，告诉他说道：

"《西湖日报》副刊换了编辑，是我的朋友，姓郑名顽石，也是个青年作家，他接手后要把那副刊的编制改革一下，所以我想起了你，就和他说了，他也见过你的著作的，很有意要你担任一部长篇小说，不知你可有这个兴致担任撰述？他那里稿费和《杭江报》一样的，也是月底结算。我以为你左右无事，何不一试？"

大我答道：

"自从你劝我投稿以后，我沉沉地做了几个月的著作梦，本也很有意思走这条路，可是事实已昭告我可为而不可为了。在《大亨报》和《杭江报》上的成绩是那样，怎不令人心灰意冷？恐怕这《西湖日报》也是靠不住的呢！"

奚昌笑道：

"李，你为何这样没有勇气？文字的报酬在阿堵物之外自有其价值，你怎样学着商人一般孜孜为利呢？"

大我笑道：

"并不是我只在金钱上着想，不过我的环境如此，希望如此，不能不要几个钱，当然和你不可同日而语的。"

奚昌道：

"《西湖日报》的名誉和信用一向很好，我想你若答应的，我就介绍你去和郑顽石相见，以后你们可以直接谈话，比较便利一些。"

大我无不可地答应着。奚昌是说着风就扯篷的，立刻翩着大我，一同到《西湖日报》馆来看郑顽石，大我只得穿起长衫，跟了他走。那报馆是在延陵路，编辑室在楼上，郑顽石坐的一间只有豆腐干一般大，桌子上堆垒了不少稿纸，旁边有一小架摇头电风扇。郑顽石正坐在那里，用着红墨水笔审阅稿件，一见二人前来，起立欢迎。二人挤在桌子边坐下，大我经奚昌介绍了一遍，彼此谈些文学，很觉契合。郑顽石便请大我担任做一部长篇小说，大我客气了几句，也就允诺。郑顽石将校样看过，便锁了写字台，要陪大我去吃夜饭，大我再三推辞不得，遂也一同出报馆门，到一家酒楼，点了几样菜，吃喝起来。三人都是年轻的人，自然言无不谈，谈无不欢，畅饮了一番，由郑顽石做了东，尽兴而散。

次日，大我就起始运用他的妙思灵想，做一篇长篇小说，名唤《襟上泪痕》，做好了一回，先去交给郑顽石，顽石看了一遍，说好好，隔了一天，就把他的大作登了出来。大我看了，自己也觉得很是惬意，便很用心地续做下去，每日登六百字左右，不知不觉的，已到了一个月，大我自己一算，当有几十块钱可以到手，以为在五六号中可以送来了，谁知到了十号，消息沉沉，自己的稿子天天照常刊登，却不得不续著。他遂亲自走到《西湖日报》馆来看郑顽石，谈起稿费，郑顽石便和他说道：

"现在敝经理恰有事在京，不多几日就要回来的，我们馆里职员前月的薪水也没有发呢，所以稿费也不能照付，对不起得很，大约十五号左右总有的了。"

大我闻言，又只得罢休。到了十五号，大我不见报馆里送稿费来，自己却已做好了一回续稿，遂带了稿子，又走到馆中去看郑顽石，将续稿交给他。郑顽石见了大我之面，连说：

"对不起得很，经理虽然在昨天晚上回来了，但是馆中的会计却因他夫人有病，请假回乡去，他没有将字数算出，不经他的手不能照付，只好又要等几天了。"

大我当着郑顽石的面，不好十分催逼，郑顽石既如此说，也只得这样了。空手归去，心中很是懊丧，稿费尚不能到手，而稿子却不得不做，因为自己撰的是长篇小说，不能半途中止，不比在《大亨报》上做了一个稿子，拿不到钱时，以前的只可算义务，以后却可不做去的。瞧郑顽石的人尚是诚恳，也许事实是逢到这样的，且耐着性情看下回分解吧！不过自己脚上的一双鞋子早已敝旧，现在鞋头有些穿了，实在不能再等，自己身边只剩得几角钱，不能购买。不如明天见了徐守信，向他告借两块钱，等我拿到了稿费再还给他，我也好久没有用他的钱了，大约他不会拒绝的。想定主意，次日午后，他在客堂里等候徐守信下来，但是到了四点钟，仍不见徐守信下楼，心中暗暗奇怪。楼上他是难得去的，他实在不高兴去，情愿在楼下老守。隔了一刻，听得楼梯响，丁氏走下楼来，大我便向丁氏问道：

"母舅可在楼上？今天怎么不下来？"

丁氏对他看了一眼，答道：

"你母舅今日有些不舒服，睡在床上养息，不能出外，所以不下楼来了，你可有什么事要见他？"

大我眉头一皱，没有回答。丁氏却又问他道：

"你同我说不是一样的吗？"

大我本想不说了，但思我向母舅借两块钱，一则总是小事，二则也很光明的，好在我不久便可还的。她既然这样问我，不如老实和她说了吧，允许不允许却由她做主了。我若不说时，她是个多疑的人，反要疑心我有什么大事情，所以他就对丁氏说道：

"舅母，我是没有好事的，我想向母舅告借两块钱去买鞋子，因我脚上穿的纱鞋已破了，舅母你瞧。"

他说着，把脚在地上伸出一步，丁氏便低头看了一下。大我又说道：

"本来十号边《西湖日报》馆里有一笔稿费的，现在因会计回乡去了，尚须缓待几天，一时不能取到。现在我借了母舅的钱，不过数天，无论如何必要归赵的。"

丁氏听了，微笑道：

"这个倒也不必的，你做什么稿子？难道有钱的吗？"

说了这话，似乎露出不信的样子。大我刚要说时，店里的学徒手里拿着一包东西跑进来，对丁氏说道：

"师母，徐先生可在楼上？"

丁氏回头问道：

"什么事？"

学徒道：

"城里大井巷恒源兴送来八十块钱，我就交与师母吧！"

说着，就将手中的一包东西奉上，又道：

"请师母点过。"

丁氏拦在手中，便放在桌上，解开包纸一看，乃是六张交通银行的十元纸币，还有二十块雪白光亮的银圆，遂把头一点道：

"不错，洋钱可看过吗？"

学徒道：

"账房先生已看过，都是好的。"

说毕，回身跑出去了。丁氏便取出两块钱交给大我说道：

"你母舅近来手头也不宽舒，这几天要付房金也缺少钱，幸亏那店里付还一笔账，你就拿两块钱去买鞋子吧！"

大我接了说道：

"在一星期内我准归还。"

丁氏冷笑道：

"归还不归还再说吧！好在你母舅常常帮助你的，只要你母舅有钱，区区之数值得什么？"

又冷笑了一声，带了钱上楼去了。大我听丁氏说这些话，明明是当面讥嘲，勉强把钱借给我的，心里不觉有些气恼，但是钱已到手，且去买了鞋子再说，只要等到稿费送来后，把钱还给她，好使她知道我李某并非专是白用人家钱的人。他遂回到房里，披上长衣，关上了门，走出店来，要到鞋子店里去购一双新鞋。却见道旁围着一堆人，连声喝彩，中间有一个唱《莲花落》的，拍着竹板，唱得甚是好听。他很无聊地偶然立定了一听，原来那人正唱着一段《方卿见姑娘》，这故事出在《珍珠塔》弹词上，在民间很是通俗而脍炙人口的，这部书自己以前也曾看过。方卿是个穷措大，特地到襄阳去投奔他的姑丈，想借些钱的，不料逢到了势利的姑母，受尽肮脏之气，他就不别而行，后来名登金榜，衣锦荣归，他遂假装了道童，到陈家后花园来唱道情。此书虽然也不出旧小说"落难公子中状元"的惯例，可是已为一班读书人写得扬眉吐气。唉！他有了势利的姑母，我却有势利的舅母，我的身世也和他仿佛，现在虽然没有考什么状元，我也不想做官发财，但总望我将来能有成功的

57

一日，不知能不能和他一样扬眉吐气啊！他掉转身，一路走，一路想，想起方才丁氏的情形，令人难堪，蹴尔与之，行者不受，我为什么要拿她的钱？我的鞋子虽然破了，还好将就穿着，稿费再隔数天总可取到了，为何这样等不及呢？他越想越悔，愈悔愈气，前面已有一家鞋子店，玻璃橱窗里陈列着各色各样的缎鞋和皮鞋，电灯照着，很有诱人的色彩，他虽然立定在鞋子店的门前，可是他心里实在不高兴买鞋子了，所以他立了数分钟，依旧走向前去，想少停回去把这钱还给他舅母吧。心里怅怅地往前走着，不知不觉地走到了湖滨。

这时，暮色苍茫，皎洁的明月已在云端里露出她的俏面庞。他站在湖边，看着水波，暗想：我出来不是要买鞋子的吗？却走到这里来了。近来我常是恍恍惚惚的，思想上也很见矛盾，这样无目的地走着做什么呢？但是瞧到了湖上的清风明月，大自然的美景呈现在他的眼前，足使他心版上的隐痛解除不少，遂想这几天坐在家中，本来闷得苦，对此美景良辰，何不玩赏一下？苏东坡说："世间唯山中之明月，江上之清风，可以取之不尽，用之不竭，并不要人家花一个钱。"古人都很达观，我何必一定要像屈、贾那样悲伤憔悴而不能自振呢？今宵不如就在湖边走走，畅观西湖姊姊的夜色吧！于是他就走到近处一家徽馆里，吃了一碗虾腰面，走出馆子，徐步向白堤走去。以后他就在平湖秋月徘徊，遇见了两个活泼泼的不知姓名的妙龄女郎，划舟而来，不多时又飘然远去，以后又听那卖歌的少女唱了几支歌曲，问起她们的身世，使他想到白乐天的"同是天涯沦落人，相逢何必曾相识"那两句诗，虽然他身边只有向他舅母借来的两块钱，然而在那个时候，他竟慷慨解囊，给了歌女阿梅一个银圆。阿梅母女俩还以为他是一个有钱的大少爷，所以很殷勤地要请他到她们家里去逛呢！

那晚，大我回到了家中，睡在床上，思潮很多，四壁虫声唧唧，如助他的叹息，银簟冰枕，好梦难成。次日起来，见了丁氏的面，不能将钱去还她，而且脚上依旧穿着一双破鞋，心里很觉惭愧，幸亏丁氏很忙着，也没有去问他。

到得二十号的下午，《西湖日报》馆差人把稿费送来，一共二十元六角，大我签了字收下。他此时心里稍觉快慰，好去买鞋子了，遂带了钱，走出店门，找到了一家鞋子店，走进去。他本来想买一双缎鞋，但是见那店制的皮鞋式样很好，一问价钱也不贵，六块钱可以买一双了。店伙取了一双皮鞋给他试穿，又说了许多好听的话，怂恿他买。大我想：一双缎鞋至多着两个月，皮鞋却可穿上四五月，那么价钱虽贵，仍是一样的，现在手中有钱，索性买双皮鞋穿了，让丁氏瞧着，也可使她知道我并没有将她的钱来买鞋子啊！于是他就将那皮鞋购下，穿在脚下，把旧鞋子放在鞋匣里，付去了钱，走回店来。他穿着新皮鞋，走进店中时，叽咯叽咯的很响，学徒和几个店伙都抬起头来，瞧他走进去，他很觉快意，大踏步地走到里面。丁氏正立在客堂里吩咐老妈子话，听得外面革履声，以为有客人来了，举目一看，见是大我，不觉心中一奇。大我立定了，叫声舅母，老妈子的一双眼睛也对着大我足下端详，大我遂从身边摸出两块钱，交给丁氏说道：

"前日我借舅母的钱，今天归赵吧！"

丁氏接在手里，说道：

"你一定要还吗？很好，大概你说的稿费今天取到了。"

大我点点头道：

"也不多，这是不可靠的，我仍要拜托母舅代我想法找到一个稳当的职业呢！母舅这几天身体可好？我没有见他的面。"

丁氏道：

"好些了，他也是忙得很的，方才出外去了。"

大我答应一声，便走到他房里去，却听丁氏对那老妈子说道：

"前天他要买鞋子，向我借两块钱，现在却又还我了。自己买了一双皮鞋，不知是什么意思，难道他自己有了钱，要争气，不用我们的钱吗？"

老妈子接口说道：

"我想他也不会赚多大的钱，他若是要争气的，最好不住在这里，自己去立门户。可惜他仍旧吃的主人、主母的白饭啊！"

大我听了二人的话，心里又是一气，把牙齿一咬，暗想：你们这样瞧不起我吗？还钱又是错的吗？我将来总有一天自立门户的，你们瞧着吧！

又隔了一日，奚昌来看他，知道他已领得稿费，也是快活。大我因为自己常常叨扰奚昌的，并且前晚郑顽石曾请他吃过饭，自己也该答请一次，遂和奚昌说了。因明天是星期日，要请他们一同去游湖，小叙一次，这样正中了奚昌的心怀，满口答应，遂到外面店堂里去打了一个电话给郑顽石，约定明日上午在这里相见，然后一同出游。郑顽石听说大我请他出去游玩，游侣中又有奚昌，自然答应。奚昌便在大我处又谈了一刻文艺，天色黑时，方才别去。

次日早上，大我用过早餐，回到房里，取过一面小镜子照着，将头发梳理一下，穿上了一件华达呢的单长衫。这件单长衫还是去年他在南昌学校里购置的，他一向不舍得穿，不过穿得数回，所以看上去像新的一般。他穿到了身上，心头又起了一重悲哀，因为这还是他长兄舍我寄钱给他制的，现在长衫依然很新，而寄钱给他做衣服的人却已牺牲在匪祸里，化作异物了。他呆了一歇，又把皮鞋穿在足上，立起身来，在室中走了几步，又对镜子照一照，觉得自己尚是个翩翩美少年，只因平日常困在奈何天里，很少兴致，并不活动，埋没了他的丰采了。此时送报的送上一份《西湖日报》来，他就接了，坐在椅子里看报。隔得一刻，奚昌和郑顽石一同走来。今天奚昌穿了西装，胸口缀着鲜花，十分高兴，郑顽石也穿了一件哔叽单长衫，手里都拿着司的克。相见后，大我请他们坐下，略谈几句，奚昌便立起身来道：

"今天我们不是来谈话的，天高气爽，良辰难得，快快出游吧！"

大我说声是，连忙陪着二人出室，将房门关上。出得店来，大我便向奚昌道：

"我们到湖边去雇一艘划子船，先到三潭印月去可好？"

奚昌摇摇头道：

"湖上风景我们已是司空见惯了，不如去游南山，那里清幽得多，并且满觉陇桂花正盛开呢！"

郑顽石点点头道：

"好！我们不必游湖，便去游山吧！"

大我见二人都主张去游西南诸山，当然也只好表示同意。奚昌忽又对二人说道：

"今天我们可以骑马去，郑兄素来喜欢驰骋的，在此秋郊，正可一试身手，大我兄赞成吗？"

大我道：

"当然赞成的，但是我以前虽在南昌骑过二三回马，实在不惯控御的，你们二位大约都是能手，我哪里能够追随得上骥尾呢？"

奚昌驰马兴高，一定要去骑坐，又说道：

"李，你不要这样客气，你跟了我们跑，决定不会闯祸的，快去试试看，涌金路那里有个马夫，名唤毛脚阿三，他有几匹马都是很好的，我坐过好几回，今天我们就雇他的马去吧！"

于是三人走向涌金路来。奚昌指着左边大柳树下南间矮屋说道：

"这就是了。"

三人走到门前，恰见一个马夫，歪戴一顶小帽，口里哼着"保镖路过马兰关"走出门来，一见奚昌，便带着笑脸叫应道：

"奚少爷，今天可是来骑马的吗？"

奚昌点头道：

"正是。阿三，你的马都在家里吗？"

阿三道：

"今天你们来得巧，都没有被人雇去，你们来看吧！奚少爷常坐的那匹雪花骢也在厩中呢！"

一边说，一边便引导着三人走进屋子，后面有一个小园，厩中有几匹马，正在上料。奚昌指着东边一匹浑身雪白的驹，对二人说道：

"这就是我常坐的雪花骢，今日又要骑它一下了！"

阿三便将雪花骢牵出来，郑顽石上前拣了一匹青点子的说道：

"这匹马还可以坐坐吧！"

大我道：

"你们都选了好马去，叫我这个不会骑马的人怎样办法呢？"

阿三忙指着里面一匹比较小些的黄骠马说道：

"这也是好马啊！性子很驯的，这位少爷既不是熟手，就请坐这匹马，很是合配。"

说着，又将黄骠马牵出厩来，奔到室中取马鞍辔，一一代他们配放上去。大我瞧着马，又对二人说道：

"我是不会骑的，你们不要自顾自地快意驰骋。"

奚昌笑道：

"你请放心，我们绝不和你恶作剧，我教阿三跟在你后面一起跑，这样不是千稳万妥了吗？"

郑顽石道：

"大我兄怎么如此胆怯？现在学校里大都很注重于体育的一科，努力锻炼提倡尚武，大家要有很强健的身体，方才可以在这二十世纪的世界上过日子，伟大的事业本来寓于健全的体魄，外人不是一向讥笑我们是东亚病夫吗？他们都有强固的体格、雄武的精神，值得我人钦佩。所以，我们中华国民也当急起直追，一除病夫之讥才好呢！以前读书的人本来不是一味躲在书房枕经葄史、吟风弄月的，所谓六艺，就是《礼》《乐》《射》《御》《书》《数》，其中的《射》和《御》，不是包含着体育一科吗？孔子门下也都能御车射箭的。春秋战国时一班文人不全是手无缚鸡之力的啊！自从后世帝王提倡什么偃武修文，用弱民政策来压服那在下者的力量，以致尚武风衰，积弱不振，弄到今日之下，士人大都不会骑马了。尤其是南边的人，盖井而观，腰舟而渡，文弱到了极点，自然要被外人所嘲笑的了。"

奚昌又说道：

"不错，驰马试剑，古人本来很注重的，《诗》云：'执辔如组，两骖如舞。'对于太叔的驰马多么赞美。秦风也有《驷铁小戎》之诗，可见当时人民的心理了。大我兄，今天是难得的，我们爽快一下吧！"

大我笑道：

"你们二位的议论说得好大啊！我再不骑时，更要被你们讪笑了。"

阿三道：

"少爷放心，有我跟在你后面保驾，绝没有岔儿闹出来的。"

于是，阿三把三匹马牵出门来，又取过三根马鞭交给三人，和大我讲些坐马的诀窍，大我听了一遍，奚昌早已一跃上鞍。郑顽石也翻身坐上马背，大我遂跟着骑到那匹黄骠马上，回头对阿三说道：

"你跟在我后面吧！"

阿三点点头，笑了一笑。奚昌一马当先，郑顽石居中，大我随后，徐徐向净慈寺那条路上跑去。大我一手牵着丝缰，一手握着马鞭，嘚嘚地向前跑着，看着两边的风景，试马秋郊，倒也别饶意兴，幸亏奚昌和郑顽石缓辔而行，并不疾驰，所以大我赶得上。不多时，已到了净慈寺，三人一齐下马，阿三早上前代他们牵住，拴在一株柳树下。大我回转头去，瞧着雷峰遗址，不胜感慨，南屏晚钟的碑亭恰在修葺一新，听寺中一声钟响，三人走到里面去游览了一遍，看过世欲传称的济公运木神井，回到寺外。奚昌道：

"我们到石屋洞一游吧！"

大我和顽石都说很好。阿三牵过马来，三人重又跨上雕鞍，向前面汽车路上跑去。跑了一下，两腿一夹，那雪花骢便嘶了一声，展开四蹄，向前面很快地奔腾。郑顽石见了，口中说一声好，也将马缰一拎，跟着追去，这样抛着大我在后，眼见二人纵马疾驰，八个马蹄翻盏撮钹似的望前跑着，渐渐人马的影子渺小了。大我发着急，也将自己坐的黄骠马加上一鞭，想要追上他们，但是哪里能够呢？

在这时候，背后叭的一声，有一辆篷式汽车飞也似的驶至马后，那马受了一惊，立刻暴跳起来，几乎将大我掀下马鞍，幸得阿三在后赶上前把马拖住。那汽车已擦身而过，车中坐着两个靓妆艳服的女子，一个头上的云发烫作水浪式，鼻上架着一副玳瑁边的眼镜，耳上悬着长长的翡翠环子，一个头发也烫着，颊上涂着两三堆胭脂，身上都穿得花花绿绿的，十分耀眼，一齐回转头来，向大我看了一看。那戴眼镜的女郎微微一笑，和她的同伴指点着，不知说什么。大我惊魂初定，虽见她们顾视自己的样子，也不暇细辨容貌，但觉得这一双倩影依稀在哪里见过的，一时想不出罢了。一刹那间，汽车早已远去，大我在马背上坐正了，阿三说道：

"少爷，你让他们疾驰吧！不要去苦追，你自己慢慢跑到石屋洞去，他们自会在那里等候你的。"

大我点点头，果然不敢加鞭，仍旧缓缓地向前跑去。转了一个弯，两旁古木参天，野花如燃，景色更是清幽，却听前面马蹄声。奚昌和郑顽石一前一后地跑将回来，到得相近处，奚昌放慢下来，对大我带笑说道：

"对不起，我们已跑了一趟，业已到了那边，恐怕你在后面赶不上要发急，我等所以又跑回来候你。"

大我道：

"好男儿固当如是，东汉时马伏波年已衰老，而据鞍顾盼自喜，遂得主上'矍铄哉是翁'的赞语。我正在年轻的时候，却这样不济事，岂不惭愧呢？"

于是，奚昌等也将坐骑慢慢地和他并辔而行。不多时，早望见远远的一带黄墙，墙上大书"湖南第一洞天"六个字，三人到得前面，一齐下马，仍把马交给阿三。大我抬头见寺门上有一横额，大书"大仁寺"，原来石屋洞便在寺中，两旁停着不少人力车和山轿，游人出进的很多，三人走到里面，有一个僧人殷勤招待，进石屋洞游览。大我是初次到此，见洞中石台石凳打扫得很是洁净，洞顶奇石凹凸，嵌空玲珑，有小罗汉像数百尊，都塑在石的空处，洞底有泉水汩汩地流出，洞的尽处形似一螺，上题"沧海浮螺"四字，僧人告诉他们说：

"千年以前，有螺蛳精在此修道，成佛而去。"

这种齐东野语，大我等听了，当然付之一笑。又走到上面去，还有乾坤洞、青龙洞，都是狭小得很，不足留恋。回到外面，僧人献上香茗，三人略坐一番，付去了茶资，走出大仁寺。奚昌对大我说道：

"就在近处有个水乐洞，是宋时贾似道凿石引泉而成的，现在虽然已失旧观，却还可闻泉声，不可不游。"

于是三人跨上马，转了两个弯，又到了水乐洞，下马而前。走至洞口，觉得这洞很是窈冥，洞口有泉水流出，流在深渊中，喷沫碎白，锵然有声，旁边放着桌椅，可供游客烹茗憩坐。一个童子掌着明灯，跳跳纵纵地走来，对三人说道：

"我来引导你们进去。"

三人跟着童子，一步一步地走入洞内，愈走愈狭，黑暗之极，两旁都镌着石像，水声潺潺，从两旁倾泻而下。玲琮悦耳，好似琴筑齐鸣，真不愧水乐之名了。走到洞底，渐渐低狭，童子将灯光一照，遂见洞底作螺旋形，泉水从小孔里流出，三人立着，静听一刻。童子又讲起螺蛳精的故事，大我等不觉好笑，刚要返身走时，听得前面黑暗里有女子笑语的声音，又有人照着灯笼，引导游人进洞来了。大家在洞中自然瞧不出什么，不多时，已走近了，那掌灯的童子喊道：

"大家当心些，不要碰撞，这里有人啊！"

大我等鼻管里早嗅着一阵甜蜜的香气，知道来的是女性游客，仿佛两个女子立在那边，低着头也来瞧看洞底。掌灯的童子忽然将灯举起来，在她们脸上一照，笑嘻嘻地说道：

"待我瞧瞧看，是谁家的小姐？"

大我等在这时借着灯光也已瞧见那两个女子的娇容。原来，就是方才汽车中的一双倩影，两女子被童子这一照，连忙将头缩了回去，那戴眼镜的也已瞧见大我，忍不住咯咯一笑，大我等三人却侧着身体走出来。洞口有人过来，要留他们在此吃茶，奚昌、郑顽石要想赶紧到烟霞洞去，摇头拒绝，将一个双毫银币给了童子，徐步踱将过去。此时，洞中的两个女子也已回身出来，大我等三人回转头来，一齐瞧得清楚，那戴眼镜的身穿一件银丝绸的夹旗袍，开着长胯，风吹动了，露出里面苹果绿的绸里子，脚下穿着白丝袜和一双银色浅头的革履。那一个穿件青地红点子花的绸旗袍，杏黄色的夹里，足下一双漆皮高跟鞋。二人的襟上都有一条紫色的带，斜系着，乃是悬的自来水笔了，那戴眼镜的襟上更插着一朵淡红色的花，人面花色，相映得更见娇艳，瞧她们的情景，似乎是很摩登的女学生。此时二女子出了洞，连声称好，那戴眼镜的女子颔下有一小粒红痣，好似点着的胭脂一般，她侧着娇躯，立在水乐洞口，叫她的同伴代她摄一小影，大我等也就立着观看。在这个时候，大我的脑海中方才想起这两个女子乃是前天在平湖秋月悄然独立之时，她们俩划舟而来，在月下舞了一回而去的，不知是谁家丽姝，今日又在这里邂逅，便暗暗指着那女子，将方才途中惊马回眸一笑的情形告诉了二人。二人听着，点点头，见她们摄影已毕，走将过来，三人不好意思再作刘桢平视，也就回转身走得几步。阿三迎上前问道：

"诸位少爷再要到哪里去？"

奚昌道：

"我们上烟霞洞去。此去都是山径，不便乘马，你带着马遛遛去吧！

薄暮时可在四眼井那里等候。"

阿三答应一声，牵马去了。三人遂转了一个弯，向山径上面走去。俯视那二女子，还在那里逗留呢！从此，她们跑得满头是汗，而且两个足上还穿着高跟皮鞋，不禁佩服她们的本领不小，再不能称为弱女子了。行行重行行，已到了烟霞洞，又有一个乡女点着烛火，引导他们走进烟霞洞去。观览一过，洞顶有个吸江亭，三人从曲折的石磴上走到亭子里，果然风景很好，一边远望钱塘江，风帆沙鸥，境地清旷，一边又望见一角西湖，好似美人半面，别有引人入胜，大我不由喝声彩。那里有酒菜供客大嚼的，这时日已过午，三人的肚子里都觉得有些饿了，遂吩咐侍者端整几样可口的菜和酒，送到亭子上来，三人坐着饮酒谈心，好不畅快，平日局促如辕下驹的大我，到此时也觉得俗虑都蠲了。吃喝了一会儿，将饭用毕，奚昌一看自己手表上已有两点多钟，遂说道：

"时候不早了，我们还要去游理安寺和龙井，走吧！"

大我遂抢着还去了账，一共五元七角。郑顽石道：

"我们只吃得几样菜，价钱这样的贵吗？今天叨扰李兄了。"

大我道：

"言明在先，不要客气。"

三人走下来，由奚昌引导，走向理安寺去。途中小径愈转愈幽，青山含笑，野鸟弄吭，四围景色幽夐清丽，使人忘却尘世。走到理安寺，见山边多植楠木，参天绿云，下面覆着小溪，匝地清响，但听风声泉声，出自天籁。前面九溪桥畔有一楠木筑成的小亭，依稀里面坐着几个人，三人走至亭外时，却见亭中石凳上坐着两个丽人，在那里削着梨吃，不是别人，就是水乐洞前摄影的两个女郎。大我在无意中接连三次遇见，不觉口里说一声："咦！"那戴眼镜的女郎抬起头来，又对他若有意若无意地瓠犀微露，嫣然一笑。

第五回

亭边得妙物偶惹情魔
客里谋枝栖初看市侩

今天大我随着奚昌等出游，无巧不巧地在途中和这两个女郎屡屡邂逅，这是第三次了，每次逢见的时候，不知怎样的，那戴眼镜的女子总是对他一笑，说她无意吧，为什么常常见她的笑容？而且明明是瞧见了他而笑的，说她有意吧，这两个都是好人家的女儿，笑得并不轻佻，也没有别种举动，并非有意狐媚惑人，只好认她性本善笑，不期然而然的了。然而这女子之笑已有很大的魔力，足使大我一颗安静的心不自禁地动摇起来，如通着了电流，起了感应，他又有些面嫩，竟使他不敢抬起头来去瞧那一双情影。他们本想走到亭子中去的，现在却缩住了脚步，只好回转身走上石磴，去看那亭旁的露经塔，塔上有白龙山人绘的观音像，又有吴昌硕的题字，三人端详了一歇，才一步一步地走进理安寺去。在寺中四处走了一下，然后走到松巅阁上，寺僧又献上香茗来，郑顽石口里微吟着"何当老我松巅阁，煮水蒸藜过此生"，对二人说道：

"我倒走得有些脚酸了，在此坐一刻吧！"

奚昌说声好，三人遂坐到椅子上。奚昌和郑顽石大谈理安寺的楠木，大我却端着茶杯，一口一口地喝着，双目下垂，一声不响地好似在那里沉思。奚昌瞧了他的情景，便对郑顽石微微一笑，努努嘴道：

"蓦地里遇见了风流冤业，待扬下叫人怎得今天疯魔了大我也！你看他静悄悄的，正在那里动伊人之思啊！"

大我被奚昌这一句话说得他的脸红起来，将茶杯放下，说道：

"奚昌兄休要取笑。"

奚昌道：

"我不笑你，有人笑你的，你今天变了唐伯虎，大有三笑姻缘的希望了。方才两个女子非常美好，又像女学生，不知是哪一校的校花，到此清游？其中一个戴眼镜的年龄更轻，瞧她至多不过十七八岁，偏偏对着大我兄三笑，这岂是偶然的事吗？"

大我道：

"三笑、四笑与我无涉。"

奚昌道：

"她不对我笑，也不对顽石兄笑，独对你笑，怎说与你无涉？大我兄，你当知美人的笑不是容易的。李白诗：'美人一笑千黄金。'一笑千金，三笑不是三千金吗？你今天得到三千金了。"

大我不觉笑道：

"你真说得滑稽之至了，我是个穷措大，正如涸辙之鲋，倘有三克黄金到手，给我去求学深造，未尝不是一件好事？无奈这三笑是空的，是不兑现的支票，亏奚昌兄说得这样郑重其事。哼！你若做了官，倒会深文周纳，入人于罪的。"

郑顽石抢着说道：

"不是我袒护奚兄，他实在说得不错，此事大有玄妙。"

他说到"大有玄妙"四字，伸着手，把一只手指向空中，溜溜地虚画了一个圈，又说道：

"你说这是不兑现的支票，其实若要给张支票兑现时，只要李兄能够效法唐六如下一番苦功夫，以李兄的才貌而论，何患不能成功呢？"

大我冷笑道：

"你竟愈说愈远了，鲰生哪得有此妄想？"

郑顽石道：

"不是这样讲，这三次的笑确乎不是偶然的事。第一次我们没有看见，第二次在水乐洞，第三次便在这里寺外亭内，我们都瞧见的，就说方才，她见你将要堕马，不觉好笑，但是后来这两笑用什么来解释呢？"

大我道：

"年纪轻的人常常容易好笑，何怪之有？你们把来当作好题目，大做其文章，这岂不是有意嘲笑我吗？善戏谑兮，不为虐兮，你们算了吧！"

奚昌道：

"李，你说笑是容易的事吗？《左传》说，贾大夫娶妻而美，三年不言不笑，后来如皋射雉得获，方始一笑。三年工夫方得一笑，今天你一日而得美人三笑，当然我们要说你有缘了。"

大我道：

"别开玩笑吧，有缘是这样，无缘也是这样。"

郑顽石燃了一支纸烟，吸得数口，烟气徐徐从他的鼻管里喷出来，又说道：

"《诗》云：'巧笑倩兮，美目盼兮。'这八个字形容美人笑的姿势，何等灵妙？我们只要对这八个字仔细相视，就好如见得美人的笑颜了，不必多用什么形容词的。又如白居易诗：'回头一笑百媚生。'这七个字也是非常佳妙，这岂不是诗人对于美人的素描吗？"

奚昌笑道：

"郑兄又要谈到文艺上去了。现在我们讨论的笑是现实的，至于怎样佳妙，这要问身受的人了。"

大我听得有些不耐烦，立起身来，从身边取出四角小洋，放在果盘里，叹了一口气，说道：

"我们不要多讲这种无谓的话，恰恰去游九溪十八涧吧！你们看阳光已斜射到西边的墙上，时不我待，在此留恋作甚？"

于是，奚昌和郑顽石也跟着立起来，笑了一笑，一同走出理安寺，到得那楠木亭子里，美人的芳踪已杳了。大我却在无意中一眼瞥见那边木槛上黄澄澄的有一样小小东西，忙走过去取到手中一看，原来是一个女子用的胭脂盒儿，十分精细，是上等的化妆品，同时，奚、郑二人也都瞧见了，过来观看。大我将盒子一开，见里面的胭脂已用残了，鼻子微微嗅到一阵香气，料想这是游山的妇女们所遗忘的。方才自己到此的时候，亭中只有那两个女郎，并不见有别人，那么这盒儿倒有十分之九是她们遗留的了，但不知是两人中间的哪一个用的东西？一旦遗失了，要不要再来找回啊？大我心里这样想，奚昌却早嚷起来道：

"巧极巧极！恭喜大我兄得此宝物。"

大我道：

"这不过是女子用的胭脂盒儿，到了你嘴里又说什么宝物了。"

奚昌笑道：

"唯其是女子用的东西，所以我唤它为宝物，而且又是美人用残的，更是难能可贵，就是出了钱也买不到的，被你得了，岂不要恭喜？"

大我把盒儿盖了，拈在手里，对奚昌说道：

"今天奚昌兄会说会话，怎么专门和我打趣？"

郑顽石道：

"我说句公平话，这倒并非奚兄故意打趣，实在事实是如此。李兄不必怪人，请你自己想想，今天所遇的岂非都巧吗？这个盒儿绝没有别人遗留下的，当然是那和李兄三笑的妙人儿忘记在此地的。李兄正好收拾起，带回家去，珍藏起来，做个纪念品，也不负今天的俊游。他日倘能物归原主，便是李兄成功的佳期了。"

大我被他这么一说，脸上大红而特红，想把这东西立刻掷于地下，免得被他们取笑，然而很奇怪的，心里却有些舍不得放，睁着两眼，对二人说道：

"你们又取笑了，这东西你们拿去吧！"

说着话，把这盒儿递到奚昌手边，奚昌摇摇手，哈哈笑道：

"李，这个东西一则是你发现的，二则有三笑的关系，你不收留，谁能接受？却送给我作甚？"

郑顽石道：

"大我兄太老实了，人非草木，孰能无情？情之所钟，正在我辈，你就留下吧！弃之岂不可惜？我们绝不再来说笑你。"

大我道：

"当然不容你们说笑。好！我就带回去做个玩意儿便了。"

将这胭脂盒儿藏到衣袋中，奚昌对郑顽石挤挤眼，各自背转脸去笑了一笑。奚昌就说道：

"我们走吧！"

三人遂走向九溪而去。泉水从草间石上曲折流下，如鸣琴筑，非常幽细，加着境地清冷，好如到了仙境，与尘寰隔绝，更比理安寺步步入胜了。大我觉得平日很多烦恼，今天到了这里，什么都忘记了，山水之乐果然和别种不同的，无怪古人有乐之终身不厌的了。

游罢了九溪，因为时已不早，便走回来，再到虎跑一游。回到四眼井，见阿三牵着三匹马在那里等候，一见三人走来，忙迎上来说道：

"少爷们回来了吗？游得可谓畅快？我在此等得好不厌气啊！"

三人笑了一笑，大家走得力气已乏，遂一齐跨上雕鞍慢慢地纵辔而行，马蹄踏着芳草夕阳，在愉快的晚风中一路归去，当然三人的心里也是一样愉快的了。

这天夜里，晚餐之后，大我独自坐在他的房中，合着双眼，追想日间游山之乐，又想起了路上相逢的双姝，不知是谁家的女儿，倒也很喜游山玩水的。以前在平湖秋月曾见她们俩坐着小艇在月下遨游，惊鸿一瞥，转瞬即逝，自己本也不在心上，却不料今天又遇见了，偏偏戴眼镜的忽然对自己笑了三笑，巧也真巧，到东碰见，到西碰见，以致奚昌等和我闹笑了。其实这好如浮萍相合，一会儿便离去了，没有多大的意思，奚昌和郑顽石故意说得神秘罢了，人家哪里有心呢？遂从身边摸出那个胭脂盒儿，开了盖儿，盖儿后有面小镜，灯光下正照着自己的容貌，很是俊秀，不觉痴视良久。又瞧那盒中的胭脂，猩红鲜艳，如绛桃，如海棠，红得可爱，因此又联想到用胭脂的人晕红的双颊，猩红的樱唇，纤细如柳叶的蛾眉，溶溶如秋水的双瞳，确乎是非常美艳的，一再相逢，真令人未免有情，难抑绮思。这个盒儿果是她偶然遗忘在亭中的吗？女子的心理是很难捉摸的，我们一行是三人，为何她独对我笑呢？我身上、脸上并没有令人莞颜的地方，那么再一思想，倒也有些不可思议了。他一边想，一边把这盒儿在手里把玩着，大有如见其人的样子，这时，他的脑海里又想起一件事来了。以前他自己在南昌读书的时候，学校附近的一条小巷里，有一家人家，记得是姓曹，母女两人善做各地点心、落汤的水饺，火腿丝蛋炒饭、小笼虾肉馒头，都是她们特色的东西，在家中客堂里放了几张桌椅，人家可以进去吃点心，里面又有一个小小的地板房，收拾得较为雅洁，熟客方才容许入内。那庭中有一株碧桃，还有一株木樨，春时碧桃花开得娇艳悦人，秋时风送桂香，十分清静，和市上一切的点心店大不相同了，并且特别熟的客人有时还可以叫她们母女俩添煮几样可口的肴馔，烫一壶酒，在那里浅斟低酌，促膝细谈。她家的主顾一大半倒是校里的学生，一到下午四点钟过后，她们那里便热闹起来了，在那时候，自己是常和二三同学到她家去吃喝的。曹家的女儿年方一十六岁，虽是小家碧玉，却生得面貌秀丽，心肝玲珑，着实令人可爱，因她善制水饺和馄饨，便得了一个别名，唤作馄饨西施，她的小名儿记得是"爱宝"两字。爱宝的母亲非常会拉生意，待人很是和气的，爱宝见了自己去时，常常要对他笑。有一次，他问她为什么笑，她却回答一句我也不晓得，有两个同学便和他说笑话道：

"馄饨西施爱上你了，你心里如何？"

自己答道：

"可惜我不能像司马相如那样穿犊鼻裤，汲水涤酒器啊！"

后来，爱宝的母亲竟向自己问长问短，更见亲爱，爱宝也常在侍酒送菜之暇，溜着秋波偷瞧，自己又买了一柄小团扇嬲着我代她写字绘画，小妮子似乎脉脉有情呢！还有一次，是星期日的下午，春雨潇潇，很觉无聊，他约了一个友人在曹家小酌，自己先走去，星期日那里比较冷静一些，因为有许多学生回家去了，便不到这里来吃点心。爱宝母女见他来了，非常欢迎，便让到那小室中去，庭中的碧桃已有一半开残了，炉上水沸，爱宝捧着茶壶，笑嘻嘻地放到桌上，问他要不要喝酒，他遂叫她们预备几样菜、二斤好酒，要等那友人前来同饮。爱宝答应了，又对他带笑说道：

"今天我很空，你肚子里可想吃？待我亲手做些完全虾仁的馄饨，用上等母油加上蛋皮丝大虾米，给你吃，包你可口有味。"

自己就对她说谢谢了，她遂很快活地跑去裹馄饨，不多时，双手托着一盘走来，将一碗热腾腾的馄饨放在他面前后，虽然不过十几只，可是只只都很大的，里面果然有不少虾仁，汤水也十分鲜美。不知不觉地，把一碗馄饨很快地吃下，爱宝立在一边瞧他吃，又绞上很热的手巾，洒些花露水，给自己揩脸，然后将碗收去，可算得体贴周到了。自己又坐了一歇，久候那友人不来，看看天色将晚，爱宝点上了灯，爱宝的母亲走进来问他道：

"今天先生请的客人大概爽约不来了，但酒菜早已端整，怎样办呢？"

自己点头说道：

"也许不来了，再等半点钟不来时，只好自己吃了。"

半点钟过后，仍不见友人到来，天色已黑，再不耐坐着等候，遂叫爱宝母女将酒菜端上来，因为外边一个顾客也没有，遂请她们母女俩一同来吃喝。爱宝的母亲推辞着不肯，自己就说道：

"我一个人吃得完这些酒菜吗？并且独酌很闷气的，你们左右无事，何不陪我一同吃夜饭呢？"

她们母女俩被自己这么一说，便答应了，坐在横头一同吃，先是四只冷盘，是炝虾、白鸡、香肠、拌酸，很是清爽的，斟着酒，大家慢慢地吃喝，闲谈一番。爱宝喜听新闻，而爱宝的母亲却喜谈家常，把她们母女俩的身世细细告诉，方知以前也是书香人家，只因爱宝的父亲早故，母女俩一无依靠，坐吃山空，其势难以长久维持下去，不得已遂想出这个方法来赚钱过活。幸亏母女俩擅烹饪之术，又能刻苦勤俭，所以开张二三年，生意很好，稍稍积得一些钱了，自己对她们很表同情，遂说了几句赞美和鼓励的话。爱宝的母亲因为有两样热盘要自己动手的，所以一刻到厨下去煎炒，一刻回进来坐坐，叫爱宝好好伴着自己。爱宝到底有些面嫩，常常低着头不响，等自己问她一句，方答一句，这种处女的腼腆是很可爱的。直到将要吃完的时候，爱宝的母亲又问他可曾定过亲，自己老实回答说没有，爱宝的母亲似乎同自己讲笑话一般，对他说道：

"我家爱宝年已十六，生得倒也并不粗蠢，人家都欢喜她，有几处来说媒，我们都不满意而回绝的，小丫头自己也说过，将来要嫁读书人，我看李先生生得品貌好，学问也好，样样都好，愿意把爱宝嫁给你，使她一生侍奉你，不知你要不要嫌我门户低微呢？"

爱宝的母亲刚才说罢，爱宝早已羞得红晕上颊，嘤咛一声，把她母亲推了一下，立起身一溜烟地逃出去了。他自己也还面嫩，不防爱宝的母亲会和他说这些话，叫他怎样回答？说好呢，还是说不好呢，也只得笑了一笑，没有回答什么，默然无语了。

这个晚上，自己喝得有些醉意，爱宝母女送他到门前，爱宝又代自己撑好了伞，叮咛他好好走路，不要倾跌。当他接伞的时候，无意中触着一双软绵绵的手，心里也不觉荡漾了一下，到底在细雨斜风中回转学校里去了。虽然爱宝母亲的话只好当作游戏之言，可是后来他到曹家去吃喝的时候，见了爱宝，倒有些不好意思，心中觉得有些异样，而爱宝见了自己，也是似喜似羞脉脉含情，同学们又故意调侃，似乎自己同爱宝真的有什么姻缘了。

有一天，上国文课，国文教师穆先生是本地的宿儒，他的国学根底很好，正教授《孔雀东南飞》一诗，他老先生借题发挥，说了一大篇的话。大意是说，古时子女婚姻都操掌在家长手里，不能得到自由权，以致双方的恋爱也不能自由，其间造成不少怨偶。像《孔雀东南飞》诗中的庐江小吏，和他的新妇，两情是非常爱好的，所谓"君当作磐石，妾当作蒲苇，蒲苇细如丝，磐石无转移"。可见二人的恋爱是非常沸热，心志是非常坚固，但是，因为新妇不能得到家长的爱心，遂被遣去，到底演成一幕情死惨剧，这是何等悲哀的事？千古读之，犹令人泣下沾襟。此外又有陆放翁的《钗头凤》词，同为断肠之作，放翁和他的表妹唐氏也因为不得陆母的欢心而被遣去别嫁，棒打鸳鸯两分飞，这都是专制婚姻的流毒，在今日风气开通、欧化东来的时候，一班少年当然要大声疾呼："打倒旧式婚姻，提倡自由恋爱。"这是任何人不能反对的。虽老朽如我，也以为我国婚制有改革之必要，但是，"自由"这两字，少年人须要彻底了解它的意义，恋爱而云自由，亦须郑重其事，断不可一知半解，以为脱去了一切的束缚，可以随随便便和人家恋爱的，必要保护自己的自由，尊重他人的自由，所谓自由恋爱是不受束缚的解释，并不是漫无范围、朝三暮四，忽而和甲恋爱，忽而和乙恋爱的，否则男的变了狡童，女的变了荡女，过犹不及，岂非一样也要流毒无穷吗？试看现在的时候，离婚案件一天多一天，若然去推究他们的原因，有许多本都是不该占脱辐之凶的，一则由于造端的不慎，二则由于见异思迁，使对手方面受着人生极大的痛苦。此外，失恋自杀的，有受人之愚的，有演出惨案的，凡此种种，报纸上登载得多而且详，许多有为的青年在爱河情海中，盲人瞎马地胡挣扎，得不到甜蜜爱情的享受、美满家庭的创设，而走入歧途，自取沉沦，埋葬了不少，牺牲了许多，岂非可悲可惜？并且社会上也因此机阱不安，是大大影响于国家的。圣人说："人少则慕父母，知好色则慕少艾，有妻子则慕妻子。"《诗》三百篇，第一篇就是《关雎》，一个少年和别的少女恋爱，本来不是一件奇怪的事，但是其间当存一个礼义，就是古人所说的"礼教"两个字，把来做的堤防，发乎情，止乎礼义，彼此不能做出非礼非义之事，以致自己受到绝大的痛苦，而又被人唾骂。今日大家以为这旧的堤防有阻碍，所以大家把来毁掉了，然而又没有范围可循，尽着自己横决冲荡，这又哪里能免有覆舟灭顶之祸呢？故我以为，少年人对于恋爱问题，当有深切的认识，而要加以谨慎，双方都顾到才好。况且中国正是在积极整顿的时候，大家要诚恳地努力，预备做一番伟大的事业，岂可以儿女私情自娱一生呢……

他老先生说得非常沉痛，同学们都很感动，自己得了这个教训，仔细思想着，觉得有些惴栗自戒，对于爱宝那里也不敢多去了。不过爱宝的情影还留在脑中，偶然要思及而已。大我这样想着，沉沉地思想着，那穆老先生说的话又在他的脑中温了一遍，不觉突然憬悟，暗想：自己莫非痴了，人家的笑不过是偶然的事，就是这胭脂盒儿也是她们无意中留下的，岂可因着朋友的戏言，而使我一颗澄清的心陡起妄念呢？今日之下，我是一个无家可归的人，流浪在外边的苦少年，环境非常恶劣，求学不能成功，前途茫茫，悲多乐少，正应该挺着身子去和艰险困难奋斗，达到自立的愿望，这恋爱一层，"室家"两字，这时尚不能谈到，何必多作无益之思？况且方才瞧那两个女郎的情形，坐着汽车出入，身上服饰又十分摩登，十有八九是富家之女，齐大非偶，古有明训，癞虾蟆想吃天鹅肉，这不是枉费心机吗？想到了这里，头上好似浇了勺凉水，他的绮思也醒了，遂把那盒儿丢在抽屉里，微微叹了一声，自去解衣安睡了。

次日，他没有出去，在室中赶撰他的长篇小说《襟上泪痕》。隔得三四天，徐守信走到大我房里，对大我说道：

"我代你拜托周先生介绍的事，大概可以成功，明天下午，周先生要到这里来，将引你去先见见一位毛先生，便可定局了。我常代你担忧，希望你早日谋得自立，土地局里的事本来也不好，失掉了也不足惜。此刻周先生说起的事是比较好些，而时间大约也很长久的，只要你谨慎行事，绝不有什么别的问题。不论什么事业，虽有成败利钝，似乎关于天命，其实大半仍在人谋，往往有些人得到很好的职业，他的机会和幸运比较人家来得好，然而他不知自勉，用心用力地做上去，反而自暴自弃，贻误一生。等到机会失去了，信用没有了，地位摇动了，人格堕落了，再想挽回转来，那就很不容易了。你是很聪明的人，当然不用我多说。"

大我听了，便说道：

"舅父金玉良言，甥儿自当铭之肺腑，多谢舅父出力栽培，我母亲在地下也是感谢的。"

说到这里，眼眶中隐隐含有泪痕。徐守信道：

"大我，你何必说这种话？我与你是至亲，只要我能力所及，总当尽力相助，好在我知道你是一个有志气的好青年，你不要客气吧！明天你休出去，在此专候周先生来。周先生是我的好朋友，在本地恒农庄上做经理，为人很诚恳的，你见了他，自然知道。"

大我诺诺答应，徐守信遂出去了。到得明日，大我守在房中，直至下午四点钟时候，那位周先生果然来了，先和徐守信见面，坐在客堂里谈话。徐守信遂叫大我出来和周先生相见，周先生见大我为人很是斯文，吐语隽雅，便点点头对徐守信说道：

"陈家正是需要像令甥这种人去的，令甥学问很好，当然能够胜任而愉快。"

大我也说了几句谦虚的话，周先生遂说道：

"好！我现在就和李君去见毛先生一谈吧！"

徐守信道：

"拜托！拜托！"

周先生立起身来，和徐守信告辞，大我自然也跟着出来。徐守信送到店门口，说道：

"你们坐车子去吧！"

学徒在旁听得，早已奔过去喊得两辆人力车前来，账房先生脸上带着笑，手里托了一大卷铜元，抢上前问道：

"周先生、李先生上哪里去的？"

徐守信道：

"定安巷。"

周先生摇摇手道：

"不要付钱，我身边有着。"

但是，账房先生早和车夫讲好了车价，把钱也付去了。周先生遂又和他们说了一声再会，和大我一同坐上车子，两个车夫拖着他们拼命地飞跑，不多时，早已到了定安巷。周先生指着左手一个六扇黑漆的墙门，中间有成衣铺的，说道：

"到了，到了。"

吩咐车夫停下。两人跳下车，周先生当前引领，大我在后跟着，走到里面，有一座三开间的小厅，厅旁有一陪弄，二人从陪弄里走进去，拐一个弯，踏进一个门户，里面正是一个很畅大的庭院，庭中有两株桂树，方在怒花，浓香扑入鼻管。朝南是一排三开间的平屋，对过有一只旱船式的大书房。周先生和大我走到书房门口，还没有进去，却听对面东边一间房里有怒骂声、鞭挞声、哀哀啼泣声，二人不明缘由，立定了听时，听得有男子的声音在那里骂道：

"谁叫你把这东西给阿官的？不打你打谁？"

接着，有带着哭的声音回答道：

"小阿官本来要什么就拿什么，不依不成功的。我正在骗他的时候，太太忽然叫我倒茶去，所以我不及照顾，一不留心，被阿官砸碎了。"

那说话没有完时，又有一个妇女的声音喝道：

"刁恶的小鬼，你有意让阿官砸碎了，横竖不是你自己的东西，落得好看，老爷责你时，偏会推卸，却怪到我身上来了。若不是我病在床上时，立刻打你两个嘴巴子！小山，你快与我重重地打，这厮是不打不成功的。"

跟着又听噼啪噼啪的几下，被打的哭喊着道：

"老爷饶了我吧！……打死了，打死了……哎哟！我的妈妈啊……"

又听男子说道：

"哼！你倒要喊你的娘，须知这是你爷的不是呢，谁叫你的好爷没有钱还租米，向我左商量右恳求，把你押到这里来的？我们所以肯接受你，是要你代我们做些事的，谁知你白米饭却吃得三碗四碗，做事倒十分躲懒，看一个阿官也是不济事的，那么我留着你何用？难道白白地给你吃饭？只要你的爷把本利向我算清，你去便好了，谁稀罕你这臭丫头？老爷出了钱，倒好用一个好好的人了。"

说着话，鞭挞之声又起。周先生知道毛小山在那里打丫头，但是听了这哭声，心上也有些不忍。大我听了，也觉得蓄婢的不人道，政府应当对于禁蓄婢妾的命令雷厉风行地实施禁止，援救无量数处于非人生活下的妇女，使她们得见光明。然而一班有钱人家蓄婢呀、娶妾呀，滔滔者天下皆是也，越是在上的人越弁髦法令，非有至公无私、刚强不挠的大人物出来，用一双铁腕，把来摧陷廓清不为功了。周先生便有意咳了几声，有一女仆从窗里探出头一望，立刻缩进去，鞭挞声与啼哭声也停了，接着走出一个年近五旬的男子，头上光秃秃的，剃得干净，戴着一副金丝边的眼镜，却架得很下，一双肉裹眼，从眼镜上边张大着瞧人，嘴边留着两撮小胡须，脸上紫气腾腾的，十分肥胖。身穿一件深灰色绉纱的夹衫，外罩玄色缎子的马甲，纽扣上系着一条黄澄澄的表链，挺胸凸肚地走过来，对周先生说道：

"原来是周先生到来，失迎失迎！"

周先生便答道：

"正是！山翁，我今天特地和这位李君来拜访你的。"

说着话，便介绍大我和毛小山见面，毛小山斜着眼睛对大我看了一下，说道：

"就是这位李君吗？请教台甫？"

大我道：

"先请！先请！"

毛小山道：

"草字小山。"

大我说一声久仰久仰，也通上自己的名儿。三人一齐走到书房里，分宾主坐定，女仆端上茶来，周先生带笑问道：

"山翁，你在家里动火吗？"

毛小山一摸胡须，答道：

"可不是吗？为了这臭丫头时常淘气，这丫头阿金是佃户押来的，年纪不过十一岁，叫她领一个小儿也是不成功的。这几天恰巧内子生了病，睡在床上，没人管她，她竟让小儿去弄桌子上的花瓶，把一个洋式的花瓶砸散了。这花瓶虽非名贵之物，也值两三块钱，碎在小儿手里，岂不可惜？所以要把她略略责打，警戒警戒。周先生，下人多了，也多淘气的事，譬如我东家养着许多的下人，一天到晚地也是时常在那里吵闹和闯祸，不过那位陈老太太好在难得下楼的，眼勿见为净，也就罢了，若要去管时，那是要吃饱了人参去缠的。就是我在那里，也只好马马虎虎，有些小事情，装作不知道，不去管它就是了。"

周先生听着，点点头。二人说话时，大我正在端详，这书房里的陈设很是富丽，器具红木的，写字台上放着的文房四宝都是很值钱的东西，墙壁上悬着名人书画，东边放着一口红木的玻璃大橱，其中陈列着各色各样的古董，古色古香，足供玩赏，瞧不出毛小山这般俗气的人，竟玩这许多古董，好不奇怪。毛小山回转脸来向大我问道：

"李先生英文精通吗？"

大我答道：

"懂是懂的，精通却不敢说。"

周先生插嘴道：

"这位李先生虽然没有读大学，可是中、英文的程度已很高深。最近他在《西湖日报》上著的小说，文笔清丽，我天天要看的，并且徐先生说过，李先生的品格高尚，所以我敢大胆介绍。"

毛小山听了，把头点了两下道：

"如此很好，现在所教的小少爷祖望，年纪也只有十岁，本来应当早送到小学校里去，因为老太太只有这一个孙儿，非常钟爱，宛如心头肉一样，风吹怕痛的，以为外间小学校里学生众多，教员照顾不能周到，恐防他要跌坏，或是不惯，所以从小在七岁时候就请一位姚老先生来教读的。那姚老先生是个老学究，乡下人不识夜壶，一肚皮的书，说起来酸绉绉地咬文嚼字，很是迂腐，也只熟得古代古人古书，对于人情却是不通的。我也和他有些话不投机，因他在背后讥笑我有市侩气，自以为斯文，是孔圣的门徒。其实，他的一肚皮学问也出卖不得几个钱，又哪里及得市侩呢？即如你周先生是这里恒丰庄的经理，在金融界很有资望的，他一辈子也做不到你，可笑他竟说人家是市侩，我要笑他不识时务，只好一辈子穷愁潦倒，不会发达的了。"

说到这里，冷笑了一声。周先生也笑道：

"这些人的头脑顽固腐旧，我们也不值得与他计较。"

毛小山又道：

"祖望的父母早已故世，所以祖望读书的事完全由老太太做主，不过老太太膝下的那个玉小姐，有时也要顾问的。"

周先生道：

"说起玉小姐来，前天我在马路上逢见她，竟长成得使我几乎不认识了。"

毛小山把头点着道：

"这就叫作黄毛丫头十八变，现在她在女学校内读书，有了新学识，一切都讲新法了。老太太十分宠爱，说什么依什么，取放任主义，不去管她的，凡事很听她的说话。此次姚老先生的饭碗打碎，也是一大半由于这位小姐的反对，因她嫌他教法太旧，没有新学识，尽把老书去教祖望读，将来小孩子一些没有新的知识灌溉他，岂不也要像他先生那样的头脑陈旧吗？并且那位老先生对于英文、算学也不懂得，祖望年纪渐大，英、算尤不可不学，与其再添请别的英、算教员，何不请定一个擅长国、英、算三项的先生，倒好一劳永逸？所以，她的主张要请老太太从速把那姚老先生辞退，另换一个新式学校里毕业出来的人。老太太也曾把这事和我商量过，我当然赞成玉小姐的说话，怂恿老太太把这位三年之久的老西席辞掉。哈哈！他笑我是市侩，却不料他的饭碗打碎在我的手里呢！"

说到这里，耸着两肩，笑了一笑，又把眼镜推了一推，向大我斜睨了一下，继续说道：

"老太太听我们都是这样说，便托我代为物色，恰巧你周先生和我说起这位李先生学问怎样高妙，要谋一个馆地，真是再巧也没有的事。我已和老太太说过，老太太说，既把这事托给了我，只要我满意就是了，不必再向她请示。好在陈家和姚老先生并没有订过什么契约，只要新先生说妥了，便好请他滚蛋。现在我和李先生已见面，像他这样的人，玉小姐也不能再说他头脑陈腐、没有新思想了，所以，我明天就可以代老太太把那姚老先生辞退，下星期一恰是个成日，日期很好，就请李先生先到我这里来，我当引导他去，好在舍间离开陈家只有四五家，距离非常之便的。每日上午九时，李先生可到馆，下午五时放学，李先生倘然没有别的事，以后也可住在那里，我东家肯完全供给膳宿的，绝不会算一些饭食。星期日是休学一天，不必到的，至于束脩一项，那位老先生本不过每月二十元，现在经我说项，可有三十元的希望，不知李先生意下如何？"

大我连忙答道：

"感谢毛先生和周先生两位玉成之力，束脩多少绝不计较，谨遵毛先生的吩咐，星期一早上我到府上来同去，此后还望毛先生时常指教，不胜感幸。"

周先生也说道：

"山翁，这位李先生学问虽好，年纪尚轻，请你时常指点，千万不要客气。"

毛小山听了二人的话，又把胡须一抹，哈哈笑道：

"你们太客气了，李先生学问很好，到明年我也要把犬子送到我东家里来附读，要请李先生费心呢！"

大我又说：

"不敢，不敢！"

三人把这事说定了，周先生遂和大我起身告辞。毛小山道：

"用了点心去。"

周先生道：

"我尚有要事在身，改日再来叨扰吧！"

于是毛小山把二人送到门外，拱手而别。周先生和大我走出定安巷，彼此分手，大我又谢了周先生，一路走回家去。觉得自己的事情虽然说妥了，自己有了吃饭的地方，但是别人家的饭碗却因此打碎了，那位姚老先生苜蓿生涯，大概也是很可怜的。现在一旦失了业，叫他年纪老的人又到什么地方去谋事做呢？这事岂非有些近乎不仁？那么我不要去了吧！继思，那位姚老先生已经他们两人的反对，绝不能再留，即使自己不去，也有别人去的，何必做傻子呢？又觉得方才毛小山的言语态度确乎有些可憎，无怪那老先生要说他有市侩气，可是这种人心计很工，城府很深，很有些可怕的，那几声冷笑也笑得我有些毛发悚然啊！周先生和我说的，那毛小山也不过是人家的账房，瞧他家里却像富有，大约他把东家的钱二一添作五，三一三十一地在算盘珠上拨到他自己的腰包里去了。他这样毒打婢女，真是太无人道，现在也是农村破产的时候，农人的生活一天难过一天，而这些为富不仁之流，却依旧张开狰狞的面目，用尽残酷的手段，去想法压榨，这又从哪里说起呢？

他一路想着，不知不觉地走回店门。那学徒和账房先生又向他带笑叫应，他走到里面，徐守信早已出去，见了他舅母，便把这事告诉一遍。丁氏道：

"算你的运气，你母舅是十分性懒的人，他侄儿托他谋事已有一年多，至今还没有找到。他待你如此热心，很是难得的，你不要辜负你的母舅。"

大我听丁氏这样说法，一时回答不出什么话，点了点头，回到他房里去，将电灯开了。只听那个老妈子轻轻走到他舅母旁边去，低低地不知说些什么话，大约又在议论自己了，也不去管她，以后陈家教得合意时，我可以搬到那里去住，省得人家讨厌。那老妈子的一副奸相，好如《逍遥津》上的华歆，《打严嵩》里的总管，令人看了，简直有些难受啊！

过得一宵，次日，大我见了徐守信，把这事告诉他。徐守信早由他妻子报告过，所以早已知道，因为大我成了这事，比较别处来得稳固而安逸些，心里很是欢喜，便对大我说道：

"陈家是著名的富室，你去做他家的西席，服装一方面也要注意一些，虽然并不要你装饰得如何时髦华丽，但是总要体面一些。我听周先生说，那位陈老太太虚荣心是非常重的，事事喜欢装场面、摆架子，只要人家称赞，花钱是不算的，在她的面前切不能露寒酸相，就是没有钱也要装得阔，否则她便不合意。那位姚老先生平日衣服肮脏，发长不修，有些像古时所说的名士派，因此陈老太太常说他不讲卫生，不要好看，有损陈家的面子呢，所以我不得不告知你，好在你是个少年，不像老头儿是不要好的。"

大我沉吟了一下，答道：

"甥儿现在穿的一件单长衫，还不算旧，唯有长夹衫是旧的了，这两天我们少年人还可以不穿，此外我要去买一顶呢帽子好了。"

徐守信问道：

"那么你身边可有钱呢？"

大我道：

"甥儿前日领得稿费，可是已用去大半，买呢帽尚有钱，做长夹衫只好再说吧！"

徐守信便从身边取出三张五元的纸币，交给大我道：

"你拿去买了衣料，交给这里的裁缝做吧！"

大我接过说道：

"多谢舅父美意，待我领得了束脩时，当即奉赵。"

徐守信点点头，他们俩是立在大我房里说话的，这时，门外恰巧有一双眼睛在门缝里向他们张望。大我是早已看见，不便说，徐守信偶一回头，也看见了，连忙走出门去，看是何人，原来，就是那老妈子。徐守信便斥道：

"你在此做什么？"

老妈子慌忙答道：

"我来问老爷要不要吃点心！"

徐守信道：

"早吃过了，还等你问吗？快去快去！"

老妈子被主人这么一说，也有些不好意思，趄到厨下去了，大我心里方稍觉痛快。徐守信又回头对大我说道：

"好！等你到陈家去过后再告诉我吧！"

遂走到外面店堂里去。大我也就关上了房门，出去买呢帽、购衣料，自己想不到去做人家的西席，还要装点衣饰，可见现社会人情虚伪的一斑，无怪外面许多少年考究服色，比较追求学问更是要紧，情愿做一个绣花枕，金玉其外、败絮其中的呢！

到得星期一的早晨，大我早已修饰一遍，听外面自鸣钟当当地已敲八下，连忙吃了早饭，戴上呢帽，一径走到定安巷毛小山家里。谁知毛小山还没有起身，他只得坐在书室里等候，很觉无聊，想自己来得已不算早，怎么毛小山还不起来呢？这样久等，陈家那里岂不要嫌我迟的吗？心里很是不耐，在书室里踱来踱去，听得庭中小儿的笑声，向窗中一望，见有一个五岁光景的小儿，同一个小丫头在庭中拍皮球。那小丫头面孔很瘦，面无血色，身上穿一件青布短衫，蓬着头，赤着一双脚，大约就是那天被毛小山责打的那一个了。看她还是嘻嘻哈哈地跳着笑着，不觉得自己的可怜呢。唉！像她这样的年纪，自然模模糊糊的，还不能感觉到啊！遂轻轻向她问道：

"你家老爷可起身了吗？"

丫头答道：

"正在洗面，快要出来了。"

又隔了好一刻，毛小山方才口里衔着一根香烟，走进书房里来，和大我会面。说道：

"对不起，使你等候了。"

大我只好回答说不要紧。毛小山一摆手请他坐下，大我道：

"不要坐了，陈家的小公子不要久候吗？"

毛小山笑道：

"李先生不必顾虑，今日你第一天去，不过应应上学的意思，不要你费心教导的，你既然要紧去，我就伴你去吧！"

大我说声好，毛小山遂陪着他走出了家门，向左手走去。不过二十多步路，见朝南有一个大墙门，门上挂着一块铜牌，上有"颍川陈第"四字，对面一个很大的照墙，照墙里有两株很大的槐树，气势很是雄阔。大我跟着毛小山走进去，门房里有一个年老的门役，瞧见了二人，连忙立起叫应，毛小山点点头，大踏步走进去。里面先是一个轿厅，厅上放着一辆簇新光亮的包车，再里面是大厅，厅旁有一个书房。毛小山领着大我步入书房，见面对面地放着两只写字台，台上放着算盘、笔、砚等类，对面坐着一个少年男子，正在写字，见了毛小山，便立起来带笑说道：

"毛先生来了。"

小山遂请大我在上首椅子里坐下，介绍那少年和他相见，方知这少年姓杨，是毛小山的助手，兼代陈家写书信的，大我叫他杨先生，姓杨的知道大我是新请来的西席，很表示敬意。毛小山把桌上叫人铃一按，便有一个男仆走来，毛小山指着大我说道：

"陈庆，这位就是小少爷的新先生，姓李。"

陈庆便带笑叫了一声李少爷，连忙倒着两杯茶来。毛小山遂问大我道：

"李先生有没有用过点心？"

大我答道：

"早已吃过。"

毛小山便到旁边装着的电话那里打一电话到天兴楼，喊一碗鸡火面前来。大我忙说道：

"原来毛先生还没有用点心，对不起了。"

毛小山笑道：

"我素来吃得不早的，李先生你且在此再坐一歇。"

大我只得耐心坐着，毛小山便在桌边坐下，取过算盘算账，姓杨的把两张发票送到他面前，毛小山看了一看，签上了，又问姓杨的，袁家的房钱可去收过？姓杨的忙道：

"昨天晚上收过了。"

从身边取出三张十元的纸币，以及一个房折，一齐交给他，毛小山便锁在抽屉中。一会儿，面已送来，毛小山吃过面，陈庆送上热手巾，毛小山揩过嘴，交给陈庆说道：

"我要领李先生到书房里去，你快去将书童文贵唤来。"

陈庆答应一声是，回身退出。隔了好些时候，才见他领着一个十五六岁的少年，穿了一件青布长衫，急匆匆地走来，叫了一声毛老爷，站在一边。毛小山摸着胡须，向陈庆道：

"文贵在哪里？怎么去了好多时候？"

陈庆道：

"他在后门口拨糖球，我找了好多处方找到的。"

毛小山把脸一沉，对文贵说道：

"文贵，你总该知道今天有新先生来此，为什么不打扫书房在那里伺候着，倒往后门边去赌钱？我若告诉了老太太，管叫你一顿挨打。"

文贵涨红着脸说道：

"书房早已打扫洁净，并且我是天天收拾的，姚老先生去得不到两三天呢，我因为新先生还……"

文贵说到这里，毛小山早喝住他道：

"不必分辩，上面坐着的就是新请来的李大我先生。从今日起，你要好好伺候，不得无理。"

文贵忙说是是，遂向大我立正着，叫了一声李先生，侧转脸去，向陈庆扮了一个鬼脸。大我瞧得出文贵是个顽皮的书童，暗想：陈家场面倒这般阔大，在今日的时代还用什么书童？大我这样想，毛小山早吩咐文贵道：

"你跟我们到书房里开门。"

于是他引着大我，走出账房。文贵跟在后面，三个人穿过大厅，向右手转一个弯，便是一条曲曲折折的陪弄，一边是雕花墙，还有嵌着五色的玻璃窗，十分幽静。将要走到花厅门口时，只听花厅里面有人大着声音唱："在月下惊碎了英雄虎胆……回故土只怕是千难万难……"唱得应声响，毛小山口里咕了一声该死的，陪着大我踏进去。只见正中红木炕床上横着一个车夫模样的汉子，赤着一双泥脚，在那里大唱而特唱，直等他们走到厅上，一眼瞧见了，连忙翻身立起，向毛小山叫一声老爷。毛小山道：

"阿四，你好写意，倒躺在这里唱戏了！快到外边去，桂喜快要送玉小姐的午饭了。这位是李先生，你见过了。"

阿四听着吩咐，叫了一声，退到外边去。文贵却背地里伸手向毛小山指，和阿四笑了一笑，阿四点点头掩去了。大我看这花厅上的器具都是精制的红木家伙，南边挂着名画，放着大理石的插镜，还有许多花盆，陈设得非常富丽，便是上面悬着的几盏电灯也精致非常。庭中堆着假山石，又有许多树木，东首一扇洋式的门，文贵走过去，把钥匙开了门，请二人进去。大我走到里面，方知就是自己教读陈家小公子的书房了，当然陈设得很精雅。靠墙还放着一部二十四史的书架，但是这些书不知给何人读的，自己在此有暇时倒可借看一番呢。书房里面还有一扇洋门，却没有开。大我正看着左面壁上的四条何子贞写的屏联，毛小山却请他在写字台边坐下，文贵便去端整茶来。毛小山对大我说道：

"你看这地方可好？"

大我点点头道：

"很是幽静，正是读书佳地。"

毛小山又道：

"李先生，你且在此坐坐，我到里面去看看。"

大我道：

"请便！"

毛小山便走出去了。文贵托着一壶香茗和两个精致的茶杯来，放在正中的圆桌上，代大我斟了茶，悄悄地立在门边。一会儿，毛小山走来说道：

"今天因为李先生是第一次来，老太太要自己和你见见，但是老太太在此刻还没有起身，所以请你在此用过了午餐，她和小少爷一同出见了。有屈你在此多坐些时候，我还有事要到外边去干呢！"

大我只得说道：

"毛先生，你请去，我一人在此不妨的。"

毛小山便又走去了。大我一人独坐室中，文贵却在花厅上掩来掩去。大我坐了一刻，立起来，在室中走走，又看着正中琴台上面悬着的一条汤雨生山水小立轴，细细玩赏他的笔意。一会儿，听花厅上的时辰钟当当地打了十二下，已是午刻，却是静悄悄地不见有个人，只有几个女仆来此窥探了一下，和文贵喊喊喳喳地说了几句话而去，似乎他们在那里讲着他道：

"这样年纪轻轻的人，自己还像个学生，却已要来做老师，比较以前的姚先生，相去远了，也许我家小少爷喜欢这种人呢！"

大我又很寂寞地等了好久，花厅上的钟当地打一下，自己起来得很早，腹中很觉饥饿，好容易听得脚步声。毛小山走来了，连说对不起得很，跟着陈庆也走来问道：

"酒席放在哪里？"

毛小山道：

"就在花厅上吧！"

陈庆答应退去，不多时，和厨役走至，早将一桌上等的菜肴放在厅中，摆好了座位。那个杨先生也已走来，同请大我入座，大我见着这丰盛的酒筵，忙说不敢当。毛小山把他推到首座边说道：

"不要客气，今天是应该的，这是老太太的吩咐。我去请祖望小公子来陪你吃饭。"

说罢，匆匆地向庭中东首那个月亮洞门里走进去。不多时，带着一个五十开外的老者一同走来，那老者穿着一件半新旧绉纱夹衫，弯背曲腰，烟容满面。经过毛小山的介绍，方知是陈家的表舅老爷，祖望不肯来陪，毛小山便请他来相陪的，于是大家谦逊一番，方才坐下。大我吃着整桌的酒菜很是不安，而且只有四个人，哪里吃得下这许多菜呢？席散时，毛小山一边请大我宽坐，一边指着桌上一碗没有吃过的蜜汁火蹄和一条大桂鱼，对陈庆点点说道：

"老太太是不要吃这东西的，这两样菜停一刻你代我送到我的家里去，其余的你们分派了吃吧！嗯，还有一盘排南，你也留着，少停我要喝酒。"

大我在旁听了，暗暗好笑。饭后，毛小山等又出去了，直等到三点钟过后，仍是不见动静。人我暗想：照这个样子，来不及读什么书了，可笑之至。将近四点钟时，毛小山和两个下人走来，在花厅上点起一对红烛，又对大我说道：

"老太太和小公子出来拜见李先生了。"

隔了一刻，里面走出一个老妈子来，毛小山问道：

"赵妈，老太太可来了吗？"

赵妈答道：

"还有一筒烟呢！"

又隔了一刻，才听得花厅后面的一个门里起了一阵脚步声和笑语声，先走出两个俊俏的婢女，又走出一个女仆，捧着水烟袋，立在一边。门里面又有人笑着道：

"老太太来了。"

方见那个赵妈扶着一个五十多岁的老太太，老太太手里却挽着一个衣服华丽的小儿，一同走出厅来。那老太太身上穿得很有富贵气，手上、耳上戴着珠圈珠镯和宝石戒指，珠光宝气，照耀人眼，但是面孔很瘦，却一些没有健康的样子。大家见老太太出来，一齐站在旁边，静默无声，这样也可觇陈老太太的势派和尊严，真不愧是金粉世家中的一位老太太。

第六回

佳节天伦欢雏儿捉月
新声稚口试倩影窥窗

　　陈家是杭垣著名的王谢门第，陈老太太的丈夫陈希颜，生前曾做过一任盐运使和两任道尹，在仕途中一帆风顺，很是得意，年纪老时告退回里，便在风景佳丽的西子湖边，自营菟裘，以娱暮年。他膝下只有一子和一个晚年得的爱女，所以老早代他的儿子娶了媳妇，希望螽斯有兆，早得一个孙儿，谁知他的儿子弱不禁风，有了痨瘵之疾，一直不见诞生麟儿，因此老夫妇俩心中很是不悦，虽然拥有了百万家产，锦衣玉食，尽你享福逍遥，无如有了这个多病的儿子，要得孙儿，希望是渺茫得很的。请了许多名医代儿子诊治，用尽各种方法，然而他见儿子的病态一天沉重一天。

　　便在这一年冬里，不知怎样的，媳妇腹中忽然膨亨，得了胎了，老夫妇一则以喜，一则以忧，喜的是媳妇有了身孕，将来或者可以有生男的希望，忧的是他们儿子的病恐怕难好，哪里知道，不多时候，陈希颜正在和家人谈笑之际，突然中风而逝。陈老太太和儿女遭此鞠凶，大大地痛哭，身后之事便托他家的老账房毛小山办理一切。毛小山为人很是精明能干，是陈希颜提拔的人，在陈家管理账目，陈希颜很信任他的，并且他的拍马功夫比任何人来得高明。陈老太太更是喜欢他，陈希颜故世后，外场诸事，事无巨细，一切取决于毛小山，因此毛小山的权柄很大，而他的囊中自然也日见丰富了，就是陈希颜的一笔治丧费也用到一万以上。毛小山秉陈老太太的意思，铺张扬厉，大忙而特忙，办得老太

90

太十分满意，称赞他的能干。

到了明年春间，陈希颜的儿子肺病已到了第三期，也到地下追随他的父亲去了。陈家父子相继去世，这是何等不幸的事？然而媳妇临盆时却生了一个小男孩。陈老太太见了，稍杀悲痛，可是媳妇又在产后得了百日痨而死。陈家在一年中死了三人，添了一个小儿，忙得毛小山手忙脚乱，一天到晚在陈家干事，冬里又忙着收租米，他对待佃户的手段是非常厉害的，轻易不肯让你欠租。

有一年，有一个姓张的老农夫，因为这年收成不佳，自己的妻子又患病而死，家中的老黄牛也得了瘟病，不得已，贱价把它卖去宰了，所以没有钱还租米。毛小山一定不肯放松，亲自带了人下乡跑到姓张的老农夫家里，见米桶里有半桶米，便倒个干净，天井里两只雌鸡也捉了，凡是他家中值钱的东西都要拿的，计算之下，还欠七八十元租钱。毛小山说了许多凶话，要把姓张的农夫送到官里去办，姓张的农夫没有办法，就把他亲生的八岁女儿唤作小毛头的作为七十元代价，写了张纸头，押给陈家，十年后取赎。毛小山还说便宜了他，遂带了小毛头回城，可怜姓张的农夫，妻子死了，女儿押去了，心里何等的悲惨？眼睁睁着小毛头哭哭啼啼地被人家硬抱去，有苦没处诉，将来能不能赎回，却不可知了。

毛小山带着小毛头，到陈家交代给陈老太太，添作小丫头使唤，但是陈家的下人应有尽有，多得很，也用不着她，陈老太太见毛小山代东家如此出力，就把这小毛头叫毛小山带去他家中使唤吧，毛小山谢了陈老太太，便把小毛头带到自己家中去，就是大我和周先生听得毛小山毒打的那个小丫头了。陈老太太虽然死去了丈夫和儿媳，幸亏膝下还有一个爱女，生得非常美貌，天资也很聪明，在女学校里读书，芳名玉雪，真是她掌上的明珠。还有她的小孙儿，用着一个乳妈抚养，取名祖望，算是陈希颜希望着而生的，将来陈氏一脉得传下去，不为若敖氏之鬼，都在这小孩子身上，当然异常疼爱，并且含饴弄孙，也可借此稍解岑寂。不过还有一件憾事，就是这小孙儿祖望先天不足，身体是非常软弱的，常常要生病，累得老太太十二分地穷心，她虽然是个妇人，而她的生活一向是很养尊处优的，欢喜奢华作乐。生平有三喜：一喜抽大烟，

91

烟瘾很大，吸的又是上等云土，每年在自己家中煎的，大约每天要吸去二十多块钱的烟，因为她的后房中放着烟榻，凡有前来的亲戚，内中有同嗜的，都要横在她的榻上抽一个饱，好在一则陈老太太尽人家抽她的烟，绝不计较，二则陈家的烟又是上等的，落得揩油了；二喜打牌赌钱，时常要人来陪她打麻雀，打得输赢很大，新年里又喜欢摊牌九，胜负不肯歇的，有一次摊了一夜的牌，输去了九千九百块钱，到了明朝，她索性取一百块钱来分赏给家中的下人，她说这样可以凑满了一万之数，自己输得大了，也不在乎这一个很小的小数，可见她大有挥金如土之风了；三喜人家伴她闲谈，张家长，李家短，讲些里巷琐闻，只要博得她心里欢喜，什么事都肯听闻，所以，有些人想向她借钱的，便坐在陈家等候陈老太太没有赌钱而躺在烟榻上抽大烟的时候，伴她讲些新鲜的新闻，乘便拍几句马屁，方才向她开口借个一百八十，陈老太太无论如何必答应了。

在别人家看起来，陈老太太的环境似乎是非常之好，她的百万家产，一世也用不完的了，其实陈老太太只知任意用钱，一些也没有量入为出的经济预算，更兼毛小山握着财政权，欺陈老太太是个女流，所以一味刮削，每年租米项下倒有十分之三被他吞没了去。他自己家中每天的饭食又是陈家的厨房代烧了送过去的，好在距离很近，十分便当，表面上算是毛小山出钱贴给厨子的，其实不也是算在陈家名下吗？他的一片账目可以称得混账，横竖陈老太太既不顾问，又没有别人来翻看的了。毛小山的野心还是没有止境，他常常怂恿陈老太太做些公债和标金，以为是个生财之道。陈老太太相信他的话，便托他代做，起初倒也小小得利，陈老太太赢了钱，胆子渐大，做得多了，自然有输有赢，一年中出出进进，倘然细算起来，总是输去的多。陈老太太横竖足不出户的，尽着毛小山算账报告，当然毛小山可以从中取利，又可借着陈家的钱小做做，胜的归自己，输的写在陈家账上，真所谓天晓得了。陈老太太又和她的亲戚在上海开设一家绸缎庄，一大半是陈家的股资，可是每年多少总是蚀本的，陈老太太被经理先生几句花言巧语便弥缝过去，不再查询，她只要每年拿些时式的绸缎来做衣服便了。因此好多年来，陈家的家产暗暗地在那里消耗，负的债也很多，不过大来大去，似乎不觉得，更加毛小山将有些账目从来并不做清的，左右是陈家的钱，多少与他无干，只要想法刮到他自己家中去，那么将来即使陈家崩溃了，自己也可做一小小富翁了。

陈老太太是糊里糊涂地用钱，以为自己家产多，总是用不完的，虽然历年以来也知亏耗甚大，理当诸事缩小范围，节俭一些，可是由俭入奢易，由奢入俭难，一时偶然想及，而因适意惯了，阔绰惯了，依旧收不拢来。即如她家的下人也非常之多，在她自己名下，已有着两个女仆赵妈、钱妈，还有一个丫头名唤菊宝，一天到晚在楼上伺候她的。此外，还有一个贫穷的远戚，吸上了鸦片烟，过活不来，就住在陈家吃闲饭，陈老太太因她善于装烟，所以自己就叫她装烟，请她白吸了大烟，还要给她四块钱一月，很是优待她，因她姓魏，家中上上下下都称她作魏嫂嫂。陈老太太的女儿玉雪身边也有一个丫头，名唤桂喜，孙儿祖望本有他幼时的乳母孙氏，自然祖望断了乳以后，一向仍在陈家照料小公子，夜间伴小公子同睡的，这些事是内部的女下人，另外还有一个粗做的女仆和一个烧火妈，和一个针线娘姨，男仆有书童文贵，门役秦老老，打杂差的陈庆，包车夫阿四，花匠长生，厨役老王，各有各的专职。陈老太太又因为她自己常有咳嗽病，而祖望也时有不适，所以添请了一个女看护，这样总计共有十六人了。毛小山和他助手姓杨的当然尚不在此数中。女仆的势力要算老太太身边的赵妈最有势力，年数登得最久，是老太太亲信的心腹，还有祖望的乳母，靠了小公子的一块招牌，别人自然不敢怠慢，魏嫂嫂本来不算下人的，大家背后却称她魏卡，不知是哪人题的，大约是说魏嫂嫂不上不下的意思了。此外，老太太房里的丫头菊宝和玉小姐身边的丫头桂喜，搬嘴弄舌，很有势力，大家见她们头大，所以一个儿称作丫王，一个儿称作丫宝，称王称宝，可想而知了。男仆中要算陈庆做事最勤俭，又善迎合人意，老太太和毛小山都很欢喜他的，厨役老王年数已久，烧的小菜也很合陈老太太的胃口，常常恐防他到别地方去，而加他的工钱，他也老气横秋，任何人都不敢得罪他的，大家却在背后称他一声饭乌龟。因此，陈家的下人中间时常有吵闹的事，陈老太太只是躲在楼上，一榻横陈，什么事都不晓得，让他们闹得天翻地覆，眼不见为净，什么事都不管了。

她在冬里时，逢有天气大冷，竟一步不出房门了，房门生了火炉，当然暖烘烘的，和外面犹如别一境界，听听无线电话，打打牌，抽抽烟，谈谈空闲的话，这样消磨她的光阴。午饭和夜餐都是端到楼上来吃的，虽然同桌吃的人很少，而菜肴特别来得多，因为陈老太太的脾气很有食前方丈之风，须得摆满了一桌子的菜，方才高兴动筷，而且非有几样特别可口的菜，便要食不下咽，便是她今天虽然吃不下，也要摆满了桌菜，宁可收下去让别人吃的。还有她的房间里收拾得非常洁净，玻璃窗天天要揩得通明如水，房里地下铺着毯子，一些不许有灰尘，所以外面的下人不许踏到她房里去。在她房里的下人统须有两双鞋子，走到楼上就要换楼上的鞋子，搬饭时分开数挡，厨役老王把菜盘交给粗做女仆，搬到楼梯上，便有钱妈、赵妈二人来接，二人放到桌上时，丫头菊宝一样一样地从盘中取出来，排列在桌上，须要排得平均而好看，否则老太太便要说不会做事的。菊宝最知老太太的心理，因此钱妈等将盘端到了桌子上就不肯动手，这个好差使情愿让给菊宝去做了。然而陈老太太的饭量很少，每餐至多吃一碗饭，却喜吃闲食，除掉各种水果以外，最爱吃那些鸡鸭身上的飞叫跳，以及鸭肫了，野鸭了，肉骨头了，许多有骨头的东西，所以，厨役老王每天必要烧上一大碗鸡膀、鸡脚、鸭舌、鸭腿和红烧排骨，放在陈老太太房里桌子上，以便她随意拿来空口吃。陈老太太又因自己身体不十分强健，所以补品也吃得很多，尤其是在冬令，她起身时，先吃一碗银耳，再吃两个水铺鸡蛋，晚上又吃一碗燕窝以及一小杯膏滋药，半夜里又吃一杯鸡汁，此外，代茶的有洋参汤，这样一天到晚地轮流吃着，还要吃些飞叫跳、肉骨头，自然饭要吃不下了。孙儿祖望也吃几样补品，早上起来吃半磅鲜牛乳，和一个意大利种的生鸡蛋，每次饭后又吃十滴奥斯德灵和一匙马力多，临睡时又喝一杯牛肉汁，这些都是女看护代他们当心进食的，唯有玉雪小姐却只吃两个生鸡蛋，喝些可可茶，不吃别的补品，身体却比他们强健得多。不过她喜欢购买化妆品，凡是名贵的新出的，她都要买到，在她房里的大理石的面汤台上，大瓶小瓶，圆盒方匣，五颜六色地放得很满，所以，她的房里常是芬芳馥郁，人家走进去，如入芝兰之室了，她是个独养女儿，富室千金，自然是十分任性的。记得她初在西泠女子中学读书的时候，因为距离较远，午饭遂贴在校中吃了，同桌七人，人家都是吃得很快，而她吃得最慢，常常吃不到菜，少吃饭而饿肚皮，心里本是不高兴，恰巧有一次吃饭时，荤菜中间有一样红烧鸡，是她欢喜吃的东西，但是餐室规则，吃第一碗时不得吃荤菜，须添饭时方可下箸。等到她添饭时，人家早都吃第二碗了，连忙去盛了饭，回转座头时，一看那碗红烧鸡上头放着的几块鸡肉，都被同学们夹去吃了，只剩下一小块很瘦的鸡头颈。因为校里厨房备的菜本是寡少的，又放在很小的高脚碗内，面上放着几块鸡，底下都是白菜，自然一下箸便没有了。她不由心里一气，瞪着眼对同学说道：

"你们怎样把这鸡都吃去了？"

有几个听了她的发问，对她笑笑，并不答话，只是吃饭。有一个和她并肩坐的向她说道：

"这块鸡头颈你不好吃的吗？"

她道：

"我不要吃，索性你吃了吧！"

这同学说道：

"你不要吃吗？"

遂笑嘻嘻地把那碗中硕果仅存的那一块鸡头颈用箸夹了，送到她自己口中去。在这个时候，玉雪更是恼怒，把碗筷向桌上一丢，哇的一声哭将起来，后来，经校里教员劝解开去，但这事已传播校内，作为笑柄。这天，她回到家中，鼓起了两个小腮，不言不语，陈老太太便问她有什么不快活，问了几遍，她方把这事告诉出来。陈老太太不觉笑了，又说道：

"好孩子，她们都是天吃星，你如何吃得过她们？你要吃红烧鸡吗？我就烧给你吃，你千万不要着恼，气坏了身体。"

便吩咐赵妈去叫老王赶快烧起一只红烧鸡来，以便夜间吃晚饭时给玉小姐佐膳。其实这一天的饭菜本有竹笋烧腌鸡的，陈老太太要她女儿快活，所以特地再烧一只红烧鸡。从此以后，陈老太太吩咐丫头桂喜每天带了小菜和饭，坐了自己的包车前去送饭，不再贴膳了。陈老太太宠爱儿女的心，可见无以复加了。然而她孙儿祖望的任性却更要大呢，小时候各种儿童玩物，凡是祖望要的，都买给他，甚至于特地叫毛小山坐了火车，赶到上海去，到先施公司等处大批采买回来，一样一样地给祖望玩弄，所以祖望的玩具竟摆满了一屋子，倒好开个玩具店了。记得在三岁的时候，家里过中秋节，斋月宫欢聚天伦，很是热闹，乳母抱着祖望在庭中看月亮，乳母唱着"月亮亮，家家囡囡出来白相相，拾着一只钉，打管枪，搠死老鸦无肚肠……"

一边唱着，一边指着月亮问他可好白相，哪里知道祖望异想天开，忽然要起天边的一轮明月来了，别的东西不论价钱多少，横竖陈家有钱，都可以买到，但是这一个月球怎样可以取到手中？祖望取不到明月，大哭起来。陈老太太和乳母等想尽方法去哄骗他，祖望总是哭个不歇，什么东西都不要，很坚决地只要天上的月亮。陈老太太真急了，恐怕她的小孙儿要哭坏，没奈何，叫陈庆赶快去把毛小山找来。毛小山正在朋友家里喝酒，听得陈庆的报告，马上跑到陈家来，陈老太太指着哭个不休的祖望，问他可有什么办法，毛小山急得头上汗也出来了，遂说道：

"有一个法儿，不知灵验与否？然而须到天明时方可成功。"

陈老太太说道：

"你既有办法，赶快去做，要等到天明也只好如此了。"

毛小山便坐了陈家的包车，叫阿四先拖到一家银匠店里，要他们立刻打起一个银圆圈，中间做好机括。那银匠店要做这生意，立刻把打匠寻来漏夜赶做，毛小山在店里立等，可是出的代价当然也大了，做好了圆架子，又到玻璃店里去敲开了门，叫他们在这个银圆架上，两面配上薄薄的玻璃，又到电料店去装一盏用干电的小电灯在玻璃里面，这样开亮了电灯，内外亮晶晶的透明，就像一个月亮了。马上回到陈家，已近四更时分，果然祖望还在那里啼哭。毛小山便把这人工做的月亮双手献上，说道：

"小公子，不要哭，月亮来了。"

祖望回头瞧见了，立即止哭，扑过去，双手捧住了那月亮笑了。毛小山便叫乳母好好当心着，不要打碎，那底下通的电池也要当心，不能损坏。陈老太太和毛小山方才觉得心头安静，可是不几天，这个人工的月亮竟被祖望一失手碰碎了，陈老太太大吃一惊，大骂乳母为什么不当心，幸亏祖望不再要了，总算平安过去。在六七岁的时候，新年里，乳母带了祖望在门口游玩，照墙里有山东人在那里做猴子戏，敲得锣鼓一片声喧，乳母抱了祖望，立在人丛中看猴子表演种种把戏，祖望看得十分起劲，做完后，山东人自然收拾收拾，带了穿红衣的猴子和狗、羊等要走了，祖望却一定不让他们走，口口声声说要把那山东人的猴子和一狗一羊都买了，这件事又怎样可以依他呢？但是不依他时，他又要哭，闹得乳母没法，便托陈庆到里面禀告陈老太太，陈老太太自己不出来，便托毛小山出来怎么办，且说山东人若然真肯卖出时，便买了也好。毛小山一想，这事又是一个难问题，跑到外面，祖望见了他，便说道：

"毛先生，我要买这猴子和狗、羊，放到后园中去给我玩，你必要代我买下的。"

毛小山皱皱眉头，向那一个牵猴子的山东人问道：

"你的猴子卖不卖？"

山东人道：

"你老问得好不奇怪，咱们是出来赶新年做生意的，人家叫咱们的猴子做戏，自然遵命，从来没有要买咱们的猴子的。"

毛小山笑道：

"本来这是难得的事，我家小少爷现在看中了你们的猴子，要想买下玩玩，所以我和你谈谈。"

山东人见他们的情形，知道这位小公子是富豪的儿童，千依百顺的，因此有大人出来开口问询，那么自己落得敲敲竹杠了，遂对毛小山哈哈笑道：

"你老是明白的，咱们教会这些畜生，也用去了许多心血，不是容易的事，咱们每年靠着可以赚几个钱，一旦卖去了，以后便不能出来做戏，所以不卖的，请你老别怪。"

祖望在旁听着山东人说不卖，早已哇地哭了出来。毛小山一边摇手叫祖望休哭，一边对山东人说道：

"我也并非必要买你的猴子，只因这位小少爷一时高兴，要买下来白相白相，如你肯卖的话，不妨谈谈价钱，否则我们可以向别的演猴子

97

戏的人那里去买了。"

山东人带着笑脸说道：

"你老既是如此说法，咱们再不卖时，倒难为人家了。你老若肯出三千块钱，咱就把猴子、狗、羊这三头畜生一起让给你家便了。"

毛小山听这山东人狮子大开口，大敲竹杠，叫自己怎样回价？不买又是不成的，亏他想了一刻，竟想出一个办法来。对山东人说道：

"你这价钱能不能减少一些呢？"

山东人摇摇头道：

"少一个不卖的，咱们要紧做生意，走吧！"

说着，回身拔步便走。毛小山连忙喊住道：

"你且暂慢，等我进去和老太太商量定了，再给你回音。"

山东人勉强立住说道：

"请你老快进去商量吧！"

毛小山忙回到里面去和陈老太太说了自己的办法，陈老太太当然一口答应，他遂跑出来，又对山东人说道：

"你说过的，你们靠着猴子每年可以赚钱，不舍得卖去，但是老实说了，我家买了猴子也没有什么用处，不过小孩子心里要罢了。你讨价三千块钱，我们怎能依你？现在别有一个办法，就是请你同你的伙计从今天起，带了猴子住在这里，天天给我家的小少爷做猴子戏，我家可供给你们的膳宿，做满一个月，给你们一百块钱。若然小少爷不要看时，不论何日，你们便可以回去，就是不满一月，我们也给一百块钱，你们譬如在街头做戏，比较好得多了，这样可好？"

山东人听了这话，想了一想，又和他的同伴商量了几句话，便答道：

"既然如此，我们准依你老的命，可是有一个要求，请你们能不能再加五十块钱？"

毛小山点头道：

"好的，就是一百五十块钱，只要你们好好儿地给小少爷快活就是了。"

于是，两个山东人牵了猴子和狗、羊等，跟着毛小山走进陈家墙门里去，祖望便不哭了，街上围观的人一齐散去，沸沸扬扬，把这件事讲开去，大家认为笑话奇谈。

山东人住在陈家，每天在后园里做几出猴子戏。毛小山吩咐乳母必要抱着祖望看的，一连做了三天，回回都是这个老花样，看得祖望讨厌了，不甚喜欢看猴子了，同时，毛小山却去买了一头鹦鹉回来，放在金丝笼中，挂在廊下，给祖望玩，且教鹦鹉先学会了两句"小少爷你好啊！我做你的小朋友"。一见祖望前来，这鹦鹉便叫起来了，祖望见它红嘴绿羽，玉趾金瞳，非常美丽，而且又会说话，讨人欢喜，所以他就不再要看猴子而要和鹦鹉做小朋友了。毛小山又向祖望问：

"要不要猴子？"

祖望摇摇头说：

"猴子不会说话，不好玩。"

问了几遍，毛小山方才大胆打发那山东人回去。那两个山东人在陈家住得不多几天，得了一百五十块钱，大大便宜，所以欢欢喜喜地带着猴子走了。陈老太太见毛小山能够想得出方法，逗引祖望欢喜，否则自己又要空花三千块钱了，因此购了一些贵重的礼物送给毛小山，他遂千恩万谢地收了。

后来，老太太因为祖望年纪渐大，应当读书，却不舍得送他到外边学校里去，便请了一个老先生来家教读，就是毛小山和大我说起的那个姚老先生了。姚老先生名学优，年纪已近六旬，在前清曾中过拔贡，旧学根底很好，自从他到陈家教读，真有诲人不倦的精神，三年工夫，教了祖望许多书，所以祖望已读到《诗经》，且做对子，可惜祖望身体软弱，常常要告假，老太太又不舍得给他多读书，因此不能受到多量的灌溉。姚学优为人很是迂拘，他一生不能入仕途以取富贵，也是为了这个缘故，老骥伏枥，蹭蹬一生，没奈何，坐着这冷板凳，一月得个二十块钱，勉强度日，因为他家中还有妻子儿女呢，在这三年之内，虽无大功，亦无小过，不愧一位师严导尊的西席，可是为了毛小山和他不合，而玉小姐又嫌他脑筋陈旧，竟失去了馆地，回家去了。

大我是毛小山介绍进去的，当然先在陈老太太面前说上许多好话。现在陈老太太亲自出来，见大我风姿俊秀，立在那里，真是一位世家子弟，如玉树临风一般，只要瞧了他的外表，已可知道他的品格和学问一定很好的了，心里自然非常合意。大我经毛小山的介绍，走上前向陈老太太鞠躬行礼，陈老太太连忙回叫了一声李先生，吩咐陈庆端过一张太史椅，一定要请大我朝南坐了，叫她孙儿上前拜见老师。大我哪里肯受这个礼？经毛小山推到椅子边，侧身立着。祖望已跪下去，慌得大我连忙回礼，说道：

"不敢当的。"

陈老太太笑道：

"李先生不要客气，理当如此的。"

大家便到书房里坐定，老太太又叫众下人上前来见李先生，菊宝、桂喜也走过来折腰行礼，退到外边去，却在那里咯咯地好笑，赵妈又送上和气汤及莲心羹，大家吃了。陈老太太和大我问答了几句话，彼此很是客气，祖望取出读的书、写的字，给大我看了，便说很好。陈老太太遂约定明天上午请大我来正式上课，且指着书房旁边的一扇洋门说道：

"这里面是一间卧室，本来供给先生住的，李先生既然寄身戚家，以后何不住到这里来便当些呢？"

大我谢了答应。陈老太太便要回身进去，又对大我说道：

"李先生不妨在此宽坐片刻，用了晚点再去。"

大我就立起身来谢道：

"方才叨临盛筵，腹中尚饱，今日既然小公子不上课，我明日再来吧！"

遂向陈老太太告别。陈老太太便叫菊宝伴着祖望送送先生，她自己送到花厅门口，便被众女仆簇拥着回到内室去了。这里，毛小山和祖望以及丫头菊宝一路送至大厅上，毛小山跑到账房里，取出一个卷拢的红封袋，双手捧给大我道：

"这是贽仪，请你哂纳，帖子却恕不预备，横竖是新法了。"

大我道：

"本来这里非常多礼，我是喜欢馆单的，何必要同昔时一样？心领了。"

毛小山一定要大我接受，又说道：

"这是老太太吩咐的，你不收时，莫非嫌少了?"

大我当着别人的面，不好意思，推了一推后，只得拿了。毛小山和祖望送到大门外，彼此鞠躬而别。大我离了陈家，一路走回徐家去，因为自己的馆地已妥定了，陈老太太虽然初见面，却是很能优待他，自然心中觉得稍慰。但目睹陈家的富豪气象，资产阶级的享受可见一斑，自己虽然并非出身于无产阶级之中，可是觉得人类实际上不平等，苦乐太不均了，像陈家这样的奢华，外间固然也很有。然而根据物极必变，盛极必衰的古语，有心人看来，那些富人纵然写意作乐，沉浸在黄金色的梦里，可是将来总有乾坤一掷，患难到临的日子，那么他们现在不是过着釜鱼幕燕的生活吗? 一样也是可怜了，并且全世界经济不安，中国在这时代中，整个社会也很不景气，都市则外强中干，农村则衰落破产，局势如此杌陧，我国倘然不能积极自谋振作，从生产建设方面以求打破危险环境，那么一班资产阶级恐怕也难以永久维持他们快乐的生活，何况像陈家那样一味豪华、漫无计划的呢? 他心里这样想着，很多感慨。回到店门口，恰巧徐守信走出来上车，正要到别处去，大我忙上前叫了一声舅父，将方才陈家的情形告诉一遍。徐守信便道:

"周先生介绍的事果然不错，今后你可以安心了。"

遂坐着车子而去。大我回到房里，时候不过五点钟，遂坐着看了一会儿小说，夜里又做了千余字的说稿，解衣安寝。次日早上便独自走到陈家去。毛小山还没来，陈庆领到书房里，文贵连忙上前叫应，献过茶，文贵又到里面去请祖望出来读书。午饭时，由毛小山一同陪着吃，肴馔很好，早晚还有两顿点心，文贵在一旁伺候周到。祖望资质倒也聪明，不过没有坐心，读了一会儿书，必要跑到里面去和丫头们玩一番再出来。大我在国文以外，又教祖望起始读英文，做算术，祖望却很高兴地念着二十六个英文字母。这样教了数天，师生之间渐渐熟了，祖望又喜欢听童话故事，要大我讲给他听，大我遂把新鲜有趣的泰西神话和滑稽故事讲给他听。祖望听了，大喜道:

"李先生，代我讲得真好，以前那个老先生讲的故事，我一半有些不懂的，不及你讲得有味了。"

大我道:

"只要你用心读书写字，我就拣好的讲给你听。"

于是，每日放学之前，大我必和祖望讲一二故事，方才回去。

这一天，正是星期六的下午，大我教祖望的英文，因他对于字母都念得烂熟，遂教他读音，正读得响的时候，忽见祖望的两只眼睛不瞧在书上，却偏着头向书房后面的两扇玻璃窗上偷瞧，脸上露着微笑。大我不明白他的所以然，也就跟着他回头向窗边一看，便见窗外有一个女子的半身，正在那里窥望，等到自己回头去看时，早已掉转脸去，只望见一个背影，乃是一个妙龄女郎，并不是菊宝、桂喜，她烫着头上的云发，很卷曲地飘垂脑后，身上穿的一件很光亮的绸旗袍，刚要再仔细看时，却听微微的革履声音，那窗外的情影如惊鸿一瞥地不见了。大我暗想：这是谁呢？继思毛小山说过的，陈老太太膝下尚有一个幼女，名唤什么玉雪的，在女学校里读书，以前那个姚老先生也被她的主张谢绝去的，大约此刻窗外偷窥的就是她了。想来她必是个喜欢管事的人，往往有许多年轻的人，自己得了一些浅薄的学识，却偏喜欢故意问难，掂人家的斤两，吹毛求疵，狂妄地批评人家的不是，那么我倒不可不防。好在自己虽然没有什么高深的学问，现在对于这个小小学生，无论国文、英文、算学，总能对付得下的啊。他这样想着，当然也不便就向祖望探问，仍照样坦白无事地教祖望读音。不过这窗外倩影，不知怎样令人可念。

从这天起，大我坐在写字台前教书时，不知不觉地常要侧转脸去向那两扇玻璃窗痴望，可是总不再见了。又隔得数天，有一次，祖望吃了午饭，到里面去游玩一刻，走出来重读的时候，却从他身边小衣袋里摸索良久，摸出一张妃色的布纹信笺，恭恭敬敬送到大我面前的台上，对大我说道：

"李先生，有一事要请教你了。"

大我不知何事，瞧着那布纹笺，不由一怔。

第七回

初试大才超超元箸
偶亲芳泽娓娓清谈

　　在这一张妃红色的布纹笺上，写着一行很娟秀的中文，又有两行蘸着墨水写的蟹行文，写得很是活泼。大我取到手里一看，那中文是美俄复交后之远东问题，西文第一行是《余之故乡》（*My Native Town*），第二行是《中国现代妇女的两个紧要问题》（*The Two Important Problems of Chinese Modern Women*）。原来是几个文题，竟不明白是怎样一回事，便问道：

　　"你拿这几个题目来要我做什么？"

　　祖望道：

　　"这是玉姑姑叫我交给你的。"

　　大我听得"玉姑姑"三字，知道就是陈老太太的爱女玉雪小姐了。前天窥窗的倩影也不知是不是她，大约总是的，她还没有和我见过一面，怎样叫她的侄儿先送这几个中英文的题目来？听毛小山说，此次更换西席，添教英、算，大半也是她的主张，莫非她想考试考试我有怎样的程度吗？遂假作痴呆，又问道：

　　"你姑姑叫你送来作甚？"

　　祖望笑嘻嘻地说道：

　　"玉姑姑对我说：'你把这张信纸奉交李先生，请他在中英文题目中各做一个。'她又说英文题目有两个，可以随便拣一个做，有烦李先生的精神，三天为期。李先生做好后，仍由我交还她，别的话她没有说。"

大我听了，点点头，以为必是玉雪故意要试试自己的才能了，只得答应道：

"好的。"

遂叫祖望去练习英文字。他把这一张信笺看了又看，觉得中文的一题，意义包含得很大，这是一个国际问题，幸亏自己对于时务很熟的，并且在别的杂志上也曾见到这一种类似的文章，尚能勉强从事，然而至少要写二三千字了。至于英文的两题，第一题《余之故乡》太普通而平凡了，还不如做第二题，他决定了，遂把这张布纹纸笺折叠了，藏在怀里，预备回去后在夜头细细写作。他又想着，在奚昌家里有几本关于俄国的书籍，不妨借来参考参考，便走到外面账房里去打一电话至土地局，告诉奚昌在今天五点钟后，他要到奚昌府上来拜访，请他局里办公时间完毕后便回府去等，奚昌自然答应。等到五点钟过后，大我从陈家出来，一径跑到奚昌处见了奚昌，大家促膝坐谈，奚昌方知大我得了较好的馆地，心中稍慰，且知陈家是著名的富户，从此大我枝栖有地，身心可安了。奚昌又取出史焕章的来鸿，其中有一信，托奚昌转致大我的，给大我看过一遍，遂知史焕章已到了上海，经他亲戚的介绍，在一家华东银行里做了文牍主任，总算是一个稳定的职业。信上问起大我的近况如何，叫他如有通信，便可写到华东银行里去。大我对奚昌带笑说道：

"我好久没有写信给他了，现在听得他有了职业，很是快慰，因为他的家计是很重的，岂可长久赋闲下去呢？"

奚昌道：

"不错，我们三人友朋的交谊比较密切，我平日也很代你们二位杞忧的。今日我闻得两个好消息，快活得很。"

谈了一刻，大我便向奚昌告借了几本关于苏俄的书籍，挟着回去。将近走到三元坊时，他正低着头急匆匆地行路，忽听背后有人唤他道：

"李少爷，你回府去吗？"

大我立定脚步，回转头来一看，见有一个眇目驼背的老妇向他身边走来，仔细一看，就是自己有一天晚上在平湖秋月遇见的歌女阿梅的母亲，自己曾允诺她们有空去走走的，只因前几天心境不佳，把这事忘怀了。那老妇见了大我，带笑说道：

"李少爷，你好吗？我们前次相见后，不觉又有好多时日了，蒙你很能体恤我们的，答应有空到我们家里，我想贵人多忘事，李少爷哪有这种空闲的工夫？但是阿梅小妮子却好似痴的一般，天天在家里盼望李少爷前来，我叫她不要痴了，人家偶然高兴听我们的歌曲，赏赐了一块大洋，已是特别恩宠，岂肯走到我们这样小户人家里来逛呢？阿梅偏说李少爷温文尔雅，不比寻常的少年，既然答应了来，一定肯来的，也许李少爷忘记了地址。今日我从一家人家回来，无意中瞧见李少爷在我身边走过去，真是巧得很，所以大胆唤了你一声。李少爷，你以为我家阿梅可怜不可怜？可能去看看她吗？我家住在羊肉弄口一个小矮闼里，外边挂着卖眼药大眼睛招牌，是我们的同居，很容易认的，恐怕你忘记，我再告诉你一声。"

大我点点头答道：

"我没有忘记，只因近日很忙，所以没有前来。在这个星期日的下午，我或可抽暇到你们家里来走一遭，不过也说不定的，你们不要望我。"

老妇听了，脸上堆着笑容说道：

"谢谢你，我们盼望李少爷一定能够来的。"

大我说完了，回身便走，到得店里，已上灯了。饭后，他坐在室中，先将借来的书籍翻阅，果然得到一些参考的材料，便又从身边取出那张布纹笺来，觉得还有些微芬芳之气透入自己的鼻管，他对着这张信笺，看看上面写的中英文字，笔姿都很好，大概也有些程度的，但是自己却没有见过那位玉小姐是怎么样的一个人，富室的千金当然是金枝玉叶，十分矜贵的，也许是个摩登的女郎。那天窗外的倩影，我虽然仅见背后，已觉得有很曼妙的姿态了，然而她不即正式来和我相见，却在背地里偷瞧人，这个我却有些不赞成。现在男女社交公开，现代的妇女见了男子更不必忸忸怩怩地故意作态，她既然在女学校里读书，当然是很开通的，何况会一会面，未尝不是光明磊落的事啊！现在这样，我没有瞧见她，而她却已看见我了，今日她又叫她的侄儿把这些题目送来，要我煞费心思地大做其文章，岂非有意难难人家吗？我倒要好好儿地用些

105

心思做给她，使她难不倒我，佩服我的才能，而我饭碗也可格外稳定一些呢。他这样地想着，过了好多时，猛听外面的钟声当当地鸣了十下，他立刻惊醒过来，自言自语道："时候不早了，我胡乱想什么呢？"于是屏除别的思虑，专心一意地细思题意，分定了几个大纲和许多小节目，然后振笔疾书。直到十一点钟，写了三分之一，也觉得有些疲倦，才把文稿收拾了，熄灯安眠。

明日到馆时，他将文稿带到陈家去，在下午祖望默书写字的当儿，他遂取出来续做，到放学时，一篇中文论稿已完成了。夜间回去便做英文的题目，非常用心，不但意思要求佳妙，而修辞上也着实用了许多功夫。到得第三天，这两篇东西都写好了，自己又读了两遍，觉得很是满意，可以交卷了，料那位玉雪小姐胸中的学问未必比较自己优胜，她看到这两篇文字，大概也不能吹毛求疵了。

这天恰是星期六，他带了文稿到得陈家，交给祖望说道：

"我已做好了，少停烦你转交你的玉姑姑吧！"

祖望接过说道：

"谢谢李先生，待我放到她的书房里去。"

说毕，祖望早跑出书室，从庭中东边的月亮洞门里走进去。一会儿出来说道：

"我已放在玉姑姑写字台的抽屉里，今天她下午没有课的，要回来吃午饭，停一刻我再告诉她就是了。"

大我道：

"你的玉姑姑在哪一个学校里读书？"

祖望答道：

"她在西泠女子中学高中一年，她的英文和唱歌、跳舞都很好的，她常常要打着英语和她的朋友讲话。现在我从先生学会了英文，将来也可和她谈话了。"

大我笑笑，遂伴着他教授功课。午饭后，大我坐在书房里休息，文贵倒了一杯茶给大我，就掩出去了。大我坐了一歇，见祖望进去后却迟迟还不出来，自己又不好跑到里面去催他，文贵也不知走到哪里去了，他反负着手踱到花厅天井里去。走了几步，早走到那个月亮洞门口，上面有四个绿色篆字，乃是"别有洞天"。

他到了陈家好多天，但是始终未越雷池一步，现在却瞧见门里是一个小园林，有玲珑的假山石，有六角式的小亭子，二三株枫树好似点染着血一般的胭脂，正是霜叶红于二月花，并且篱畔的菊花都开了。在这园中各色各样的菊花，触目都是，秋色满园，大可玩赏。他被这自然界的美景所吸引，不知不觉地，渐渐走入园中去。此时，园里静悄悄的，杳无人影，忽听那边有一阵叮叮咚咚的钢琴声音从风中传来，非常悦耳。他一步一步地走向假山上去，到得上面的亭子那里，听那钢琴声格外嘹亮了，向那边望下去，乃是一个小小荷池，荷池对面有一个花房，在花房里左首有两三株芭蕉树，和一株老大的梧桐，桐叶已飘落了不少，便在那树后有一间很精美的方方的屋子，外面有一条走廊，水门汀的阶沿石，放着几盆黄花，还有红色和紫色的洋花，钢琴的声音就从这屋子里传送出来，可是玻璃的长窗外有绿纱的外窗遮着，里面又垂着杏黄色的窗帘，所以，他的视线隔离了，只闻得琴声而不能见到弹琴的人。他静静地立着，领略那悠扬疾徐的琴声，鼓动了他的心弦，使他想起以前在南昌读书的时候，校中也有一天，到了一个西方美人，名唤密斯爱丽思，是音乐圣手，善奏悲婉娜，精习各种歌曲，学校当局特地开了一个欢迎会，欢迎她一奏佳曲，爱丽思奏了许多有名的琴谱，又张着檀口，唱了好几支歌曲，听得人大为感动，大有不知手之舞之足之蹈之的情况。后来，自己曾经做过一篇《闻琴记》，曲尽描写的能事，登在校刊上，很得同学们的赞赏，此后，却一直没有听得。今日竟在这里重闻此声，然而我的环境已和往昔大异，我的母校在哪里呢？同学们想都毕了业，升学的升学，谋事的谋事，各奔前程，只有我却作客异乡，寄人篱下，在这里漂泊着，勉强得着一个枝栖，至于我求学的希望，依然是在虚无缥缈之间，将来的我还不知怎样，而时光如白驹过隙，时不待人的，还有我的故乡在哪里呢？也许已把秩序恢复了，然而家破人亡，只落得败井颓垣，城郭已非，虽欲回去而无路了。他这样地思想着，一手托着下颏，一手扶在亭子的圆柱上，忽然背后扑扑地飞来两只喜鹊，一只落在假山石上，一只飞在亭子的顶上，鹊鹊地叫了两声，便把大我叫醒了。他觉得自己没有到过的地方，不应该独自一人乱闯乱走，倘然给陈家的人瞧见了，也许要疑心我有意偷窥了，那对面室里的奏琴者，大约除了他家的小姐，不再有第二人了，万一她走出来，瞧见我立在假山上面，痴痴地窥望，不要使她奇异吗？瓜田李下，这个嫌疑却不可不避的呀，于是他立刻回转身，悄悄地一径走回书房，幸亏没有撞见一个人。

又隔了一刻钟的光景，方见祖望跳跳纵纵地跑来了。祖望跑至他的身边，立正着对他说道：

"李先生，我家玉姑姑要请你去见见。"

大我不防有这么一着的，听到了这话，踌躇着不即回答。暗想：人家是一个年轻的女儿，从没有见过面的，怎可冒昧从事？倒要斟酌一下，即使她有事要见我，还是她到这书房里来，比较便当一些。现在她偏偏请我去相见，不知陈老太太有没有知道，倘若不知情的，我就去老老实实地见她，恐怕不十分稳妥吧！祖望见大我不答，以为他不肯去，便把嘴一噘道：

"李先生不去吗？我家玉姑姑等候在那里，你若不去，叫我也难以复命了。李先生去吧，她看见了李先生做的两篇文章，连声赞好，所以要请你去谈谈，恐怕她还有言语问你。李先生快去吧！"

大我又问道：

"你家玉姑姑现在哪里？"

祖望答道：

"在书房里。那边没有什么人的，我伴李先生去。"

大我一想，照这情形，自己推辞不脱了，她既然在书房里，又是她来相请的，那么去见她也有何妨？遂立起身来。祖望面有喜色，回身便走，大我跟在后面，走到花厅上。祖望道：

"玉姑姑的书房在花园中，我们打从那边月亮洞里走，却近便些呢！"

于是，大我跟着祖望又从这别有洞天的门里进去，一路绕着假山，打从荔枝小径边走去。穿过了一个竹篱的小门，早到得池的对面。地下一片浅草，轻轻地踏着，又软又无声音，到得走廊边，踏上阶沿，从绿纱长窗边走过去，到得一个洋门的前面。在这个时候，大我的心里不知怎样地怦怦然跳起来，觉得自己绝少和人家妇女会面，以前在南昌虽然常到那点心店里和爱宝母女说笑，然而那是渐渐熟的，况且又是小家碧玉，不重什么礼貌，常在身边端点心送手巾，见惯了倒也并不觉得怎样，但他今天去见的是一位闺秀，听说又是年纪很轻的姑娘，见了面如何应对呢？还是不见了吧，免得受窘，懊悔自己一时孟浪，糊糊涂涂地听从小孩子的话，跟他走来，所以，他就缩住身躯，露出越趄不前的样子。祖望指着洋门道：

"玉姑姑就在室中，我们进去吧！李先生怎么不走啊？"

大我被祖望一催，又想：既已到此，当然只有去和人家相见，难道退回去不成？现在男女社会公开，和女子见面算不了什么大事，人家是一个女子，尚且不怕和陌生的男子相见，特地把我请来，我倒反而丈二豆芽菜老嫩起来，没有勇气吗？孟夫子说，说大人则藐之，勿视其巍巍然。陈家的小姐又不是什么大人，我何必这样犹豫畏葸呢？倘然将来要见什么大人物时，我不要更胆怯吗？我为什么没有丈夫气，偏多儿女之态呢？于是他就鼓起勇气，走到门边。祖望一伸手，推开洋门，回头把手一拉，说声："李先生请！"大我的心里又怦怦然地跳起来了，硬着头皮踏进去。却见室中并无倩影，祖望呆呆地立在中间说道：

"唉！玉姑姑到了哪里去呢？她叫我来请你的，现在李先生来了，她自己却不在此了。"

大我道：

"不要紧，左右无事，她既然不在这里，我和你回去吧！"

祖望摇摇头道：

"不！她明明叫我来请李先生的，怎么她自己走开去？你不要疑心我说谎吗？李先生，请在此坐一坐，我便去找她前来。"

说毕，把对着花园的门砰地关上了，又一推左面一扇格子玻璃的洋门，噔噔地跑去了。室中静悄悄的，只剩下大我一人，前面的长窗有杏黄色的窗帘遮着，所以内外都望不见，靠窗的一端放着一只红木写字台，台上放着一座小小的案头翠石钟，又有两个墨水瓶和一个西式笔架，以及几本皮面的书、一个讲义夹、一盏粉红花罩的电灯正悬在上面，转椅上放着一个绿色丝绒的坐垫，背后靠墙有一座红木大书橱，橱里一行一行地排列着不少西文书籍，书橱的南首是一个壁上火炉，炉架上放着几件欧化的东西，有一个二尺长的意大利石刻裸女，仰着天在那里祈祷，冰肌玉肤，栩栩欲活。向里短窗边放着一架钢琴，琴上有本琴谱，且没有盖好，方才所闻的琴声当然是她人在这里所奏的了，可以理想得到，纤手抚弄的姿势，非常佳美。对面靠墙放着一张大沙发，又有两个花架，放着两盆红色的花香味扑鼻。正中一只红木的小圆台，台上铺着美丽的桌布，周围放着四把矮矮的椅子，椅上都有锦垫，四壁又挂着一些油画和一张学校里的摄影，就是西泠女子中学的团体照，但是，上面人似蚁聚，一时也瞧不清楚。室中的陈设样样都很精致，大我瞧了一歇，便坐在圆桌旁的椅子上，静候她人前来。他坐的方向正对着那扇格子玻璃的洋门，门上并无遮蔽，瞧得见里面是一条甬道，只不知道向哪里去的。

坐不多时，便听甬道里足声响，门上玻璃里隐约可以瞧得出有一个倩影走来。他心里又跳起来了，正要立起时，洋门一开，走进一个女子来，手里托着一只金漆的红木茶盘，盘里放着一壶香茗和四个很小的白瓷红花的茶杯，还有一罐茄立克香烟，一起放到圆桌上，叫了一声李先生，先倒上一杯茶来。原来就是玉雪小姐身边的侍婢桂喜，脸上涂着红红的胭脂，头发也烫着，很是风流俊俏，笑嘻嘻地瞧着大我说道：

"李先生，请你等一歇，玉小姐在楼上换了一件衣服就来的。因为今天吃了饭后，天气又温暖一些了。"

大我点点头，也不说什么。桂喜又笑了一笑，关上洋门走去了。大我又坐着等了一刻，暗想：这位姑娘也有些不知进出的，她自己特地请人家来，人家来了，她反躲在楼上挨延时光，不即出见，到底是怀的什么意思？毛小山说她一向席丰履厚，任性惯的，果然不错。但我是正式西席，将学问和工夫来换人家的钱，并非卑鄙乞食的门客，难道她故意拉架子给我看吗？想到这里，心里有些不高兴，恰听得甬道里噔噔的足声，洋门一开，祖望跑了进来，气喘吁吁地对大我说道：

"李先生，你等得心焦吗？玉姑姑来了。"

跟着便听叽咯叽咯的革履声音，人未至时，香风先到。大我的嗅觉、听觉、视觉顿时感受到异样的接触，眼前陡地一亮，一个摩登秀丽

110

的美人走进室来。大我从椅子上直立起来，不知怎样的，好似触了电一般，两眼望着那位玉雪小姐的脸上，呆呆地说不出话来。但是，他的脑海中却是非常之快，又是非常之灵的，搬演起两幕活动电影来，一幕是月白风清之夜，湖上的水波粼粼然皱成一片银色，一条划子船打桨而来，船中坐着两个妙龄女郎，一个身穿青地银点的软绸旗袍，身上满是一点点的小银圆，映着月光，闪耀人眼，和她的同伴走上平台来。又一幕是分作三小片段，汽车里一瞥的倩影，洞中灯光下的曼睐，亭边的回眸一顾，啊！不是她，还有谁吗？伊人的媚眼、伊人的笑窝儿、伊人的粉臂、伊人的玉腿，他自己闭了眼睛，便有这模样的一个倩影，竟立在自己的面前，是真实的，不是虚幻，不是梦寐。可是他万万想不到的，所以呆住了，但是玉雪却对他微微鞠躬，叫一声李先生，走到圆桌边，将玉手一抬，说道：

"请坐！"

大我也点点头，慢慢坐下，眼睛看着鼻子，不知说什么话是好。玉雪向烟罐中取出一支茄立克，送到大我面前，又取火柴要代他划火。大我摇摇手道：

"多谢！我是不会吃的。"

玉雪笑道：

"李先生客气吗？"

大我忙道：

"并非客气，实在没有吃过。"

玉雪点点头道：

"很好！我们学校里有一个不吸卷烟会，我也是会员，本来也不会吸的，不过有客人前来，不得不用这东西款待。"

大我听了，暗想，你既然是不吸卷烟会的会员，那么非但自己不吸，也要劝人家不吸，方才有效，岂能仍用这个自己不吃的东西来敬客呢？然而自己和她初次见面，很客气的，心里虽有这个思想，口上如何说得出呢？祖望见他们正在开始谈话，他却坐到写字台上，取过一本书来闲观。玉雪又说道：

"李先生，谢谢你，费了不少心思代我做这两篇非常好的文章，我读过后，很佩服李先生的学问渊博、思想新颖。"

大我听得这些誉美的话从玉人口里发出来，如膺九锡之赐，荣幸非常，心里怎么不欢喜？忙对玉雪笑了一笑，说道：

"承蒙女士过誉，使我惭愧得了不得，自知学识谫陋，勉强交卷，恐怕不足以副雅意的吧！"

玉雪道：

"李先生怎么这样谦虚呢？实在是很好的，祖望能得李先生教导，学问必定大有进境的。因为以前请的一位老先生，我们嫌他头脑顽固、缺乏新的知识，所以辞去，现在李先生真是最为合配的人了。"

大我道：

"不敢，不敢！"

玉雪见大我这样毕恭毕敬的样子，几乎要笑出来，又伸着玉手，取了茶壶，代大我加上了一些茶。大我慌忙道谢，她自己也倒了一杯，一手托着茶杯，凑到樱唇边喝了一口，又问道：

"李先生，你可知道我请你做的这两篇文章是什么用处的？"

大我不好说你是不是故意试试我的学问，只好假作不知地说道：

"我没有明白是什么用处的，既然女士叫我做，我自然尽我所能地做奉指正了。"

玉雪道：

"我老实告诉李先生吧！我们校中新近设立一个中西文艺竞胜会，校长特地出了英文的题目，叫高中科每一个学生必须应做的，如谁不做，须记过惩戒。但是做得好的，另外预备奖物分赠，以鼓励学生的兴趣，可是我的中英文程度很不佳妙，一直懒懒地怕做，而限期却便在下星期一了。想着李先生的学问一定不错的，所以写了题目，叫祖望来转恳你代做，这是很抱歉的。李先生为我费去了许多精神，叫我怎样谢你呢？在这两篇文章里，我还有一些不明白的地方要请你告诉我，因此我又请李先生来了。"

一边说，一边放下茶杯，便走到写字台边去，开了抽屉，取出那两篇东西，回过来坐到大我右手旁边椅子里，指着几处，询问是什么出典，以及作何解释。一阵阵浓烈馥郁的脂粉香气熏得大我心脾都甜，不知玉雪身上、脸上用的什么脂粉和香水，越闻越香，真令人醉了。玉雪既然要他说出意义，他自然有问必答地一一告诉她知道，她都明白了，再捧着细阅一遍。这时，大我渐作刘桢平视，瞧见玉雪头上的云发朝后烫着，耳上系了两个翡翠坠的环子，颊上涂着薄薄的两堆胭脂，身穿一件暗色亮花，作一朵朵小蝴蝶的样子的软绸衬绒旗袍，上身罩着一件米色的绒线马甲，颈里垂下一条紫色丝带，系了一支翡翠管的自来水笔，足上踏一双银色镂空革履，肉色的丝袜，淡绿色的绸裤，钉着很阔的花边，皓腕上戴着一只白金手表，右手无名指上有一只烁亮耀眼的钻戒，十分富丽，她面上虽没有戴眼镜，而颔下的一粒小小红痣，便好像伊人的特别记号，使人见了，再也不会认错了。大我这样痴痴地偷瞧着，冷不防玉雪放下手中的纸，也对大我紧紧一看，不觉张开雪白的贝齿，微微一笑，两边现着两个小酒窝儿。又使大我想起那三笑的情景来了，面上不由一红，嗫嚅着像要说话的样子。玉雪一手拈着她颈边的紫色丝带，一手在桌布上划了两下，向大我问道：

"李先生，我好像在什么地方见过你的，是不是?"

大我点点头，玉雪道：

"我记得有一次和同学蕙英姊往水乐洞理安寺等处去，见先生骑着马紧向前跑，当我们坐的汽车抢过先生的坐马时，你的马忽然向上一跳，险些把先生跌下马来呢!"

她说到这里，又低着头笑出来了。大我心里暗暗想：她这样善笑，究竟是年纪轻，这件小事她倒还没有忘记啊! 于是点点头说道：

"不错，请女士勿笑，我是不会骑马的。"

玉雪道：

"那天李先生似乎还有几个朋友，我们在三个地方恰都逢见，真是巧了。"

大我听玉雪这样说，想起了奚昌等说的话，心里又不觉怦怦然跳跃起来。玉雪又道：

"我还记得有一个晚上，在平湖秋月月光下相见的，好像是李先生。那时候我也是和蕙英姊同游的。"

大我答道：

"正是，大概女士很喜清游的吧！"

玉雪道：

"我的性情不惯在家里闷坐，而喜欢游山玩水的。李先生大约也是这样的吧！"

大我听了，想自己到了杭州，常常坐在斗室之内，日处奈何天中，难得出来游散，凑巧那两次和你遇见罢了，遂说道：

"湖上风景幽茜，他乡游子，暇日无以消遣，对此青山绿水，聊写我忧。但自愧学殖荒落，未能下帷苦修啊！"

玉雪道：

"我也很喜欢看小说的，《西湖日报》上那篇长篇小说《襟上泪痕》，文情非常凄恻动人，我天天要读的，作者署名大我，恰好和先生的大名相同，不知是不是李先生做的？"

大我点头说道：

"惭愧得很，拙作自问毫无佳处，却蒙你这样称赞，真是不虞之誉了。"

玉雪喜道：

"原来李先生是一个小说家，幸亏今天问了，方才知道。"

大我道：

"这'小说家'三个字的头衔我是愧不敢当，不过我也喜欢看小说，见猎心喜，偶然拈管效颦，胡乱写一些，不能算什么创作，也不敢跻于著作之林的。"

玉雪道：

"你不要客气，可有什么别的佳作？容我拜读。"

大我摇摇头道：

"实在没有，这篇还是处女作呢！"

玉雪道：

"好得很！李先生你将来必能成为一个名小说家的。"

大我笑笑。玉雪便和他谈起小说来，自言最喜欢看言情小说，可惜真正好的很少，在她读过的小说中，要算《红礁画桨录》《茶花女》《断鸿零雁记》等最有咀嚼，最能动人，但是可惜林译的小说，文字比较深一些，至于新体的，大都讨论社会问题的居多，好的言情创作也难得看见。大我点点头道：

"要求至情文字，言中有物，确乎不易，无病而呻，虽工何益？女士你却欢喜看这一等小说吗？大都是哀音靡曼，赚人眼泪的啊！"

玉雪笑了一笑道：

"我也不知为什么缘故，越是读到使人出眼泪的作品，我越要读，近来我正在看一部《红楼梦》。李先生，你大约总看过的，你说宝玉这个人究竟好不好？林黛玉的行为是不是太弱？"

大我听玉雪把《红楼梦》上的人物请他批评，自己当着一个处女的面前，初次相见，客客气气的，怎好谈到这种情爱上的批评？虽然是玉雪问他的，但若被旁人听了，不但要生疑，也要说我的不是了。只得假作痴呆说道：

"《红楼梦》这部书我却没有看过，恕我不能作答。"

玉雪听大我这样回答，觉得有些没趣，淡淡地说道：

"李先生能够做小说，难道这一部有名的佳著倒也没有见过吗？我不信。"

大我道：

"真的没有读过。"

玉雪道：

"那么我这里新买得一部，待我看完了，借给你读，不知李先生要不要？我想李先生看了，一定欢喜的。"

大我道：

"很好，以后我常奉借一阅。"

他觉得在这里已说了好一刻的话，不便多所逗留，于是立起身来向玉雪告别。祖望也立起来说道：

"你们谈话完了吗？我要请李先生去教英文了。"

遂跑过去把洋门一开，大我跟着走到外面，回身向玉雪点点头。玉雪说了一声多谢，立在门口，瞧大我仍跟了祖望从园中走回花厅书房里去。这一天，大我回到徐家后，写了一封回信给史焕章，把自己最近的情形述一遍，日里和玉雪相见的一幕已深刻在他的脑海里，而不能忘却。所以夜间一人坐在桌前，磨好了墨，握着一支笔，虽欲续作一些小说，然而对着稿纸，竟一句也写不出，而玉雪的倩影却恍恍惚惚地似乎常在他的眼前。暗想：天下的事真有这么巧的，自己和玉雪可谓渺不相关的，湖上相逢，惊鸿一瞥，似乎是偶然的，也不放在心上，后来南山之游，又和她蓦地相逢。奚昌和郑顽石且和我说笑，说什么三笑姻缘，却不料自己又忽然被人介绍到陈家去教书，遂得与玉人晤谈一室之内，一亲芳泽，又似乎不是偶然的了。莫非彼苍者天，故意搬演这几幕来玩弄世人吗？不然怎样有这种巧的事呢？前几天我还以为那个陈家小姐不知是怎样的一个人，今天方知就是两次邂逅的她了。踏破铁鞋无觅处，得来全不费工夫，真是说给人家听也难相信的啊！她叫我做这两篇东西，我还以为有意考试我，经她说明了，方知代她交卷的，亏她想得出，竟来叫我做枪手。不是自己夸大，这两篇东西交上去时，一定能够得列前茅的，只恐校中教师们或要疑心不是她亲作的啊！好在文中意义她已问过我一遍，不怕戳穿纸老虎了。将来倘然她得到奖，倒是我的功劳呢！又想：她方才竟不顾客气地和我谈起言情小说来，又把《红楼梦》中的两个主角来叫我批评，全不想人家怎样可以和她讨论呢！大约因为她的年纪很轻，很坦率地问人家了，我不得已却和她说了一个谎语，她还不知道呢！像她这样情窦初开的女郎，偏喜欢看言情小说，而又大看其《红楼梦》，这是要十分谨慎的。当然女孩子们懂得一些文字，便最喜欢看这种小说，但若看了不好的作品，那么对于她的心灵上将要受到极大的影响的。继思自己和她的环境不同，地位又异，可说彼此并无什么深切的关系，何必代她这样鳃鳃过虑呢？一会儿又想到那亭畔拾得的脂盒儿，大约总是玉雪忘却的，我要不要问问她，把这东西归回原主呢？还是藏着做个纪念吧！不！当然归回她的好，自己藏着有何用处？不如还了她，也使她心里欢喜，知道我对她有十二分的诚意，所以保存着没有丢去，直到见了本人方才奉回。物件虽小，而情意很大呢！他这样回环地想着。良久良久，方才突然惊悟道，我莫非痴了吗？见了一个女子，便会这样心神不定吗？其实这些事都是很平淡的，不足为奇，不过自己心理上偶然起了变化的作用，我是怎样的人？人家又是怎样的人？前番我早已说过不作无益之思，为什么今天只不过见了人家一面，却又胡思乱想起来呢？勉强镇定心神，要拿笔去写，但是砚中的墨早已干了，时候也不早了，脑神经也觉得有些疲倦，于是放了纸笔，索性安睡了。

次日是星期日，不必到陈家去的，上午坐在房里看看报，写一些文字，克贞走进来，拉着他要听故事，他就讲了一些天方夜谭。已至午时，便出来吃饭。下午，他想着今天答应阿梅的母亲要去看看阿梅，少不得往那里走一遭的，于是戴上呢帽走出店去，一路向羊肉弄走来。途中走过一家书肆，便立停了，向橱窗里闲瞧，一眼瞧见有一本新出的《泰东西文学源流及其研究》一书，正合他的胃口。便走到里面，叫店伙拿出来一看目录，很是包罗广大，印刷也很精美，作者是有名的文学巨子，一问书价也不过一元六角，他一摸身边还有陈家送的那四元贽仪尚未用去，他就掏出两块钱给店伙找了，携着书，走出书店，仍望羊肉弄走去。他虽不十分认识途径，可是问了一个信，早已到了。

这羊肉弄乃是一条很小很狭的弄堂，且很污秽的。他走进弄中，见两旁都是矮小的屋子，门前堆着凌乱不齐的矮桌矮椅，有几个妇人还在门前缝衣服。走得不多几步，果见朝东一个小小矮闼门，门上挂着一只大眼睛的招牌，黑黝黝的，已是十分污旧，但是这只眼睛却一年到头地张大着，盼望有多多的顾客来买他的眼药，并且因为上面一些没有光泽，大有倚老卖老的样子，使人一望而知是一块老招牌。然而它不晓得自己老了老了，永远是这个样子，不跟着这个时代改变而演进，落伍退步，自然只好永远保守着这块老招牌，抱残守缺似的，悄悄地无声无息地躲在这冷落的小弄里了。虽然还有些人知道这块老招牌的历史，相信用它的，然而总是微细的少数，所以，这块老招牌也是若有若无的了，但它依然很忠实地张着。现在大我走到了招牌之下，抬起头，瞧到了这只大眼睛，便知阿梅母女就住在里面了。对门是一间白板门的小屋，坐着一个皮匠，在那里缝鞋子，一见大我慢慢地走来，东望西瞧，所以那皮匠的一双眼睛也盯在大我身上，好似在那里打量。大我回头看见了，立停脚步，竟没有勇气上前叩门，脑中忽然想着自己到这里来，所为何事，人家是一个歌女，和自己素不相识，不过听到她一次的歌唱，便贸贸然跑上门去做什么呢？难道我为了守信的缘故不能不来吗？那是很小

117

的事，我何必多生枝节？不是痴了吗？回去吧，让她们认我失约便了。他踌躇了一歇，正想回身要走，却听矮闼门啪的一响，门开了，走出一个四十多岁的男子来，满面烟容，身上衣服也很肮脏，手里拿着一把茶壶，拖了鞋皮，跨出门槛。瞧见大我在他的门前，便吐了一口老浓痰，问道：

"先生，你可是来买眼药的吗？我高家的眼药是世代相传的，不论什么新旧目疾都可搽好。你如不信，可以先买一瓶去试试。"

大我见那人缠错了意思，只得摇摇头道：

"我不是来买药的。"那人又问道：

"你来找谁的呢？"

大我正难回答，却见门里又跑出一个娇小的女子来，笑嘻嘻地说道：

"原来李先生来了，请进来。"

大我认得她就是阿梅，遂点头答应了一声，那人见阿梅已来招呼，便拖着鞋皮走了。阿梅又把手一指道：

"李先生，不要客气，请到屋里坐吧！"

于是大我跟着阿梅走进里面去。

第八回

小巷访歌娃柔情微逗
权门求老友故谊尽忘

今天阿梅身上穿了件夹旗袍，外罩着蓝布的罩衫，脚上也踏着一双新制的布鞋，打扮得清清洁洁，面上也薄薄施一些脂粉，前刘海梳得绝齐。因为她预备大我要来的，特地修饰着，她的姿色本是不错，现在却更见得好了。大我对她瞧着，不由微微笑了一笑，阿梅回头见大我对她笑，心里很是快活，便把大我引至里面一间小小客堂中坐定。那客堂里的陈设当然十分凄惨的，陈家的门房间也要比这里来得大而整齐些呢，况且左边靠墙放着一大堆已粘好的火柴匣子，一望而知是靠女工过日的人家了。阿梅便向右面一个黑暗的小房间里喊道：

"母亲，快出来，李先生到了！"

便听房里答应了一声，阿梅的母亲走将出来，张着一只眼，瞧见了大我，带笑叫一声：

"李少爷，你果然不失约的，但是这里狭小得很，你不嫌肮脏时请坐一刻吧！"

大我道：

"很好的，我今天无事，我来看看你们。"

这时阿梅已倒了一杯原泡茶，送到大我面前，说道：

"李先生请喝茶，李先生可吸烟吗？"

大我把手摇摇道：

"我不吸烟的，你们别忙，我坐一歇就要走的。"

说着话，把手中的书放在桌上。阿梅的母亲说道：

"李少爷不要客气，多坐一歇去吧！"

于是母女两人便在旁边陪着坐下。大我见她们母女俩身上都穿得薄薄的，便点了一下头，向她们问道：

"以前我也没有问过你们的姓，幸亏这里门上有块大眼睛招牌，所以不须问讯，一寻便着。"

阿梅的母亲说道：

"李少爷，我们是姓尤啊！卖眼药的姓高，我们同居数年了。"

阿梅道：

"方才你见的就是高伯伯，他家是靠着卖眼药度日的，只因眼药的生意一天退步一天，买的人很少，而且高伯伯又抽上大烟，所以他家里也是贫穷得很，便腾出这一小间房间和这一个客堂租给我们了。"

阿梅的母亲道：

"高家的眼药虽然生意不灵，可是很有效验。去年阿梅红眼睛红得很是厉害，搽了他家的眼药，不多几天就好了。听说以前生意很好的，但是现在人家都喜用西药，来买的就一年少一年了。"

大我点点头道：

"原来如此，你们租他家的房子，每一个月要出若干租金呢！"

阿梅的母亲答道：

"这里是便宜的，但每个月也要一元半房金呢！"

大我道：

"你们母女俩要赚些钱也是不容易的，衣、食、住种种要顾到。"

阿梅的母亲说道：

"可不是吗？热天的时候，我们娘儿俩到街上去卖唱，虽然辛苦，而每天也可有一千八百的进账，现在天气冷了，没有人要听了，坐在家里粘自来火匣子，赚下来的钱吃也不够，哪里再有钱顾到出房钱做衣服？"

阿梅的母亲这样絮絮地说着，阿梅在旁边勉强笑着道：

"母亲，今天难得李先生到此，我们谈些别的事，不要诉穷道苦，惹人家的讨厌啊！"

大我道：

"这倒不妨的，我很要听听你们的生活。"

阿梅的母亲也道：

"便是我瞧李少爷不比别的少年，却很能顾怜我们的，所以告诉他这些事。"

阿梅笑道：

"好！你们就讲吧！"

一边说，一边立起身来，又代大我换了一杯茶，走到里面去了。阿梅的母亲连忙喊道：

"你来陪陪李少爷，我要做点心呢！"

大我忙说道：

"不要忙，我坐坐就要走的。"

阿梅在里面答应道：

"母亲，你千万不要放李先生就走，点心我去做了。"

阿梅的母亲对大我带笑说道：

"少爷，你听得吗？她抢着做点心了。今天她因为少爷来了，很高兴，请少爷多坐一会儿去吧！"

大我点点头，喝了一口茶。阿梅的母亲又说道：

"阿梅小妮子今年已有十六岁了，人倒生得很聪明的，只可惜她的父亲早死，没有多读书，字却识得几个，学会了歌曲，到街坊卖唱，是不得已的事。她很不情愿，是我强逼她出去的，她的性子很孝，所以我说的话她都听从。她也知道我因为没得饭吃而走这条路的，我很是爱她，将来要靠靠她，希望她能嫁得好好的夫婿，过些快活的日子，别再这样挨受着饥寒之苦。可是我家以前虽然也是好好的人家，现在却贫穷无依，变成了小户人家，住在这个小弄里，怎样配得到上等的人家？虽有几处看中了阿梅，遣人来说亲，都不合我的心意。她在家里苦了，岂能再到夫家去吃苦呢？李少爷，是不是？"

大我听了，微笑道：

"阿梅果然是很好的，你们耐心着，将来总可以配得好好的人家。"

阿梅的母亲摇摇头道：

"很难很难，除非是……"

说到这里，却缩住了，只见阿梅捧了一碗汤团出来，请大我吃点心。阿梅的母亲又道：

"今日我们特地买了些肉，做好馅子，把家中有的粉做几个汤团，预备请李少爷吃的，你试尝尝看。"

阿梅取过一双筷来说道：

"不好吃的，李先生将就吃一个吧！"

大我道：

"你们何必为我破钞？谢谢了。"

说罢，便不客气地吃了两个汤团，味道还不错。他在吃汤团的时候，不觉想起了南昌城里的爱宝，这些小家碧玉却很多情的，一会儿又想着了陈家玉雪小姐的豪华，和这里相较，正是天上地下了。像阿梅这种人，倘然能够给她受教育，未尝不可以造就，她的天资很聪明的，现在困于环境，街头卖唱，做可怜的生涯，真是不幸之至。然而还不能常做，只得在家里粘自来火匣子，衣不得暖，食不得饱，在奈何天中过日子，心里却梦想着未来的幸福，那么竟和我都是一样的可怜虫了。

阿梅的母亲见大我停住筷子，呆呆地思想，便问道：

"李少爷爱吃吗？请再用一个。"

大我被她一句话提醒了，只得再吃了一个。方才放下筷子，阿梅的母亲收了碗去，阿梅又送上热手巾，给大我揩过脸，却坐在一边，笑嘻嘻地瞧着大我，不说什么。阿梅的母亲便问起大我的身世，大我不欲隐瞒，以实而告。阿梅听大我讲起他的故乡匪劫，全家惨死的状况，不由眼眶里早滴出泪来。阿梅的母亲方知大我是一个可怜的孤儿，便说了几句安慰的话，又问他：

"现在可做些什么事？"

大我遂说在定安巷陈家教书。阿梅听了，便道：

"定安巷姓陈的吗？是不是著名的陈百万家？"

大我说道：

"正是。"

阿梅便对她母亲说道：

122

"原来就是隔壁姚先生教书的一家，那是很好的。"

大我听阿梅说起姚先生，心里有些奇异，遂问道：

"你们认识那个姚先生的吗？"

阿梅点点头道：

"怎么不认识？他就住在我家的隔壁，以前李先生听我唱的《妾薄命》和《相思怨》两歌，就是他将歌词教会我的，似乎我已告诉过你了。"

大我道：

"原来姚先生就是你们的乡邻，我虽然没有见过他面，却听人说他的国学是很好的。"

阿梅说道：

"不错，他的学问很是高深，为人也很古道，我们这条羊肉弄里的人家都敬重他的。可惜他的家道十分贫穷，现在又失去了馆地，更是困难了。"

大我道：

"他家中没有别的进款吗？"

阿梅的母亲答道：

"李少爷如不嫌絮烦，待我来告诉你一些吧！姚老先生的家世以前是很好的，也有些田地，只因他老人家不善经营，性又慷慨，常喜济人之急，毫无吝啬的样子。自己又喜欢饮酒，每天大块鱼大碗酒地吃喝，喝醉了，什么事都不管。我们先生故世的时候，他也帮助过我二十块钱，那时候他家还没有穷困呢！后来，一年亏空一年，渐渐把田地卖去了，以致变了穷人家。姚先生不得已而就了陈家的馆地，听说一个月也有二十块钱，然而照他家的用账却是不够的。"

大我问道：

"他家里还有什么人呢？"

阿梅的母亲又说道：

"姚老先生有个老妻，我们却叫她姚师母的，还有两子一女，女的年纪已大，比我家阿梅长一岁，两个儿子年纪还小，都在学校里念书，一家五口，日用很紧。且因姚先生本是个好人家，也有许多免不掉的应酬，他们虽然贫穷，人家总称他们老爷、太太，他们为了面子关系，往往有些事不能做，有些钱不能省。幸亏姚师母和她的女儿都会刺绣，母女俩便靠着两只手，整日价伏身在绣花架上，一针一针地刺绣，赚下来的做做衣服，出出学费，还要贴在日用上。所以，姚先生每晚仍有酒喝，他们走出来时，身上衣服也很清洁整齐，不知底细的人总以为他家还是很宽裕的，谁知姚师母母女俩往往做到半夜三更，人家都到了黑甜乡里，而她们一灯荧荧，依旧在那里吐绒抽线啊！"

大我听了，说道：

"她们母女真好，姚先生亏得有此妻女，否则更要困难了。但是，现在他失去了馆地，他的境遇岂非恶劣得很？恰巧我代了他，虽然不是我去赞谋而将他歇掉的，然而我听了，心里有一些难过，不知那位姚先生在别的地方可有什么法儿想吗？"

阿梅的母亲叹道：

"现在的世界，年老的人大家要讨厌的，哪一处不喜欢用年轻的和时髦的？姚老先生年纪已老，他的脾气又是古怪，除了教书，还有什么地方可以让他做事呢？不比像李少爷这样的人，自然容易受人家的欢迎。"

大我听了她的话，暗暗惭愧。阿梅的母亲又说道：

"听说姚老先生近日正在向他的朋友那里去托荐事，因为他很认得几个家道很好、面子较大的人，然而昨日逢见姚师母，她告诉我们说，姚先生奔走数天，到处碰壁，因此老人家心里很不快活，常说：'不得了，不得了！'他一向不重金钱的，现在也觉得了，反是姚师母将话安慰他。姚先生没了馆地以后，每天的日用都是姚师母想法的，姚师母人真好，我们以前受过他家相助之恩，只可惜我们自己也是难过日子，无法报答啊！"

大我听了这一番话，又触了他的感怀，叹了一口气，静默良久。阿梅的母亲又说道：

"现在的时势，生活日艰，赚钱却又不容易，我们娘儿俩要靠着女工度日是很困难的，像粘自来火匣子，每天得不到几个钱，总非长久之策。我有一个小姊妹，她和她的女儿住在上海，倒能过得去。前星期她到这里来烧香，乘便来看过我们，有意劝我们到上海去，住在她家，代我们想法子。因此我们一半想去一半又不想去，尚没有决定呢！"

大我问道：

"她叫你们搬到上海去住，可曾答应你们找什么事做呢？"

阿梅的母亲期期艾艾地答道：

"她虽说……铁饭碗我们……"

阿梅早对她母亲用劲看了一眼，阿梅的母亲便不说下去了。大我瞧她们这般情景，也不再追问，他在这里坐了好多时候了，便想回去，从身边摸出两个银圆来，放在桌上，说道：

"这一些我是给阿梅买些东西吃的，今天我来叨扰你们，甚谢甚谢。我还有别的事要干，改日再来看你们吧！"

阿梅的母亲连忙推辞道：

"李少爷，你肯到这里来，我们已是非常快活，哪里又好破费你的钱？阿梅不肯拿的，你再坐一刻去吧！"

大我道：

"不要客气，你们若不拿时，是嫌太少了。"

说着话，立起身来告辞。阿梅的母亲道：

"既如此说，我们老实受了。李少爷几时有空不嫌怠慢，请过来玩。"

大我含糊答应了一声，回身走出。阿梅跟着她母亲一同送到矮闳门边。开了门，大我跨出去，一眼瞧见对门坐着的那个皮匠，抬起了头，目灼灼地向大我瞧着，脸上露出一种好笑的样子。大我忙向阿梅母女点点头，大踏步地走了。他刚才走出羊肉弄口，却听背后娇声唤道：

"李先生，慢走！慢走！"

大我回头一看，乃是阿梅匆匆地追上来。他立定了脚步，回过身来问道：

"阿梅，你唤我作甚？"

阿梅把手里的一卷东西递给大我，说道：

"这不是李先生的书吗？敢是你忘记了，所以我追来还你。"

大我方知自己买的那本《泰东西文学源流及其研究》，刚才急于要走，遂忘记了，便伸手接过，带笑说道：

"谢谢你！"

阿梅立定着身躯，却不走回。大我只得也立着，这样面对面地不说一句话，倒使大我有些不好意思起来，遂嗫嚅着说道：

"阿梅，你回去吧！我隔几天再来看你们。"

阿梅把手抿着嘴唇说道：

"你不要骗我，我们家里是肮脏得很，恐怕李先生来了一回以后，却不想来了。"

大我笑道：

"你不要这样说，我若是有轻视你们之心，今天也不来了。"

阿梅道：

"是啊！难得李先生这样看得起我们，我心里非常感激的。所以，我希望李先生能够常来。"

在二人说话的时候，忽然有一个老者走到弄口来。那老者头戴一顶半新旧的瓜皮小帽，顶上一个红结子，鼻架一副眼镜，嘴边有很长的胡须，身上穿一件紫酱缎子的棉袍，外罩一件黑呢马褂，衣袖上已有些破了，本来黑色的呢，却带着一些闪绿色，便可知这件马褂的年数已很长久了。他正蹀着方步，想要走进羊肉弄，可是二人正立在弄口讲话，这条弄是很狭的，二人若不闪身让开，那老者便被他们阻挡住了，他遂咳了一声，向阿梅说道：

"阿梅，阿梅，请你让一些路。"

阿梅的精神本贯注在大我身上，因此起先没有留心来的是谁，经那老者一开口，她侧转头一看，便带笑说道：

"原来是姚老先生，你从哪里来啊！我要紧和人家说话，却忘记遮住了别人走路了。"

连忙将身子向大我身边一缩，姚老先生跟着又向大我细看了一下，便问道：

"这位是谁?"

阿梅听姚老先生问她，遂说道：

"说起来你们彼此倒都有些熟的，"便告诉姚老先生说，"这就是定安巷陈家新请的教员李先生。"

126

又告诉大我说：

"这就是姚学优老先生。"

大我一向听得人家说起姚老先生，却不想今天亲自遇见了，遂向姚老先生点头叫应。姚老先生见大我就是陈家新请的西席，又看了他一看，点头说：

"很好，原来李君在那里教授了。"

大我刚要说两句谦逊的话，但姚老先生却回转头去向阿梅道：

"你怎样认识这位李君的呢？"

阿梅低头笑了一笑，没有回答。姚老先生口里却咕着道：

"翩翩年少的是可儿，女为悦己者容。阿梅虽非窥墙处子，亦难矜持矣。"

阿梅听姚老先生说着这几句话，虽不大懂得，但知姚老先生是在说她，不由梨窝儿上泛起红霞来。大我也觉得此老太迂腐了，且不该当着人家说这些话，大约他倒要疑心我是狡童吉士之流了，心里便觉得有些不快。姚老先生却掉转身躯，走入弄去，口里又叹着道：

"今老矣！无能为也已……道之废也，命之穷也……悠悠苍天，奈之何哉？"

阿梅把嘴一努道：

"姚老先生总喜欢这样咬文嚼字的，所以人家要笑他是个书呆子。他说的什么，我也听不明白。"

大我笑笑。原来，这天姚老先生正到一个老朋友家里去，托他介绍一个职业，那老朋友以前在微薄之时，姚老先生对于他时常帮助，很有绨袍之恩，后来他夤缘权贵，仗着他心计之工，渐渐飞黄腾达。到现在居然做了一个著名的实业家，在沪杭一带颇占金融的势力，出入汽车，拥有娇妾，谈笑有大亨，往来无布衣，可称踌躇满志了。姚先生穷途潦倒，不得已而向友人作将伯之呼，曾有一次亲自去拜访，托他想法，那老朋友送过姚先生三十块钱，口头上虽允许代为设法，可是没有实践。恰巧姚先生已谋得陈家的馆地，也就不提起了。此番姚先生离了陈家，无枝可栖，平时勉强过去，一些没有积蓄，一旦失了业，一家数口，天天仍要吃饭的，而且有些用场也省不来。虽然幸亏他的夫人和女儿把做女工的钱凑用，可是一则尚嫌不够，二则终非久长之计，所以他年纪虽老，不得不再出去找个事做做，多少可以赚些钱，自己也知人老珠黄不值钱，然总以为靠着一支笔，不至于无事可为，不过须有人介绍提携罢了。他就想起这位老朋友，照他的地位，倘然真心肯代自己介绍事情，无论如何总可以成功的，在杭垣也算这位老朋友以前最有交情，现在最有势力，不去托他，岂不是呆鸟吗？因此他就亲身到这位老朋友门上去拜托。第一次居然接见，晤谈之下，老先生只得把苦景向他陈述一番，托他早日代为想法，那朋友皱皱眉头，口里允许的。那时他忙得很，又有别人前来拜见，姚先生遂而去。隔了三天，便跑去听回音，恰逢那位老朋友有事赴沪，不能见面。再等了数天，又去拜访，他回来是回来了，却又到一个厂里去了，姚老先生在他家坐候了半天，仍没有相见，嗒然而归，不得已写了一封极长的信，差不多和《陈情表》一般，凄恻动人，托人送去了，希望那老朋友见了，总能感动他的心，而急代他介绍位置了。谁知伸长了头颈，盼望数天，竟如石投大海，杳无回声，也许那位老朋友事情十分繁忙，无暇作答，所以他自己去候回音。那位朋友虽在府上，而南京方面来了一位要人，上海又来了几个银行界的巨子，他正要伴着他们去游湖，没有工夫和姚先生相见，下人传言在下星期一再给回音，姚先生只得走了。

当他走在马路上的时候，背后叭的一声，有两辆新式的汽车疾驶而来，姚先生回转头看时，见中间坐着的，有中服，有西服，衣服很是丽都，且有美丽的异性同坐其间。在窗边侧身坐着的一个，戴着夹鼻眼镜，身穿蓝袍黑褂，正是他的老朋友，旁边坐着一个二十多岁的佳人，披着斗篷，脸上搽得红红的，姚先生又认得这就是那老朋友新纳的爱妾小兰香，以前是平津有名的坤伶。还有两个艳装妇女，却不认得了，大概是那些阔客的眷属吧！汽车从他身边擦过，他看见那位朋友，那朋友也瞧见他，立刻别转脸去，没有招呼，汽车早如风驰电掣般去得不见影踪了。姚先生叹了一口气，闷闷地回家去。

到了下星期一，他再跑去听回音，恰巧那老朋友微有感冒，不见宾客，叫他的儿子出来代见，晤谈之下，朋友的儿子告诉姚先生说，事情一时难以找到，言语之间，隐隐说姚先生年纪老迈，无事可荐，只好稍

128

缓再说吧，末后取出二十块钱送给姚先生，又抄以前的老文章。姚先生受了小辈的教训，非常气闷。明明他朋友不肯代他谋事，反说他年老无能，真不该应，那朋友忘记他自己贫贱时了，所以，不肯受他的钱，拂袖而出。在归途中越想越恼恨，恰又逢见了大我，经阿梅介绍，知道就是陈家新请的西席，又使他加上一重刺激，所以长叹一声，说了几句发牢骚的话，不顾而走。大我见了这位老先生的情形，又可怜又好笑，真是一肚皮不合时宜，无怪毛小山和他不合而要他走路了。

此时，弄堂里又有几个人快要走出来，大我才对阿梅点点头，说声再会，撒开脚步走了。当他走回去的时候，见马路旁边有一座小小洋房，门上挂着一块英、法、德、日、俄文补习社的牌子，大我走到门上去讨了一份章程，一看社中的教员，大半是各国的留学生，以上五国文字不论学习哪一种，每个月交纳学费五元。像这种补习的学社，外面很少，而学费也并不十分高贵，自己的英文本已有些程度，很想再学一种德文，或是法文。章程上又注明两种文字兼学的，每月只需八元，自己确想将来去读大学，但不知何时可以实现，今有此大好机会，何不及时补习，多得一种学问呢？且等陈家的束脩领到手时，再来报名补读便了，他遂带了章程，走回徐家。恰巧徐守信在楼上，大我就放了手中书和章程，便来伴他母舅闲谈。

晚餐后，他回到房里，坐在椅中，取过那本新买来的书，要想阅读，忽然书里面落下一样东西，鲜艳照目，拿来一看，乃是一个绣花的名片袋，袋上绣着一对双飞的蛱蝶，下面有一丛玫瑰花，绣得很是工巧。这东西是哪里来的呢？自己买书的时候，并没有瞧见，并且书店里也绝不会有这种东西夹在里面的，嗯！是了，我将这书带到阿梅家中去的，出来时忘记携取，阿梅特地亲自追来送还我，那么这个名片袋当然是阿梅夹在里面的了，不知是不是她亲手绣的。她把这东西故意送给我而并不说明，她怀什么意思呢？把玩之下，觉得袋里还有东西，忙抽出一看，原来是阿梅的一张二寸小影。这种照片，杭垣照相馆为招徕顾客起见，定得价钱很廉，四角钱可以摄取十二张呢。看阿梅身上的装饰还是在初夏时摄的，是一个半身倩影，拈花微笑，状极妩媚。大我拿在手里，呆呆地瞧了一会儿，叹道，她把这照片暗暗放在袋里送给我，到底是什么用意呢？小女儿的心理大都如此，令人不可解的。我瞧阿梅和以前南昌的爱宝年纪差不多，容貌也一样有几分美丽，这种人倘然给她们受了相当的教育，未必不是可造之才，而身上倘然穿得华丽一些，走到外边去，谁也瞧不出她们是小人家的女儿啊！然而她们却不能得到这种幸运，尤其是阿梅，连衣食都难维持，若和陈家的玉雪小姐比较起来，岂非大不同吗？唉！世人的遭遇有这样相去天壤的，令人多么感慨！阿梅小妮子天资倒很聪明的，否则她怎会背诵得出许多歌曲啊！这一种人不受教育可惜了，想到这里，不由将桌子一拍，便听咚的一声，他击了这一下桌子，便想到楼上有人，不要去惊动人家。此时，他又恐被人家窥见似的，把阿梅的照片仍旧纳入这个名片袋里，总觉得阿梅把她的照片送给他，是一种特别有情的表示，否则她还是一个小姑娘，岂肯轻易把照片送给人呢？但是，阿梅的心思未免错了，自己所以到那边去，完全是出于一时高兴，别无用意，只觉得她们娘儿俩很可怜的，彼此是奈何天中的人物，想要安慰她们。然我这个穷措大，除了几句空口白话，有什么能力可以安慰人家、帮助人家呢？阿梅和我先后相见只两次，觉得她对我已有很好的情感，倘然我一再前去，不但别人家要疑心我，阿梅的母亲恐怕也要误会我的意思，而使阿梅将来反要发生重大的烦恼，可见一个人的行动，不论在什么地方都不可不谨慎的啊！此后只要我不去就没事了，我就辜负了阿梅吧。他决定了意志，却又舍不得把阿梅的照片丢掉，仍把来放在抽屉里。他满拟不再胡思乱想，一心看书，可是他脑海中的余潮未退，看了一页，自己不知看的什么，却依旧阿梅呀、爱宝呀、陈家的玉雪呀，错综地思念着，一会儿又想到了那位国文教员穆先生所说的训话，便憬然觉悟，不再乱思，把心神凝静。看了几章，觉得有些倦意，方才熄了灯上床安睡。次日，照常到陈家去授课，却没有再和玉雪相见，专心教导祖望，自己在暇时看看书，做些作品。

过了数天，一月之期已满，毛小山便把束脩付给他，整整三十块大洋。大我得了，回去后，便把向他母舅告借的钱还了，又特地邀请毛小山和周先生在明湖春喝酒，又请他母舅徐守信相陪，用去了七八块钱，算是报谢毛、周二人介绍之德的。谁知毛小山只白吃了一顿晚餐，没有别的谢仪到手，心里自然还有些不满意呢！大我想着了那个补习社，他决心要去补习德文和英文，遂到那里去报名，先付了一个月八块钱的学费，又付了一块钱讲义费。从那天以后，便在夜间到社里去补习，觉得那个教授英文的陆先生不过尔尔，而那个教授德文的霍先生，是柏林大学的留学生，对于德文甚是精通，所以他就安心在那里补习了。有一天，祖望对大我说道：

"李先生，你何不住在我家？省得朝来夜去地多走路。我祖母前番和你说过，却不见你搬来，现在祖母叫我来问你，要不要搬到这里来？若然先生可搬的，一切可和毛先生说。"

大我点点头道：

"很好。"

便在这日放学时，毛小山也走来问起这事，大我回答说：

"既然这里有空屋可容我居住，又蒙老太太诸多优渥，当然是很好的事。待我回去和母舅说明了，明日再搬来吧！"

毛小山道：

"好的，这里床帐被褥和一切应用器具都有的，你只要把你的随身衣箱和要用的物件带来好了，你搬移时我就叫陈庆来帮你挑。"

大我道：

"多谢费神。"

他别了毛小山，回到徐家，徐守信恰和丁氏坐在客堂里和账房先生讲话。他等账房先生讲完了话出去以后，就将自己想要搬到陈家去的话告诉徐守信夫妇。徐守信说道：

"这样免得你朝夕往返，也是很好的事。倘然你住得不舒服，仍旧可以住回来的。"

丁氏在旁笑道：

"像陈家那样大富户，下人比较我家多上十倍，自然稳稳舒服的，我家哪里及得上呢？陈老太太这样看得起甥儿，大约甥儿要交好运了，将来莫要忘记了你舅舅啊！"

大我听丁氏这样说，也没有回答她，却只顾和徐守信谈话。稍停吃过晚饭，徐守信夫妇和克明、克贞都走上楼去了，大我便出去补习德文，直至九点多钟方才回来。到他房中，把他的书籍物件收拾一遍，以便明日搬运。

次日，他仍到陈家去授课，毛小山已吩咐下人把那书房间壁的客室打扫一过，放学时，他特地来开了门，引大我进去看了一下，果然房明几净，床帐整齐，比较徐家精美得多了。自己夜间在这里非常清静，更可用心自修，所以他心里十分欢喜。毛小山遂吩咐陈庆跟着大我到徐家去搬物，大我带了陈庆，跑回徐家，吩咐陈庆将箱子、包裹和书籍等收拾收拾，作一担挑了到陈家去。当他指挥陈庆挑物的时候，丁氏闻得声音，曾下楼来看了一会儿，转身出去，那个老妈子也在一边，东张西望，只听得她在外边悄悄地对丁氏说道：

"他有了好的去处，立刻就要搬走了吗？"

丁氏道：

"是的，他就在定安巷陈百万家里教书，他那里自然比较此间好得多了，他现在过去过舒服的日子了，在我这里是没有什么好处给他的，但这事也是这里老爷托了人代他找得的啊！"

老妈子说道：

"我本稀奇他怎样找得着好地方，原来也是我家老爷代他想的法儿，他不知感激，有了去处，便忘记了本来。这种人是毫无良心的，以后他得了势，说不定这里也不想着来了。"

丁氏道：

"谁稀罕他来？我们不要他有什么报答，只望莫要再来缠扰就是了。"

老妈子便道：

"养了一只狗，吃了东家的饭，却不舍得离开，宛比我老太婆在这里帮东家，也有好多年，只要东家不喊我走时，我就做到老死也不想走的。现在的少年人只顾往前走，不懂什么出进，不是我想他的钱，我们两个下人服侍了他好久，现在他临走时，却一个大钱也不肯拿出来谢谢人家，这种人岂知好歹的呢？太太，你们还是让他早早滚了蛋，少让他来纠缠吧！"

只几句话，虽然说得很轻，而大我却留心听个清楚，心里当然十分气恼，暗想：我本要赏赐下人一些钱的，只是这老乞婆端的可恶，常在背后说我的坏话，实在不愿意给，况且这番我出了徐家的门，随便怎样不再想打回票了。若是不得志时，便是讨饭也宁可走向别处去。他等陈庆把东西挑去后，便走出房门来，老妈子趑开一边去。大我对丁氏说道：

"舅母，我要告辞了，舅父可在楼上吗？"

丁氏点点头道：

"在楼上抽烟，你去看他吧！"

大我遂走上楼去，丁氏也跟着上楼。大我走到徐守信烟榻边，和徐守信说了几句话，向他告辞。徐守信却说了些勖勉之辞，说道：

"你星期日无事可仍到这里来走走。"

恰巧克贞在前房听得了，跑进来，牵住了大我的衣襟，说道：

"表哥，你住在这里很好的，为什么要去呢？我没有时候听你讲故事了。"

大我笑道：

"我没有别的地方去，我仍要常常来的，定安巷和这里相去也不算十分远啊！"

徐守信喷着烟气说道：

"隔几天你要看表兄时，我也可以叫老妈子伴着前去的，陈家有花园，地方很大，很够游玩。"

丁氏在旁连忙说道：

"我家是贫贱之人，不要踏到这种大富户家里去，遭他们的白眼。甥儿若是不忘记我们，高兴来走走，还是让甥儿来的好，我们又不要靠他家过活，去什么呢？"

大我听了，勉强笑了一笑，遂和他们告辞了，走下楼去，步出店门。店里的学徒对他喊着道：

"李先生，你去了吗？常常来这里盘桓盘桓。"

大我答应了一声，撒开脚步，便向定安巷走去。到得陈家，见陈庆已把他的行李放在客室中，他遂唤书童文贵帮助他料理好多时候。天色已黑，开了电灯，文贵便问大我可要用饭了。大我问道：

"这里本来什么时候吃晚饭？"

文贵道：

"这里分作两起吃，老太太最早也要到夜间十一点钟左右才吃晚饭，小姐和小公子以及外边账房里，却在八点钟以前就要吃了。"

大我道：

"那么我也就在这个时候吃吧！"

等到八点钟时，文贵把晚饭送进来，四荤二素，放在桌上。大我道：

"为了我一个人，何必另开一桌？不如我和外边账房里、毛先生等一起吃吧！"

文贵道：

"这是老太太吩咐的，李先生不必客气。毛先生有时在这里吃，有时不在这里吃，你先生一个儿用吧！"

大我想，这样的人家当然也不算一些菜的，我也不必客气，遂坐下来，将晚饭吃毕，洗过脸。文贵把菜肴搬到外边花厅上去，听他一人在那里吃饭了。大我吃的小菜很少，倒便宜了文贵，都被他吃得精光，大我知道这事情，所以往后也落得吃了。

这晚，他没有到补习社去，一人独坐在室中看看书。文贵在外边打瞌睡，远远地听得里面有无线电播送得来的声浪，很是清楚，大概里面陈太太等正在热闹之时呢！他看了一会儿书，就熄灯而睡。文贵代他关上了门，也就走去睡眠了。

次日早上，文贵送上点心，请大我用，又送上报纸给大我看，直到十点钟时，祖望方才出来读书。夜饭后，大我叮嘱文贵好好在此看守，他自己便出去到那个补习社中学习英文、德文。

这样过了几天，祖望却忽然害起病来，不能出来读书，只剩大我一人在书房里，十分空闲，那地方又静得很，大我遂预备多做两回《襟上泪痕》小说，因为他正描写到资本家刮削工人血汗的一阶段，他就写得淋漓尽致，魑魅魍魉一齐活现纸上。自以为写得很是得意，差陈庆将稿子送到《西湖日报》馆去交给郑顽石收，自己又打了个电话给奚昌，把自己迁到陈家留宿的事告诉奚昌，请他暇时惠临一谈。

看看过了三四天，已是星期六，祖望还没有病愈，自然不好出来读书，问问文贵和陈庆，只知祖望发了一个寒热，大约是感冒些风寒，老太太叫他睡在房里，不让出外，有女看护和乳母在那里服侍着。现在好不好也不知道，因为他们都没有资格上楼去的，不过间接听得一些罢了。大我下午坐在书房里，看了一会儿书，不知怎样地，有些疲倦，双手靠在书桌上，伏案而卧。不知过了若干时候，他耳中似乎闻得咯咯一声笑，醒过来，抬头不见有人，他正在惝恍之时，又听窗外在月亮洞门那边有人说道：

"好妹妹，你不要笑，李先生在房里打瞌睡，休得惊动了他。"

又听有女子声音答道：

"李先生吗？怕他作甚？他终不能来管我们的事。玉小姐今天吃了饭，坐了阿四车子，到她的同学家里去逛了，我趁这空隙跑出来看看你。玉小姐给我吃的一只真莱阳梨，我不舍得吃，特地送给你吃的。"

又听男子声音答道：

"谢谢你了，你看老太太身边的赵妈和厨子老王好得火一般热，常在厨房里欢会，他们俩都是很占势力的，只要老太太和小姐不知道，别人怎敢说半句话？不像我和你，偷偷摸摸地难得相聚，还有那菊宝阿姐，自己和阿四有了奸情，却偏要管闲事，常要来看住我们，岂不可恨？幸亏昨天她也生起病来，睡在床上，我希望她生个十天八天的病，休要就好。"

大我听得出是书童文贵的声音，暗想：陈家下人众多，当然难免有不良分子，文贵年纪小，却去勾引玉雪房中的侍婢桂喜，真是可笑啊！他不由打了一个呵欠，便听二人的足声掩入月亮洞门里去了。他不去惊动他们，仍取过一本书来细阅，约莫又过了一点钟，见文贵偷偷地走来，送上一杯热茶。大我对他面上望了一望，也不说什么，文贵被大我这么一看，连忙低着头退出去。大我托了茶杯，喝了一二口茶，只听花厅上叽咯叽咯的革履声响，疑心有什么人前来，也许是奚昌来拜访自己。却又听文贵在那里叫道：

"玉小姐，你回来了？"

大我心里不由一动，将坐下的转椅向外面一转，抬起头看时，果见玉雪如花枝招展地一径走到他书房里来了。

第九回

偷得冠军虚心请益
送来晚点盛气责人

一个人的心本是动静无常的，很易受环境的支配，大我自从前一次得和玉雪晤面，虽也不免偶然动心，可是他自己知道彼此的地位不同，又怵惕于一己身世的飘零、遭逢的困苦、前途的渺茫，所以极力把将扬的情丝立即割断。而以后他天天到陈家来教授时，玉雪方面也并没有什么消息，更相信前次的相见是偶然的了，人家只要他挖脑子、尽义务，代出风头而已，平常用不着的时候，岂再放在心上呢？因此，他渐渐地淡忘，却不料今天这位玉雪小姐竟翩然来临了。玉雪外披一件灰色镜面呢的夹大衣，里面穿着橙青细丝毛葛的衬绒旗袍，双手插在大衣袋里。踏进书室门，便对他微微一鞠躬，香风四溢，容光焕发。大我连忙立起身来说道：

"玉雪女士，打从外面来吗？请坐请坐！"

玉雪便在他旁边一只椅子里坐下，文贵早小心翼翼地献上一碗酽茶。玉雪摇摇头道：

"我不要喝这东西，你到里面吩咐桂喜端整两杯可可茶来，还有我房里的一小篓莱阳梨，削了几只，一齐拿来。"

文贵答应一声是，立刻就跑出去了。玉雪便带笑对大我说道：

"我刚才去看我的同学朱蕙英，她就是和我一同遨游水乐洞等处的，想李先生也认得她的面貌，不料今日她失了约，和亲戚出去看电影了。我很不高兴，就此回家，想着祖望侄儿近日正有些不适，没有出来读书，李先生谅必一人空着，故来谈谈。并且有一个快活的消息乘便要报告给李先生知道啊！"

大我听了这话，不由一怔，便问道：

"女士有什么快活的消息？愿闻其详。"

玉雪道：

"李先生前天代我做的那两篇东西，在我们的中西文艺竞胜会里已发表了，那篇中文竟得名列第一，那篇英文也得第二，使我荣膺嘉奖，先生和同学们读了，都赞不绝口，但是国文先生尚有些怀疑，特地唤我去，把文中字句摘出来问我，幸我早已有了预备，回答得很是纯熟，他也就不能再生疑了。我得了一个大银盾和一张图画教员任先生画的油画，以及校长先生赐的奖状，同学们见了，哪一个不歆羡？我心里虽是快活，然而也很惭愧，因为这都靠着李先生灵心巧思代我做成的啊！李先生为了我这样费心，我真是十分过意不去的，不知怎样报谢，但是李先生也要笑我倚赖性太重吗？"

大我笑道：

"偶一为之，亦有何妨！"

玉雪笑道：

"我总是觉得冒人家的功，好像做了一件虚心事，实在当初文思枯涩，而又好胜心重，所以不揣冒昧，便托了李先生代做了。现在我把这消息告诉了李先生，不知李先生要不要笑我吗？"

说罢，又是微微一笑，颊上便露出两个酒窝儿来。大我听玉雪这样说，倒觉得有些不好讲话，便带笑说道：

"女士这样虚怀，反使我也不安了。现在学校中一班学生到了紧急的关头，大都要出后门借赵云的，我很喜欢代女士出力，何笑之有？"

玉雪欣然说道：

"如此说来，李先生活是个常山赵子龙，旗开得胜，马到成功，恐怕我倒是个阿斗了。"

大我听了这话，不由哈哈笑将起来。玉雪在屋子里坐了些时，觉得有些暖热，便把外面的大衣脱下来，她脱卸的时候，略略慢些。若是大我换了一个摩登少年，专会伺候女性的，一定要上前去代她相助脱下了，用手掸去些灰尘，而代她小小心心地挂在壁上了，但是大我坐着不动，让玉雪自己脱下，自己提着挂在壁上。回到原座时，文贵早和桂喜跑来，一个手里托着一盘削好的梨片，一手提着一只小篾篓，一个托着一只红木嵌螺甸的小盘，盘里放着两杯热腾腾的可可，和一小盒的方糖，一齐放到桌子上，唯有那篓梨却放在地下，桂喜跟着便把一杯可可茶送到大我面前，请他加了糖，说一声："李先生请用啊！"又将那一杯放在玉雪身边的茶几上，也请玉雪放过了糖，然后放下，又托着盘子插上几根牙签，请二人吃梨。玉雪道：

"你放在桌上便了。"

于是桂喜便和文贵一齐退出，到花厅那边，很官样地坐在一起，胡乱谈天起来。玉雪便托起杯子对大我说道：

"请用一些可可，我不十分喜欢喝茶，却先喝可可，或是咖啡，李先生要笑我太欧化了吗？"

大我道：

"这是各人性之所喜，外国人也有很喜欢喝我们中国的好茶的，并且在茶中还要加上糖，以为可以解渴，倘然给我们喝，那就不惯喝甜茶了。"

说罢，也把杯子举起喝了几口。玉雪已把一杯可可喝完，又请大我吃梨，说道：

"这是真的山东莱阳梨，是人家特地从北方带来送给我母亲吃的，我一个人取了一篓子，已吃去一半了，其余可放在这里请李先生解渴吧！"

大我道：

"啊哟！女士自己不吃却送给我吃，我怎好领受呢？"

玉雪道：

"你不要客气，母亲房里还有许多，她一个人哪里吃得完？我再可以去拿的。李先生不要客气。"

大我遂谢道：

"如此，我就老实了。"

二人各吃了几片梨，大我又问玉雪道：

"祖望究竟患的什么病？好几天没有出来念书。我一个人坐在这里，除了看书写字以外，没有什么别的消遣了。"

玉雪道：

"我那侄儿体质是从小就很软弱的，常常发寒热，不是腰酸，便是背痛，因此我母亲甚是小心，特地请了看护在家照顾，他读书虽尚聪明，可是身体实在不济事，这几天不知怎样地受了些感冒，发过一二个寒热，有些小咳嗽，我母亲便不许出房门一步，叫看护在他房里伴他玩呢。现在喝些药水，我想就要好的。李先生落得空闲数天，但是我向李先生却有一个请求，不知李先生能不能答应我？"

她说罢了，一手托着香腮，一手扶着椅子的把手处，秋波溶溶，对大我紧瞧着。大我听了这些话，又是一怔，以为玉雪又要向她要求代做什么文章了，一时又不便答应，却又不好不答应。大我道：

"我是个无才无能之辈，不知女士要使唤我做什么？倘我的力量够做到，自然乐于应命，还祈女士明以告我。"

玉雪把她的两手搓着，她一块紫罗兰色的小手帕，香气一阵阵透入大我鼻管里来，玉颜上又是微微地一笑，说道：

"校长先生常常劝同学们要在外边从事课外的补习，以补学问的欠缺，我一向有此心意，只因没得我心目之中深深崇拜的好先生，所以长久搁置着。现在我觉得李先生的学问中西贯通，教导我侄儿时，又肯把精神拿出来，热心指教，真所谓诲人不倦，确实是个良导师，所以我想要从李先生补习国文。前天已同家母说起过，她也很赞成的，答应每月可增多李先生的束脩，譬如我到外边去。所以，李先生倘然能够允许的，那么下星期一便可开始。"

大我闻言便道：

"原来女士为了这事，不过我自问学术非常浅薄，教授祖望还可以勉强应付，至于女士学问已经高深，我哪里能够做识途老马呢？人之患在好为人师，不敢当，不敢当！"

玉雪见大我推辞，便把头一偏，两个翡翠长耳环子向两下里一宕，说道：

"李先生不应该这样谦虚，我最恨人家把虚伪相待，我读了你的大作，知道你的学问是很好的，也是很开通的人物，所以真心诚意要从你得一些知识，谁知你不把真心待人，一味谦虚。你若是逢了什么文学大家，学术先辈，当然要客气客气，但是对于我这个没有学问的小女子，却何必如此？反见其虚伪了。"

大我听说，脸上不觉一红，期期然地答道：

"我也并非故意谦虚，女士把'虚伪'两字责备我，更增赧颜，倘再不遵命，当然女士更要恼我，但只可以说彼此切磋学问，我断不肯自承为师的。且不知时间定在何时，因为每日晚餐后我也要出去补习德文、英文的。"

玉雪喜道：

"原来李先生有了这样很好的学问，尚且要去补习，那么像我这种程度低浅之人，自然更要补习了。为了避免时间冲突起见，我就定在每天六时至七时，请李先生教授一个钟头，不过要请李先生到我书房里去的。"

大我点点头道：

"可以遵命。女士喜欢读哪一种书？"

玉雪道：

"我又没有决定，听便李先生指教吧！我却欢喜学做诗，是旧体的诗。李先生你代我定当便了。"

大我道：

"你读过唐诗吗？"

玉雪摇摇头道：

"没有，我因为前星期校里国文先生教了两首白乐天的诗，他讲解得十分微妙，且说起诗的好处，引得我们诗兴勃勃，只是我们既不懂平平仄仄，又不熟三江四支，拿了管笔，一句诗也不会做，十分惭愧，因此我也想学会了，将来可以做些诗，登在报上。倘能成功一个女诗人，岂不是很好的事吗？"

她说到这里，樱唇里便哼出平平仄仄仄仄平平来，又说道：

"我终不明白一个字如何分出平仄声来，这个是平声，那个是仄声，字面上又看不出的。"

大我笑了一笑道：

"这是从声音上辨出来的。女士，你不懂四声吗？"

玉雪道：

"什么叫作四声？我只晓得先生教我读什么，我便读什么，不比读英文，有母音子音，每个生字上都有音符，可以拼得出音的。"

大我道：

"四音就是平上去入，上去入就是仄声，但平声却有上平声和下平声，分出阴阳来。"

玉雪把头摇了两摇道：

"这样怎能使人辨得出呢？"

大我道：

"会者不难，女士对于五线谱也弄得明白，奏得好一手钢琴，只要有人讲解给你听，将来自然会明白。"

玉雪微笑道：

"李先生，你怎知道我善弹钢琴呢？"

大我顿了一顿，不便说出窃听之话，遂说道：

"似乎有一次我在静中听得一二，并且前天我到女士书房里去，瞧见一座很大的庇霞娜，放在窗边，岂非女士弹的呢？"

玉雪听了，点点头道：

"不错，我只要用心一些，好在有李先生热心指导，当可打破难关的。拿破仑字典中没有'难'字，我也要如此。"

大我道：

"你不要学新体诗吗？比较没有束缚而省力得多。"

玉雪道：

"这个我也会做的，我要学有声韵的七言五言等旧体诗，这个同学们倒十有八九不会做的，我若会吟了，岂不足以自豪？"

大我听了，暗想：原来你所以要学诗，无非为了好胜之心而已。也不便说破她，便道：

"你可去买好一本《学诗初步》和《诗韵合璧》，以及《唐诗三百首》，待我来教你。古人说得好，熟读唐诗三百首，不会吟诗也会吟，女士须先多读古人的作品，然后可以有所取法了。至于补习的国文，你可以购一部《古文辞类纂》和一部《文学研究法》，待我和你一步一步地研究起来。女士是聪明的人物，兰心蕙质，灵秀天钟，必定进步很快的。"

玉雪道：

"啊哟！李先生这样称誉我，真觉得惭愧！现在我先要声明的，我是个笨人，将来李先生教了我数天，自然知道了。"

大我道：

"客气客气！"

玉雪道：

"我都是老实话，不懂什么客气，倒是李先生最会客气。"

二人正说到这里，文贵捧上一碗热腾腾的馄饨，放到大我面前说道：

"李先生请用点心。"

又回头对玉雪说道：

"玉小姐，这是毛师爷叫陈庆买来的点心，玉小姐要吃什么，请吩咐一声。"

玉雪摇摇头道：

"我此刻不要吃，今天老太太叫老王做的虾仁饺子，停会儿我总有的吃。"

她一边说，一边立起身来，向大我面前那碗馄饨里望了一望，说道：

"这个点心不好吃，并非虾肉馄饨，而且又没有蛋，毛先生怎么买这点心给李先生吃呢？"

文贵答道：

"这大约是门前挑担上买的啊！"

大我连忙说道：

"很好很好，有这个吃已足够饱腹了。"

玉雪又问文贵道：

"李先生平日常吃什么点心？"

文贵答道：

"有时四个生煎馒头，有时四个烧饼，有时一碗藕粉，有时两只煨山芋，有时便是馄饨，次数最多的要算馄饨和馒头了。"

玉雪冷笑一声：

"老太太吩咐毛先生要买上等的点心请李先生用，谁知他专用这些不好吃的东西，岂不是有意怠慢吗？"

大我道：

"女士不要这样说，这些点心在我看来，都是很好的了，倒不必责备毛先生。"

说罢，他拿过这碗馄饨便要吃。玉雪忙止住他道：

"李先生不要吃，我知道毛小山是很可恶的，他买了这些贱价的东西请先生吃，而账上却要开得多的。我母亲常常躲在楼上，如何知道他掉这样枪花呢？今天李先生偏不要吃，待我叫文贵拿出去。"

遂吩咐文贵道：

"你与我把这碗馄饨拿出去，毛先生倘问谁叫你拿出来，你可回答说玉小姐吩咐如此的。别人怕他三分，我却不怕的，任他怎样厉害，他也是吃的我家的饭。"

文贵答应一声，好似奉了圣旨一般，托着这碗馄饨送出去了。大我道：

"多蒙女士好意，但我以为不必如此，这样的点心也不能算它坏，现在退出去，倒使得毛小山有些窘了。"

玉雪冷笑道：

"我是要他窘，我父亲和哥哥都是不幸而早谢人世，于是我家的财政都被这小胡子一手管账，经过了好多年，不知被他刮削去多少的金钱。他本是一个穷极无聊之人，现在听说他家里弄得很好了，他没有买中什么奖券，这些钱财从哪里来的呢？明眼人自然知道的，只因我母亲十分相信他，什么事被他管熟了，大有欲罢不能之势。我和侄儿年纪都轻，不会干事，将来我年纪大了，一定要用些心思揭穿他的花手心和作弊的账目，他刮削我家的钱也够了，真没有良心的。"

说罢，咬紧银牙，露出恨恨的样子。大我也叹了一口气道：

"这些人贪心太重，确乎是如此的，他们见东家好欺，更要胆大捞摸油水。"

二人正说到这里，只见文贵托了一大碗蹄髈面进来，恭恭敬敬放在大我桌上，一边咬住嘴唇忍着笑。玉雪便问道：

"你拿馄饨出去时，毛先生怎样说法？"

文贵带着笑回答道：

"毛师爷听了我的说话，叹得一口气，也没多说话，他自己就把这碗馄饨吃了。恰巧正兴馆送一碗蹄髈面来，原来就是毛师爷打电话叫来自己吃的，他遂吩咐我把这面送进来。"

玉雪道：

"他可说别的话？你不必瞒我，直说无妨。"

文贵道：

"他只说一句，小姐倒会管事啊！"

玉雪笑道：

"他讨厌我吗？往后我真要管管了，也让他有些忌惮，他自己喊了蹄髈面，却叫别人吃馄饨，不是一样开在我家账上的吗？今天碰到我，他只好吃馄饨了。李先生，以后那小胡子倘有怠慢你的地方，请你对我说，我却不放过他的。"

大我笑笑道：

"多谢女士了。"

玉雪便立起身来，又说：

"李先生请用点心吧，我去了，你说的书我准明天去买，下星期一将近六点钟时，请你到我书房里来教诲，我一准在那边等候的。"

大我答应说是，立起身送她出房。玉雪向壁上取下大衣，挽在臂弯里，便叽咯叽咯地走出去了，文贵也退到外边。大我于是一个人独自吃着面，觉得这蹄髈面的滋味真是不错，毛小山常常请我吃馄饨，实在吃得有些厌了，今天凑巧被玉雪看见，硬退出去，足见玉雪对于自己十分回护，也干得爽快，她说的话也是不错，确乎陈家的钱财被毛小山捞摸去不少了。现在的小姐们，诸事都懂得的，确不可欺侮。玉雪这个人倒很爽快的，她现在要从我补习国文，这又是不便辞却的事，我只好答应她了。又想到自己代玉雪做的两篇东西，却能高出人上，可谓大大的争气，无怪玉雪要佩服我了，她倒是我的一个红粉知己啊！他一边想，一边早把那碗面吃过精光。文贵进来端了出去，又送上热手巾，请大我揩嘴，大我一人独坐在椅子里，心中又胡思乱想起来。不多时，瞧见文贵托着一个精细的碟子走进来，放在大我面前，说道：

"玉小姐特地叫桂喜送来，请李先生尝尝的。"

大我一看，碟里齐齐整整放着六只饺子，便想着就是玉雪所说老王做的虾仁饺子了，只是自己吃不下，如何是好？倘然拒绝不吃，看了玉雪的性子，定要她不高兴的，于是对文贵说道：

"你去对桂喜说，谢谢玉小姐和老太太。"

文贵转身出去，大我就吃了两个饺子，觉得其味甚美，又是美人之贻，未可辜负，遂又吃了两只，剩下两只，便喊文贵进来拿去吃了，他心里更是感激玉雪待他的好意。晚餐后，做了一些小说，忽然隐隐地听得钢琴的声音，叮叮咚咚，知是玉雪在她的书室里奏琴了，奏得甚是好听，他不觉搁了笔，静听琴声，很有高山流水之思。良久，琴声停止，他连打两个呵欠，睡魔已临，遂收拾了稿子，熄灯而睡。

次日是星期日，上午，奚昌打了一个电话前来，说他将和郑顽石同来拜访，请大我不要出外。大我坐在书房里，取出书来看看，又看了些报，不觉已是午饭时候，他知道奚昌等不来吃饭了，午餐后，听壁上钟打了两下，他正在花厅上踱方步，瞧见看门的秦老老，手里举着两张名片进来，对大我说道：

"外面有两位少爷要看先生，不知先生要不要见他们？名片在此。"

大我接在手里一看，果然是奚昌和郑顽石两个，忙点头说道：

"见见见！你请他们进来。"

秦老老便转身出去，大我立在花厅那边的弄口等候，一会儿听得履声橐橐，奚昌、郑顽石已由秦老老领导进来，三人相见，不胜喜悦，大我便让二人到他书房里坐下。秦老老退出去，文贵早已送上茶和烟来，奚昌先开口道：

"这里真好，又富丽，又清静，你一个人住了这许多地方，不患寂寞吗？"

大我道：

"我本喜欢清静的，这里当然比较我母舅家里好得多了。"

郑顽石道：

"李兄在此教授，正是合宜，但不知教授若干学生？"

大我道：

"只有陈老太太的一个孙儿，还有……"

说到这里，便缩住了，他本想将玉雪请他补习，以及玉雪就是三笑的妙人儿、相逢甚巧的事告诉他们听，既而一想，倘然直说了，二人必定更要用话打趣他的，况且教授玉雪补习之事还没有起始，何必要告诉人家呢？所以，顿时住口不说下去了。奚昌便道：

"还有什么吧！我听说陈百万家是杭垣著名的富室，陈老太太膝下有一个女儿，年纪尚轻，生得非常美丽，在什么女学校读书，能弹庇霞娜，且能跳舞，在校中很有名的。某小报以前曾有一篇《清歌妙舞女学生》，就是记的她，十分揄扬，所以我还没有忘记。现在这位小姐可曾叫你补习呢？"

大我已决定不肯真说，忙摇摇头道：

"没有，我只教授一个他家的孙儿，年纪只有十几，很省力的。"

奚昌笑道：

"那么你方才说还有，还有什么呢？"

大我答道：

"我说的还有，是陈家凡有客气的书信，都要叫我写的。"

大我不惯说谎话，此刻否认了这事，明明是哄骗朋友，不老实，因此他说这话时，脸上不由微微一红，幸亏二人猜不到他的心事，以为他一向是个诚实君子，所以没有生疑。郑顽石笑道：

"那么你又兼文牍之职，不知薪水好不好？"

大我道：

"束脩是每月也只有三十元，不好说高，也不好说低，不过膳宿却是这里供给的。这地方倒很配我安心自修，我这个沦落天涯不祥的人，况又没有什么学问，能得一枝之栖，心里已知足了。但你们要笑我坐冷板凳太无聊吗？"

奚昌道：

"你不要说了，再说下去又要大发其牢骚了。"

郑顽石道：

"像这种馆地已是很难得的，现在失业者成千累万，外边尽有许多人求之不得呢！"

大我听了这句话，想起了姚老先生，又把姚老先生的事告诉二人听。二人也不胜感慨，这是天演淘汰的公例，免不掉的，并且现在的时势，若要像古时诸葛亮那样抱膝高隐，不求闻达，绝没有第二个刘先生前来三顾茅庐，坚请出山的，只好一辈子坐在家里拥着黄脸婆吃泡粥了。诸葛亮自称躬耕陇亩，还可以不愁衣食，倘然无田可耕的人，又将怎样呢？并且现在农村破产，赋税紧重，便是有田可耕，也不是生意经，有桑可采，也卖不出钱，只好当柴烧，真难乎其为诸葛亮了。

三人静默了一歇，大我又取出他新近做好的一回小说交给郑顽石，郑顽石说了一声："李兄健笔。"便藏在他带的一包书里了。

大我当他们进来的时候曾吩咐文贵去喊两盘肉丝炒面来的，那时已送了前来，大我便请二人用点心，二人也不客气，三个人坐在一块儿吃面，一霎时，两盘炒面早已吃得精光。文贵送上热手巾，三人揩过脸后，谈锋又起，大我又将自己现在一个补习社里补习德文、英文的事告诉二人听，二人听了，都很赞成，知道那个补习社是杭垣很有名的，倒并非是野鸡学校，于是奚昌对大我说道：

"你这样困心衡虑，努力上进，前途一定有很好的收获，所谓种瓜得瓜，种豆得豆，我们都觉得望尘莫及了。"

大我笑道：

"你们说得太谦虚，又太恭维了，真是严以律己，宽以待人，但是我前途茫茫，悲观多而乐观少，哪里能够像二位所祝颂的话呢？"

三人这样谈了好一歇，已近四点钟，夕阳一角照在书房前面西首的墙上，那边又有一株桂树，更见阴沉，就是倩影窥窗的所在，在这秋冬之交，天色黑暗得很早，所以奚昌和郑顽石便要告辞的，允定下星期日大我到奚昌家里去答访，郑顽石当然也在里头。二人立起身来，拿了带来的东西，向大我告辞。大我跟在后面送出来，刚才走到花厅上，忽听花厅那边庭心里，从月亮洞门那边叽咯叽咯有人走来，奚昌和郑顽石听得这是高跟皮鞋的响声，连忙回头看。大我一听足声，早知是玉雪来了，心里顿时十分慌张，想自己的谎话快要戳穿了，怎样办呢？他的脸上不由飞红起来。

第十回

心有灵犀伊人可念
家无儋石末路自沉

当大我慌张的时候，说也很奇怪的，那革履声明明快走近庭中了，却又叽咯叽咯地走回去。大我心里顿如端去了一块大石，心里宽松得多，但是奚昌和郑顽石两人却大失所望。奚昌双目向庭中瞧着说道：

"我闻其声矣，未见其人也，是乌可哉！"

郑顽石带着笑向大我问道：

"这一阵高跟鞋子响，明明是有玉人前来，怎么又不见了呢？我们正在期待着，何缘悭一面？大我兄，你总知道是什么人的。"

大我摇摇头笑道：

"我又没有看见，怎生来问我呢？"

奚昌道：

"李，我一向相信你是诚实的，你若哄骗了我们，将来自会明白。"

大我只得说道：

"好！将来自会明白，那么你不必再来问我了。"

二人无奈，走出花厅去。大我一直送至大门外，方才分别。大我送走了二人，回身入内，坐在椅子上，暗想：方才来的明明是玉雪的足声，险些被他们撞见，倒使我窘了，大约她听得这里有陌生人在此，所以进去了，不知她来此何事，要不要再来？他正在思想时，听得外面桂喜悄悄地跑来向文贵道：

"李先生的客人去了没有？"

文贵回答道：

"早已去了，是不是玉小姐要来看他？"

桂喜答道：

"是的，玉小姐叫我来探听探听，她正等在书房里，要请李先生前去呢！"

文贵道：

"待我进去通报一声吧！"

桂喜道：

"好的。"

文贵马上跑进书房里来，大我早已听得明白，却不得不问一声文贵何事，文贵带着笑禀告道：

"李先生，玉小姐特地唤桂喜阿姐来请李先生到花园里书房中去。"

大我点点头，遂立起身来，走到花厅上，桂喜连忙上前叫应道：

"李先生，我家玉小姐请你前去。"大我道：

"好，你就引导吧！"

又吩咐文贵看守书房，不要走开，他遂跟着桂喜，仍从那边月亮洞门里曲曲折折，走到玉雪书房前。却见玉雪穿着一件桃红色的骆驼绒旗袍，颈里围着一条小围巾，足下一双黑色革履，交叉着斜倚在门边，一见大我到来，连忙立正，叫一声："李先生！"大我也回答一声："玉雪女士好！"便跟着她走进书室里去。桂喜在后步入，把门关上，忙跑到后面去送上两杯可可茶来，玉雪请大我在写字台边一只丝绒坐垫的椅子里坐定，她自己就坐在转椅里，先对大我一笑说道：

"今天吃了饭，我出去买书的，买了回来，要想请李先生看看，所以我带了书跑到李先生书房里来，却听李先生正陪着客人在花厅上讲话，未便相见，所以，我就缩回来的。等了一歇，便叫桂喜来看看客人有没有走，如若去了，便请李先生到这里来一谈，免得我来时再有什么人，反而不方便的。是不是？"

大我忙答道：

"是的，女士买来的书请拿出来。"

玉雪便从桌上取过一大包书，解开来给大我阅看，一部是《古文辞类纂》，一部是《文学研究法》和《学诗初步》《唐诗三百首》《诗韵合璧》等，还有一部是《剑南诗钞》，是她另外买的，她对大我说道：

"我在学校里听国文先生说陆放翁的诗是很好的，所以我连带买了来，请李先生指教。"

大我笑道：

"放翁当然是南宋一代大诗人，然而以女士的程度而论，现在先当普通地诵读略窥各家的门径，然后选择性之所近、心之所喜者，专攻一家，弃其糟粕而得其精华，于是，女士的诗便有根底了。可是现在却还谈不到，待我先把《唐诗三百首》开始教你吧！从前私塾里先读《千家诗》的，还有女士的作文程度大约是很好的，因为喜读小说者必喜欢研究文艺，何况林译诸书文笔都很佳妙的呢！不知女士校中的作文成绩可能给我一观？这样便我教授起来，略有端倪了。"

玉雪笑了一笑道：

"李先生要看我的作文成绩吗？有是有的，却是怕拿出来给你看。"

大我道：

"这有何妨？女士将来从我补习，也要每星期做一篇文论的，到那时，你的作品岂非也要给我看过吗？文字商榷，要相见以诚的。"

玉雪听了这话，于是开了旁边的一只抽屉，取出一本文论簿来：

"这是以前做的，这学期的作文簿却在校里呢。"

大我接过一看，见玉雪的作文果然很是清通，常常有密圈密点，教师的批语也大都赞赏她的，倘能用心研究上去，他日升堂入室，倒是个可造之才，遂还给玉雪道：

"很好，我早知道女士的国文程度是不错的。"

玉雪听大我赞她，很是得意，说道：

"将来全仗李先生的指导，但是教授时这些书李先生可都有吗？"

大我道：

"都有的，不过……"

说到这里，却又嗫嚅着不说下去。玉雪的性子是很爽快的，见大我这个样子，心里便有些不快，且又有些不解，便对大我脸上瞧了一瞧，问道：

"李先生有何事而这样地欲语不语？"

大我被她一问，只得说道：

"我当然很愿意和女士一同切磋，可是老太太方面尚没有直接地吩咐，要不要怪我太鲁莽了吗？"

玉雪听了这话，哧的一声，笑将出来，点了一点头说道：

"原来如此，我前天不是已告诉李先生说，曾得家母的同意吗？李先生难道不相信我的话吗？"

大我将手摇摇道：

"岂有不信之理？不过我以为最好得到老太太的一句吩咐，更是稳妥了，请你原谅。"

玉雪道：

"李先生做事真谨慎，明天自有交代，请你放心。"

大我也就笑笑，遂先和玉雪讲些诗词文章，见她很能注意静听，且有发问，大我心里很觉高兴。这时，天色渐晚，桂喜又送了两杯牛乳进来，还有一盘可可糖，放在二人面前，开了电灯，退出去。玉雪便请大我喝牛乳吃糖，大我一杯牛乳饮毕，又吃了几块糖，玉雪一按电铃，桂喜立刻走进来，将空杯收去。玉雪又对大我带笑说道：

"前次李先生代我做了两篇佳作，使我得到奖品，我真感谢得很。"

说到这里，把手指着钢琴上面新放着的一个大银盾，和火炉上边墙上悬着的一张油画，以及在她身后壁上悬着的一纸奖状说道：

"李先生，你要看看吗？"

大我遂立起身，走过去一样一样地看，玉雪跟在后边，统看过了。大我不便称赞，只说一声很好，大家还身到墙边一对大沙发上坐下，玉雪又说道：

"这都是无异李先生赐给我的，我实在惭愧，费了李先生许多精神，还没有报谢。现在我有微物敬赠予李先生，请你要千万收纳的。"

大我还没有答言，玉雪已从她所坐的沙发里倏地立起娇躯，走到写字台边，开了抽屉，取出一只小小红木匣子，走到大我面前，双手奉上。此时，大我又不便拒却，慌忙立起身来，双手接过，玉雪笑了一笑，回身坐到她自己的沙发上。大我也就坐下，却对玉雪表示着感激的样子说道：

"我早说过这是很便的事情，不必有什么报谢，女士何必如此多礼！叫我何以克当呢？"

玉雪道：

"这一些东西不足言报，只要李先生收下了，我心里就欢喜。在这匣子里是一块汉玉，是先父生前所得来的，常常挂在身上，说什么可以消灾免难，虽然是迷信的说话，但是这玉确实是很好的东西，家母以前想要送给表舅的，被我讨了留下，一向珍藏着。现在送给李先生暇时玩赏，聊表微意。想你不至于以为物小而不受的，请你拿出来看看何如？"

大我道：

"承赐宝玉，岂敢言小？"

一边说，一边从匣子取出那块汉玉来，托在手里，约有鸡卵般大，黑色多而白色少，玉上有许多雕琢出来的云头，色泽很古。大我看了，又说道：

"这是女士家传之宝，价值重大，我却之不恭，受之有愧，怎么办呢？"

说着话，瞧着玉雪的娇颜。玉雪又说道：

"李先生不用犹豫，你收下吧！我心里也安了。"

大我笑道：

"女士心里安了，但我的心里却又不安了。"

玉雪又再三叫大我收受，大我只得感谢数语，放入怀里，二人又闲谈起来。玉雪便问起大我的家世，大我便又将自己以前在南昌求学状况，以及他家乡受匪党蹂躏之祸等情形略述一遍，说到兄嫂被屠，田园尽毁，他自己同着劫难中逃生出来的老家人来杭投奔亲戚等等痛苦的经过，大我心里当然无限凄惶，吐语也不期而然地悲哽起来。玉雪听了，也觉得大我的身世很是可怜，好好的富家子弟竟遭逢到家破人亡之祸，不得已沦落天涯，好如失伴孤雁，受尽凄凉。女孩儿家的心肠当然比较更软些，忍不住目眶中隐隐有些珠泪盘旋欲出，连忙背转脸去，将手帕在她的眼眶上轻轻按了一按。大我见玉雪如此情形，心里更是感动，遂叹了一口气说道：

"我年纪还轻，受此重大的刺激，虽然心中的悲哀无时或释，但我只有打起精神和困苦奋斗，希望将来的光明，稍解我的痛苦。女士也以为我说得对吗？"

玉雪回过头来，点了点头说道：

"不错，我希望李先生将来能够如愿，我在学校中上国文课，读过一篇《吴六奇传》，一个人是不可料的，有志者事竟成，今日之困苦，安知不就是玉成将来的因果呢？"

大我听她说出这句话来，直说到他的心坎里去，很奇怪，像她这样跳跳活跃的小小女子，竟会说出这些话来，倒非容易啊！自己虽然没有六奇那样的狂放，可惜世上要求如查孝廉那样的人，也是凤毛麟角，不可多得啊！因此他低着头，呆呆思想。玉雪所以说这几句话，也因前星期恰恰读过这一篇东西，国文先生口讲手指地大发其牢骚，好像吴六奇和查孝廉尚在人间，是很有趣味的传记，她心里便不容易忘却，就对大我说了。当然使大我觉得这种慰藉之话，出于美人樱唇，心里便异常感动了。玉雪见大我不响，估料自己说的话是不错的，便又对大我说道：

"李先生，我劝你不要尽是这样地悲伤着既往，还是努力于前途吧！"

大我抬起头来道：

"我很感谢女士的安慰，使我一辈子不能忘记的。"

玉雪便和他谈谈学校里的事情，不觉已近吃晚饭时候，大我方才立起身来告辞道：

"我明天六点钟再到这里来一同研究吧！"

玉雪也立起来说道：

"好的。"

大我遂开了洋门，走出去，玉雪送到走廊边，便道：

"李先生好好儿走，恕不相送。"

大我也说了一声再会，打从假山石边回到自己书房里，开亮了灯。坐得没有一歇，文贵已端上晚饭来了，晚餐后，大我独自坐着，取出那块汉玉来，在灯光下把玩，觉得古色古香，果非寻常之物。玉雪把这种珍物来赠给自己，虽然说是为了我代她做了两篇文章而报酬的，然而她待我的情谊之厚，可见一斑了。这个东西前人是常常佩在身上的，所以上头有一个小孔，可以穿绳子，但是现在时异势迁，除了老古派的人，谁再挂这东西在身上呢？倘若我把它挂时，被人瞧见了，一定要笑我复古，并且也有些累赘，不如把它珍藏了，留作一个纪念。唉！玉雪玉雪，她将这玉送给我，而她的芳名恰巧也有个"玉"字，说她有意呢，还是无意呢？他遂开了一只手提箱，放在箱子里，同时又想着一件东西，用手摸着了，取出来，关了箱子，回身走到写字台边坐下，把这东西放在手掌上抚摸鉴赏。

此时，在外面黑暗里有两道灼灼的目光悄悄向大我手上的东西看着，见大我这种如醉如痴的一般形景，几乎要失声而笑，就是书童文贵，他虽这样地偷窥着，然却茫无头绪，不明究竟。大我又把那盒儿盖开了，照照自己的面容，又嗅了几嗅，觉得脂香尚烈，良久，方才盖好。他自思这个东西是不是玉雪所遗的呢？不如明天见了她面，直言告诉，还了她。好在我已有那块汉玉，是真确的玉人之贻，足够代它了，遂开了抽屉放下，回过头来时，黑暗里的两道目光便缩去了。

一宵无话，次日上午，大我洗过脸后，文贵早送上几块沙和文的面包，烘得很热，外加一小盘切就片子的南腿，还有一大杯牛乳，放在桌上，笑嘻嘻地对大我说道：

"李先生，请用早点吧！"

大我见了，自思前天的早上还只吃四个烧饼，昨天是一碗双浇面，已稍好些了，今天却更来得讲究了，这可见得都是玉雪之力啊！他一边吃着，一边心里想着，当然感激玉雪了。这一天，听说祖望虽已痊愈，陈老太太却还不肯放他出来念书，所以，大我仍是空闲着，便预备他的补习功课，做了一篇英文论说，几个德文练习题。到得下午用晚点的时候，文贵又送上一客虾仁烧卖来，大我完全吃了，文贵把空盘收出去。毛小山忽然走来，大我连忙招呼，请他坐下，毛小山道：

"李君，虽然是你的才学好，也是运气好，玉雪小姐也要请你教她的国文了。今天老太太特地吩咐我，说小姐补习的事已亲和李先生说妥，叫我再来知照一声，便在今天下午六时起始，至于束脩，老太太已吩咐增加二十元，这样，李君你不是每月可得五十元吗？所以，我要说你运气了。至于早晚用的点心，老太太等没有特别吩咐，当然和以前的姚先生一样看待，不料前天送了一碗馄饨，恰被玉小姐瞧见，她心里满嫌不好，退了出来，所以我就立刻喊了一碗蹄髈面请你吃的。此后我当用上等的点心供给你，包你满意，横竖省了是陈家的钱，费了也是陈家的钱，我何犯着省了他人的钱使人家不满意呢？"

大我道：

"本来已是很好，现在更好了。其实，我只要吃饱肚皮，何必如此优待？"

毛小山把眼镜推了一推，向大我紧视了一下，说道：

"他们陈家的人都是金枝玉叶般的，吃得好，穿得好，横竖靠着祖先的余荫，尽他们逍遥作乐。李君，你只要好好儿地教导这位公主和小太子，博得他们欢心，将来包你更有优待呢！好在你也是一个翩翩佳公子，神而明之，存乎其人。"

说毕，冷笑一声。大我听毛小山的话说得很是厉害，只得说道：

"我是个穷小子，你是晓得的，承蒙周先生和你先生介绍到这里来，只要有枝可栖，心里已是满足，人家要我教书，我总尽心尽力地教诲，也使人家得些进步，方免尸位素餐之讥，我总不能忘本的。"

毛小山听了，点头笑道：

"好个不忘其本，我还有些事要去干，好，再会吧！"

遂立起身来，回到外边去。大我在毛小山去后时，坐在椅中，心里未免也有些踌躇，转了好一会儿念头，好像已决定了一般，吐口气，取过一本《古文辞类纂》，选定了一篇韩昌黎的《原毁》，又取《文学研究法》看了一遍，不觉听外面钟声已敲六下，他就挟了几本书，走出书房，吩咐文贵道：

"你在此好好看守，不要走开，我去教玉小姐的书。"

说毕，方才跨出花厅，忽然又想着了一事，返身入房，开了抽屉，取出一样小小东西，很快地向怀中一塞，仍旧走出来，打从那个月亮洞门里走到玉雪书房门前。见里面电灯光耀，知道玉雪已在里面等候了，便用两个手指向门上轻轻叩了两下，门内便有人娇声答道：

"请进。"

大我推开洋门，走将进去，见玉雪正立在写字台边，头上的云发又烫成一个式儿，脑后向两边展开着，好似孔雀开屏一般，身上又穿着一件光闪闪花团团的驼绒旗袍，向大我点头叫了一声："李先生！"大我也点点头把洋门随手关上，走到写字台边，把书放下，说道：

"女士谅已等候多时了。"

玉雪一看腕上的手表，笑道：

"恰正是六点零一分，李先生很能守时。"

说罢，便请大我坐到她的转椅上去。大我退了一步说道：

"就坐在圆台边吧！"

玉雪摇摇手道：

"今天你是老师，应该坐在书桌上，我坐在你的对面，敬听教诲便了。"

大我笑道：

"既然这样说法，我就不客气了。"

大家也就坐下，大我又对玉雪说道：

"今天上国文和文学研究法，明天再上唐诗及文学初步，这样轮流讲解可好？"

玉雪道：

"好的。"

大我遂叫取出《古文辞类纂》，指定了《原毁》篇，说道：

"我想这书篇幅甚多，不妨选而又选，不必挨着次序而读，倒反见呆板了。倘然女士有读过的，可以对我说了，免得重复。"

玉雪道：

"这篇我没有读过。"

于是大我遂详细教授起来，旁征博引，加上许多穿插讲毕，又读了一遍，便叫玉雪读。玉雪起初有些含羞，读不出口，后来也就曼声读了，读得倒也很有调儿。大我又把《文学研究法》讲了两三节，讲得玉雪很是满意。课罢后，玉雪把书合了，退到沙发上一坐，带笑说道：

"李先生辛苦了！李先生这样讲解得微妙，远胜我们校里的国文先生。"

大我道：

"你们的国文先生怎样教法呢？"

玉雪道：

"他肚里学问是很好的，听说是前清的拔贡呢，可惜他上国文课时，只照着文句慢吞吞地读一句讲一句，照他这样讲法，上一点钟课，大可讲去三四篇了。不过他每逢生字及古典，就一一写在黑板上，所以能够敷衍一点钟。可是我们都觉得沉闷，有一半还有抄录，有一半却在背后偷读英文或做算题啊！若然像李先生这样讲法，便有趣味了。"

大我说道：

"承蒙女士谬赞，愧不敢当。"

玉雪忽然立起身来说道：

"从今天起，我是你的学生，请不要再称呼我女士，因为女士女士地听了，使人怪难受的。"

说至此，咯咯一声笑将出来，颊上的酒窝儿也显出了。大我却不由一怔，把两只手指在桌上轻轻弹了两下，慢慢地答道：

"你的话虽然不错，可是我早已说过，我不能算是你的先生，所以仍称你女士了。"

玉雪笑道：

"从来没有先生称呼学生为女士的，现在你明明是我的先生，我实在不愿意再受这个称呼，请你唤我的名儿吧！我们学校里先生对于学生哪一个不连姓带名地呼唤着呢？"

大我道：

"这是又当别论的，以后我就唤你为密司吧！"

玉雪听了这话，笑得倒在沙发里。大我问道：

"你笑什么？难道我的话又说错了吗？"

玉雪忍住笑说道：

"李先生你想，密司和女士不是一样的意思吗？只不过换了一个外国文字而已。"

大我笑道：

"话虽如此，似乎'女士'二字来得头巾气些，而密司的名称却比

158

较来得摩登了。"

玉雪觉得大我这句话还有破绽可寻，只是一时想不出用什么话去驳他。大我虽然明知自己的话也是强词夺理，见玉雪没有反响，以为她默认了，便走过去向玉雪问道：

"前番密司等遨游南山时，可曾遗忘什么东西？"

玉雪仰着头，想了一想，说道：

"这倒不记得了，不瞒先生说，我们不是细心的人，常常容易忘记的。李先生何以问起？"

大我便从身边摸出那个胭脂盒儿，递给玉雪道：

"这个是不是密司身边之物？因为我在那一天游理安寺出来时，在楠木亭子里窗槛上拾得的，恰巧在你们二位去后，所以我想是密司的东西了。这种化妆品是很名贵的，不忍遽弃，一向藏着，现在交还了本主吧！"

玉雪接过盒儿，看了一看，又开了盖儿嗅嗅，说道：

"剩得不多了，香气倒还没有走失。"

大我又问道：

"这东西是不是密司的呢？"

玉雪摇摇头微笑着。大我见她表示不是，便觉得很没趣，勉强着说道：

"原来并非密司之物，那么也不必物归原主了，丢了吧！"

玉雪又把手摇摇说道：

"这东西虽非我物，却是我同学朱蕙英所忘下的，那天她在归途中，曾发觉失去了她的胭脂盒儿，也忘记遗失在什么地方，但因这东西一则已用去了好多，二则再买一个也并不贵的，所以她也不想找还了。"

大我听玉雪这么一说，恍然大悟，且知失主并非玉雪，人家已不放在心上，而自己却珍藏着，郑重其事地来奉还原主，这算什么意思呢？莫怪玉雪要笑，便是那个女同学姓朱的，恐怕也要笑我太呆了。此时便觉进退两难，又不好向玉雪索还，面上露出一副尴尬形状。玉雪瞧了大我这种情景，便笑道：

"这个东西虽然不值多少钱，然经李先生一番美意，珍藏到如今，把来归还原主，不名贵也自名贵了。待我明天去还给蕙英，谅她也感谢李先生的。"

大我听着，更觉得说不出什么话，面上微红，但玉雪却若无其事，笑嘻嘻地把盒儿拈弄着。大我退到桌子边，手反扶着桌边。玉雪忽又从沙发上跳起来道：

"李先生请坐！"

大我道：

"不坐了，已是七点钟了，明晚再来吧！"

遂带着书告别而去。晚餐后，又到补习社去补习，方才回来安寝。次日，祖望病已痊愈，前来上课。晚上，大我仍到玉雪书房里去教授唐诗，这样光阴过得很快，又到了一个月。

这天是星期日，午饭后，毛小山便将月薪五十元奉给大我，大我得了这笔钱，又有《西湖日报》馆的稿费，身边总计有了八十多块钱，他就想渐次储蓄一些起来，以求达到他的凤愿，就到上海银行分行里去定了一个零存整付的存折，定的三年之期，每月存入三十元，所以他就存了三十块钱，又因天气已寒，他带来的一件皮袍子要换面子了，再到绸缎店里去购了一件皮袍子的面子，是本国货的线春，又买了几本爱阅的刊物。回到陈家，时候尚早，只有四点钟，他就想着要到他母舅家里去走一遭，便将旧皮袍子和购来的衣料带了，坐着车子到徐守信店里来。路过一家糖食铺，便停了车子，买了两块钱的食物，一同带去，来到徐家店门口下了车，付去车钱，挟着东西，望里面走进去。到得客堂里，只有那个老妈子在那里扎实鞋底，一见大我进来，白了一眼，又不叫应，却走到厨下去了。大我一看自己住的那间耳房早已有人住着了，他就噔噔地跑上楼去，见他母舅徐守信正和他舅母对卧在烟榻上，一边抽烟，一边讲话，大烟的气味直钻到鼻子管里，令人怪难受的，大我上前叫应了，把东西放在一边。丁氏便坐将起来，徐守信问道：

"大我，你好吗？"

大我道：

"托庇安好，舅父身子怎样？"

徐守信点点头道：

"很好。"

丁氏道：

"你倒不忘我家吗？"

大我听了，面上一红，说道：

"舅母不要怪我，只因我在陈家，日里要教他家的小公子国、英、算三项，到四五点钟方才下课，六点钟时又要教授他家的玉小姐，晚饭后我自己又要去补习德文、英文，所以虽然时常想来，而苦于没有空暇，岂敢忘却这里呢？请舅父、舅母原谅吧！"

徐守信听了，点点头说道：

"这样很好，一个人是闲不得的，我知道你吃过一番很大的苦头，和别的少年在父母卵翼之下的当然不同，只要你这样能耐苦，能立志，将来自有好日。"

大我答应一声是，丁氏听她丈夫赞美大我，不由暗暗撇了一下嘴，又问大我道：

"那么你的束脩又要增加了？"

大我答道：

"是的，现在五十块钱一个月。"

丁氏道：

"听说你还有小说上的稿费，那么一个人有了吃，有了住，也用不完这钱，不如积蓄一些起来吧！有钱当思无钱时，你总该知道的，你若然积满了一百块钱，便可存入你舅父的店里，可以有每月六厘的利息，数年下来，包你变成一个很大的整数，将来便可娶一个妻子，做起新家庭来了。"

大我忙答道：

"劫后余生，一时也谈不到此，多谢舅母美意。"

徐守信在旁笑道：

"你舅母是性急的人，想什么说什么的，这事真的尚早呢！"

大家正在讲话，克贞跑上楼来，见大我，便满面欢容地喊着：

"大我表哥，怎么你到了陈家去，这里就不来了？我好几次要拖着爹爹到你处来找你，都被我母亲拦阻不许，今天难得你来了。"

丁氏立刻说道：

"呸！我所以不许你前去时，因为陈家的场面是何等阔绰？你只好去做他家的小丫头，不要扫了你表哥的颜面吗？"

大我明知丁氏说话素来是这样的，他仍装作若无其事地笑了一笑，握着克贞的手说道：

"我今天特来看你的，你喜欢吃咖啡糖和牛乳饼干，今天我便道买了一些给你吃，请你不要客气。"

说罢，遂将食物取出，一样一样地放在桌上。丁氏道：

"大我，难为你破钞了，克贞，你谢谢表哥，拿了吧！"

大我乘便把皮袍子和衣料交给丁氏，托她吩咐这里的裁缝代做，隔一星期再来领取，丁氏当然答应。大我又问起克明，原来和他的同学出外去玩耍，还没有返家呢。大我坐着陪徐守信说了好一刻话，徐守信也说些时难世艰，百业凋零，又说做生意能够混得过去也是好了。大我知道全世界经济状态不安，列强各在钩心斗角地打破难关，以谋出路，何况我们这个经济落后的中国？在列强互为市场之下，当然如油干灯尽一般，一年不如一年了，不胜太息。到六点钟时，大我因为徐守信也有事要出去，所以他就告别回去。

这几天朔风骤起，天气突然奇冷，大我连打几个电话到徐家去催做皮袍子。这一天正是星期五，大我在午时接到徐家的电话，知道他的新皮袍子已做好了，叫大我去取。大我放了学，立刻出门，驱车前往，因为大我身上只有一件棉袍，又没有大衣，西北风吹上来，实在有些肌肤生栗了，他又买了几本《小朋友》和图画故事，带到徐家去，预备送给克贞的。他到了徐家，徐守信刚才出门，见了丁氏，也没有多说话，克明、克贞尚在校里未归，所以他将《小朋友》等书留下，取了自己皮袍子，付去了工钱，托言自己要到奚昌家里去，就向丁氏告辞，仍坐着车子还转陈家，便脱了旧棉袍，把那件栗壳色的新皮袍子穿到身上，觉得稍暖一些。

等到六点钟时，他挟了书，便走到玉雪那边来，开门进去，却见玉雪正陪着一个摩登的少女坐在火炉边絮絮谈话，那少女也烫着头发，颊上、唇上都涂着红红的胭脂，身上却穿着一件织银绸的夹旗袍，长开胯，露出灰色的长筒丝袜。脚上穿一双黑漆高跟革履，她人的面貌似乎相识，脑子里顿时想起这就是玉雪的同学姓朱的，两次清游也都相逢，今天又见面了。玉雪身上也穿了一件苹果绿的夹绸旗袍，和姓朱的握着手，一同坐在大沙发里。壁上挂着一件灰背旗袍，大约就是朱蕙英穿来的，炉火熊熊，映得两人面上更红了。玉雪回头见了大我，早和蕙英一齐立起身来，带笑说道：

"我来介绍吧！"

遂先指着大我，向蕙英说道：

"这位就是李大我先生。"

又对大我说道：

"那位就是我的同学朱蕙英。"

两人点点头，玉雪遂请大我在一边坐下，揿着叫人铃，把桂喜唤来，又添上了一杯咖啡，圆桌上放着四只盘子，都是上等的糖果茶食。玉雪便托一盘饼干，走到二人面前，叫他们尝一些，且说道：

"这种饼干是道地的来路货，每一小匣要两块钱半金洋呢！味道是很好的。"

大我笑道：

"价钱也贵极了。"

遂取了一片，蕙英取了两片，大家吃着。玉雪回身仍和蕙英同坐着。大我吃完了饼干，也不觉得好在何处，便立起身把书放在写字台上，向玉雪问道：

"今晚密司要不要上课吗？"

玉雪笑道：

"李先生，我们谈一会儿可好？"

大我点点头，只好仍回到原处坐下，却见那朱蕙英虽然一边和玉雪嘻嘻哈哈地讲话，一边却在偷瞧自己，在她的黑而长的睫毛下，两个漆黑的眸子，发出一种醉人情绪的电波来，射到大我的眼光里，诚实的大我，心里也不由跳动起来，连忙低垂双目，瞧那地毯上的花纹。但是眼光是活动的，越是要想把它固定，越是控制不住，从地毯上弯曲的花纹看过去，又瞧见了两只乌漆光亮的革履，旗袍裤里露出长筒的薄薄的丝袜，圆面粉嫩的小腿，又接触到他的眼帘里来，更加上芬芳郁烈的香气，一阵送到他的鼻管里，倒使他难以矜持了。坐着不好，走也不能，身上穿着的一件新皮袍子，虽然在灯光下也发出一些微细的色彩来，比较旧棉袍好得多了，可是恰又坐在火炉旁，不比人家是穿着薄薄的夹的东西啊！所以，他身上也觉热得很，又不好把皮袍子脱去。他暗想：上了当了，到这种地方来一定要穿大衣的，前几日穿着棉衣，所以还好受啊！玉雪见大我面上很红，便说道：

"李先生嫌热吗？"

大我趁势点点头说道：

"我穿的皮衣服，当然热了，不如坐得远些吧！"

遂立起身，走到门边一只椅子上坐下，和火炉离开得远些，而正和两人相对。玉雪又说道：

"前天李先生把那盒儿还给我，次日我就交给了蕙英姊，好使原璧归赵。蕙英姊很感谢先生的美意，又听我说起李先生的学问高深，她就很想来见见，所以，今天我请她来吃夜饭，借此可以识荆。"

说到这里，又笑道：

"昨天我上国文课，恰巧读到李白的《与韩荆州书》，开头有两句'生不用封万户侯，但愿一识韩荆州'。国文先生就对我们说，凡是碰着客气的人相见，可以用'识荆'两字，就是古典了。李先生，我可曾说错吗？"

大我笑道：

"没有说错，不过我却不敢当了吧！"

蕙英一撩耳边卷曲的云发，带着笑对大我说道：

"这个盒儿正是我遗忘在那里的，不想被李先生拿着，到今日赐还我，感谢得很。"

大我听了这话，面上越发红起来了，只得说道：

"那天我们碰见了几次，后来我在旁边拾得这盒儿，料想必是你们二位忘下的，恐被别人取去，所以带了走。或者在路上再碰见二位，可以问明交还。"

大我说到这里，觉得总不能自圆其说，便勉强笑了一声道：

"这何足言谢？请你们不必再提吧！"

蕙英又道：

"我的国文很浅，听得玉雪姊方从李先生补习诗文，我本想也来补读，可惜路远不便，不能如愿啊！"

大我不好说什么，答应一个"是"字，三人遂胡乱闲谈着一番。时光很容易过去，不觉已近七点半了，里面已在开饭，桂喜来请了。大我遂挟了书告辞出去，连忙吃了晚餐，赶到补习社去读书。

次日，玉雪上课时，告诉大我说，朱蕙英如何在背地里赞美他。大我听了，默然无语。玉雪说过便了事，也不在心上。

隔了数天，大我晨起阅报，却见本埠有一则自杀新闻，标题为《七十老翁之自杀》，旁边注着"宿儒姚学优先生"，底下连缀着四方花边小字"年老落伍""学问无用""失业自杀""发觉尚早"，以下便有一段详细的新闻记着道：

> 宿儒姚学优先生国学根底甚佳，生平落落罕与人交接，因此久不得志于世，家道日见贫困。子女甚多，幸其夫人及长女皆非常贤美，终日埋头刺绣，所得钱悉助家用。而姚先生亦在本埠定安巷陈百万家中为西席，虽首菹生涯，而俭泊度日，尚可渐饱。

> 今年秋间，姚先生以东家嫌其头脑冬烘，且不能教授英、算，故辞去之而别延某君。姚先生失业后，虽其妻女昼夜工作，然总难以长久。

> 姚先生向其友人作将伯之呼，无如人皆以其年老性拘，思想落伍，难为代谋，故奔走数月，难得枝栖。姚先生常在家咄咄书空，郁郁不乐，有时歌哭并作，状类将发神经病之情形。其夫人因此亦忧闷成疾，其长儿读书进步甚速，今夏在后期小毕业，因缺乏学费，致不能入初中继续求学，更使姚氏夫妇心神不怡。

> 姚先生受刺激颇深，常言欲效三闾大夫自沉汨罗，曾独身至江干徘徊，其夫人更不放心，即命其子追随父后。昨日下

165

午，至湖上闻眺，在苏堤较为僻静之处，姚先生忽仰天大笑，谓其子曰："如此清波，以葬吾躯，岂不胜在污浊之人世间耶？汝年尚少，际此乱世，真可谓生不逢辰，前途罕有希望。况汝今已失学，汝父年老难以卵翼，不如随我俱死可也。"其子闻姚先生忽出此言，即拒绝之，并劝父归。

姚先生又向前行十数步，至水滨，指水中鱼谓其子曰："我颇美此鱼，自叹不如，倘长此无事可为，不将索我于枯鱼之肆耶？"

其子方欲作答，姚先生忽用其手中拐杖猛击其背，其子遂先倾跌入水，姚先生亦跃入湖中，盖欲与其子同死也。不料其子滚落之处，下有暗滩，水尚浅，遂得浮上，大呼乞援。游人闻声皆至，父子皆被救起。唯姚先生吃水稍多，且以年老，救起时已昏迷不醒，后经好义者送入医院。其子则坐车回家，告知其母，姚夫人立即起身，即偕长女到院省视。

据医生云，或尚可救。但姚先生精神上必更受极重之刺激，年老力衰，万难痊愈。人生如此，大是可怜，然自杀究为懦夫，而况强其子同殉耶？

窃为姚先生所不取也。

大我把这段新闻一口气读毕，起初觉得很是惊骇，后来知姚先生和他的儿子都没有死，不禁抽口气，暗想：姚先生此番虽然自杀不成，然若犯神经之病，也去死无几了，况他家中如此贫乏，姚夫人虽欲尽其心力，恐又未能，奈何奈何？他在这里歇去了馆地，竟难再找到一事，无怪他要失望自杀了。他的自杀，实在是情有可原，我虽不杀伯仁，伯仁由我而死，我心上总觉得有些歉然，于是他的双目中不觉隐隐有了泪痕。在这当儿，毛小山忽然手里拿着一张《杭州商报》，踱到大我书房子里，对大我哈哈笑道：

"姚先生这书呆子，老学究，被这里辞去了馆地，一直找不着别的事做，今天报上登出他自杀的消息来了。李君，你看见吗？"

大我道：

"我方才看过，幸而未死。"

毛小山把他的小胡子一抹，在大我对面坐下来说道：

"就是不死也难了，他自以为读书人有学问的，看不起人，现在他到处碰壁，当知学问无用，所以要自杀了。"

大我见毛小山很有幸灾乐祸之意，暗想：姚先生和你也没有什么大仇，为什么听了他自杀的消息，竟这样的快活呢？他的心真狠极了，便答道：

"话虽如此说，姚先生空属可怜的。他的国学我一向也知道，他是很好的，可惜一则他年纪老些，二则又不会拍马吹牛，所以落拓如此，潦倒如此。"

毛小山听了，点点头说道：

"现在的世界果然人老无用，而拍马吹牛的功夫也是不可少的。"

说罢，笑了一笑。大我便道：

"这又是各人的脾气，勉强不过的，一个人靠本领吃饭，只要勤其所职，何必吹牛？"

毛小山道：

"你看现在外面一班得发的人，哪有不懂得吹字调和拍字诀呢？"

正说到这里，祖望来上课了，毛小山便退到外边去。到得晚上，大我去教授玉雪的时候，谈起这事，玉雪也早在报上见到，便带笑对大我说道：

"这种人业已落伍不中用了，现在的时候，一班少年人兀自恐慌着失业，何况老头子呢？我见了他便好笑，换了我要用人时也不要用他的。"

大我叹道：

"人老珠黄不值钱，老年人也可怜。"

玉雪笑道：

"不是这样讲，我们校里有一位教史地的教员牛先生，年纪已老，我们都称他老黄牛的，他专门讲笑话，教授得很有趣的，使人不讨厌。所以，一班同学都情愿上老黄牛的课。"

大我说道：

"不错，老当益壮，古时也有许多老年的人一样在外建功立业，反比少年来得好的呀！不过大多数的人总是年老无能，这是关于身体的关系，所以一个人不可不用力奋斗呀！姚先生在府上教授了三年，听说突然间把他辞退去，现在他有了严重的困难，岂可不略有一点意思呢？"

玉雪听了这话，微微笑道：

"李先生，你说的话我也明白了，反转来说，姚先生的家世真是可怜，我想去和母亲说了，明日叫陈庆送一百块钱去周济他们，也算我们一点儿小意思，母亲一定能够答应的。"

于是大我心里稍安。这天晚上，大我临睡的时候，想起了姚学优的自杀，感触万端，对于自己的身世飘零，觉得出路很少，前途也很渺茫，在此教书也不过暂度一时之计，将来一旦人家不要我时，我若没有预备，又将如何呢？并且这个年头儿，一年难一年，我有什么可以把握得住呢？他越想越睡不住，寒风呼呼，震动着窗棂，四下人声寂寂，他的脑子多转了念头，便觉得此身恍惚地好似卧在漂泊海洋里的孤舟上，能不能诞登彼岸，却未可意料了。

第十一回

妙舞惊仙姿芳名炙口
清游携粲者艳福妒人

别有洞天里的小花园中的红梅绿萼都先后开放，满园冷香，而天气又渐渐和暖起来，似乎春之神将临大地，这梅花先来放出一点儿春的色香，给予人们欣赏。

大我在陈家教书，不觉已过了年头，这其间他和玉雪天天在一块儿，把文艺灌输给这位年轻的姑娘，尽他胸中所有的学问，恨不得一齐搬入玉雪的脑海中去。玉雪究竟是聪明的姑娘，经大我这样熏陶启示，她的中文果然很有进步，便是小诗也会口占一二首了，至于祖望也很得进步。大我眼见着自己有这样的成绩，也不愧为人师表了，不但如此，而大我与玉雪在谈时论文的当儿，空闲时常常清谈数语，二人的情感也在不知不觉中与日俱进。

在去年冬里，杭州大舞台因乘梅郎南下之便，特地派熟人至沪，商请梅郎和全体名角，一齐来杭，演剧三天，这样就轰动了杭城，素来懒于出外的陈老太太，也带了她的女儿、孙儿等家人，包了一个包厢，出去观剧，大我也被邀着同往。陈老太太带着祖望，坐了绿呢大轿，灰鼠挡风，有四名靠班抬着出门，赵妈、桂喜等都跟了去，大我和玉雪，以及毛小山等都坐车前往。这天演唱的名剧，有谭富英的《定军山》、梅兰芳的《全本六月雪》，当然非常好看的。玉雪装饰得花团锦簇，坐在陈老太太的右边，祖望自有乳妈当心着，大我和毛小山本来坐得稍远些，因为玉雪要大我讲剧情，便叫大我坐了过来。大我身上穿的也是新衣，头上戴一顶假獭绒帽儿，丰神俊秀，和玉雪的娇容相映着，正是一对璧人，不知道的还以为陈老太太有了快婿呢！陈老太太见大我人品很好，也很喜欢他，所以特别优待，唯是这次剧归去，其中有一个人心里正燃烧着妒火，就是毛小山了。大我处在这个境况内，当然比较以前日在奈何天中过生活好得多，且他的一颗辛酸的心，也得着玉雪的温语慰藉，竟尝到一些甜味儿，恐怕这是任何人脱不掉环境的转移吧！玉雪因为大我没有看过《红楼梦》，就把她看完的《红楼梦》借给他看。大我此时已不再客气，老实说了，玉雪笑道：

"我以为李先生是诚实的人，却不料也会打谎的。"

大我道：

"请你原谅。"

玉雪道：

"我不懂得什么原谅不原谅，你既看过这书的，只要我有问题问你，必须回答我就是了。"

大我当然答应，所以年底休假的当儿，大我仍住在陈家没事做。玉雪也放寒假，二人大研究起《红楼梦》来，至于研究到如何程度，作者却不得而知了，这都是过去的事情，不必一一细表。不过有一件事使他心里稍觉得不愉快，就是他在《西湖日报》上所登的那篇长篇小说《襟上泪痕》，忽然在十二月里出了一件料想不到的事，因为他做到某回时，借题发挥，指摘了一个枪毙新闻记者的要员，又描写一个工人受尽痛苦，以及被资本家压迫到死的事，便被当局认为挑起阶级战争，勒令即日停止这种含有过激意味的文艺作品，否则便不许出版。总经理得到了这个晴天霹雳的公文，便叫郑顽石即日遵命停刊，郑顽石不得已，如命照办。次日，报上便不见了大我的作品，大我正在疑讶，忽接到郑顽石送来的一封信，并附退还的稿件。他展开后，不禁抽了一口冷气，心中大大不快，把他的稿件丢在抽屉中，晚上告诉了玉雪，玉雪跳起来道：

"这样的小说，报馆里为什么要把它腰斩？我倒要写信去责问呢！"

大我道：

"你去责问有什么用呢？有上面公文下来，他们怎敢不照办？否则不是勒令停刊，便要封闭报馆，你想，他们肯为了我的一篇小说而牺牲吗？就是我虽不能继续刊登我的作品，退一步说，还算侥幸，若然加上了一个大大的反动罪名，捉将官里去，那岂非更是不得了吗？"

他说罢，叹了一口气。玉雪想了一想，道：

"可惜可惜！这小说正在好看的当儿，突然停止了，你做的时候为什么不谨慎些？"

大我笑道：

"不错，恐怕别人家也在这样地埋怨我呢！但是骨鲠在喉，不得不吐。在握笔的时候，尽情写将下去，谁顾及这个呢？本来我对于著作的事很受刺激，无意从事，只因友人之介，方才想精心结撰一部好小说给人家看，给自己留纪念。现在既然又碰到了这个岔儿，从此更觉灰心，算了吧！我也不想做小说家了，况且我自问学术尚浅，不如便把小说的时间来研究有用的学术，预备我的前程呢！"

玉雪听了，笑道：

"这样说来，你倒并不懊恼，却苦了我，不能再看你的小说，不知你可能单独做给我读吗？"

大我听了，笑笑，好在他已得枝栖，对于小说上的一些薄酬，或得或失，也不在心上了。

天气一天一天地暖热，二人的情感也一天一天地热着。有一次星期日，玉雪的同学朱蕙英前来盘桓，玉雪便把大我请进来，大家在书室中谈话消遣。此时，大我已购得一具口琴，和玉雪在暇时常和着钢琴同奏，大我对于歌曲一道，也很喜欢，在南昌校中口琴会里有口琴大王的雅号，现在又得玉雪一同研究，兴趣倍高，进步更快。朱蕙英知道大我擅口琴之技，今天她便要大我奏口琴，玉雪弹庇霞娜，玉雪遂要朱蕙英的歌唱，蕙英也答应，于是三人吹的吹，弹的弹，唱的唱，奏起一曲《春天的快乐》来，异常好听。祖望也跳跳纵纵地跑来，听了《春天的快乐》奏罢，又奏了一曲《勇士们来赛跑吧》。这一天，大家玩至天晚，朱蕙英方才别归。

又有一次，西泠中学开游艺会，秩序中间有陈玉雪的单人舞，可称一时胜会，来宾拥挤得异常。大我预先得着玉雪赠送的入场券，他在这日便带了祖望同去，所有秩序很多，等到玉雪单人舞出场，四面的电灯都暗下来，别有五色的电光从对面映射过去，忽紫忽红，忽青忽黄，五光十色，已耀得人们目光历乱。幕里梵婀玲和庇霞娜的声音飒飒地合奏起来。玉雪穿着一身特制的跳舞衣裙，从幕后闪身而出，五彩的电光照到她脸上、身上、脚上，作一个大圆圈形。玉雪便依着音乐的声音，摆动着鳗一般的娇躯，左旋右转，前俯后仰地舞将起来，只见她周身轻软得如没有骨头一般，姿势的曼妙，无以复加，观众都目眙神往，沉醉在这美的声色里，眼睛和耳朵都被这当前的舞姿与歌声吸引住，所以全场虽然坐着千余人，寂静得如静止一般。当然，大我在这个时候，全身的精神也被玉雪的跳舞吸引着，她的臂到哪里，他的目光也到哪里，她的腿到哪里，他的目光也在哪里，如聆钧天之乐，如睹鸾凤之舞，直等到乐声终止，玉雪的倩影在绿色的电光里立着，向众人行了一鞠躬礼。电光渐淡，倩影亦不见了，观众都拍起手来，且有几个少年大声叫道："好吗?"又做出怪叫的声音，经场中职员禁止后方才平息。大我听了这种无理的喝彩声音，心中大不赞成，以为学校乃庄严之地，女学生表演是神圣的，非歌场舞台可比，岂可有这种喝彩和怪叫呢?

散会时已有八点多钟，大我同祖望从会场里走出来时，早见玉雪换着一件校服，和朱蕙英握着手走将前来。祖望忙跳上去，连呼："玉姑姑，你跳的舞真好看。"玉雪带笑挽着他，和大我招呼，大我自然也走过去敷衍几句，且赞美玉雪的单人舞果然出色。当大我和玉雪站在一起讲话的时候，有几个很摩登的少年立在他们的背后斜视着他们，似乎也在唧唧地议论他们。大我回头瞧见了，便向玉雪道：

"你们二位可要走吗?"

玉雪答道：

"校里有聚餐，我们要吃了晚餐方才归家。李先生，你们先回去吧!"

大我说一声好，又和朱蕙英点点头，说了一声再会，携着祖望走出校门，坐车回去。次日，在本地报上发现了一段记载，题为《西泠妙舞》，旁边还注着一行小字道："陈玉雪小姐的出色表演"，其中详细记载着玉雪的舞态，加上了许多恭维的话。大我便留着到教授玉雪功课的时候给她看，玉雪口头虽然说他们过分赞美，何劳那些记者把她捧场，反使得许多人知道她的名儿？其实其词若有憾焉，实则心喜之耳。大我也瞧得她的情景，知道少年们哪一个不欢喜出风头呢？玉雪跳舞果然很好，无怪一班记者要撷拾为资料了。玉雪在校中舞蹈以前，曾立在草地上紫藤花下摄得一影，到次日便晒出来，因为是校中先生摄的，玉雪抢着数张，带回家来，同学们都要向她索取，她只送了朱蕙英一张，别人不肯送。她说道：

"我自己的照片尚且要用刀抢来，岂肯轻易送人？你们若要时，不妨向某先生去索吧！"

现在她取出来，送给大我一张，且用墨水笔在背后写着"大我先生惠存"和"学生陈玉雪谨赠"的上下款，大我谢了接过。他得了这张照片，好似画家得着名画一般地欣喜，还到书房里去把它藏好。

玉雪出了这次风头以后，她的芳名在杭州更是鹊起了。植树节后，天气温和，杭垣大小学校都放春假，玉雪春假无事，又想出外去游，她的意思，本想约朱蕙英同往上海去，真不巧的，蕙英害起病来，不能出门，因此她更觉沉闷。祖望见他的姑姑放一星期春假，自己却仍要坐在书房里读书，心里很不自然。这天放学后，他忙跑到祖母房里，见陈老太太正躺在烟榻上，有魏嫂嫂横在对面装烟，陈老太太在吞云吐雾之余，还和坐在下首一个白莲庵里的当家师太闲谈，她还没有觉得祖望上楼来。便是那师太笑嘻嘻地说道：

"老太太，你好福气，有这宝贝心肝的孙子，观音菩萨天天在暗中保佑祖望官飞快地长大起来，一年到头，无灾无病，数日不见，面庞肥得多了。"

陈老太太听那师太一说，连忙喷了一口烟气，还转脸来，瞧见千般爱万般疼的孙儿正立在榻旁，嗷起了嘴，脸上一无笑容。陈老太太忙坐起来，握住祖望的手，把他拖到身边，搂住他问道：

"好宝贝，你有什么不快乐？谁得罪你？快快告诉我。"

祖望仍旧不响。陈老太太又问道：

"你想吃什么东西？我可以叫陈庆去买，你要看什么画图的书？我也可以吩咐毛先生去买的。"

岂知祖望摇了一下头，哇的一声哭将起来。这一来，又把陈老太太发急了，忙用手帕代祖望揩了眼泪，问道：

"心肝，你不要哭，你要什么？我总依你的，快快说出来啊！"

这时候，慌了旁边的师太、魏嫂嫂、赵妈等，都围在祖望身边，你也说一句好话，她也说一句好话，劝祖望不要哭。好容易止住了他的眼泪，魏嫂嫂说道：

"祖望官，你祖母是爱你的，你要什么尽可以说，休要这般不开口，累她老人家心里不快活。"

陈老太太又说道：

"你说吧，记得你小时候要玩天边的月亮、街上的猴子，什么我都也依过你的，难道我现在不肯吗？"

在这时候，陈老太太恨不得向她的孙儿跪求了。祖望方才开金口，他先把脚向地板上一蹬，然后说道：

"你们欺侮我。"

陈老太太笑道：

"怪呀！有谁欺侮过你呢？"

祖望道：

"玉姑姑放一星期的春假，好不快乐，我却仍要坐在书房里念书，这不是明明欺侮我吗？"

祖望说了这话，陈老太太和众人都笑起来道：

"原来为了这个事，倒使你哭起来。"

陈老太太又对祖望说道：

"玉姑姑放春假是学校里定的，你又不会在外边读书，当然只放清明节而不放春假了。"

祖望道：

"那么我下半年也要到学校里去读书了，老祖母为什么不放我出去读？像玉姑姑岂不快乐呢？"

陈老太太笑道：

"好了，好了，现在的小孩子真会说话，你不要不快乐，照样放一星期春假便是了，停一刻我叫人去通知李先生吧！"

祖望听了这话，方才跳跳纵纵下楼去了。次日，大我因为祖望要求放了假，便觉空闲无事，窗外花香鸟语，春意盎然，正想出外走走，却见祖望拖着玉雪的手走来，大家遂坐着闲谈，讲起祖望要求放假的事，大家笑起来。玉雪将手指刮着祖望的颊上说道：

"你真是老面皮的学生，先生不放假，学生倒要放起假来了，这不是等于赖学吗？"

祖望看看大我的面孔说道：

"玉姑姑，你有七天的假期，我却一天也没有，一样是个学生，岂非不平等吗？"

玉雪道：

"你现在变得会说话了。"

祖望道：

"玉姑姑，你也何尝不会说话？我知道你是个演说大家，又是一位跳舞明星啊！"

玉雪白了一眼道：

"谁要你代我加上这些头衔？"

说了这话，却扭头向大我说道：

"我虽然放了一星期的春假，却是沉闷得很，因为朱蕙英又害了病，没有知己的同学伴我清游，岂非等于没有放春假吗？"

大我没有回答，祖望却先抢嘴说道：

"放了假不出去游玩，岂非傻呢？我倒要出去玩玩了。玉姑姑和李先生，明天你们肯不肯领我到湖上去游一遭吗？我祖母老是不放心允许我出外，现若有李先生伴去，她或者能够答应的。"

大我道：

"你要我伴去，自无不可，不过先要在老太太面前禀明过，我方才放心。"

玉雪带笑对大我说道：

"李先生，你倒很稳健的，今天晚上，我和祖望向母亲说了包管

175

成功。"

她说到这里，且对祖望说道：

"你也要和老祖母说的啊！"

祖望点点头，玉雪遂又向大我说道：

"那么明天有屈李先生伴我们一游了。"

大我笑道：

"理当奉陪。"

于是大我又讲些故事给祖望听。直到四五点钟时，玉雪因为里面老太太呼唤，便同祖望去了，临去时还对大我说道：

"晚上的补习课我也不要上了，学生放先生了！"

祖望也跳起身来，把手向玉雪扭住，去羞她道：

"玉姑姑，你也老面皮了。"

玉雪急忙让过，面上红了一红，说道：

"这样便宜了先生呢！"

大我瞧着她微笑。二人回到里面，当然把这事告诉了陈太太，一个是爱女，一个是宝贝的孙儿，他们说的话岂有不依之理？大我也料定着，所以他明天一早起身，修饰一番，穿上了那件衬绒袍子，又穿上革履，对着镜子照照自己的影儿，把头点了两点。早餐后，只见玉雪已和祖望从里面出来，祖望穿了一身小西装，颈上套了一条黑丝带，下垂一个望远镜，一跳一跳地对大我说道：

"李先生，我们去吧！"

玉雪也走到面前，一阵甜香扑入他的鼻管头，她身穿一件花绒的长旗袍，腰身窄窄的，益显出细柳一般的婀娜，脚上白色长筒丝袜，套上一双新买的革履，因为天气温暖，所以臂上挽着夹大衣，立在大我面前，正是一位摩登的年轻姑娘，彼此叫应。刚要再说些话时，祖望在嚷着快走快走。玉雪又对大我说道：

"今天用的钱请李先生不要客气，我在昨晚早已向母亲取得二十块钱在此了。"

大我笑道：

"哪里用得这许多？到时再说吧！"

玉雪道：

"我们游湖去，到了湖边可以雇舟。母亲本来要叫赵妈跟去，我们一定不要，所以就让我们随李先生同行了。"

玉雪说罢，祖望又在催了，于是三人走出大门。阿四拖着包车，已在那里等候，玉雪和祖望坐了包车，大我另雇了一车，一齐跑向湖滨路去。到得湖滨，玉雪吩咐阿四回去，遂和大我带着祖望去雇划子船。其时，春假中风和日丽，各地士女都到杭州来作六桥三竺之游，有许多进香还愿的人，所以西子湖边十分拥挤，男的女的，三三两两，都在湖滨坐了划子船，一艘一艘地望湖中驶去。大我和玉雪、祖望坐了一只铜栏杆的划子船，在粼粼春水之中，向名胜之处摇去，一处处地游玩。大我坐对玉人，说说笑笑，四面青山环绕，如含笑相迎，堤上绿树毵毵，嫩绿可爱，湖上画艇往来不绝，大都是一个男的陪了两个女的，或是两个男的偕着一个女的。两船相交的当儿，大我很觉得的，那些舟中人都向自己船上行注目礼，他明知有一个年纪很轻的美人儿在这里，无怪人们都要看了，心里不觉有一种似傲非傲、似喜非喜之意。将近午时，已到西泠别墅，三人入内略一遨游，玉雪在小盘谷和祖望同摄一影，一定要大我也摄一张，大我道：

"少停我到玉泉再摄吧！"

三人肚子里有些饿了，为了近便的缘故，就在楼外楼用午饭。午后，吩咐划子船停在岳墓之前，他们坐了人力车先去游过岳墓，再到玉泉，这些地方玉雪等都早已游过，此时不过看看而已。大我被玉雪、祖望嬲着在玉泉鱼池之旁，独自摄影，由玉雪付去了钱。三人直游到四点钟时，大我恐防陈老太太要盼望，所以仍坐着原舟，返棹回去，到得湖滨，划子船傍岸，舟子早将祖望抱到岸上，大我也跳将上去，玉雪跟着也想跳上，不料船和岸高低相差稍大，玉雪又穿的革履，一时跨不上，险些跌入湖中。大我瞧见了，连忙返身来援她，在这个时候，大我是无心的，玉雪忘了所以然，双手一搭，紧紧握着大我的手腕，身子望上用力一升，大我也使劲一拉，玉雪已到了岸上，忍不住娇躯望前一倾，几乎撞入大我的胸怀。大我一边用手一挺，一边身子望后一缩，玉雪方才立定脚头，然而大我的右足上已被玉雪的革履尖踢了一下。大我放下手问道：

"密司受惊了吗?"

玉雪笑笑，把头一摇道：

"没有。"

同时，她耳上的双环晃了两下，大我抢着付去舟钱，正要回身伴着玉雪去雇车辆，却一眼瞧见他的朋友奚昌正立在左边湖岸上，相距不过七八步路，脸上笑嘻嘻地正瞧着自己，于是他不觉脸上一红，走上两步，向奚昌点头道：

"奚昌兄，几时走到湖滨来的? 多日不见了。"

奚昌也走过来招呼道：

"我刚才从局里办公毕，到此散步，却瞧见你们坐着划子船，傍岸走上。"

说到这里，微微一笑，便向玉雪又行了一个注目礼。玉雪也向奚昌看了一下，却别过脸去，拉着祖望的手，向那边马路去雇车。大我一边和奚昌少不得要讲几句话，一边又好似不放心地侧转头去看玉雪和祖望。奚昌便轻轻向大我问道：

"这一位是谁? 想不到你有这么摩登的腻友。"

大我被奚昌一问，脸上更红起来，只得直说道：

"这是陈家的女公子，她放了春假，同她的侄儿祖望今天到湖上一游，我不过伴他们玩玩而已。"

奚昌道：

"我好似在哪里见过的。"

大我嗫嚅着不答，幸亏奚昌也不再查问下去，只说了一声：

"你好艳福，快去陪伴玉人儿吧!"

此时，大我已瞧见玉雪雇得两辆人力车，还没有坐上，正在等候大我。奚昌是知趣的人，便用手一拍大我的肩膀说道：

"再会吧，隔一天我来看你。"

大我也说声再会，别了奚昌，三脚两步走向玉雪那边去，一同坐着人力车去了。奚昌却呆立着瞧他们去远，又还首望着湖中的小艇，自言自语地说道：

"一个人真想不到，现在的大我似乎和以前已稍有不同，一个人实在是受环境的支配，而女子的魔力也是不可思议的。大我大我，你莫要陷身情网，作茧自缚，以致将来摆脱不得啊！我倒要写信去告诉史焕章呢！"

他一边想，一边走向堤上去。奚昌的感想实在不错，因为大我虽然是劫后余生，经过了许多困苦，直到现在还是在向生命线上去挣扎，然而天下事实往往发生矛盾，逢到了这个女弟子，又是个富室的名媛，黉宫的校花，正在若有意若无意地张开着温柔的情网，要把大我笼罩其中，做她爱情上的俘虏，年纪轻的小姑娘，一颗芳心更难捉摸，何况这位小姐又是个想着什么就是什么、活泼泼的一切都不拘束的人呢？她张的情网渐渐收拢来，要把大我收将进去，但是大我呢？他心里岂有不明白之理？但奚昌说过的，一个人免不了受环境的支配，他到了陈家，渐渐地环境更换，对于他的素志不免也有些摇动，因为人非鲁男子，谁能无情？诚厚的人对于女性当然不会做狂蜂迷蝶去追逐，去迷恋，但越是诚厚的人，他的爱情很宝贵地储藏在心坎里，不发则已，一发时那么这心坎里的爱情便会倾注到他的恋人身上，一步一步地浓厚，一天一天地深刻，绝不会生变化的。即使有了阻力，也宁可牺牲之死靡他的，真是曾经沧海难为水，除却巫山不是云，又所谓春蚕到死丝方尽，蜡炬成灰泪始干，所以往往缺陷的多而圆满的少了。

大我这次和玉雪游湖归后，这一日之欢，青的山，绿的水，活泼妩媚的美人儿，深刻在他的脑海里，使他的心境上发生了许多变化。而玉雪在春假中，因为没有到别处去，大我又是空闲着，所以二人时常坐在一块儿谈心，大我的态度仍是温文庄重，带着三分矜持，而玉雪却是孩子气多，待大我如自家人一般，大我竟被颠倒得不知所可了。

春假过后，祖望照常上课，玉雪也赴校，晚上，大我仍到玉雪书室中教授诗文，一切如常，心里欢喜的人彼此能够天天晤面，这又是何等的幸事啊！只有大我补习德文的名教师霍烈先生，因为上海方面新近组织了一个新中华实业公司，资本雄厚，需要人才，霍烈便受了那边的聘任，和社中脱离，跑到上海去了。社中虽然别请一人前来替代，可是哪里及得上霍先生？所以，德文科的补习学生走了不少，大我骤失良师，也就不去补习了，好在他读得很有进步，独自在家里一方面温习，一方面探讨了。玉雪知道了大我已不出外补习，便将读书时间移在晚膳之后，这样可以较前更觉便利一些。陈太太相信大我是个诚实的少年，心里也有些欢喜他，且又听她爱女的说话，要她爱女多得些学问，所以随便他们怎样办法，她并不干涉。至于大我，当然唯玉雪之话是从了。

有一天星期日，朱蕙英忽来拜访玉雪，同时大我的书室里也到了他的朋友奚昌和郑顽石，同来把晤，所以大我不能陪伴玉雪、蕙英，却跟奚昌等出去了。玉雪在她书室里和蕙英谈了些时，二人的性情都很活泼的，大我又不在此，自然心里都想到外边玩玩。玉雪双手弯转，托着她自己的头，斜靠在沙发上，很无聊地对蕙英说道：

"朱，春假中我想同你出去游玩，却不料你生了一场病，辜负春光。"

蕙英正坐在玉雪的对面，口里嚼着留兰香糖，一听玉雪这话，便将她足下革履向地板上用力一跋道：

"辜负春光，陈，你说得真是不错，都是我生了劳什子的病，不然早和你到上海去游过了。九十韶光，瞬息易逝，现在天气甚好，景色尚佳，我们何不出外去走走呢？"

玉雪问道：

"往哪里去？"

蕙英一看腕上手表，便说道：

"已是两点钟了，远的地方不能去游，不如到孤山去吧！"

玉雪道：

"好的。"

说时，立起身来，就往里面去。换了一件青色的绸旗袍，因是新制的，穿在身上，愈增艳丽，又带着一只手皮夹，遂和蕙英走出门墙，坐了车子，赶上湖滨来了。二人到得湖滨，下得车，并不坐船，在这和暖的春风中，她们俩携着手走至孤山，便在放鹤亭上饮茗憩坐，遥对着保俶塔，颇觉心旷神怡。放鹤亭上的游人很多，走过二人身旁，没有一个不向她们注目的，因为二人年纪又轻，容貌又美，装饰又入时，接触到人家的眼帘里，都觉得亭边有一双灿烂的名葩，惊鸿绝艳，哪一个不要看看呢？但是二人坐了一会儿，究竟是常到的地方，便又想走。玉雪的妙目注视着湖中划来的一只游艇，把手指着船中一个少年，向蕙英问道：

"蕙英妹，你瞧那边来船，有一人坐在船头打桨的，是不是李先生呢？"

蕙英回头一望，点点头道：

"很像的，听说李先生陪了两个朋友出去了，那么这船中正坐着三个人，大约是的了。"

二人一边说，一边盼望着，不多时，这游船已傍了岸，三个少年跳上岸来，玉雪等细细一瞧，哪里有大我在内？不过第一个少年面色白皙，身材和大我生得仿佛，而衣服穿得比大我摩登些，修长而黑的双眉，活泼的美目，又和大我相似，几乎使人要疑心他是大我的同胞弟兄了。玉雪不由一怔，暗想：天下竟有这种相像的人吗？

这时，三个人已很快地跑上阁来，六道目光早已射到二人身上，那和大我形貌相似的少年当先走至二人桌子前，把手中手杖向地下一拄，撑着腰立定，脸上露出一副笑容，对朱蕙英开口道：

"密司朱怎的不认识我吗？"

蕙英也正凝视着他们，见那少年虽不是大我，却又似曾相识，现在听了他的声音，脑海中便想着了，遂立起身来，带着笑容道：

"你可是密司脱叶？"

那少年点点头道：

"对了，对了，好！密司朱还没有相忘？"

一边说，一边伸出右手来，想要和朱蕙英行握手礼的样子。但是，蕙英却不伸出她的柔荑，少年只得搭讪着回转头来，介绍他的友人道：

"这是密司脱赵，这是密司脱冯。"

那两个少年本来立在姓叶的后面，见他和摩登的异性居然在游人麇集、众目睽睽之中谈笑着招呼，这一下似乎姓叶的面上增加了不少荣光，而自己反觉没趣，今复见姓叶的代他们介绍，连忙上前鞠躬道：

"密司朱，你好！"

蕙英见人家先介绍了他的朋友，自己也就介绍玉雪相见，且说道：

"这位陈玉雪小姐是我的同学。"

姓叶的一边瞧着玉雪，一边说道：

"两位都是西泠女子中学的高材生，这位密司陈我也见过的，贵校前次开游艺会，密司陈的单人舞，五花八门，非常巧妙，令人叹为观止，到现在还没有忘记呢！"

玉雪听他赞美自己，就微微一笑，不说什么。蕙英也没有招呼他们同坐，但那姓叶的却不待二人留请，瞧见蕙英右边有一空椅，便在桌子旁坐了下来。堂倌以为他们是一伙儿的熟人，所以也就添上两壶茶、三个茶杯，拖过两张凳来，于是那二人也跟着坐下。玉雪以为姓叶的总是蕙英的男友，所以并不奇讶，蕙英见他们坐了，当然也没有峻拒之理。姓叶的少年坐下后，见蕙英等杯中空着，忙代二人斟茶，又从怀中取出一只精致的香烟匣，开了匣，先取出两支小茄立克，奉给蕙英和玉雪，二人都说谢谢，我们不吸的。于是他就转递给他的同伴，划上火柴，大家吸起烟来。姓叶的吸了一口，又向蕙英问道：

"密司朱有好几个星期日不见了，今天你来游湖上，少停可要到会里去吗？"

蕙英答道：

"前在春假中生了好多天的病，一直没有出外，今天才和同学出来散散心，我是在艺术上没有研究的人，所以懒懒地不到会。你们会中能者很多，我这个无名小卒到与不到，也无足轻重的啊！"

姓叶的微笑道：

"密司不要客气，今天下午四时他们又在那里开会，我因这两位朋友从松江来，故先伴他们来游。到了四点钟时，要一同上会中去的，我们的会员多一个好一个，密司，你既是会员，当尽会员的义务，是不是？"

蕙英笑笑，于是他把烬余的半支卷烟向地下一丢，喝了一口茶，再说道：

"少停请密司一起去吧！现在已是三点一刻，我们游罢了孤山，准要到会的。还有这位密司陈，难得相逢，我敢以一百二十分的热诚，敬请到敝会里来共同研究，万万不要推却。"

他说这话时，目光紧紧瞧着二人，他的脸上也露出极诚恳的表情来。蕙英笑了一笑道：

"密司脱叶，被你这样一说，倒使我难以推却了。"

遂问玉雪道：

"陈，你可一同去吗？"

玉雪听了他们的话，不知什么会不会，因为她的性情是活泼的，况且蕙英叫她去，断无不允之理，遂点点头道：

"蕙英姊若去时，我当相随。"

姓叶的见二人已都允诺，心中大喜，姓叶的便问问西泠女学的情况，谈锋很是流利，把蕙英、玉雪二人当面恭维一番，玉雪觉得这个人很会说话，比较大我活泼得多了。一会儿，堂倌前来冲水，姓叶的抢着把茗资付去，立起身来道：

"三点半了，我们走吧！"

玉雪等本来坐得闷气，便一齐立起，五个人一起走到亭后去，访过鹤冢，走下阁来，又访了冯小青墓，于是姓叶的把他们自己的舟钱付讫，伴着玉雪、蕙英向白堤走去。玉雪得个间隙，暗暗向蕙英询问这姓叶的究是何人，现在到什么地方去？蕙英便把脚步带迟些，让姓叶的和他同伴走在前面，她在后面便低声告诉玉雪说道：

"这人姓叶，名不凡，我在西泠艺术研究会里认识他的，现在我们将到会里去。因为这个会是每星期日聚集一次的，我本来不知道有这会，今年正月里，我表姊唐帼才带我去过一次，二月里又去过一次，遂也做了他们的会员，但我因为星期日常要看电影，或是到别处去，所以常常缺席不到。今天恰逢着了叶不凡，被他坚邀同去，不得不走一遭了。"

玉雪道：

"你是会员，自有应尽之义务，但我不是会员，并且对于艺术上更无研究，怎好去呢？"

蕙英道：

"你不要恐慌，你是个俏悦的女丈夫，也是个摩登的新女子，和我

183

一同去有什么不便呢？你且去看看如何？"

二人正说着话，叶不凡早回过来说道：

"二位密司，请快一些，时间将到了。"

于是他们一行人一直到西泠艺术研究社去。叶不凡将脚步带慢，侧着身子，陪着玉雪、蕙英同走，好似二人的侍从。

第十二回

天上人间新声和雅集
灯前月下絮语度黄昏

　　一座小小的洋房里，四围种着许多花，又有一架紫藤花栅遮得向南那间客室中十分阴沉，二三蝴蝶披花拂草地追逐着，客室里时时透出一阵阵的笑声，原来正有许多青年男女坐在室中，嘻嘻哈哈地高谈阔论。那间客室的布置，完全欧化，壁上却张挂着许多油画，地下也放着三四画架，人体山水，红红绿绿的，大小都有，好似屋子的主人是一位画家了。窗边又放着一座钢琴，挂起一支梵婀玲，倘然月白风清之夜，灯红酒绿之时，合奏起一阕名曲来，更使这洋房生色不少。此刻在那钢琴的旁边一张大沙发上，并坐着两个少女，一个穿着淡青色的夹旗袍杏黄色绸的裹子，上罩着紫色的坎肩，胸口和袖子上都绣着花，非常时髦，可惜身子稍胖一些，衣服绷得紧紧的，又伸出着玉腿，充满了肉感。还有一个生得不长不短，不瘦不肥，面貌也很秀丽，颊上涂着黄红的胭脂，一双蛾眉长如柳叶，美目流盼着，更觉勾人销魂。身上却完全西式装束，颈边套着一串珠子，胸前双乳叠起着，在茜纱中隐约可睹，鼻上又夹着一副没有边脚的眼镜，头发朝后烫着，好似蓬松地梳了一个髻，这是最流行的一种式样了。四围椅子里、沙发上，坐着六七个少年，有的中装，有的西装，都像新学界中的人物。有一个瘦得如痨病鬼样的少年，穿着一件灰色毛葛的长夹衫，头发朝后梳着，留得很长，如鸭尾巴一般垂在颈后，瘦削的颊上露出一些笑容，但是很不自然的。他正在两少女的对面，静默地听众人谈笑，低头看看他自己腕上的白金手表，已是三点五十分，便对那西式装束的女子说道：

"密司唐，怎样你的令亲朱女士常常不到会的呢？"

密司唐笑了一笑，答道：

"孙委员长，这不是我的责任，大概她在艺术上没有感觉到兴趣，而又喜欢游玩，所以常不到会，我又不能强迫她的，请你原谅。"

孙委员长点了一点头，说道：

"朱女士是个很活泼的人，我们很欢迎她，可惜她却不来，还要请密司唐得便邀她同来聚会，我们的会员愈多愈妙。"

又有一个穿西装的大胖子插嘴说道：

"今天小叶要到会吗？"

孙委员长答道：

"不过有几个松江朋友要他伴游，不能早来，四点钟时他可同他的好朋友齐来，现在已是三点五十分了，大概他要来的。"

又有一个少年说道：

"小叶真是个十足浪漫的人物，他的容貌生得好，够得上小白脸的资格，又擅音乐、跳舞、摄影、驰马、泅水，也是个多能的摩登少年，所以他恃着这些，常在交际场中厮混，一班新妇女很是欢迎他。去年他和某某美术学校里的一个女学生恋爱上了，那女学生一心一意想嫁给他，后来被那女学生的家长知道了真相，便逼令她退了学回家去。因为那女学生早已许字于他人了，小叶为了这事，哭了一天，据说他们俩在别离之前，曾在湖上畅游一日夜，小叶吃醉了酒，几乎要投湖自尽，后来醉卧在岳王坟前，直到天明方醒。他的爱人也不知哪里去了，他常说那女学生负了他，其实小叶在他的家乡嘉善，早已有了妻子，生了儿女，他完全在那里欺骗人家，你们中间大约知道的人很少吧！"

又有一个面色白皙、头发梳得光泽无伦的少年，听了说道：

"曹兄，你在小叶背后拆他的壁脚，小叶在他的家乡确乎有了妻子，可是他曾对我说过的，这是专制婚姻，买卖式的婚姻，他年纪轻的时候受着家长的压迫而成婚的，虽然生了儿子，还是无爱情可言，他发誓绝对不承认，只当自己尚没有妻室，将来要重做新家庭。好在他的父亲已死了，家中的老母完全做不动主的，到后来总要离婚，所以他在外边讳言其事的，你说穿他作甚？"

姓曹的哈哈笑道：

"徐美，你们究竟是小白脸的同志，帮自家人说话的，我又不曾诬蔑小叶，说的都是实话，你不是律师，竟要代他辩护吗？"

孙委员长从沙发上立起来，伸了一个懒腰，带笑说道：

"小叶这个人真有些神秘的，他在这里市政府任事，每月也不过得到六七十元的薪金，照他这样费用，供给他个人也不够的啊！亏他混得过去。"

姓曹的道：

"小叶神通广大，金钱源源不绝地自有来处，局外人哪里知道呢？"

大家正说着话，孙委员长把手向窗外一指道：

"说着曹操，曹操就到。你们看，小叶不是来了吗？在他背后有男有女的，很有几个人呢！"

他一边说，一边把客室开了，跳将出去，跟着外边甬道里一阵皮鞋叽咯之声，大家都有些兴奋似的，一齐站了起来。只见小叶一手托着呢帽，一手拖了手杖，跟着孙委员长走进室中，便一鞠躬打转，说了一句道：

"诸位同志安好。"

背后立着的二男二女也向众人略一点头，就是小叶的朋友冯、赵二君和玉雪、蕙英来了。朱蕙英眼快，早已瞧见她表姊唐帼才和会友密司孔站在那边，连忙挽了玉雪的手，走过来和她表姊握手，带笑说道：

"表姊，今天真巧，我们在这里见面了。"

唐帼才也笑道：

"蕙英妹，我几次叫你来聚会，你却总是托故不肯出席，今天怎么自己跑来了？这位又是谁？"

一边说，一边把手指着玉雪。蕙英道：

"待我先来介绍吧，这位就是我的同学陈玉雪，她是本城陈百万家小姐。"

帼才道：

"呀！原来就是玉雪姊，闻说跳舞很好，久仰得很。"

玉雪笑道：

"不敢不敢！"

蕙英又代唐帼才、密司孔二人向玉雪介绍一遍。此时，叶不凡也已代他的朋友和众会员介绍过，大家一齐坐下，对于这位新来的玉雪小姐无不眈眈而视。蕙英又对帼才说道：

"今日我本和玉雪姊游孤山，恰巧遇见密司脱叶，被他硬拖来的，表姊前次约人同来，实因贱躯适染小恙，所以失约，请你千万不要见怪。"

朱蕙英笑了一笑，正要介绍玉雪，叶不凡却早早已抢着立起来代玉雪介绍数语，把玉雪奖饰万分。玉雪听着，脸上也不由微红。姓曹的和大胖子等见小叶这样兴高采烈地介绍女友，都有些又羡又妒，孙委员长便对朱蕙英说道：

"密司朱，我们很盼望你能时时到会，还有这位密司陈，虽然是第一次见面，我们极愿意她入会，共同研究，为我们艺术界努力开辟一条光明之路。"

蕙英微笑着不答，小叶早说道：

"我愿斗胆介绍陈女士入会。"

一边说，一边眼望玉雪，见她的脸上并无不悦之色，遂又说道：

"陈女士是个跳舞明星，又擅音乐，不愧为杭州女界中之名人。此次加入我们的会中，增加不少光彩，我们来欢迎陈女士。"

说罢，首先拍起手掌来，于是众人一齐欢声附和，噼啪噼啪的一阵掌声。玉雪到了这时，也不能不默认自己做一个会员了。孙委员长又看一看手表，向大家说道：

"好快啊！现在已是四点零五分了，不能再等，立刻开会了。"

小叶道：

"那么请委员长做主席吧！"

孙委员长果然立起来，一揿电铃，便有一个下人从后边门内走出，站在一旁。孙委员长道：

"我们已开会，快把茶点搬出来。"

那下人答应一声而去，孙委员长仍立着说道：

"我们这个研究会并非正式大会，正式人会须在八月杪举行，每年两次，其一则在十二月底寒假之前。今天是第四十八届研究会，承蒙诸位光临集会，又有新会员加入，不胜欣喜之至，今请密司脱曹读上次记录。"

他说罢这话，姓曹的取过一本西式簿子，展开着读了一遍，乃是上次到会的人名和提议的事。读完了，孙委员长又问记录可有错误，大众不说什么，当然通过了，孙、曹二人也坐下来，那下人早已托着一盘盘的茶食细点和糖果进来。又有一个下人托着盘，将一碗一碗的茶送到各人面前，大家随意取些糖果，饮着香茗。小叶最不肯安静，一双眼睛骨碌碌地向四下打转，时时用一种诱惑的目光飘送到玉雪的脸上来。玉雪虽不欲回看他，不知怎样的，自己也做不动主，她的秋波竟和小叶的视线常要接触着，于是小叶更觉得意，一边又和徐美附着耳朵唧唧地说话，因为二人恰巧并坐在一块儿。孙委员长喝了一口茶，将茶杯放下，又起立问了诸位可有什么提议，便有一个姓陆名奇的立起来说道：

"上次我们曾经商量过要在本地开一个一周纪念大会，附带陈列各人的作品，供人观赏，但因未曾决议，我们今天应当继续讨论，乘此时机，我们可以扩充本会事业，多收会员，好使在西子湖边得到很好的荣誉。"

孙委员长便道：

"不错，现在日期急促，只有四个星期了，我们当从速表决，不知诸位可赞成开这个纪念会？"

众人闻言，早有一大半说道：

"赞成赞成。"

但是姓曹的立起来道：

"当然赞成的，不过经济可有准备？"

众人听了这个发问，却又面面相觑，作声不得。还是孙委员长说道：

"开纪念会时可在会场中陈列我的画品，愿将售得之资悉数充公，倘再不敷，亦愿由鄙人代垫，他日声名出时，不妨募捐基金，再由基金项下拨还鄙人的。"

小叶欣然道：

"经费已有委员长担任，那么我们可以不必多虑，大家尽力把这会办得好一些，为我艺术界同人辟一光明灿烂的新园地。现在请选举筹备委员吧！"

于是大家推定了小叶和唐帼才、徐美、陆奇和孙委员长五人为大会筹备委员，担任秩序展览宣传各项任务，总算把这事通过了，但因时间不及，故决定把大会日期展至六月中旬，好使筹备的人得以从容预备，以后大家遂闲谈别事，姓曹的力誉孙委员长的西洋画，进步甚速，在外很有些名气。孙委员长很得意地说道：

"我的画还不能及得上欧美名家，明年我想往巴黎、罗马等处走一遭，倘能加入世界闻名的沙龙画会，且考察一番而归，我的艺术方可真的有进步了。"

唐帼才笑道：

"委员长有这种乘风破浪之志，很好，我如有机会也想到国外走走，把我的塑刻之技学习得进步一些。"

孙委员长点头道：

"密司唐，你是个有志的新女子，倘能同行，鄙人荣幸之至。"

小叶对二人脸上望了一望，说道：

"你们的前途光明得很，一个人常在国内也觉闷气，若到海外去吸些新鲜空气，这是我们大家所歆羡的。"

姓曹的说道：

"小叶，你也想出洋吗？"

小叶道：

"若有机缘，自然要去走走，别的不要说，多吃些奶油面包也是换换口味，何况不论一年二年，打从海外回来，总是镀了金，站在人们面前说话，也可响些。我们不瞧见美术院的院长，开口外国，闭口外国，一种睥睨不凡的神报，令人怪难受的，他在背地里说过，我们都是后生小子，一辈子干不出大事业的。我们也只得忍受他的讥讽，倘然有朝我们也到外国去打了一个转而回国时，便和他站在一起，也够得上说话，而他也自然不敢欺人了。"

孙委员长笑道：

"小叶发牢骚了，有为者亦若是，我们既然懂得，便该自己努力才是。"

徐美道：

"委员长训话了。"

众人听着，都笑起来。大家又胡乱谈了一番，问问某君的投稿在某报上可曾刊出，某君的歌曲集可要出版，某君的裸体画得到如何的批评。玉雪在旁听他们所谈的简直都是闲话，说不上什么研究。看看时候不知不觉地已过五点钟了，室中幽静而富有美术色彩的电灯已亮了，密司孔嚼着一块口香糖，带笑对小叶说道：

"我们不再闲谈了，闻得密司脱叶新会一曲欧西的名歌《天上人间》，现在请你用梵婀玲拉给我们听听，增加一些兴趣可好？"

小叶听了，便答道：

"密司孔的懿旨，小臣怎敢不遵？好在这曲谱正在此处，但是一人独奏，未免寂寞，倘得二人共奏，岂不更美？"

他说着话，一边瞧着玉雪。玉雪正和蕙英讲话，没有留意，徐美道：

"钢琴、梵婀玲合奏，那是非常悦耳的，可惜我们都没有这种资格和不凡兄共奏，只好有请密司队里一烦纤手了。"

徐美说罢，密司唐便道：

"可惜我只会跳舞，不懂得钢琴。"

密司孔也摇摇头说道：

"你们都知我是不会的。"

孙委员长向蕙英问道：

"那么密司朱呢？"

蕙英笑道：

"要我歌唱，还勉强可以凑些不入调的，然于庇霞娜却是门外汉了。"

小叶忍不住说道：

"西泠女子中学的琴科是一向著名的，密司陈是音乐圣手，我知道

191

的，那么我斗胆要求和密司同奏一曲，千祈勿却。"

玉雪听了，忙摇手道：

"我不会的。"

蕙英却把她的玉臂一拉道：

"玉雪姊，此间只有你会的了。前天你不是告诉我新习得这个《天上人间》曲吗？这是风行一时的新乐谱，我还没有听你奏得。现在你和密司脱叶合奏，真好极了，密司脱叶的梵婀玲是非常精妙的。"

玉雪再要推辞时，众人早拍起手来。小叶先立起身去取乐谱，孙委员长忙走过来，把匙开了钢琴，一拍琴前的锦凳说道：

"密司陈，请坐吧！"

又把琴上的一盏小电灯开亮，玉雪只得走过去坐下。小叶早恭恭敬敬地将一本乐谱双手奉上，玉雪取过，放在琴架上，一翻就翻到这曲，小叶又把一只曲谱架子凑着玉雪，放在琴边，从壁上取下那支梵婀玲来，立到玉雪身旁，伸着左手将梵婀玲搭在肩上，右手把铃杆徐徐拉动。玉雪也将纤手在钢琴上叮咚地按了数下，两人和好了音，小叶打个招呼道：

"密司陈，我们来吧！"

于是他们俩便合奏起这阕《天上人间》曲来，小叶的身手真和玉雪一样敏捷，二人初次合奏，各自不肯示弱，彼此用出十二分的气力来，悠扬疾徐，无不中节，这阕歌曲又是名作，自然好听得很。孙委员长等众会员一齐笑眯眯地坐着静听，神为之往。等到奏完时，余音袅袅，恍犹绕梁，跟着众人一齐拍起手来，孙委员长喜滋滋地说道：

"密司陈的钢琴果然不愧圣手，若非密司脱叶，恐怕也够不上了！你们可称二难，佩服得很。"

密司唐笑道：

"委员长如此赞美，真是大大荣誉了，我们自叹弗如。"

玉雪不说什么，笑了一笑，把琴上乐谱交还小叶，又将钢琴盖上，熄了小电灯，走回原座，对密司唐等说道：

"献丑献丑。"

小叶也去放了梵婀玲，还到徐美一旁坐下。大家又闲话了一会儿，

192

看看时候不早，已过六点钟了，遂宣告散会。孙委员长又说了几句客气的话，并请朱、陈二位密司下一次仍旧到会，送他们到门前，众人方才各自告别散会。玉雪和蕙英跟着唐帼才一起走，来到中山公园门前立定，想坐公共汽车回新市场，晚风扑面，电炬如星，玉雪傍着蕙英，立在一边，遥眺湖上群山已作甜睡，仿佛有一带高高低低的黑影，而水边尚有打桨声，足见游人的兴趣倍高，尤其不舍得离去西湖姊姊的怀抱呢！她自思，我今晚回去得迟了，大我也许先我而归了。唐帼才回转头来，对二人说道：

"我们来迟一步，方才一辆开去了，现在倒要等一会儿了。"

蕙英道：

"与其在这里老守，不如走吧！"

玉雪道：

"再停一刻便要来了，自然坐汽车快。"

三人正在说着，只见后边晚色昏暗中有一少年急匆匆地走来，到得三人身边，脱下呢帽，向三人鞠躬道：

"三位密司在此等候公共汽车吗？"

三人一看，正是小叶，都点点头。唐帼才开口笑道：

"密司脱叶，你不是伴两位贵友走的吗？怎么落在我们后边？"

小叶答道：

"密司有所不知，我方才伴着敝友想到杏花村去吃晚饭的，后来他们不去了，我遂一人走回来，也要坐公共汽车，不想又和你们会见。"

唐帼才道：

"很好，我们一起走。"

这时，喇叭呜呜，一辆公共汽车已疾驶而至，停在堤上。小叶伴着三人走上去，幸喜车中坐客不多，大家得到一个座位坐下，汽车也就开了。小叶买了票，正傍着玉雪而坐，觉得玉雪身上一阵阵的甜香送到他的嗅觉敏速的鼻管里，心旌有些摇摇不定。玉雪也觉得小叶头上的阿根生水香得也很厉害，密司唐却夹七夹八地和小叶谈话，小叶忽然说道：

"今天我觉得很是有兴，偏偏我那两个朋友有事他去，我只得独自回来，肚子已很饿了，少停到了新市场，意欲奉请三位一同到消闲处去

193

吃大菜，不知三位可肯赏光？"

唐帼才笑道：

"密司脱叶，今天你预备请客吗？可是真心诚意？"

小叶拍拍自己的心说道：

"诚意之至，真心之至，至诚而不勤者未之有也，务请你们不要辞却。"

唐帼才又道：

"既然你真心诚意地请客，那么我等要叨扰你了。我也有好多天没有吃大菜，你腰里的大拉斯可充足准备吗？少停我要喝酒的。"

小叶听了，一拍他的衣袋道：

"有有，军饷充足在此，今天我本预备请客的，白兰地威士忌尽你拣喝，我知道密司的酒量很好的。以前我们在明湖春聚餐时，我领教过了。"

唐帼才听着，笑了一笑，对蕙英说道：

"表妹，我们跟他去吧！今天也是难得的。"

玉雪却说道：

"恐怕回家去要太晚了，家中也没有预先知照呢！"

帼才抢着说道：

"府上大概有电话的，可以打一电话回去通知一声便得了。今晚我们要吃一同吃，不放你独自回去的。"

小叶也说道：

"密司唐的话对了，倘然密司陈不肯领情，未免太令人扫兴吧！"

至于玉雪也点头允诺。一会儿，前面一排排的电灯照彻通衢，又是一番景象，已到新市场，汽车停了，四人一齐走下，小叶陪着三位丽妹，一路走到清闲处来。他脸上好似镀着金一般，异常光辉，革履声托托地在人行道上走着，有女同行，自鸣得意，最好逢见两个熟人，使人家羡慕他，有这些富贵华丽的摩登女友。果然有两个市政府里的同事立在前面一家店门口，瞧着，好似进去买东西的样子。他走过去，在他们肩上一拍道：

"你们在这里玩吗？"

二人回头看时，见是小叶，连忙招呼，又见他陪着三个很摩登的年轻女子同行，不觉忙了他们四道目光，只是向唐、朱、陈三人身上上下地紧瞧。小叶又笑道：

"你们瞧什么？"

一人带笑答道：

"好！小叶，你的交际本领真不错。"

小叶哪里高兴和他们多说话，就点点头道：

"明天会吧！"

伴着密司唐等摇着手杖走去了。到得一间店门口，小叶便侧着身子让三人先行步入，自己跟在后面，好似侍从一般，走到楼上，拣了一间精室坐下，便有两个清清洁洁的侍者过来伺候。小叶点了四客大菜，侍者便问喝什么酒，唐帼才抢说道：

"就是威士忌吧！先拿四瓶有汽橘子水来。"

侍者答应一声而去。不多时，已把四瓶橘子水开了送上，大家喝着谈谈，小叶又把西泠艺术研究社的宗旨和期望讲些给玉雪听，且说这会是孙委员长首先发起的。孙委员长名超海，是某某美术专门学校毕业的，也是个新派青年画家，人也很慷慨，喜欢交友的，现在社所先借的他家里，将来社中经济发达，便要自建新址，大大地扩充起来，所以此次开一周纪念大会，须得格外努力创造出显著优美的成绩来，使各界人士都知道我们的艺术研究社与众不同才好。自己和密司唐是筹备委员，要请朱、陈二人相助。蕙英听了，笑道：

"我们无才无能，全仗你们筹备委员努力吧！到时我或者可以做一个招待员。"

小叶道：

"这也很好的，只要大家各出其力，譬如密司陈的跳舞，芳名久著，将来大会时，秩序中若然加入这一项目，更是锦上添花，受人欢迎。我想密司陈必能大帮其忙，不至于拒绝的吧！"

小叶说了这话，玉雪置不回答，只微微笑了一笑，两个小酒窝儿在灯光下益显妩媚。小叶瞧着，更觉情不自禁，一味向玉雪说上许多恭维的话，又恐唐、朱二人太寂寞了，并且密司唐是不好应付的，因此他一边吃着大菜，一边又极力向唐、朱二人献媚。真亏他手段高明，舌底澜翻，面面都能顾到，这也是小叶的一种特殊功夫了。玉雪在吃菜之前，曾抽身和蕙英去打一电话至家中，说明自己在外面同学家里吃晚饭，须九点钟回去，叫侄儿祖望可以先吃，不必等候了，所以此刻她安心坐着。密司唐独自把一瓶威士忌喝完，对小叶说道：

"今晚我还是代你省一些呢！"

小叶拱拱手道：

"谢谢！"

玉雪被唐、叶二人嬲着，也喝了一杯，颊上越发红了，密司唐多喝了酒，却放浪形骸，谈笑风生，三位密司中要推她最活泼了。大菜吃毕，又略坐了一会儿，朱蕙英和玉雪都要早走，密司唐却一边对着镜子，涂脂抹粉，一边和他们讲话，还要去看夜戏，问小叶可肯相陪？她身边有两张优待券，可以不用小叶再破钞。小叶自然答应，又问朱、陈二人可同去，二人都说今夜不能同往了。玉雪也就立在一面大玻璃镜面前，取出胭脂盒儿，抹在颊上，右手无名指上的一只钻戒在电灯光下奕奕地照耀着，发出晶莹的光来。唐帼才看了说道：

"玉雪姊，你手上的钻戒价值倒很贵的啊！"

玉雪道：

"恐怕不甚好的吧！我母亲手上的一只钻戒比我的好得多呢！"

小叶也搭讪着说道：

"密司陈，你说这钻戒不好，以我看来，已非三千金不办了。"

蕙英笑道：

"究竟玉雪姊姊阔，有这贵重的金刚钻饰物呢！"

玉雪道：

"在我母亲手里有一个金刚钻的项圈，那才算是值钱的东西。她一直不许我戴，说外面时势不好，戴出去反有危险。"

唐帼才笑道：

"这话不错，恐怕伯母大人要留着等你出阁的时候添作妆奁赠送的。"

蕙英道：

"好福气，不知哪一个才是如意郎君？"

玉雪把胭脂盒儿放到皮夹里去，对二人说道：

"你们不要取笑我，你们不嫁人的吗？"

小叶在旁边听着，拍起手来，密司唐对他看了一眼说道：

"你拍手作甚？这里没有你的事。"

小叶正要回答，侍者早含笑送上一纸账单来。小叶接在手里，看了一看，便从身边取出四张五元的纸币交给侍者道：

"多余的不必找了，作为小账吧！"

侍者谢了一声退去，又送上热手巾来。唐幗才道：

"既然表妹和玉雪姊不能回去，我要同密司脱叶上戏院去了。"

时候已有八点半了，玉雪和蕙英一齐说道：

"那么你们二位请便吧！我们都要回家去。"

四个人遂走下楼来，到得门口，人力车夫早上前抢生意，玉雪、蕙英各自雇着一辆，坐着回家。临别时，小叶又对她们说道：

"下星期日务请二位出席，不要忘记。"

然后他和密司唐向东边走去。玉雪坐着车子回到家中，跑到楼上，见她母亲正和几个女戚在房间里打牌。陈老太太见了她的女儿，便带笑问道：

"你今天上哪儿玩的？方才打电话回来，说你不回家吃晚饭，所以我叫祖望等都吃了，只有我还没有吃。你少停可要再一同吃些？"

玉雪笑道：

"我的肚子哪里还装得下这许多？我在朱蕙英家中吃的。"

说毕，回到自己房中去。只见桂喜坐在外房做鞋子，立起来叫应道：

"小姐回来了，晚饭可是在外面吃的吗？"

玉雪点点头。桂喜问道：

"要不要冲些可可粉喝？"

玉雪摇摇头道：

"不要，我喝了些酒，你可到老太太房里去拿两只洋苹果，叫老王做些苹果羹来吃。"

桂喜答应了一声，又对玉雪说道：

"小姐，李先生吃过晚饭，坐在小姐书房里等候多时了。"

玉雪笑了一笑道：

"这书呆子老坐在那里，变作痴汉等老……"

说到"老"字，连忙把底下的一个"婆"字缩住，却咯咯地笑起来。桂喜也忍不住掩口而笑。玉雪见桂喜笑，便把脚上皮鞋向地上一蹬道：

"你笑什么？"

桂喜道：

"小姐笑什么？我见小姐笑也就笑了。"

玉雪道：

"不许你笑。"

桂喜道：

"小姐不许我笑，我就不笑了。"

说罢，便走出房去。玉雪道：

"你少停把苹果羹送到房里来吧！"

桂喜带笑答道：

"我知道了。"

玉雪等桂喜去后，跑到内房，开了电灯，对着镜台照了一照，见自己两颊很红，身上衣服倒并不皱乱，遂换去高跟皮鞋，穿上一双绣花鞋子，口里含了一块留兰香糖，把电灯熄灭，关上房门，走下楼来，打从甬道里走至自己书房前。忽然把脚步走得很轻，又将那扇洋门轻轻地开着，侧着娇躯走进去时，却见大我正坐在沙发中，把手支着额下，在那里打瞌睡。

原来，今天奚昌和郑顽石一同来访大我，郑顽石为了以前把大我的小说稿中途停刊之事，很觉对不起大我，所以向大我道歉，又发了许多牢骚，说自己若能找到别的出路，这碗饭真不要吃了。大我因事已过去，著作之梦已醒，倒也泰然地说道：

"识时务者为俊杰，我自己不识时务，怪不得谁。现在处世的哲学，最好要学金人三缄其口，戒之哉！戒之哉！毋多言，所谓言多必败，我

198

们不要作西陆蝉声，徒惹人的忌与厌，还是守口如瓶的好吧！"

郑顽石叹了一口气，便没得话说，奚昌便要邀大我出去，大我当然答应，他们三人遂走到湖边来，在西泠别墅瀹茗清谈。奚昌就向大我说道：

"李，你平常时候每念着'冯唐易老，李广难封'这两句，以为你一世蹭蹬，难逢知己了，不为现在你竟有了一个红粉知己，这是可遇而不可求的啊！你一向隐瞒着不提，但是在你的老友面前，你也何妨说说，不应该守秘的。这位郑兄我已告诉过他了，南山一游，巧拾脂盒儿，三笑姻缘，岂不是彼苍苍者有意为你们玉成吗？否则天下岂有这种大巧而特巧的事呢？李兄快快老实招来。那天若不是我在湖滨无意巧觌，窥破了你们的事，你还不肯承认呢！"

大我笑道：

"招什么？承认什么？我又有什么秘密？不论什么事，到了奚兄口中，便说得神秘了。前天我接到史焕章的来信，他在信上写了许多说笑的话和双关语，要我作复，必然是你去饶舌的了。"

奚昌笑道：

"倒不饶舌，却是饶笔，你有了这样如花如玉的美人儿，一同湖上清游，真是逍遥乎河之上兮，谁不艳羡？大家是老朋友，怎么不要告诉他呢？"

郑顽石也带笑说道：

"那天我们虽然和你开玩笑，然而真有你的，却偏会找得到，所以奚兄告诉了我，我也很欲一知究竟。今天你不必再隐瞒了，我们也绝代你守秘密的。"

大我急道：

"什么秘密不秘密？我一些也没有秘密，现在这几天，此间正在大捕党人，不要给什么官中人听得了，缠夹了意思，却不是玩的啊！"

奚昌道：

"你只要告诉我这位小姐和你有怎么样的交情，肯同你一起出游。"

大我道：

"天下事所以难了，男女同是人也，怎么不可以一起游呢？难道一

199

个男子和一个女子偶然出游了一回，人家便要硬派他们有关系吗？断不能以小人之心度君子之腹。'莫须有'三字便成千古冤狱……"

大我的话没有说完时，奚昌早嚷起来道：

"好啊！你骂人啦！也用不着说什么'莫须有'，这里并无秦桧，你放心便了。"

大我见二人情形都有些发急，自己若然再不说明，他们更要疑心误会到不知怎样了，遂说道：

"你们都是我的老友，我当然要告诉你们听的，少安毋躁，但请你们不要视为十分神秘，少说些打趣的话就是了。"

奚昌听大我肯说，好似服了一帖兴奋剂，拿过茶壶，代大我斟满了一杯，说道：

"请说请说！"

大我喝了一口茶，便将自己如何先到陈家教授他家的孙儿，如何玉雪也请自己教授文艺，以及放春假祖望拖着他们出游等情告诉一遍，却把自己代玉雪做文以及赠玉的事隐过不提。二人听了，奚昌就说道：

"这事不可说不巧，照迷信讲起来，其中似有天缘。陈家的女公子在西泠女子中学里是一朵有名的校花，你天天和这花亲近着，如入芝兰之室，如游广寒之宫，多么荣幸。"

大我把手摇摇，带笑说道：

"你要像做小说般形容下去了。"

奚昌道：

"当着你小说家的面前，怎可不如此说法？"

大我道：

"早已说过不能算为小说家，业已投笔弃行，休要恭维我了。像我这种的人，艰难险阻，备尝之矣！幸得有一枝之栖，只要对于我的生活在目前有了解决和安定，那么一方面便好预备我的将来，若是老坐这冷板凳，就是薪金再多些，我也不愿意的啊！"

奚昌冷笑了一声问道：

"现在这样愿意不愿意呢？袁随园绛帐列女弟子，播为美谈，何况你的女弟子就是三笑的丽姝，做教师岂不胜于书童？当年唐伯虎若有你的机会，他也不必坐了小船，央求米田共，去餐风饮露地追逐，也不必改姓换名，低头屈身到华府里去充书童了。"

大我道：

"奚兄，你说来说去，总是这样闹着说笑。唐寅的事不过见于小说弹词，也不是真有的，也有人说这是别人的轶事拉扯到他身上去的，请你不要再说吧！我正在死亡线上挣扎，在十字街头徘徊，哪里可以钻进情网中去自误一生呢？"

郑顽石道：

"这却难言的，天生吾人血肉之躯，哪一个能效太上忘情？情之所钟，正在我辈，有不期然而然的，凡是人到了一种环境里去，不知不觉自会陶醉，何况彼此都是青年。像李兄才貌俱佳，一班异性更易倾慕，自然如磁石引针一般，渐渐合拢来。一个人，自己走进了情网，哪里会觉得？便是觉得了，也哪里肯脱身出来？除非受了痛苦，遇了挫折，方才真的觉得了。李兄，一个人的前途，谁也料不到的，你没有读过古时的传记异闻吗？某生某生往往会遇到意外的奇缘的。你既已在陈家做了入幕之宾，只要密司陈与你有了深切的恋爱，陈老太太自会当你作坦腹东床的快婿了。我们希望你努力地在情海中泛棹，将来幸福无穷，长享温柔滋味，补偿你以前的烦闷和悲伤。"

大我听了郑顽石的话，却托着茶杯出了神，一声儿不响，自思郑顽石说的话也不错，我和玉雪相遇，处处都很巧，其间似乎真的含着一个神秘之谜，非偶然的。玉雪近来对待我的一种神情，不知不觉间一天一天亲近了，而且她喜欢戏谑，有时和我说说笑话，很显出天真，不过她的年纪究竟轻一些，又很任性，不能容许人家去拂逆她的意思。这也因陈老太太过于宠爱她之故，富室千金，娇养已惯，当然和阿梅、爱宝等小家碧玉又是不同。然而我的说话，似乎她却很能听的，她是一个敏慧的女儿，我要尽我的心力，用教育的功夫，把她所有缺点的地方一一改去，如园丁培植一株树木一般，常常将有坏处的枝叶修剪，自然这株树很容易生长得好了。又想到陈老太太待自己也很不错，郑顽石说的坦腹东床，我也未始没有这个企望，只是自己觉得彼此地位相差得太悬殊了，假使陈家择婚能如古人一般重人不重财的，那么自己也有资格了。

他这样痴痴地思量着，奚昌对郑顽石眨了眨眼睛，便向大我问道：

"李，你怎么一句话也不说了呢？你在转什么念头？哦！你的心事我也知道了，你顺忆到甜蜜的味儿吗？"

大我被奚昌一说，方将茶杯放下说道：

"郑兄说的话也未尝不是，但我自问没有这种福气，癞蛤蟆想吃天鹅肉，不要被人家笑我愚妄吗？"

二人听他的说话软得多了，估料他和陈玉雪总有些意思的。郑顽石便又说道：

"我们究竟是说说笑话，人家的事当然也不能彻底地过问。事实胜于雄辩，将来自有一天明白的，希望李兄好自为之，早达目的，也使我们早日喝一杯喜酒，大家快活快活。"

于是，大我也说道：

"好个事实胜于雄辩，你们试瞧后来吧！"

大家话说得多了，时候也不早了，遂出了西泠别墅，又在湖滨闲眺一会儿，方才循着白堤，缓缓地安步当车，走到延龄路。已近天晚，大我想要请二人在外边吃晚饭，但因奚昌夜间适有酬应，而郑顽石也急于要到报馆中去发稿，所以三人就此分手告别。大我独自走回陈家，恰巧天黑，他回到书房里坐定，想起方才自己和奚、郑二人的说话，自己和玉雪的遇合，他心里更是激动得了不得，因为大我的心自去年到现在，曾一次二次三次，以至于数十百次被玉雪的情感冲激着，百炼钢化为绕指柔，他早已动荡了，渐渐忘却了其他一切了。今天又给奚昌等一说，一颗心跃跃而动。不过他一向还有鉴于齐大非偶的故事，很谨慎地不敢忘涉非想，谈什么恋爱，这样内心很矛盾地过着，然而一个人事到其间，断不容你徘徊中途，他已渐渐不觉投入情网了。

一会儿，文贵送上晚餐来，他吃过了，便走到玉雪书房里来。今天是星期日不上课的，但因近来大我与玉雪踪迹日密，情感日浓，所以虽在星期休沐之日，大我晚餐后仍要走到玉雪处去清谈多时，方才归寝，除非玉雪有事他出，不能见面。此时他走到书房门口，见里面静悄悄的，灯光全无，知道玉雪不在其中，外面的门是锁着的，不能走进去，现在他已熟了，便绕着走廊走过去，到书房的北面，那里有两株美人蕉的，有一扇小洋门，开了可通甬道。大我走上石阶，伸手将门一推，那门却没有关上，大我遂得走入，仍把门掩上。甬道里有一盏电灯亮着，一边是通内室的，大我当然不敢闯入，他就向着通书房的一边走去，不到几步已到门前，那扇门是玉雪常常出进的，没有锁闭。大我推开了门，走进室中，开亮了电灯，在沙发上坐下，暗想：今晚玉雪怎么不到书房里？莫非她在外边没有回来吗？等了一歇，不见动静，他就立起来，踱了几个圈子，忍不住地把叫人的电铃一按，果然听得甬道里脚步声，桂喜推门而入，一见大我，便道：

"原来是李先生在此，我以为小姐回到了家中在这里唤人呢！"

大我道：

"玉小姐出去了吗？"

桂喜道：

"是的，今天她被朱蕙英小姐约着同去游湖的，方才打电话回来说在外头用夜饭了，此刻还没有回家啊！"

大我听了，点点头，我也到湖边去的，怎么没有碰见呢？原来她尚在外面没有归来。桂喜便去送上一碗香茗来说道：

"李先生，你且在此坐候吧！大约就要回家了。"

大我道：

"那么小姐来时，要请你告诉她的。"

桂喜答应一声，对大我笑笑，轻轻地走出去了。大我喝了两口茶，仍回到沙发里坐下，等人心焦，很觉无聊，恰巧昨夜多看了些书，睡得很晚，到了床上又睡不着，下半夜睡了一个钟头，醒来时天色已明，他就起身的，所以此刻一落静，便觉有些倦意。将手支着下颐，不觉打一个瞌睡，自己也不知在什么地方了，玉雪虽走到了他的身边，一些也不觉得。

玉雪见大我沉沉地假寐，也不呼唤，戏将手指向大我鼻上轻轻一弹，大我惊醒，张开眼来，见玉雪立在他坐的沙发前，低倒了头，向他憨笑，两颊红得如玫瑰一般，口里有一阵甜香微荡过来。他只是对她的娇颜凝视着，微微地笑，不说什么。玉雪道：

"做什么？你没有醒吗？怎么睡到我的书房里来了？起来起来！"

便展开粉臂来拖他，大我也握住她的柔荑，顺势立起身子说道：

"我一个人在此等候你，等得时间很久，所以不知不觉地打起瞌睡，若不是你来时，恐怕我不知要睡到几时呢！密司，你今天到哪里去玩的？"

玉雪道：

"我被蕙英邀着出去游玩，起先在孤山饮茗，后来便到……"

她说到这里一顿，想自己在西泠艺术研究社集会的事不要告诉大我吧。大我见她停住，便问道：

"后来到什么地方去呢？"

玉雪道：

"到蕙英表姊家里去玩的，他们留我在那边吃晚餐，所以我直到此刻回家。桂喜说你已在这里久待了，对不起得很。"

大我道：

"我左右无事，久待何妨？"

这时，桂喜已送上两杯苹果羹来，二人方才放下手，面对面地坐下。玉雪带着笑对大我说道：

"今晚我在外边喝了些酒，所以叫老王做这个吃吃，可以醒酒，你也可以尝尝。"

大我道：

"好极了！"

遂接过杯子，立刻把一杯苹果羹吃尽，赞道：

"老王的制手果然不错，无怪这里老太太必要用他。"

玉雪也将她的一杯吃毕，桂喜收了空杯退去，二人依旧坐着，娓娓清谈。窗外的明月很是皎洁，照在很光滑的水门汀走廊上，园中花木恍如浸在水中一般，花影斑驳，随风摇移，一切景象幽雅而静寂，而玉雪的书房里玻璃窗上也透出红漾漾的电炬光来，从外面可以瞧见窗帘里一双厮并着的影儿。郑顽石的话说得不错，"凡是人到了一种环境里去，不知不觉自会陶醉"。现在这二人真的陶醉了。

第十三回

少妇情深风波因手帕
慈亲念切星火急家书

　　妆台上的翠石钟，当当地鸣了十二下，夜色已深，左右邻舍人家都已入了睡乡，静寂无声，只有远远的犬吠之声，给守门的人听了更是难受。室中有一少妇，约有三旬以上的年纪，可是身上穿得非常华丽，妆饰得还如少女一般，她正横在一张榻上，抽着大烟，一个人很觉无聊，听了那钟，便放下烟枪，取过一把青花白瓷的小茶壶，喝了一口茶，便从榻上站起身来，走到衣橱边，对着橱上的大玻璃镜照了一照自己的倩影，笑了一笑，似乎自己以为生得还不错，年纪虽大，丰韵犹存，便取过脂粉盒儿，在她脸上厚厚地涂抹了一番，娇滴滴地越显红白，在这灿灿的电灯光下增加了不少的美。可惜因为她吸了鸦片烟之故，两颊不免有些瘦削，颧骨也有些高耸起来，而且少女的时代确乎早已过去了，全仗些人工的修饰，蛾眉曼睩，顾影自怜，自己一心以为色貌未衰，常得郎欢呢！

　　这时，她趿着绣花拖鞋，走到窗边，搴帷一看，瞧见了天上的明月清光从帷隙里泻进她的房里来，她似乎等得很厌倦一般，听听对面房里睡着的小姑娘小苹鼾声已起，早已睡熟了。她恨恨地说一声道："小鬼头倒这般睡得烂醉，什么事都不管的。"遂放下窗帷，回到床边，在床沿上坐下，又说道："这小鬼又可爱又可恨，鬼话连篇，时常把人家哄得上当，真所谓哄死人不偿命的了。怎么到了这时候还不回来？莫非他又恋上了什么女生了？唉！小鬼的心肠令人不可捉摸，我看他总是歹良

205

心的啊!"她自自言自语地说着,忽然听得外边门上电铃声,在这沉静的空气中,丁零零地响得很是急促,她忙立起来,走到窗边喊道:

"陶妈,快开门!该死的,你们都是一辈子睡不醒的?"

电铃接着响个不停,楼下坐在客堂里的陶妈从瞌睡里醒过来,又闻得楼上费少奶奶的娇呼声,连忙立起身子去开门,跟着便听革履声走上楼来,她就喊道:

"小叶小叶,你做什么归来得这样迟慢?你不知道现在已近一点钟了吗?你在外边干什么事?莫不是和什么爱人去看戏的吗?"

小叶笑了一笑,把呢帽、手杖丢在一边,走到沙发前,一屁股坐了下去,说道:

"我今天真累了。"

她瞪着星眼说道:

"快快招来。"

小叶道:

"叫我招什么?你难道不知今天我伴着松江来的朋友出去游湖的吗?好在人也给你见过的,我还会撒谎吗?"

她道:

"你这个人倒有些很难说的。"

小叶道:

"我老实告诉你吧!"

一边说,一边从身边取出一个白银的香烟匣子,取了一支纸烟,划上自来火,吸了一口。她侧着身子,坐在沙发扶手上,将两个手指在小叶额角上点了一下道:

"快快招来。"

小叶道:

"你不要急,我今天陪着朋友游了西湖,夜间又往西菜馆吃大菜,戏院里看戏,都是我一个人请客,身边的钱都用完了。这都不打紧,又劳你冷清清地一个等候,我大大对不起,瑞珍,请你原谅吧!"

瑞珍听了小叶的话,忙说道:

"我给你的钱都用完了吗?还说什么不打紧,你真是无底洞,市政府里月薪，我一个大钱也没看见，这倒罢了，我也不想吃你的，穿你的。但你还是常常向我愁穷道苦地借钱，不给你吧，你噘起了脸，怪我不顾怜你，给了你吧，你总是用得一个大钱也不剩，这个样子，我的钱不要都被你用光吗？大约你在外边又结交上什么女学生了，你这没良心的小鬼。"

说罢，背转脸去，小叶忙把香烟搁在几边，将她的右手拉住，放在他手掌里揉搓着说道：

"瑞珍，你不要老是怪怨我，你不信时可以去问的，我结交什么女学生呢？那些女学生只要人家的钱，恋爱恋爱，都是虚伪的，她们的心肠刻刻在那里变换，怎能像你这样深切地爱我呢？"

瑞珍听了这话，把脸重又回转来，微微笑了一笑道：

"小鬼，你有意甜甜我吗？你既然知道女学生都要你的钱，那么以前你和姓金的女学生，怎么恋爱得火一般热？到了她不肯嫁给你而托辞，她走的时候，为什么你愤欲自杀、醉得睡在岳王坟前过了夜还不知道呢？你要赖吗？"

小叶道：

"金秀珠这个人倒还好，她也是受着旧礼教的束缚，不得不如此，她没有多用过我的钱，可是别的女学生却难得有此，所以她走了，我几乎要自杀。唉！我老实把此事告诉了你，你却时常要提起，有意讥笑我吗？"

瑞珍道：

"谁叫你有这话柄？我自然要说的。"

小叶叹口气道：

"从今后，我不想女学生了，有了你这样温存体贴地爱我，我还敢生野心吗？"

瑞珍道：

"你不要口甜心里苦，恐怕你的说话靠不住的，我又要问你，今天究竟到哪儿去的呢？"

小叶道：

"我早已老实和你说了，你怎么始终不相信？待我宣誓给你听可好?"

小叶说到这里，便仰起头，朝着天花板说道：

"皇天在上，我叶不凡……"

瑞珍见小叶当真要发咒，便把手去按住他的口，带笑说道：

"你又来了，我不许你赌什么咒。"

小叶笑道：

"你不许我赌咒，我就遵命。"

遂又取过纸烟吸了数口，把半段烬余的烟卷丢在痰盂中，立起身来说道：

"你看钟上已是十二点五十分了，我真有些疲倦，要想睡哩，你的大烟可吸够吗?"

瑞珍道：

"够了。"

就让小叶立起身来，小叶先把外面长衣脱下，不料有一样东西落在楼板上。瑞珍眼快，早跑上前伸手拾起，拿在手里，乃是一块花花绿绿的小手帕，帕上充满着醉人的香气，一望而知是女人的用品。原来小叶在消闲处出来，看玉雪、蕙英走后，他就陪着密司唐到戏院里去的，从戏院里散出来的时候，小叶吹着一阵风，连打几个喷嚏，密司唐便将她的手帕给小叶去揩，因为小叶没有带着呢。小叶揩了便奉还她，但是密司唐说：

"送给你了，不必还我。"

小叶有些不知道她的脾气，就笑了一笑，塞在衣袋里，忘记藏好，回来时不料被瑞珍无意中瞥见，很快地抢了过去。此时，瑞珍发怒道：

"小鬼，你这块手帕从哪里得来的? 是不是你爱人的东西? 你说今后不想交结什么女学生了，但是又有把柄给我拿着，你这个人说到哪里是哪里的，我不相信。"

小叶见了，很镇定地说道：

"冤哉枉也! 这是密司脱赵在孤山下拾得了，不知是谁遗落下的，密司脱冯和他抢夺，他一定不肯给人，暗暗塞在我的衣袋里，我不便取出来，以后大家都忘记了。瑞珍，你试细细想一想，倘然是什么人送给我的，我岂肯带回来给你作把柄的吗？你总是说我有爱人，有女学生，使我一直受你冤枉的气。"

瑞珍双手把那块手帕用力一撕，想要把它撕破，谁知她自己力气小，一些也撕不动，再一瞧，角上有红丝线绣着一小行英文字母。她是不认识英文的，气得面色都变了，抖着说道：

"你不要赖，赖的不是人，我和你脱离也好，早晚你要变心的，痴心女子负心汉，你这人还有良心吗？小鬼小鬼！"

小叶耐着气，撮着笑脸，走上前向她一揖道：

"你不要这样诬陷我，明天你可去问密司脱赵的，我只爱你一个。有话好好地说，不用这样动火，你有肝气病的，千万要保重身体。"

瑞珍一面听他说话，一面又用手去撕手帕，撕不破时，眼眶里的泪珠不由直滚下来。听了小叶的话，便退下几步说道：

"你叫我去问赵先生，我又不知他住在哪里，况且你们也可串通了骗我的，这些废话不用说。你说爱我，不过是哄我，须知我不是你家里的黄脸婆，尽被你欺侮的，你当初和我相爱的时候，你怎么样地对我，现在也该怎么样地对我，因为我没有待亏你啊！你的良心在哪里？"

说罢，向桌子上取过一柄利剪，咔嚓一声，将这块手帕一剪两半，抛在地上，恨恨地说道：

"你爱这手帕，我就剪破了，宛如把你的爱人剪为两段，你心里疼吗？"

说了这话，一会儿又从地上拾起那块剪破的手帕，开了抽屉，放在里面，用小钥匙一锁，自言自语道：

"我不必丢弃，不如藏好了，可以做个证据，上面的英文字母我虽然不认识，自有人认识的。"

小叶今天本来很是高兴，不料现在起了这个小小风波，给瑞珍大大地怪怨一番，心里自然也非常气恼，虽然已脱长衣，已听钟声敲过了一下，只得回到沙发上坐了，噘起嘴，一声不响，尽瑞珍说他骂他，一句话也不分辩。他自以为只有这个坚壁清野的方法最为佳妙，否则恐怕对说到天明也不得解决的。瑞珍坐在床沿上，唠唠叨叨，只顾说个不停，后来，她见小叶不睬不理，一阵伤心，伏在妆台上啜泣。小叶呵欠连连，又见瑞珍低泣，遂叹了一口气，立起身来，走到她身边，把她摇了一摇道：

"不要这样，我实在是受冤枉的，你说我负心，我也一时分辩不清，但是以后你终能明白的。有话明天再说，你犯不着气坏了玉体，我们两个人须要一条心，你的心里有我，我的心里有你，谁变了心谁不是人。"

瑞珍啐了一口道：

"你就不是人。"

小叶道：

"我就不是人，你当我是什么就是什么便了。"

瑞珍道：

"你是一只狗，是一只野狗。"

小叶笑道：

"我是野狗，怎样跑到你的房里来呢？"

一边说，一边走到烟榻边，点上烟灯，回头对瑞珍说道：

"来，来，我代你装一筒烟与你赔罪。"

瑞珍果然又有些发瘾了，遂揩了一揩眼泪，走过来向烟榻上一横，板了面孔说道：

"你快装。"

于是小叶一边代她装烟，一边又乘机说了许多好话，把这事掩饰过去，博得瑞珍心头之气渐渐平息。钟上已鸣二下了，小叶立起来说道：

"请夫人安睡吧！"

瑞珍道：

"谁是你的夫人？"

小叶又道：

"爱人爱人。"

瑞珍扑哧一声笑出来道：

"不要这样肉麻地称呼，你的面皮真厚，罚你三小时立着不许动。"

小叶道：

"哎呀！再隔三个钟头不要天亮了吗？爱人爱人，春宵一刻值千金，

210

不要这样苦苦作对，我已和你赔了不是，你忍心再叫我立三小时吗？你抽足了大烟，有了精神，我明天还要到办公厅去的，你可怜我吧！"

瑞珍见小叶一味地软，也就不为已甚，笑了道：

"你说得这样可怜，我是菩萨心肠，饶了你这小狗吧！"

小叶道：

"好啊！你也骂够了，你是女菩萨，慈悲则个。"

于是两人大家又笑了一笑，携手共入罗帐。小叶自然鞠躬尽瘁地不使这最短的春宵空度过去，而瑞珍也依旧深怜蜜爱，把方才的一场小小风波消灭于乌有之乡了。

次日早晨，瑞珍方深入黑甜乡里，她的蝤首枕在小叶的臂上，睡得正酣，小叶却早已醒来，因为自己要到市政府去办公的，不敢贪睡，听钟上已鸣七下，自思再可静卧半时，七点半起身洗面用点，八点钟出门，还不迟呢。于是他不敢去惊动瑞珍，自己躺着，想到昨夜为了密司唐的一块手帕之故，惹得瑞珍大动其气，险些闹出不欢的事来，自己为什么这样不谨慎呢？又想到昨日在艺术研究会里得和富家闺秀陈玉雪小姐相识，真是巧得很，消闲处一顿大菜请得不冤枉，横竖花去瑞珍的钱。自己和瑞珍恋爱却是虚伪的，目标全在"金钱"二字，我只要用她的钱好了，无奈她供给了我些钱，便把我管头管脚，视作她妆台奴隶一般，身子便不能十分自由，幸亏自己心思巧，言语圆滑，尚能对付得住。但是瑞珍已是年华过时，又吸上了大烟，任她怎样涂脂抹粉地装饰，哪里及得天真活泼、玉貌韶年的陈玉雪呢？陈玉雪是西泠女子中学里的一朵校花，又是陈百万家的独养女儿，他日我若能和玉雪恋爱上，那么方称我的心了。一边想，一边侧转脸瞧到身边睡着的瑞珍，却觉得她黛眉间露出烟容，时代的青春美早已过去，残脂剩粉已掩不住脸上的雀斑，弥觉其丑了。哦！这个不生问题的，我将来不妨可以和瑞珍脱离关系，我们俩虽然双宿双飞，又没有正式婚约，事到其间，她也奈何我不得，只是难解决的问题却在他自己的家庭。他这样想着，眉峰频蹙，自言自语道："到那时见机行事吧！"想了几个念头，七点半钟已到了，他照着老样悄悄地起身。穿衣、洗脸、用点，自有陶妈伺候，八点钟时，他出门上市政府去了。

一星期的光阴过得很快，到了星期日，他们的艺术研究会又要照例开会。这天，小叶穿了一身新制的哔叽西装，在下午便到理发店去修发整容，足足有一个多钟头，一切都修饰好了，当他对着镜子仔细向自己全身上下端详时，不愧是一个摩登的美少年，身上的西装又平又整洁，鹅黄的领结更是带有些艺术意味，自己瞧着自己，越看越满意。理发匠又用布代他擦抹足上的革履，恰巧有两个年轻的摩登姑娘走进来理发，一见小叶，频频用妙目来斜睇，这样更使小叶得意，便付去理发之资，昂着头，走出理发店。在和暖醉人的风里，一径走到孙超海家里来。时候还早，只有三点钟，孙超海的客室中一个人也没有，孙超海也经下人通报，方才出见，他见小叶修饰得多么漂亮，便把手搔搔自己的头发，对小叶一笑道：

"密司脱叶，今天怎么来得这样早？"

小叶道：

"左右无事，我就早些赶来，免得到了别处去，够不上时刻。他们一个人也没来吗？"

孙超海道：

"还没有人来，你请在此坐坐，我还有一幅画正要完工呢！"

小叶道：

"那么便请吧！"

孙超海说一声对不起，走到里面去了。小叶独自坐着，很觉无聊，对着那边的钢琴，一手托着下颐，不知想些什么。过了些时，徐美和姓祁的来了，跟着密司孔、密司唐等都络绎而来。顿时一室中充满着欢笑的声音，孙委员长也踱出来了，大家又谈了一刻，看看已有四点钟，即要开会，小叶心里焦躁得异常，因为今天会员比较上次到得多，但是唯有朱蕙英和陈玉雪却还没有惠临。小叶忍不住便向密司唐问道：

"令表妹今天要来吗？你为何不邀她同来？还有密司陈是新会员，不知今天来不来？"

唐帼才笑了一笑道：

"我不是仙人，恕我不能告诉你。蕙英的家和舍间相隔甚远，况我今天午后尚有些别的事情，谁有这空工夫去相邀呢？"

小叶吃了她几句话，默然无语。孙超海也说道：

"我们只好先开会吧！倘若今天她们不来时，务请密司唐有屈玉趾去一约。"

唐帼才道：

"好的。"

小叶一看自己腕上的手表，说道：

"且慢开会，我的表上只有三点五十五分钟，安知她们不来呢？请诸位再耐心等候一下，待我到门外去瞧瞧看。"

一边说，一边立起身子，开了客室门，跑到外面去了。大家见小叶这般情景，不觉都相视而笑。徐美把手向窗外一指道：

"小叶真是精灵，果然被他一候便来了。"

姓曹的笑道：

"他是接公主的驾去的。"

跟着一阵革履声，小叶恭恭敬敬地伴着朱、陈二女士走进室来，香风四溢。今天朱、陈二人都穿着校中的制服，上身绿色的衫子，下系黑绸短裙，白色长筒丝袜，漆皮革履，头发都烫着。玉雪的颈项里套着一条小小的珠链，衣袖很短，露出雪藕也似的粉臂，手腕上缚着一只白金手表，如出水芙蓉一般的清丽，又是一个样子了。于是大家一齐站起相见，孙委员长又代玉雪和几个上次没有见面的会员介绍过，方才坐定。朱蕙英向密司唐说道：

"今天我们来得迟了。"

小叶抢着说道：

"不算迟，我的手表上现在还是三点五十九分呢！但是我却三点钟就来的。"

孙委员长说道：

"密司脱叶今天来得特别早，慢郎中变成急先锋，希望大家都如此便好。"

小叶道：

"鄙人是一向遵守时刻的，便是密司朱和密司陈，虽然姗姗来迟，却尚未过四点钟。"

说到这里，便问玉雪道：

"密司陈的手表上是不是四点钟不到？"

玉雪把手腕一抬，看了一下，带笑说道：

"已是四点零四分了。"

小叶道：

"啊呀！我的手表怎样迟了五分钟呢？这只'爱而近'也不灵了。"

说罢，便用手去开表，拨到玉雪所说的时候。姓曹的却和徐美歪了一歪嘴，很幽默地笑了一笑。孙委员长遂吩咐下人照例献过茶点，立起来宣布开会，请筹备委员报告，大家逐一把自己的任务约略报告一遍。挨到小叶，他就立起说道：

"我想在开大会的时候，要吸引群众注意，最好要在秩序中加上一样新剧，我以前曾入华东剧社，对于编剧，敢说有一点儿小小经验，所以我费了一些心思，和密司脱徐美合编上一种剧本在此，不知诸位意见如何？"

孙委员长点头说道：

"你能这样尽心出力，这是最好的事了。现在先请你把剧本的大略讲一下给大家听听，然后可付表决。"

小叶遂从他西装衣袋里取出一本银色封面的袖珍日记簿，翻了一页，对众人说道：

"我这剧本的取名《失败与成功》，是表演一个艺术家又是音乐师，起先他和一个浪漫女子结合，在大都会里度他们的浪漫生活。后来那浪漫女子别去爱上一位游泳界的水上英雄，艺术家失恋成疾，在情场上宣告失败，愤恨得几欲自杀。他受了这个重大的刺激，于是独自一人悄悄地从大都会里遁走到一个沿海的荒村上去，过他孤独凄凉的生活，随身带的唯有一些绘事之具，和视若第二生命的一支梵婀玲，每当月白风清的晚上，他走出了赁居的小屋，到海滨上去独奏一曲，日间在室里精心作画，且编几支新的歌曲。这样很岑寂地过了三年，他已作得五六幅名贵的大油画，编成七八支好听的新曲。有一个夏天，恰逢大都会里有一个某巨公，携着他的爱女也到这海滨来，因为他的爱女患了肺病的初期，遵医生的话，特地到此别墅中养疴的。那艺术家并不知道，依旧照着他的习惯，晚上到海滨去独奏梵婀玲，却不料竟逢到一位知音了。原来那位养疴海边某巨公的爱女是一位酷好音乐的人，她自己擅长中西国乐，能奏庇霞娜，能歌能舞，所以她一连几个晚上闻到了那哀怨靡曼的梵婀玲声音，不能自持起来，向乡人探听明白，便在一个月明之夜，当那艺术家在海滨独奏之时，那位美如安琪儿的史小姐翩然来临，和艺术家于月下相见。艺术家因在情场战败之后，不愿再和什么女子交接，却无情地溜回他的小屋，但是到了次日，史小姐却同她的父亲枉驾到这小屋里来访他。某巨公一见艺术家所绘之画，大为叹赏，于是向艺术家问及身世，大有怜才之意。某巨公的爱女又要求艺术家和她同奏一曲，于是艺术家现身在某巨公华丽的别墅中，和史小姐同奏新声，某巨公又饷以佳肴美酒，尽一夕之欢。以后，二人互通款曲，感情日密，史小姐倾心于艺术家，得她父亲的同意，竟与艺术家缔结鸳盟，而她的肺疾也痊愈了，于是艺术家经他爱人的相劝，离开海滨，同返都市，经某巨公之介绍，开一个人画展会，报纸上行行揄扬，又为已成名之老画家赞赏，一经品题，声价十倍，艺术家的声名鹊起，世人争购他的作品。后来，艺术家遂和史小姐正式成婚，由失败而达到成功，从悲剧而变成喜剧。"

小叶把剧情讲毕，大家好如听故事一般津津有味，尤其是几位密司，更觉有兴趣。小叶便又对大家说道：

"这里面如有纰缪的地方，请诸位教正。"

孙委员长遂付表决，问众人赞成不赞成，大家都伸起手来一致通过。小叶很得意地说道：

"那么要定主角了，剧中的浪漫女子谁来扮演？"

徐美等听了，目光一齐瞧向数位女性方面来。孙超海道：

"这里除却密司唐，没有他人能够胜任而愉快，不知密司唐可肯为艺术而牺牲色相？"

小叶接着向唐帼才说道：

"密司唐，幸恕冒昧，你能不能答应？"

唐帼才笑道：

"你们认我为浪漫女子吗？"

小叶道：

"不不，在剧中扮演的都是假的，不过你的性情活泼些，表情工细些，所以要有屈你了。"

唐帼才点点头道：

"我就允许吧！免得说我不热心。"

小叶遂取出自来水笔，把密司唐的名字写了下去，又说道：

"女主角史小姐可有谁来担承？"

这话说罢，大家的目光又不期而然地注向玉雪身上，玉雪也有些觉得，低着头不响。徐美接着说道：

"这个女主角是很重要的，既要有大家闺秀的身份，又须娴熟音乐，能奏钢琴，性情活泼些。"

孙超海笑道：

"如此说来，只得有屈密司陈辛苦一下子了。"

小叶也说道：

"不错，只有密司陈最是合配。"

玉雪连忙把手摇摇道：

"我对于演剧没有经验，恕我不能应命，况且……"

她的话没有说完时，朱蕙英早抢着说道：

"请玉雪姊不要客气，你在校中也曾表演过的。"

大家又拍起手来。孙超海说道：

"当仁不让，舍我其谁？密司陈千万别再客气，这里只有密司能够担任这个主角，他日本会得以发达，都是仗密司相助之力，你若不答应时，这剧便演不成了。"

小叶道：

"我们只要各用功夫练习便了，密司陈不必推诿。"

于是，玉雪又只好默允了。女主角既定，便继续商定男主角，最重要的当然是那位艺术家，须会奏梵婀玲，又须能绘画，于是有些人举孙委员长，有些人举小叶，可是举小叶的占多数。孙超海便说道：

"承蒙诸位举我，但我并非客气，实在不能胜任。我对于梵婀玲是门外汉，况于情爱的表演更无经验，鄙人这张脸自问又生得丑恶，万万

216

不能允承，请一致公推密司脱叶吧！"

小叶也说道：

"我虽会奏梵婀玲，却不善绘事，请孙委员长不必谦辞。"

孙超海又说道：

"绘画不必当场画成，可以借用鄙人的画，至于奏梵婀玲，却非当场献本领不可，还是请密司脱叶担任的好。"

大家一想孙委员长的话不错，于是一致公举小叶，小叶也就老实答应了。某巨公一角便推了孙委员长饰演，游泳家一角便推徐美饰演，因为徐美能游泳的，其余的角色到时随便派定，所有剧中布景，统由小叶担任，向华剧社去借，并推小叶为剧务主任，领导一切。小叶便约定几位主角每星期一三五下午四时至六时，在会中练习对白和表演、分幕，大家也答应。又谈了一些别的事，方才散会。

玉雪和朱蕙英各坐着车子回家，玉雪既答允了扮演剧中的女主角，心里很有些忐忑，又没有把这事告诉大我，而大我在教读的时候，觉得这几天玉雪似乎有些心事，未能专心在书本上面，猜不出她为了什么，却也未便查问。星期一，玉雪放了学，便叫阿四把她拖到白堤去，阿四自然遵命，玉雪到得会中，小叶、徐美、密司唐、孙海超等都在那边等候，一见玉雪前来，大家欢迎。小叶又把剧情详细再述一遍，做好了对白，分了幕，各人试着表演。将近六点时，大家觉得有些疲倦，各各散归，星期五的那天傍晚时候，玉雪表演过后，从孙家散出来。这天，她没有坐包车到会，所以一人在白堤上闲步回去。天色未尽黑，一钩斜月早从云端里涌现出来，玉雪沿着湖畔一边走，一边赏玩风景，忽听背后有人喊道：

"密司陈，慢慢走！"

玉雪回头看时，乃是小叶，遂立定了问道：

"密司脱叶，你在后面吗？"

小叶赶到她身旁说道：

"是的，密司走得好快！"

于是搭讪着，伴着玉雪同行，从他身边摸出一件东西，奉与玉雪道：

"密司陈，这是一个鸡血冻的图章，是我家传之物，本来镌着鄙人的名字，现在我磨去了，特请本地著名金石大家潘慕缶刻上密司陈的芳名，以十二分的热诚献给密司，作为我们交友的一个小小纪念，请密司陈赏光收纳。"

玉雪接到手中一看，见那图章鲜红光泽，果然可爱，上面用虬龙屈曲般的古体刻着"玉雪之印"的四个阳文，真是铁画银钩，古朴可爱。玉雪本来缺少这样东西，现在小叶恰巧投其所好，心中自然欢喜。图章上早已刻上她的芳名，当然也不能再客气，便对小叶说道：

"密司脱叶，承你这般盛情，叫我怎样报谢呢？"

小叶道：

"我只要密司收下，已很快活，这名贵的图章应当长侍玉人之侧的，若被我们肮脏男子用，不是有屈了它吗？"

小叶说这话时，瞧玉雪脸上带着一些笑容，说声："谢谢你！"把这图章放入她的手皮夹里去了。小叶一颗心暗暗欢喜。走了几步，他又对玉雪说道：

"人们的遇合真是不可知的，我与密司陈素不相识，却一旦成了同志，使我觉得非常光荣，非常快慰的，还有密司的音乐非常高妙，此后倘蒙不弃，要请时常指教。"

玉雪笑了一笑，没有回答。二人渐渐走到了湖滨路。天色已黑，玉雪刚要唤车子回去，小叶却说道：

"我肚里有些饿，密司陈，请在外边用些点心可好？"

玉雪道：

"上次已叨扰，现在不必了。"

小叶道：

"难得的，今天我们约略进些点心。西园的面，味道很好。"

玉雪也不再辞，二人走到西园门前，小叶便让玉雪进去，拣了一个空的房间坐下。小叶叫了两碗虾仁面，又点了几样冷盘、四两白玫瑰来，和玉雪吃喝着。他对玉雪献出十分殷勤，自己又夸述了一番，玉雪究竟是年纪轻、阅历小的女子，她见小叶为人非常漂亮，又是活泼，说几句话都说到她心坎里去，比较大我那样期期艾艾的又是不同，虽然近来大我和她亲热得多了，然而哪里会有小叶这般善于迎合心理呢？小叶穿着簇新的西装，一副摩登的神情状态，玉雪又怎样瞧得到他的骨里？自然而然地，心里喜欢和他接近了。

当二人一边吃喝，一边谈笑的时候，门外忽然走过一个人，听到玉雪的声音，不由一怔，连忙立定身子，可是门虽开着，有两扇花玻璃的短窗挡住眼线，不能完全瞧见门里面的人，只见左首下边有两只穿着西装裤子的长腿，右边下面有花花绿绿的长旗袍拖着，还有一只银色的高跟革履，当然是一对青年男女在里面畅叙幽情了。那人微微笑了一笑，却不去惊动他们，回到隔壁的一间室里，已有几个朋友坐在那边，他便坐将下来，猜拳喝酒，十分热闹，当然听不到他们隔壁室里的谈话声音了。但是，那人坐了一会儿，再也忍耐不住，立起身来，走到白漆的板壁边，恰巧靠近窗边有一条小小短缝，那人便把眼镜一推，凑到壁缝上，偷瞧了良久，点点头，又将耳朵贴在壁上，要想听听，可是那边喁喁唧唧的声音不高，而自己这里谈笑的声音却充满一室。那人便回到座上，有人对他带笑问道：

"隔壁是不是有一男一女在那里喝酒谈心呢？我也在无意中窥见的。在这种男女交际公开的社会上，司空见惯，有何足奇？你紧瞧他们作甚？快快喝酒吧！"

那人把手摇了一摇，又一抹自己嘴边胡子，低低说道：

"你们不知道，这里面的一个女子是我相熟的人。"

一个大腹贾哈哈笑道：

"老兄，我知道你是生平不二色的，外边又没有租小房子的姨太太，你又没有长大的女儿，不怕做乌龟，便是相识的人干你甚事？他们口口声声自由自由，就是你当面见了，也管他们不得。现在二十世纪的女子，受了欧化的洗礼，和以前不相同了。"

那人冷笑了一声，也不说什么，便喝起酒来，但是他对着门口时常留心着。隔得不多时候，便听叽咯叽咯的声音，从短窗上望出去，只见花花绿绿的旗袍和西装的裤子很快地在门口掠过，他忙立起身来，跑到门边，推开了一扇短窗窥时，见他们俩已肩并肩地走下楼梯去了，遂冷笑了一声道：

"件件精，样样精，家里有了那书呆却不算数，还要到外边来结识小白脸，小小年纪，胆子倒不小。今天却被我撞见了，以后有机会时，我总要慢慢摆布她的，使她也知道我的厉害。"

原来那人就是毛小山，恰巧今晚他的友人在此请客，他方才到厕所里去，经过玉雪、小叶雅座的门口，听得玉雪声音，引起了他的注意，以为二人的秘密已被他无意识破，所以说这些话。然而玉雪又哪里知道呢？小叶和玉雪出得门来，彼此分别，小叶一看表上已有七点十分，要紧赶回瑞珍那边去，急匆匆地雇了一辆人力车，坐着回转私窝，可是他的心里却悬系于玉雪身上，明日他照常上办公处去。忽然接到一封快函，是从嘉善来的家信，他接在手里，顿时脸上露出一团不高兴的样子，懒懒地拆开信来看时，上面写着道：

不凡吾儿如见：

　　叠寄三函，想皆收到，何以杳无回音？令人不胜盼望。

　　汝妻近日咯血症加剧，人益消瘦，饮食大减。据西医云，已入肺病第二期，若不急速注射，恐难治愈，怀中小儿亦有不适，且不能再食母乳，若欲别雇乳母，又颇为难，家中日用早已不给，现在典质度日，欲将五亩田单向人押借，虽接洽数处，而值此农村破产之年，竟无所用。今又需医药之费，六旬老母更从何处可以调度？

　　汝已三四月不寄家用，又不一归省视，在外所做何事？岂毛羽丰满便弃家室乎？我与汝妻均十分念汝，请人代写函札，亦至麻烦。见信之后，务望速即回家一行，有要言面谈，至要至要。若再不来时，我唯有同汝妻亲来杭城，与汝理论耳！

　　……

母字

这种信当然是不欢迎的，而且小叶已见过了三封有同样论调的家书，足够使他头疼脑涨，哪里及得上看情书那样的津津有味呢？以前的

220

三封信不是都被他看后一一撕掉了烧去的吗？自然这封快信也难逃此厄。小叶的手向两边一分时，早已撕作两半，跟着哧哧哧地早撕个粉碎，搓了一个纸团，划上一根火柴把来烧去。坐在他旁边的人见了他面上一种难看的样子，知道他又接到家书了，业已见惯，各做各事，并不理会。因为小叶前番已和人说过，世界上最怕看的信便是家书，最好看的是情书，他一辈子情愿看情书一万遍，不愿看家书一遍。人家虽然和他辩论一番，说游子在外，得到闺中人的一封信，不是足慰羁人离愁的吗？然而小叶总是反对的。以前他和那个女学生金秀珠，时常有书信往返，他大读其情书，细辨到个中的滋味。自从好事多磨，萧郎陌路以后，他就没有情书读了，非常觉得人生的干枯，叫他读这催命般的家书，自然大不高兴了。他烧掉了信，把两手撑着头，自思：我在这里无拘无束，倒也很快活的，偏偏她们来什么劳什子的家书，而且还要快信，我偏不回去，看她们有什么办法？我要这种妻子做什么？外面美丽的、摩登的、有学问的女子多得很，凭着我的相貌和本领，何患不得佳妇？不知趣的老母何必早早为我授室？现在她居然有了孙儿有了孙女，她的希望总算达到，我也对得住老人家了。但是我本心的希望至今还没有达到啊！不要说我的妻子吐了血，有了肺病，便是死了也不打紧，我最好她死，早早死，肺病第二期到第三期也不远的，我既然要她死，那么请什么医生？花什么钱呢？况且一个人生了肺病，医治不好的，左右是个死，早死了倒使我快快活活干干净净，我便可以向玉雪进行恋爱的过程了。我瞧玉雪对我并不惹厌，很有些意思，这种年纪轻轻、情窦初开的女子，我一定能够博得她的情爱，自信我的经验还不错啊！他想到这里，恨不得他妻子立刻死，拍个电报来，让他回去收殓结果。然而事实上没有如此容易的，他要不要回家呢？当然谁高兴跑回家去听老人家耳边絮聒？无奈快信上说的，假使自己再不回家，她们便要赶来找我，说不定她们真的来了，不但多麻烦，而且对我的颜面攸关，给人家都知我有了妻子儿女，那就糟了。今天是星期六，明天是星期日，用不着到这里办公，不如回家去一行吧！她们向我要钱，很好，我也要去问她们要钱呢！于是他想定主意，立刻打了一个电话给孙海超，假说自己要到上海去接洽一些要事，所以明天的常会恕不能到，星期一准可回来，请

221

剧员到时仍集会所练习。这样交代过了，下午三点钟时便早退出署，回到瑞珍那边，却去实说了。起先瑞珍还不肯放他回去，后来经他好言好语安慰了一遍，引得瑞珍喜欢，方得允许，所以傍晚时候，他就带了一只手提皮包，赶到火车站，坐着火车，向家乡一行，但是他心中的懊恼却无以形容的。

第十四回

湖上重游温馨堪有忆
家中独酌冷酷太无情

　　小叶回去的那天，正是玉雪与大我泛舟湖上缱绻情深之时。那天是星期六，玉雪在午时便回家用饭的，她走到书室里，很娇慵地坐在沙发上，听着窗外枝头小鸟吱吱地叫，好似在那里情话喁喁，又见有一双粉蝶，翩翩跹跹地在草地上飞舞着，园中红的花，绿的树，点缀着一片锦绣。春虽归去，而景色依然很好，况又天气清和，并不燠热，所以她虽然静静地坐着，心中很有些不耐，好似有一件事要她去干一般的，沙发本来是软软的，现在如有针刺，再也坐不住了。

　　这几天时常出去游散惯了，在学校里倒还不觉得，在家里却坐不住，何况对着这好天气，昼长无事，怎样消遣呢？看书吧，觉得没有心路，弹琴吧，一人独奏也觉无聊，家中的人实在和自己性情相合的太少了，她就想起昨天送她图章的小叶，像这种人是不会讨厌的，一起出去玩玩也很谈得来，可是自己和他还是交浅，不知小叶住在何处，一人又不便走到会中去，况且明天当会时就要见面的，那么今天我同谁出去游玩呢？朱蕙英没有预约，别的同学也不来。哦！只有同大我出游了。今天侄儿祖望不是有些小感冒，我母亲不许他下楼读书，叫看护伴着他在楼上吗？那么这个下半天，大我不是有空的吗？咦！他怎么不来看我？一边想着，一边就跳起身来，一按电铃，桂喜便急匆匆跑来问道：

　　"玉小姐，要什么？"

　　玉雪道：

"你快到外面书房里去请李先生进来。"

桂喜笑嘻嘻地答应了一声，立刻走出书房，从假山石那边跑去，转弯抹角，走到花厅上，恰巧书童文贵正坐在椅子里昼寝，桂喜悄悄地走到他身边，伸手在他耳上拧了一下，文贵睡梦里只当是蚊子咬，伸手挥了一挥。桂喜见他不醒，又用手捏他的鼻子，文贵方才醒来，抬头见是桂喜，便立起来握住桂喜的手说道：

"好啊！我只当是个蚊虫，原来是这样的一个大蚊虫，莫非玉小姐出门去了，你来看我？"

桂喜板着面孔说道：

"你真是睡得昏了，我来看你作甚？李先生在书房里吗？我奉小姐之命来请他去的。"

文贵带着失望的样子答道：

"正在里面。"

两人遂跑进去，见大我坐在书桌边不知写些什么。桂喜上前叫应了，大我便道：

"可是玉小姐要我进去吗？"

桂喜道：

"是的，请李先生马上就去。"

大我答应一声，他今天因为祖望不来读书，吃了饭，换着一件华达呢的单长衫，想在三点钟时到他母舅家里去逛逛，时候尚早，就坐下来写札记。现在听得玉雪来请，立刻放下笔，跟着桂喜，走到里面书室中和玉雪相见，桂喜便去送上两杯可可茶来，然后悄悄退出。大我和玉雪对面坐着，他先说道：

"祖望的身子真是软弱，时常有些不适，今天又没有读书。"

玉雪把头一摇道：

"身子软弱虽是确实，不过我母亲太珍贵他了，怕风怕雨，怕冷怕热，身子哪里会得转弱为强？现在外面的儿童大都很是活泼，练习体操，散学后或是足球，或是打拳，或是玩运动器械，所以身体渐渐好起来，然而还不及外国儿童体育发达。至于我的侄儿，在我母亲手里抚育，一辈子强健不来了。"

大我笑道：

"你说的话果然不错，但是你岂非也在伯母大人手里抚养起来的？何以你的玉体却很康健呢？"

玉雪笑道：

"李先生，你问我这句话，不是所说的以子之矛攻子之盾吗？你不知，我在小时候，身体也不十分好的，后来我见人家女孩子进了学校，非常快活，我就和我母亲说了，也要到学校里去求学。起初她老人家一定不肯答应，但经我哭闹了三昼夜，饭也不肯吃，一定要进学校，闹得她无法，方才允许的。以后我进了学校，便欢喜玩耍，身子也渐渐强壮起来了。到今朝我很自由的，老人家也不来管我了。"

大我听了，点点头道：

"原来如此。"

玉雪道：

"是啊！我母亲只要人家和她缠扰不清，她就不得不答应了，这叫作吃硬不吃软。"

大我道：

"好！你这老文章不要被祖望抄写去。"

玉雪笑道：

"将来自有这一天的，现在我们不必多谈这事。今天我放了学，见天气很好，想出去游玩，所以请你前来一同伴我去，不知有没有工夫？高兴不高兴？"

大我欣然答道：

"今日学生放了先生，先生怎好说没有工夫？况且难得密司有兴，我怎会不高兴呢？不过我们到哪里去清游？"

玉雪见大我比前会说话了，心里暗暗欢喜，又说道：

"左右总是湖边，我们还是去坐船吧！"

大我道：

"很好，你不论到什么地方去，我总奉陪的。"

玉雪对他笑了一笑，说道：

"你请略待片刻，我去换一件衣服。"

说罢，回身走出书室去。大我立在书室门边瞧着园景，见芭蕉渐绿，樱桃绽红，春光已逝，又是初夏。许多蜜蜂营营然地在花丛中飞来飞去，"采得百花成蜜后，为谁辛苦为谁忙？"这不是诗人感叹的诗句吗？但是我想一个人生在世上，断不能饱食终日，无所用心，否则自己变成了社会上的寄生虫，昂藏之躯，竟与草木同朽，这不但可耻，而且也对不起父母的栽培教养之恩，所以，我们处世做人，必须要奋起精神在社会上轰轰烈烈干一番事业，不可贪图逸乐，例如大禹治水，后稷教民稼穑，这种事情，难道也可以说他们为谁辛苦吗？至于那些鸡鸣而起、孜孜为利之徒，忙忙碌碌，为着儿孙作牛马，却可以说他们"为谁辛苦"了？大我这样想着，背后纤细的革履声，一阵香风，玉雪已走到书房里。大我见她身上换了一件青地银点的软绸旗袍，襟边缀着一朵紫色的鲜花，颊上涂着黄红的胭脂，指甲上也涂着红红的蔻丹，手腕上仍戴着白金手表，手指上戴着一只钻戒，拿着一柄花洋伞，真如出水芙蓉，清丽中带着富贵气，使人一望而知是个摩登的闺秀。玉雪便对大我说道：

"我们开步走吧！"

大我道：

"容我到书房里去取顶帽。"

玉雪道：

"一同去。"

遂砰的一声，把书房门关上了。两人从园里走到花厅上，文贵正在墙边采取花朵，一见玉雪到来，连忙将花朵藏在袖中，立正了，叫一声："玉小姐。"玉雪也不去睬他，和大我走到书房中。大我取了呢帽，戴在头上，一同走出来，吩咐文贵道：

"我同玉小姐出去，你好好看守书房。"

文贵诺诺答应。二人一路走出去，阿四见了，忙走上来问道：

"玉小姐，可要坐车子出去？"

玉雪道：

"我同李先生到近的地方去走走，你不用拖了。"

毛小山在账房里听得声音，便走将出来，和二人带笑叫应，且问道：

"李先生陪着玉小姐到哪里去玩啊？"

一边问，一边他的一对眼珠子在眼镜上面滴溜溜地对二人面上、身上打转。大我被毛小山这样紧瞧，微觉有些不好意思，脸上赧赧然地红了起来。玉雪答道：

"我和李先生出去买些参考的书。"

毛小山把头颠晃了一下，微笑道：

"玉小姐，你拜了这位少年才子为师，格外用心了。今天天气很好，你们何不到湖上去游玩呢？"

这末后的一句话，直说到二人的心坎里，大我嗫嚅着没有回答。玉雪早答道：

"倘然时候早的话，也许那里去走走。"

毛小山听玉雪这样一说，也就不说下去了。二人也开步走了，毛小山冷笑了一声，回到账房里去。这一声冷笑，二人还没有出大门，如何不听得？玉雪并不在意，大我听了，心里却觉得有些不自然，走到门外时，大我忽然在阶石上站定，轻轻对玉雪说道：

"今天我们不要去吧，好不好？"

玉雪不防大我说这句话，倒使她心里一怔，向大我脸上望了一下，说道：

"李先生，我不明白起来了，方才我问你可能伴我出游，你不是说很高兴的吗？怎么刚走到了门外，已经变动起来。李先生，你究竟高兴不高兴？"

说罢，鼓起了两个小腮，把伞尖在石上画着，好似生了气的样子。大我道：

"当然是很高兴的，但是你若然能够明天去更好了，明天不是星期日吗？"

玉雪急道：

"咦！今天有什么不好呢？明天我倒没有空，你若是真的不情愿去，我也听便。"

说时，别转头去，只是把花洋伞的尖头在地下乱画。大我知道玉雪

227

心里恼了，便道：

"今天去也好，我不过问你一声，你何必这样生气呢？我们走吧！"

玉雪听了这话，掉转脸来，扑哧一声笑出来道：

"李先生，你不是和我开玩笑吗？我再要问你，果真情愿去吗？"

大我带着笑，把头点了一下。玉雪才把花洋伞撑了起来，说道：

"那么我们走到巷口去雇车吧！"

于是二人一同走了，走得没有几步路，玉雪将手中的花洋伞擎得高一些，把身子凑近了大我，低低问道：

"我猜着了，你莫非给毛小山问了一下，便不高兴伴我出游吗？否则我要疑心你有神经病了。哎呀！我说这话，竟是小学生得罪老师，你可千万不要动气啊！"

大我听了，对她笑笑，却不说什么。玉雪的声浪稍微提高一些道：

"一定是的。毛小山这个人真是老奸巨猾，其实他是我家的账房，只好管银钱的出入，他能管我吗？我有我的自由，别人不能来侵犯我、干涉我，所以我索性回答他说要去游的，他也就不响了。总而言之，这种人是讨惹厌的东西罢了。"

二人说着，已走出定安巷，恰巧有数辆人力车停在那里，二人雇着两辆，一直坐到湖边停下。大我付去了车钱，见湖边游人很多，早有舟子上前来兜生意。二人看定了一只铜栏杆的划子船，跳将下去，船中一张小圆桌，铺着洁白的桌布，放着一把茶壶，两个小小的玻璃杯子，恰巧朝外有一张两人坐的绿漆的椅子，二人并望坐下。玉雪把花洋伞放在身边，一阵阵的和风吹来，湖面上微有粼粼然的水波，这只划子船便在绿水中轻泛着，二人指点着远近的风景，笑谈尽欢。这是大我与玉雪第二次泛舟湖上，此时只有他们两人，没有祖望在身边缠扰，当然更是舒畅，更是怡况，美景当前，玉人相伴，目酣人醉，心旷神怡，一处处游玩着。在夕阳西下的时候，小舟早摇到平湖秋月，大我在舟中早已遥望着前面临水的两株长柳，飘垂着满头绿丝，在风中摇曳着，便觉饶有诗意。船到平台之前，舟子便问二人可要上去，大我点点头，小舟便靠拢来。大我让玉雪先走上去，自己跟着一跃而上，叽咯叽咯地二人到得里面去打了一个圈子，仍回到平台上，走至柳树之下。黄金色的斜阳从柳树上掠过来，照射在玉雪的身下，一个苗条的影儿照在地上，身上一点一点的小银圆，映着阳光，一亮一闪的，好像有千百个小圆圆。大我瞧着，不觉使他想起以前的一幕情景来。

去年秋间，明月的晚上，不是自己在这里初次和玉雪邂逅吗？她身上不是也穿着这件一亮一闪、充满着小银圆的软绸旗袍吗？不过那时候是新秋之后，现在是初夏之暮，那时候是在月下，现在是在阳光里，那时候玉雪有她的同学朱蕙英相伴，现在相伴的人却换了自己了，天下的事情真是料不到的。去年此时我和她是毫不相识，漠不相关的人，现在变了师弟，成了伴侣，谁能预测得到呢？那么推想到将来，我和她是不是能够常在一起，还是离散，也在料想不到之中呢。不过我和她的认识，回忆起来，很是曲折有味，又是无巧不成的，不知造化小儿究竟是有意戏弄我呢，还是玉成我呢？安得凌云御风，一叩彼苍呢？想到这里，他昂起了头，瞧着青天，瞧着远山的落日，悠然深思。玉雪笑问道：

"李先生，你呆呆地想些什么？"

大我道：

"我想起去年秋夜，我一个人独自到这里赏月，却逢见你和密司朱会着小艇打桨而来，你们俩曾在月下跳舞着，唱起《月明之夜》的歌来，那时候你也是穿着这件美丽的衣服，月光下耀眼生缬，此情此景，印在我的脑膜上，永远不会忘记，那时我也不认识你们是谁，你们一会儿也去了。谁知今天我能得和密司重到这里来，虽非月夜，而想起了以前的事，如在昨日，所以我深深地想了。"

玉雪笑道：

"不错，我心里也是这样想。那天晚上，蕙英请我在她家中吃了晚餐，泛舟赏月，在这里遇见了先生，我们倒并不十分留意。蕙英还对我笑着说，平湖秋月那里竟有一个书呆子，孤零零地在水边对着月亮找诗料呢！后来，我们到得孤山，那里倒很热闹的，我们一直游到十二点钟过后，方才回家的，这事确乎是很巧。还有那南山之游，我们不是也不期而逢的吗？"

大我道：

"是啊！所以我时常要想着的。"

玉雪把手掠着头上的云发，带笑说道：

"李先生，你敢是痴了，多想他作甚？现在我和你不是天天相见了吗？那么你要不要生厌？我听人家说，两个人时常见面，便不稀罕，若是隔开了，经过好多时候不见，那时候倘能相见一面，大家心里快活得异常，而且这一见就很有价值而足够纪念了。诗人所谓'一日不见，如隔三秋'就是这样形容的。因此我想，世人离别，虽然是像江淹所赋的'黯然销魂者，唯别而已矣！'其实只要别离后能够再有重逢的时候，那么心中的快慰，真非笔墨所可形容了。你昨夜教我咏的那首唐诗，'别梦依依到谢家，小廊回合曲栏斜。多情只有春庭月，犹为离人照落花'，咀嚼起来，何等有味啊！"

大我听她的说话，似乎倒含有些哲学意味，便道：

"密司说的话不差，别后重逢，倘能剪烛西窗，话雨巴山，当然是最好的事，若爱而不见，搔首踟蹰，却悲多而乐少了。无论如何，我以为别离总是一件可悲之事，只要听到《阳关三叠》，心里自然要荡气回肠了。"

玉雪笑道：

"不要别离别离的尽管讲下去，这件事不必多讨论，我们横竖又不别离，现在我们人会船去吧！"

大我笑道：

"不讲就不讲，我们再在此间立一会儿可好？"

玉雪见他不肯走，也就和他并立在柳树下，瞧着湖上风景，一艘一艘的小艇都在他们面前划过。有些船傍了岸，游人一个个走上来游览，这些人瞧见了他们两个，不约而同地都要回过头来向他们行个注目礼。隔了一刻，玉雪又催着要走，于是大我和她回到船上，慢慢地荡桨回去。薄暮时到了湖滨路，小船停住，大我很留心地看玉雪上去后，自己也就跳上岸，玉雪早从她的手皮夹里取出一元四角钱付给了舟子。二人在湖滨公园打了一个转，天色渐晚，大我便问玉雪：

"可要雇着街车回去？"

玉雪道：

"我真的要买些小说杂志看看，并且肚子里也有些饿，我们买了书，可到仁和路的乐园去吃些点心，然后再回家去可好？"

大我点点头，于是二人走至一家书店里去，玉雪拣了两三种小说，又买了一份画报，大我代她拿着。出了书店，刚要走向乐园去，忽然迎面走来两个人，向大我叫应，大我一看，一个是装饰得很美丽的女子，一个是老妇，不由使他一怔，细细一瞧，原来就是阿梅母女。好多时候不见，现在她们母女俩不像从前那样的衣衫敝旧，却都穿得很好，尤其是阿梅，颊上涂着胭脂，头发也烫着，耳上又悬着很长的耳环，身上穿一件花花绿绿的绸旗袍，足上也踏着高跟革履，神情却带着些妖冶，不像以前的天真朴实，所以骤然间几乎使大我不认识了。阿梅见了大我，只是微微地笑，又瞧见大我身旁的玉雪，面上便露出些奇异之色，对玉雪凝视，玉雪当然很奇怪地对阿梅瞧着。阿梅的母亲张大着一只眼睛，对大我说道：

"李先生，你一向好吗？"

大我点点头道：

"好的，你们从哪里来？是不是仍在原处？"

阿梅的母亲带笑说道：

"李先生，你怎么不来？我们去年十月里搬到上海去的。"

大我道：

"哦！你们早已到了上海去吗？你们可好？"

大我说了这句，却不便再问下去。阿梅的母亲又道：

"谢谢李先生，我们很好，现在我们回来探望亲戚，且到天竺去进香，仍耽搁在羊肉弄啊！"

大我说道：

"原来如此。"

他碍着玉雪，不欲多谈。恰巧阿梅也不说什么，所以他就向二人点点头道：

"我们再会吧！"

玉雪当然和大我一同走了，但她却回过头去看阿梅，而阿梅也在回头看他们。大我和玉雪到了乐园，在房间里坐定，点了两只盘子和两碗面，玉雪只是吃着不开口，大我忍不住带着笑向玉雪说道：

"你可知道方才我遇见的两个是什么人？"

玉雪冷冷地答道：

"怪呀！李先生的好朋友我如何认得？"

大我道：

"你怎么说起好朋友来了？我告诉你吧！这是一个街头卖歌的女子，老妇是她的母亲，去年我也是在平湖秋月无意中逢见她们，因为心里有些沉闷，便叫阿梅唱了几支曲，给了她们一块钱，她们却和我讲起身世来，是很可怜的小家碧玉，据说她们也曾到府上来唱过的，你记得不记得？"

玉雪道：

"我没有这个记忆力，李先生大概是和她们很熟，所以她们要问你为什么不去。现在她们回来了，李先生要去吗？"

大我听玉雪这样说，脸上不由一红。又看玉雪说了话，便把筷子夹着盘子里的炸鸭肫送到她檀口里细嚼，脸上有些不乐的样子，遂又说道：

"我去做什么呢？以前也是一时高兴而已。她们本是很穷苦的，现在不知怎样地迁到了上海去，母女俩穿得很好，和从前大不相同了。"

玉雪冷笑一声道：

"那阿梅不是到上海去卖腌肉，便是去给人家做了姨太太，这种无智无识的轻贱女子，她们天生一副贱骨头，必要走这条路的，不顾灵魂的痛苦，只要有吃有穿就是了。"

大我听了玉雪的话，心中有些不平，想要代阿梅分说，却又不敢说，只得叹一口气说道：

"这也是现社会的一种普遍现象，阿梅没有受到相当的教育，当然无智无识，说不定为环境所迫，随波逐流，去牺牲了一己。这譬如一根鹅毛投入洪炉中去，有什么抵抗力呢？这是社会的罪恶。"

玉雪听大我不怪阿梅不好，反归咎于社会，遂又说道：

"虽然是社会罪恶，可是一个人自己总有主宰，为什么情情愿愿被罪恶沉没了去呢？池中青莲出污泥而不染，山上松柏逢岁寒而不凋，只要自己有节操，别的路总可以想法去走。天上没有饿死鸟，地下没有饿死人，何必偏要去卖淫以求活呢？这都是她们不能自安贫贱，耐不住苦，所以出卖肉身去求虚荣了。我说的话可对吗？"

大我见玉雪侃侃而谈，自己倘然再去和她辩驳，一定要不欢而散的，于是他就顺着她的意思说道：

"你说的话不错，倘然一个人有见地，有节操，自然不会堕落的，即使不幸而陷身火坑，也会挣扎着自拔出来的。阿梅究竟没有知识的小家女，哪里懂得呢？她的一生也就完了，她自己不知可惜，我和她毫没关系的，可惜她作甚？她已是出卖肉身、丧失灵魂的人了。"

玉雪听大我如此说了，回嗔作喜，也不再提及，大家讲些别的话。吃罢了面，大我付去了钞，二人出了乐园，雇车回家。玉雪挟了书和伞，一径跑到楼上，陈老太太正坐着和魏嫂嫂讲话，玉雪上前叫应了，陈老太太笑嘻嘻地向玉雪说道：

"你今天下午可是同李先生出游的吗？"

玉雪答道：

"不错，我请李先生伴我出去购些参考书的。"

一边说，一边把书向桌上一丢，又道：

"母亲你看，可是的吗？我因为母亲也没有起身，所以没有先向你禀告一声，是不是毛小山告诉你的？"

陈老太太道：

"这是没打紧的事，我不过问一声，李先生是很好的，伴你一同出去，我并没有不放心。方才毛小山交给我一笔钱时，顺便告诉我的。"

玉雪听了，不再答话，嗷着嘴，挟了书和伞，气愤愤地向她自己房里一走。大我在晚饭后走到玉雪书室里来，却见里面没有灯光，把门推推，也锁着没开，以为玉雪今晚游倦，所以不到书室。好在自己和她常见的，今夕不见面也就罢了，遂即回转自己的书房，取出德文书，在灯下温习了一番。觉得眼光微倦，就靠在椅背上，瞑目想起日里在湖上清游的一幕来，自己和玉雪在平湖秋月间立，好似重温旧梦，她对我也很是缱绻情深。后来却在无意中遇见了阿梅，瞧她的神情便有些不快，大概她疑心我和阿梅有什么关系，其实冤哉枉也，我不过到小巷里去访得一回，以后便绝迹不往，哪里知道她们母女的情景呢？一个女子大都不情愿她的男友更认识别的女子，反转来说，男子也何尝不是这样呢？她不赞成我和阿梅认识，便是她关切于我的表示，我不能怪她的，所以，我后来顺了她的意说几句，似乎她就放下怀疑了，我这个人究竟还是老实，真不会和女子周旋的。又想到阿梅，照今天所见的情景，她们母女俩当然已有了钱，不像以前街头卖唱，在家粘火柴匣子时候的穷苦艰难了，可是阿梅究竟是不是在上海操淫，还是做了人家的姨太太呢？二者必居其一。玉雪猜得虽不中也不远矣！自己一则碍于玉雪之面，二则也不好直言相问，因此不知道个究竟。咦！想着了，自己以前访她们的时候，阿梅的母亲不是说起她们不久要到上海去吗？当然是被饥寒所驱，出于此途了。现在一班小人家的女儿，熬不住清贫，又配不上好亲，自然而然地，听了人家的怂恿，跑到上海去出卖肉体了。阿梅又怎能独免？不过阿梅人家虽贫，倒是个聪明的好女子，现在堕落此道，不知有谁去拔她出火坑，恐怕她自己也不知道痛苦呢！唉！还是不知道的好，知道了又有何用呢？我总以为是社会的罪恶、经济的压迫，无可奈何的事，玉雪生长在富贵之家，自然那样说法，反怪阿梅的不是，我却很代阿梅可怜呢。他想到这里，忽然想起一件东西，便从他箧中取出一个绣花的名片袋，袋上绣着的双飞蛱蝶，和一丛玫瑰花，色泽依旧未褪。这个名片袋不是阿梅以前暗中夹在书里送给他的吗？这样鲜艳夺目的东西，自己一直没有用过，他拿在手里，看了一看，又从这袋中取出一张小小照片来，这不是阿梅赠送的照片吗？瞧着这影中人，衣服淡雅，活显出一个可爱的小家女儿，但是，现在的阿梅却变得浓艳如桃李了。想当初她送我这照片时，灵犀一点，可以说含情脉脉，不知她现在见了我，又有什么感想，我倒觉得很代她可惜，但愿她莫做堕溷之花才好。他对着相片，默默出神了一会儿。文贵托着一杯热茶从外面走进来，大我恐防被文贵看见，要在背后胡说乱道，所以就把它夹在他的德文书中。文贵放下茶杯，退出去。

大我又想着玉雪的一篇作文，尚没有改削，便从桌上取过来，磨墨濡笔，从头至尾，细细润饰。这一篇的文题是《小园听雨记》，因为前星期六的下午，大我曾和玉雪在园中小亭上瀹茗清谈，那时候正逢天雨，树木上的叶子受着雨点的打击淅沥地发出一种雨声，忽疾忽迟，忽粗忽细。二人听了好一会儿，所以大我触景生情，以后就出了这个题目叫玉雪试做的，他一边改，一边觉得玉雪下笔很是清灵，行文亦很自然，描写雨声也逼真，遂援笔写了两行批语道："落笔如初写黄庭，恰到好处，且饶有神韵，置之六朝文中，可乱楮叶。"自己觉得很是得意，既而一想，我这个批语似乎过誉了，不要增长了她的骄气，然而现在学校里的国文成绩实在是在那里开倒车，望后退步，往往大学生要他做一些清顺可诵的小品文字，也是做得俗不可耐，别字连篇，不堪卒读的，何况中等学校的女学生呢？平心而论，像玉雪这样的国文程度也是不可多得了，我希望她用心研究，更上层楼，方才不负我的苦心了。他把文卷改好之后，一时高兴，自己做了两首湖上漫游的诗。已是更深，遂解衣安睡了。

　　次日星期日，大我空闲无事，走到玉雪的书房里，把玉雪的作文课卷还给她。玉雪见大我批得很好，笑了一笑，放在她的写字台上，大家闲谈了一会儿。午饭后，大我因闻玉雪说过要到她同学家里去，所以他就到徐家去看他母舅徐守信，玉雪却去看了朱蕙英，一同到会里去聚会，却见小叶没有出席，心里暗暗疑讶，后来经过孙委员长的报告，方知小叶有事赴沪，他们照常开了会。大家谈谈艺术，至晚而散，谁知他们西泠集会之时，小叶正在家中和他的老母、病妻怄气一番呢？

　　小叶那天坐了火车回转嘉善，一到家中，他的老母正立在门口倚闾而望，一见她的儿子回来，老颜生欢，带着笑问道：

　　"不凡，你可是接到了我的快信而回来的吗？"

　　小叶有气无力地叫应了一声母亲，一径望里面跑，他母亲是一双小脚，撑着根拐杖，跟着儿子走到里面。小叶把手中皮包咚地向桌上一丢，一屁股坐向上面的大椅子里，两只脚八字式地挺着，又把头上呢帽随手向几上一抛，叹了一口气，却不作声。他母亲便向楼上喊道：

　　"桂小姐，你快下来，不凡回来了！"

　　小叶听楼上有他妻子的声音答应了，接着楼梯响，他的妻子王氏桂宝，手里抱着他的小儿子春荪，背后跟着他的四岁女儿文珠，一齐走下楼来。文珠看见小叶，便上前叫了一声爹爹，却立着呆呆地瞧看，好像和她父亲很陌生的。桂宝对小叶笑了一笑，把她抱着的小儿送过来道：

"春荪，你会叫声爹爹吗？"

小孩子的两只眼睛向小叶挤了一挤，张着两臂，想要扑到小叶怀里来，但是小叶睬也不睬，他正向他的妻子留神细看，只见她头发微蓬，没有玉雪那样烫成水浪纹的式样，她的双眸呈露着黄色，一些也没有神，哪里有玉雪的剪水双瞳活泼而妩媚？她的双颊瘦削，面色又惨白，带着一脸的病容，哪里有玉雪玫瑰一般红的绛颜？至于身上更是没有美观动人之处了，不要说和玉雪一比便有天渊之隔，就是要比瑞珍，也相去甚远，只好做她们的女仆，他看着，心里越发生气。桂宝还不明白他的心理，却对小叶说道：

"你看我病得可怜不可怜？"

一边说，一边去伸着一只手，从茶壶桶里倒了一杯浓茶过来，送到小叶手里，小叶不去接她，桂宝只管送过来，手里抖着，怀中的小儿又在那里挣扎。小叶恐防这杯浓茶要泼翻在他的西装上，只得接了，向桌上一碰，碰得半杯茶都翻在桌上，恨恨地说道：

"谁要你送茶？我喝惯咖啡和可可的，不要吃这种老浓茶。"

小孩子吓了一跳，哇的一声哭将出来，他妻子也退后了数步。小叶的母亲便说道：

"不凡，你做什么这样生气？不要吃茶，可以喝开水的，你莫要吓了小孩子，他昨天刚发过寒热呢！"

小叶指着桂宝说道：

"你生什么瘟病？不是好端端地在地上走着吗？却逼着我母亲写快信催我，不是有意来吓我吗？"

桂宝见她的丈夫盛气呼呼地责问，她一向是见她的丈夫怕的，所以不说什么。小叶又说道：

"你又没有死，写快信催我回来做什么？你装什么病？你若然死了，我倒可以回来收殓你。"

桂宝心里本来满怀怨气，苦苦地忍耐着，自己生了这个病，医生说得十分凶险，偏偏自己的丈夫又不疼爱，也不过问，接连寄了许多信去，好容易催回来了。自己的苦处和病情还没有告诉他，却吃她丈夫奔到家里，就这样杀她一个下马威，恶狠狠地咒骂，还把自己当个什么呢？这一气，气得面色发白，立刻抱了小儿回转楼上去，文珠哭着，要跟她的母亲上楼，却被小叶当头拍了一下，说道：

"小鬼，坐着不许动！"

文珠也哭出来了。小叶再要动手打时，他母亲气冲冲地走过来，把拐杖拦住他道：

"你做什么打这小孩子？我写信叫你回来，难道是要看你闹气吗？唉！你这个人完全变得不成模样了。"

小叶冷笑道：

"我是一个好好的人，变什么模样呢？母亲，你不知我在外边做事，哪里有空闲工夫回家来？况且多请假是要扣薪水的，你们一封一封的信来催我，岂不令人着恼？"

小叶的母亲在旁边椅子里坐定了，脸上很不好看，颤声说道：

"你不要这样说，对邻的陈家小儿子在上海做事的，每逢星期六，必要坐着火车回来省视他的母亲和新婚的妻子，总带着许多东西，一家尽欢，真使我们瞧得眼热。上海到这里不比杭州远些吗？一样生个儿子，为什么人家的儿子这样地顾家呢？你不过心里不想着家，不想着生身之母罢了。"

小叶冷笑一声道：

"别人家的事与我无干，我和她又不是新婚燕尔的夫妇，做什么要每星期回家呢？况且我见了她，就觉得惹厌，我们并无什么爱情，我是为了旧式家庭和买卖式的婚姻而牺牲的，你要孙子，我已养给你了，我的义务也完了，要时常回家来作甚？我在外边自有许多事要干呢。"

小叶的母亲又道：

"你和你妻子不合意，难道六旬老母也忘记了吗？并且儿子总是你生的，现在媳妇确乎生了肺病，前天她自己典去了她的首饰，到西医那里去诊视过，西医说她已入肺病第二期了。小孩子也不能再吃母亲的奶了，若然要用乳母，我手中又没有钱，你到了外边，几个月不寄家用，也没有一封家信，究竟你要不要这个家庭？想我辛辛苦苦地把你抚养成人，从小学读到大学毕业，学费也不知花去多少，又代你娶了妻子，办了许多事，手中早已干枯，所有的钱都结交了你，好容易你在外边有了事，希望你每个月寄些家用来贴补贴补，谁知你初到杭州，就难得寄个十块二十块的钱回来。现在索性一块钱也没有，你的钱怎样用的呢？所以我托人写了快信来催你回家，却惹了你的恼吗？"

小叶听他母亲唠唠叨叨地说了许多话，便打了一个呵欠，双手抱着头，摇了两摇，说道：

"我终是和你讲不明白的，我在外边应酬很大，实在不够用，不向家里要，已经称得自立了。这个痨病鬼，我还好和她亲近吗？你要你的儿子也传染着肺病吗？她到了第二期，不久就到第三期，但愿她早早死了，我不可以别娶一个好的妻子吗？这件事不用你老人家担忧，你耐心瞧着将来，包你有个很好的媳妇。至于小孩子不能吃奶，可以吃奶粉的，也不必雇用什么乳母。"

小叶的母亲叹道：

"不凡，你真是硬心肠的人，媳妇过门来，对我很是孝顺，抚着两个儿女，又要带做家事，很是劳苦了，你始终没有给过钱，或是买一块衣料给她做衣服，她在背后仍无一句怨言，一心对着你。其实她心里是非常忧郁的，所以犯了这个病，你倒希望她快死，你这个人还有良心吗？"

小叶笑道：

"母亲，你的头脑太旧，所以如此说法。我也不必和你多说，现在我的身边只有十块钱在此，交与你代小孩子买奶粉吧！若要医药费，不要说我没有，就是袋中麦克麦克，也不情愿拿出来的。"

一边说，一边摸出一只小皮夹子来，取了两张五元的纸币，走到他母亲面前，放在她手里。小叶的母亲拿了这两张纸币，皱皱眉头说道：

"这哪里够呢？家用又怎样呢？"

小叶道：

"我家虽没有多大产业，然有良田四五十亩，屋子也是自己的，不用出房钱，田租收下来，维持生活也够了，你们在乡间又用不去多大钱。"

他母亲说道：

"你不晓得，这几年来赋税很重，田租却又收不下，去年大水灾我们的田都淹没，只收到了二三成，叫我怎样靠着过活？今年春熟又不好，近来天气这样的晴旱，河里的水日浅，恐怕要成旱灾，许多人都在忧愁呢！所以前日我因为缺乏钱用，把五亩田单向开酱园的刘老大去抵借一百块钱，他说去年我们也把五亩田去向他押借了一百五十块钱，还没有归回，今年借不出了。我又想把田卖出十亩，谁知东问西问，家家都是摇头说这个年头儿田亩不值钱了，他们也正要卖去，却没有主顾，谁有余款再购入呢？所以我更无法想，只得火急催你回来了。"

小叶道：

"我回来了，又有什么法想呢？"

他母亲说道：

"你没法想，那么我这年老之人自然更没有法想。我问你，这个家究竟要不要了？"

小叶很不耐烦地说道：

"要又怎样？不要又怎样？你拿十亩田单来，让我到柴老虎家里去商量商量，听说他近来在上海私贩烟土，着实多了几个钱，现在家乡造房子做富翁了。我和他以前在上海时很熟的，也许他可以答应。"

小叶的母亲就道：

"柴老虎吗？我也想到的，但他的心很黑，要向他借钱，须出三分四分的重利的。"

小叶道：

"只要借得着钱，利息重些也不管了。"

他母亲没奈何，只得走到房里去，取出十亩田单，交给小叶。小叶接了，说道：

"我就去走一遭，你们代我沽一斤酒，家里若没有可口的菜，我可以带些回来的。"

小叶的母亲道：

"家中有什么菜呢？今天只烧了一样雪里蕻豆腐，又炖了一个蛋给文珠吃的。你要吃好东西，自己买来吧！"

小叶答应一声，戴上呢帽，叽咯叽咯地走出门去了。他母亲看他去后，天色已黑，点上了灯，见文珠仍旧呆呆地立在楼梯那边，她携着她的手说道：

"到楼上去看看你的母亲吧！"

遂拄着拐杖，一同走到楼上。只见她媳妇桂宝正横在床上低低哭泣，小孩坐在枕边，拿着木碗玩，她就叹了一口气，走到床前说道：

"桂小姐，你起来吧！这种人真是没有话可以同他讲的，大约是年纪尚轻，在外面贪玩，想不到家里了。你不要这样悲伤，医生不是劝你要多寻快乐吗？我总知道你的苦处的。"

桂宝在床上听了婆婆的说话，越发伤心，呜呜咽咽地哭得响些了，双肩耸动着。小孩子却在旁边笑呢，文珠也喊道：

"妈妈，起来吧！爹爹出去了。"

桂宝很勉强地从床上翻身坐起，面上泪痕纵横，一双眼睛红肿得如胡桃大，一块手帕子湿得像从水里捞起的样子。文珠跑上前，牵着她母亲的衣襟说道：

"妈妈做什么哭？可是爹爹待你不好吗？"

小叶的母亲道：

"文珠，你年纪虽小，却已懂事，将来你好好地孝顺你母亲吧！"

桂宝抖着声音说道：

"他要我早死，我也不要活了，本来我生了这个病，痛苦得很，还要拖着这两个小孩子，夜里昏昏然的时常有寒热，早上总要吐出几口血来，心中便觉得非常难过。这个样子，除了你婆婆知道，还有谁来怜惜我？将来病重了，到了第三期时，我还能有气力拖带这两个小孩吗？我想人生在世，早晚终是一死，他不是口口声声要我早死吗？我又何必恋恋于这个世界呢？不过我若死了，你婆婆膝下一时没有人侍奉晨昏，并且这两个小孩子更要苦了。然而事到其间，我也顾不得了。"

说罢，又哭起来。小叶的母亲心里也是难过得很，点点老泪从她的眼眶里落下来，叹了一口气说道：

"你不要说这种伤心话，你吃了药自会好的，现在我叫这畜生出去想法弄钱了，想法弄到钱时，我必带你去诊视的，你不要哭坏了身体，将来他总有醒悟的一日。现在他回来时要吃酒的，天色已黑，我不能上街去，你能不能代他去打一斤酒呢？"

桂宝向她婆婆点点头，便忍住眼泪，抱着小孩子，和她的婆婆、女儿文珠一同走下楼来，把小孩子向木桶里一放，自己跑到后面去烧了一些水，洗过了脸，走出来整整衣襟，对她婆婆说道：

"我去吧！"

小叶的母亲取过一个酒瓶，又把一张五元的纸币交给她说道：

"不凡刚才拿出十块钱来，给小孩子买奶粉的，现在先兑散了用吧！"

桂宝接在手里，低着头出门去了。一会儿，沽了一瓶花雕回来，把兑散的钱交还了婆婆，小叶的母亲便把一块钱给她道：

"你前日说要代小儿买些鞋面布和小袜，你拿去代他们买吧！"

桂宝含着眼泪，把一块钱塞在衣袋中，小叶的母亲又吩咐她去灶下取两个自己留着的鸡蛋，煮一碗蛋汤，并把酒烫热了，预备小叶回来喝酒。桂宝咳呛了几声，便到厨下去，小叶的母亲坐在客室里，叫文珠去逗引小孩子玩笑。不多一刻，履声托托，小叶推门进来，嘴里唱着《船夫曲》，走到客堂里，把头上呢帽挂在壁上，又把手中托着的一包东西放在桌上，仍向上面那只大椅子上坐下。他母亲便向他问道：

"柴老虎见过没有？"

小叶取出一支雪茄燃了，先吸了几口，然后慢慢地说道：

"见过了，他答应押借二百块钱，不过利息是要三分，他又说为了朋友的关系，已情让一分，倘然别人去借时，非四分钱不可。"

他母亲道：

"'老虎'两字果然名不虚传，那么钱呢？"

小叶道：

"明天写了纸头，就可以交付的。"

他说了，便问酒有没有烫好，他母亲便喊道：

"桂小姐，你把烫好的酒拿出来吧！"

桂宝在里面答应一声，便把一壶酒拿出来放在小叶面前，又取过一个酒杯。小叶看也不去看她，把他买的一包东西解开来时，乃是四五块熏鱼、两个熏蛋、五六只小鸟、一摊酱肉，还有两包盐水果肉，自己斟着酒，吃喝起来。桂宝因为小孩子哭了，便抱在怀里喂奶，小叶的母亲坐在他儿子的对面，又要絮絮叨叨地讲家事。小叶把一个熏蛋送到他母亲面前，说道：

"你吃个蛋吧！家事明天再讲，我要喝酒呢！"

小叶的母亲见儿子这样说，也就不响了。文珠瞧见桌上许多食物，慢慢把身子移转到祖母身边，小叶的母亲便分了半个熏蛋给她吃。小叶却向他母亲双眼一瞪道：

"贪馋的东西，走开些！"

吓得文珠小手心里托着半个蛋，溜到她母亲身边去了，桂宝在旁看着，微微叹了一口气。小叶喝了一杯酒，门外忽然有长兴馆送来两样热菜，乃是小叶喊来的，放到桌子上，一样是大转弯，一样是红烧鲜和，小叶就说道：

"母亲，饭可煮好？你也来吃吧！"

他母亲道：

"你先喝酒，喝完了我们再吃饭。"

小叶便独自吃着喝着，把一盘大转弯啃光，酒也喝完了。他母亲便和桂宝到厨下去搬饭和菜出来，小叶的母亲对媳妇说道：

"你们也来一同吃吧！"

桂宝答道：

"我停一会儿再吃，现在吃不下。"

遂叫文珠坐在下首去吃。小叶一口气吃了两碗饭、一碗粥，立起身来，嚷着要脸水，桂宝只得到里面去舀了一盆面汤水出来。这时，小孩子已睡着，小叶母子两人也已吃好，桂宝才盛了一碗薄粥，坐上去吃时，看见一碗鲜和已吃剩无几，酱肉也吃剩几块皮，只有盐水果肉却多着，她自己本来吃不下，今晚喉咙里更是难咽。文珠却啃着一只小鸟，还要吃肉皮。桂宝吃了半碗粥，喝了几匙蛋汤，放下筷子，便不吃了，又催着文珠吃完，洗过脸，把桌子上的碗盏一一收进去洗。小叶喝了酒，却在客堂里，一个儿试着狐步舞，心里在那里想起玉雪，最好有一天和她同舞一下，方称了自己的心了。小孩子醒转来，哇哇地哭，他也不去抱，还是他母亲去抱的。桂宝把碗洗好，收拾清楚，便来抱着小孩

242

子，一手又拉了文珠的手，走上楼去了。小叶觉得家中灯光黯淡，一些兴趣也没有，便到他母亲房里旁边的一张榻上睡了。他母亲虽然劝他上楼，小叶摇着头，他母亲没奈何，只得取了被头给他，让他睡在房中了。

次日早上，小叶洗了脸，就出去，他母亲特地吩咐她媳妇去买了半只鸭、四两水晶大虾回来，烧了预备给小叶吃，谁知午时，小叶没有回来吃饭，他母亲很是疑讶，只得自己和媳妇等先吃了，烧的菜却没有敢动。等到三点钟时，小叶回来了，对他母亲说道：

"我在柴老虎家里吃的饭，我就要坐特别快车回杭州去了。"

他母亲发急道：

"你不好多住一天吗？钱可借到手呢？"

小叶把身子旋转着说道：

"钱是借到了，我却不能久留，一定要去的，明天市政府里有要公办呢。"

遂从他西装袋里掏出一卷钞票，交与他母亲道：

"你收了吧！"

他母亲拿在手里，一边点数，一边问道：

"是不是二百元？"

小叶道：

"这是一百块钱，还有一百块钱我要用了。"

他母亲闻言，瞪着眼，刚要说什么，小叶板着面孔又说道：

"我在杭州应酬太多，亏空了钱要去还债呢！你们家里一百块钱可以够用几个月了。还有一句话要交代的，你们千万别再写快信来催我回家，以后我除非死了妻子，然后回来买棺材。"

小叶说这话时，桂宝正抱着小孩子立在旁边，忍不住说一声道：

"好！你这个人真没有良心，我就是死了，你也不必回来买棺材，你既然不要妻子，当初何必娶我过来呢？"

小叶冷笑一声，指着他母亲说道：

"哼！你去问她吧！我没有工夫和你讲话。"

说罢，取了皮夹，回身走出门去，他母亲虽要拉他，也来不及。桂宝眼看着小叶头也不回地走出去，气得自己双目流泪，喉咙里一阵痒，吐出一口鲜红的血来，一个头晕，抱着小孩退后数步，倒在椅子里，几乎昏厥过去。小叶的母亲老眼中也流出眼泪，对着桂宝连问怎样怎样，文珠在一边看见这情景，也哭将起来。唉！她们婆媳俩真是处身在奈何天中了。

第十五回

偶发豪情试骑多妩媚
横生蜚语卧病倍凄凉

　　园里红得如火一般的石榴花已开遍了，池中的荷叶也渐渐绿了，时光是过得很快的，各学校暑假将至，大考的日期也到了。

　　这是一个星期日的午后，玉雪一个人坐在她的书房里，对着壁上新悬上的一张照相凝神细想。原来，这张照相乃是西泠艺术研究社社员在大会时公演新剧《成功与失败》的纪念留影，其中当然有她自己饰演的富家闺秀，以及小叶演的艺术家与音乐师，还有密司唐、孙超海、徐美等在内。她瞧着这个照相，回忆到前星期自己和小叶的表演，以及梵婉玲、钢琴合奏，博得来宾满口称誉，掌声不绝。

　　次日，杭州大小报纸上都有很好的批评和记载，这一次的成绩果然不错，能使他们组织的艺术研究社在西子湖畔一鸣惊人，而自己也在会中崭露头角，使众人刮目相看了。尤其是小叶和自己格外亲近，本来在练习的时期中时常聚在一块儿，变成极熟的人了，他的说话行动都有艺术化，很使人欢喜，一个人在青年时是应该抓住现在而享受现实的，真所谓"劝君莫惜金缕衣，劝君须惜少年时。花开堪折直须折，莫待无花空折枝"。正在青春的时候，校里称我为校花，报上称我为艺术明星，小叶等说我是个音乐皇后，我觉得他们对于我好像众星捧月，看待得如天上安琪儿，使我感觉非常有趣味的。当我未入会的时候，也不知道和他们聚在一起有这样的快乐啊！小叶想要到我家里来，我一则恐防那老奸巨猾的毛小山和下人们见了，喜欢多说闲话，二则大我的意思似乎不赞成我和这些艺术家交游的，以前他还没有知道，自从我公演后，他就知道了这事，对我说了许多话，似乎是婉言忠告，实在使人反觉得他有些头巾气，他的人品和学问虽好，然而照我现在的目光看起来，又觉他有些地方仍不能摆脱旧思想。小叶说过的，现在外面的用品和装饰都要求新，日日新，又日新，越新越好，譬如大衣，一九三四年的时候就要创造一九三五年的新式样，倘然仍穿一九三三年或一九三二年的，那就未免要落伍了。思想也是如此，二十世纪的人物最好要有二十一世纪的精神，倘然保守着十九世纪、十八世纪，那就不能称为摩登了，这话是不错的，倘然把他们二人一比较，大我已有些一九三三年的模样，而小叶活泼泼地有一九三五年的精神了，所以大我虽然知道我与小叶往还，他心里也许不赞成，然而他也不能管我的，不过暂时我不欲多事，所以拒绝了小叶，这一着未免有些忍心，而小叶却依然不留芥蒂，他对我说过，始终拥护我，爱慕我，拜倒在我皇后座下的，我看他好像一头很驯服的小羊，又似会说会话的八哥，处处很讨人欢喜。大我无论如何及他不来，因为他总有些道学先生的样子，我以为他是装作的，也许他的本性是如此的，他和我讲到爱情方面，常说什么发乎情，止乎礼义。小叶却不这样说了，他说不论什么男女，凡是被丘比特的金箭射中的，就什么都不能遏止他，因为他的一颗心充满着爱情的热血了。唉！现在我的心真像被丘比特的金箭射中一般，但是已经过两次的飞射，我究竟拔去哪一支箭，而接受哪一支箭呢？她正在这样默默思量，忽听花园里皮鞋声响，大我走来了。她忙立起来，彼此叫应了，大我便开口问道：

"密司陈，你一人坐在这里静静地想什么？"

玉雪微微一笑，颊上又现出两个小小酒窝儿，平常时候大我见了便觉神往，但是今天瞧着，心里未免有些感慨，可是喉咙里却说不出来，呆立着听她说道：

"我想什么呢？饭后静坐一会儿，也是休息精神的一法啊！"

大我乘机说道：

"不错，前几天你也太辛苦了。"

他说着，回转头来，瞧到壁上新悬着的那个照相，便走过去，仰着头，细细看了一刻，回过来对玉雪勉强带着笑说道：

"那个年纪很轻、装饰很时的少年就是叶不凡吗？"

玉雪点点头，大我道：

"果然很活泼的，好一位青年艺术家，听说他的梵婀玲很好的，开会时曾和你合奏，可惜我得信迟慢，没有预先知道，且不知你也是其中的中坚分子，没有得饱眼福啊！"

玉雪听了，把手支着颐，慢慢地答道：

"李先生，请你原谅，我因为在外表演新剧，还是破天荒第一次，经他们众人逼得无可奈何而答应的。不比校中的表演，深恐家庭方面我母亲或要反对，所以我连你也瞒过了。现在母亲虽然知道，而事已过去，她老人家也奈何我不得了，是不是？"

大我听了，心里虽有些不赞成，嘴上却不好说，笑了一笑，道：

"现在你做了艺术研究社的社员，在外交际更是活泼了。"

玉雪微笑着没有回答。大我又道：

"一个人当然要交际，朋友越多越好，可是在这个黑暗的世界里，世路荆棘，人心阴险，却也不可不处处留意。"

玉雪听大我说这几句话，真像老师教训弟子一般，暗想：他倒学上了姚老先生的口吻，我现在相识的都是艺术界的人，我们的社也是正大光明研究艺术的团体，并没有什么坏人，他用不着说这话来教训我啊！所以她默默地不答。大我便在她对面一只藤椅子里坐下，他对于玉雪入社一事早已向玉雪问个明白，虽然他在杭地交游不多，一切社会的情形不会明白，然而他曾向奚昌探听过，知道这个艺术研究社里的分子都很浪漫的，而叶不凡的交际手段在杭垣也很有一些名气的。玉雪是个情窦初开、阅历未深的女子，加入其中，和那些狡如狐狸、馋如豺狼的少年厮混在一起，终是一件很危险的事。玉雪又是活泼的人，难免不受他们的诱惑，她虽和自己有了相当的情感，而她的行动，自己断乎不能过问的，自己有了保护她的心而达不到愿望，心中又是怎样的难过啊！因此，二人你也不响，我也不语的，大家坐着，各想各的心事。书室里的挂钟当当地鸣了两下，玉雪立起身来，对大我说道：

"今天你到哪里去走走？我有密司唐、朱蕙英等约我出游，晚间社里又要举行庆功宴呢，不得不出席的。"

大我便立起来道：

"那么请便吧！你们今夜有庆功宴，当然十分快乐的，我却无功可庆，懒得出去，只得看书消遣了，你要不要笑我是个书呆子？"

玉雪笑道：

"你是用功的人，我怎敢笑呢？你不要笑我就是了。"

大我说声再会，正要走出去，玉雪忽然说道：

"且慢！李先生，我还有一件事麻烦你。"

大我问道：

"什么事？"

玉雪走到写字台边，取过她的黑皮手提小书箱，将匙开了，拣出一张小小字条，双手捧给大我。大我接在手里一看，纸条上写着《卫文公大布之衣大帛之冠而致中兴论》，底下还注着四个字"限用文言"。玉雪便道：

"我们校里暑期大考，国文先生忽然出了这个文题叫我们做，作为论文大考的分数，而且要占国文分数百分之四十，急得诸同学都对着这个题目一齐嚷着不会做，幸亏一星期为限，可以让我们带回家中做的。我一则要预备别的功课，二则这个题目觉得也很难做，又是要用文言的，不如再请教你捉刀一下吧！"

大我答应道：

"可以可以，但是这个国文先生何以忽然出这个很旧的文题呢？当然学生们不会做了，但他又允许各人带回家去做，这不是暗地里给学生一个机会可以请人代做吗？他不过造一些表面上好看的成绩，实际上对于学生有何益处？况且作文是全在平常时候的注重，也当以平常分数为标准，倘使学生平日不用心，到了大考，也是石子里榨不出油的。"

玉雪笑道：

"你的话说得不错，可是现在外面的学校，大多数是这样的。"

大我道：

"所以学生的国文程度怎样会好？那些先生无非叫猱升木罢了。"

他拿了文题，走出书室，回到他的书房里去，不知怎样的，心中很不高兴，没有以前第一次玉雪托祖望来向他转求代做征文时的有趣味了。玉雪等大我去后，关上书室门，回到自己楼上，换了一件鹅黄软绸的单旗袍，对着镜子修饰了一番，便走到她母亲房里。陈老太太因天气渐热，起身较早，所以刚巧起来，玉雪便告诉她说，今日她和同学们出游，夜里又有聚餐，最早要在十时后回家，叫他们不必盼望，于是她急匆匆地走出去了。近来玉雪到社里，十九不坐自己的包车的，所以她走出了巷口，雇着人力车，一直来到湖边，下了车，早见小叶在第一公园前徘徊企望，一见玉雪到来，连忙走到玉雪身边，和她握手说道：

"我已等候多时了。"

玉雪道：

"对不起。"

原来前一天小叶曾约玉雪出游，也没有什么朱蕙英、密司唐等加入，她对大我说了一句谎话而已。玉雪见小叶身上西装穿得笔挺，且带着一台照相机，便问道：

"我们到哪里去玩？"

小叶道：

"密司可想到哪里去？"

玉雪道：

"我没有成见，还是你说的好。"

小叶一边和玉雪并肩走着，一边说道：

"湖上各处我们都是常到的，不如往虎跑品茗清谈吧！"

玉雪道：

"也好的。"

小叶又说道：

"我很想骑马，不知密司可能同坐？"

玉雪带着笑，把头摇摇道：

"我虽然很赞成，可惜我没有骑过，不能奉陪，不如你坐马，我雇车，仍可一同去的，好不好？"

小叶道：

"这却不必了，我骑马比较你坐车当然是快的，怎么好一起走呢？"

玉雪道：

"不要紧的，你可以跑了一段，稍待片刻，或者带慢一些也得了。密司唐说过，你善于骑马，我倒要看看你的控御本领呢！"

小叶见玉雪这样说，便道：

"很好！我总听从你皇后的纶音的，你且在此等一等，我去找匹马来。"

说罢，很快地奔过去了。一会儿，早已回过来，背后有一个马夫牵着一匹白马一同走来，玉雪笑了一笑，小叶便又代玉雪雇定一辆人力车，看玉雪坐到了车子上面，撑起了她的花洋伞，他方才一耸身跨上雕鞍，这上马的姿势很好，玉雪便知他是骑马的老手了。小叶把马鞭一扬，说道：

"走吧！"

那匹马便向前跑去，马夫跟在后面，玉雪的车子也跟上去。起初时小叶的马总是忽前忽后地伴着玉雪一路跑去，渐渐到了空旷之处，玉雪在车上对小叶娇声说道：

"密司脱叶，你这样地跑着，岂不要觉得不爽快？你不如加上一鞭，跑到前面去等我，我又不是小孩子，要你像跟马一般地随从着做什么呢？"

小叶听了她的话，点点头道：

"好！我就跑上一趟吧！"

只见他右手把缰绳一拎，双腿一夹，左手执着鞭子，向马后股上鞭了两下，那马一声长嘶，四蹄展开，驮着他泼剌剌地向前面路上跑去。一刹那间，早已不见影踪了。车夫说一声好快啊，也加快脚步向前追去。玉雪在车上瞧着，不觉使她想起以前自己和蕙英同游南山，遇见大我跟着他的朋友骑马，她坐的汽车，超出大我坐骑之时，一声喇叭，大我的马直跳起来，险些把大我跌翻下马，此情此景，宛在目前。但是，今天所见的小叶，骑马本领真好，不知他怎样学得的，密司唐的说话确非虚话，他真是个多才多艺之人。玉雪这样想着，已到了净慈寺，不见小叶，再过去了一段路，方见小叶马蹄嘚嘚，缓辔而来，额上有许多汗珠，衬衫的背上也湿透了一片，对玉雪说道：

"我已一口气跑到了四方井，才回来候你的。"

玉雪笑道：

"今天的阳光虽不十分强烈，可是天气总是热了，你跑了这许多路，当然不胜其热。现在不如慢慢地跑吧，我已见过你的骑马本领，果然很好。"

小叶笑笑道：

"难得密司称赞，使我不胜荣幸之至。"于是小叶听了玉雪的话，依旧慢慢地傍着车子同行。不多时已到虎跑寺，一个下马，一个下车，小叶抢着付去了车钱，又吩咐马夫在此等候。他们二人拾级而登，走进里面去，凉风吹来，汗珠顿敛，渐渐走到寺中，见游人不多，因为天气热了，二人先至泉水井边看了一会儿，小叶和玉雪戏把铜元抛下去，水质很厚，那铜元一翻一翻地徐徐落到底下，水底的铜元亮晶晶的清澈可数，可惜现在已没有小铜钱，否则落下去时要更好看呢。寺僧出来殷勤招待，二人遂在滴翠轩中品茗小坐，寺僧叫人送上果盘，因见他们二人是很时髦的青年情侣，自己敷衍了几句，很知趣地退去。小叶和玉雪喝着泉水，清冽可口，这地方十分清静，二人面对面地坐着，各倾胸臆，娓娓而谈，小叶在这个时候，认为良机，所以十二分地努力，用出他的手段来，一句一句说得玉雪心里自然而然喜欢起来。二人起先当然还谈些普通的话，后来讲到各人家里情形，玉雪很老实地告诉，但小叶却大吹大擂，说起他自己家里在嘉善，也是富有之家，他自己可是大学毕业生，英文程度怎样的好，现在市政府充当英文秘书，又说他自己如何爱好艺术，如何喜欢运动，一会儿又讲起婚姻问题，隐隐说自己洁身以待，将来要得到一个爱情方面浓厚的人结为终身伴侣，然后想法一同出洋去，到新大陆一吸彼邦的自由新鲜空气。玉雪听着，连连点头，不知不觉地，二人谈了长久的话，寺僧早吩咐人送上两碗冬菇竹笋面来。二人肚子里正觉有些饥饿，于是也不客气，大家就把面吃罢，味道很好，揩过脸后，玉雪取出脂粉盒儿，对着盒里的小镜，略略涂抹了一会儿。日影已西，小叶便对玉雪说道：

"我今天带得小快镜在此，意欲代你摄影，但不知你可否同意？"

玉雪点点头，小叶便叫玉雪立在滴翠轩前最大的一个方井边，手里拿着一个铜元，娇躯微俯，作投钱之状，摄了一影。二人又到四处走了一遭，回到轩中，寺僧料知他们要走了，又走来相送，小叶遂取出两块钱放在桌上，又代玉雪拿了花洋伞走出寺去。在寺前，小叶又叫玉雪撑着花洋伞，立在石阶上摄一影，但是他们走到外边，却只有小叶的马夫和马在那边等候，人力车却一辆也没有。小叶对玉雪带着笑说道：

"我虽有代步，但你却一时找不到，不如把这马让你坐了，我倒可以走的。"

玉雪笑道：

"我早已说过不会骑马的，横竖这里有公共汽车，不如等一会儿汽车回去吧！"

马夫道：

"你们出来之前，刚才有一辆汽车开过，现在需要再守候了。"

玉雪道：

"这也只好守候。"

小叶忽然想起了什么似的，笑嘻嘻地对玉雪说道：

"密司虽不会骑马，现在可以请你暂时坐在马上，摄取一影，美人骑马，必然好看的。"

玉雪把手摇摇道：

"我不会骑。"

小叶道：

"不要推辞，横竖不用跑的。"

马夫也在旁边凑着说道：

"小姐，你请放心，坐了上去绝没有危险，有我在此。前月有一个女学生来此游玩，她同两个男子一同骑着马，也到这里来的，跑得真好，有一个男子还追不上她呢！"

小叶又道：

"古时花木兰、秦良玉等女子不是也会上马扬威的吗？可惜千百年来，中国的妇女太受束缚，以致非常柔弱，守在闺门之内。近来妇女解放运动以后，虽然开通了不少，可是一班女子依旧娇弱，这样怎能达到真正的男女平等呢？你不要这样胆小，坐了一二回，自会惯常的。外国的妇女开汽车、坐飞机、摇船、骑马，样样都能的，不足为奇啊！"

玉雪被小叶这么一说，自己有了好胜之心，不能再行推却，便道：

"好的，让我试试看。"

便把手中的伞和皮夹交与小叶，马夫也笑嘻嘻地牵过马来。玉雪对着这高大的马，哪里跨得上？小叶把手中东西一齐交给了马夫说道：

"我来扶你上去。"

玉雪遂一手把住马鞍，一手撑着小叶的臂膊，一用力，居然坐到马上，不过她心里终有些胆怯，吩咐马夫好好留心着。小叶遂取了快镜，退后数步，向玉雪照了一照说道：

"背景很好，密司陈，请你一手拉住马缰，一手叉腰，你的身子也要挺得直些，面上不妨微露笑容。"

玉雪都照他的话办了。小叶点点头道：

"很好！"

便将手中快镜一按，立刻好了，笑嘻嘻地走上去。玉雪道：

"好了吗？我好下马了。"

小叶道：

"你的姿势很好，非常妩媚，此地行人很少，你何不稍为慢走几步，尝试尝试？我以前在苏州看见人家大出丧中往往有许多对子马夹在中间，慢慢踱着，唤作骑老爷马，不论什么人都会坐的。你试一下子看，我作你的马夫可好？"

玉雪听了这话，笑得弯转了腰，说道：

"我又不是老爷，骑什么老爷马？也用不起你这摩登的马夫。"

小叶笑道：

"那么你就坐小姐的马好了。"

玉雪不觉咯咯地笑起来，不料那马驮着玉雪静静不动地立了好一会儿，当然有些不耐，玉雪又笑得很厉害，在背上惊动了它，所以那马也将四蹄一摆，向前自由行动起来了。玉雪娇声喊道：

"不成功，不成功！"

马夫也走上来说道：

"小姐，跑几步试试看，不打紧的。"

于是玉雪自己又不能下来，好在左右并无他人，大着胆让这匹马驮着她向前跑了。小叶和马夫恐防其有意外发生，一齐紧紧跟在后面。跑了二三十步路，那边喇叭呜呜，有一辆汽车向这里疾驶而来，玉雪早在马上瞧见，使她又想着大我惊马的一幕，连忙用力拉住缰绳说道：

"汽车来了，我要下马了！"

马夫恐防真的有失，便跑过来将马笼住。小叶张开双臂说道：

"密司陈，当心些，待我来扶你下马吧！"

玉雪才扶着小叶肩头，跳下马来，对小叶白了一眼道：

"都是你叫我骑马，累得我好不乏力，背上也有些汗湿了。"

说时，把一块手帕揩着她额上的汗珠。这时，汽车已到虎跑寺前停住，小叶道：

"密司快走，我陪你坐汽车回去吧！"

连忙从马夫手里取过物件，对马夫说道：

"小秃子，你带马回去，明天到市政府来取钱。"

说罢，便和玉雪急匆匆地跑到公共汽车边，一齐跨上汽车。这汽车便开了，车中只有二三人坐着，小叶遂和玉雪并坐在一起，玉雪瞧瞧自己穿的那件鹅黄软绸的旗袍下身都皱了，心时有些不自在，小叶却有说有笑地陪着她。汽车回到新市场，一处处电炬已通明了，二人下了车，小叶对玉雪说道：

"时候快到了，我们去吧！"

玉雪双眉一皱，说道：

"你看我这件旗袍皱得不成样子，怎好前去赴宴？"

小叶道：

"不错，可是密司在外面又没有衣服可换，如何是好呢？"

玉雪道：

"密司脱叶的寓所在哪里？如若近的，我可以到你们那边去坐一坐，唤人拿了我的名片，回家去再取一件出来更换的。"

小叶听了这句话，非常难过，倘然他果然有了很好的寓所，此时应该说一声难得玉人宠临，不胜欢迎之至了，可是他初到杭州，住在一个公寓里，后来被他结识了那个寡妇汪瑞珍，以后一直住在瑞珍家中。因为瑞珍只有一个小姑娘，虐待得像小丫头一样，家里无人管账，尽由小叶出入居住的，然而此时小叶怎好招接玉雪到这地方去呢？他懊悔没有寓所起来了，却又不能直告，只得说道：

"我的寓所离此很远，并且狭小得很，那边又有同房间的人，诸多不便，否则密司肯到我寓所里去，这是光荣的事，我还欢迎不及呢！请你原谅。"

玉雪听了不响，好像正在转念头。小叶道：

"我要说一句冒昧的话，不如就近到旅馆里开了一间房间，吩咐茶房回府去取吧！"

玉雪摇摇头道：

"不妥不妥，倘然遇见了熟人，人家要疑心到邪路上去了，还不如让我亲自回去一趟吧！"

小叶道：

"你回府后，不要你的母亲不放你再出来啊！"

玉雪道：

"我母亲是不大出房门的，我不使她知道便了，不过时候局促些，然而叫人回去拿也是一样的。"

小叶道：

"这样也好，请密司早去早来，我先到那边去了，请你不要忘记梦兰别墅啊！"

便代玉雪雇了一辆车，瞧玉雪坐着去后，他就走向墅里去。路上恰巧碰见了密司孔，一同且谈且行，走到了梦兰别墅。那别墅是上海一个实业界巨子在湖上新筑的，饶有园林之胜，又有跳舞厅，设备非常精雅，而有美术意味，今晚孙超海等特地借这地方来宴会的。小叶和密司孔到了里面，见已到了一大半人，孙超海和徐美见小叶和密司孔走来，便问道：

"密司脱叶，今天你不是说要同密司陈出游的吗？怎样你没有和她同来呢？"

小叶因有密司孔在旁，不欲多言，便答道：

"我从友人处来，并不知道，少停她自会来的。"

于是大家坐着谈天，一会儿，密司唐、朱蕙英等都来了，时候已到，规定的七点钟，酒席早已摆上，独有玉雪迟迟不到，孙超海说道：

"奇怪了，怎样她会不来呢？今晚我们开庆功宴，希望全体出席，大家快活，现在众人都已到齐，偏偏这位大功臣不见来临，岂非大扫其兴吗？"

徐美走到小叶身边，凑在他的耳朵上低低问话。小叶微微笑道：

"我哪里知道……没有……总要来的。"

朱蕙英也向小叶问道：

"我听她说今天要同人出去玩，密司脱叶，你可逢见她吗？"

说时，笑了一笑。小叶却摇着头说道：

"密司朱，请你这会儿问她自己吧！"

密司唐也说道：

"大家称你是皇帝，密司陈是皇后，岂有皇帝不知皇后踪迹的道理？不用隐瞒，快快直说。"

大家正在闹着，却瞧玉雪跟着一个园丁走进来了，大家自然一齐欢迎。小叶见玉雪已换了一件绿色的旗袍，在电炬下更觉清丽，孙超海说道：

"今晚密司陈迟到，要罚酒的。"

大家拍起手来，独有小叶不拍，姓曹的便开口道：

"小叶，为什么不赞成？明明是袒护皇后，也该罚酒。"

小叶道：

"你们既然称我们为皇帝、皇后，那么皇帝有权柄的，你们既不该得罪皇上，又岂可轻罚皇后？我不要做这个倒霉皇帝了。"

玉雪也说道：

"我也不高兴做什么皇后呢，都是你们想出来的新花头，你们都是反动分子、封建余孽，真要想攀龙鳞附凤翼吗？那么请你们到鄮都去投奔先帝吧！"

说得众人都笑起来，于是大家一齐入座。席间有孙超海的演说和报告，又有小叶和徐美合唱京戏《汾河湾》，以助兴趣。席散时，小叶和孙超海提议跳舞，都说今晚庆功宴应当有歌有舞，况且这跳舞厅也是现成，很好的，不可失去的机会，于是大家赞成。孙超海先要求和密司唐同作交际舞，密司唐点头一笑，二人先舞将起来，小叶马上向玉雪请求，玉雪自然也答应了，陆奇和密司孔同舞，徐美要求朱蕙英同舞，其余还有三四位密司也被几个能舞的社员请求同舞，可惜没有音乐是一个缺憾，大家胡乱跳了一会儿舞，方才停止。小叶今晚得和玉雪同舞，心里异常兴奋，玉雪也感觉很快乐，等到归时，不觉已有十一点钟了，小叶遂伴送玉雪到了陈家小门前方才握手告别。这一天对于玉雪方面说起来，可算有生以来第一次的狂欢了，她的一颗纯洁芳心也被小叶摇撼得跃跃欲动了，她接受哪一支金箭呢？这不是一个问题吗？爱神不是在那里戏弄她吗？

次日，玉雪到校上课，不知怎样地视而不见，听而不闻，大有一心以为有鸿鹄将至的样子，功课也懒得预备了。放学后，回到家中，忽然接到一封信，粉红的西式信封上面写着英文的名称地址，她拿在手里一看，便知道小叶的来鸿了，拆开信，抽出里面的粉红式的信笺来，上面有一阵芬芳之气透入鼻管里，一看信上的语句，不过是普通问候，以及写述昨日快游的回忆，且言希望以后仍可这样时常沉浸在快乐之海里。末后又赞美玉雪舞姿的佳妙，足使他佩服得五体投地，一行行都用钢笔蘸着紫墨水写得非常好看。玉雪拿在手里，读了三四遍，方把来信藏在抽屉里，心中虽想写一封答函，可是自知英文的程度还浅，文法也不十分纯熟，有小叶这封书在前头，自己不敢献丑，这事又不可以再请大我代笔，只得写封中文的函去答谢吧！于是她也就取出最精美的西式信笺信封，用了自来水笔，写成一封复函给小叶，吩咐桂喜去投在邮箱里。

天色已晚了，她又到母亲房中去听了一会儿无线电播音。陈老太太躺在榻上抽烟，和玉雪闲谈了一番，已到晚饭时候，玉雪先和祖望等吃饭，祖望便对玉雪说起李先生今日下午有些头痛，没有教书，恐怕他将要生病了。玉雪听了，知道今晚大我不会到她书室中来教授的，想起自己托他做的那一篇大考论文，不知他昨天可有动笔？倘然真的病了，不要耽误了我的东西吗？所以晚饭后，玉雪便亲自走到大我书房里去看他。大我怎样的病呢？

原来，他在昨天回转自己书房后，心里很有些难过，自己到陈家来做西席，虽然还不到一年，可是和玉雪的情感已是很厚，玉雪确乎是一个聪明美丽活泼天真的小女子，若然有良师辅导着她，将来必定可以造就，自己逢到了她，心灵上也得着不少安慰，玉雪待他一向很好，似乎很有情于他的，自己虽在玉雪面前不敢冒昧地露出什么意思，可是两心都有些默契了。谁料忽然加入了什么艺术研究社，那里面的分子很不纯粹的，她难免不受人的诱惑，将来也许走到堕落之途，这岂非很可惜的事吗？陈老太太是什么事都不管的，以为她的女儿出风头是可喜之事呢，我又没有能力可以去干涉她，或是劝止她，因为她正在热心的时候，今晚她不是该要赴庆功宴吗？他想了一会儿，越想越不快活，因他又感觉到自己身世的凄凉了，他今天已决定不出去，遂把玉雪托做的大考文论写了五六百字，预备明天去给她，自己答应了她，总要代她做好的，便把稿纸夹在一本唐诗里，立起身子，走到花厅上来，在厅上踱方步，十分静寂。忽听外面足步声，陈庆高举着名刺，领导一个老者走将进来，仔细一看，乃是他的母舅徐守信，心里不由一怔，连忙上前招呼着，请到他的书室里去坐定后，早有文贵进来献茶敬烟，退到外面。徐守信瞧着陈家的房屋和陈设，只是连连称赞，好似鉴赏一般，大我不知他母舅今日何以驾临，心中暗暗奇怪，便问问他母舅家中人可安好。略叙几句寒暄后，忍不住向他母舅问道：

"今天舅父前来，很是难得的，可有什么事见教？"

徐守信吸了一口纸烟，慢吞吞地说道：

"久闻陈百万家豪华，今天我到了这里，果然名不虚传，你在此间饮食起居一切都很精美舒适，外面去做别的事，哪得有此？这真是不容易找到的了。"

大我不明白他母舅含有何意，只得说声是。徐守信又问道：

"你白天教授那位小公子，晚间又要教授他的小姐，陈老太太很是信托你的了。"

大我又说一声是。徐守信又道：

"你教小公子是很容易的，可是教授那位小姐却不容易了。"

大我还不明白他母舅的意思，却答道：

"幸亏那位玉雪小姐的国文程度并非十分高深者流，甥儿自问还可对付，一些不觉吃力。"

徐守信又吃了两口烟，烟气从他的鼻管里徐徐喷出来，他笑了一笑，用着较低而极和缓的声音对大我说道：

"当然，你的国学根底很深，足为人师，但是，我的意思不是这样说法的。"

大我听了，更如丈二和尚摸不着头脑，两手交相搓着说道：

"那么舅父的意思究竟指点什么呢？"

徐守信道：

"在从前时候，男女授受不亲，礼防很严的，到了民国时代，一切效法外国人，妇女解放得和男子一样，今日之下，学校里男女同学，商店里男女同事，本已没有什么稀奇，然而有些地方还是不能不有所顾忌，瓜田李下，嫌疑不可不避，你教授那位玉雪小姐，彼此都是年纪很轻的人，一切更要自己小心。陈家的旁人很多，稍一不慎，飞短流长，便是祸根，所谓'人之多言，亦可畏也'。你是明白的人，所以……"

徐守信的话没有说完，大我听得已是十分发急，脸上涨得很红，连忙说道：

"舅父听了什么人的说话？何所见而云然？甥儿在此将近一年，自问一向很注重'道德'两字，虽不敢说达到什么'非礼勿视非礼勿听'等古训，然而始终不敢有什么逾越规矩的举动，至于我教导玉雪小姐的补习，也是她自己再三相请，况且又得着老太太许可的。我把学识灌她，自信并无不可告人之处，旁人又有什么说话呢？"

徐守信见大我发急，便笑道：

"我并非说你有什么不好之处，我的意思是要你特别注意一些，免得人家背后说不好听的话。圣如周公，尚且恐惧流言，何况后人呢？你是不是曾和玉雪小姐出游过两次？"

大我道：

"是的，一次是有祖望小公子同去，一次是伴她出去购书，顺便一游湖上的，虽觉冒昧一些，但也很光明磊落，人家有什么坏话说呢？难道男女不能同游吗？同游了便有什么关系吗？莫非是毛小山来告诉舅父的吗？"

徐守信道：

"被你猜着了，不过是间接的，前日周先生到我店里，谈起了你，他就说毛小山在你背后向他说你的坏话，所以他的意思，要我来和你知照一声，希望你以后注意一些，免得人家借口破坏，因为你到这里教书是周先生托了毛小山介绍过来的啊！"

大我道：

"舅父的教训岂敢不听？但我觉得毛小山这个人性情很坏，目光浅短，胸中倒很有城府的，所以他说这种话了。甥儿此后更当留意，绝不使他可以造事生非，暗箭伤人。"

徐守信点点头道：

"不错，有则改之，无则加勉，你是聪明人，当知寻事不易，枝栖难得，毋待我饶舌了。"

大我听了，默然无语，徐守信又略说了几句话，便立起身道：

"我还有要事去拜访一个友人，你如有暇常常到我处来玩玩，克贞倒时常惦念你呢！"

大我道：

"要的。"

于是送他舅父出来直到门外，看徐守信坐上车子而去，他方才慢慢地踱回书房，千不料万不料，他母舅会走来说这些尴尬的话，好不令人着恼。自思毛小山这老贼真是可恶，我和他无冤无仇，况且我又是他介绍前来的，现如今反在我背后说我的坏话，意欲破坏我的名誉，真是阴险得很，我和玉雪亲近干他甚事？难道有些妒我吗？前次我们出游时候，他这种态度已足使人不快了，我没有什么得罪他的地方，他为什么和我这样作对呢？大我坐在椅子里想着，遂想到玉雪以前曾有一次硬叫毛小山换点心，也许在这个上结的怨了。舅父既然这样对我说，我倒不可不防，继又想起玉雪对于自己的情形，近来也有些变化，她的芳心尚难知晓，自己倒惹了人家的猜疑，岂非冤枉吗？他越想越懊恼，心中气闷得很，天色已黑，竟坐在黑暗里，电灯也忘记开了。文贵悄悄地走到室中扳开关，电灯骤明，大我方觉得，立起身来，在室中绕圈儿走着，无论怎样地譬解，心里的烦闷总是不能消释。晚饭后，又坐着呆思呆想，心头得不到安慰，可以和谁一说呢？叹了一口气，只得上床睡了。

那时候，玉雪正在梦兰别墅中和小叶俍傍着作交际舞呢。

次日，大我起身，觉得头脑有些涨痛，精神很不爽快，用早点时胸口闷闷地吃不下，停会儿，祖望来上课，大我勉强讲解，但是到午饭时，头里如刀劈一般地痛起来，自己觉得有一些寒热，午饭一口也吃不下，只得睡倒了，祖望见先生有病，当然乐得不来上课。大我昏昏沉沉地睡着，到了天晚，仍不想吃夜饭，胸中好似有样东西阻隔住，只喝了一些开水。黄昏人静的当儿，他独自躺着，一个人生了病，忧虑也因此而起，何况病源是忧虑所致呢？他又是天涯游子，孤零零的，形影相吊，病了的时候，更觉得一生无可亲之人，万一缠绵不愈，如何是好呢？心里更觉有些悲伤了。这时候，忽听外面革履声响，打破了花厅上沉寂的空气，他想念的玉雪竟翩然走到他的书室里来了，怎不使他惊喜交并呢？

第十六回

温语足忘忧偷看艳影
浮云能蔽月郁结愁肠

庄子说，逃空虚者闻人足音，跫然而喜。大我虽非逃空虚的人，在什么深山幽谷之中，可是他整整睡了一个半天，花厅上寂静得很，到了晚间，连鸟声也都听不到，自己病了，万般心事涌上心头，真是说不出的惆怅与烦闷，对着一盏孤灯，哪里来个人能慰藉他呢？现在他忽然听得外面高跟革履的声音，心里已是一动，又见走进来的人乃是玉雪，不禁喜出望外，精神上似乎一振，这也因为他对于玉雪虽有些失望，却是片刻的怅触，暂时的惶惑，并没有十二分的失望。他的一颗心仍拴在玉雪身上，情丝缕缕，兀自荡漾着、围绕着，所以一见她来，心里就欢喜了。玉雪走到床前，见大我向外床侧睡着，口里说了一声：

"密司陈，你怎么来了？今天我有些小恙。"

玉雪点点头道：

"李先生，我在吃晚饭的时候，祖望告诉我说李先生病了，知道今晚你不能来教授我补习了，因此我来看看你。"

大我道：

"谢谢你了。"

说时，要想挣扎起来。玉雪连忙将手摇摇，阻住他道：

"你既然患病，不要客气，请照常安睡的好。"

大我也觉得自己有些头晕眼花挣扎不起，只得仍睡着，说一声：

"密司请坐。"

玉雪瞧床前没有坐椅，就老实不客气地在床沿上坐了下来，侧着身躯，向大我面上看了一看，说道：

　　"你平日身体倒也很好的，没有见你生过病，现在不知你有什么不舒适，有没有寒热？"

　　大我听了她的话，暗想：我自己患的恐怕是心病吧，你虽然问我，我怎能老实告诉你呢？遂勉强地笑了一笑道：

　　"我也不知怎样地病起来了，寒热很微，不过头脑涨痛，心头饱闷，四肢有些无力，也说不出什么病。"

　　玉雪道：

　　"大概你多用了心思吧！好学过度的人，身子终是软弱的，容易成病。明天倘然不好时，可以请个医生来看看，西医颜先生，医学精明，我们家里的人稍有不适，总是请他诊视的。明天我只要打个电话去，他马上可以来的，横竖医药费他都不取，我们每到节边送他几百块钱就是了。不知你可相信他？"

　　大我道：

　　"这是最好的事，我有什么不相信？不过我自知一时小病，不打紧的，睡一天就好了，不必去劳人家的驾吧！"

　　玉雪道：

　　"看你明天情形再说，倘然不愈，总是要请，你挨延着又有何益呢？"

　　大我含糊地答应了一声，却一时想不出什么话来和玉雪讲。玉雪也低倒了头，弄着她尖嫩的手指，指甲上涂着红红的蔻丹，无名指上的钻戒在电灯下映射出极亮的光彩来。二人静默了一歇，玉雪又对大我说道：

　　"这里比较里面静得多了，夜间文贵恐怕又睡在外边的，你一个人睡在此间，无人照应，要汤要水，更是不便，天涯游子，生了病更觉可怜，无怪你要心里不快活了。但你是聪明的人，总要达观，我记得以前你教过我一篇苏东坡做的《贾谊论》，苏东坡很怪怨贾生不能自用其才，一不见用，便要忧伤憔悴，不能自振，立谈之间，向人痛哭，所以，他到底蹭蹬半世不享永年，你也是这样地说，又在女子中间引证出一个冯小青来，足见得无论男女，都是不能自趋颓废的，我很赞成这说话，所以今晚我要回劝先生，你千万不要为着身世坎坷而悲伤，自己努力奋斗吧，将来总有光明的一天的。你倘然要人伺候，我叫家里的女看护来可好吗?"

大我听了这种温存体贴的话，又是出在玉雪的口中，他心里真是十分感激，眼眶里忍不住要流出泪来，极力遏抑住说道：

"多谢你这样地慰藉我，使我听了，非常感动。你这几句说话我当永远藏在我心坎里头，作为我向前奋斗的一种强有力的后盾，也可以算是梁启超说的烟士披里纯（inspiration）可以鼓励我、安慰我，加添我的力量，我有了这种烟士披里纯，真要像勇士们上战场去，不再抱悲观了。"

玉雪听大我说得这样兴奋，不由笑了一笑，颊上又露出两个小酒窝儿，说道：

"我说的什么话呢？又引开了你的话匣了，你现在省些精神，不要我讲了，恐怕更要使你头痛的。"

但是说也奇怪，此时大我反觉得头痛好些了，好像不觉得，不过玉雪这样说了，他也就假作养神似的不响。玉雪立起身来，打了一个呵欠，大我恐她要走，便说道：

"密司，你要不要预备功课？不然再坐一刻去。"

玉雪听了，便想着她来此何事了，便问大我道：

"李先生，我托你做的那一篇文论，不知你可曾做好？现在你病了，恐怕不能提笔。"

大我道：

"幸亏昨天早已写好了。"

玉雪很快活，向大我一鞠躬说道：

"有劳清神，我很是对不起的，放在哪里？你告诉了我，可以自己去取的。"

大我把手指着沿窗的写字台说道：

"就夹在一本教授你的唐诗里。"

玉雪道：

"很好，我去取来一读。"

说罢，便叽咯叽咯地走过去，在台上寻得了这本唐诗，翻开来，取出那篇文论，坐在大我椅子里，对大我说道：

"我来读给你听，有没有错误。"

大我道：

"好的。"

玉雪便曼声读了一遍，大我听着这么呖呖莺声，虽是平日听惯了的，今晚却觉得更是好听，比较无线电播音里的歌唱更好，遂说道：

"不错不错，但是我做得潦草一些。"

玉雪道：

"不要客气，常常费你的精神，我的难关可以过去了。"

一边说，一边把这篇文论折好了，放在衣袋里，又说道：

"但愿你的病早些痊愈，现在我正要预备大考的功课，所以夜间补习的功课也暂停一星期，也好让李先生精神上休息一些，这样可好？"

大我道：

"很好。"

玉雪把这本唐诗放还原处时，却见那边有一本皮面金装的外国书，信手取过，翻开一看，上面的蟹行文一个也不识，原来就是大我读的德文。她翻了两翻，正想放下，忽见书中夹着一样很触目的东西，她便取出一看，却是一个绣花的名片袋，袋上绣着一丛鲜艳的玫瑰花，花的上方又有一对双飞蛱蝶，展着粉翅，一上一下地飞近那花，绣得很是工细。玉雪暗想：大我哪里来的这个美丽的名片袋？那么他的名片一定很考究的了。伸手一摸，却摸出一张小小照片，照片上却是一个女子倩影，她心里好不奇怪，不及细看，悄悄地把这个名片袋也向她怀里一塞。大我早在床上问道：

"密司看什么书？"

玉雪立起身来道：

"我不看什么，李先生，你好好休睡着，我要去了，明天会吧！"

大我道：

"多谢你，明天我的病也要好了。"

玉雪遂叽咯叽咯地走出室去，回到她自己的书房里，把怀中的东西取出来，先将那篇文论放在手提书箱中，又从名片袋里取出那张照片，见那女子身上穿得很是朴素，像寻常人家的女儿，不过脸蛋儿生得很好，眉目清丽，瞧上去很可人意。咦！大我从哪里得来这张照片呢？一定是有人送给他的，他夹在常读的书中，一定是他的意中人，读了一会儿书，看看照片，足慰他的相思。她口里这样喃喃自语着，心里便觉得有些不快，大我平日时候显出他是很诚实的，很自爱的，他以前和我讲《红楼梦》，很尊重纯洁的恋爱，似乎他绝不会寻花问柳、纵情声色的，那么这照片上的人究竟是谁？和他可有什么关系？他一向没有和我提过，倒也守得很秘密啊！他当然不肯给我知道的，男子的手腕恐怕大抵如此，我要怪自己看错了人了，越是口里讲得仁义道德，他的心肠越不可问。她一边想，一边在灯光下对着这张照片，仔细地相视，相了好一歇，觉得这个人面貌似乎有一些熟，不知在哪里见过的，于是把一只手按着头，深思了一会儿，竟被她想得了。有一次，她和大我在湖上归来时，从书店里买了书出来，途中逢见一个很妖冶的女子，背后有一个眇目的老妇伴着同行，曾向大我招呼过，但因自己在旁，大我没有和她们多说话而走的，后来，自己曾盘问过大我，据大我说，那女子本是一个歌女，现在到了上海去了。他又说他自己不过认得一面，没有什么关系的，其实安知他不是假言哄我呢？是了是了，那女子虽然穿得很时髦，和照片上不同，可是眼波眉黛，终相像的，越看越像，看得她芳心惹了恼，拿起这照片待把两手去撕时，突然间一个转念，觉得大大不妥，连忙缩住手，然而照片的上端已有一些裂痕，幸亏自己缩得快，否则早已哧地撕作两半了。她把照片放在书桌上，叹了一口气，说道："我又何苦呢？我和他又没有什么密切的关系，不过以前我确乎心里很是爱他罢了。他既然爱上了别人，任他去和那个淫贱女子进行什么恋爱，我犯不着干涉他们，况且他和我终是师生关系，他也不能管我，我怎能去管他呢？他哪里及得小叶的活泼，及得小叶的多能？我既然把爱他的心渐渐移转而倾向于小叶，那么索性以后让我专注于一人吧！此时，她又想起小叶的风姿和前日控马出游时的情形，梦兰别墅的腻舞，便觉得脑膜上立刻映演出一个小叶来，心里也就平静得不少，似乎她自有她的安慰。这样一想，她又觉有一个难问题来了，这张照片本来好好儿安放在名片袋里，这名片袋又好好儿夹在书中，自己取来的时候，并没有经过考虑，现在把这张照片如何处置？倘然去还他吧，一则显见得自己不告而取，不该窥人秘密，二则彼此都觉得难为情，自己用什么话去推诿？叫大我也用什么话来掩饰？古人说，缚虎容易纵虎难，我变作取物容易还物难了，若是不去还他吧，他本来夹在书中的，怎么一旦不见？倘然他细想起来，也要疑心我拿来的，自己的态度太不光明了，反给他轻视。想来想去，无论如何，这张照片总是要还他的好。

良久良久，她想出一个主意，笑了一笑，便把这照片纳入袋里，拿在手中，连忙跑到里面楼下去，向女看护要了三粒药片，匆匆地又跑到大我书房里来。大我经方才玉雪的一番安慰，他蕴蓄着的烦恼顿时化为乌有，心神也宁静了好多，觉得玉雪说的话，句句说到他的心坎里，若不是对他很关心，怎会说这些话呢？真使他感激涕零，认玉雪为唯一的知己了，所以他脑海里丢开一切，闭目养神。一会儿，栩栩然地将入睡乡，正在蒙眬之际，又听得高跟革履声音，陡地惊醒过来，暗想：这是玉雪的足声，为什么去而复来呢？电灯的光亮着，并不是做梦啊！他正想着，玉雪早已踏进室里来了。大我正要询问，玉雪先开口道：

"李先生，我去而复来，你要奇怪吗？因为方才我回到里面，问看护，谈起你的不适情况，她说只要吃三片阿司匹林，自会止痛退热的，我就向她要了三片药走来，请你试服，你可要服吗？"

大我道：

"阿司匹林确乎有止头痛的效力，难得密司拿来，我就一服吧！"

玉雪听了，便回头唤一声："文贵在哪里？"文贵在花厅上听得小姐呼声，连忙跑进来，立在一边。玉雪道：

"你去取一杯热开水来，给李先生服药。"

文贵答应一声退出去，玉雪便将三片药递给大我手里，大我说声："多谢！又劳密司走一趟了。"玉雪笑笑，一会儿，文贵早托着一杯热水进来，走到床前，伺候大我服药。玉雪趁这当儿，便将暗藏的名片袋仍向那本德文书中一塞，夹在里面，物归原主了。同时，大我也已将三片阿司匹林服下，一些也没有觉得玉雪在那里掉他的枪花。玉雪已把这事掩饰过去，不欲再在此逗留，便带着笑走近大我榻前，对他说道：

"你吃了药，安心静睡，明天也许就会好的。"

又吩咐文贵：

"好好在此伺候，等李先生睡着了，然后代他关上室门而去。"

文贵诺诺答应，大我却说：

"这倒不须他在此伺候的。"

玉雪也不再说，便向大我点点头，说声晚安，她就走出去了。大我便叫文贵带上了门，尽管去睡，不必伺候。文贵答应一声是，果然代他关上了书室门，轻轻地走去。大我自己也下了帐子，安心睡眠，心头很是感激玉雪的多情绮注。

一到次日早晨，头痛便好了许多，就撑着起来。但是，祖望已告知了陈老太太，第二天，躲在楼上嬉戏，堂而皇之地不来上课。大我闲着，借此休养些精神，夜间吃了一碗粥，因为玉雪昨夜已亲自说过她要预备大考功课，补习的事暂停一星期，所以他也就没有到玉雪书室中去。

又次日，他已恢复了原状，本来没生什么大病，所以说好就好。陈老太太也差丫头菊宝来探望，送去两罐鸡松、两罐油焖笋，大我十分感谢，便叫菊宝转言，催祖望便来上课，祖望只得挟着书包来读书。一连几天，大我却不见玉雪的面，他心里又有些疑讶，起初他总以为玉雪对他如此关注，必要来看他的，自己满拟预备一番言语向她道谢，哪里知道她好似风筝断了线一般不复来呢？好不盼念。一星期的日期未满，他大有一日不见如隔三秋之慨，实在忍不住了，星期六之夜，他就走向玉雪书房里来，只见里面一些灯光也没有，当然玉雪不在室中，又转到书房的北面那扇小洋门前，轻轻一推，却是锁着，这一条间道也是不通，他立着呆了一歇，身边的两株美人蕉被风吹着，发出嘻嘻的声音来，好似在黑暗中讪笑他。室近人远，桃源云封，他只得没精打采地退回去，自思，玉雪虽然停止补习，却要预备功课，总得在书室里读书的，难道她在楼上吗？这个闷葫芦一时无从知晓了。

明日是星期日，也不见玉雪的面。星期一，祖望来读书时，大我便问：

"这几天我没有教你家玉姑姑的书，不知玉姑姑忙些什么，你可知道？"

祖望答道：

"前两天她在楼上温书，听她说代数考不出，很是恐慌，星期六已将各项大考课程考毕，代数勉强及格，可以有升级的希望，所以昨天星期日，她欢欢喜喜地出外游玩去了。"

大我又问道：

"你可知她到什么地方去的呢？莫非又是那个西泠艺术研究社？"

祖望笑道：

"这个我却不知，李先生，请你自己去问她吧！"

大我问得碰了壁，也就不说什么。到得黄昏时，他挟了唐诗，又走到玉雪书房里来，这一次室中灯光亮着，玉雪正坐在钢琴边，将要弹琴，一见大我到来，连忙立起招呼道：

"李先生，你完全好了吗？这几天我因为校里天天有大考，忙着抱佛脚，开夜车，所以没有来问候，抱歉得很。"

大我说道：

"密司说哪里话？我是偶患小恙，不足挂念，当然你是预备大考要紧。那晚承你安慰我，又给我吃药，使我铭感肺腑，永不相忘的。"

玉雪笑道：

"言重了，现在李先生的病已好了，我校里大考已毕，学生便没有事情，静候报告单，大后天也要举行暑期休业礼和毕业礼了。今晚李先生可是仍来教授我补习吗？"

大我点点头道：

"正是。"

但他见玉雪仍立在钢琴边，便又说道：

"密司可是正要想弹琴吗？那么我不妨稍待片刻，今晚倘然你再要休息一下也可以的。"

玉雪道：

"很好，李先生，你可会奏那《天上人间》曲吗？"

大我答道：

"这是新流行的歌曲，恕我还没有练习过，否则我的口琴可和你同奏了。"

玉雪道：

"那么待我来奏给你一听吧！"

说毕，便坐了下来，奏起钢琴。大我只得在旁边沙发里坐定，静听琴韵。玉雪对于此曲已弹得很熟，当然十分好听，真使大我有《天上人间》之感，恍如唐明皇游月宫，听到了霓裳羽衣曲了，微合着双目，听至出神之处，琴声一响，戛音袅袅，好像尚在耳边呢！玉雪弹毕，立起身来，大我便带笑说道：

"此曲虽好，若没有密司这样地得心应手，怎会如此悦耳？现在琴声虽歇，犹令人悠然神往，真是神乎其技。"

玉雪听大我这样称誉自己，觉得他和小叶异曲而不同工，不及小叶的易于入耳也，就谦谢了几句，走过来和大我对面坐下，略谈了数语，玉雪便向大我提议，要将补习的时间从后天起换至每日早晨九时至十时，因为天气已热，暑假中不须到校，还是在早晨上课的好。不过时间都和祖望有冲突了，商议之下，决定换过办法，每日由玉雪到大我书室里来补习，使他可以兼顾祖望，这个决议虽是说两人讨论而定，然也可说是玉雪的意思，大我是站在被动地位罢了。这个晚上，玉雪没有读书，谈谈说说，已过了九点钟，大我见玉雪连打呵欠，似乎有倦意，也就不再多坐，告辞而出，回到书室里，并不想睡，便取过那本德文书来温习，无意中一翻，便翻着了那个名片袋，他觉得自己以前放这个袋时是正放的，现在却倒放了，显见得有人动过。便将阿梅的照片取出来一看，见最上端也有了一些小小的裂痕。咦！奇了，自己以前看过明明完整无损的，这条小小裂痕又从哪里来的呢？必然有人暗地里偷看过了，想玉雪难得到我处来的，不见得被她翻看，况且她看见了，一定要问我的，她完全没有和我提起过，绝无此好耐性。祖望也不敢胡乱翻阅我的书籍，大概必是文贵那厮偷看的了，这些书童狡黠得很的，不可不防，倘然被他偷了去，捏造我的谣言，真所谓人之多言，亦可畏也了。其实我和阿梅没有什么关系，我自从去年一访之后，绝迹未往，前天遇见她，又知她到了上海去了，我也没有再问他们的状况，似过眼云烟般不

270

留在心上了。所以,玉雪虽同时瞧见,她也并不深疑于我,这张照片,阿梅以前送给我,柔情微蕴,灵犀暗通,不过我的方寸中并无意思,一时不舍得抛弃,便把来藏好,以后偶然看到,随手夹在书中,这是很不稳妥的,后天起,玉雪要到我这里来补习了,她见了我的书籍,必要翻看的,倘然给她瞧见了,平添一重疑云,使我有口难辩,大不稳妥,不如藏了起来吧!这样一想,他就把这张照片和名片袋放到他的箱箧里去,哪知他的思虑太迟了一点儿,早已给玉雪看了去呢!玉雪不向他提起,当然大我也不会明白了。

到了后天早上,玉雪便和祖望一同到书房里来补习,过了一个钟头,玉雪便先辞去,有祖望在一边,自然没有以前在玉雪书房里那样地专一而随便了。大我心里有些不赞成,但因玉雪的意思要如此,他也只得听命。

时光已到了旧历的六月中,天气大热起来,幸亏陈家的房屋高大宽敞,花厅前又多树木,绿阴满庭,时有凉风,挂上了湘帘,阴沉沉的不受炎威的肆虐。消暑的饮品,如汽水、橘子冰、西瓜之类,购得不计其数,任便你早开夜开,终是喝不尽,吃不完。每天早晨,祖望到书房里来,便要开橘子水,单是他一人,一天开个十瓶八瓶也不稀罕,唯有冰淇淋这样东西,陈老太太以为要吃坏人的,绝对不许进门。玉雪却最喜欢吃这东西,有时到外边去吃,有时暗地里购些纸杯冰淇淋来吃,所以,大我的生活上,在这炎夏中很是舒适。下午三点钟时,吃了西瓜以后,祖望便不读书了,他一人横卧藤榻上,看看古人的笔记,没有什么事做,觉得日长如年,树上的蝉声鸣得好不絮聒。夕阳下山后,他就到庭中,或是园里去散步,看看池中的荷花,夜间独坐乘凉,萤火点点,飞满庭阶,意境当然很清,不过他心里时常觉得有些抱憾,便是因为玉雪在暑期中补习国文,反不及以前的用功,时常缺课不到,似乎有些懒怠起来,并且下午时候出去得很多,难得到大我处来清谈的。有时大我在四点钟时候,走到玉雪书房里去看看,十有八九,伊人是不在室中的。

有一次,大我走到她书室里去,恰逢桂喜在那里拂拭窗上的绿纱,室中正焚着一炉好香,大我便问:

"玉小姐在哪里？"

桂喜笑嘻嘻地答道：

"玉小姐方在楼上浴室里洗浴，快浴毕了。"

大我便向椅子上一坐，说道：

"你去和玉小姐说，我在这里。"

桂喜答应一声，便走进去了。大我坐着等候，却不见玉雪出来，见书桌上有一本封面美丽的书，顺手取过一看，乃是一本新出版的《情书菁华录》，是上海恋爱词人的大作，风行一时的。他看了一看，暗想：玉雪怎么看起这一类东西来呢？而且有几篇书中的语句旁边都竖着一条一条的画线，足见玉雪已细细读过，把她心里欢喜的句子都特地记了出来了，又见那边放着几本书，索性取过来一看，见都是些新出版的《摩登女子必读》《恋爱的研究》《情诗三百首》《西方恋爱故事》《情场艳遇记》等书，其中一本《情诗三百首》里面黄色的内封面上，有紫墨水笔签着两行英文字，乃是"To my darling Miss Chen"和"Your lovely, P. V, Yak"。大我瞧了这 darling 的一字，便觉此人和玉雪用这个称呼，若不是在情爱上有了关系的，怎能贸然出此？又看底下签名 P. V, Yak，当然是姓叶的赠送给玉雪了，姓叶的当然是他曾闻大名的叶不凡了。啊！原来玉雪竟被那厮诱惑着着魔了，所以她在这暑期中和我反而渐渐地淡漠起来了，都是那厮在暗中作梗，玉雪年纪尚轻，她不知外面的世情和一班男子的虚伪，自然容易上人家的当，自己虽然有一次曾经提醒过她，但是她仍不放在心上，我的说话其效也等于零，反恐多说了使她惹厌。唉！我怎样能够阻止她呢？大我对着这本书上的签字呆呆地想着，忽听里边甬道里叽咯叽咯的声音，他连忙把这些书陷放在原处，回转身走到门边，早见玉雪推门进来。今天她身上穿着蓝色透明的轻纱长旗袍，里面衬着白绸的长背心，襟上插一朵金黄色的鲜花，底下白纺绸短裤，白色丝袜，白鸡皮高跟革履，手中拿一柄白鹰毛的扇，打扮得非常清丽，身上香气一阵阵地扑入大我的鼻管。她手里又挟着一只皮夹，大我瞧她的光景，像要出去的样子，颊上的红黄胭脂刚才浴后新涂上的呢，不觉呆住了，说不出什么话。玉雪瞧着大我，又向书桌上秋波一瞥，似乎她放着的书秩序有些凌乱，不觉脸上也红了一红，便说道：

"李先生，你在此坐候多时吗？"

大我答道：

"我也来得不多一刻，今日天气比较凉快些，我先在园中散步，后见桂喜在这里，所以我也走来了。你是不是要出去？可有什么预约？"

玉雪微笑道：

"被你猜着了，今晚蕙英约我去看电影、吃夜饭，所以马上就要出去。"

一边说，一边将鹰毛扇连扇几扇，好像很性急的样子。大我遂道：

"密司，既然要紧出去，我也不来耽搁你的时候，我们明天会吧！"

说毕，回身便走。玉雪跟着他走到走廊边，一手将门带上，说道：

"你可有什么事？"

大我摇摇头道：

"没有什么，我因为独坐无聊，所以想和你谈谈。你既有了人家的约会，我也不必来浪费你宝贵的光阴，你早早去吧，免得人家伸长了脖子盼望，这是个虐政啊！"

玉雪不明白大我话中有刺，便笑着说道：

"多谢你的美意，但是我大大对不起你了，和你一起走出去吧！"

遂和大我绕着花径，从月亮洞门里走到花厅上，文贵听得声音，早迎上前来说道：

"小姐，可是和李先生一同出去吗？"

玉雪尚没有回答，大我早答道：

"我不出去。"

玉雪遂带笑说一声："再会吧！"独自叽咯叽咯地走出花厅去了。大我呆呆地立着，直等到玉雪的足声听不到了，方才叹了一口气，走回自己书室，心里有一些难过起来，觉得玉雪的态度真是捉摸不定，她今天出去是不是到朱蕙英那里去呢？也许被那姓叶的约出去的。唉！年轻的人容易滥施爱情，堕入魔障，我希望她洁身自爱，保留得白璧无瑕才好。于是，他又取出去年玉雪赠给他的一块玉来，放在手中，把玩多时，很觉无聊，遂又把玉藏好，要想看看书吧，又没有心思。

到得黄昏时，他独坐庭中，起了几阵凉风，吹得桐叶不住地摆动，身上很觉爽快，仰视天上星斗满天，弧形的明月渐渐从东边升上来。月光照在庭阶上，花影摇动，但是空中时有一片一片的白云推过，所以那月亮有时被云拥蔽住，便好似美人儿含羞藏娇，躲入云屏里去。等到云过后，她又是仪态万方地被众星环拱着，端坐在天空，非常娴静。那云奔得很快，因此月光一会儿明，一会儿暗，最好看的轻云掠月，当薄薄的白云掠过月亮时，又好似月姊蒙着轻纱，在那里做新嫁娘，从轻纱里隐约露出她的俏面庞来。大我尽对着月亮痴视，想入非非，想到自己和玉雪的姻缘遇合，非常之巧，本有美满的希望，不料蓦地里有了一个姓叶的作自己情场的劲敌，以致玉雪的态度渐渐改变起来，好似天上的明月，被浮云拥蔽，失了光明，但是，天上的月只要云过了，依然还复光明，我与玉雪却不知能不能如此月呢？想至此际，愁肠百结。忽然隔墙一阵笛声，从风中送过来，吹得如怨如慕，如泣如诉，不知谁家娇娃，红楼弄笛？他听了笛声，心中不由感触万分，接着又听里面无线电播音正播送弹词，暗想：此时玉雪是否已回家中？她也不来看我，我一人在此寂寞非常。以前时候，吃了晚饭，我总到她书房里去了，有说有笑的，使人心头快慰，忘记了一切的苦痛。现在自己静了，便不知不觉地想起身世，又觉得前途茫茫，譬彼舟流，不知所届，我还是糊糊涂涂地在此作教书匠呢，还是到社会上去奋斗，谋我将来的出路呢？他想到这一层，新愁旧恨一时交集，心里觉得忧闷凄惶，得不到安慰了。然而大我在这里独坐想思之时，而玉雪却和小叶赴社中聚餐之约，又在梦兰别墅中偎傍着跳舞呢！

这个晚上，玉雪多喝了些酒，醉得不能成行，遂由小叶和朱蕙英送到她家里的，时候已是一点钟了。次日，玉雪因为醉酒未醒，没有前来补习，大我便向祖望问起玉雪，祖望回答说，他在十点钟过后便回房去睡的，也不知玉姑姑几时回来，今天她睡在床上，没有起来，大约不来读了。大我听了，也就不语。

过了两天，玉雪方才来读书，可是二人的心里都有些不自然，他们的情谊上便似有了一层障翳，没有以前的诚恳了。

又有一天，已在七夕过后，玉雪早上又没有来上课。到了下午，祖望的功课也早完毕，大我坐在书房里，看了一会儿书，很觉无聊，便想出外去走走，遂披了长衫，戴上草帽，独自出了陈家大门，走到西湖边上来。已是五点钟过后，夕阳衔山，湖上有许多小艇正在荡漾着，他立在湖滨瞧着，想起自己以前和玉雪泛舟的幽情，更觉得感慨系之。他瞧了好一歇，回转头来，正想要走，却见东面湖边有几个很摩登的青年男女正在雇船，三男三女，中间的一个不是玉雪是谁呢？在玉雪的旁边，立着一个西装的少年正和舟子讲话。在玉雪背后立着的一对男女，男的不认识，女的却是玉雪的同学朱蕙英。又有一对儿，男的生得很瘦，长长的脖子，尖尖的鼻儿，头发蓬蓬松松，披垂在脑后，身上也穿着西装，手里拿了一根司的克，正和身边的女子指指点点地讲话。那女子穿着一身绿色的洋装，酥胸微露，赤裸着两臂，宛似西方美人，不问而知，他们都是艺术研究社里的同志。而立在玉雪身边的，大概是姓叶的那人了，大我瞧着，心中暗想：他们不知从哪里出来？正要去游晚湖，兴趣倒不浅啊！刚想躲避开去，不要给玉雪看见，恰巧朱蕙英回过脸来，瞧见大我，便点点头把手一招道：

"原来李先生也在这里。"

大我既被蕙英瞧见，只得将头上草帽脱下，走过去和他们招呼。玉雪蓦地里碰见了大我，倒觉得有些不好意思，没奈何，带笑说道：

"李先生出来散步吗？可是一个人？"

大我点头答道：

"正是，不料密司和贵友也到这里来坐船。"

玉雪道：

"是的，我们从社中出来，要想游湖去，我先来代你们介绍一下吧！"

便指着她身边的少年说道：

"这位姓叶，名不凡。"

又指着蕙英身边的少年说道：

"这位是密司脱徐美。"

又指着瘦长的少年和西装的女子说：

"这位是我们社中的孙委员长孙超海先生，这位是密司唐帼才，也是个雕塑名家。"

大我一起向他们点点头。玉雪又指着大我对他们说道：

"这位就是在我家教书的李大我先生，也是我的老师，国学很好的。"

叶不凡等和大我握手为礼，孙超海说道：

"久仰久仰！"

一边说话，一边紧瞧着大我的面上，又向小叶看了两看，哈哈笑道：

"李先生和不凡兄真像孪生的弟兄，眼睛、鼻头都生得一般无二，若然不留心时，要误认的呢！"

密司唐也笑道：

"真的生得相像，你们二人莫不是前生的弟兄？"

小叶笑道：

"这个却不知道，倘然李先生不弃，我们今生也可以认为弟兄的。"

大我忙说道：

"不敢不敢，你们都是大名鼎鼎的艺术家，望尘莫及，像我这样无才无能的人，怎敢厕于弟兄之列？况且阳货貌似孔子，贤不肖相去甚远呢！"

小叶听了大我这话，好似有意讥讽，也就答道：

"李先生这样说，真使我们惭愧之至了。李先生是文学家，又是老师，怎样如此客气？恐怕不是阳货貌似孔子，却是夫子貌似阳货吧！"

说得大家都笑起来。玉雪忍不住说道：

"你们别再咬文嚼字，我们一起游湖去吧！船已雇得两艘了。"

大我对玉雪说道：

"多蒙美意，我还要到三元坊徐家去，也有些小事和我母舅谈谈，你们请便吧！"

又对孙超海等说道：

"久慕贵社的盛名，缓日当来拜访，再会吧！"

孙超海也说道：

"若蒙李先生来，我们非常欢迎的。"

大我遂向众人告别，匆匆走去。走了一段路，回头不见他们一伙人，大约都去游湖了，仰天叹一口气，信步走去，他方才说到母舅家去谈话，那是托辞，其实他也不高兴去。这样无目的地走着，忽听迎面有人喊他道：

"李，你到哪里去？"

他抬起头来一看，正是奚昌，便立定脚步，和奚昌握着手说道：

"今天出来散步散步，不到什么地方去。"

奚昌道：

"我们好久没见了，这个暑期中你身体好吗？"

大我道：

"谢谢你！只小病了一次，因为天气热，也懒得出来。"

奚昌道：

"现在你一个人吗？可有同伴？"

说时，露出笑嘻嘻的样子。大我道：

"有什么同伴呢？我是朋友很少的。"

奚昌道：

"那么我同你到酒楼去小酌如何？"

大我点点头道：

"很好。"

两人遂走到一家酒楼，拣了精美的座位，相对坐下，先谈了些闲话，说到史焕章在华东银行里很得经理和主任的赏识，他的前途大有发展的希望，比较以前在这里土地局中的情况不相同了，大我不免发了几句牢骚话。奚昌便问他道：

"李兄，你怎么这样慨乎其言之？你在陈家教读，有这一位红粉知己的女弟子，环境也很不恶，我和郑顽石都在羡慕你呢！何以现在你的说话这样抑塞？"

大我被奚昌这一问，想起了湖滨的一幕，已有今昔之感，又想起自己和奚昌、郑顽石酒家谈心的一回事，心里顿时更觉难过。他的一颗心上面好似刺了许多荆棘，勉强笑了一笑道：

"奚兄，我早已说过的，齐大非偶，穷途落魄如我，安敢有这种妄想？试瞧后来吧！所以，现在奚兄也不必再问我了。"

说罢，举起酒杯来，一连痛饮了两三杯。奚昌见大我这样说，心里虽有些奇怪，却也不便再问，只好改变口气，和他谈些社会上的琐事。一会儿，又谈到现代男女间的恋爱问题，句句听入大我的耳中，他的心里更觉忧闷了，只顾喝酒，喝得已有七八分醉意。他平常时候没有这样酒量的，今晚奚昌反觉比他不上了，不敢再劝他饮，便付了酒钞，一齐出门，代大我雇了一辆人力车，坐着回去。大我回到家里，已有些醉得不清楚，脚步歪斜，回到书室里，伏在桌上，忽然哭将起来。文贵不知何事，慌忙走来一看，见大我这个模样，知道他已喝醉了，不敢说什么话，立在旁边伺候。一会儿，大我又睡着了，于是文贵扶着他到床上去睡，把一条单被遮在大我身上，又代他关上了门而去。大我糊糊涂涂地躺着，梦境十分险恶，忽而哭泣，忽而欢笑，其实他已受很重大的刺激，啼笑皆非，哀乐无常。可怜的大我，又在奈何天里了。

第十七回

追昔抚今观图兴感
回肠荡气临别赠言

　　一个人实在是跟着环境而转变的，完全出于不自觉，便是有时也许觉得，而敌不过环境转移之力，宛如人们在地球上跟着地球转动，自己也不觉得的，非有大智慧的人，不能打破环境，或不为环境所转移。芸芸众生，喜怒哀乐，不知颠倒了无量数。因此有人说，造物不仁，以万物为刍狗了。

　　玉雪初遇大我，一见钟情，以为大我是小说中的所谓才子之流，而自己也未尝不以佳人自许，所以含情脉脉，将纯洁的爱情一步一步地倾注在大我身上，疯魔的大我，也不由自主地跟着玉雪随环境而转移。无如好事多磨，情天缺陷，后来玉雪忽然无意中遇见了小叶，加入西泠艺术研究社，做了社员，这一朵鲜艳馨香的名葩，便被浪蝶所追逐了，浪蝶是谁呢？当然是小叶，小女子缠绵多情，哪里知道人心鬼蜮？迷途容易亡羊，竟似磁石引铁般被小叶引诱过去了。朱蕙英也和徐美交好，所以一暑期中，玉雪和蕙英时常出外去和小叶、徐美一块儿谈笑，一块儿游玩，而孙超海又和密司唐亲热万分，所以这三对儿虽然不在集会的时候，也是常在孙超海家中欢聚的。年纪轻的人什么都合得来，大家借着艺术为幌子，不知实际上却是大谈恋爱，小叶则全副精神去向玉雪献媚，真可说是五体投地，无微不至，他爱慕着玉雪天生的色，又歆羡着玉雪家中的财，比较他以前恋爱姓金的女学生远胜十倍了，他如何不努力呢？他的心里早已盘算成熟，决计把家中的事在玉雪面前一切都隐瞒住，而他和汪瑞珍私妍的一回事，也严守秘密，在玉雪面前做得天衣无缝，玉雪初涉情场，怎不入他的彀呢？玉雪既和小叶亲近起来，当然渐和大我冷疏，何况她又秘密窥见大我书中夹着的那张照片，心里更是疑惑大我用情不专，欺骗自己，对于小叶更表示接近。但是，大我怎会知道呢？前日在湖滨偏偏相逢，小叶见到大我，大我也认识了小叶，然而玉雪却很觉不自然，有好几天不到大我处来补习，大我也奈何她不得。后来，二人相见，大我绝口不提这事，不过玉雪心里终有些内疚罢了。

天气渐渐风凉，暑期已过，各学校都开学了，西泠女子中学当然也开学。玉雪照常到校，于是她的补习时间亦要更变了，但是她没有和大我明言，大我也不上去问她，所以无形中竟告停顿。约莫过了两星期，大我实在忍耐不住了，暗想：玉雪究竟要不要继续补习呢？为什么抱着这种不明不白的态度？我觉得她对我的心大大冷淡了，开学以后，我也只见了她一面，不像以前的时候天天相见的。唉！女子的心怎么这样善变呢？我要问个明白了。

这一天已到了月底，大我的薪金是每逢月底，由毛小山去付给他的，放学以后，大我正坐在书房中纳闷，却见毛小山走来了，大我当然知道他是送薪金来的，遂招呼着请他坐下。毛小山便从身边取出一个红封袋，中间装着一卷纸币，双手奉上，大我点过数目，说声谢谢，毛小山也说辛苦辛苦，这两句话差不多变成例子，每一回总是这样说的。毛小山以前说的辛苦辛苦之后，就起身走了，并不多和大我说话，但是今天他却坐着不走，把手摸着额下的小髭，两只眼睛在眼镜上面滴溜溜地向大我看了一下，说道：

"李先生，我有一句话要和你说。"

大我想起以前他母舅徐守信对自己说的话，觉得此人阴险异常，不情愿和他多谈，偏偏毛小山又有什么话要和他讲了，不觉皱皱眉头说道：

"毛先生有何雅教？"

毛小山咳了一声，偏不就说。大我更是不耐，觉得他有什么话可讲呢？毛小山却很从容地从怀里掏出一个烟盒子，开了盖，取出一支"小美丽"，装在翡翠烟嘴里，划上火柴，吸了两三口，鼻子里喷出烟来，又走到痰盂边吐了一口痰。大我见了这种模样，更觉可憎，又说道：

"毛先生究竟有什么事见教？"

毛小山笑道：

"你莫性急，我老实告诉你吧！"

又吸了两口烟，回到大我身边的一只椅子上坐下，低声说道：

"今天我奉老太太之命，有一句话知照你，就是在下个月里，玉雪小姐的补习功课要暂停一下，以后倘然再要补习时，当再有劳李先生。所以，薪金一层，下月起始也只得减至原有之数，这是要请你原谅的。"

毛小山说罢，又吸他的纸烟。大我一听这话，宛似头上浇了一桶冷水，金钱减少还是小问题，玉雪半途中止却是很大问题。暗想：玉雪果然不要补了，前几天她不来的时候，我已有些估料及此，但是她为什么不自己说，偏要由陈老太太吩咐毛小山来告知我？这岂不更使我难堪吗？岂不被毛小山背地里称快吗？以前玉雪要我补习时，我曾对她说，要老太太知照一声，方作正式，现在她就不来当面回我，而抄这老文章，在她方面说起来，当然是这样的好，她当着我的面，怎能亲自谢绝呢？他呆呆地思想着，毛小山又说道：

"李先生，你到这里来不过一年，老太太待你好，玉小姐待你更好，你夜间多教了玉小姐补习，你的薪水也增加，而且机会非常之好，不知怎样的，玉小姐忽然不要补习了，连我也代你可惜呢！李先生，是不是？"

这几句话假作慈悲，暗中讥讽，大我听了，更是难受，遂答道：

"我本来是暂寄一枝，并无奢愿，人家要我教，当然应允，人家不要我教，也是随便，就是人家要叫我走时，我也只得卷铺盖。以前的姚老先生不是这样的吗？我岂愿老守在这里的呢？不过玉小姐从我补习以后，国文方面进步很快，我自问尚不溺职，不知她为何骤然间半途中止？到底是有什么意思呢？"

毛小山冷笑一声道：

"李先生，小姐肚里的心事，我怎会知道呢？李先生和玉小姐很亲近的，你若然不知道，只得请你自己去问她吧！"

大我说了这话，自悔失言，又被毛小山这样一说，脸上不觉红起来。毛小山只是微笑，大我碰了这个钉子，只得说道：

"我因为毛先生来回绝我，所以我问一声，你既然不知道也就罢了。"

毛小山冷笑道：

"真是罢了罢了，我还要算账去呢，再见吧！"

说毕，立起身来，向大我点点头，走出书房去了。大我把纸币放好了，他近来心里本是闷闷不乐，很觉烦恼，想不到玉雪竟有这一着，老太太不过是个傀儡，毛小山不过是个传达者，当然出于玉雪的主动。去年她要我补习，是她自己想出来的，今年不要我补习，也是她自己想出来的，大概她已被那姓叶的诱惑到很深的程度了，所以，对我这样无情，连学问也不想求了。唉！玉雪玉雪，你本是素丝，染于苍则苍，染于黄则黄，我虽非墨子，竟要为你而泣了，你负了我，还是负的你自己，你已踏进危险的路程，旁人代你担忧，你自己却不觉悟，我真代你可惜，代你悲哀。他一边想，一边在书室中绕圈儿走着，脑子里紊乱得了不得，绕行了数十圈。文贵在外面看大我这样走，口中喃喃地不知说些什么话，以为他正在想诗句呢。

这天晚上，大我心事重重，躺在床上，休想睡得着，竟是一夜未曾合眼。次日起身，头脑便有些不适，精神很是萎靡，文贵送上早点来，使他心里又是一气，因为盘子里又是四个烧饼。暗想：毛小山竟这样的势利吗？与其说他是势利，不如说他是报复，好厉害。又连带想起玉雪以前回护自己的盛情，前后态度忽然不同起来，使人多么难过。他心里这样想，又是一阵难过，便对文贵说道：

"我吃不下早点，你拿去吃吧！"

文贵答应一声，拿出去吃了。少停，祖望到来，大我只得仍旧照常授课，夜间自然也不再走玉雪处去。玉雪也不来看他，他心里好似失去了一样东西，一颗心总觉得没有安放之处，书空咄咄，十分无聊。一连数日，常为了这件事而心中不欢，饮食也减少了，夜间又失眠，很想得个机会和玉雪当面谈谈，以去隔膜，但是终没勇气再走到玉雪书室里去。也许她不在那里恭候他了，走去也无用了，自己想不到好的方法，

282

可以把玉雪的心挽回转来，况玉雪已被姓叶的包围，自己再有什么能力去分开他们俩呢？他早思夜想地成了失眠之症，自然精神更不振作。难道玉雪永远不再和自己见面吗？她不该这样用这种类于残酷的手段来对付我啊！既有今日，何必当初？她不是戏弄我一回吗？我倒被她玩弄了，他常常这样想着。

有一天放学后，大我想走到外边去买些东西，恰逢玉雪坐着包车从学校里回来，两人在大门口相逢，玉雪一见大我，连忙带笑点点头，叫了一声李先生，提了书箱，从包车里跳下来，又对大我说道：

"李先生，好多天不见了，请你到我书房里去一坐，我就来的。"

大我想不到在门口偶然碰见了玉雪，又想不到玉雪再会约他去谈心，所以心里虽然有些不愿意，而觉得玉雪的说话有一种很强的吸引力，这个力还没有消失。他口里自然而然地答应了一声，遂回身和玉雪一同走进去。走至大厅上，玉雪往里面走，回转头来，再说一声："书房门没有锁上，李先生先去吧！"大我又答应一声，从旁边的弄里走至花厅上，又打从那个月亮洞门里走进了园中。其时将近中秋，园中景色很是好看，假山旁边的两棵桂树已渐开放了，篱边的凤仙花也开得很娇艳，池中的荷叶已残了，有一对白兔正在荷池边吃菜花，一见大我到来，连忙走到假山洞里去躲避，这兔儿以前没有见过，大约是新近放入的。他一路玩赏园景，走到玉雪书房前，廊下新安放着几盆花色异样的洋花，他四下望望，静悄悄的，心里不觉有些怆然，推开玉雪书室门，走将进去。见室中的陈设也有些更动，钢琴移到了东边，北窗下新放着一张小小画桌，又有许多画具，地下有一个画架，上面正绘着一幅山水，就是平湖秋月的写生。平台前两株老柳，丝丝垂条飘拂到水边，绿油油的影子倒映水中，湖上有一只小艇远远地划过来，可是船上没有一个人，是只空船，可知这幅画尚未完全。大我对着这幅画出了神似的呆看着，不知画的人将要写夜景呢，还是日景？无论夜景和日景，他的脑中都是永远不会忘记以前那两幕的情景。细看这画，笔致很嫩，莫非就是玉雪画的？大概她进了艺术研究社，便学起画来了，我倒一向不知，她学了画，自然把国文放弃了，却不知这要双方并进的啊！她别的不绘，偏绘这幅画，在我脑膜上有深刻印象的风景画，那么她的心里难道尚未忘情吗？他看了一歇，回转头来，又见西边墙上新悬着一个彩色电刻半身照相，影中人不是玉雪还有谁呢？她手里拈着一朵花，正对着花微笑，樱唇边微微露出雪白的贝齿，颊上两个小酒窝儿红晕着，一对妙目向人凝视着，漆黑的瞳神异常灵活。他瞧着这个照相，又出神了。

正在这时候，革履声响，玉雪已从后面推门进来，见了大我，连说："请坐请坐。"桂喜也跟着送上两杯可可茶来。大我在沙发里坐定了，玉雪便坐在他对面。大我虽想说话，心中一半喜，一半怨，多日不见面，却不知从何说起。反是玉雪先开口道：

"李先生，我很对你不起，这学期校中功课比较繁重些，而我又新近习了绘事，以致时间很少，便不能再从先生补习了，这事我很抱歉，没有先得你的同意。"

大我勉强笑道：

"原来有这种关系，那是听密司便的，对于我不生问题，不过近来似乎觉得密司忙得很，以致觐面的时候也不可多得了。"

玉雪听着这话，笑了一笑，面上微有些红，别转脸去，指着那画架上的一幅画，对大我说道：

"我就是忙着这个啊！我在暑期中学起的，有几个社员指导，我自己又买了许多画册画片，作为临摹之用。孙超海先生又讲些理论给我听，我一时高兴，便从事于此了。你看我画的不是很不成样子吗？"

大我道：

"在这短时期内，密司已有这个很好的成绩，将来进步未可限量，必能成功一个女画家了。"

玉雪听着，忙把双手摇摇道：

"我哪里会得？不过效颦罢了。"

大我道：

"密司绘的这幅风景画，使我看了，心里非常感动，也想到以前在平湖秋月和密司谈的一番话。一日不见，如隔三秋，现在好多天不见玉颜，倘然照此例计算起来，何止数十百秋呢！密司曾劝我不必多抱悲观，然我终是以为人生聚散无常，别离不别离，难可逆料。就是现在我们不别离，却已像小别多时了。"

大我说时，微微叹了一口气，看玉雪听了这话，低下头去，把一块紫色小手帕两手揉搓着，默默无语，若有深思。这样二人静默了好久，大我也觉得自己的说话太显明了，然而不如此不足以打动玉雪的芳心，看她怎样回答我吧。玉雪此时心里当然大大感动，很觉内疚，不过脑中一会儿又想到小叶，所以虽欲开口，却又缩住，答不出什么话来。在这个时候，恰巧桂喜送上一盘藕片夹肉来，说道：

"老太太叫老王特地做这个当点心吃，知道小姐回家，吩咐我送来和李先生同吃的。"

玉雪借此机会，便立起身来，招呼大我和她一同坐在圆桌旁用点心。吃毕，揩过脸，由桂喜收去，玉雪遂和大我讲起别的话来。大我不便再说什么，天已垂暮，玉雪把电灯开亮了，大我心里虽然很想乘机向玉雪劝谏，以冀挽回旧情，然而终没有机会可说，并且也难说得很。桂喜忽又跑进来说道：

"玉小姐，快去招接，朱小姐和唐小姐来了。"

玉雪立起身道：

"你不好引导她们到书室里来吗？大家都是熟人。"桂喜嗫嚅着答道：

"不！还有一位新来的少……"

说到"少"字，却又缩住，向二人笑嘻嘻地望了一望，玉雪一听桂喜这样报告，便估料到同来的必是小叶，自己再三叮嘱他不要贸然来此，他偏偏熬不住，跟着她们同来了。现在大我恰又在我书室里，倒使我为难了，所以，她顿了一顿。大我心里也有七八分明白，遂立起身来向玉雪告辞道：

"既然密司有客人到来，我要回书室去了。"

玉雪遂假意说道：

"朱蕙英不是你熟识的吗？密司唐你也见过一面，不妨坐在这里。"

大我明知有小叶同来，他不愿意和此人相见，何苦使得大家都窘？遂又说道：

"我是不会交际的，密司唐是交际之花，恕我逃避了。"

说毕，向玉雪点点头，匆匆走出室去。回到自己书房里，向椅中一坐，只是呆想，好似石像一般，电灯也忘记开了，心里又受了一重刺激，格外难过，倒是不见面也就罢了。文贵在旁，见大我这个样子，他心里也料想大我有了不快活的心事，所以常常有这个模样，便又来代他开了电灯，悄悄地退去，让大我独自坐在这里发呆了。大我的心弦怎受得起连番的摧折？这几天渐渐变成了病态，他决定不想再走到玉雪书房里去了。

中秋节边，天公不作美，忽然下起秋雨来。他放了假，一个人坐在书房里，十分闷损，看书写字都觉得没有心思。窗外秋雨潇潇，下得很密，大好中秋在雨丝风片里过去了，天上阴云密布，今夜当然不见明月，想一班及时行乐赏月饮酒的人，对这两天一定要觉得扫兴，可是自己近来心绪益发恶劣，不要说赏月无此清兴，便是听雨也是沉闷，那雨点儿洒在树叶上，点点滴滴，好似奏着哀乐。一到晚上，草里的秋虫唱着悲哀的情调，他听在耳朵里，心弦在那里跳动，左思右想，前瞻后顾，觉得自己无异做了一场梦，从家乡投奔到这里，寄人篱下，偏逢着吝啬的舅母，受着肮脏之气，求学不成，不得已而谋枝栖。自从到了陈家，为糊口计，教祖望倒也罢了，忽又遇见了玉雪，平湖秋月之夜，以及南山之游，先识娇容，似有兰因，以后文字商榷，我遂做了入幕之宾。而玉雪一片天真，待我情意很重，湖上两次清游，更足系人情思，所以我虽然有鉴于身世飘零，不祥人不敢妄作非分之想，然而人非草木，孰能无情？不知不觉地在我心田里的情芽已渐渐苗长了，我的一颗心又完全放在玉雪身上，自以为得了一个红粉知己，心灵上有无限的安慰，足以解除我以前莫大的苦痛，在我的前途中好似有了一盏明灯在前面照亮着，使我很有勇气地向前进。哪里知道这盏明灯渐渐暗淡起来了，我的前途也黑暗了，失去了这明灯，宛如盲人摸索，枯寂无味，有什么希望呢？又想起奚昌和郑顽石同自己讲的话，他们还歆羡我独享艳福，说什么三笑姻缘，说什么情之所钟，正在我辈。其实多情自古空余恨，我是死亡线上挣扎的人，十字街头的徘徊，哪里可以钻入情网，作茧自缚？今日的烦恼和悲哀，不是自己找来的吗？话虽如此说，但是像起初玉雪那样地待我，这个情网是她张着而网罗我进去的啊！现在她倒有些像薄幸的男子，弃旧恋新，只见新人笑，不闻旧人哭了，细想起来，好似故弄狡狯，摆布我一场。以前苦痛受得还不够，还要加上这失恋的烦闷，我这个人生在世上，岂非很渺小而太无意思吗？想到这里，心中又充满着悲观，眼眶中的眼泪不由滴到枕边。

此时，窗外雨声依然淅沥不停，虫声也叫得一片烦响，好似奏着薤露之歌，为世上一切失意人而悲鸣。唉！草间的可怜虫，床上的可怜人，不是一样的弱者吗？弱者是尽人摆布，坐待命运，没有挣扎能力的，我难道始终是一个弱者吗？我还是因为受不了这许烦闷和悲哀而自杀吗，还是怎样地去挣扎呢？一会儿，忽又想起玉雪前番对自己劝慰的话，她倒说得不错，我不要再学贾生忧郁自伤，这种人当然也是个弱者，向人痛哭流涕，又有何益？还不如咬紧牙齿，去和环境奋斗，力挥慧剑，斩断情丝，还我本来的面目，早从梦境里醒回来，跳出情场，别辟疆域，自己奋发有为的好，至于自杀，这是太不值得了，况我李家只有我一人遗留，若为了一个女子而自杀，非但对不起自己，也对不起祖宗。以前种种都当作梦境就算了，那么我的梦既已醒了，将怎样去做呢？第一步是非先离开这里不可，倘然再在这里，我的精神时常受着重大的刺激，我终是振作不来的。走吧！走吧！我不情愿再在此过生活了，那么我走向哪里去呢？母舅的家中，我是受尽了揶揄而出来的，一辈子不愿再回去，非但要被舅母讥笑，连那个老妈子也要笑歪了瘪嘴，又将把残肴剩羹给我吃了，岂是有志气的人所能忍受呢？我决计要走到另一处去重谋生活了，难道天壤之间竟无我李某容身之处吗？他又想起了以前南昌学校中国文先生说的一番话，自觉以前不该痴心妄想，把纯洁的爱情去施给玉雪。像玉雪这样富家的女子，年纪又轻，生活奢侈，岂是我的匹偶？真所谓癞虾蟆想吃天鹅肉了。我怎样着了迷，直到今日方才醒呢？他转了不少念头，心神不宁，未能安睡，直到天明时，睡着了一个多钟头，便起身。

雨已停止，日光照射到窗上来了。早饭时，文贵送上一碗馄饨，大我暗想：毛小山又这样对待了，以后我必要受他的奚落，玉雪当然也不再过问，我不得不走了，不要恋恋于这鸡肋吧！他肚里有些饿，只得把馄饨吃下，少停，祖望来读书，大我照常教授，下午，上海的报纸来了，祖望演习算题，大我翻着报纸细阅，忽然瞧见一段广告，他心里不觉一动，遂注意默读下去，广告上写着：

　　本公司经营中外贸易事业，代理各种采办，开办之始，需才孔殷，为公开计，特招请会计员四人，办事员十人，襄理一切。会计员之资格须熟悉账务，诚实可靠，具有五百元以上之保证金者，方为合格。办事员须有高中毕业之程度，或同等程度者亦可，并具保证金三百元，如有愿任上项两种职务者，请来本公司临时办事处报名投考，合则留用，薪水特别从丰，会计员自八十元至一百四十元，办事员自六十元至一百元，视各人之资格而定。

　　报名时附履历书一纸，四寸照相一纸，并考试费四元，考期在本月二十八号上午八时起，报名期至二十五号下午五时截止。有志者报名从速。

上海爱多亚路八七七九号四楼

太平洋贸易公司临时办事处谨启

　　大我看了这张广告，仔细默读了两遍，觉得这是一个很好的机会，薪水最低也有六十元，又很合自己的程度，若去报名投考办事员，不愁不取。因为自己虽然没有在高中毕业，却已有同等的程度，自觉中英文程度不在人下，那么何不到那里去试试呢？至于保证金的问题，自己以前曾向银行里每月储蓄一种零存整付的款，计算到现在也有三百数十元了，倘然要全数取出来，也可以的，只没有利息罢了。所以，他想了几遍，觉得这是他的出路，大好机会不可错过的。报名期是本月二十七号，今天已是二十号，那么报名却不可迟慢了，我可以先寄去的，然后到那时再去投考，况且友人史焕章也在上海，到那里他必能指导我，即使不取，我不妨托他在别处想法，因为赖在此间太觉无意味了，往后去只有苦痛，当然是及早摆脱的好。这件事我也不必和别人商量，倘然母舅知道，也许会不赞成，而且他们都已知道我教授玉雪补习，增加了束脩，如何现在被人家回绝了呢？况且我母舅又曾来知照过，我若被他们知道，岂非可耻的事吗？他这样想着，祖望正有一门算题算不出答数，问大我为什么多了小数点出来，大我出了神没有答应他，祖望连问三遍，见大我相着报纸，一句话也不答，他不觉哇的一声哭起来，这一哭方惊动了大我，连忙放下报纸，问祖望为何啼哭。祖望把手中铅笔一丢道：

"这门算学非常难算，我算了好几遍，总是算不出，只得请问李先生，连问三次，谁知先生只顾看报，睬也不来睬我，我没有得罪先生，你怎么不理我呢？"

大我笑道：

"我并非是不理你，实在看报看忘记了。"

祖望道：

"李先生不比姚先生耳朵聋的，怎会没有听得？"

大我道：

"不要哭，我代你算出来就是了。"

便取过算学练习簿，把祖望算的算式细细一看，便指着一个字道：

"你自己弄错了一个数目，自然答数不对了。"

祖望被他一提醒，收了眼泪，却又笑道：

"不错不错，让我自己来算吧！"

便用橡皮揩去了再算。大我的心里仍悬在这广告上，遂把广告剪了下来，放在抽屉里。到了晚上，他又取出广告，读了一遍，读得几乎背得出来，便写好一封信，说明自己有志投考之意，又写了履历书，在篓中拣出他自己的一张照片，开好封面，一切都预备好。明天上午在祖望没有上学之前，他带了四块钱，跑出门去，到邮政局里购了汇票，一同寄去，然后回转陈家。

这天夜里，因为月亮很好，他熄了灯，睡在床上，自思自想，再隔三四天我离开这里，流浪到上海去了，前途如何，我也顾不得，只有用着我的力气去挣扎。古人说：晏安鸩毒，忧患玉成。我在这里教书，似乎是很晏安的，但是永远没有进步。以前我迷恋着粉红色的梦，几乎把我的志气都消磨了，"莫到悬崖方勒马，须知歧路惯亡羊"。我尚未至悬崖之境，当然勒马早退，我走入的歧路未深，当可及早回头，我何必为了一个女子而贻误一生的事业呢？她既已对我无情，我何不可忘情呢？从此后我不再回到杭州来了，杭州虽是我的第二故乡，西子湖虽足留恋，但恐怕往事成尘，不堪回首，徒然刺痛我的创痕，增加我的忧怀，我不得不与西子湖分别了。况且这里除了我母舅一家，朋侪中只有奚昌与郑顽石两个，我此次离杭赴沪，也不必和他们商量，瞒着他们，悄悄一走，免得被他们当面嘲笑了。他想了好一会儿，皎洁的月光已照到他的床前，他对着月光，不觉低声吟着"床前明月光，疑是地上霜。举头望明月，低头思故乡"这四句诗来，他的故乡在哪里呢？不是早已化为一片瓦砾吗？他的家人在哪里呢？不是都牺牲在匪祸中吗？他的恋人在哪里呢？什么爱宝呀，阿梅呀，甚至于玉雪，不过是萍踪幻影，徒萦情思，都不能认真，我要猛醒，我要谨慎，莫要忘却了本来的我，奋斗吧，奋斗吧！快快收拾起儿女的情绪，用着我的手和脑，披荆斩棘开辟我的前途吧。虽然可以说这一年来，老天好似戏弄我一番，但现在也未尝不是给我一个教训，这教训比任何人口里说的来得亲切有味。我幸而没有沉溺在情海中，迷而不返，灭了我的顶，所以还是不幸中之大幸呢！我将裹着创痕，努力高飞吧，他想到这里，心头略觉平安，好似从黑暗之中找到了一线光明，渐渐睡去。

次日起身，想起史焕章，便先写了一封信到上海去，告诉自己来沪投考的意思，那么自己到了上海，可以有他来照顾了。于是他的心里只预备走的事情，他暗想：我若然向陈家说明了，把馆事告退，也许陈老太太要想法挽留我的，一时走不脱身，况且这事我不愿意给人知道，尤其是玉雪。所以我只好想法不别而行，最是稳妥，我只要携了我的随身衣箱和一只网篮便得了，其他的书籍可以托陈家送到我母舅处去的，并且我临去之前，也要留一封信，使他们不疑心到别的上去。他想定主意，又抽个空到银行去，取出了那笔储蓄的款项。

次日是星期日，他一人独到湖上去，游了一番而归。后天是二十六日，他要动身了，所以夜里开了箱子，收拾他的物件，又瞧见了那个阿梅赠送的名片和照片，他想我真是痴的，把这东西藏着做什么呢？她不是已堕落了的人吗？在我这里放了她的照片，倘然给别人见了，不要怀疑我吗？他这样一想，下了个决心，把这名片袋丢在字纸篓里，又把阿梅的照片撕作数块，在火上焚去了。于是，他又想到玉雪赠送的那块汉玉，取了出来，在灯下看着这块玉，不觉叹道："玉啊，玉啊，我以前对于你用着一片至诚，现在你的主人别有所恋，弃我如遗，那么我藏着你也没有意思了。你是陈家的传家之宝，不应当到我不祥的人身边来，并且我也无福消受你，不如完璧归赵吧！但是你这块玉在我处是一些不受到秽亵，虽不香花供奉，可称纯洁无瑕，我也对得住你了。可惜你的主人却被他人引诱了去，走入了歧途，恐怕得不到好结果。她自己不知道前途的危险，而旁观者徒然抱着许多悲哀，实在不忍见了，再也受不住刺激了，只得走了，希望你的主人将来倘能及早觉悟，保得白璧无瑕，那么你虽不为我所有，我心里也未尝不安慰的。否则，连你也含垢蒙辱了。"他说了这几句话，又叹了一口气，想起以前玉雪赠送此玉的时候，灵犀一点，温柔万般，怎料到今日我要还玉呢？心里又是一阵难过起来，勉强抑住不欢的情思，又拣出几张玉雪的照片，一起包裹了，放在抽屉中。一会儿，已把自己的衣物聚好，关了箱子，走到写字台前坐下，一想我既然要把那玉和照片等物还给玉雪，那么至少也要写一封最后的信给她，也使她明白我一些意思。然而这封信是很难写的，不如一字不着，给她一个暗示吧。既而一想，无论如何是写的好，于是取出一张布纹信笺，用钢笔蘸着蓝墨水写着道：

玉雪女士惠鉴：

他写到"女士"两字，又想到以前玉雪叫他不要称呼她女士，因为这两字太觉客气，而自己却用了"密司"两字来代替，她又笑着说，密司和女士不是一样的称谓，换汤不换药吗？其实她的意思，要我唤她的芳名，或者……试想那时候她对我的情感是怎么样的浓厚呢？他拈着钢笔，想得出了神，不料一滴墨水恰滴在"女士"二字上面，这样使他醒了过来，重换了一张信笺，写下去道：

玉雪女士惠鉴：
　　人生世间，本似萍飘絮泊，聚散无常，昔日平湖秋月前一语，竟成谶矣！往事成尘，不堪追忆，徒增人悲痛耳！不祥如我，落魄穷途，初得一枝之栖，便尔自甘安逸，绛帐空悬，师资无方，徒误人耳！

窃念古人有平生志不在温饱者，而仆沾沾于衣食，宁不愧汗，且大丈夫志在四方，宁能局促如辕下驹乎？

今别矣，尚望女士善自珍重，洁身自爱，则前途幸福无量，长为乐园中人。但当今之世，男女社交公开，往往有以一时热烈之情感，而径情直遂以行事者，道德之说，视为陈腐之谈，稍一不慎，每易失足，聚九州铁铸成大错，庸非可惜。女士蕙质兰心，天生敏慧，谅毋烦仆之喋喋也。

前蒙惠赠汉玉，铭感实深，今当临别，恐有污损，故特原璧奉赵，尚希女士玉手珍藏，使此玉始终得以完好无瑕，则不负仆之心矣！并且玉照数帧同璧，别无他意，爱之而不忍污之也。

别绪万端，欲言不尽，即此上翰，诸祈谅察，并颂健安。

大我谨上

大我把这信写好，自己读了一遍，觉得函末数语，很含双关之意。玉雪是聪明人，当然能够觉察，然而恐怕她正在沉酣于迷梦之中，这几句话也是轻于鸿毛，不发生什么效力的。不过我尽我心，自问对于玉雪也总算尽了一番爱护之心了。遂又用了个封面，把玉和照片一同藏在信内，密密封好，放在抽屉里，自己又呆呆地想了一会儿，方才熄灯而睡。

次日，他仍旧教授祖望读书，一到晚上，暗地里又写好两封信，一封是给毛小山的，说明自己立志出外，别有企图，所以辞却陈家的馆地，恐此间挽留，遂不别而行，非常歉疚，所有遗下之物，即托他转送徐宅云云。一封给他母舅的，也说自己意欲再求良好的环境，因此出外去找机会，他日若能得意，当重来答谢平日舅父、舅母照顾的恩德云云。两封信写好了，也放在抽屉里。

到了他将要动身的这天上午，祖望完全没有知道，当然仍来上课，大我却对他打个谎语道：

　　"我因有些小事要到上海去一遭，明天也许可以回来的，所以放假两天，你自己可以自修。"

　　祖望听得先生放假，心里欢喜，点头答应。大我又取出他给玉雪的函件，交在祖望手里，对他很郑重地说道：

　　"这封信请你少停等玉姑姑回家时立即亲手交给她，不要失去，现在不必给别人看。"

　　祖望诺诺连声，挟着书包和函件跳跃而去了。大我遂先走到门外去雇了一辆人力车，然后吩咐文贵代他提了箱箧和网篮等物，走出门去，且喜毛小山不在账房里，没有人来问他。他又吩咐文贵说，自己到上海去访友人，两三天便回来的，文贵也深信不疑。

　　大我坐上车子，立即赶到火车站去，他起始要离别这个第二故乡，此去不知前途成功与失败，又不知何时方能再亲西子芳泽，心里顿时又充满着无限的怅惘和依恋之情。但是汽笛一声，轮机转动，到底载着这个无家可归的游子到那金迷纸醉、穷奢极华的大都会里而去。

第十八回

负气走他乡难逢好友
投身谋出路枉掷金钱

大我是第一次到上海，当然人地生疏，不容易知道一切，但他素来也知上海虽然是个繁华的大都会，而五方杂处，盗窃欺诈的事很多的，出门不可不防，所以他处处很谨慎。到上海车站时已有三点多钟，没有吃饭，只在火车上吃过两个茶叶蛋和两块蛋糕，他叫一个脚夫代他携了行李走出车站来。早上有许多旅馆中接生意的人上前兜生意，什么大东旅馆了，新惠中了，东方饭店了，闹得他耳朵里也听得昏乱。他知道有些较大的旅馆，旅费很贵，他当然不肯住，一一向他们摇手说不要不要。大家见他如此老实，倒好笑起来，越是围住他问个不休，他脚里明白，逃出了重围。又有人力车夫蜂拥上前来抢生意，问他到哪里去，大我立定了也说不出到什么地方去，暗想：此刻倘然赶到华东银行里去见史焕章，一则带着行李，有所不便，二则他的银行里办公的时间将要完毕，他要不要走开？不如先到一家旅馆里去歇了脚，再去拜访他，较为稳便。他这样想着，那脚夫携着行李，立在他背后静静地等候，许多人力车夫见他呆住了不开口，有些人便去招接别的生意了。此时却有一个旅馆人员走到他身边，送上一张接客片，带笑说道：

"客人可是初到上海来吗？敝处是鼎隆旅馆，在上海开设几十年了。房间宽敞，价钱便宜，请客人到敝处去吧！绝不会使你上当的。"

大我一向在报纸上从没有见过这个旅馆的名称，可想而知是一家小客寓了，便问道：

"你们的旅馆在哪里？"

那人答道：

"在法兰西租界爱多亚路三洋泾桥的南面转弯上，客人，我代你喊黄包车坐着前去，包你不吃亏。"

大我点点头，那人便代他雇定了一辆黄包车，叫大我坐上去，又把行李装在足前，叫大我好好当心。大我坐了车子，他不识途径，任凭车夫拖着他走，一会儿，早到了那鼎隆旅馆门前，墙上果然有青地白字书着"鼎隆旅馆"四字，大我付了车钱，自己提着箱子篮网，踏进店去。早有人来招待，把接客片交给旅馆中了，便有人代他携了行李，走到楼上去，来到东边一个房间里，请他休息，且请他填写姓名。大我一看这房间陈设已旧，光线也并不好，便问道：

"这是最好的房间吗？"

茶房答道：

"是头等房间了。"

大我道：

"那么每天价钱怎样算呢？"

茶房道：

"现在正是大廉价，头等房间一向每夜卖一元二角，今照六折计算，只消大洋七角二分便得了。"

大我听房价尚廉，不去管别的了，遂写姓名籍贯，签好字，先付了五块钱，交给招待的人拿去。他将行李放好后，便走到洋台上来，见下面挂钟上正有三点三十五分，恰巧一个茶房在他身边走过，他便问道：

"从这里到外滩华东银行可远的吗？"

茶房道：

"华东银行是在五马路外滩转角，离此不远，从这里坐黄包车去，不消一刻钟就到了。"

大我一想，我若立即前往，恰在停止办公的时候，正好和他见面，不如就去吧，遂叫茶房代他锁上了房门，自己走下楼来。出得客寓，早有一个人力车夫上前说道：

"先生，要到大马路去吗？"

大我道：

"五马路外滩。"

人力车夫点点头，忙将车子拖过来，讲好了车价，大我坐了上去，一直向外滩跑去。马路上的汽车一边来一边去，辆辆相接，蜿蜒不绝，喇叭呜呜，十分热闹。大我一路闲看着，早到了外滩，遥望浦江中一艘艘的兵轮，如长鲸一般地泊在江心，巨樯高矗，有各国的国旗，随风招展，好不耀武扬威。大我瞧着，心里很多感触，暗想：上海人是看惯的了，不足为奇，我是初次到这地方来，很觉刺目，他深深地感叹着。那人力车夫早停住脚步问道：

"先生，五马路外滩到了呀！你呆看什么呢？"

大我被他一喊，才回过头来一看，前面一座巨厦，正有"华东储蓄银行"六个大字，便将手一摆道：

"到了到了。"

车夫把车放下，大我跳到地下，付去了车资，便走到华东银行门前来。白石的阶沿上立着一个红布缠头黑胡绕面的印度巡捕，握着一根很粗的警棍，很是威风。大我知道这种黑炭专会欺侮一班瘟生阿木林，所以自己装作很熟的，大踏步走上阶沿，推开了那厚玻璃的门，走将进去，只见里面十分宽大，一根根白石柱子，地下光滑得如涂蜡一般，走过去容易滑跌。这时，那行里的办公时间已告终止，许多职员三三两两地从办公室里走出来，大我一想，来得正巧，正要向人问询，只见前面有两个女子走来，以为是行里的女职员，遂立定脚步，等候他们走近身看时，原来是一男一女，那男的头发向后梳得非常光滑，身上穿一件浅色的绸长衫，长拖及地，腰身十分紧窄，面上敷着粉，唇红齿白，所以乍睹之下，几乎不辨雌雄了。女的穿奔一件橙黄色软绸的旗袍，上身罩着银色坎肩，他们俩有说有笑地并肩走来，大我先向他们点点头，要想说话，但是那二人视若无睹，不去睬他。背后又有一个西装少年履声托托地追上来说道：

"喂！江声，你同密司施到哪里去？晚上十一点我在大沪花园跳舞厅里恭候，你们能不能来？"

江声和那女子回转身来立定了，他哈哈地笑了一声答道：

"这两天我没有工夫，你可知道大后天星期日，我们票房里在大舞台彩排，我和密司施正将排演头两本《虹霓关》吗?"那西装少年已走到二人身边，对他们笑笑道：

"我倒没有知道，那么江声兄你起王伯党，密司施起东方氏了，好好，你们一个是名小生，一个是花旦，真是拿手好戏，而密司施的东方氏表情更是非常佳妙，一刻杀气横生，一刻春风满面。以前我曾见过一次的，可以媲美小翠花。"

密司施笑着说道：

"我是不敢当的，密司脱江的技艺高明呢，他在头本中饰王伯党，二本中却饰丫鬟，生旦兼擅，不是能者吗?"

西装少年又笑道：

"你们二人都是能者，我必要来饱眼福的。"

江声道：

"当然要请你大驾光临的，现在我们还要去练习练习，所以没有工夫上舞场了，况且你是有目的的，恕不奉陪。"

西装少年笑道：

"好! 我们各走各路吧! 现在我想到南京大戏院去看新到的有声影片《双美夺婿记》。"

三个人说着话，一齐拔步便走。大我起初站在一旁，因为他们谈得上劲，说不上话，所以呆呆地等候，现见他们走了，遂对那西装少年说道：

"对不起，请问这里有一个行员姓史名焕章的可在里面?"

那少年回头对他看了一眼，冷冷地说一声："我不晓得。"三个人很快地走出去了。大我忍着气，再向前走了七八步，见那边白石的楼梯上走下一个五十多岁的老者来，手中拿着一根司的克，见了大我趑趄的模样，便对他说道：

"你可是来取款的吗? 时间已过，只好等到明天再来吧!"

大我便凑上去摇摇头说道：

"不是的，我是来看一个朋友，就是史焕章，苏州人，不知你老先生可认识?"

老者点点头道：

"原来足下是来访问史君的，这却来得不巧了。"

大我听了这话，不由一怔，连忙问道：

"他不在这里吗？可是回苏州去了？"

老者摇摇头道：

"史君到远地方去了，恐怕你没有知晓。我来告诉你吧！敝行今年决议为普及营业计，投资一半于农村，第一步在河南郑州设一分行，当然要分拨几位干练的职员前去经营。前月中一切都筹备好了，敝行的行长便派史君又到那边分行里去充当会计主任，因为史君为人勤恳而信实，不愧少年老成，很得行长的信用，有意要把他擢升起来，所以史君恰巧在上星期动身到郑州去的。此刻你来看他，岂非不巧吗？"

大我听着，方知史焕章已赴郑州，那么自己在短时期内决计不会碰到他了，于是他就向老者说道：

"多谢你老人家告诉我，我从杭州赶来，以前没有接到他的信，所以不知情。"

遂回身退到外面，立在人行道上，发起呆来。暗想：天下真有这种不巧的事，我到上海来，有许多事想要得到他的帮助，谁料他又跑到很远的河南省去了，参商难见，命该如此，只能自己一个人独力奋斗了，他叹了一口气，坐着车子回转鼎隆旅馆。马路上的电炬已通明了，他回到了旅馆里，别处也没有地方可走，只得在室中闷坐，吃过了晚饭，买了几纸夜报看看，很是无聊，只得到床上去睡。然而一时也睡不着，门外洋台上的脚步声很是嘈杂，更兼隔壁房里恰有客人在那里雀战，把牌碰得震天价响，口里还要带骂带闹。大我听了，更是睡不着，想住在这种小旅馆里，真是闹得很的，然而自己没有多钱，怎样住得起上等旅馆呢？也只好如此了。他既然睡不成眠，种种心事又在他脑海里盘旋起来了，觉得自己这么一走，类似一个弱者，却便宜了姓叶的，去了他的情敌，当然更容易得玉雪的欢心了。陈家尚未完全回绝我，陈老太太待我也不错，我何以这样受了刺激便再也忍不住，急于要离开杭州而跑到上海谋枝栖呢？若被奚昌、郑顽石等知道，岂非要笑我太无勇气，也太没有本领吗？为什么自己所恋的人竟被新来的情敌夺了去，而自己就负气一走，情愿作为退伍将军呢？唉！然而自己实在已到了不堪再受的地步，神经上受的刺激已够了，再住在陈家，不过为糊口计，而生活上已失去了趣味，恐怕禁不起连番忧愤，自己不要变成歇斯底里症吗？所以我毅然决然地走了。现在既已到了上海，我尽可自己奋斗，懊悔什么呢？不要悔，只要悟，我有了觉悟，有何恋恋呢？一会儿想到毛小山的面目可憎，言语阴险，陈老太太只知躲在高楼上抽烟，不会管理自己的产业，而祖望年纪又小，娇养已惯，将来陈家这份产业说不定倒要被毛小山刮削去一半呢！玉雪的天资本不错，若是她能不溺于情，不被歹人引诱，那么她可说是最有希望的人，然而现在却难言了。他瞑目想至此，好像玉雪含着笑容，立在他的面前，她颊上两个小酒窝儿和一点儿樱唇，多么妩媚。张开眼来，哪里有她真的人影？实在玉雪的笑貌已深刻在他的脑膜上了，自己不论走到哪里，总是要想到她，虽然已提起慧剑，斩断了这一缕荡漾着的情丝，希望减去自己的苦痛，但是一时又哪里能够完全忘情呢？他丢开了她，决定不去想她。

一会儿，平湖秋月的一幕、水乐洞里的一幕，以及其他一切的一切，又在脑海中回忆起来，他咬紧牙齿，绝不再想了，徒增痛苦而已，不如只望前进，休要回顾吧，明天预备到那个太平洋贸易公司里去走一遭，看看情形，倘然我能考取的话，那么我的生活问题不难解决了，想自己中英文程度都有根底，不至于名落孙山的吧！万一不能录取时，上海地面比较内地总是灵活一些，自当另行想法，只可惜史焕章不在这里，乏人提携，未免困难些罢了。然而君子独立不惧，男儿贵能奋斗，偌大一个上海市，难道没有我一个人啖饭之处吗？不要太过虑了。

他想了多时，很欲把种种杂念屏除开去，自己可以定神安睡，谁知隔壁的牌声仍未停止，且夹上了女子的声音，浪笑谐语，更是触耳难受，叫他哪里睡得着呢？他又想起玉雪来了，不知她读了他留下的一函，芳心中可有什么感想？双关的语可能体会得出？她是一个聪明的女孩儿，如何不懂得言外之意？只恐她已坠入魔障，受了小叶的包围，纯洁的心、灵捷的脑，都锢蔽住了，虽有觉悟，也是无用，这是非到山穷水尽之时，她自己有了悔悟，是不成功的，我也不必再为她多忧多虑了。又想到他的母舅徐守信，接到了他的信，必定要怪怨我不知谋事的艰难，丢了安乐之处，出外去乱闯，这不是稳妥的事情，但他又哪里知道我有不可告人的心事呢？也只好由他埋怨我了，好在以后我也不想再到徐家去了，寄人篱下，仰人鼻息，我舅母和那个老妈子的冷淡的意思、憎厌的情状，我也受得够了，好马不吃回头草，我就是终身流浪在外边吧，他这样左思右想，头脑涨痛，索性坐起身来看报。看了一会儿，隔壁的牌声已经停止，外面壁上的钟声已当当地鸣了四下，天快要亮了，四下人声渐寂，于是他再回到床上去睡。这一忽睡得很长，直到次日上午十点多钟方才醒来，连忙披衣起身，开了房门，唤茶房进来，端整洗脸漱口。

吃了早点，他就离了客寓，跑到那太平洋贸易公司去，相隔很近，他按着门牌，一路走过去，不多时已到了。是一座四层楼的大厦，里面有各种字号和公司的办事处，他知道那太平洋贸易公司的办事处是在四层楼上的，遂乘着电梯，到得四层楼上一看，转弯处有许多瓷牌钉着，其中的"太平洋贸易公司"几个字早映入他的眼帘，方知在十九号内。他就寻到了十九号，正有两个少年走出来，背后有一个西装男子，立在门边，二少年对那男子鞠躬而去。大我估料这男子必是公司里的人了，便向他点点头问道：

"请问这里就是太平洋贸易公司吗？"

那男子点点头，就招呼大我进去。大我踏到里面一看，靠窗放着两只大写字台，有一个西人和一华人对面坐着，正在书写，东边有一架打字机，又有一个少年在机前打字。那男子便问大我道：

"你是不是要来报名？但这里报名期早已截止，明天便要考试了。"

大我答道：

"不是的，我早已报过名了。"

男子道：

"那么你是第几号呢？你姓甚名谁？"

大我答道：

"敝姓李，草字大我，是前几天在杭州把报名费寄来的，已报过了名。"

男子道：

300

"很好！你既已报过了名，那么明天请你来考吧！考试必要带投考证的，千万不要忘记。"

大我听了，不由一怔道：

"我没有投考证。"

男子道：

"你既然没有投考证，怎好投考？一定没有报过名。这里报过了名，就把投考证交付的。"

大我想了一想道：

"大约你们寄到杭州去了，我没有收着，能不能再补一张？"

男子道："这却麻烦了，待我查查。"

便走去开了一张橱，取出一包信件，翻了多时，方才拣出大我的一封信，又到一只写字台前开了抽屉，取出一大叠照片，寻出了大我的照，对大我面上相视了良久，便到那一个坐在写字台前的人身边去说了几句话，那人就写了一张东西。他拿着又到那西人面前去请西人签了一个字，自己又去盖着一个章，方才递给大我说道：

"就补一张给你吧！千万不能忘失的。"

大我接过一看，上面的号数正是九十六号，别有紫色的小字印着"下午二时"，那男子就对大我说道：

"这里地方小，应考的人又多，所以要分着几次考试，你是九十六号，所以挨到明天下午考试，不要忘记。"

大我接过投考证，谢了一声，又有别人前来问信了。大我回身退出，把那投考证藏在贴身衣袋里，仍从电梯上下去，走到了人行道上，回头向这大厦相视了一下，自语道："怎么名目很大的公司，却只有这么一间办公室呢？大概正在筹备期间，所以只有这临时办事处，将来不知开在什么地方呢！"

他走回旅馆，买了一份《新闻报》阅览，午后觉得一个人坐在客寓中，枯寂无味，想起方才《新闻报》本埠副刊里见过的影戏广告，有卡尔登影戏院初映中国名片《如此情侣》，是一张言情有声影片，内中有新出名的电影男明星，是电影小生中杰出的人才，自己在杭州，没有看见过，今日左右无事，何不前去一观？于是他等到将近五点钟时候，便

301

坐了车子，到卡尔登去看影戏。《如此情侣》的内容是在美国芝加哥地方，有一个女音乐家，姿色非常美丽，人人向她追逐。有二男子是她最亲近的恋人，一个名唤约瑟，是银行里的职员，一个名唤马利生，是咖啡馆里的小开，二人各自钩心斗角，用了种种手段去向那女音乐家献媚，希望在情场中能树胜旗。但是约瑟为人稍诚实，不及马利生心计工巧，所以这一朵名葩渐渐倾向于马利生，而对约瑟冷淡起来了。约瑟羞愤之余，陡萌自杀之念，遂在一个早晨，坐了火车，悄悄地离开了芝加哥，到海滨去投海自沉，不料他命不该死，被一艘轮船上的人救起。船主勒白郎问他为什么要自杀，约瑟不肯实言，推说自己因为失了业，不能生活，所以跳海，恰巧这船是开到非洲去开金矿的，船主便劝他说：

"好好一个男子，只要能够吃苦，何忧不能吃面包？不如跟我们到非洲去冒一番险，吃一回苦，将来倒可以有发财的希望。"

约瑟本来受不住失恋的痛苦，不愿意再厕身在万恶的都会里，现在听说要到那蛮烟瘴气毒蛇猛兽的非洲去，所以他也不把生命为可虑，毫不犹豫地答应了。后来，这船到了非洲，开始探险掘金的工作，经过许多危险，果然获得巨量的黄金。大家发了财回来，约瑟回到芝加哥，居然成为富人了。

前尘影事在他的脑中回忆起来，尚未淡忘。忽然有一天，接到一封来鸿，就是那女音乐家写的，约他到某处去谈话，约瑟想了几个念头，到底驱车而往。

七八年前的情侣，一旦重逢，大家都觉得容颜稍老，心里非常感触。晤谈之下，约瑟方知自从他出国以后，那女音乐家将要和马利生结婚了，忽然马利生被警士捉将官里去，因他在二年以前曾和他的朋友犯过合伙欺诈之罪，现在事发，马利生受了徒刑的判决，有了不名誉，她才知马利生不是好人，大彻大悟之后，因为约瑟失踪，她心中内疚，所以，立志不嫁，静候约瑟回来。现在约瑟果然回来了，遂写信来约他一谈。约瑟听了，大大感动，抱着那女音乐师接吻不已，于是二人旧梦复温，破镜重圆，成了有情的眷属。

这是一个三角恋爱的故事，大我看着，更是大为感动，引起了他的痴情，暗想：这电影好似给我一个教训，和我相逢的事可谓无独有偶，

302

那么将来我能不能也有和玉雪破镜重圆的一日呢？既而又想，这是太近于"罗曼斯"了，世间哪里真会有此事？我不要胡思乱想，还是为了我的生活而奋斗，求我的现实吧！

他看罢了，一个人走出电影院，天色已黑，但是大马路上电炬通明，如入不夜之城，他走在水门汀的人行道上，见各商店玻璃橱内陈列着各种东西，是五光十色，炫奇斗新。马路中间汽车、电车、机器脚踏车，以及人力车，一边来，一边去，闹得人耳聋眼花。繁华的上海足使一班初来的人惊叹它的伟大，赞美它的繁荣。立在这里，再也想不到别地方受到匪祸天灾，一班人民号寒啼饥、流离失所，性命毫不值钱的了，然而大廉价的旗帜，挂满在马路两旁，活动而美丽的霓虹灯广告发出有魔力而诱人的光彩，以及无线电话的播音，大吹大擂的军乐，一张一张的有奖赠券，这许多不是也可以显出大都会里的外强中干吗？假使四处农村破产，大都会陷在不景气的氛围中，恐怕非但繁荣不来，不久也要崩溃了。他这样感想着，走了一大段路，遂雇着一辆人力车，坐了回转客寓，就在客寓里吃了晚饭而睡。

次日是考期了，大我准时前往，到了那里，有人引到别一间室子里去，一共有二十人光景，听说上午已考过两次了，主考的就是昨天遇见的那个男子，看了一看投考证，便把考卷发给他，共考国文、英文、算术、地理四项，题目都是很浅近的，要什么高中毕业的程度呢？大我不假思索，援笔即写，只消一个钟头，早已交卷。主考的男子收了他的考卷，便对他说道：

"录取与否，下月一号当登新申二报广告，你一瞧便知道的。"

大我答应一声，遂先告退，觉得这种考试太容易了，且待一号看了报再说吧！于是，他住在旅馆里，等候一号到临。

好容易盼望到那日子，一清早就起来，点心也没有吃，听得门外洋台上卖报小贩的呼声，立刻开了门出去，购得一份《新闻报》，回身坐在椅子里，展开报纸，两道目光首先注射到广告栏里，果见太平洋贸易公司录取会计员、办事员的广告，底下是刊着录取者的姓名，他考的办事员，当然去看这行。幸运幸运，"李大我"三个字虽然是排得很小的五号字，然而已很清楚地映入他的眼帘，考取了第二名。他心里如何不欢喜呢？仔细看了一看，果然不错的，广告上又通告一班录取的人即日前去缴纳保证金，以便正式任用。他吐了一口气。放下报纸，立起身来，在室中踱着，自思：我幸而考中了，否则这一行岂不是白白的吗？我只要去缴了保证金，以后就可以得薪水了。以前招考的广告不是说过办事员月薪有从六十元至一百元的希望吗？我个人的生活也可解决了。只要我施展才能，认真做事，自有我的锦绣前程，不强似守在陈家老做猢狲王吗？他越想越快活，便从他的随身衣箱中取出了三百块钱，都是中交两行的纸币，放在衣袋里。吃了点心，又看了一会儿报，听外面钟声已鸣十下，他遂立起身来，又将那广告读了一遍，便走出旅馆，跑到太平洋贸易公司的临时办事处去，见那里已有三个人正在付保证金，都是少年。大我站在一边，等候他们付款后，也上去缴纳保证金，就是那前天补给他投考证的男子，将大我的纸币点讫，放入抽屉里，写了一张收条给大我，又对大我说道：

"你的中、英文程度很有根底，所以取你第二名，将来月薪可得八十元，逐年增加。你在此好好办事，前途很有希望的，不过现在我们正在筹备开幕，这里地方小，容不下许多人，你不妨隔一星期再来，若要回杭州去，我们也可通信请你来的，你的月薪到月底可以发给。"

大我说道：

"我不回杭州去，准在客寓里等候吧！"

那男子点头道：

"好也，将来我们这里供膳不供宿，你须得自觅住处。"

又介绍大我和西人等相见，大我方知那西人名唤腓力，是公司里的大班。坐在西人对面的是华经理姓贾，那男子是营业部主任姓吴，大我听说现在用不着他，只得告辞，但他临去时又问公司设在何处，自己做何任务。姓吴的答道：

"公司决定开设在南京路，你或者做文牍主任，我们筹备得很有头绪了，请你稍待几天吧！"

大我回客寓，心里稍觉安定，八十元的月薪自己用不完，可以储蓄起来了，上海生活虽然稍费，却比杭州活动得多了。可是这一星期的光阴，自己闷坐在客寓里，静候过去，一些事也不做，岂不太觉无聊？倘然要到外边去走走，史焕章已不在此，别无其他的朋友可以做伴，并且上海地面到处都要花钱，自己行囊中已付去了三百元保证金，余下的钱并不多了，岂可不节省一些呢？于是他就天天以看大小报纸为消遣，十分空闲，不觉技痒难搔，旧时的著作梦又欲重温，因见某报的副刊取材很宽，内容很佳，遂做了两篇东西去投稿，不欲署上自己的真姓名，恐怕被奚昌、郑顽石等，或是玉雪瞧见了，笑他重为冯妇，去干这卖文的可怜生涯，所以换了"小我"二字，自己不觉笑了起来了，大我的志愿未达，只好说小我了。

隔得两天，他寄去的两篇稿子有一篇较短的居然登了出来，但是他的意思却不在这个上，只盼望太平洋贸易公司早日开幕，自己可以进去做事。这一星期的光阴在人家看起来是很短的，不过大我因为心里的盼望急迫，所以觉得日长如年。天色总是黑得很迟晚，恨不得把壁上的日历早些扯到了八号的那一天，幸亏现在是秋天，不是春夏之交，看看已到了七号的日子了，大我对着日历，暗想：明天可以去做事了，不知他们规模大不大？广告上是十分夸口的，但这个我不要管他，只要能够做事拿钱便了。他这样想着，听得门外有报贩的声音问道：

"房里的先生要看《新闻报》吗？"

大我道：

"要的。"

那报贩便推门而入。大我是天天买他的报的，大家有些熟了，报贩就把一份《新闻报》放在桌子上，又取过一叠小报让大我挑选。大我选购了几份，等着报贩去后，先拿了《新闻报》在手中翻阅，一眼瞥见在本埠新闻栏里有一则新闻用很大的字作了标题，排的地位很是明显，他只看了这一个标题，不由心里怦怦地跳跃起来，究是什么新闻呢？

原来，这标题第一行是《本埠发现惊人欺诈案》，第二行是《假面具的太平洋贸易公司》，旁边还注着两行小字"虚设公司""诈欺金钱"。大我连忙把这一则新闻一口气读完了，方知这个太平洋贸易公司是贾某与吴某等数人特地在爱多亚路租借了一间写字间，称为临时办事处，大登广告，假拟考试，目的无非要骗取一班急于谋事的人的金钱。前天，吴某对他说的话完全吹牛性质，一派烂言，他们恐怕人家不相

305

信，不知到哪里去想法得来一个外国的浪人假作大班，以为幌子。一班人果然上了他们的当，总计保证金报名费等约万元之数，都已到了他们的囊中，他们目的已达，遂溜之大吉，不顾受欺的人怎样了。现在捕房虽去侦缉，可是破案与否，尚未可知，许多缴纳保证金的人大受损失，将来能不能追还原款，也是渺茫的了。他心里越想越气，想不到前天的一种欢喜好似烟消云散，顿时化为乌有，自恨没有经验，上了这个当。别的不要说，自己辛辛苦苦节省下来的三百块钱已不翼而飞，所谓八十块钱一月的薪水，一个小铜钱都没有拿着，这一个损失受得着实不轻。他想到这里，又是懊悔，又是愤怒，立即离开了鼎隆旅馆，跑到那地方去看个究竟。仍坐了电梯上去，到得那临时办事室的前面，早见室门已闭，门上贴着封条和布告。有几个人立在那里瞧着，其中有一个瘦长的少年，大我前天在考试的时候曾和他坐在一起通过姓名，就是那个考得第一名的倪文彬了。当时，倪文彬瞧见大我走来，忙走近身，向大我点点头说道：

"密司脱李，你是不是看了报纸上的消息而赶来的？哎哟！我们都上了人家的当了。"

大我跌足说道：

"可不是吗？现在世上的人心益发坏了，想不到遇见这个新念秧，上海的地方真是无奇不有，到处有欺骗的了。我自觉经验浅薄，急于找事做，没有经过缜密的考虑。他们在报上登的广告，都是甜言蜜语，使人入彀，其实他们只租得这个办事室，公司的地址尚没有着落，股东的姓名也没有发表，如何先用起人来？这是大大的破绽，我们失于检点啊！倪君，你是本地人，怎么也上了这个圈套呢？"

倪文彬叹口气说道：

"不瞒你说，我虽然是本地人，却是一向在学校里读书，对于外边的事没有经验。我母亲守节抚孤，把我自幼养大起来，读到了高中毕业，耗去了不少心血，花去了许多金钱，读大学是再没有钱了。而且家中贫苦得很，我母亲眼巴巴地急于要我做事了，我自己也很急切地想赚些钱来，聊奉堂上甘旨，稍慰老母之心。谁知社会上一切不景气，粥少僧多，要找个饭碗颇非容易，毕业后到现在已有一年多了，虽然托过几处亲戚朋友代谋枝栖，可是都似泥牛入海，毫无着落。我实在心焦得很，蛰伏在家里非常无聊，家母口里虽然不说，而她心里总以为把我读到高中毕业，必能找一事做。现在见了如此困难的情形，自然不免要大大地失望而不快活了。所以我常常见了她老人家脸上的愁容，心中宛似箭攒刀刺一样的难过，每天在报上读广告，写过一封封的自荐书，听说以前是很有效的，现在却白花邮票，毫无意义。我也曾投考过两处银行，自问考得很好，可是结果都没有录取，大约早被有力者夺去了，因此，我谋事之心更急，急不暇择。见了此处的广告，我也没有多考虑，而报名投考了，侥幸被我考取了第一名，不比别处考不中，当然心里欢喜，以为可以有扬眉吐气的一天了。录取之后，为了又要缴纳三百元的保证金，家母把她的首饰典得一百块钱，可谓罄其所有而不足。好容易向几处亲戚东挪西借，凑成三百元之数，以为自己将来赚了钱，不难渐渐拔还，哪里料到有这么一着？不但自己的希望落了空，而这笔保证金恐怕捞不还了，叫我把什么去还人家的钱呢？这种害人精的坏东西，全无道德，这个万恶的社会，我们少年人若有力量团结起来，要把来铲除锄灭，拨云雾而重见光明，那么一班小民方能享到福利呢！"

倪文彬说到这里，握着两个拳头，好像恨不得跑进去，要把那办事室捣个精光，出出这口怨愤之气。大我道：

"我与足下可称同病相怜，我从杭州跑来，为的是什么？反送去了许多金钱，竟变得无家可归了。"

倪文彬听了大我的话，止不住眼眶中盈盈有些眼泪，盘旋欲出。大我心里也凄惶得很，想到世间的可怜人真多，长长地叹了一口气。

这时，又来了几个人，他们是投考会计员的，保证金更大，损失更重，所以大家要想集会讨论，如何去向当局控告被骗的损失，追还原款。众人议论纷纷，没有决定。

大我料想这也是无效的，所以他别了倪文彬，首先走了。以前到此时充满着希望，很有精神，现在却不然了，回头对着那大厦，又叹了一声，遂低着头，沿马路一步一步懒洋洋地走回客寓去。心里异常彷徨，自己到了上海也有好多天，千盼万望，就是为了此事，却不料结果如此，不是白跑一趟吗？金钱又遭损失，今后将怎么样呢？可去找什么事做呢？他越想越恨越辛酸。恰在穿过一条横马路时，他正低头想心事，不防斜刺里叭的一声，有一辆轿式汽车飞也似的早驶到了他身边，大我猛然惊觉，要避让也来不及，只得闭目待死，做那市虎轮下的冤魂。

第十九回

酒楼同买醉欲霸文坛
寒夜不成眠忽惊缇骑

当这千钧一发之际，死神已在大我头上盘旋欲下，幸亏那汽车夫是个老手，知道自己的汽车要闯祸了，急忙用力踏住机钮，将车突然刹住，车子里坐的人也不由直跳起来。大我早撞了一个跟头，跌得还轻，吓得他连忙爬起身来。汽车夫早瞪大着双眼，向大我斥骂道：

"猪猡，阿木林，你要寻死吗？黄浦江里很阔的，却在这里害什么人？猪猡，我捏喇叭，难道你是个聋子？没有听得吗？滚你妈的蛋！"

大我自知理屈，幸而没有受伤，只好由那汽车夫去骂，他急匆匆地向前边走去了。旁边看热闹的人都拍手好笑，说便宜了那厮。汽车夫又大声说道：

"亏得我的本领好，不然这只猪猡死了，害我也要去吃官司了。"

此时，有一个巡捕走来，把闲人驱散，汽车也开去了。

大我回到客寓中，颓然废然地倒在椅子里，将手支着腮，自思：在上海经过了近十天的光阴，好似做了一场梦，白白地欢喜一番，真是雀见砻糠空欢喜，若是做梦，倒没有损失的。但现在却送去了许多钱，自己吃的苦头可去告诉谁人听呢？倘被杭州那些人知道了，岂不要笑掉牙齿，说我姓李的到底年纪轻，只顾往前走，要想谋出路，反而弄到死路上来了，又有何面目见江东父老人家？当然只有讥讽而不能原谅了。那么我今后将做些什么呢？难道像那汽车夫说的投黄浦吗？若是方才我真的做了车轮下的游魂，倒也是一件事，现在既没有死，却不得不谋生活的方法。虽已受了这重大的打击，自己的心灰了，意懒了，然而想到古时也有许多人，当起始的时候，颠沛流离，饱受痛苦，尽人揶揄，甚至厄于缧绁，投于穷荒，卒能一遇际会，便飞黄腾达起来，一吐昔日之气的，所以，有富贵不归故乡，如衣锦夜行之感。可见人生无论如何困难，总要奋斗到底，留得此身，安知没有直上青云的一天呢？孟子不是说生于忧患而死于安乐吗？现在我正当着忧患之时，当具百折不挠之志，再去和我的环境奋斗吧！自杀是弱者的行为，我何必起这念呢？于是他把心神安定了一些，盘算自己的行箧中尚有五六十元的光景，但须付去旅馆的房饭金的有十多元之数，那么所剩不多了，并且我若再耽搁在旅舍中，也非久长之计，将来岂不要弄到像古时秦琼一样，连店饭钱都付不出吗？秦琼尚有黄金铜可当，黄骠马可卖，我却一身以外无长物了，不得不想一个妥善的法儿。然而身居异地，举目无亲，有什么妥善的方法想呢？偏偏友人史焕章却又不在上海，到了郑州去了，否则他总能帮我一些忙的。大我左思右想，急切找不到一个解决。他很无聊地随后取过一张报纸来看看，看到自己作的一篇短文，便想：我是个文人，不如再干这卖文生涯吧！虽然以前自己在杭州的时候，曾经受过一番刺激，打破了著作之梦，知道不是生意经，决定不再弄笔杆了，不过现在到了无可奈何的时候，只得借此以求糊口，未尝不可。听得人说，上海也有一班人专靠投稿过活的，租了一个亭子间，埋头作稿，投到各种报上去，到月底领得稿费，区区房饭金总可解决的。尽有一家数口赖此为生，虽是十分凄惨，然而将心血去换金钱，比了一班巧取豪夺者流，却道德上好得多，况自己只消养活个人，大概不至于受冻馁之忧的吧！他这样一想，决定这般去做了，便到外面去寻找亭子间。

走了大半天，四处找遍，果然被他在嵩山路某里内找到了一个小小亭子间，那地方本是个二楼二底的房屋，二房东姓周，是在典当铺里做头柜的先生，一夫一妻，还有两个小孩儿，他们自己住了楼中间，便把旁边的一楼一底分租给两家人家。后面的亭子间本来是他家老太太住的，现在因为老太太在上海住不惯，所以回到她的家乡嘉定去了，他们便把来出租，多少也可以得几个钱。大我看了，因光线尚好，故很满意，便向那陪着的周师母问起租价。周师母已向大我问过来历，遂指着

310

房中的家伙说道：

"这里头有床铺，有桌椅，有电灯，一应俱全，可以一切租给你的，租价每月十二元。若然你不要器具的，可以减少一块钱。"

其实周师母也无处堆叠这些用不着的家伙，所以如此说法。大我一听租用器具不过多出一块钱，何乐而不为？便对周师母说道：

"我本来客居在此，也用得着尊处的器具，不过房金似乎贵些，可能再请减低？"

周师母笑笑道：

"这里是租界上啊！我们定的房租并不高，我们的先生租下这座房屋，小费租金都很大的，你如中意的，不必计较一二块钱了。我见你是个上流人，所以肯租给你，也没有多讨价，现在你既然如此说法，租价改为十一元，这房里的器具白让你用吧！"

大我知道不能再减，也就答应，从身边取出两块钱交给周师母，作为定洋，约定明天下午便要迁来的。周家用一个小大姐的，大我便托他们代为打扫打扫，遂告辞而去。

次日，大我在旅馆里吃了午饭，算清了房饭钱，便雇了一辆人力车，带着他的铺盖行李到嵩山路周家去，很简单地算是进屋了。房中早已打扫干净，大我付去了一个月房金，又谢了大姐六角辅币，至于他的一日三餐是到外面饭店上去购了饭券，在店里吃的，这样比较便当一些。从此以后，大我便过着亭子间的生活，天天握着一支笔，东鳞西爪地撰些东西，投到报馆里，夜间自己把读过的英文、德文用心温习，他的主意本来也不错。可是天下的事往往理想与事实相反，某报的副刊地位有限，各样的稿件都要刊载的，大我的文章虽然做得好，但是不能尽量地容纳、一篇篇地完全刊登。所以，到了月底，大我共计投了十八篇短文，似乎投稿得很勤了，然而编辑先生只刊登了十一篇出来，合计六千余字，其中有的是千字两元的稿费，有的是千字三元的稿费，共领到十五元九角钱。若把来抵付房金和饭钱，却还不够，至于自己的零用更无着落，所以他身边余的钱也用得快完了。自己暗想：每月至少要有二三十元稿费，方可勉强度过，若照现在的样子，总是支持不来的，非得在报上做一长篇小说，不能得到较多的稿费。倘然去投稿在别的小报

311

上，恐怕又要像自己以前在杭州时为《大亨报》撰稿一样白费心血，得不到一个大钱，奈何他们不得的。况且在这里新旧文坛上没有一个熟识的朋友，要想在短时期内凭着一己之力去在这壁垒森严的文坛上开辟草莱，打出天下，断乎不是容易的事。那么自己到了进退狼狈、孤独无援的时候，到底怎样做才好呢？他潦倒穷途，怅触万分，心中说不出的凄凉和烦闷，更有谁来安慰他呢？他没奈何，只得多做一些东西，投到别的小报上去试试，果然都登出来了。而且主笔先生又写给他，请他多多惠赐，他不知道稿费拿得着拿不着，只好姑妄试之了。

有一天是星期日，他在外边吃了午饭跑回家来，却见一个西装少年正在客堂里和周师母讲话，见了大我，向他点点头笑了一笑，说道：

"这位就是亭子间里的李先生吗？"

大我答道：

"不敢不敢，请问贵姓？"

西装少年未及回答时，周师母早抢着说道：

"待我来代你们介绍吧！"

遂指那西装少年道：

"这位姓韩，名奇林，就是租我们楼下统厢房的韩先生，他是四川人，到上海也有一二年了。你们都是学界上的人，倒可结识朋友。"

韩奇林操着勉强的上海白，对大我带笑说道：

"现在你倘没有别的事情，不妨请到我的房里去谈谈。"

大我听了点点头道：

"很好。"

于是韩奇林把手一拉，让大我走到他的房里去，随手把门关上。大我一看室中陈设虽是简单而很雅致，厢房里放着写字台、书橱等类，还有一架无线电话，房中安着一张新式的柚木床，还有一张小圆台，房里走进去还有个后房，比较他踽蹐在小小的亭子间里舒服得多了。韩奇林亲自去倒了一杯白开水来，敬给大我，请他在沙发里坐下了，大家闲谈起来。大我方知韩奇林在本埠某某中学里教书，也是过他个人的生活，但他的生活却很优裕的，不像穷愁无聊的人，否则也租不起这个统厢房了。又听他的说话，对于世界大势和国内时事，十分明晰，而持论也很通达，很有学问的，所以二人虽然萍水相逢，初次见面，而谈吐之间，意气甚是沆瀣。直谈到将近天晚，韩奇林因有事出外，大我方才回到自己的亭子间里去。他觉得韩奇林这个人比较奚昌、史焕章等又不同了，他抨击时事的言论，虽然寥寥数语，却很引人同情，他是个有为的少年，很值得做我的朋友的。

到得明天晚上，大我正在伏案写稿，那个韩奇林却走到他的亭子间里来了。大我连忙招呼他坐下，韩奇林毫不客气地坐在桌子边，把大我写的稿子取过来一看，对大我说道：

"李兄，我是喜欢实言的人，请你不要见怪，你写的东西只能给一班布尔乔亚作为消遣的读物，我劝你赶快要改变作风才好。"

大我笑了一笑，没有回答。韩奇林又说道：

"我有一个朋友在本埠某书局里做编辑主任，编一种周报，名唤《丹心》，我也时常做些东西登在上面的，稿费丰厚，并不拖欠，只要作品的技巧好、思想新、有力有胆，就合格了。你若喜欢撰稿的，倒可以介绍，因为投稿的人尚不多呢！"

大我听了，念着道：

"《丹心》周刊，外间各种小报杂志，我到了上海以后，大都看过，却没有听得这种刊物，报纸上也未见过广告。碧血丹心，我想这种刊物必是提倡民族主义的，以'民族'二字为宗旨，可是吗？"

韩奇林微笑道：

"隔一天我不妨先把这刊物借给你一看，你就明白了。我室中很多新奇的书报，外边都很少见的，只要你爱读，我尽可源源不绝地供给与你的。"

大我点点头道：

"很好，我很有工夫看书，明天当向你借阅。"

二人又闲谈了一刻话，韩奇林便对大我说，要请大我出去吃晚饭。大我暗想：自己和韩奇林虽是同居，却还是初次交友，如何就去吃他的夜饭？若然自己去请他吧，那么阮囊羞涩，难做东道，只得摇摇手道：

"不敢不敢，改日再叨扰吧！"

韩奇林哈哈笑道：

"我们交朋友不当虚伪，若要客气，便不是生意经。今晚我很高兴请你出去同餐，此刻你又没有吃过晚饭，何必推辞呢？"

大我被韩奇林这样一说，倒不好意思再推却了，于是他就跟着韩奇林立起身来，走出亭子间，把电灯熄了，锁上了门，同下楼梯，一齐走到门外。出了里口，向前走去。

这时，马路上十分热闹，二人且走且谈，大我抬头早望见了那高耸建筑物上的电灯，密如繁星，又好似金顶的塔尖，知道那里就是大世界了。他不知韩奇林请他往什么地方去吃晚饭，心里暗想：三马路一带，酒菜馆多得很，在这个时候，酒绿灯红，哀丝豪竹，一班巨商贵客、公子哥儿，飞筹征花，去侑酒清歌，享受那色授魂与的陶醉，可是自己却从没有去过一回的，今晚韩奇林可要陪我到哪地方去呢！他一路走，一路想着。不多时，已到了大世界门前，韩奇林和他走向前十几步，指着道旁一家小小的吃喝所在说道：

"我们进去吧！"

大我不由一愣，便跟着走进门去，就有一只很高很狭的楼梯，韩奇林当先撩衣，噌噌地走上去。大我跟着走到楼上，有一个北方人的伙计，秃着光光的顶，身上系了一条半白半黑的围布，见了韩奇林，打着天津话带笑招呼道：

"先生，今儿陪客人来喝酒吗？里面的房间正空着，请坐吧！"

一掀门帘，让二人进去。原来这店面的楼上本只有一间，地方很不宽敞，可是他们又在后边用短板壁隔了一小间出来，真像豆腐干一块，人多了便转身不得。中间只放着两张椅子、两只方凳和一张白木的桌子，算是特别客座了。大我和韩奇林对面坐下后，那店伙摆上杯筷来，问道：

"还有别的客人吗？"

韩奇林道：

"没有。"

店伙放了杯筷，又去冲上一壶茶来，和一小碟南瓜子，放在桌上，说道：

"二位客用茶。"

又问韩奇林道：

"今天先生要打几斤酒？吃些什么菜？请你吩咐。"

韩奇林遂同大我道：

"密司脱李，你要不要点一二爱吃的东西？"

大我道：

"我什么都吃的，叫我也点不出，横竖我们并不客气，请你吩咐下去吧！"

韩奇林笑道：

"也好。"

他便吩咐店伙先拿一盘白鸡、一盘酱牛肉，煎几个蛋，烫一斤高粱来，然后再做二十只肉饺、一碗开阳榨菜汤，倘再要吃别的时，慢慢再行关照。店伙答应一声，拉起高而脆的嗓子，一样样地喊下去。大我瞧着对面壁上挂着一个镜架，里面是一张时装美女的月份牌，可是这个时装，少说些已在四五年以前的光景，画中的美人穿着短旗袍，作含笑凝睇之状，然而无论如何，在人家眼光里看起来，已觉得老大了。旁边还挂有一个小日历，又贴着一张小小的红纸，因为电灯光不十分明亮，所以上面的字也看不清楚。他瞧着，不由使他回想到自己以前，在杭州和玉雪等吃馆子的情景，绝没有到过这种地方。自从来上海后，小饭店也上了，我既已变作流浪的人，能够到这小小馆子来吃喝，也不是容易的事。在这个上，又可知道自己以前在杭州的生活虽是说寄人篱下，非常凄凉，却比现在还是安定得多了，至于在陈家教读的一年，自己的饮食居住，靠着有产阶级的福，实在是很舒适的，不想到了今日的我，却是每况愈下了。他这样呆呆地思想着，店伙早送上酒菜来。韩奇林见大我双目向着壁上直视，一句话也不说，便又带笑对大我说道：

"这里是天津馆子，我时时来吃喝的，店里的饺子和面很是不错，恐怕密司脱李没有上过这种小馆子吧！今晚我坚请你出来吃晚饭，却不到那些著名的广东馆子或是什么川菜馆、京菜馆去吃，也不请你到那些十足欧化的西菜馆里去喝什么白兰地，吃什么来路牛尾汤，却偏和你到这里来，就因为我是平民化的，不愿意到贵族化的地方去。但是，不把油条、大饼来请客，这一顿夜饭已是很好的了。"

一边说，一边提起酒壶，代大我斟满了一杯，又说道：

"这高粱可能喝吗？这里的白鸡肥而嫩，请吧请吧！"

他说毕，自己已将筷子夹了一大块鸡肉送到口里咀嚼。大我见他这样直爽，便说道：

"高粱我只能喝一小杯，多喝了怕醉。今晚承蒙你的盛情，请我在此吃喝，很是感谢，你又何必这样说法？我是小饭店也上过的，只要吃得爽快，谈得合意，也不羡慕什么贵族化的地方。现在的时代，农村破产，一路痛哭，一班小民困苦流离，连饭也没的吃，我们还能在这里大嚼大喝，岂有什么不知足呢？"

他说到这里，指着对面电炬照耀、音乐声沸的巍巍大厦，接着说道：

"大都会的表面虽在力求繁荣，恐怕它四肢的血脉不流通，它的崩溃也是在一般人意想之中，到底难免的，而危幕上的人兀是酣歌恒舞，纸醉金迷，追求他们肉体上一刹那的欢乐，在有心人看来，能毋痛哭流涕长太息呢？"

说罢，深深地叹了一口气。韩奇林听了大我之话，笑笑道：

"你说的话也未尝不错，可是痛哭流涕长太息又有什么用呢？你要学三闾大夫去自投汨罗江吗，还是要学班定远那么的轰轰烈烈立功呢，还是要学当世的一班英雄伟人呢？须知晋人清谈，有弊无利，我们不要再蹈昔人的覆辙啊！"

大我听了这话，不由对韩奇林瞧了一下，笑了一笑，没有回答，便把筷子去夹菜吃。韩奇林见大我不接口，便笑道：

"密司脱李也以为我们当莫谈正事，且食蛤蜊吗？好！我们喝酒。"

遂举起酒杯来，连喝了数口，谈到别的事情上去。一会儿，店伙托上一盘热腾腾的饺子来，又有一碗开阳榨菜汤、一碟辣椒，韩奇林遂和大我吃那饺子，里面是肉馅和葱一同斩的，咬开来一包汤水，觉得味道很不错，所以大我一口气连吃了七八只，韩奇林还要蘸着辣酱吃，两个人早把一盘饺子吃得精光。韩奇林意思再要添，大我道：

"吃不下了，我们还要吃饭呢！"

店伙在旁便问可要再添什么菜，大我指着那碗榨菜汤说道：

"够了，不必再添。"

韩奇林道：

"我很欢喜吃面食的，不如叫他们煮两碗虾腰面来可好？"

大我道：

"好的。"

店伙遂回身下去。两人又讲起著作的事来，韩奇林说道：

"我的意思，我们的著作总要有前进思想，打破不满的环境，博得读者热烈的同情，或是赤裸裸地把社会的罪恶、人类的丑态在笔下完全暴露出来。我最不喜欢那些罗曼斯主义，描写一班理想的才子佳人、英雄侠士，密司脱李，请你不要再学那鸳鸯蝴蝶派。要知今日我们的文坛，已别有一辈人取而代之，不容那些落伍的文人厕身立足了。我和许多朋友在《丹心》周刊上发表了很多的言论，把那些无聊的落伍的文人畅快地抨击一番，联合了阵线，向他们进攻，使他们不能抵抗，这也好像打擂台一般，只有我们的威风，我们的称霸，所谓彼一时也，此一时也。"

他说到这里，回头指着壁上的那个镜架，又道：

"这里面的画中人并非不美，可是在数年前尚有人说她是个时髦的美女，但到了现在，谁有人去瞅睬呢？因此我们要跟着时代走，不但跟着，而且要超前。我最恨这些无聊的文人，一支秃笔，误尽天下苍生，希望你要加入我们的阵线。"

韩奇林正说得很是激烈，店伙送上两碗面来，大我也就没有接谈下文，大家吃面了。彼此吃得既醉且饱，这一顿晚餐当然是韩奇林请客的，共计大洋一元八角六分，他取出两块钱来，会了钞，多下的找头作为小账，店伙连连称谢，二人遂走出天津馆子。大我随口谢了一声，韩奇林道：

"花了两块钱，吃了这许多东西，不是价廉物美吗？若是那些贵族化的酒馆，恐要加上数倍呢！"

大我点点头。二人说着话，刚才走到大世界的大门前，恰巧在那里停着一辆髹漆光泽的新雪佛兰的轿式汽车，光明的车灯好似巨虎的双眼，眈眈视人。正有两个摩登的妙龄女郎从大世界里走出来，高跟的革履叽咯叽咯地响着，汽车上的汽车夫开了车门，让二女郎上去。

大我自从在情场中受了挫折以后，心灰意懒，到了上海，虽然到处都可见得风姿动人的少艾，可是他心里的创痕未平，见了妇女好似玫瑰花上的刺，生恐刺痛了他似的，连正眼也不敢瞧，所以他低着头，只顾往前走，并没有留心细瞧。耳边忽听韩奇林带笑问他道：

"密司脱李，你在此地可有什么摩登的女友？"

大我听他这样地问，不由一怔，摇摇头道：

"没有，断乎没有。此话怎讲？"

韩奇林笑道：

"方才走上汽车的女子，其中有一个年纪很轻的，一眼瞧见了你，立刻对你笑笑，好像要招呼你的样子，但恐你没有看见吧！"

大我回头看时，那汽车已呜呜地驶向西藏路去了。大我道：

"我初到上海，只有一个男朋友，在华东银行里的，可是现在他已到郑州去了，哪里会有什么女朋友？"

"我又斗室独居，并不在外交际的，你莫非看错了？"

韩奇林道：

"既然你没有女朋友，也就不必讨论了。不过我自信没有看错，也许那个女子看错了你啊！"

于是二人不说什么，走还家去。大我晤想：瞧韩奇林的神气，不像戏言，但是我实在不认识什么摩登女子，她向我笑，做什么呢？以前我和玉雪相逢的时候，玉雪对我笑了几笑，竟被奚昌、郑顽石等十分调侃，说什么三笑姻缘，我也痴痴地着了情魔，不能自持起来，谁知竟是愁恨之媒，悲哀之果，直到今日，我的创痕兀自没有平复，何来这不祥之笑？我终是古井不波了，大约那是偶然的吧！不要管他了。

到了寓中，大我因为韩奇林喝得已有七八分醉意，也就不到他室中去坐谈，和他说了一声晚安，便走到自己房里去坐定下来，把这一篇未完的稿件补写好了，预备明天投寄，自思：这篇虽没有什么主义和背景，可是我只想换稿费而已。韩奇林说的话很是激烈，但他这个人够得上交朋友。我此次到上海来，无非要逃出情场，跳出愁城，起初对于那个太平洋贸易公司抱着一团的热望，以为这是我的出路，谁知上了一个大当，自己反损失了数百块钱，至今消息沉沉，无可奈何，真是这从哪里说起？弄得我无路可走，不得已而卖文求活。我又不是有名的大文豪，像冷香阁主那样，自有人去向他请教，我却要东投一篇，西投一篇，盼望报上可以登出来，结果却有小一半被编辑先生抛在字纸篓里，仍旧得不到较多的稿费。在这小小亭子间里，过着十分凄惨的生活，有谁知道呢？我也不愿意给人家知道的了，现在忽然遇见了这个姓韩的，是个倜傥少年，我大可向他追求一下啊！他这样一想，心头似乎有了一些希望之芽。

到了次日，因为日里韩奇林是出去教书的，等到四点钟以后，韩奇林一回家，大我就去见他，韩奇林便取出两本最近的《丹心》周刊给他看，其中稿上有誉名"木木"的，便是韩奇林的化名了。韩奇林又借给不少书与他看，大部分是关于政治的，或是研究什么主义的。大我以前很少见过，他拿了这许多书，天天除了撰稿以外，便关了房门，把这些书细细浏览，他的思想也渐渐冲动了，暇时又常和韩奇林谈谈。韩奇林那里又有两个朋友是常来晤谈的，一个也是四川人姓韩，时常下榻在韩奇林的后房，一个是湖南人姓彭，身材高大，说话洪亮，像是在军界里服务的。那二人的来历，韩奇林也没有告诉他，他也不便探问，有时大我走到韩奇林室中去，三人却一齐坐在后房中作密谈，大我也不好预问，他们见了大我，也非常欢迎，都是很喜交友的，往往大家坐在一起，酒酣耳热，抵掌谈天下事，慷慨热烈，彼此引为同志。

有一天，大我做了一篇东西，交给韩奇林，托他介绍与《丹心》周刊，韩奇林把来读了一篇，对他点点头说道：

"这一篇写得还有些意思，不过论调还可激烈一些，不必学幽默，那么方才有力。"

大我说声是，韩奇林又说道：

"你的署名不必仍用'小我'，可以再换一个化名，因为你以前署名'小我'的作品，和现在写的文字取径不同，不必把以前的印象留给人，我们的化名愈多愈好。"

大我道：

"那么待我再想一个也好。"

韩奇林取出自来水笔，就在大我稿上把"小我"两个字圈去，写上了"雷特"两字，笑道：

"我代你抽象了吧！"

大我瞧着这个化名，问道：

"这个可有什么意思？倒好似外国人的译名。"

韩奇林笑笑道：

"我们的化名，有的有意思，有的没有意思，也不一定的，但这一个化名，可说多少有一点意思。你用'雷特'两字作为笔名，可以说姓雷名特，也可以说你写的文章，好像天空中特别响的雷声，使人家闻而堕箸，震惊一时，所以我们不管什么译名不译名，总而言之，根据雷特两字的意义，就可显出你的大作绝不是一般平凡的东西了。雷能惊蛰，雷厉风行，这便是雷声的伟大之处，你道对吗？"

大我听了这话，不觉笑道：

"想不到小小一个化名，却有这许多意思在内，真亏你想得出的。好！我就用这个名字吧！将来我的文章要大出风头了！"

韩奇林笑道：

"这是理所当然之事，包你成功。"

大家哈哈地笑了一会儿，隔得一星期，这篇东西果然在那周刊上登了出来。大我遂一心一意地写稿子，一边用"小我"的名，一边用"雷特"的名，他倒像变成了蝙蝠，自己在静中思量，若不是为了玉雪，负气出走，那么此时自己仍在杭州教读，很安适地过日子，何必再要伏案写稿，度这不安定的生活呢？不过现在自己正向前途努力挣扎，将来也许有光明的出路，塞翁失马，安知非福？况且韩奇林曾允许过，在下学期他执教鞭的学校里附属的小学科，有一个国文教员要辞职，他可以代作曹邱，介绍我进去的，男子汉暂时吃些苦，算什么呢？

有一天，他因为向韩奇林借来看的书都看完了，想要向他再借数种，于是大我挟了许多书，一齐去还给韩奇林。韩奇林正在室中写一封信，见大我到来，立即停笔不写，把信笺、信封都纳入抽屉里去。大我坐定了，对他说道：

"承你借给我看的书我都读遍，现在璧赵，要向你再借几本。"

韩奇林道：

"好！"

遂去后房了取几本小小的册子，放在书桌上，说道：

"这是一个朋友寄给我的，我没有工夫看，你先拿去瞧吧！只是你必须珍藏好，千万不可给旁人见到的。"

大我连说是是，正想拿起书来看，外边门上忽起剥啄声，韩奇林走出去问道：

"是谁？"

门外有很洪亮的声音说道：

"是我。"

韩奇林笑道：

"原来是你，倒给我吓了一跳。"

便过去开了门，把那人引进室来。大我一看，就是韩奇林的稔友姓彭的，彼此招呼了坐下，大家闲谈起来。讲了好一刻，已是天晚了，韩奇林又要请他们出去吃晚饭。大我不欲叨扰，推辞不去，韩奇林岂肯放他？遂一同拖了去，仍到那个天津馆子里去吃喝一顿。姓彭的食量很大，只他一个人已吃了二十个饺子、一斤半高粱，喝得醉醺醺地走回来，唯有大我没有多喝，所以清醒一些。当他们走进里口时，韩奇林高声唱着流行的新歌曲，姓彭的一同和着，旁若无人地向前走。大我偶回头，见里口有一个身长的黑衣汉子，头上斜戴着一只铜盆呢帽，深深地露到眉边，使人瞧不出他是谁，在黑暗的所在徘徊着，目送他们走入寓中。大我也不知道是什么人，不在心上，走到里面，韩奇林让姓彭的进了他的室，却对大我说道：

"我们明天会吧！"

大我本来要想进去取自己借阅的书，但见人家已向自己说了明天会，倒不好意思再踏进去，也许他们二人有秘密的谈话，不用第三者旁听呢，所以也向二人点点头，道了晚安，自己走到亭子间里去了。楼中间的二房东周师母正和几个女戚在那里打牌呢。

这夜起了西北风，天气较冷，大我不肯就睡，独自坐着，拿出德文书来，读了好几页，北风敲窗，身上略觉寒意，听外面的钟声已鸣了十一下，他就搁了书，脱了衣服，熄了灯，上床去睡。听楼中间牌声隆隆，周师母等打牌没有停止，他闭着眼睛，好一会儿没有睡着，不由脑海里又胡思乱想起来，觉得韩奇林的为人虽是直爽，可与为友，但他和那姓彭的二人行动，未免令人有些可疑。这时，钟声又鸣十二下，听周师母在她房里高声喊道：

"东风碰。"

"碰"字喊得格外响，又有一个妇女的声音说道：

"你们留心些，周嫂嫂有大牌在手，她是庄家啊！"

正在这个时候，下面门上有人敲门，敲得很是紧急。周师母喊小大姐出去开门，说道：

"你留心问问是谁，不要乱开门，外边强盗很多的，若是少爷回家来时，他身边有钥匙的，为什么不走后门，却来前门大惊小怪呢？"

又有女子说道：

"莫不是你家里有快信来？"

周师母说道：

"不会的，老太婆那里前几天早已寄了十块钱去，还要写什么快信来呢？"

她们说着话，小大姐早下去开门，接着大我也留心静听，接着便听得有许多男子的声音和小大姐的惊呼声、韩奇林房门和窗上的响声，同时听周师母等牌也不碰了，急得只是在室里团团打转。大我以为真的来了强盗，她们不该叫小大姐去开门的啊！韩奇林等首先遭殃了，好在自己没有钱财，也不怕他们来行劫。一会儿，楼梯上噔噔地有人押了小大姐走上楼来，不去问周师母那里，却来敲他的房门。大我长衣也不及穿，跳下床来，拖了鞋子便去开门。因为他心中很坦然，穷措大囊空如洗，室如悬磬，不怕暴徒光临。门开后，却见来的人手里都握着手枪，对他监视看，又似乎不是强盗，他正要开口询问，一个穿着大衣的男子对他问道：

"你姓什么？"

大我答道：

"我姓李，名大我。"

那人点头道：

"很好，我们请你到司令部去走一趟。"

同时两个人早在他的室中搜寻，找不到什么，遂把他所有的书一起带了去。大我见此情形，心里不免有些惊惶，遂问道：

"我们没有犯罪，你们怎么要捕我去呢？"

那人笑笑道：

"你为什么入了歹党呢？"

大我便惊呼道：

"我不是党人，我不是党人。"

那人道：

"不要赖，到了那边去再说。若然真的不是时，绝没有妨碍的。我们不肯累及无辜，走吧走吧！"

大我不得已，拉着一件棉袍子，披在身上，被他们拖着就走。出得门来，只见韩奇林和那姓彭的已被一群人押着在前头走了，自己也不能去问他们。又见有许多书籍、报纸都用网篮装着带去。大我暗想：莫非韩奇林等果然是那话儿吗？那么我这一遭不幸而被株连了。屋漏偏逢连夜雨，我的厄运怎样没有已时呢？他一边想着，一边在那很冷的西北风里战战瑟瑟地跟着他们而去。

马路上灯光惨淡，风声怒吼，这一群人渐走渐远，这真是大我有生以来第一次遭逢到的恐怖之夜。

第二十回

出狱赋卜居囊空就质
登门求啖饭计尽而归

在大我与韩奇林等被逮后的第六天下午，二房东周师母和楼上厢房里的房客庞太太坐在客堂里闲谈讲起那晚的事。庞太太说道：

"他们被捕将有一星期了，怎样消息沉沉，不见他们中间有一个人回来？那姓韩的人平日是有些奇怪的，但是那姓李的，瞧上去十分诚实，似乎是个很规矩的读书人，怎么他和姓韩的相识不久，已是一鼻孔出气，去做了党人呢？可惜可惜！"

周师母说道：

"那些人大都是年轻的人，喜欢加入的，不知他们究竟干些什么事？现在捉了去，我想他们的性命总是难保了，我家先生前天也被传去询问过，听说他们都移到警备司令部里去了，我们贪了几个房钱，却不知租了两个入党的人来，险些被他们害得坐监牢吃官司呢！"

庞太太道：

"那夜我们也吓够了，起初以为强盗来抢劫，恰巧我们正收着一个大会，两千块钱的钞票整整都藏在我的枕头边，还没有去存入银行，这真是再巧也没有的事。急忙之中，无处安放，又不能丢在马桶里的，急得好苦。后来，听得是来捉拿党人，然而我们也不知道在这屋子里哪一个是他们要捉的人，直等到他们去了，事情也明白了，方才定心了！"

周师母接着说道：

"可不是吗？那时我一时高兴，约了三个亲戚在楼上打牌，我打得牌风很顺，赢了一底多码子，又挨着庄家连庄，我买着二十和，他们三家都顶的，被我拿着一副好牌，手里是三张发财、三张七万、三张六万、一对东风、一张五万、一张别的牌，只要东风一碰，抛出那一张别的牌，便可等五门的万子。起初不见东风，心里有些焦急，因为凑巧又是挨着圈风，一翻作两翻的，恐被人家扣住不打了。后来下家拉着一张东风，很爽快地打出来，我碰着后专等和了，不是一副六百和的牌可以稳稳地和出来，我就要大大地胜利吗？我们碰的是十块底么二，至少几十块钱可以进账。谁知就在这个时候闹了那岔儿出来，她们吓得把牌都推乱了，以后便没有再打下去，我不是大大的倒霉吗？果然昨天打牌，我一家大输，输去了四十多块钱，以后那断命牌不能再打的了。"

庞太太笑道：

"真是霉头十足。嫂嫂！你歇歇手吧！"

二人这样讲着话，忽听敲门声响，周师母忙去开门，却见大我走了进来，神色憔悴，脸上的肉已瘦去不少，身上也很肮脏，垂头丧气地向周师母叫应了一声。周师母说道：

"呀！李先生回来了。"

大我已走到客堂里，和庞太太招呼后，坐到椅子里，微微地叹口气。周师母便问道：

"李先生，你已被捕去好多天，我们正在代你忧虑，现在可是释放出来的，没有事了吗？你是不是党人？"

大我摇摇头道：

"我哪里是党人呢？此次被捕，真是不幸得很。"

庞太太道：

"你现在释放了出来，已不幸中之大幸了，我要向你恭喜呢！"

周师母抢着说道：

"这样看来，大概你不是一党人了，那么韩先生和他的朋友在哪里呢？他们是不是党人呢？"

庞太太也很兴奋地向大我查问他们被捕后的情形，要大我告诉给她听。大我道：

"韩先生和姓彭的确是一党人，此次因为他们中间有一个同党被捕，

325

把二人的姓名、地址都咬了出来，因我近来和二人交友，常常往来，所以也被株连而一同被捕。在韩先生房里抄获了不少党人的印刷物和书籍，还有一面小旗、几个符号，证据确凿，无可抵赖，而在我处却并没有发现什么反动的书籍，恰好有几本文学上的书和几本哀情小说，这些书倒对于我很有益处的。幸亏我向韩先生借阅的书恰巧在那天一起还了他，而新借的书忘记拿来，这真是庞太太说的不幸中之大幸了。自从我和他们一起被捕去后，当夜就拘禁在捕房里，次日转送高等法院，讯问一趟，立即移送到警备司令部里去，到了那边，我们是分开着被审问的。我始终咬定和韩先生是同居关系，并不知道他的底细，自己是一个安分守己的寒士，生平没有进过什么党，此番被捕，实在是不知犯了什么罪，一切都不明了，要求早日释放。经过了一次审问，以后便禁锢着，尝那铁窗风味，我是第一遭吃官司的人，什么都没有经验，又苦于身边没带多钱，天气又冷，身上是穿了这件薄薄的棉袍子，虽然是为日无多，可是已苦够了。幸亏今天上午司令部里知道我是冤枉的，韩奇林也很义气，在他的口供里，一句也没有诬陷我的说话，所以我才能够释放出来，恢复自由。"

周师母道：

"原来如此，你总算是便宜的，那么韩先生和他的朋友在哪里呢？是不是解送到南京去了？"

大我点点头道：

"是的，我自被捕后，和他们隔离的，始终没有交谈过一句话，听说今天早上他们两人已由警备司令部备文押送到南京去了，因为当局对于韩奇林很是注意呢！可怜他们到了那边去，就是不办枪决，至少也要受多年的徒刑了。韩先生的学问是很好的，为人颇有侠义的心肠，可惜可惜！"

庞太太道：

"谁叫他们不肯安分守己做良民呢？你不要代他们可惜了，往后你谨慎些，你现在从那边出来，可曾吃过饭吗？"

大我身边一文钱也没有，饥肠辘辘，本来饿得很，遂老实说道：

"我从龙华跑回这里，跑得两腿都酸了，午饭也没有吃。"

庞太太道：

"怪可怜的，我们刚才吃过饭，锅中的饭大约还热，你不要客气，就吃两碗再说吧！"

大我本来不要无端去吃人家的饭，可是自己衣袋中所有几块钱早已用光，要想到外边去吃饭，一时也没有钱，既然庞太太好意请他吃饭，只得答应了。庞太太遂吩咐女仆盛了一小锅饭出来，还有两样菜肴，大我就在客堂里盛了饭吃，觉得那饭已有些冷了，那菜又是冷的，一边吃，一边想起自己以前在杭州母舅家里，有一次吃些冷的残肴剩羹，饱受老妈子白眼的情景来。自己挣扎了这许多时候，一无所成，想不到仍要吃人家的冷饭，虽然这也是人家的美意，然而触动了他的感伤，因此反而食不下咽了。吃了一碗饭，便搁了筷，立起身来向庞太太谢了一声，庞太太道：

"李先生，你不要客气啊！你肚里饥饿，怎么只吃一碗饭呢？莫非菜不合口？"

大我道：

"你说哪里话来？我在那边吃的东西，真才是不合口，然而我也吃了过来的。大约饿过了火，遂吃不下了。"

庞太太听了，方才不疑，又叫女仆去泡洗脸水来，大我揩了脸，要想跑到他的亭子间里去。周师母道：

"你的房门我早已代你锁上了，钥匙放在我这里，待我去取给你吧！"

大我道：

"谢谢你，横竖我的房中没有值钱的东西的。"

周师母笑道：

"不要客气。"

她遂走上楼去，大我也跟着走上去。周师母便把钥匙交给大我，大我开了门进去，把身上这件棉袍子脱下换了骆驼绒的袍子，坐定后，暗想：我以为和韩奇林认识之后，萍水相逢，得一知友，将来可以希望得他的提携，谋我的出路，谁知无辜被累，吃了一场官司。今日释放出来，还是我的侥幸，此后交友不可不十二分地谨慎，在这上海的地方，

327

各等人都有的，真叫人一时难以辨别，所谓知人知面不知心了。又想，我现在身边一个钱也没有，稿费又无处可取，午饭已白吃了人家的，晚饭到哪里去吃呢？饭店上和我不熟，又不肯欠账的，如何是好？他正在忧虑着金钱的问题，只见周师母已走了进来，他不知她有何事，遂立起身来，周师母便对他说道：

"对不起，我有一句话要和你说。"

大我问道：

"有什么见教？"

周师母道：

"讲起那夜先生们被捕的情景，真是吓煞人的，害得我们打牌也没有心路，我有一副好牌都白抛了。"

大我笑道：

"对不起得很。"

周师母把头一仰，说道：

"这也不能怪你的，大家触霉头，不过我家先生知道了这事，心里十分不安，一百个不愿意，他也曾被法院传去问过的。他是胆小的人，怪怨我将屋子胡乱租给人家，不张开眼睛的，险些受着无妄之灾，所以他吩咐过我的，倘然你们不回来时，过了一个月，也要报告捕房来如何处置。若是你们回来了，便要你们立刻迁出屋去，他发誓以后也不再租给一班没有家室的青年孤男了。"

她说到这里，笑了一笑，又继续着说道：

"我们实在吓得够了，所以请李先生快些乔迁吧！你尚欠十多天房金，我们也不要了。"

大我听周师母要叫他搬场，不由一怔，便说道：

"你们周先生的意思也不错，但是现在你当知道我不是坏党了，我是很正当的读书人，那么你们不妨让我住下去，何必急急地要叫我迁出去呢？"

周师母道：

"李先生，我不是无情逼你，实在我家的先生很坚决地吩咐过的，只得对不起你了，横竖你一样出钱，快搬到别地方去吧！"

大我见周师母说得如此斩钉截铁，知道再说下去也是无用的，何必向人哀求呢？遂说道：

　　"既然你们一定要我迁出去，当然我也只好遵命，请宽期三天，我在三天之内，当去看定了房屋，然后迁出不误。"

　　周师母点点头道：

　　"很好，就是这样办，你去看房，不必一定要在租界的，中国地界贱得多呢！"

　　大我笑道：

　　"这里不是中国地界吗？"

　　周师母道：

　　"这是法兰西地界，一切要受外国人管的。"

　　大我又笑道：

　　"中国人住在中国地方，怎么受外人管呢？"

　　周师母顿了一顿，说道：

　　"我们的国家把地方租给了外人，当然只好给外人管了。宛比大房东租给了二房东，这屋子便由二房东做主，是不是？"

　　大我听她这样解说，更加好笑，将头一点，说道：

　　"怪不得上海二房东独是多得很，原来二房东很有势力的，那么最苦的是小房客了。好！我是被压迫的民族，别人要怎样就怎样了。"

　　他说时，脸上有些不平之色。周师母道：

　　"本来可以好好地住下去，偏是闹了这个岔儿出来，所以只好对不住先生了，请你赶紧去找房子吧！"

　　说毕，回身出去。大我本来愁着吃的问题，现在住的问题又发生了，叫他怎样对付呢？既然自己在上海没有什么熟人，一时更从哪里去借贷，以济燃眉之急？他想了好久，想到最后一条路，就是穷人的后门，把他的衣服到当铺里去典些钱来再说吧。只苦于自己没有什么贵重的衣服，一件新制的皮袍子又是快要穿的，不能当去，只得取出他的衬绒袍子和华达呢长衫、纺绸长衫等几件衣服，裹了一大包，自己挟在肋下，只得出走去一遭。他挟着衣服，走在马路上，不知当铺在哪里，似乎以前在无意中曾瞧见在八仙桥相近有一家当铺的，便低着头匆匆走去。果见那边马路旁有一家当铺，墙上很大的一个"当"字，他跨过了马路，走到那典当门前，却又立住了，觉得两脚重得很，趑趄着走不进去，因为他生平从来没有踏进过这种地方，所以赧赧地走两步缩一步，好似养媳妇怕见公婆的面一般，满露着一副尴尬的样子，既而一想，我到这里来做什么的？我将自己的衣服去质钱，并不是鼠窃狗盗的，圣如孔子，尚有在陈绝粮之忧，古时的圣贤豪杰，大都受过困厄的，我为什么要这个样子呢？若尽是呆呆地站在这里，反要给人家笑了，所以他硬着头皮，走了进去。只见里面高高的柜台前，有许多男女在那边当钱，拥挤得很，他立在众人背后，要想等当的人清些，然后上去。等了一刻，许多人当的当，赎的赎，纷纷而去，柜台边已清，只有一二人了，他还不走上去，却见一个穿着大衣的男子，头戴呢帽，鼻架眼镜，手里并没有什么东西，大踏步走至柜前，从大衣袋里摸出一样东西，放到柜台上去，乃是一对珠镯。朝奉看了一看，问他要当多少，那男子说道：

"一百块钱。"

朝奉道：

"珠子虽好，但是现在的当儿很难脱手，七十块钱吧！"

男子点点头道：

"也好，横竖我也不要当绝的。"

一会儿，朝奉将一卷纸币和一张当票交给那男子，他就塞在衣袋里，很从容地走出去了。大我正要上前去当时，却见又有一个人走进来，头上发长如鬼，两颊瘦削，双肩高耸，一脸的烟容。身穿一件黑色的旧棉袍，拖了鞋皮，走到柜台前。朝奉便带着笑问他道：

"老枪，今天要当什么？"

那人道：

"没有什么，简便得很。"

遂把他身穿的那件旧棉袍子很爽快地脱了下来，放到柜上说道：

"先生，你说值多少？"

大我见他里面穿着一件十分污旧的短棉袄，寒风吹来，不免有些瑟缩的模样。朝奉便说道：

"老枪，这件衣服实在不值钱了，至多一元四角，不过你当去了这棉袍，你身上不要冷吗？"

那人道：

"顾了我的嘴，苦了我的身，管他呢？你快把钱拿来，我要紧去吸两筒呢！"

朝奉便把钱和当票给了他，那人回身便走，口里还唱着："店主东，带过了，黄骠马……"

大我在旁瞧着，暗想：当铺里来当的人也有等级，并且也含有社会哲学的。朝奉见他挟着一个包，当然是来当钱的，但是为什么只管呆看呢？忍不住喊他道：

"喂！朋友，你是不是将物来当的？"

大我被朝奉一喊，方才走近柜前，把包裹送上去。朝奉一件件地看了，问他要当多少，大我不知这些衣服值多钱，遂说道：

"你看能够当多少给我就是了。"

说时，低倒了头。朝奉道：

"你这几件衣服还新，作八块钱吧！"

大我只得答应了一声，朝奉便将八块钱给他。大我接到手，回身就走，朝奉又喊道：

"先生，还有一张当票，不要忘记啊！"

大我遂又回身接了票子，低着头走出去，脸上早变成赤化了。走到马路上，叹了一口气，暗想：这许多衣服只当八块钱，仍旧一个不够，如何是好呢？在这个月里，某报副刊上稿子做得很少，都因为去投稿了《丹心》周刊，分去了工夫，计算起来，不过五六块钱，况且不到结算时期，不能预领的。至于《丹心》上的稿费，韩奇林既已不在这里，我也无从去取了，唯有某小报馆，他们的主笔前次特地写了信给我，要我多做些稿子，所以我也多做了几篇，计算起来，约有十四元之数，已满了月，他们还没有把稿费寄来，我也不知可拿得到，现在唯有自己前去索取，试试看。他想定主意，于是一径走到某小报馆来。那个小报馆是在一条弄堂里，一家石库门上挂了一块报馆的牌子，他走进去一问，方知还在楼上，他遂打从一条狭小黑暗的扶梯上走上楼去，楼中间就是那报馆的编辑室了。有两个人正在写字台前手里拿着信看，口中吃着花生

331

米。大我便向他们点点头问道：

"哪一位是蒋梦花主笔先生？"

东边一个戴着眼镜的少年立起身来说道：

"就是鄙人，请问足下贵姓？"

大我不欲说出真名，便道：

"在下就是在贵报上投稿的李小我，今天特来奉谒。"

蒋梦花忙道：

"失敬失敬！"

便拉过一张椅子，请他坐下，敬过烟和茶，彼此客气了几句。蒋梦花便问大我可有什么事？大我遂说是来领取稿费的。蒋梦花对着案头日历一看，皱皱眉头说道：

"敝处发稿费的日期是在每月二十号的，今天是十四号，相差还有数日，不知会计员有没有结算？"

说着话，回头向他的同事问道：

"密司脱许，你可知刘先生刚才到哪里去的？此地可要再来？"

那人淡淡地答道：

"刘先生是糊里糊涂的，他去了必不会再来，除非你也到跑狗场去寻找，或者可以碰见。听说他这几天跑马也输，跑狗也输，输得落去了魂魄似的，别的事一概不在他的心上了。"

蒋梦花便带着笑对大我说道：

"对不住小我先生了，一则日期没有到，二则会计员不在这里，请你在二十号那天来吧！"

大我听了，不由呆住，暗想：此路又不通，叫我如何是好？只得硬着头皮说道：

"区区稿费本来应该静候尊处赐下，我也不好意思马上来索取的，只因我是个寒士，靠着笔头过生活的，近来囊空如洗，借贷无门，偏逢二房东立时立刻地逼着我迁居，我找到了房子，而没有钱付房钱，所以不得已跑到这里来了。不知贵馆可能通融办法，先行付给我吗？"

蒋梦花听大我这样说，又见大我满露着一副尴尬的面孔，知道他都是实话，文人十九是可怜的，遂答道：

"按着馆章，大小稿资不到期是不能预先支取的，因为小报上的稿费不拖欠已算硬的了。现在小我先生既自逢到困难，为日无多，以权宜而论，自可有情商之处，待鄙人留字给会计员，请他早付就是了。明天午饭时候，刘先生必在这里的，请你带了图章前来领取吧！不过这里的稿费是很微薄的，小我先生的文笔很好，使我十分佩服，倘然你高兴写些，请你源源赐稿，我总尽先刊出的。"

大我道：

"不敢不敢！蒙蒋先生嗜痂有癖，不我遐弃，我虽非千里马，而逢到了伯乐，敢不竭其驽骀呢？"

蒋梦花哈哈笑道：

"言重了，我哪里称得起伯乐？恐怕是奴隶人之手罢了。"

二人又谈了几句，大我方才告别。回去的时候，在途中忽见那家发行《丹心》周刊的书店门窗紧闭，早贴着十字花的封皮了，大约那书店的封闭，必然是和韩、彭二人被捕的事相连的。庞太太说我是不幸中之大幸，真是不错，此时他肚里觉得又饿起来，便走到五马路一家饭店里吃了晚饭，然后回去。周师母见了他，便问道：

"李先生，你可是出去找屋子的？可曾找着？"

大我道：

"哪有这样容易？但我说了三天之内搬出去，绝不过限期的，请你放心吧！"

他回到房里，觉得身子非常疲倦，连夜不得好眠，痛苦得很，现在身子已自由了，又得一饱，别的事不要管了，且到床上去睡吧，于是他闭门而一睡，果然一忽睡到天明。

次日起身，上午便出去寻房屋，将近十二点钟时，便跑到报馆里来。果然刘先生在那里，是个大胖子，很有些商人化的，相见后，刘先生便说道：

"蒋先生已和我关照过了，不过这种破例的事，只此一遭，下不为例的。因为大家若然不到期便来取钱，不但账目紊乱，而且和报馆的预算有碍，诸感不便的。李先生，你的图章可曾带来？"

大我听了他的话，很不高兴地答应了一声。刘先生便从抽屉里取出一大卷纸币，抽了一张五元的，又取过三块雪亮的新银币、两张角票，付给大我说道：

"上月大稿计算共有八千四百六十多字，这里的乙等酬资是每千字一元之数，所以你该得八元四角。"

一边说，一边又取出一张领酬单，请大我盖章。大我见此数至微，又使他大失所望，便问道：

"这里的甲等酬是几何？难道鄙人的稿子都列入乙等吗？"

刘先生早点了一根纸烟吸着，听大我问他，便回答道：

"甲等、乙等都是编辑先生评定的，与我无干，甲等酬是每千字两元，还有丙等是每千字半元，至于特约撰述的却不在此例。"

大我听他如此说，没奈何，只得取出他特地叫刻字店刻好的"小我"木质图章，在领酬单上盖了章，交还了刘先生，然后取了钱，懒懒地走出去。叹了一口气，暗想：蒋梦花虽要自己写稿，然而稿费真是菲薄得很，叫我哪里提得起劲？然而比较了《大亨报》上的白做，已算好的了，不必再计较吧！合了自己昨天当来的钱，已有十数元，一个月的房金总可以付出了，于是到饭店里去吃了午饭，四处找屋子去。找了数处，房金都嫌太贵，最后被他在东新桥畔一条弄堂里找到了，这人家本是一楼一底，上面有个小小阁楼出租。大我起初不知道阁楼是怎样的，以为也是一小间楼房，所以进去看看，谁知那阁楼又低又小又黑暗，这种地方只好夜间爬上去睡眠罢了，怎样可以坐在里面著作呢？房价虽然只消四元，然而叫大我怎能够安居？因此，他摇头不要。那二房东是个四十多岁的妇人，脸上却涂着脂粉，妖妖娆娆的，听大我不要住这阁楼，她转了一个念头，便向大我道：

"你既然不欢喜住阁楼，那么我住的亭子间租给你可要吗？"

大我道：

"那也好的。"

妇人便领大我到楼梯转弯的所在，推开一扇洋门，进去一看，地方虽不大，而东面、南面都有窗，光线很亮，比较大我本来住的那一间不相上下。大我看了，遂说道：

"你们若然将这间租给我，我自然要的，但不知房金贵不贵？"

那妇人笑了一笑，道：

"这个亭子间本来是不租的，因为一则我看先生是个上流社会人，二则我贪得些房钱，所以肯租给你，而我自己去住阁楼。横竖我日里是不在房中的，我女儿房里也好去打坐的，房金每月十块，再要短少就不是生意经。"

大我想：房子难找，这个价钱尚不算贵，住的地方总要好些，否则我何能坐在里面写稿子呢？于是他十分满意，便问室中的器具可能一起租让？妇人摇头，表示不能。她说道：

"先生倘然没器具，这里附近有木器店可以出租的。"

大我遂付了三块钱，约定明天下午迁入。那妇人接了钱，陪大我走下楼来，只见天井里蹲一个男子在那里生风炉，身上衣服敝旧，面有烟容，见了大我，便问妇人道：

"二阿姐，上面的阁楼租给了这位先生吗？"

妇人摇摇头道：

"都是你想法搭起来的，人家是好好儿的上等人，哪里要租这阁楼？除非你们这些烟鬼要住。现在我把我的亭子间租与这位先生了。"

那男子道：

"怎么租去了亭子间呢？若给香君知道了，不要怪你的吗？"

妇人道：

"我自己情愿住阁楼，她也不能管我的账。房金十块钱是我拿的啊！"

那男子笑了一笑，扇着风炉，没有话说了。

大我出去后，果见马路旁有一家木器店，他就去租了室中应用的器具，讲明每月租金一块半大洋，明天下午三点钟扛到那家去。他就缓步而归，告诉周师母说，他已在东新桥找到了房屋，明天就搬了。周师母道：

"东新桥吗？"

说时，微微一笑。大我也不留意，走回自己室中去。

次日下午，大我遂雇了人力车，搬着他的行李铺盖，辞别了周师母和庞太太，就到东新桥新屋里去了，付了房金，交了租契，木器店里也

335

将器具送来。大我布置一切，忙了几个钟头，已是天晚，他就出去吃了夜饭，然后回来，灯下独坐，心里非常感慨，瞧着壁上他自己的影儿，叹道，大我大我，你生得好不命苦，孤零零的一个人，在这茫茫尘世中挣扎着，你的前途能不能有光明的一日呢？唉！古人说，有志者事竟成，这当然是勉励人家的一句很好听的话，可是有志的恐怕未必个个都能有成吧！我在杭州做了一场春梦，现在却流浪到上海来了，将来更不知道如何呢！他心里想着，很不快活。

这天夜里，他虽然睡了，又有些失眠的状态。到了次日，他觉得身边的钱又快完了，不得不强抑愁绪安定心思，坐在这间亭子间里写作。那妇人却很是和气的，见了大我，时常和他谈谈，方知她家只有三人，那间楼房就是她女儿住的，妇人却住在阁楼上了。还有前天瞧见的那个生风炉的男子，乃是妇人的兄弟，在此吃闲饭，帮她们做事，如同下人一样。那妇人姓徐，大我便称她徐太太，至于她的女儿，大我搬了进来，已有数天，却还没有见过面，只知道晚上总不在家里，大都要到天色微明方才回来，日里睡眠，起身时最早在午后二三点钟。大我有时听到她很清脆的声音喊她的母亲，谅是年纪很轻的，有时大我写稿子的时候，却听前面楼房里唱起《桃花江是美人窝》，或者是《谢谢你的口香糖》来，声调婉转流利，非常动听，竟使大我搁了笔，听到悠然神往，忘记了写稿。既而一想，自己处的什么环境？再不要听那些歌曲，无端动人绮思了，所以，以后他虽然听见了，也只当听而不闻，一心一意地做东西，然而一天到晚蛰伏在这小小室中，写的时候虽然不觉得什么，可是写过了便觉得十分沉闷，一个朋友也没有，无可谈心。近处又是热闹而嘈杂，马路上充满了许多下流社会的人，闹得不成样子，看在眼里，只觉得憎厌，不合散步，除非跑到远的地方去。这样比较住在嵩山路里更是不好了，加着自己身边的钱要用完，当无可当，借无可借，所以做稿子，有的虽已登在报上，却是日期没到，还不能领取，远水救不到近火。想想照那样的生活，总不可以长久的，非得找到一个相当的职业，心里不会安定，因此他每天在报上细看广告，可有什么机会。

有一天，被他发现一家造化书局的广告，那书局在新闸路，要请一位编辑，代他们出版各种书籍，只要先把自己做过的著作寄去，倘然同意的，当再函约面谈。大我看了这广告，觉得对于自己倒是很合配的，大约不见得再像那太平洋贸易公司完全欺诈性质，一则他们并不要保证金，二则我也没有钱给人家骗了去。他决定要去尝试一下，只是自己的著作都是零星小品，散见在报纸上的，自己没有保留，唯有以前在杭州西湖日报上写的那长篇说部《襟上泪痕》，虽然没有写完，自己曾剪贴在簿子上的，现在还放在书箱里，不如就把这个东西寄去吧！他遂拣出了，又写了一封信，说明自己在各报上写稿子，长篇短著都有经验，情愿担任编辑之职，效毛遂自荐。他写出后，隔了一天，竟接到造化书局的复信，十分满意，约他明日下午四时左右前去面洽。大我得了这封信，读了又读，好似在沙漠中见到了泉水一般，心里十分快慰，暗想：这一遭自己或可不至于失望了，将来我做了编辑，自能发展我的著作天才，出版各种书，渐渐声价高大起来，也许可以做到冷香阁主一样的地位。所谓舜何人也，予何人也，有为者亦若是。他越想越高兴，重又做起著作梦来。

到得次日下午，他就跑到那造化书局去，却见那书局中有一个学徒坐在那里，大我见了这个样子，不由倒抽一口冷气，呆呆地立住，那学徒见大我走进门来，以为主顾到了，便立起身问他要买什么书，大我道：

"你们这里可是造化书局吗？在报上登广告招请编辑可有这事吗？"

学徒道：

"是的，你可是李先生吗？"

大我点点头道：

"正是，我特为此事前来接洽的。"

学徒便领大我走到后面一小间去，黑暗得如同夜里一样。学徒一开电灯，方见靠墙放着一只写字台，还有两张椅子、一口书橱，地下又堆着不少的书，连走路也不十分便当，还有一张扶梯。大我暗想：大概这就是编辑室了。学徒请他坐下，倒了一杯茶过来，遂说：

"我去请老板下来。"

大我道：

"你们的老板叫什么名字？"

学徒道：

"是赵赤兰先生。"

说罢，跑上楼去了。不多时，那位赵赤兰先生与学徒一同走下楼来，是个四十多岁的人，面孔很瘦，彼此招呼过后，遂谈到编辑的事情上去。赵赤兰告诉大我说，他的意思要想出两部书，迎合社会心理，可以稳赚金钱，把自己的书局扩大起来，所以招请编辑。他读了大我寄来的小说，十分满意，情愿请大我在他书局里担任编辑之职，帮他的忙，大我当然答应。他问起月薪，赵赤兰道：

"第一个月我们彼此试试，不能就订合同，到下月方可一定，所以薪水微薄得很，每月只有三十元之数。"

大我没奈何，也只得同意。赵赤兰便请他明日前来办事，时间自上午九时起至下午五时止，且请他想些出版的计划。谈了一刻，大我就告辞而回，心里已没有来的时候欣欣然了。想赵赤兰要我想些出版的计划，却不知道编何种书方合他的意思，这倒颇费斟酌的。但是既已答应了人家，不得不费些心思了，因此他回去后，足足费了一个黄昏，想定几部出版的书籍，写好了计划，预备明天给赵赤兰看了再说。

次日上午九时，大我跑到书局里去，赵赤兰还没有起身，学徒请他坐在那一小间里的写字台前。日里点着电灯，很是不惯，一时无事可做，只得取了几本书来翻阅，直坐到十一点钟时，赵赤兰方才下来。大我见了他，便把各种计划讲给他听，可是都不能得赵赤兰的同意，商量了好久，已到吃饭时间，包饭作里送饭来了，于是赵赤兰便留大我同吃午饭，饭后，恰巧有一个四川的客人来批发许多书去，赵赤兰忙着陪客，又叫学徒包扎各种书籍，因此没有工夫再和大我谈话。大我在那一小间中闷坐了好一歇，听钟声已鸣三下，赵赤兰还陪着那客人谈话，要为那客人代办别的事情，大我有些不耐，便向赵赤兰告辞先归。这天，又觉得十分乏味。

次日，大我早上写去些别的稿子，等到十一点钟过后，他才跑到造化书局，见赵赤兰已在楼上写信。大我坐定了，又把一种月刊的计划贡献上去，赵赤兰大摇其头道：

"不瞒先生说，我们的书业自受时局影响后，市面萧条，一蹶不振，同业又是互相竞争得十分厉害，不但书价狂跌至一折二折，又有什么一折八扣，等于卖废纸一般，还要另加赠品，购下的钱只好出广告费，不赔本已是幸运了，假若你不登报，不廉价，那么门可罗雀，简直做不到生意。到了这个时候，书业若不团结起来，共谋良法，尽是这样拆烂污，行自杀的政策，恐怕不知要弄到什么样子呢！现在单行本也难出，月刊更加是不行了，一定要蚀本的。"

大我听赵赤兰这样说，自己的计划可算尽在于此了，便道：

"赵先生，既然贵业如此不景气，一切都不能出版，那么我不该说你为什么要招请编辑呢？"

赵赤兰笑道：

"生意总是想做的，我所以要请编辑，就是希望编辑先生代我想出一种稳妥的计划来，方敢出版。"

大我听了，默然无言。包饭作里又送饭来了，大家一同吃饭，吃过饭，赵赤兰又向大我说道：

"李先生究竟有没有良好的计划？最好有把握的，出版后可以获利。"

大我道：

"计划我已说了多种，无奈都不能得到你的同意，照你的说话，好像叫我编辑一种书，一定要赚钱的，像卖西瓜一样，包拍包吃，当然我想的计划，总希望将来出书后，销路可以旺盛，让老板一本万利，大赚其钱，我也快活的。但是，需要经过尝试方才知道，现在叫我怎样可以说一定能够赚钱呢？我实在一时再想不出了，请赵先生指教吧！"

赵赤兰吸了几口纸烟，说道：

"现在新出版的单行本的小说要算冷香阁的《春江花月》了，我意思想请先生也照样做一部《申江花月》，那么书名比较熟些，或可有些销路。"

大我不觉笑起来道：

"冷香阁主是名小说家，他的《春江花月》以前登在某日报，脍炙人口，名望好，文笔好，自然销路也好了。若是他人照样著作，不但犯雷同之嫌，而且没有什么意味，书名虽换了一个字，却已雅俗不同，销

339

路哪里会好？况且出版新书，贵有独立的精神，不比店名要去影戏人家的老牌子。以我看来，东施效颦，适足自增其丑而已。"

赵赤兰听大我这样说，便很不高兴地说道：

"我想现在的读者对于纯洁的言情小说，已不能使他们满意，只有从性欲方面着想，或者可以有吸引的魔力，故我意欲出版一部《欲海指南》，详细讨论性欲的问题，加印许多人体美的模特儿照片和女子生殖器的各种画图，将来出版，可以外加赠品，电影女明星照半打，袖珍爱情日记一册，不怕那些青年男女不来买了。又要请先生撰一部香艳而肉感的小说，取名《春色》，不知先生能不能担任？并且你倘然答应的，工作时间每天上午九时必须到局，下午五时后方可回去，至少工作七小时，每小时写一千字，一天大约可以写出六七千字了，那么出书可以赶快。若像昨天那样早回去，今天这样迟到，是不能的。"

大我听了他一派说话，心中大不谓然，暗想：你要叫我做这些秽亵的文字，我是无论如何不愿担任的，并且也不会做，这三十块钱的月薪不要吧！况且他要包赚钱的，在这种人手下吃饭，一定不能有什么出路。尤其荒谬的，每天要我写出六七千字的稿子，竟当作一架机器了，那么我还不如投稿各报，来得自由而代价大了！所以，他就一口回绝道：

"赵先生，你想的计划，我也不能说不好，当然你的眼光比较我准确些而有把握，但是鄙人对于性的作品，却向来没有经验，写出来的东西怎会肉感动人？恕我不能担任，请你别请高明吧！"

赵赤兰见大我谢绝，便说道：

"先生既不愿屈居于此，担任撰述，那么只得对不起先生白跑数趟。昨天我又接到一封自荐书，那个人姓章，曾经做过性的书籍，也许他倒高兴来担任的。"

大我道：

"很好，既有相当的人才，不可错过，我去了，再会吧！"

说毕，立起身来便往外走。赵赤兰还送到门前，说声对不起，大我也说不打紧，匆匆走回去。心里觉得一肚皮的闷气，前两天热烈的希望又化为乌有了。傍晚时很无聊地走到一家小酒店里去独酌，不知不觉地喝了两斤酒，回家的时候，老天忽然起了大风，又下起一阵阵的细雨。大我带着醉，冒着风雨走回去，很觉有些寒意。回到家中，倒头便睡，身上盖得很少，半夜里大呕大吐，要想喝些热水，茶壶里只有些冷茶，他不管三七二十一的，一口气喝了小半壶。因他嘴里干燥得很，喝罢，重又睡卧。但到了天明醒来时，却觉头里涨痛，胸腹很是不适，他还勉强起来，把地下呕的东西收拾去，洗过脸，早点也不想吃，午时到饭店里去吃了一碗饭，腹中更觉不适，回到亭子间里和衣而睡，到下午方醒，可是身上冷得发抖，钻在被窝儿里不能起身，只得仍睡在床上，夜饭也不想吃了。冷了好一刻，却又热起来，热得眼睛里发火，他心里暗想：我这样发冷发热，莫非患起疟疾来了？这是很讨厌的，我一个人孤单单地流浪在此，倘然生了病，那么比较在杭州的情形更要恶劣了，况且我身边又没有钱，上海的医生更是请教不起，怎样是好呢？又想到以前小卧病榻，玉雪前来探望，给自己服阿司匹林的情景，现在自己负气出走，和彼美已好久不见了，不知她还能够想得着我这个人吗？还是和小叶在恋爱之路上，很快地进行，山盟海誓，甜情蜜意，他们俩订了婚呢？我病倒在这里，哪有玉人前来慰问，使我心灵上得安呢？玉雪是我人生大道上的一盏明灯，自从这明灯熄灭，不再照耀在我的面前后，我的生活便充满着愁云惨雾，得不到光明。唉！好忍心的玉雪，你何以起初对我那样逾分的亲密，以后却又一变而为冷淡？难道是爱则加膝，恶则坠渊吗？啊！这不能完全怪她的，她年纪尚轻，用情不专，都是被姓叶的诱惑了去，以至于此，将来也许她还有醒悟的一天，但恐一失足成千古恨，再回头已百年身，悔之不及了。可恶的小叶，他竟是我唯一的情敌，我失败了，在这里挨受许多苦闷，他倒得意洋洋地高唱着凯旋之歌，正在那里享那温柔艳福呢！他想着，越觉气闷，越觉悲哀，握着拳头在床上捶了两下，既又自思：我业已挥我慧剑，斩断情丝，所以跑到这里来，何必再要想起前事，自增烦恼呢？倘然不幸而死在沪滨，那么我这个人本来渺小得很，在世间真像沧海之一粟，死了一个李大我，轻于鸿毛，算什么呢？在我自己说起来，也是摆脱了一切忧愁困苦，什么都不知道了，何必多虑呢？他这样一想，心神渐渐安定，直到天明时，寒热退去，他也睡着了。醒来时日已近午。

他起身后，觉得身体有些疲软，饭也不想吃，到门口去买得一份报，看了一会儿，心有所感，磨墨濡笔，要想写下一篇东西，可是脑子里也会迟钝起来。写了良久，勉强做了数百字，写了一封信，一同投到报馆里去。晚上出去吃了饭回来，计算自己身边只有几角钱了，再不想法不能过去，然而又有什么法子想呢？这天夜里，他没有发冷发热，可是到得明天晚上，他又发作了，忽冷忽热，十分难受，知道自己病的间日疟，若不服药，一时断难痊愈，身边的钱没有了，箱中除了一件在杭新制的皮袍子，此外没有可质之物，若然把它当去，那么正在冬天，自己无以御寒了。不过环境如此，也是无可奈何，且到下月领了稿费，再可以把它赎出来的，只要自己多写几篇稿子就是了。所以，次日下午，他就包了他的皮袍子，到近处当铺里去，这一回有些经验了，不再站在旁边呆等，很快地凑上去，当得十五块钱，连当票藏在衣袋里。走出了当铺，又到附近一家药房里去买了几粒金鸡纳霜丸，想把自己的疟疾吃住。

这一天，马路上的风很大，天气很冷，他脚里很觉疲软无力，瑟缩着身躯，走进弄堂，到得自己门前。他正低头想着心事，不防石库门一开，里面高跟革履声响，急匆匆地走出一个妙龄女郎来，那女郎一边走，一边正回头向门里说话，不提防前面有人，大我也没有防到，被那女郎撞个正着。他生了病，气力全无，不由两腿一软，口里喊了一声哎呀，向后跌倒在地。

第二十一回

因病废三餐何能勿药
为君歌一曲未免有情

女郎立刻回转头来，见自己撞倒了人，便娇声喊道：

"不好了，我闯祸了。"

门里接着跑出一个妇人来，就是二房东徐太太。女郎要俯身去扶起大我时，大我早已翻身立起。徐太太笑道：

"哎哟！这是李先生，怎样被你撞倒的？"

那女郎听了这话，便对大我说道：

"对不起得很。"

大我只得红着脸说道：

"这是大家不留心，不打紧的。"

徐太太问道：

"李先生可跌痛吗？"

大我摇摇头道：

"没有。"

徐太太指着女郎和大我说道：

"李先生，这是我的女儿香君，恐怕你们没有见过面呢！我来代你们介绍。"香君却早笑起来道：

"母亲，不用你介绍，原来这位就是租我们亭子间的，失敬失敬，请你不要笑我鲁莽，第一次相见，就撞了你一个跟头。"

大我道：

"这几天因我有些小恙，脚软无力，否则也不会跌倒的，请密司休要笑我。"

他一边说，一边对香君细瞧，见她烫着头发，两颊涂着两堆橙黄的胭脂，嘴上染得猩红，两道细长的蛾眉，一双水汪汪的眼睛，妖媚得很，耳上坠着一对茄子式的耳环，长到肩上，身穿一件玄狐皮领的黑呢大衣，里面穿着花花绿绿的衬绒旗袍，好一个摩登的女子，前天只听得她的娇声唱《桃花江》，今天见到她的人了。那香君见大我对她端详，又听大我称她密司，微微笑了一笑，道：

"李先生有贵恙吗？那更对不起了，我因为此刻要紧出去，走出门的时候，又和我母亲讲了两句话，所以撞了你一下，请你原谅。李先生请进去吧，我要去了，改日和你谢罪。"

说罢，旋转娇躯，叽咯叽咯地走出弄堂去了。大我便和徐太太走到里面去，徐太太关了门，对大我带笑说道：

"李先生，你瞧我的女儿不是很有孩子气吗？"

大我不便说什么，含糊答应了一声，回到他自己的亭子间里去。

这天晚上，他的疟疾没有发作，所以坐到桌子边想要写些稿子，但是写得不到二十分钟，头脑便觉得不舒服，勉强成了一小篇，就搁笔不写了。天气很冷，便上床早睡。

明天，他在下午吃了二片金鸡纳霜丸，到了老时候，虽然依旧来的，觉得轻松一些，大我想：只要连服这药，便可见效，心头稍慰。谁知次日午饭过后，他正在房间里看一本西文周报，要想从里面找些材料，可以翻译的，忽然身骨里觉得有些怕冷，他暗想：莫非这话儿又来了吗？但是今天照例是要间断的，怎么发作了呢？隔了些时，一阵阵地冷起来，冷得二十四个牙齿捉对儿相打，周身好似筛糠一般，再也坐不住了，只得又到床上去睡。盖了两条棉被，还是怕冷，却没有别的可盖了，把一个整个的脸全钻到了被中，口里不住地哼着，难过得很。足足冷了两个钟头，又热起来了，冷得厉害，热得也厉害。

一夜过去，明日，身子更觉软弱无力，起身后，午饭也不想吃，看了两张报，又冷起来了。大我连忙吃了两片药，上床去睡。这一次发作得也很长久，所以到了次日，他竟起身不得了。徐太太见大我昨天没有出房，今天又不见面，前日听他说有病，莫非是病倒了？遂开了他的房门，进来探望，见大我睡在床上，脸上血色也没有，比较前天更瘦了，便问道：

"李先生，你生的什么病？我见你不出来，很不放心，所以来看看你。"

大我道：

"多谢多谢！"

便将自己的病情告诉她听。徐太太道：

"这样你变成烂疟了，我听人家说，若患这种病，金鸡纳霜也不能早吃的，大概你早吃了药，以致变得这个样子。李先生，你不要忽略，总要请教医生看的，因为你是一个孤男，这里又没有亲戚，倘然病倒了，有谁来服侍你呢？"

大我听了，点点头。徐太太又道：

"在法大马路大自鸣钟长康药房楼上有个西医姓汪的，医道很好，诊金也不贵，我们和他熟识的，若然用我们的名义去请他来，诊金可以减半，绝不会敲竹杠。明天你要不要请他来看？"

大我道：

"我是一个没有钱的穷措大，哪里有钱延医服药？"

徐太太道：

"不要客气，一个人要去请教医生，本来是不得已的事，生了病不吃药，难以早好，即使没有钱，也要借了债而医治的，英雄只怕病来磨。"

大我听她说的话很不错，自己倘然尽是这样病下去，非但种种不便，一旦身子病得虚了，虽有卢扁，恐也要叹回天乏术了。好在我身边尚有当来的十数块钱，不如先医好了我的病再说，只求我的病能够早愈，那么我可以早日写稿子。不死不活地病着，也不是个道理。因此他就回答徐太太道：

"多谢你介绍医生，我想明天自己到那里去求诊，比较请他来总便宜些。"

徐太太道：

"好的，明天早上我陪你去一趟，有了我同往，他绝不要多向你取钱的。"

大我遂谢了一声，徐太太坐在床前，有一搭没一搭地和大我闲谈，问起大我的身世。大我见徐太太母女俩虽然有些神秘，然觉徐太太为人倒很直爽，所以便将自己的来历约略告诉她一下，不过自己失恋的事却隐瞒着不提。徐太太听了，叹口气道：

"李先生，你真是可怜的人了，我听了你的说话，使我想起我的大儿子来。"

大我道：

"徐太太，你有儿子的吗？现在哪里？"

徐太太道：

"有是有的，可惜已不在人间了。"

大我道：

"哎呀！已病故了吗？"

徐太太的声音发起抖来说道：

"我老实告诉你吧！不是病故的，他是死于非命。可怜可怜！他死的时候不过二十岁呢！"

大我惊问道：

"为了何事而惨死呢？可能告诉我？"

徐太太道：

"我的儿子，人是很聪明的，不过脾气太坏了些。我非常宠爱他，好容易把他读到高中毕业，托了许多亲戚，在一家保险公司里找到了职业，可是他做了不到三个月，为了一些小事，和上面的人冲突了一回。他是新职员，又没有靠山，怎会占便宜？所以到了月底，就被辞歇。这番失业后，老守在家里，竟有三年找不到事做，他心里闷极了，一会儿说要自杀，一会儿又说要去做强盗，我再三地安慰他、劝解他。有一天，他忽然悄悄地离家出走，一去不返，失了踪。我急得了不得，登报觅寻，仍不见他回来。隔了好多时候，上海忽然发生了大绑案，某银行的行长被匪绑了去，汽车夫和行长的朋友都被匪徒用枪打死。后来竟破了案，捕房里去搜捕的时候，双方开枪，打死一个包探和一个西捕，有四名匪徒被擒。哪里知道其中有一个就是我的儿子啊！不知他怎样去做了绑匪，可怜他后来是听说枪毙的，也有人说受电刑而死的，总之，我的儿子一定死得十分可惨的，尸骨也没有着落。当时我知道了这消息，连日哭泣，我的心几乎碎了，唉！我想尽方法，使我的儿子受了教育，却得到这样的结果，岂是我始料及此呢？我若没有小女儿时，现在还有什么人来养我呢？因为我们本是穷苦的人家，香君的爹爹又是早年生了痨病而死的，孤儿寡妇，没有人照顾的啊！"

徐太太说到这里，眼泪流出来了。大我听着，在他的心里也平添不少感慨，实在找不出一句话可以安慰她，只得长长地叹了一口气。徐太太又说道：

"我儿子的面貌也和李先生有些相像，不过身材要比你高大一些，所以我见了李先生的面，常常要使我想起他的。我膝下本有一男一女，现在却只有一女了，岂不可怜？幸亏我女儿很能孝顺我的，有了钱总肯给我用。"

大我道：

"这也难得，不知令爱在哪里得意？"

大我这句话问得很自然，徐太太又是直爽的人，所以就告诉他道：

"我女儿虽然没有读书，却学会了跳舞，现在新月舞场里充当舞女，我们这种人家也只有这样地谋生活。"

大我点点头道：

"这也是一种职业，不过……"

说到这里，缩住了，没有再说下去。徐太太正要再说，而她的兄弟忽在楼下唤她，徐太太便立起身来说道：

"稍停你要吃粥时，我们可以代你煮一些，你也不能出外去吃了。如要什么，可以呼唤我们的，明天我一准陪你到医生处去。"

大我道：

"难为你了。"

徐太太道：

"一个人生病是免不了的，你在此间又没有他人照应你，我们如能为力，终当帮一些忙，请你不要客气就是了。"

说毕，走下楼去。到了午饭时候，徐太太亲自端了一碗粥和一盘粥菜送来给大我吃，大我不胜感谢。这天晚上，依然发冷发热，一些没有轻松。

　　次日早晨，徐太太便来大我房里，要陪他到医生处去诊治，大我勉强起身，披了棉袍子，和徐太太出门，一同坐了人力车，赶到大自鸣钟长康药房姓汪的医生处去。那汪医生见了徐太太，很是欢迎，问起她的女儿，似乎同香君很熟的。徐太太遂介绍大我请他看病，汪医生便给大我注射了一针，配了一瓶药水和一种药丸，给他试服，且叫他每隔二天来这里注射一下。大我便要付给医药费，徐太太附着汪医生的耳朵，说了几句话，汪医生见大我身上只穿着一件棉袍子，恰逢大冷天气，露出瑟缩之状，知是一个寒士，便只要大我付了号金和一块钱的注射药费，其余的都不取。且说：

　　"我和徐家母女素有交情的，香君有病也是请我医治，一向不取医药费，且待将来再说。"

　　大我哪里要沾这个光？实在身边羞涩得很，只得也说以后当一起总谢，费汪医生的心。领了药水，和徐太太坐车回来。徐太太又和大我说：

　　"汪医生为人是很好的，他从不和人家计较锱铢，你尽管去请教他医便了。等到你将来有钱的时候，可以随便谢一些。"

　　大我答应一声，回到他的房里去睡着休息。这天下午，果然没有发作，大我心里稍觉安慰。

　　到了后天，大我仍到汪医生处去诊治，这样过了好多天，他的疟疾虽然不是天天要发，而有时间或仍要发作，但没有以前的厉害，身体方面却日见软弱，晚上稍有些潮热，精神欠缺，所以他虽蛰伏不出，而著作很少。因为握管的时候常觉头疼脑涨，文思枯窘，勉强做出来的，哪里会好呢？他自思：我的病恐仍没有脱根，为何这样地没有精神？一日三餐，也是食下咽，胃口不佳，吃得很少，照这样的情景，尽是迁延不愈，莫非要变成痨瘵之疾吗？那么我非但精神上感受痛苦，而身体上也要受尽痛苦，甚至于死。我这个人厄于贫病，永远没有出头的日子，而要死在异乡，连尸骨也无人来收了，我李家不知作的什么孽，一族的人全遭匪难，只剩下了一个我，流落他乡，难找出路，还要得到凄惨的结果吗？他这样想着，心中又不禁无限辛酸、无限彷徨，偃卧在榻上，落了数点眼泪。这时候，忽见徐太太推门进来，走到他的床前，问道：

"李先生，今天你觉得如何？"

大我道：

"多谢你，我服了汪医生的药，一共注射了三针，疟疾虽然好些，可是身体异常软弱，精神不振。"

徐太太道：

"生了这个病，身子当然要疲软的，请你耐心休养，不久终可痊愈。我有一句话要问你，你可是以前在杭州陈百万家中教过书的吗？"

大我点点头道：

"是的，徐太太，你怎样知道？"

徐太太微微笑道：

"不错了，这里有一个人要来看你。"

大我听了，不由一怔，忙问道：

"有谁要来看我呢？"

徐太太没有回答，立刻回身出房去。大我见徐太太这种情景，心里十分疑惑，想自己在上海没有什么亲戚，只有一个友人史焕章，然而他已到郑州去了，莫非他现在又回到上海来，所以特地跑来看我吗？哦！不会的，即使他回到上海，他哪里会知道我住在此间而来访问呢？莫非杭州方面有人来看我吗？那边的亲戚只有我舅舅徐守信，朋友也只有奚昌和郑顽石，但是我只身来沪时，没有通知他们，他们就是要来看我，也绝不会知道我的下落，而且是无从探听的。仔细想来，又有谁人呢？他正在猜想，听得房门外一阵高跟革履声响，徐太太早领导着两个艳装的女郎进来，第一个他认得就是徐太太的女儿香君，第二个身穿一件奇彩纷披的软绸衬绒旗袍，手里捧着一个热水袋，头上烫着头发，颊上涂着胭脂，打扮得非常美丽，笑嘻嘻地向大我叫应道：

"李先生，你可认识我吗？"

大我起初真的不认识，后来听了她的声音，又仔细相视她的脸庞，方才认得这个突如其来的丽人便是以前在西子湖边的卖歌女郎阿梅，他竟一时呆住了。隔了一歇，方说道：

"原来是梅姑娘，请坐请坐，你怎会知道我在这里呢？"

阿梅笑了一笑道：

"这叫作无巧不成书，天下自有这种巧事的，我来告诉你吧！"

徐太太遂拖过一张凳子，请阿梅坐，香君自己也端了一张凳，傍着阿梅坐下，徐太太却靠在桌子边静听。阿梅便说道：

"记得今年春天，我和母亲回杭州去烧香的时候，曾在路上逢见过李先生，那时候有你的人在你身边，我瞧你的神气，也有些异样，所以不曾和你交谈，我们母女还在羊肉弄老家里耽搁三天，盼望你或能前来一谈，但是李先生却没有来，我们也就回上海了。我们母女二人因为李先生前番待我们很好，我们十分感激，常常要挂念你、谈起你的。"

大我听了，连忙说道：

"我有什么好处相待？真是惭愧得很。"

阿梅道：

"李先生不要客气，听我再讲下去吧！我又记得前两个月，我和一个小姊妹从大世界出来，刚要上汽车的时候，忽瞧见李先生同一位朋友在马路旁边走过，我仔细看了一下，知道自己不会认错的，不过李先生却低着头没有见到我。我想要招呼你，又恐冒昧，所以坐上汽车去了。回家后，告诉了我的母亲，她老人家还怪我，既然看见了李先生，为什么不上前招呼呢？但料想你也许是偶然抽暇来到上海游玩，不知你住在哪一家旅馆里，当面业已错过，还能够到什么地方去寻找呢？所以我也很懊悔自己错了主意了。"

大我听阿梅说到这里，也想起那时他从天津馆子里出来，韩奇林和自己说的话，原来就是阿梅，自己一时怎想得到呢？于是他就说道：

"不错，那晚我正和友人从酒楼里出来，我没有瞧见姑娘，过后那友人对我说起的，只是我猜不到罢了。"

阿梅又笑了一笑，两手把热水袋颠来倒去，热水袋上的小金铃丁零丁零地响着，继续说下去道：

"我怎会知道李先生忽然也住到上海来呢？然而事有凑巧，我和这里香君姊是姊妹之交，彼此很熟，前天她到我家来闲谈，说起她家中的亭子间租给了一位姓李的少年居住，而那少年是个孤身男子，现在生了病，很是可……"

阿梅说到"可"字，又缩住了，改着口道：

"很少人伺候，幸有我母亲陪到汪医生处去诊治，然而还没痊愈。我就向她问起来历，她说是从杭州来的，有些江西人口气。我心里便有些疑心是李先生了，所以今天我特地到此一探究竟。起先还不敢冒昧，请徐太太先来问明白一句，等到你说曾在杭州陈百万家中教过书的，我知道一定是的了，便大胆进房来见你。哎呀！李先生，你在杭州好好儿做陈百万家的教师，怎样跑到上海来的呢？又怎样生起病来呢？你究竟为的是何事呢？你那位陈家小姐又在哪里？你在上海这许多时候干些什么呢？可能告诉我吗？我是很惦念你的，今日相见，我仍是快乐得很。"

大我听阿梅说了一大篇的话，问了许多，他一时反而回答不了什么来，向她看了一看，眼中露出很感谢的神情。香君的一双妙目也紧注在大我的脸上，且露着贝齿，微微地笑，别有一种媚态。大家静默了一会儿，大我方才答道：

"梅姑娘，你要问我为什么到上海来，很简单地回答，就是我为找生活而来。"

阿梅道：

"李先生，那么你为了在杭州的生活不安定而来沪的吗？但是你此刻可找着什么较好的生活呢？"

大我摇摇头道：

"惭愧惭愧，尚没有找到。"

阿梅又道：

"本来你在杭州很好的，却如何……"

阿梅的话没说完，大我早搔着头说道：

"姑娘，说来话长，待我以后缓缓告诉你吧！总而言之，我的运气不好，机会太少，而又生起病来，这最是短人志气的事。途穷日暮，更有何言？"

阿梅把头点了一点道：

"你的病不久便会好的，既已到了上海，安心在此，总可找到生活。

351

但是我还要问你一句话，那位陈家小姐不是和你很好的吗？你怎样舍得去了她而走呢？"

阿梅说了，禁不住咯咯一笑。徐太太也说道：

"梅影小姐，你们说的陈家小姐到底是一个怎么样的人？"

阿梅带着笑向大我一指道：

"你去问他吧！"

大我听说，不由面上一红，遂对徐太太说道：

"那是在陈家教书时的一个女学生，毫没有什么关系的。"

阿梅道：

"没有关系吗？李先生，你这话可是真的？"

大我见阿梅这样咄咄逼人，暗想：以前我在杭州见她的时候，觉得她虽是小家碧玉，街头鬻歌，而很斯文的，饶有一种处女的美。别来重逢，只隔一年，然而今番她却又变成了一个样子，话也会讲了，是何道理？他这样地想着。阿梅见大我不答，以为他不欲说及这个问题，遂说道：

"很好，李先生，你现在正有病，我和你讲了许多话，不要多烦你的精神，请你宽心静养着，明天下午我当再来看你。现在我要和香君姊到别地方去呢！"

说毕，立起身来，便和香君向大我点点头，回身走出房去。徐太太也跟着出去，将房门轻轻带上，于是这小小室中只剩大我一个人睡着。他的脑海中又涌起思潮来，想阿梅虽是个小家女子，我和她只见过数次，在我的脑海中所留的影像很淡，没有玉雪那样的浓烈。她前番送给我的倩影，我也早把来焚去了，然而阿梅却能把我这个天涯游子牢系在心头，今日特地前来看我，可见她对我的感情是很好的。方才她苦苦向我追问玉雪，她怀的是什么意思呢？使我大受感触了。唉！我怎样能够把我内心里的创痕老实吐露给她知道呢？即使她不笑我，而我也只有把这可痛的往事埋葬在我的心冢里，不愿告人了。对于阿梅方面，她本来贫穷不能过活的人，现在看了她身上的装饰，倒像是从豪华之家出来的，不知她们母女俩究竟在上海做何生涯？我倒没有问她。不过她们要到上海来的话，以前我在她们家里，曾闻阿梅的母亲提起一句的，她们到上海来，当然是为了谋生活，可是阿梅除了清歌一曲而外，更没有什么学问，或是技能，将什么去谋她们的生活呢？这是不难觑知的。徐太太的女儿是个舞女，阿梅自言和香君是小姊妹，那么也许同在舞场中牺牲色相，以换金钱，虽不中不远矣！我只要顺便时向徐太太探问，当可明白，现在上海最流行的是跳舞，舞场歌榭，乘时而起，于是一班舞星也是应运而生，小人家的女儿为生活所压迫，只要姿色美好，口齿伶俐的，都群趋于此途了。唉！难道这也是提倡妇女职业吗？阿梅既为舞女，换了一种环境，自然而然地她的情态比较以前不同了。他一个人想着，起了许多感叹。

到了次日的下午，大我因闻阿梅说今天再要来看他，所以勉强起来，披了棉袍子，坐在房里看报，觉得多看了有些眼花，要想做些稿子吧，却又懒懒地提不起笔来。忽听楼梯上高跟皮鞋的声音，走到前面香君的房里去了。一会儿，又走了过来，房门轻启，果然是阿梅走将进来。大我勉强立起招呼，请阿梅坐下，瞧她今天身上外披一件很光泽的黑呢大衣，玄狐的皮领头，高高地围着她的云发卷曲的蟠首，红的胭脂白的粉，越显得浓艳，细长的蛾眉，妖媚的眼睛，这些都是摄人心魂的工具，大我虽然看了不动心，而也觉得轻扬纤丽，又和玉雪大有轩轾之分了。阿梅坐定后，便对大我说道：

“李先生，我昨天没有和你多谈，一则因为我尚有他事，二则有她们在旁，也不便多说什么。”

说到“便”字，声音更低。大我点了一点头，一手在桌上支着下颐，静听阿梅怎样说下去。阿梅又说道：

“我昨天回去后，告诉了我的母亲，她老人家也非常惦念你，母女俩商量一过，因为李先生一人卧病在此，孤零零的终是不便，怎能熬受得这种苦痛？非得积极医治不可。我想要另行代你介绍一个高明的西医看看，比较独请汪医生看来得稳妥一些，所以今天再来，想要接你到我家里去一叙。”

大我听了阿梅的话，便答道：

“多谢姑娘的盛意，但我现在正有病，不便出外，不如等我病好后再到府访候吧！”

阿梅把头摇摇，她的耳坠子便不住地晃动起来，笑了一笑，说道：

　　"李先生千万不要客气，我们就因李先生有了病，所以要请你过去商量商量，请别的医生诊治，且李先生到上海来了，我们一向没有知道，我们虽不能说是地主，然而比李先生来得早，也应该请李先生到我家里一叙的。李先生若是不去，那么把我们当作陌生的人了，并且在我的母亲面前也不能交代了，我已有车子在外边等候，无论如何，一定要请你去的。否则，我赖在这里不走了。"

　　大我微笑着没有答应。阿梅又说道：

　　"去吧！去吧！以前在杭州时，你怎样肯到我们家里的？难道此时反要拒绝吗？"

　　大我正要回答，却见香君拖着睡鞋，身上只穿了一件闪青色的丝绒旗袍，两手捧着热水袋，倦眼惺忪，云发蓬乱，走将进来，带笑说道：

　　"梅影姊，你好早啊！我刚才起来呢！"

　　两人的说话就此打断，徐太太也送上茶和纸烟来，香君取过一支纸烟，敬给阿梅，阿梅衔在口里，香君便划上一根火柴，代她燃着了。大家坐下，阿梅吸了两口烟，鼻子里喷出烟气来，就告诉香君母女说，她今日要想请大我前去一叙，已雇得汽车在外边等候。徐太太笑道：

　　"很好，李先生卧病在这里，他一个人当然诸多不便，并且也闷得慌，到梅小姐家里去散散心，未为不可。"

　　阿梅听徐太太这样说，便立起身来，把半根吸剩的纸烟丢在地上，踏了一踏，对大我说道：

　　"人家也是这样说的，汽车在外边不能多等，我们住在陶尔斐斯路，你就跟我去一趟吧！"

　　大我见阿梅再三坚请，自己若是不允，未免说不过去，并且到那里走一遭，也可瞧瞧阿梅母女究竟的实情，遂说道：

　　"既然如此，我只得遵命了，不过我的病躯没有恢复，今天又觉得有些不舒服呢！"

　　阿梅嫣然一笑道：

　　"李先生，请你放心，我们那边十分清静，你不舒服时，要睡一会儿也可以的。"

香君也说道：

"梅影姊的寓所比较我们这里好得多了，李先生到了那边，自会知道。"

阿梅道：

"李先生，走吧！"

大我被阿梅紧逼着，便从床边取过一条围巾，围在颈边，又戴了呢帽，跟着阿梅等三人一齐走出室来，把房门关上，对香君母女说一声停会儿再见。徐太太也道：

"李先生好走！"

说时，对她的女儿眨眨眼睛，扮了一个鬼脸，香君也笑了一笑。阿梅已叽咯叽咯地走下楼梯去，没有觉得。大我跟着走下，两腿很觉疲软。香君母女送到门前，香君立住了说道：

"我足上还拖的睡鞋，恕我不送了。哎呀！门外好大风啊！"

阿梅也拦住她们说道：

"我们不客气的，本来不必送，明天会吧！"

遂和大我走出弄堂去。马路上一阵寒风吹来，吹得大我连打寒噤，砭人肌骨。阿梅指着路旁一个轿式汽车说道：

"李先生，上去吧！"

汽车夫见了二人，便将车门开了，让二人坐到里面，一声喇叭，汽车向前驶去了。大我和阿梅并坐着，便觉得自己身上有些寒酸相，似乎和她比不上，岂不惭愧？但想到古时的子路，他曾穿着一件旧的布棉袍子，和衣狐貉的人并立在一起，而无愠色，不愧圣人之徒，所谓我行我素，富贵于我何有哉？想到这里，便觉稍安。阿梅却偏过头来向他问道：

"李先生，这样冷的天气，你如何只穿一件棉袍子呢？"

大我此时不欲隐瞒，也无辞可饰，遂叹口气说道：

"我到了上海，时运不济，找不到生路，又被病魔缠绕，生活窘迫，所以我虽有一件新制的皮袍子，却已质在长生库里了，请你不要见笑。"

阿梅道：

"困难是人人有的，不得已而如此，谁能笑你？那当票现在何处？

355

请你交给我，我可以代你想法赎出来的。现在我们母女虽不能说是有钱，而这一些小事总可帮人家的忙。"

大我道：

"那票子不在我身边，藏在我睡的枕下，谢谢你的好意，我只要收到稿费，还可以赎的。"

阿梅听了不响，把热水袋放在大我身上，请他用手取暖，又把身子紧偎着大我。大我的鼻管里不住地嗅到一阵阵的甜香，这甜香以前大我也是常闻着的，但是现在已换了一个人，而他有几个月没接近这样摩登的女性了。

不多时，已到陶尔斐斯路，汽车转了一个弯，开进一条很宽阔的弄堂去。里面都是新式的房屋，有一个巡捕立在一边，拦住来往的行人。汽车慢慢地驶到一个新式的门户前面停住，阿梅便和大我下车，她付去了车钱，伸手在门上一揿电铃，里面便有人来开门，乃是一个年纪很轻、身上干干净净的女仆，站在一边，带着笑，叫一声："奶奶回来了吗?"阿梅对女仆紧瞅了一眼，脸上顿时泛起两朵红云，睬也不去睬她。大我走到里面，就是一个客室，有沙发，有大菜台，布置完全欧化，十分雅洁，两面壁上挂着油画的镜架，正中又悬着一个放大照，照上乃是一个穿着西装的男子，约有三十左右的年纪，面部很扁，容貌平常。大我立定了，对着这照相凝视，阿梅已觉得，便把大我的右臂一拉道：

"请你到楼上去坐吧！我母亲也在楼上。"

大我走了两步，又说道：

"到楼上去坐吗?"

阿梅笑道：

"你不放心吗? 这里很清爽的，除掉下人以外，没有旁人，你上楼去就是了。"

大我一想，既来之，则安之。阿梅说的话不像是假，我只要态度光明，也不必多生疑虑，于是跟着阿梅，从一只转弯扶梯上走上楼去。又有一个十八九岁的女婢上前叫应，阿梅便对她说道：

"你叫声李少爷，他是我们的亲戚。"

女婢果然叫了一声。阿梅又问道：

"老太太呢？"

女婢道：

"在三层楼上。"

阿梅道：

"快去叫她下来，说李少爷来了。"

女婢答应着，便从左手那边一张小楼梯上噌噌地走上去了，阿梅遂过去开了房门，请大我进去。室中生着火炉，大我身上顿觉温暖不少，细看那房间很大，一切器具都是摩登化的，一张精美的新式床，床上没有帐子，却叠着锦衾花毯，两个绣花的软枕并放着，以外如镜台衣橱等，陈设得罗罗清疏，东边还有一座无线电收音机，乃是个很华丽的闺阁。大我见了这个情景，暗想：香君方才说的话不错了，阿梅这个人神秘得很，大概她已是嫁了人了，那楼下放大照上的男子必然是和她有密切关系的，否则，即使她做个舞女，家里断不能有这样奢华生活的，那么她再三请我这个不祥多病的人来此做什么呢？我闯入了人家的房中，不要蒙着绝大的嫌疑吗？他这样一想，背上如有芒刺，露出局促不安的状态来。阿梅好像知道他的意思，便对他笑了一笑，说道：

"李先生，你不要犹豫，不要疑惑，我请你到这里来，无非是为了感谢往日的情谊，客地重逢，急欲和你畅叙一会儿，彼此谈谈心，绝不肯使你上当的，请你千万要安心，现在请坐吧！"

大我听阿梅这样恳切地说，心里稍觉安宁，便将围巾和呢帽取下，坐在一只沙发里正靠着炉火，身上更不怕冷了。阿梅将他的呢帽和围巾挂在架子上，这时候，阿梅的母亲已走进来，大我见她头上戴着一顶绒线的结的女帽，身上穿一件青灰色绉纱的丝绵旗袍，脚上套一双乌绒棉鞋，手腕上套着一只黄澄澄的金镯，虽然依旧瞎着一只眼睛，而面色却比以前好看得多了。阿梅的母亲见了大我，忙带笑说道：

"李少爷，我们好多时候不见面，常常想念你。前次阿梅回家告诉我说，曾在大世界门前遇见你，深悔没有招呼你，当面错过，后来要找也找不到。现在是巧得很，李少爷却和阿梅的小姊妹同居，若不是香君无意中提起了你，我们还不知道李少爷也住在上海呢！"

大我勉强一笑道：

"是啊！白云苍狗，世事无常，谁想到我也流浪到黄歇浦边呢？你们现在的景况大概很好了，使我心里也快慰。"

阿梅道：

"好什么呢？我也是不得已而住在这里的。"

阿梅的母亲道：

"李少爷，稍停再细细告诉你吧！只是你怎样到上海的？我们很要知道呢！"

说着话，就在大我的一旁坐下。那婢女早送上香茗来，阿梅的母亲取过一听茄力克，要请大我吸烟，大我把手摇摇。阿梅对她母亲说道：

"李先生是不吸烟的，你忘记了吗？"

她自己遂取了一支烟，划上火，两个指头夹着，凑在樱唇边吸了。大我喝了一口茶，便对阿梅母女说道：

"我所以辞去人家的馆地而到上海，本来是投考一家太平洋贸易公司，想找一条好好的出路的，却不料受了人家的骗，损失了数百块钱，流落在上海，很不得意。可恶的病魔偏又在这个时候向我总攻击，一个人时运不好，又有什么话可说呢？"

说罢，叹一口气。阿梅的母亲道：

"李少爷，你是有学问的好青年，将来不愁没有出路，暂时的困苦不要紧的，请你千万放宽心头，保重身体。"

大我听了这几句话，心里很是感谢。阿梅却又说道：

"李先生，我不该怪你，陈家的馆地本是很优待的，况且又有那位美丽的小姐时常在一起，你为什么要抛弃了她而出来呢？你现在可还想念她吗？"

大我听阿梅只是把玉雪牵在口头，屡次地问个不休，暗想：女子的心思真是神秘得很，自己总不肯把这事的真相老实告诉出来，只得说道：

"世人都以成败论英雄，这也难免你要责问的。须知陈家待我虽好，我终不能一辈子坐冷板凳的，你倒很挂念那位玉雪小姐啊！"

阿梅笑道：

"难道你不挂念她吗？你们男子大都是硬心肠的吧！"

大我道：

"怎见得？"

阿梅的母亲见他们这样地问答着，就立起身来说道：

"你们在此坐谈，我有事到楼下去呢！"

阿梅道：

"母亲你叫汤妈把那块南腿切了，下些粉面给李先生点饥。"

大我忙说道：

"我肚子不饿，你们不必预备什么。"

阿梅的母亲说道：

"我理会得，李少爷不必客气。"

一边说，一边走出房去。房里只剩大我、阿梅二人面对面地坐着，阿梅吸完了一支烟，取出一片口香糖放在嘴里细嚼，又对大我说道：

"你的病缠绵不愈，总要另请一个高明的医生代你诊治。"

大我点点头，阿梅道：

"明天早上我介绍一位医生代你医治吧！"

大我点点头，阿梅又和大我闲谈了几句，遂开了收音机，给大我解闷。起初听了几张京剧唱片，后来换了各种小调，恰巧听着一支《哭沉香》，大我便想起阿梅以前也会唱这悲哀的曲调的，便向阿梅问道：

"这声调很悲哀，我是喜欢听悲歌的。记得你以前曾唱过此曲，现在想你此调不弹已久了，可有些遗忘吗？"

阿梅摇摇头说道：

"没有忘记，那些歌曲一向背得滚瓜烂熟的，此时我虽不再鬻歌，然而在家里没事做的时候，一个人尚要唱一二支的，并且学会了月琴，自弹自唱，倒也很有味的。李先生，你前番不是喜欢我唱那《妾薄命》和《相思怨》吗？今日我为你重歌一曲，以解忧闷，可好吗？"

大我还没有回答，阿梅早立起身来，从床头取过一只月琴，回身坐下，先和准了音，然后唱起那支《妾薄命》来，月琴的声音奏得很好听，而阿梅清脆的歌喉也唱得抑扬低回，和以前没有更变，唱到"譬彼自开花，不若初生草"这末二句时，极尽顿挫之致，一字一变调，哀音弥曼，动人悲感。阿梅把月琴一横，对大我说道：

"我以前唱这个歌儿，也不懂什么意思，现在有人解说给我听了，使我心里也觉得悲哀。'灯光不到明'，在这一刹那间的宠爱，实在是靠不住的，痴心女子薄情郎，古今都是这个样子。现在年纪轻的时候，在欢场中糊里糊涂地厮混过去，将来色衰爱弛，便遭遗弃，前途茫茫，又哪里知道怎样的结果呢？世间有谁是多情郎呢？即使有的，岂易逢到呢？"

大我听阿梅这样说，觉得很多感慨，自思：你还是不知道的好，何必要研究诗中的意思呢？知道了反要不欢，这样看来，又是没有知识的好了。便点了一点头说道：

"你也领略到古人的悲哀吗？这也未可一概而论的，你何必过虑？"

阿梅笑了一笑，重拨琴弦，唱起那支《相思怨》来。大我听得出神，好像自己仍立在平湖秋月的平台上，柳树之下，听那哀音缭绕的歌曲。秋月光明，虫声如雨，又是一个境界。阿梅唱毕，又说道：

"这首诗也是很有意思，海水虽深，不及相思之半，海水有涯，不及相思无边，将海水来衬出相思，那么相思之深可以知道了。记得今年的中秋夜，我独在家里没有出去，登楼望月，想起了你，十分无聊，遂取了月琴，弹起这支曲来，好似代我自己写真。'携琴上高楼，楼虚月华满。弹着相思曲，弦肠一时断。'我虽不至于断肠，而思念之情，不能自已呢！"

说到这里，对大我横波一笑，大我听阿梅这样说，怅触愁怀，自思不祥如我，偏多意外的情丝牵绕，不知是何前因，可是女子的心大都像流水般地容易活动，要得到真爱情的红粉知己，恐怕在这个世界上，凤毛麟角，不可多得的。玉雪对我的情景，便是前车之鉴，创痕未复，古井不波，何况罗敷已有夫，岂可再惹烦恼呢？她的好意我只得感之于心了。阿梅见大我双目下垂，若有深思，便去挂了月琴，回过来对大我说道：

"我是喜欢直言，不知你听了有何感想？恐怕那时候你和那位陈家小姐在西子湖边一同赏月呢！"

大我道：

"你哪里知道我的心思？还记得在杭州度中秋时，恰逢天雨，月色

360

全无，我正闷沉沉地睡在书室中，和谁去赏月呢？"

阿梅道：

"呀！那夜上海月色很好，不过日里天阴多云罢了。"

大我道：

"可知各地的阴晴不是尽同的，古时'月子弯弯照九州'这句话也是不实的了。"

二人说着话，阿梅的母亲和女仆走上楼来，女仆托着一个描金朱红漆的小盘，盘里放着两小碗的粉面，放到桌子上。阿梅的母亲向抽屉里取出两双金镶绿玉的筷子来，说道：

"李少爷，你来吃一些吧！"

阿梅便请大我走过去同食。大我不能再辞，只得过去和阿梅一同吃了，说声多谢。女仆拧上热手巾给大我揩过脸，又送上一盆热水，放在面汤台上。阿梅洗过脸，又敷上一些香粉，回到床边，从鞋箱里取出一双绿色的毡鞋，将足上的高跟革履换去。大我吃了一碗粉面，觉得一个人疲倦无力，眼目昏沉，恐防老毛病又要发作，便要向阿梅母女告辞回去。阿梅哪里肯放他走？只说在此吃了晚饭再作道理。阿梅的母亲也说：

"我们难得相逢的，没有多讲话，怎可便去？这里很清静，没有外人的。"

叫大我放心宽坐，一定不肯让他走。大我没奈何，只得坐下。阿梅又开了收音机，和大我听一会儿西乐，大我听了那叮叮咚咚的钢琴声音，心中又不免感触。天色渐晚，房中的电灯已开亮了，粉红色的灯罩下，发出大有艳意的光来，映得二人的脸上都是微红。大我和阿梅谈了一些话，更觉有些疲倦。阿梅对他说道：

"你歇歇吧！我要到浴室里去呢！"

便取了她的内衣，换上拖鞋，走出室去，代大我关上房门。大我一个人坐在沙发里，对着这个华丽的房间，心中忐忑着，觉得走也不好，不走也不好，听着妆台上的钟嘀嗒嘀嗒地响，火炉里的煤被火燃烧得一块块的通红，好像热血的烈士，牺牲着自己的身体，给予大众幸福，所以它的本身渐渐缩小而化为灰烬，悄悄地发出微声。他静极了，觉得头上有些涨痛，眼皮抬不起来，竟睡着在沙发里面。一会儿，他才觉得有一只柔绵绵的手在他额上一摸，睁开眼来，见阿梅换了一件短袖子的绿色旗袍，含着笑立在他的面前，猩红的樱唇、洁白的粉靥，涂上两堆橙黄的胭脂，是浴后新妆，又从她的身上发出一种非兰非麝的香气，直钻进他的鼻管。他瞧着她，觉得格外浓艳了。阿梅便坐在他坐的沙发的扶手上，侧着她的身子，对他说道：

"你怎么睡着了？我不过洗得一个浴，你感觉到太冷静吗？"

大我摇摇头道：

"哪里？我是一向冷静惯的，大概坐在火炉边，全身温暖，所以不知不觉地打瞌睡了。"

阿梅道：

"你现在可能喝酒？我这里有自制的木樨烧，我母亲已叫女仆去到广东馆子里喊消夜来了。"

大我道：

"谢谢你，我实在吃不下。"

阿梅道：

"真的吃不下吗？喝一些汤也不妨的。"

这时，汤妈轻轻走上来，从门隙中望过去，见阿梅的半个身体好像要坐到大我的身上去了，一只手臂靠在沙发上面的横头，她的头又向着大我，低低说话。在背后只瞧见她一头蜷曲的发，因此微微笑了一笑，不敢冒昧走入，先在门外咳了两声。阿梅听得声音，立起身来，走了两步，向门外问道：

"做什么？"

汤妈答道：

"是消夜来了，可要送到楼上？"

阿梅道：

"当然要，你们拿上来的。这不是多问吗？老太太在哪里？"

汤妈道：

"在后面房里。"

阿梅道：

"你去请她来同吃。"

汤妈答应一声而去。一会儿，早和那婢女一同将菜送到楼上，端开桌子，放了三个座位，阿梅的母亲也来了，拖着大我上座，她们母女俩坐在两边相陪。大我见桌上放着许多盘子，便谢了一声。女婢拿上一瓶木樨烧。阿梅因为大我和她的母亲都不喝酒，只自己斟了一小杯，又叫汤妈去拿来一瓶葡萄汁，代大我及她的母亲各倒了一杯，说道：

"李先生不能喝酒，未敢勉强，但这葡萄汁是补血的，不妨喝两杯。"

于是，大家将筷子夹着鱼生腰生，放在火酒炉子的小锅内，烫熟了吃。大我吃得不到几块，便觉吃不下，身上、面上都觉有些发热，便说道：

"今晚我又有些不适，虽然不冷，恐怕要发寒热了，多蒙你们喊了许多菜来，我真的不能吃，并非客气。停一会儿请你们雇一辆汽车送我回去吧！"

阿梅的母亲道：

"李少爷，你这话可是真的吗？"

大我道：

"我岂肯说谎？我心里跳得紧。"

阿梅点点头道：

"不错的，方才我曾摸过李先生头上，比较我们热一些。因此我就不敢勉强他多吃呢！不过他病了，这个时候岂可到外边去吹风？好在我家三层楼上本来空着做客室的，此间很静，不如便留李先生在此住宿一宵吧！"

大我摇摇头道：

"不好，还是让我回去的好，请你们去喊汽车吧！"

阿梅的母亲道：

"李少爷，我也不让你回去的，外面风很大，你正在发寒热，怎样再去受风？就请住在此间为妙。"

阿梅道：

"明天要代你请个医生看看呢！即使你回去，那边也只有你一个人，无人伺候你，也是诸多不便啊！"

大我虽经她们母女坚留，说来说去，仍旧要走。阿梅的母亲又道：

"那么吃完了再说。"

大我只得勉强坐着，他自己不能吃什么，却眼看着二人吃。阿梅道：

"你别的吃不下，就喝一碗粥汤吧！"

便吩咐汤妈去盛粥汤来，汤妈便去端上一碗薄薄的粥汤，又端上许多热的菜。大我对阿梅说道：

"你们真把我待作上宾，太客气了，何必多花钱呢？"

阿梅道：

"应当的，你也没有吃，何必这样说？"

又吩咐汤妈去开一罐什锦酱小菜来。大我把一碗粥汤吃下肚去，胸膈中便有些不舒服，果然不能勉强的。他搁下筷子，谢了一声，立起身移坐到沙发里。女婢早送上面巾，又冲上一杯可可茶。大我哪里要喝？放在一边。等到阿梅母女俩吃毕，大我又催她们去雇汽车，同时觉得自己身子火一般地发烧起来，头重脚轻，站不起身，只得将两手撑着头，伏在沙发的扶手上。阿梅洗了脸，走过来低下头，对大我面上瞧了一下，说道：

"你的寒热很厉害，怎样可以回去呢？一准你不要走了，在我家睡一宵吧！明天如若好些，再可送你回家。"

阿梅的母亲也道：

"李少爷，你听我女儿的话吧！你这个样子，回去不得的。停一刻我们扶你到三层楼上去睡息，可好？"

大我道：

"你们送我回去吧！我这个病人，怎样可以糟蹋你们的地方？"

阿梅带笑说道：

"李少爷，你要去，我偏不让你去，无论如何，要留你睡一宵的。我这里有人服侍你，并且也可以请医生来看，你放心便了。"

大我听她们母女几次这样说，自己实在也支持不得，回去也有种种不便，只得听她们的话了。此时，自己恨不得立刻睡到床上呢！此时，女仆已将残肴收去，阿梅便问大我道：

"既然你已答应不回去，现在可要就睡？"

大我点点头，阿梅便叫她母亲先到三层楼上去铺好被褥，预备大我下榻。自己又陪着大我坐了一会儿，听得她母亲在楼梯边喊了一声，阿梅遂立起身对大我说道：

"我扶你楼上去睡吧！"

大我道：

"不用扶，我会走的。"

从沙发上站将起来，刚一举步，便觉脚下有些不稳，身子也有些歪斜。阿梅同他走出房门，来到那狭小的楼梯边，说道：

"还是我来扶你吧！楼梯上跌了不是玩的。"

便伸手把大我的一只臂膊挽住，一步一步地走到三层楼，电灯下，见那房间布置得虽没有下面的华丽，也还清洁，向南一排玻璃窗，都有窗帘遮住，中间放着一张矮矮的柚木床，也是没有帐子的，床上厚厚的大红绉纱棉被，洁白的洋枕，早已铺好。阿梅的母亲立在床边对大我说道：

"李少爷，这里不是很清静的吗？你放心安睡便了，绝没有人吵闹你的，你要什么，我们母女俩都可伺候你的。"

大我道：

"你们这样优待我，叫我何以报答？"

阿梅扶大我到床边坐下，说道：

"说什么报答？你有了病，我们和你是相熟的，理当照顾。李先生，我看你寒热很高，请你就睡吧！这里没有火炉，明日可以生一个的。"

大我遂将身上的棉袍子脱下，解衣而睡。两足伸到被窝儿里去，觉得被中热烘烘的，有一只很大的热水袋，足见她们体贴周到，很是感激。睡到枕上，便觉昏昏沉沉的，不由嘴里哼了一声。阿梅的母亲对她女儿说道：

"李少爷以前是发的疟疾，怎么现在忽然不先发冷而发热呢？这个病必要请高明的医生医治，方才会好。"

阿梅道：

"我想明天请华医生来一诊，我在夏天生过一场伤寒症，也是他医好的。他的医学真不错，所以我要留李先生住在此间啊！"

大我道：

"我这次生的病非常偃蹇，起初是间日疟，后来不知怎样地变了花样，弄得我不死不生，好不难受，病魔总是欺负弱者的，真是可恨。承蒙你们如此关怀，感谢得很。"

阿梅的母亲又说道：

"李少爷，你在病中千万不要忧闷，吉人天相，终可以痊愈的。"

于是她先走出去了。阿梅把床前一盏小台灯开亮了，因为灯罩是紫的，发出紫罗兰的光来。她却坐在床前不走，见大我双目很倦似的微合着，不敢去惊动他，所以相着她自己的两手，不说什么话。大我见阿梅没有走开，仍坐在他的床前，对面的壁上映着一个低倒头的倩影，他很要睡去，不知怎样的，心里总觉不安，只得说道：

"姑娘，你们这样待我，使我感谢不忘的，只是你今晚大概也很疲倦了，我睡在被窝儿里，你却这样坐着。此间没有火炉，你身上薄薄的，不要冷吗？不如请你回房吧！我睡了，也不必有人在此侍候的。"

阿梅道：

"你安心睡便了，我不冷。"

大我见她不肯走，无可奈何，只得闭着眼睛，静心安眠，不多一刻，睡着了。等到醒来时，对面壁上的倩影不见了，紫罗兰色的灯光照着他孤清清的一个人，知道阿梅已在自己睡着的时候轻轻地走了，房门也已关上，室中十分静寂，台灯旁边有一座小小的绿色翠石钟，看钟上已有三点钟，他心里想起了阿梅母女这样地将十二分的盛情来待他，真是难得，不由人不感激，但是，她们母女俩本来很穷苦的，何以一到了上海，就会过起这样很安定而很舒适的生活呢？那么我一个有学问的人反不及她们的本领了！方才我到此的时候，见客堂里悬着一个西装男子的放大照，而女仆又称呼阿梅为奶奶，可知阿梅当然已嫁了人，那个照上的男子必是她的藁砧，但是她怎样嫁人的？嫁的是什么人？既然嫁了人，为什么不见丈夫住在家里？这些都是疑问，也是很神秘的。阿梅的母亲说要告诉我，但也没有说，我若不是忽又病倒了时，我绝不肯糊里

366

糊涂地住在这里，恐怕将来不要枝枝节节别生问题。因为我自从在杭州受了一个很严重的教训，自知情场即是恨场，儿女之情足以消磨人生的壮志，玉雪以前待我不可谓不厚，不料她纯洁的心受到外界的引诱，也会改变趋向的，又有什么话说？曾经沧海难为水，除却巫山不是云。我自誓一身不再受情魔的诱惑、造物的玩弄了，怎么现在又走向这个途径上来？还是明天想法早回去吧！他想了一刻，又渐渐睡去。忽见房门徐徐开了，阿梅披了睡衣，裹着一条俄国的毛毯，走到他的床前，他很觉奇讶，正要问她何事到此，阿梅却展开粉臂，把他紧紧搂住，要睡到他的被窝儿里来。他连忙双手将她推住，喊一声："使不得！"然而喉咙里好像有样东西堵塞住，休想发得出声音，心中一阵发急，张开眼睛，被窝儿中哪里有什么阿梅？自己的一只左手正放在胸口，原来是梦魇，额上出了许多汗，倒使他心里惴惴不安，惝恍起来。

第二十二回

游子疑怀彷徨避席
美人青睐慷慨分金

病魔缠绕，最是无可奈何的事。大我在阿梅家里留宿一宵，本来是勉强的，但是凡事往往到了一种环境里会得没法子摆脱的，他竟在这三层楼上一连住了五六天。因为他在次日寒热发得很重，爬不起身。阿梅连忙请了华医生过来诊治，一量大我热度，竟高至一百零三度，据华医生说，这是疟疾转伤寒，病势不轻，遂配了药水给大我试服，且叮嘱病人只可吃流汁，不可多吃别的东西，要好好当心，这样，大我虽要回去而不能了。阿梅常坐在他的旁边陪他，看了表上的时间给他服药。大我睡在床上，有阿梅这样温存体贴服侍他，当然不觉得寂寞，也没有什么不便，可是他的心里总好像有样东西横亘在内，就是男女之间的一层界限。

大我是个守礼的君子，自然有这些观念了，一夜过去，到了明天，大我的寒热依旧不退。阿梅又去请华医生来复诊，大我因自己患了伤寒，偏又睡在这地方，阿梅在此的底细也没有知道，心里不免异常发急，希望自己的病快好，可以回转自己的寓所。幸亏华医生医道果然高明，对症发药，到第五天的下午，大我的寒热已渐渐减退，人也有些精神，全靠要好好调养了。大我又要求阿梅母女送他回去，但她们怎肯依从？都说再过几天方可回去，现在尚在紧要的时候，稍一不慎，还起病来，不是玩的。大我当然不能再固请了，其间徐家母女因大我一去不回，十分惦念，所以香君特地前来探望，知道了大我的情形，也劝他放

368

心在此医病，待到痊愈，方可归家。她们虽然十二分地安慰他，大我心里仍觉不安。

又过了数天，大我病势全退，已能起床坐了，他仍服华医生的药水，静坐养神。恰巧这天下午，大我喝了些粥汤，就坐在摇椅里，一个人自思自想，很觉沉闷，计算自己耽搁在此已逾一旬，阿梅母女这样相待，叫自己怎过意得去呢？自己以前和阿梅萍水相逢，只到她家里去过一次，不过偶然发生了一些同情的怜惜，一曲琵琶，青衫泪湿，当年的白太傅，今日的李大我，一样有那天涯沦落的情调，何况一则是浔阳名妓，老大自伤，一则是西湖歌女，豆蔻年华。以彼例此，秋士之悲，其何能免呢？她们这样不忘我、照顾我，真是难得。然而一个人平白地受了人家的恩德，如何图报呢？他正想着，忽听楼梯响，以为阿梅来了，因阿梅每天午饭后必要上来伴他、侍候他，虽有下人，却要自己动手的。今天已近三点钟，阿梅尚没有来，但走进门来时，却是阿梅的母亲，带着笑对他说道：

"李少爷，你独坐在此，觉得冷静吗？阿梅今天出去了，要到晚上才回来呢！你若要什么东西，可对我说。"

大我道：

"多谢你，我很舒服，不要什么，我在此间病倒了，累你们母女为我繁忙，真是过意不去的。"

阿梅的母亲在旁边坐了下来说道：

"李少爷不要客气，你以前待我们很好，今日你在客地患了病，只要我们有能力相助之处，断不忍坐视的。阿梅到了上海以后，时常要想起你的，说李少爷是一个学问高、人品好的少年，可惜际遇不佳。"

大我道：

"多谢你们，我是很惭愧的。"

阿梅的母亲又道：

"今天无事，你的精神也较好，待我来将我们到沪后的经过约略告诉你知道吧！"

大我点点头，遂听她说道：

"不瞒李少爷说，那时候我们在杭州真的难以过活，我有位小姊妹

369

姓高的,她再三劝我到上海去别想方法,我们就在十月里跑到上海来了。先住在她的家里,我的意思本要叫阿梅到纱厂里去做工,可是她的身体软弱,吃不起那个苦,去了三天就中止的。我的小姊妹遂劝我把阿梅去学习跳舞,将来可做舞女,因为现在上海跳舞场风行一时,有钱的人们都喜欢这个玩意儿,别的事业都不景气,拉钱门的很多,独有这跳舞场生涯最盛。做了舞女,得钱很容易,比较做女工相去甚远了。我小姊妹有一个侄女也在某舞场充当舞女,一班舞客很欢喜她,常常为她开香槟,阿梅姿色很美丽,若叫她干这个生涯,稳可出人头地,做棵摇钱树的。我被她说得心惑了,于是就让阿梅去学跳舞,小妮子果然很聪明的,不到几时就学会了,便经人介绍到一家舞场里去做舞女,取名梅影。二三个月后,不知怎样的'尤梅影'三个字竟渐渐地响起来了。后来,又有某大舞场特地托了人来向我们说项,要把阿梅挖过去,我贪了重利,就叫阿梅换了舞场,她更是红了。每夜有许多人要和她跳舞,一瓶瓶的香槟酒为了她而尽开,她竟变得应接不暇了。在今年夏天,便有一个姓牛的大少爷看中了阿梅,着实在她身上花去了许多钱,单是赠给阿梅的一只钻戒已值三千块钱呢!他一心想娶阿梅,再三商量,我见他为人很是慷慨,又知他家里很有钱财,他的父亲曾做大包作头的,他自己又在洋行里做事,嫁了他自然有吃有穿,一世不用忧虑,遂答应了。我孤身一人,当然仍跟着我的女儿过活,但是阿梅嫁了他,反嫌他相貌不风流,心里却有些反悔呢!"

大我听了,说道:

"既有归宿,也是很好的事,令爱终不能一辈子不嫁人的啊!"

阿梅的母亲道:

"年纪轻的人自有她的心思,世上哪有十全十美的?我看人心总是不会满足的啊!"

大我不便再说什么,阿梅的母亲又讲些阿梅在舞场里的经过情形给他听。又说,徐太太的女儿香君以前曾和阿梅同在一个舞场里的,彼此相好,香君也是很红的舞女,有许多人要想娶她,只是徐太太不肯答应,反情愿她的女儿在外面过浪漫的生活,不知是什么主意,因此,香君背地里有些怪怨她的母亲。

二人闲谈着，不觉天色已晚，大我吃了一碗薄粥，又到床上去睡。阿梅的母亲也去了。直到九点多钟，阿梅方才回来，走到大我床前来，告诉大我说，她是赴某太太的宴会的，问问大我的病情。大我说他的病好得多了，阿梅又坐着陪伴了好多时候，方才离开。

次日上午，阿梅仍请华医生来诊治，华医生说大我的病十分中已去七八，只要好好静养，不难痊愈，药水不必再服，或者吃些补品，注射三四打补血针，身体当可健强。阿梅很是赞成，又叫大我注射数打赐保命，然而大我哪里有这笔钱？此次华医生处的医药费尚没有付过一个大钱呢！所以含糊答应了。午饭后，他走下了三层楼，坐在阿梅房里火炉边和她闲谈，说自己病势已好，明天必要回去，所以华医生处的医药费要请阿梅和华医生商量，让我缓日设法付清。阿梅微笑道：

"李先生，你不要放在心上，华医生是我代你请的，所有一切诊金药费，我早已付去。你现在正在困顿的时候，哪里要你出钱呢？"

大我道：

"这是应当我付出的，怎样费了姑娘的金钱？我如何对得起？"

阿梅道：

"不要说了，将来你要付时，可以还给我就是了，我手中现在是尚称宽裕，代付了这一些，也值得挂在嘴上吗？华医生叫你打补血针，你若愿意打，我代你去购药，注射的手续费也可由我垫付的。"

大我道：

"谢谢姑娘的美意，我想不必再有什么注射，只要好好调养，一日三餐都吃得下就好了。"

阿梅道：

"吃些补品为数很有限的，你不能出时，我也可以把钱借给你，还与不还，我是随便的。"

大我刚要说话，忽见女婢匆匆走上楼来，向阿梅叫应了一声，把阿梅的臂膊一拉。阿梅走过去，一同立在门边，女婢凑在阿梅耳朵上说了一句话，阿梅的脸上立刻露出惊慌之状，回头对大我说道：

"请你到三层楼上去坐吧！我母亲自会来的，快些快些。"

大我不知是什么事，被阿梅催紧着，只得立起身，望三楼上一走，坐定了，想想这事好不蹊跷，阿梅为什么这样慌慌张张呢？一会儿，心中却又有些明白，把头点了两点，自言自语道："我怎能恋恋于此，反害了她呢？"犹豫者事之贼也，我须决定宗旨，宁可让阿梅说我无情的。这时，只听楼梯上有人轻轻地走上来，乃是阿梅的母亲，张大着一只独眼，对大我说道：

"不对你说明时，恐怕李少爷不知是怎么一回事。因为前几天那位牛少爷有事到香港去，听说要去一个多月的，所以阿梅大胆地把李少爷招接到这里来，医病服药，不料牛少爷忽然提早回来了。方才进门的时候，幸亏我在楼下想法绊住了他，先叫小婢上来通知，好使你避开，免得他见了面，要起疑心，又恐你误会到别的上去，所以我来告诉你一声。"

大我听了她的说话，便觉自己的料想果然不错，顿时心中也有些不自然，遂把手搔着头说道：

"那么我在这里可妨事的吗？倘有下人告诉了他，而我又躲在此间，岂非反为不妙？姓牛的不疑而自疑了，还是想法让我回去吧！瓜李之嫌，本当避的。"

阿梅的母亲把手摇摇道：

"你不要去，这三层楼上牛少爷是万万不会来的，你放一百二十个心，这里的下人都是我女儿的心腹，绝不会泄露的。"

大我道：

"我终是回去的好。"

阿梅的母亲道：

"你一定要走时，明天再走，那位牛少爷绝不会常住在这里，也许他今夜就要去的。此刻你要走时，反有不便。"

大我道：

"这里是姓牛的家里，他既然从外边回来了，如何不会常住而又要他去呢？"

阿梅的母亲又道：

"他是要去的，你明日便可知道。"

大我见她不肯说出所以然来，也就不便穷诘。阿梅的母亲又安慰了

372

几句话，方才代他带上了房门，走下楼去。

大我独自坐着，心里很是不快，好像自己投入了罗网，不能飞去，人家是一个有夫之妇，和我非亲非戚，怎么我住到这里来了呢？虽然自己抱着守身如玉的宗旨，和阿梅无什么苟且之事、暧昧之情，可是若给姓牛的知道了，他心里总要以为态度不很光明，疑心我是一个不道德人了。即使我要分辩，也不能取信于人，而要蒙着大大的嫌疑啊！他想到这里，觉得非常危险，自己的名誉恐要不保，而阿梅也是大大不利的。唉！虽则我是多病，阿梅何必要苦苦地留我住着呢？因此他心里非常难过，只好闷闷地避在楼上，更觉无聊，似乎这间房屋里墙壁上楼板上都有针刺，使他坐立不安。阿梅的母亲和汤妈时常上来侍候他。

一夜过去，果然安宁无事。

次日，大我起身，觉得身体又比昨天好一些，早上吃了一碗薄粥，汤妈送报上来，大我只得坐着看报。阿梅的母亲又走上来看他，方知姓牛的还没有出去，大我心里异常焦急。午后大我在床上休睡，却见阿梅走了上来，对他勉强带着笑说道：

"昨天我很对不起你，好在我现在的景况，母亲已告诉你了，请你原谅。"

大我忙从床上坐了起来，对她说道：

"你不要这样说，是我对不起你，现在牛先生出去了吗？"

阿梅点点头，大我道：

"那么趁这机会，让我回寓吧！我在这里住了好多天，承蒙你们这样宠待，很惭愧的！我这天涯游子一时没有什么相报，但我心里实在感谢之至，因为这个缘故，我不欲再在府上耽搁，以致连累了你，双方都是妨碍的。你是明达事理的人，当不以我的话为忤的。"

阿梅对大我紧紧看了一眼，说道：

"你真的一定要回去吗？"

大我把手在自己膝上一拍道：

"我已决定了，无论如何，我今天必要回去，我的病已好得多了，只要回去再休养数天，可称痊愈。"

阿梅点点头道：

"你既然如此坚决，我就送你回去也好，只是……"

她说到这里，却缩住了不说下去，眼圈儿早红了起来，把鞋尖只在床前地上的一块皮毯上践踏，大我也默默地不响什么。阿梅懒懒地立起身来说道：

"请你等一等，我去了就来。"

于是阿梅回身走下去了。隔了一歇，阿梅披了一件灰背大衣，踏着革履，走将进来，在她的臂上又挽着一件衣服。大我的视线一接触，便认得那件衣服就是自己当去的那件皮袍子，不由一怔。阿梅便对他说道：

"这几天天气很冷，你的皮袍子前几天我早已托香君代我把你的票子取了过来，向当铺里赎得在此，预备你穿的。请你穿了回去吧！"

大我道：

"哎哟！我典质的衣服，怎好你去代赎？我以后必要将钱奉还的。"

阿梅笑道：

"你不要放在心上，缓急是人人常有的，以后再说便了。"

大我遂接过来穿在身上，把脱下的棉袍别放一处。阿梅的母亲也走了上来，将大我的呢帽和围巾交还，且说道：

"李少爷，你回寓后，千万要保重身体，不要忧愁，等你好了，再请过来盘桓。"

大我答应了，又谢了几句话。阿梅的母亲取了一块包袱，把大我的棉袍子包好。大我戴上呢帽和围巾，从身边摸出两块银洋来，放在桌上，说道：

"这是给下人的，菲薄得很，请勿见笑！"

阿梅的母亲说道：

"李少爷不要给什么钱。"

恰巧汤妈走上来，对阿梅说道：

"奶奶，汽车已到门前了。"

阿梅便教汤妈谢了大我，代他挟了包袱，走下楼来，一直走到下面。女婢去开了门，大我走到门口，见一辆汽车正停在前面，他就回头向阿梅的母亲谢了一声，说声："再会！"

很要紧地钻入车厢里去，阿梅跟着坐到车上，把汤妈手里的包袱放在足下。汽车捏着喇叭，开出弄堂去了。车行不多时，已到了东新桥弄口停住，两人遂一同下车。大我取了包裹，首先走入弄去，阿梅回头吩咐汽车夫在此等候，二人走进了屋子。

徐太太正坐在客堂里缝衣服，见了二人，连忙起身招呼，就向大我问道：

"李先生，你的病好了吗？去了好多时了！"

又对阿梅说道：

"梅影小姐，你们母女俩真会体贴得到的，李先生的病到了你们府上去便会痊愈，不是运气好吗？"

大我道：

"当我转伤寒的时候，也是很危险的啊！"

阿梅听他们说话，却有些不耐，似乎很不高兴，遂问道：

"香君妹妹可曾起身吗？"

徐太太答道：

"起来了，刚才吃过点心。"

阿梅道：

"我去看她。"

遂先走上楼去了。大我也回自己的亭子间里去，坐着休息，一会儿，阿梅和徐太太母女都走进房来，他见香君不住地向他身上看，他想着了，脸上不禁微红，自觉一个男子要受女子的援助，虽说是不得已，终是可羞的事。他这样一想，恨不得把他身穿的皮袍子立刻脱了下来。阿梅在大我房里坐谈了一会儿，因为汽车在外边等候，所以别了大我和香君母女回去了，临去的时候，却对大我说道：

"我明天下午再来看你，千万要保重身体才好。"

香君母女遂送阿梅到弄口，看阿梅坐上汽车而去，她们便回到大我屋中。徐太太便细细地向大我问个不休，大我遂把病情的经过告诉她们。香君笑道：

"李先生，我对你说的话可是不错的吗？你在这里卧病了好多时，虽有汪医生代你诊治，却不能痊愈，必要到了梅影姊的家中去，方才好了，这不是佛说有缘吗？"

大我道：

"我到了那边转变了伤寒症，非常危险的，能得痊愈，真是幸事了。"

香君微笑道：

"唯其如此，更见得梅影姊等殷勤服侍之功，和那位华医生的医道之高了。我想你不到那边去，恐怕贵恙也未必会好吧！"

大我听香君的话很有些醋意，倒不明白她怀的什么意思了，只得说道：

"密斯徐不要这样说，我在此间承蒙你们母女多多照顾，也是感谢得很，天涯游子，一旦病了，真是可怜，全仗仁心的人相助了。"

徐太太道：

"我这里怎及那边好呢？他们家里饮食起居一切都比较我们好。梅影这小妮子嫁得有钱的夫婿，不能不说她的命运好了。"

大我本来对于阿梅现在的家庭还觉得有些不明了，恐怕阿梅的母亲未必肯和盘托出，遂趁此机会，假意问道：

"梅影已嫁了人吗？"

香君冷笑一声道：

"李先生，你难道还不知道吗？"

大我摇摇头道：

"我真的不知。"

徐太太道：

"不错，李先生也许不知的，因为她们到了上海，直到如今，李先生方才和她们见面呢！我来告诉你吧！梅影做舞女的时候，有一个姓牛的富商看中了她，不多几时就把她娶了。"

大我道：

"既然如此，怎么姓牛的不住在家中呢？我到了那边去，始终没有遇见啊！"

香君笑道：

"怎会给你遇见的呢？倘然你们碰见了，那么李先生究竟和他们并非亲戚，他怎肯容留你下榻呢?"

说罢，哧哧地笑个不住。徐太太道:

"你不知道，那姓牛的娶梅影并非正式的啊! 他家尚有正式的妻子和儿女在着呢! 他娶梅影的一回事，完全瞒过妻子的，所以每星期中只能到那边去住一宵，不能多作逗留。梅影因为这个缘故，她心里十分不满意，背地里对人说，这样地嫁人，埋没了她的一生，还是像我家香君没有嫁人的好。"

香君道:

"母亲，你不要拉扯到我身上来啊! 梅影姊嫁那位姓牛的，起先实在是姓牛的功夫太好了，又不惜花钱，梅影的母亲大为合意，所以不多几时就成功的。我听人家说，那个姓牛的数年前曾娶过某坤伶为妾，在外别筑香巢，流连忘返，后来给他的夫人知道了，竟带领一队娘子军，跑到某坤伶住的小洋房里去，不分青红皂白，乱打一阵，把屋子里所有的器具尽行捣毁，又把箱子里的衣服取出，凡是时式新制的，都丢在火里烧。某坤伶被她们左右挟住，逃走不脱，吃了数下耳巴子，算出了她的气，方才回去。某坤伶受了这个羞辱，吞金自杀，幸亏发觉得早，送到医院里去救好的。姓牛的夫人在家里又向她的丈夫大闹，一定要他取消这个外室，姓牛的虽是好色如命，却是季常第二，不得已又花数千块钱和那坤伶脱离关系的。你想，姓牛的家里有了这样泼辣妒悍的妻子，梅影嫁了他，虽是目下有钱用，总是一世不会出头的。并且，倘然这件事一朝传送到姓牛的夫人耳朵里，以前的老戏岂不要重演的吗? 所以梅影姊虽然嫁人，也是不可久恃的，上海地方像姓牛的那种人很多，不知底细是很危险的。但我在梅影姊的面前怎能老实告诉她呢? 李先生，你知道了，千万要守秘密，否则给梅影姊听了，她心里更要不快了。"

大我听了她们母女俩的话，方才恍然大悟。香君母女又讲了一刻话才出去。

这天夜里，大我睡在床上，脑中又充满着思潮，先想想自己受了人家的恩德，将来如何图报? 又想到阿梅的嫁人，表面上似乎很乐观，其实真像香君所说的不可久恃。唉! 阿梅的嫁人简单地说，无非是为了生活关系，而姓牛的娶她，又无非是性欲上需要之故。一班有钱的人，三妻四妾，不足为奇，大爷有的是钱，花数千金弄一个坤伶，或是名妓，或是舞女来玩弄，合了古人所说的金屋藏娇、自命风流，每个月花个数百块钱，也不在乎此，落得享受些温柔艳福，等到色衰爱弛，便作秋扇之捐，真如阿梅所唱的《妾薄命》中有两句"只此双蛾眉，供得几回盼"。大爷不妨再花些金钱，实行弃旧怜新的主义，向别的年轻的摩登女郎去追逐了。这样看来，阿梅始终是可怜的，她仍旧没有脱火坑而登衽席啊！她为什么不放开慧眼，择人而事啊？哦！说来说去，我又要怪这社会的不好了，阿梅的本身当然是给虚荣心所误，然而一个做舞女的人，岂能逃得下富人的手掌呢？金钱金钱，天下有许多人为汝所误，有几多罪恶都是因为金钱而制成的，我怎能深责阿梅？他为了阿梅而感伤到自己的身世，又想到玉雪给小叶所诱，却不是为了金钱，而为又一问题了。在这变化复杂的社会里，无论男女，不可不慎之又慎了，他左思右想，徒唤奈何，直到下半夜方才睡着。

次日起身，徐太太已叫她的兄弟煮好了一罐粥，拿来给大我吃。大我很是感谢，他为着身体没有复原，所以不敢握管，闲坐着看报，午时又吃了一碗粥。这天天气很不好，外面朔风吹得很紧，一到下午，果然下起雪来，一片一片又一片地在天空里飞舞。大我想：阿梅昨天临去时，虽曾对他说过今天再要来探视，可是老天下了这般大雪，恐怕她不出来了。正在想时，听得楼下徐太太说道：

"哟！梅小姐，这种冷的天气，你也出来的吗？快些到楼上去吧！"

跟着又听阿梅的声音笑了一笑，叽咯叽咯地走上楼来。这回阿梅并不先到香君房里去，一直就走到大我的房里来，两手挟着不少东西，一齐放在桌上。大我便立起来说道：

"今日天气好冷啊！你冒着雪前来看我，真是对不起得很。"

阿梅道：

"我是坐汽车出来的，倒并不觉得怎样的冷，又到永安公司去买了几样东西而来。"

说到这里，便指着桌上的东西说道：

"这是半打牛肉汁和一瓶马力多，你病后需要好好地滋补一下，现在你可以每天吃这两样东西，吃完了，我再可以买来的。这是一块南腿，可以煮些火腿粥吃吃，这是一条绒毯，你床上被薄，可以多盖一些，这是一个热水袋，日里倘然用不着，夜间可以冲了水取暖。哎哟！这里是没有火炉的，你身上不觉冷吗？我的大衣也不脱了。"

她这样忙不迭地说道。大我见阿梅骤然间送了这许多东西前来，究竟拿她的好呢，还是拒绝不受？他一时呆住了，不知怎样说。阿梅早明白他的意思，又带笑说道：

"这一些东西是我预先想好了，特地购来奉送给李先生的。李先生若不见外，无论如何，你都要拿的。"

大我搓着两手说道：

"前几天我在府上卧病，承你们代为延医，诸多爱护，我心里已是有说不出的感谢，一时尚没有报答，异常抱歉，怎么今天又大大地花钱，送了这许多东西给我呢？以前我也没有什么恩德给人家，岂可如此尽受人家的恩德？"

阿梅道：

"不能这样讲的，况且这一些小物，无所谓恩德不恩德，我是不会说话的人，你若要这样说，我不来了。"

大我见阿梅有些发急，只得说道：

"我受了一半如何？那牛肉汁和马力多请转送给你的母亲吃吧！"

阿梅道：

"我既然拿到这里，一样也不拿回去的。"

说话时，徐太太托着一杯热茶走进来，请阿梅喝，她见了桌上这些东西，便带笑说道：

"梅小姐，你真想得到，吃的、滋补的、盖的、取暖的，都有了。李先生，你这个病生得也不吃亏了。"

徐太太说了这句话，大我与阿梅的脸上都红起来了。徐太太自知这话说得太露骨，使人难堪，见阿梅手里捧着个热水袋，遂说道：

"梅小姐，你这热水袋大约已冷了，待我拿去叫我兄弟去冲可好？"

阿梅道：

"谢谢你！"

遂把热水袋交给徐太太，徐太太拿着热水袋走下楼去了。阿梅脸上的红云兀自未退，又对大我低声说道：

"别推了，人家要说笑话了！"

大我道：

"既然如此，我就老实拿了，不过以后千万请姑娘不要再送什么，否则我的心更要不安了。因为我的病能够转危为安，能告勿药，我已引为大大的幸事了。"

阿梅道：

"你的病虽然好了，却是身子需要自己珍重，现在不要急于写东西，若然你缺少钱时，请你老实对我说，我可以借给你的。"

大我听阿梅说得如此关切，心中当然是感谢，可是也不愿意阿梅和他这样亲密，也不愿向阿梅告借什么钱，微微点了一下头。只见香君也捧着一个热水袋，笑嘻嘻地走进来了，见了阿梅，又说道：

"天气好冷，我起身得没多时候，以为你今天不来了，你倒不失约。"

阿梅笑笑道：

"我这个人说了如何便如何，不要说下雪，就是下铁也要来的。"

香君笑道：

"我欢迎你来，希望你常常来，天天来。"

阿梅道：

"呀！这样横来竖来，你们不要讨厌吗？"

香君道：

"有谁讨厌你呢？"

说着话，又对大我说道：

"是不是？"

大我只得点点头说道：

"是的。"

香君又瞧见桌上许多东西，明知是阿梅送来的，她也不问。徐太太托着热水袋走上来，送给阿梅，阿梅接过，谢了一声，于是大家坐着谈谈。大我听阿梅和香君讲的话都是洋房、汽车、舞场、饭店、赛马、跑狗、电影、京戏，讲得很是有劲，可见二人的虚荣心已是很高，比较自己以前和玉雪专谈学问、艺术，却不可同日而语了。灯前月下，絮语黄昏，绿水青山，后游湖上，转瞬之间，已成前尘，此情堪待成追忆了。徐太太见大我不多说话，以为他是病后养神，谁知他正有心事呢！

阿梅坐谈了一歇，看看天色不早，外面的雪越下越大了，便要告辞回去。香君要留她吃晚饭，阿梅又说母亲要在家里盼望的，还是早些回去的好，隔一天我再来看你们，于是阿梅叫徐太太的兄弟去雇了一辆汽车前来，坐着回去。

这夜里，大我盖着新的绒毯，暖着热水袋，睡在温暖被窝儿里，未尝不感谢阿梅给予他的恩惠，但想自己和阿梅本来是没有什么多大的感情，何以这样地对待我呢？虽说是她因见我病得可怜，所以相助，然而似乎过分密切了一些，她今日送我这许多东西，更可见得她的芳心对我非常地绮注了。无怪香君母女见了要注意，此后她若是时常要到我这里来，那么香君母女的疑心更要深了。以前我在陈家教授玉雪的时候，玉雪也待我很厚，还记得那可恶的毛小山有嫉妒之意，时常冷言冷语向我讽刺，很是难受的。现在我不要再踏覆辙，以致摆脱不来，于人于己都没有益处的啊！他想了多时，方才入梦。

明日起身，见天上还在那里下雪，不过小了一些，天气更冷，滴水成冰，他坐在房里，也觉冷得手足不温。徐太太向他取出那块南腿来，笑嘻嘻地说道：

"既然梅小姐送给了你，待我来煮些火腿粥给你吃吧！"

大我谢道：

"有劳你了。"

午时吃过火腿粥，徐太太劝他到床上去睡，大我因左右无事，遂到床上去卧着养息。阿梅给他的牛肉汁和马力多也早晚分三顿服下。这样过了几天，大我的身子已恢复如常，他是不欢喜空闲的，以为小人闲居为不善，人若闲了，容易做罪恶的事情，出于不知不觉的，所以他依然提了三寸毛椎子，写些东西去投稿。因为房金已过了期，多日未付了。阿梅又来看过他一次，见大我病体已好，不胜快慰，要请大我到她家里去盘桓，大我哪里肯再去？只把言语来支吾。

这一天，大我正在写一短篇小说，预备报纸上新年特刊用的，写得一半时，忽然阿梅又来了，大我不得不伴着她闲谈。阿梅说起在元旦日她和母亲要回到杭州去一趟，意思要想约大我一同去，趁此机会可以一游。大我听人提起了杭州，心里便觉不欢，遂说道：

"我离开杭州的时候，曾发过誓，此生倘然不能在外谋得自立的职业，胜过我在杭州的生活，那么情愿饿死他乡，一辈子不愿意再踏着西子湖边一块土了。因此我不能答应你，只好辜负你的美意，请你千万要原谅的。"

阿梅见大我说得这样诚恳，也深信不疑，只得作罢。香君见阿梅来，便去喊了点心，请阿梅吃，又拉了阿梅到她房里去谈话。大我乘这空隙，握着笔嗖嗖地写，不多时，早把这篇应时小说完成。阿梅又翩然走来，见大我又在写稿子，便劝他病好得不多时候，不要过用脑力，大我唯唯答应。阿梅又把身子坐在大我床边，吸过一支纸烟。天色已黑，香君打扮好了，披着皮领的大衣走过来，阿梅遂立起身对大我说道：

"我要同香君出去，耶稣圣诞节我再来看你。"

说罢，便和香君一同去了。大我等二人去后，便写好了一封信，带着稿子出外去，亲自送到那报馆里，然后又到一家店里去买了几块面包，慢慢地踱回家来。晚上，他睡眠的时候，觉得自己的枕头下似乎硬生生地有一件东西，忙移开一看，果有一个白色的信封，拿起一看，上面写着"李先生收，名内详"。他不由一愣，拆开信封，又见里面有一张折叠着的粉红色信笺，和四十元的中央银行纸币，这样便使他愣住了，口里连说："哪里来的？哪里来的？"便展开信笺，见上面写着道：

亲爱的李先生：

你是我最好的知己，我不会忘记那平湖秋月前为君歌唱的一幕，也不会忘记你亲自到我家里来的一回事，以前我们虽然相见得很少，而我的心里不知怎样地独是敬爱你。

现在天使我们在上海重逢了，我心里快活得很。你虽然多病而很不得意，但是不要紧的，吉人自有天相，我相信你将来必会发达，千乞不要忧闷而坏你自己的身体，这是我所盼望的。

你经济缺乏，我也知道的，所以我对你说过，你若有需要，可以对我说，但是你终没有和我说。前天香君告诉我，你已有一个半月的房金未付，她们虽没有向你索取，也可证明你手里没有钱了，所以我奉上四十元，请你先付房金，多下的可以随意用，这些钱是我自己省下来的，出于我自己的愿意相助，所以没有一个人知晓，连母亲面前也不曾告诉，请你放心用，不要客气。因我最不欢喜客气，你若要和我客气，就是不愿意和我亲近了。再会吧！祝你健安！

你的梅上

这封信上的别字很多，笔迹也写得很稚嫩，可是每个字都写的正体，有几个字好像看了字典而照写，可见阿梅作书时会费去不少工夫，语气很是诚恳，都是从她心坎里说出来的。现在大我有一个难问题了，就是阿梅赠送他的四十块钱，还是原璧奉还呢，还是老实拿了她的呢？确乎房金急于要付了。徐太太特地自己去住了阁楼，让出了她的亭子间来租给人家，自然想要得几个钱，偏逢着我这个贫病交迫的穷措大，欠了她的房金，她虽然碍于情面，没有向我索取，而她的心里大概也在那里发急。既然阿梅自己情愿送这钱相助我，我何不将房金付去呢？此次我受阿梅的照拂，很费了她许多钱，这款项我也不必拒绝，恐反要引起她的不愉快。唉！莫小觑阿梅是个小家女，她倒有这样的深心，可说是女中的鲍叔了，那么我怎样去报答她呢？我李某除非穷途潦倒，落魄一生，没有出头的日子，否则千金报一饭之恩，我是不愿让古人专美于前的。不过我现在却很不愿阿梅和自己的情感一天一天地增加浓厚，不要使她另有了别的心思，那是自堕魔障，误人不浅的。我自从在杭州为了玉雪，受到很重大的刺激以后，我的心对于"情"的一字，早已灰了，冷了，断不欲再轻扬我的情丝，我总要想个稳妥的办法，使阿梅知道我的心，而有所觉悟，不要无端再把她的爱情向我包围，向我笼罩。我愿热一瓣心香，祝祷这可怜的女子，能够情海不波，平平安安过了她的一生，莫要再堕风尘，为虚荣所误，而遭受到一班非人道的蹂躏，方才是好呢！他想着，就把这信和纸币一齐藏在怀中，身子缩到被窝儿里去，头横在枕上，只是思想。足足有大半夜未睡，直到四点钟过后，方才入梦。

次日起身，依旧做他的工作，下午见了徐太太，便把房金付去，徐太太客气了两句，也就拿了。大我因用阿梅的钱，心里总觉十分不自然，所以他对于寻找生活的一念，更是来得迫切，他并不因为以前受到数次挫折而丧失他的勇气，只苦一时无路可走，得不到机会罢了。

到得耶稣圣诞那天，他因听阿梅说过，在这天要来看他，所以在家里守候着，没有出去。等到下午三四点钟，阿梅却没有来，香君早已起身，走到大我的亭子间里来，见大我坐在椅子里看报，就问道：

"梅影姊没有来吗？"

大我点点头。香君道：

"她是起身很早的人，说了来，怎么不来？这个时候还没有来，恐怕她要失约了。"

大我道：

"也许她有别的事情阻挡她吧！"

香君微笑道：

"不错。"

这一笑似乎有些异样，跟着又说道：

"李先生，你一个人独坐着不出去玩，可觉得沉闷吗？"

大我道：

"天气很冷，我本来也不想出去玩，还是在家里看看书。"

香君又笑了一笑，回身出去。这天，直到晚上，果然阿梅失约不来，但是大我却在报纸上发现了一个好消息，这个消息究竟好不好，现在虽不能说定，然在大我眼中看起来，总当是一个好消息的。原来，他在分类广告里，见有一则广告，是在爱文义路八十六号弄内有一个三乐补习夜校，要聘请一个教员，教授初级班的中文、英文、算学，有愿热心为教育服务的人，可以自己写了履历书，在每日下午一时至三时，亲到校中和校长面洽，如能合意，即可试用。他想，这一次或者有些希望，他那里并不要我缴纳什么保证金，也不要我代筹什么计划，只要我能忠实地上课教书。把我所有的学识灌溉到学生的脑子里去就行了。况且又是夜校，授课的时间当然在晚上，那么白天仍有充分的时间容我写稿子，双方并进，我的生活不是便可以维持了吗？想到这里，很是高兴，又想外面失业的人很多，这个是很简单而有可能性的，他们倘然瞧见了这广告，一定也有许多人要去尝试的，捷足先登，时不可失。好在这广告今天方才登出，我明天下午一点钟先到那里去，便可不致落后了，于是他在晚上写好了一纸履历书，预备明日前去尝试。

到了次日，他在午时便整着衣冠出去，在饭店上吃毕午饭，立刻赶到爱文义路去，寻到那里，见一家上果然有一块牌，写着"三乐补习夜校"。旁边还有几块牌子，他也没有去注意，推门进去，见里面是个二楼二底的房屋，那客堂里一排排地摆满了学生的座位，挂着黑板，已作为教室了。左首一间也是教室。大我不见人，遂咳了两声，里面就有一个校役走出来，问他可有什么事。大我告诉了他，那校役便引大我走到左首一间厢房里去，里面乃是来宾室，放着一张小圆桌，上首又有两只大沙发，沙发里已坐好两个人，一个是西装少年，一个是四十开外的人，衣服、容貌都很朴实，静静地坐着，不发一言，不像一起来的人。校役对大我说道：

"你可有名片？履历书在哪里？"

大我方从身边取出交给他，校役看了名片，又说道：

"李先生，请你等一等，贾校长在楼上见客呢！"

说罢，回身走上楼去。大我在圆桌边一张椅子上坐下，暗想：我来得可算早了，岂知人家比我还要早，这里坐的两位大约也是为了此事而来接洽的吧！他刚才坐定，门外又有两个男子先后步入，都经校役引到来宾室里坐候，一会儿，又有一个烫发的女子穿着大衣，也由校役领进来坐，接了履历书和名刺而去，这小小的室中快要坐满了，大我心里有些焦躁。又等了一刻，那校役方才走过来说道：

"请窦先生相见。"

校役说了一句话，那个坐在沙发上的西装少年早立起来，跟着校役很快走上楼去了。大我又坐等了十多分钟，方见那个少年从天井里走出门去了，校役又走到门前说道：

"请裘先生上去相见。"

那个坐在沙发里的男子一声咳嗽，立起身走出去了，两只沙发已空，那个烫发的女子早挪身过去坐了。大我想：自己只要等到那男子见过后，也可以去接洽了，记得在前清时候，下属见上司是非常困难的，某笔记上记着四川地方有一位疆吏，当上任时，宴请各僚属，席间对众人说道：

"诸位可能知道这里候见室的屋椽和屋砖共有若干？"

众僚属都瞠目莫知所对。疆吏笑道：

"诸位不能知道，但我却能举出其数。"

遂报出屋椽有几根，屋砖有几块，便吩咐一侍从去数了复命，后来，侍从回报的数目和疆吏所说的尽合，众僚属不胜惊愕。疆吏又对众人说道：

"诸位可记得数十年前某巨公在此开府之时，我不过在某处作一小吏，恰因有事求见某巨公，在这里候见室中等候了三天，自早至晚常不得一饱，方能得见。当我在等候的时候，异常无聊，在室中坐了走，走了坐，不知所得，心烦意乱，遂仰着头数那屋上的椽和砖，从东边数到西边，又从西边数到东边，数得清清楚楚，记在心里，直到如今没有忘记。现在我到这里来，要改革以前的积弊，诸位倘有要事来此相见，我一定不论什么时候都接见，还望诸位对待一切的下属，要随到随见，不至于使人家难受。"

疆吏说罢，众人方始大悟。这虽是一段小小的轶闻，也可见得上下的捍格了，他们官场里难免如此，想不到见个补习学校校长也要这样守候的。同时，又可知外面谋事的人怎样的多了，即使我得见校长，成功不成功尚在不可知之数呢！他这样想着，从玻璃窗里望出去，见那个男子也走出门去，接着校役在窗口向自己招呼道：

"李先生，请你上去吧！"

于是大我吐了一口气，跟着校役走到楼上去了。

第二十三回

路绝蓝桥校中为隐士
人如黄鹤纸上招名姝

楼上亭子间的门前悬着一块小小的黑牌，上写着"教员室"三个字，校役把手一指道：

"贾校长就在里面，你去见他吧！"

大我遂踏进去一看，见室中放着两三张写字台和一座书橱、几张椅子，东首窗边写字台上坐着一个四十多岁的男子，穿着西装，身材很矮，清瘦的面孔，嘴边留着一撮菱角短须，很像是绅士，大概就是贾校长了。在他的对面却坐着一个女子，约有二十多岁，小圆的脸庞，画着两道纤细的蛾眉，嘴唇上涂得猩红，一头云发烫得蓬蓬松松的，身上穿着颜色鲜艳的衬绒旗袍，装饰很是摩登，正在那里握着一支自来水笔不知写什么，也许是贾校长的女书记吧！室中炉火熊熊，很是和暖，大我便对贾校长微微一鞠躬，贾校长欠身回礼，一摆手，请大我在右面沙发里坐下，他的身子同时在转椅上转向了大我，拿了大我的履历书，问了一遍，大我回答得很是留心，措辞也很雅驯。贾校长和大我谈了一刻，便点点头说道：

"很好，今天有多人和我接洽，此事恕我一时不能决定，若是我这里要有屈李先生来此相助的，二三天内我就可以照着履历书所附的通讯地址通知李先生便了。"

大我听了这话，遂立起身来，向贾校长告辞。他走到楼下时，见那个来宾室里已挤满了不少人，有几个因为没有坐地，却坐到中间的教室里来。大我瞧着这情形，心里未免有些担心，这是一个清苦的生涯，逐鹿者却大有其人，那么自己的希望也很渺茫了，不要管他，贾校长若是要用我的话，他自会写信来请我的，我何必徒作杞人之忧呢？他这样自己安慰着自己，一路走回家来。

徐太太坐在客堂里打五关，一见大我进来，便说道：

"李先生，你到哪里去的？梅影小姐来已多时，她在我女儿房里等候你呢！"

大我道：

"我去看个朋友的。"

说着话，便走上楼去了，徐太太也跟着上楼，走到香君房里去。一会儿，香君和阿梅都走到大我房里来，大家招呼坐下，阿梅带笑对大我说道：

"昨天我本要来的，但因有亲戚到我处来了，所以失约，对不起得很。方才李先生到哪里去的？"

大我道：

"我也有一个朋友从南京来，耽搁在客寓里，恰巧在路上相逢，我就到那里去坐谈了一刻而归的。"

这当然是大我的托词，自有他的用意，阿梅等也都深信不疑。谈了一会儿，阿梅要大我和香君一同到国泰大戏院去看影戏，大我再三推辞不脱，只得答应。他们是要看五点钟的一场，到了相近五点钟时，阿梅叫徐太太的兄弟唤了一辆汽车前来，大我、香君、阿梅三人坐着同往，上车的时候，阿梅和香君偏偏各向旁边一坐，让出中间的给大我坐。大我要想扳起对面的坐垫，以便对坐，但是阿梅早伸手把大我一拉道：

"坐吧！"

大我站不住，早已坐到二人的中间，也只得这样坐了，左面是香君，右面是阿梅，一阵阵的脂香粉气送到他的鼻管里来，他想到一句古书"左白台而右闾须"，换了别的儇薄儿，当此时也，左倚右偎得亲美人香泽，虽南面王亦无此乐了。可是大我却像坐在针毡上一般，反觉非常难受，低倒了头，将两手撑着下颐，只望他坐的汽车快快驶到了国泰门前就好了。可是，汽车虽然行得快，至少也要有十分钟，而阿梅见大我不说话，偏把她的头凑过来和他讲话，这样愈使大我受窘。幸亏转瞬之间，汽车已到国泰戏院前门停住，三人一齐走下车来，恰巧前场客散，影戏院门前热闹得很，大我跟在阿梅香君之后，走上白石阶砌，阿梅早抢上去买了三张楼上的票，招呼着大我，一同走到楼上，坐到椅子里时，恰又左阿梅右香君，大我低倒了头，只是看说明书。阿梅和香君脱下大衣，取出纸烟燃吸，又买了几个鸭肫肝，叫小贩切好片子，阿梅抓了一小把，递给大我手中，请他吃。一会儿，音乐声起，院中电灯熄灭，银幕上开始映演那有声影片《傻新郎》了，这是一种喜剧的影片，又香艳，又滑稽，大我只是闷看，阿梅却常常来逗引他说话，把剧中的事情问他，他不能不还答，可是声浪很低微，倒好似腼腆的处女一般，等到看至影片上傻新郎抱着新娘狂热地接吻之时，阿梅的蟮首不知不觉地搁到大我的肩上来。她樱唇里的口香，微度入鼻，大我的心中也不由怦怦地跳跃起来，暗想：今天懊悔听了阿梅的话，和她们一起来看影戏，现在给她们包围了，如何是好呢？他只有装作不知情的傻子，牢扣住他的灵台，不失去他的防线，不被情魔攻入，直到影戏映毕。他随着观众，立起身来，好似受徒刑的犯人已到了期满释放的时候，很轻松地走出去。当下楼梯的时候，阿梅、香君偏傍着他并行，高跟革履的声响，踏着水门汀的梯子，时常有人别转脸来对他们行注目礼，于是大我的头又低倒下来了。到得戏院门外，阿梅回转头来对大我说道：

"我们可到哪里去？"

香君笑道：

"你说你说，我是不论什么地方都愿意奉陪的。"

阿梅道：

"李先生肚里可有些饿吗？我们吃馆子去吧！"

大我因为方才已受了窘，急欲摆脱重围，遂假意说道：

"哎哟！我倒忘记告诉你们了，恰才我逢见的朋友，约我今天晚上七点钟到他寓里去叙谈的，现在已有七点半了，我不能再奉陪你们，请原谅吧！"

香君把手中手帕一挥，向大我看了一眼，说道：

"你这话真的吧！为什么方才没有说起呢？"

大我道：

"自然是真的，我以为时间还来得及呢！"

香君道：

"李先生，方才你不是说你和贵友已见过了面的吗？怎么现在又要去看他呢？倘然没有紧要的谈话，你不如明天再去吧！今晚我们难得出来的，你不愿意陪我，难道也不愿意陪梅影姊吗？"

大我听香君这话说得很是厉害，便强笑道：

"密司言重了，你们待我这样好，我岂有不愿意追随同游的呢？实在我和那朋友有些要事谈谈，所以不能失约的。下遭我当奉陪你们作一天的畅游，今晚只得对不起了。"

阿梅听大我说得如此坚决，便道：

"李先生既有要事，我们也不敢耽误了，你请便吧！阳历元旦我或者再来看你。"

她说话的时候，蛾眉微蹙，似乎很不高兴。大我岂有不知之理？没奈何，只得硬着头皮，对二人说道：

"告辞了，你们在外边多游些吧！"

遂掉转身躯，走向马路东边去了。他一路走着，觉得自己这样对付她们，未免有些无情，表示和她们不亲热，无怪阿梅大不高兴。唉！我虽非鲁男子，然而为着我前途计，也为着她的名誉计，我只有如此对付她了。他遂叹了一口气，回转头去看时，恰见二人坐着人力车向西去了，心里暗想：自己走到哪里去呢？方才和她们说的是一派胡言，我又没有真的朋友约我叙谈，现在又不能立刻回家的。徐太太必要问长问短，等她的女儿回来一说，我的托词岂不要拆穿了吗？好在我的肚里正饿了，不如先到饭店里去吃了一顿夜饭再说。他想定主意，也就坐了一辆人力车，到得五马路，在一家相熟的饭店里去吃过晚餐，又走到四马路一带书局门前去跑了一个趟子，购了两份夜报，看看时候已有九点多钟了，尖冷的西北风吹得他身上不温，逗留不得，遂走回家来。徐太太见了他，果然要问长问短，大我便照实告诉了她，徐太太道：

"李先生，你太呆板了，梅小姐因为昨天不能出来，所以今天特地来看你，且约了我女儿，想在外畅聚一下的，你这样一来，未免使人扫兴了。她虽然尚有我女儿做伴，可是一到九点钟，我女儿就要上舞场去了，你一向没有朋友的，偏偏来了一个朋友，一再约你叙谈，真是再巧也没有了。"

大我点点头道：

"是的，我心里很是抱歉，只得下次补报了。"

说毕，便回到他的亭子间里去，灯下独坐，把两份夜报都看完了。徐太太送上热水袋，代他放在被窝儿里，说道：

"天气很冷，李先生早些安睡吧！今晚我有些头里痛，也要去睡了。"

徐太太走出去后，大我仍坐着，把他的头埋在两手中间，冥想日间的事，最好那夜校里的教员一席可以马上成功，好使自己暂时有立足的地方，还有阿梅和自己如此亲密，我虽不能轻视她，然而无论如何，不能认为一件好的事情，我绝不欲再有什么情丝牵绕了，急需早些想法避开，倘能不落痕迹，当然是很好的。于是，他就想如何去实行避免的方法，想了良久，好像找到一些光明，心中稍慰，于是脱衣安睡了。

明天上午，他仍旧写一些稿子，下午他正在门外弄堂里徘徊，只见一个人手里拿了一封信，匆匆地走向弄堂里来，再一看时，正是那三乐补习夜校里的校役，他忙迎上前去，那校役瞧见了他，也认识他的，便立定了说道：

"巧得很，李先生正在门外吗？我们的贾校长吩咐我送给你一封信。"

大我听得贾校长有信给他，心里暗暗欢喜，那校役早把那信递到大我手里，又送过一本簿子，请他签字。大我便从身边取出自来水笔，在那簿上签了，于是校役回身走出弄堂去了。大我拿了信，也回到里面去，把信拆阅一过，果然他的希望可以成功了，贾校长约他明天去谈话，以便妥定一切。大我得了这个好消息，觉得自己的精神不期而然地也振作了好多，自己碰了几处壁，失败了好多回，这件事大约不至于再变镜花水月的吧！

次日，他遂照着贾校长约定的时间，跑到三乐夜校里见贾校长。那贾校长仍和那个小圆脸的摩登女子一同坐在教员室里，彼此相见后，贾校长略说几句客气的话，便和大我说明，拟聘大我为中级科的主任，教授国文、英文两项，兼授初级科的中文，每天晚上自六点钟至九点钟，一共上课三小时，晚餐由校中供给。大我自然都答应的，遂讲到薪水问题，贾校长很郑重地对大我说道：

"李先生，鄙人创办这个夜校，无非是为社会上一班失学的人着想，尤其是工商界中的人，他们在白天没有时间求学，学问难以长进，那么有志求学的可以进夜校补习，以期深造，所以我这里目的为培植人才，补救失学，当然在我这里服务的人，不得不为教育而牺牲一些的。月薪一项起初不能不菲薄一些，凡是新聘的教员都要试教三个月，在试教期间，每月薪水只能暂奉十六元之数，等到试教期满，变为正式的教员，那么月薪可以有四五十元了，每学期成绩好的，递加五元，加至八十元为止。像李先生当然是热心教育的人，我们很欢迎你来同工，对于薪水上谅不计较的吧！好在试教期内不写定聘书的，大家很自由，倘你有不满意时，也可以另谋高就。这样岂不是好吗？"

大我起初听贾校长说的薪水果然菲薄，但是自己正在急于谋事，也不能和他计较多少，况且贾校长又说过这是在试教期内的办法，以后可以得多的薪水，那么他只好为教育而牺牲了。他心里想了一想，就回答道：

"贾校长吩咐的话，鄙人无不赞同，但鄙人有个要求，要想借住在这校中，不知能不能答应？因鄙人孤身在沪，尚无枝栖，倘能寄居在校，一切较便了。"

贾校长听了这话，不觉有些沉吟起来。大我道：

"倘蒙校长能够允许的，我的薪水可以不计，随便你怎样支配便了。"

贾校长一摸嘴边短髭，说道：

"上海地方是寸金地，李先生你也知道的，我这里的房屋都已支配好各种用处，实在让不出了，那左首楼上的统厢房是租给一家《哈哈镜》小报馆的，在那边有靠里的半小间，放些存报的，或可以腾出一榻之地，使你可以居住，但也不能不给些房金与他们。至于饭食，李先生却不妨在我处用就是了。"

大我道：

"很好，即请贾校长玉成这事。"

贾校长点点头道：

"我总可代你想法，新年里放假三天，请李先生于四号来校便了。"

大我道：

"我能不能早来呢？"

贾校长道：

"李先生倘要早来，自无不可之理，只是住处还没定当啊！"

大我道：

"这要请贾校长即日就代我商妥的，我明天再来听回音。"

贾校长道：

"也好，稍停我可以同馆中人一谈。"

大我道：

"拜托拜托！"

即起身告辞，贾校长送下楼来，很是殷勤。

到了明天，大我来听回音，贾校长告诉他说，这事已成功了，遂领大我去看，见那地方真像豆腐干一般大，朝东有两扇窗，窗边放着一张旧的小写字台，有两只椅子，里面就是一张小床，旁边堆着许多报纸和杂志，真是一些也没有隙地，比较现在住的亭子间还要小去三分之二呢！大我因有他的用意，所以并无不满，遂说：

"费校长的心，我明天一准搬来，此后我就老实不客气在府上吃饭，不过膳宿费还请校长算去。"

贾校长道：

"这个地方他们本来不肯答应的，经我再三说了，方才叫他们勉强让出的，我自然不能不贴还他们一些钱，所以李先生每月的膳宿费多也不能说，算了十二块钱吧！"

大我道：

"好的。"

便在贾校长那里坐谈了一歇，方才告别回家。晚上，又到外面去，胡乱走了一会儿，方才回去。这个晚上，他想了不少念头，到底决计照

393

着原定的方针去进行。

次日早上，大我用过早餐，走下楼来，徐太太正在客堂里吃点心，大我便对她说道：

"徐太太，我要和你们分别了。"

徐太太不由一呆道：

"李先生，你要到哪里去呢？"

大我打着谎语道：

"就是我前天相逢的朋友，他愿意介绍我到南京去做事，因为他在南京交游很广，不难使我得一席之地，所以我决计跟他去了。"

徐太太道：

"哎哟！你为什么不早说呢？"

大我道：

"不错，我自己很抱歉的，不过这件事也是昨晚我那朋友刚才和我说定的，今天他就要坐午车赴南京，我只得随他同往，不能容我逗留了。这一月的房金待我付给你吧！"

说着话，就从身边取出两张中央银行五元的纸币，放在桌上，这也是阿梅前天给他的，没有用去呢。徐太太又说道：

"那么梅小姐可知道这事吗？"

大我摇摇头道：

"这事昨天决定的，当然她也没有知晓。"

徐太太道：

"你怎好不给她知道呢？"

大我假叹一口气道：

"时间局促，我也只得如此，请你转告她一声吧！好在我到了南京，再可写信通知她的，也许隔一二星期我还要到上海来一趟呢！"

徐太太听了，只相着大我的脸孔，一声不响。大我不免有些情虚，脸上微红，恐怕露出破绽，不欲多说话，遂又说道：

"事实上如此，我也没得法想，还有令爱处，也不及告辞了，请你代言一声吧！至于房里租用的器具，我已吩咐家生店里在今天下午就来搬去了。"

徐太太很勉强地答应了一声，顿时露出不高兴的情景，这事实在是太突兀了，无怪她要如此。然而大我也顾不得了，便出去雇了两辆黄包车，将他在一清早收拾好的行李箱笼都搬至车上，辞别了徐太太，便到爱文义路那三乐夜校里去。

　　在这个晚上，大我已换了一个地方住宿了，他暗想：平生不惯打谎话，现在却蓄意欺人，不知阿梅等知道了这事，又将怎么样呢？她的芳心当然要深深地着恼，怨恨我对待她太无情义了。当我搬行李出来的时候，徐太太不是在客堂里背地骂我没有良心吗？唉！徐太太母女待我也不错，阿梅更是对我一片深情，使我十分感激，我岂有不知人家待我的好处呢？现在不别而行，她不知道我心里的苦衷，怎会原谅我呢？然而像我这样一走，也是出于万不得已的，算我负了她吧！将来我有腾达的时候，绝不会忘记，也许她有一天会明白的啊！大我虽然这样想，心里终不能一时便宁静，他时常要想到阿梅待他的好处，和那封赠金信上说的话，也代阿梅十分扼腕，然而回肠荡气，莫可奈何。从此，他住在夜校里，足不出户，好像作了隐士。

　　过了新年，便由贾校长引导他上课，学生很多，其中商店里的学徒来补习的也不少。大我放出全副的精神，很热心地教授，白天却依旧拈着笔杆，写些短篇的稿子去投稿，但是不到半个月，贾校长又要请大我在他办的妇女半日学校里每周担任五点钟的国文。原来贾校长所办的不但是一所夜校，白天还有这个妇女半日学校，每天下午授课的，此外，尚有函授学校、日文速成学社等等，都在这小小屋子内的，现在因为妇女半日学校里面一个国文教员辞了职，所以请大我兼任，大我不好意思推辞，只得答应。贾校长又因大我文笔甚好，要他兼任函授学校国文科改削一份文卷的事，这样，大我夜间又忙起来了。贾校长虽然没有和他说明增加月薪，而他心里自以为既然兼了两事，当然不消说得要加薪的了，只因贾校长和他甚是客气，贾校长既不说，自己也不便开口。校中同事也有好几位，男的女的都有，内中两位国文教员，都是上了年纪的老先生，要算自己年纪最轻了。

　　贾校长自己只在妇女半日学校里教授一班算学，此外很是空闲，他每日至早要在十一点钟起身，上午是难得见他面的，下午却坐在教员室里和人家高谈阔论，批评着社会上发生的新闻，口若悬河，谈锋很健。谈得高兴时，他就跑到他的房里去，取出些花生米、西瓜子、咖啡糖来给众人吃。最奇怪的就是，贾校长一人独居在此，并无一个家属，人家也不能知道他的底细，他常对人说自己是个抱独身主义者，所以一向没有娶过妻子，他不要家庭，只为社会服务。然而他说这些话，人家终是怀疑的，教职员中和他最亲近的就是谢灵珠女士了，也就是大我前番所见的那个摩登女子，她是崇德人，曾在上海一个女子中学里毕业的，她在这里担任夜校里的课程，兼任校长的书记，也住在校里的。贾校长特地为了她挖通隔壁人家的半间后房，作为她的卧室，房间里陈设精美，完全是摩登器具，布置得好似新房一般，不像寄宿的所在。她和校长常常坐在一块儿说说笑笑，贾校长有了她，大足消愁解闷，有时在休沐之暇，二人常到电影院里去看影戏，或是吃馆子，贾校长也常对人说密司谢是他敬爱的腻友，因此好事的人在背后称呼密司谢为贾校长的临时夫人，而贾校长的独身主义更使人家不相信了。而贾校长所用的一班教职员，除了年老的，其余大都是浪漫的，下课的时候常常围坐着讲些饮食男女的事情。大我志向高傲，又是一个洁身自好者流，不免与他们落落寡合，其中唯有一个姓王名志澄的，比较诚实一些，也喜欢在报纸上投投稿的，对于大我的学问很是钦佩，很愿意和大我交友。大我也认为此人尚可谈谈，所以二人的交情较厚一些了。

光阴是过去得很快的，一月之期已满，到了发薪之时，贾校长只给大我四块钱，且带笑说道：

"种种费神，以后当缓缓报谢！你的膳宿费我已老实不客气除去了。"

大我听贾校长这样说，也只得默默地受了。其时已近废历年底，习俗虽改，夜校和妇女半日学校都放了寒假，唯有函授学校是不停的。大我虽得稍闲，想多做些稿子，因此他斗室独居，更是无聊，有时走到教员室里来，别个教员在假期内都不来了，只有贾校长和密司谢却常坐在那里，嘻嘻哈哈地不知讲些什么。大我瞧了这情形，也不欲多坐，反使人家憎厌，于是他日间闭户自修，黄昏时到马路上走了一会儿，然后回来安睡。

废历的年头，社会上很是热闹，爆竹声充满了快乐的空气，然而天涯作客的大我，孑然一身，到处不得意，又受了情场的刺激，往事成尘，不堪回首，心中无限牢愁，无以自慰，只好眼看着他人快活，所以他倒反而盼望快些开学了。

开学后，他照常授课，但是贾校长要他改削的文卷更多了，自己差不多日夜的工夫都被贾校长支配了去，连写小说的时候也很少了。他希望在这个月里，贾校长或可多给他薪水，然而到了第二个月发薪时，大我依旧拿到四块大洋，贾校长却一句话也不提起了，这样未免使大我大为失望，他暗想：自己代贾校长多做了这许多事，难道都认为义务的吗？倘然贾校长所办的是义务学校，那么大家说明了是义务性质的，出于人家自愿，也无话说，但他办的妇女半日学校和函授学校都是收费的，而所收的学费并不低廉，难道也好算为服务教育而牺牲吗？他不过牺牲了他人的精神和时间而让他一人取利罢了。在开学的时候，我亲眼瞧见他收的学费很多，一包一包的纸币，一卷一卷的银洋，都交给密司谢去收藏的，他又不是没有钱，为什么叫人白效劳呢？我究竟不是傻子，倘然他下月再不加薪时，我只得和他开口了，况且试教之期也要满了，合则留，不合则去。他想定了主意，也就预备等到下月再说话了。

有一天是星期日，他本和王志澄约定今天要到昆山去小旅行的，他起身之后，走到教员室里，静悄悄地没有一人，见桌上放着一份《新闻报》，这是学校里订的，他常常来此借阅的，所以他拿到了手中，就向旁边沙发里一坐，翻开报纸来阅读，无意中忽然瞧见有一则广告，登得很大的字，中间且印着一张照片接触到他的眼帘里来，他的心里突然一惊，好像受到异常的刺激，连忙展读上面的文字道：

玉姑姑鉴：

这四个字在别人眼里见了，很是平常，不会动心，然而大我见了，好像个个字中都有强烈的电流通到他的身上来，他心里顿时起了莫名其妙的感应，再读下去道：

自姑姑不别而行，迄今已一星期矣！祖母盼望姑姑归来，忧心如焚，朝思夜想，寝食俱废，曾托人四处访问，而音信杳然，不见踪迹，因此，祖母气愤成病，卧倒在床。

　　姑姑素为祖母所钟爱者，今遭此不幸之变故，自无怪年老之人痛不欲生，姑姑读书明理，独不念此日薄崦嵫，哀哀欲绝之老母乎？纵有意见龃龉之处，不妨再可熟商。

　　今姑姑骤然出走，谅系一时受人之愚，况姑姑潜挟贵重之物随身，尤须防奸人之窥伺。见报望速归家，莫贻后悔，或通一信，此间亦可遣人迎候也。

　　事情迫切，至盼至祷。

祖望谨启

　　大我一口气读完了这则启事，忍不住失声喊道："这是玉雪的事啊！哎哟！她为什么抛弃了家庭而背人出走呢？"又把这启事念了一遍，把他的足在地板上一蹬道：唉！玉雪上了那伧夫的当了！她此次出走，当然是被小叶甜言蜜语轰动了她的心而如此的，启事上说"纵有意见龃龉之处，不妨再可熟商"，大概玉雪为了小叶向陈老太太有所要求，而未能达到目的，以致激成此变。据启事说什么"潜挟贵重之物，须防奸人窥伺"可知，玉雪必然是卷逃的，一片天真的玉雪哪里会想得出这种计划？一定都是小叶唆使的，现在他们俩远走高飞，不知到了什么地方去了。在小叶心里当然是踌躇满志，既得黄金，又来玉人，喜可知也。然而他施行这种举动，未免太卑鄙吧，小叶这种人固不足惜，而白璧无瑕的玉雪却污辱了，我以前临别赠言，不是暗暗提醒她，要使这玉始终得以完好无瑕吗？她是聪明的人，如何受人之愚？唉！这也不能怪她的，她已被小叶玩弄于股掌之上。心有所昵，即有所蔽，所谓聪明反被聪明误了。祖望虽在报上登了这启事，恐怕她一时也不会醒悟而回来的，她的名誉为小叶而堕落了，她的贞操也为小叶而破坏了，小叶小叶，你真是情场的蟊贼，社会的奸慝了。玉雪玉雪，你有了这般惊鸿绝艳之姿，冰雪聪明之质，却这样受人的诱惑，自甘堕落，断送了你的一生，可惜啊，可惜！他为了玉雪，想到这里，情不自禁地口里只管喊着可惜可惜。门外忽然跳进一个人来，指着大我哈哈笑道：

"大清早你一人独坐在这里喊什么可惜可惜？到底可惜些什么呢？天气这样好，我们快去吧！再迟一点要脱车了！"

大我定睛看时，原来是王志澄，他不好以实相告，只得勉强笑了一笑，说道：

"我已等候你多时，几张报都已看过，你还要说大清早呢！"

王志澄道：

"不错，我们走吧！热水瓶、照相镜我都带了，走吧！"

于是大我只得放下报纸，跟着王志澄走到外面，坐了人力车到火车站。王志澄早抢着去买了两张三等车票，二人一齐上车坐定，不多时，火车开了。

王志澄今天是满怀着一团游兴，左顾右盼，眺望不已，回过头来，却见大我已买了一份《新闻报》在那里看报，整个的脸都被报纸遮住了，他就把大我的手一拉道：

"密司脱李你方才在校里不是已看过《新闻报》吗？怎么现在又购着细阅呢？好不奇怪！"

大我一时没的回答，只得说道：

"我想看看新园林和本埠副刊上的长篇小说。"

王志澄道：

"那么你怎样正在读广告呢？你想预备买什么东西吗？"

大我只得把报纸放在一边，笑了一笑，和他闲谈数语。他们坐的是特别快车，一会儿已过南翔了。王志澄又倚在窗边，看田野间风景，菜花都有些黄了，道旁的杨柳树嫩绿的柔条渐渐长了，牧牛童牵着黄牛在田岸上走。阳光照在小河里，河水晴碧，满呈着大地回春之象。

火车向前如奔雷掣电般地飞驰，一根根的电杆木在眼前望后飞去，他看得出神，同时大我也是看得出神，不过大我所看的和他不同罢了。他见王志澄看野景，不知觉地又拿起报来看那段启事，又瞧着报上玉雪的情影，呆呆地左思右想。他以前虽然料到玉雪必有一天上小叶的当，却不料事情是这样大坏的。玉雪不是向自己受过教育的吗？以前不是她对于自己也曾有一番温存之情吗？而我却不能始终爱护着这玉人，而不使她随着狡童狂且，做出这采兰赠芍、淫奔苟且的事，这是我所引为遗憾的。古时卓文君投身相如、红拂私奔李靖，传为千古佳话，但一个是才子，一个是英雄，尚可称得慧眼识人，出于一时的权变，若如那个小叶，他的学问、道德有何足取？不过卖弄他的交际本领，骗取一班年轻女郎的芳心而已。玉雪这种私奔，怎会得到人家的原谅？无论如何，总是不道德的，也是不名誉的，从此她堕入黑暗陷阱里去，一切的苦痛跟着到她身上来了。她是鲜艳的嫩蕊，一旦被狂蜂浪蝶采了去，罡风一起，恐怕这朵嫩蕊不得开放它的好花，而要立刻变作落英片片，堕溷沾泥了，可惜啊可惜！在这时，他不觉又失声喊了出来。王志澄耳畔听得这声音，马上回过身来，走到大我身边，向报上一看，也早瞧见玉雪的情影，心中恍然大悟，口里就说道：

"'可惜啊可惜！'我本来不明白你为什么连连呼唤，现在见你对着这个启事痴视，莫非你就代这个影中人而呼惜吗？待我也来看看！"

一边说，一边抢在手中，信口读了一遍，便说道：

"这种事情报纸上常常可以见得的，年纪轻的姑娘最容易受小白脸诱惑，这也是社会的黑暗一斑，你读了又读，看了又看，莫非想借这件影事作为小说资料吗？还是那个玉姑姑可和你有什么关系吗？不然你为什么这样紧瞧不休呢？"

大我怎肯把真情吐露，只得带笑说道：

"所谓玉姑姑者不知何许人也，和我有什么关系？不过有感于名门闺秀的堕落，不觉呼惜，我确乎想要做一篇小说的。"

王志澄道：

"你是个小说家，一支生花妙笔，必有哀感顽艳之作供人快睹了。"

大我暗想：自己和玉雪的事倘然真的写出来，倒是一部悱恻缠绵的言情小说，无奈自己是个中人，不情愿把这事给人家知道，而愿永远埋葬在我的心冢里，方才的话不过托词罢了。他已被王志澄识破，所以不再看报了。一会儿，已到昆山，二人下了车，走出车站，时候尚早，便到城中去走了一个圈子。已至下午，二人腹中微觉饥饿，遂到一家饭店里去用午膳，凑巧大我在前天取到十数元的稿费，今天很想做个东道，

400

点了几样菜，一同吃喝。等到吃毕，大我就抢着还了钞，遂上马鞍山去瞻眺。王志澄一心一意地游玩，用他的照相镜摄了几张风景，又代大我摄得一影，徘徊在马鞍山巅。这时，附近有几个小学生在那里放风筝，大我看着天空中的风筝，心里又想起了玉雪，茫茫禹域，不知她在哪一方呢？王志澄见大我无心游玩，言语恍惚，似乎心不定的样子，究竟他怀着什么心事？真使人不明白了。他们下了山，又去公园里游了一周，遂想坐五点多钟的快车回上海。

王志澄因为吃了大我一顿午饭，便拖大我到一家面馆里去吃鸭面，且对大我说道：

"昆山的鸭面是著名的，我们既已到此，不可不一尝风味。"

大我当然同意。二人在吃面的时候，谈起学校里的事，从临时夫人谈到贾校长，王志澄忽然叹口气对大我说道：

"我道在教育界服务，当然要为教育而牺牲，不能孜孜为利，可是一个人虽然没有奢望，总要生活安定了，然后可以尽心尽力地做事，而无后顾之虞，倘然自己整日价辛辛苦苦，好像一架机器一般，不停地做工，而自己得不到什么报酬，徒然为人作嫁，使他坐享其利，这又何苦呢？"

大我听了他的话，正搔着自己的痒处，便对王志澄脸上看了一下，问道：

"志澄兄，你这话可是有感而发吗？"

王志澄点点头道：

"若不是有感而发，难道是无病之呻吗？我本想早些告诉你的，却不敢冒昧。今天我实在忍耐不住了，骨鲠在喉，不得不吐。"

大我还不明了王志澄话中之因，又道：

"那么请你告诉我吧！"

王志澄道：

"近年来上海的教育，许多人都知道它已经商业化了，私立学校的校长，大都只知道自己赚钱，却不肯顾到教职员的福利，所以有人把学校称它为学店。我在贾校长那里服务已近一年，对于学校里的事和贾校长的性情，比你知之深，也许你不久才知道贾校长是怎样的一个人呢！"

大我笑道：

"以我看来，贾校长自己不肯多做事，而喜欢把许多事叫别人代他做，他为人又很精明，别处地方和人很多计较，而对于那位密斯谢用起钱来时，却又不算了。"

王志澄笑道：

"那位临时夫人是又当别论的。我来讲讲他对待教职员一般情形吧！当他聘请新教员的时候，起初非常客气，而且不肯就和你订合同，美其名曰试教时期，薪水便可出得微薄，他又恐你要不高兴，所以许你期满后薪水的数目增高，好安你的心，等到你担任了教课，他就想出花样，加重你的功课，对于报酬一层却含糊不提，因此有些人服务了一二个月，郁郁不得志，便急于辞退了。"

大我道：

"他计算得确是很精，但校中屡换教员却不惮烦的吗？"

王志澄哈哈大笑说：

"你不明他就是利用这一点啊！假使你忍耐着不辞，一到试教期满，他不是就要和你订合同加薪水了吗？他怎肯做吃亏的事呢？就要想出方法来谢绝你了，所以他校中常多新教员的，宁可两三个月一换，手续上麻烦一些，而他的腰袋里进账便多了。横竖现在外边求事的人多如过江之鲫，不愁缺乏啊！这样他只消常出低的薪水，用好的教员，岂非值得的事情吗？"

大我道：

"那么我的试教期快要满了，我若不自己告退，恐怕他也要叫我滚蛋了。上一个月工作，繁重得很，我忍耐着做，还希望他能够加给我薪水，这不是单相思吗？今天被你说穿了，我方才明白，那贾校长肩着一块教育的招牌，却想尽方法，利用他人，要在这里面弄些钱进账，无怪他办的学校竟有商店化了。唉！中国人都是在这种地方用心思的吗？一切的良好名义、教育事业，无非被狡黠者借作幌子，自私自利罢了。"

王志澄摇摇头道：

"人心大变，夫复何言？"

大我默然了一歇，又问道：

"那么志澄兄怎样会在校里经过这较长的时间呢?"

王志澄笑了一笑道:

"我的来头大了,有二重保障,他不能无故把我辞掉的。因为我到这校里来执教鞭,是教育局里李科长介绍的,并且校舍的大房东和我是亲戚,去年房东要加租,贾校长曾托我去向房东婉商,要求暂缓,结果是房东答应的。所以有了这个关系,他对于我不得不特别看重了。"

大我道:

"原来如此,那么你放高了枕头睡吧!"

王志澄道:

"然而我也每月只拿他四十块钱,那夜校和函授学校里的事务都是我一人搊的大旗,而函授学校里的事情尤其是烦琐,每天寄发的信件都是我一人办理的啊!我将来倘能谋得较好的事,也要脱离此间的,谁愿意一辈子在他手下讨生活做呢?实在外间人浮于事,一时不容易得到好机会啊!"

大我听了,点点头,二人又谈了一歇。王志澄付去了账,一同出店,他向大我啧啧地赞美鸭面的滋味大佳,但是大我却因有了心事,食而不知其味了。二人一路走到车站,仍坐了火车回沪。

大我和王志澄分别了,独自一个人回到校中,却又逢着贾校长和密司谢走下楼来。密司谢穿着一件绿色的衬绒旗袍,外罩着短大衣,颊上涂得红红的,走近人前,一阵香味直钻入鼻子里。大我向旁边一立,让二人过去,和贾校长彼此招呼一声,密司谢却对大我带笑问道:

"李先生,今天没有在这里用午饭,到什么地方去玩的?"

大我答道:

"昆山。"

说着话,就想向楼上走。贾校长却回转头来说道:

"李先生,我们不回来吃晚饭了,你一个人用吧!还有函授学校里有一批文卷,最好要早些寄出,费神早早改好吧!"

大我答应一声,走上楼去,回到他的一小间里去。听隔板壁那小报馆里的编辑先生正在和经理谈着闹稿荒,他心里暗想:我到这里来执教鞭,本欲在白天写些稿子的,但因贾校长把许多事加在我身上,以致文

403

卷积压，爬不清，而写稿的时候反少了，岂非二五与一十呢？照王志澄方才说的话，贾校长不过暂时利用我罢了，他哪里肯加我的薪水？即使他到时不来辞我，我自己也不能久居于此的。想不到学校里也有黑幕，真是奇怪得很啊！他闷沉沉地想着，校役早来请他吃晚饭，他独自吃毕，便到教员室里去改削文卷，心里实在不高兴，改去了一些，又拿起旁边的《新闻报》去看这段启事，心中又想起了玉雪，对着孤灯，默默地出了神。良久良久，他叹了一口气，把文卷向抽屉里一塞，索性不改了，回到房里去睡。然而哪里睡得着呢？想起自己的身世和玉雪的出亡，又起了许多悲哀，脑海里的思潮一起一落，没有片刻的宁静。这一夜他竟没有合眼。

明天起身，觉得头上好似套着一重箍，非常涨痛，精神也没有以前好了。

又过了数天，有一个早晨，大我走到教员室里，贾校长和密司谢，还有王志澄和一个姓姚的同事一同坐在那里谈话，大我自然也和他们闲谈数语，密司谢拿起一张《新闻报》来看时，忽然望着大我的脸上，扑哧一声笑将出来道：

"李先生，你要当心些，有人要悬赏捉拿你啊！"

大我不由一怔，遂说道：

"密司和我说着玩的吗？我没有犯什么罪，所谓日间不做亏心事，夜半敲门不吃惊，我不怕有人要来捕我。"

密司谢笑道：

"你不要说得嘴响，你来看吧！你的玉照正登在报上呢！"

密司谢说了这句话，贾校长和王志澄、姓姚的早已跑过去，跟着密司谢的手指，向报上一看，贾校长早喊出来道：

"咦！怎样李先生的大照果然刊上这报端吗？"

大我听说，连忙也走过来看。王志澄心细一些，就说道：

"密司脱李，你不要惊慌，这个人和你形貌相同，而姓名不一的。"

大我低下头看时，见报上刊着一方铜版小照，照上的人乃是小叶，小叶和自己容貌实在相像，无怪要闹出这个笑话来了。密司谢把这报递与大我，双手拍着笑道：

"我本是和李先生闹笑的，但乍睹之下，哪一个不要认错呢？世间竟有这样相像的，倒好似孪生弟兄呢！"

大我接着，就向报上留心细看，见又是一个启事，很有严重性的：

叶不凡，嘉善人氏，供职杭垣，素擅交际，亦为西泠艺术研究社中之会员，前曾僦居在鄙人堂媳汪瑞珍之家，讵料生性儇薄，意存不良，竟将瑞珍诱引成奸，而瑞珍青年嫠妇，被其所惑，遂失贞操，此诚墙蒋之大辱，家门之不幸。

鄙人一向旅居在外，失察之咎，固属难免，至以为憾。据闻叶不凡平日屡向瑞珍索取金钱，供其挥霍，无餍之求，欲壑难填。去年又与某闺秀发生恋爱，厌弃瑞珍，而瑞珍溺于烟霞，未之知之，不意狼子野心。更有甚者，前月叶不凡竟敢乘瑞珍病卧之时，私窃其珍珠首饰值万金以上，并将瑞珍存储于某银行之活期存款五千元冒领而去，及瑞珍觉察，而叶不凡竟偕某闺秀双双宵遁，鸿飞冥冥矣！

瑞珍受此刺激，怨愤难诉，遂于前晚暗服安神药片数瓶，决心自杀，施救不及，含恨而逝。此虽瑞珍守节不终，自取其咎，然叶不凡之罪恶，无可逭免，断难容其逍遥法网之外。故鄙人一面呈文法院，控告追缉，一面将叶不凡之照相登之报端，以告各界人士，如有仗义之人，闻风密报，因而捕获者，愿送一千元以为报谢，储款以待，绝不食言。

区区之心，亦望早日除此社会之蠹虫而已。

杭州汪愚公谨启

以前小叶和汪瑞珍结识的一回事，当然大我是不知道的，所以他看了这一段启事，又发现了小叶的一重罪恶，那个姓汪的嫠妇受小叶之愚，当然是自作孽不可活，但是小叶竟用这种手段攫取她金钱，心术之坏，达于极点了，这种人将来哪里会好？作奸犯科，难免末日的降临。最可惜的是，玉雪也着了魔地被他诱惑，而干出这种不名誉的事来，跟了他同做罪人。虽然玉雪太不知自爱，而旁人都代她可惜，尤其是我绛帐教读，一载光阴，以师道而兼友爱，彼此的情感曾经有一度很深厚的经过，回想当时，辄不免回肠荡气，未能忘情。今日知道了这两个恶消息，心里又是怎样地难受！料玉雪听了小叶之言，这样地抛弃了家庭，跟着小叶不知流浪到什么地方去，将来的结果一定也不会良好的。玉雪大概对于此事也被小叶巧语蒙蔽，不会知道的啊！他想到这里，几乎又要喊出可惜来了。那时，王志澄也读完了这段启事，对大我说道：

"今天所见的一段启事，我看十有八九倒和以前所见的有连带的关系吧！所谓某闺秀或就是那个玉姑姑，现在的青年男女受了新思潮的洗礼，把昔日吃人的礼教打倒了，醉心于自由恋爱。但是还不明白情爱的真谛，对于婚姻的选择又不能加以审慎，大家径情直遂，贸然结合，等到事过境迁，后悔无及。而一班女子更是感觉到苦痛，所谓啜其泣矣，何嗟及矣！以致自杀的惨剧也一幕一幕地演之不已了。你说是不是？"

大我好像没有听见王志澄的说话一般，低头不答，一只手只是摸他的额角。贾校长见了，不觉笑道：

"李先生何思之深也？"

大我方才抬起头来说道：

"我没有什么深思，也不过微有感慨罢了。"

姓姚的说道：

"吹皱一池春水，干卿底事？像这种事外面数见不鲜，你们真是书呆子，发什么感慨？"

说罢，哈哈大笑。大我恐防王志澄要怀疑他，所以也趁势把报纸放下说道：

"密司脱姚说得不错，我们不必多费此心，但这个姓叶的和我面貌相同，我不要变作嫌疑人吧！"

密司谢笑道：

"他姓叶，你姓李，完全是两人。凡事虚则虚，实则实，岂能嫌疑到你的身上？你放心便了。"

王志澄道：

"那么你在这几天不要出去了，免得有人贪了一千元的赏金前去告密，闹出一件双包案来呢!"

说罢，众人都笑起来，只有大我一个人怎会笑得出？只好闷在肚里了。

从这天以后，大我一天到晚地在校里，懒懒地足不越雷池一步，他并非真的怕被人家撞见了去告密，实在他心里非常的不高兴，打不起精神来。授课之余，时常蛰伏在豆腐干大的小室里，书空咄咄。贾校长见了他的神情，误会了他的意思。这样过了十多天，大我试教之期快要满了，大我因为听过了王志澄所说的一番话，他当然不希望贾校长加他的薪水，而静待贾校长怎样来对付自己了。果然有一天，贾校长特地请大我到他自己的房间里去谈话，大我便去相见。贾校长先向他道谢了数语，后来就说道：

"李先生的学问很好，在此地执教恐怕是大材小用的，现在试教之期已满，本当和李先生订立正式合同，使学生常沾时雨之化，不过近来我觉得李先生态度似乎有些异样，不像以前的热烈。大概枳棘非鸾凤所栖，也许李先生要想别谋发展了，所以，我也不能再使你屈居于此。过了月底，请李先生他就吧!"

大我本来应该分辩几句的，可是贾校长所说的话完全和王志澄说的相同，那么自己何苦再和他去哓哓呢？所以他毅然答道：

"校长既然预备如此，我当然没有不同情的。"

贾校长又道：

"抱歉得很!"

于是大我立起身来向贾校长点点头，退出去了，晚上得个空隙，便去告诉了王志澄。王志澄代他十分扼腕，不愿意大我一旦他去，然而心长力绌，也是无可奈何的事。大我的意思，夜校的教务虽然不担任，最好自己另出些房饭钱，仍旧借居在此，省得再到别处去找屋子，多生麻烦，自己只有多写些稿子以求糊口了。谁知隔得一天，贾校长又对他说，这间小屋子报馆里要收回了，请大我在三天之内迁出去。因为明天是月底了，大我知道贾校长不欲他寄宿在此，恐防对于他的学校有些妨碍，所以托故拒绝，这样更可见得贾校长的为人太无情了，自己代他尽了三个月的义务，转瞬之间便以闭门羹相饷，冷酷若此，无怪古时的开国帝王往往要杀戮功臣，令人兴鸟尽弓藏、免死狗烹之感了。他不得已答应他迁，心中更觉忧烦，自思：我所以迁到这里来，就是因为不愿意和阿梅等相见，作避人耳目之计，倘若我是一个不上进的少年，既有阿梅这样倾心相爱，落得着意绸缪，何必要这样回避，反惹人不欢迎呢？不过我不欲因人家爱我之故，而自己和人家一同堕入陷阱里去，所以坚定我志，及早摆脱，不料白白地辛劳二三个月，依旧碰了壁。现在叫我再到什么地方去找屋子呢？我的命宫魔蝎，怎样弄到如此地步？这渺小的人生不是太无意味了吗？他闷闷地想着，不觉万念俱灰。

　　晚上，走出校来，信步踱到大马路，先是永安门前一派繁华景象，他看了很觉乏味。一直沿着马路往前走去，见有几个妙龄女郎从一家商店里出来，水蛇一般的腰肢，从他身旁走过。其中有一个穿着短大衣的，他认得就是玉雪的同学朱蕙英，手里拿着不少东西，嘻嘻哈哈地正和她的同伴说笑着，所以没有瞧见大我。大我也恐防被她看见，连忙向前匆匆走去。啊！朱蕙英也到上海来了，她不是玉雪的好朋友吗？以前听说玉雪加入那个西泠艺术研究社做会员，也是朱蕙英介绍的。玉雪若不加入，也不会和小叶相识，不识小叶，也绝不至于有今日之事，而自己也许在杭州仍和玉雪厮守在一块儿，不会负气出走到上海来的。那么朱蕙英这个人对于我们的聚散离合，不是很有关系的吗？在平湖秋月初见芳颜的一幕，朱蕙英也就是幕中人，我还记得那时玉雪穿的青地银花的软绸旗袍，而朱蕙英却穿着红色的绸旗袍，在月光下很是耀眼呢！还有南山之游，朱蕙英也是和玉雪一起的，亭边脂盒也是她遗忘的，以致扬起了我的一缕情丝，而和玉雪有一番缠绵，反成了多情之恨，心版上受了一重深深的创痕，永远不会平复了。如今玉雪已变了天涯飞絮，而我也流浪在海角，受尽许多挫折，而朱蕙英却人面依旧，欢笑如常，怎不令人更多感慨？他一边想，一边走。前面的电灯渐渐稀暗，眼前顿觉一片空旷。原来，已到了外滩，他遂一步一步地走到黄浦江边去，立在码头上，远望隔江点点的电火，和一二立体式的高大黑影。江中的波浪在昏黄的淡月下，一翻一滚地打到岸边，远远地听得工人邪许之声，正在那里起伏，晚风吹到身上，不觉春寒凄厉，侵入襟袖。他对着滔滔江水，长长地叹了一口气，自念身世飘零，受尽揶揄，天地虽大，实无我容身之所，好似老天也在那里戏弄我、摆布我，使我濒于绝境。人生至此，安有乐趣？现在外间因失业失恋而自杀的青年很多，像我所遭逢的，不但失业，而又失恋，伊人已被恶魔所噬，我的心弦上更觉刺痛了创痕般痛苦非常。这个万恶的社会实在是个陷人的堕马坑、杀人的断头台，况我在上海流浪了半载有余，怀抱利器，屡试不售，所见的都是沮丧情绪的事。奋斗之门已闭，光明之路已塞，我还要恋恋于此浊世做什么呢？不如投身江流，效三闾大夫的自沉吧！想到这里，恨上心来，几欲望江中耸身一跃，万事全休。但是突的一个转念，收住双脚，又想：我所以离去杭州跑到上海来，不是立志要求自立的生活，为我将来一生的幸福计吗？我若投水自沉，那么我的志向岂非不坚吗？古人比较我受的困苦十倍百倍的也有，我怎么颓丧到如此地步呢？玉雪不是曾引贾生的事来劝慰我的吗？死或重于泰山，或轻于鸿毛，我这样一死，真是轻于鸿毛，徒为智者所笑。即使要死，我绝不肯为了一个女人而死，否则我死得太没有价值了，岂不遗憾吗？至于玉雪的事，我早已将幻梦视之，所以，毅然摆脱，怎么此时反又念念不忘在心头呢？她已堕落了，爱莫能助，只好由她去休，我还是自己努力挣扎，求我将来的幸福，我不信一辈子不会出头的。一切饥寒困苦，我依旧忍耐着好了，人家有了重大的负担，仰事俯蓄，全要他一个人去想法的，尚且在烦恼忧愁的环境中活着，我一个人难道反不能养活自己吗？我总是还不能忍耐，还不能守命待时。大我想到了这里，便觉奋斗之门尚开，光明之路未绝，竟从自杀的潮流中挣脱出来，收拾起颓废的情绪，整整衣襟，离了江边，回身仍望原路走来。到得南京路，电炬照耀，一片光明，只见后边有一辆机器脚踏车夹在许多汽车中间鱼贯疾驶而来，转瞬已至身前，但是前面的红灯一亮，那些车都只得缓缓停住了。机器脚踏车上坐着一个西装男子，约有三十多岁的年纪，戴着眼镜，精神奕奕，偶然回过头来，见了大我，遂把手一招道：

"大我，你怎么在这里啊！还认识我吗？"

第二十四回

旧地重来春愁黯黯
小楼一吻此恨绵绵

踽踽凉凉的李大我，初不料有人在这里竟会招呼他，定神凝视之下，方认得这人就是以前在杭州补习学社里教授德文的霍烈先生，那时候，霍烈有了高就，离开学社到上海来，自己便觉得失了良师，缺乏兴趣，所以也就辍读的。想不到今晚竟得重逢，连忙走过去向霍烈一鞠躬说道：

"霍先生，好久不见尊颜了，一向好？"

霍烈点点头道：

"我在此间很好，你不是在陈家做西席吗？几时跑到上海来的？为什么有这样颓唐的神情？在我眼光里是逃不掉的。"

大我闻了这话，暗想：霍烈的眼光真是锐利，能够烛人之隐，但我此时比较在黄浦江边自以为好得多了，便点点头答道：

"霍先生，说来话长，一言以蔽之，途穷日暮，无枝可栖。"

霍烈道：

"你是一个有志的好青年，绝不会一世蹭蹬的，我一向很爱重你，你可知道我现在新中华实业公司吗？明天上午九时后，请你到三马路外滩四七八号，我在那里候你。"

说到这里时，绿灯一亮，两边的车辆跟着向前移动。霍烈来不及说别的话，只对大我又说了一声再会，开快速力，向前边飞驶而去。大我也就答应一声，走回人行道上，一路回去。暗想霍烈以前在社中对于自己很能垂青，和我的感情很好，常对人说我是他的得意高足，他去后，我也常要思念他，现在无意中在路上相逢，真是再巧也没有的事。他既然约我明天到公司里去，大约他必有相助之处，这个机会倒不可以失去的啊！他这样想着，颓废情绪消释了不少，夜来也睡得很是酣适。

到了次日，大我准时候跑到三马路外滩，见那个新中华实业公司在一个庞大的立体式巨厦之内，他问了司阍者，从电梯上到得三层楼，向侍役问讯之后，方知霍烈在五五号室里，早有人引导他去。走进室中，见霍烈坐在一张写字台前听电话，左边也有一张写字台，坐着一个少年，在那里写字，沿窗打字机前坐着一个女郎，正在打字，他上前和霍烈脱帽行礼，说了一声早安，霍烈一摆手请他在旁边坐下，大我遂毕恭毕敬地坐着。霍烈听完电话，便带着笑对大我说道：

"你来了很好，但不知你到沪可在哪里做过事？"

大我遂将自己以前的经过情形，种种失败，一齐约略告诉给霍烈听，却把自己因和玉雪负气而出走的事略过不提。霍烈听了，点点头道：

"那么你现在大概急于找事做了？"

大我道：

"是的。"

霍烈道：

"我在这里做了协理，兼海外贸易部的主任，专办进出口的事，因为公司里的规模很大，对于国内外各种实业事情都尽力经营的。前天贸易部里有一个登记货物的办事员，恰巧调到天津分公司里去任要职，我这里遂缺少了一个人，而部里熟谙德文的却不多，所以我正要物色一个相当人才，以补其缺。你是英、德文都通的，而且中文也很好，为人又很诚实，以前我在社中教书的时候便赏识你的，现在就请你担任此职吧！每月薪水五十元，膳宿都由公司供给，虽然待遇菲薄得很，而将来颇有希望的，只要你安心在这里认真工作便了。"

大我听了，喜出望外，遂谢道：

"多蒙霍先生栽培，我感德非浅。"

霍烈道：

"你不要客气，不要谢我，你在此地做事谋生活，我为公司引用相当人才，彼此各尽其职而已。"

大我点点头，霍烈又道：

"你今天回去收拾收拾，明天即可到公司里来就职，我再指导一切吧！"

大我答应一声，知道霍烈事务很忙，断不容自己坐在这里闲话，遂起身告辞。霍烈送到办公室的门口，大家说了一声再会。大我仍坐着电梯下去，出了新中华实业公司的大门，便雇了一辆人力车回去，心中轻松得很，如释重负，自思：昨晚若然自己真的投了黄浦，恐怕此时整个的身体已葬在鱼腹之中，也许报纸上多载一自杀新闻。李大我死了，轻于鸿毛，值得什么呢？哪里会逢到这个大好机会呢？幸亏我态度虽然消极，而奋斗之心尚有一缕欲断未绝之丝，没有轻生呢！现在我不再怕贾校长要逼迫我走路了，真是此处不留人，自有留人处。他想着，车子已到了三乐补习学校的门口，大我跳下来，付去车资，走到楼上去，见了王志澄，便将这事告诉了他。王志澄很快活地说道：

"我本来正代你颇为杞忧，曾托过一位朋友，想介绍你到影戏公司里做翻译，然而一时也不容易实现，此刻你已得到很好的枝栖，比较别的事业安稳得多。我听说新中华实业公司资本雄厚，业务发达，将来你很有希望的，不胜欢贺。"

大我听着王志澄这样说，当然心头更觉安慰，又去对贾校长说了，贾校长连忙和大我握了手，说声恭喜恭喜。

这天晚上，大我略把自己行箧和书籍纸笔等收拾了一回，到了次日早晨，他就雇了一辆人力车，带着行李，一径到公司里去。刚至门前，只见霍烈亲自开着一辆奥斯汀，疾驰而来，停在门口。大我赶紧上前相见，霍烈遂引导大我进去，叫他在海外贸易部里任事。

大我得了这位置，小心翼翼地办事，晚间就住在公司寄宿舍里，自修德文，他的生活已得安定，所以对于投稿的生涯也是可有可无，不再如机械式地伏案写稿了。霍烈见大我办事勤奋，果然少年有为，不负自己雅望，所以心里很喜欢，一心要提拔他。不到三个月，便将大我擢升了要职，薪水自然也增加至每月七十元。大我感知遇之恩，益发自勉，现在他已步入佳境，不再如以前那样潦倒穷途，奈何徒唤了。自奉很俭，所得的月薪，除去一些应酬和零用，其余的都存入银行中，以备将来之用。闲时思及玉雪，心中不无怅怅，很想有机会回到杭州去探问一个究竟，因为自己在今日虽不能说飞黄腾达，然而已有立足之地，比较昔日远胜多多了。只恐旧地重游，人面已非，处处要使自己增加许多悲感，所以一时还没有这种勇气。又想到自己和阿梅已有好久没见了，我受了她许多恩德，不可不报，她虽是做过舞女，又为人妾，在他人看来，似乎是堕溷之花，毫无足奇，然在我心目之中，却要引她为唯一知己，知识分子的玉雪尚不及她对我的一片深情呢！只因我不欲堕身魔障，误了她，误了自己，所以不别而行，忍着心不再去和她相见，自然她在背后要怪怨我的。现在我积蓄些金钱，将来可以把这一笔债还她，虽然她的意思不在区区阿堵物上，而在我却是行其心之所安啊！这样，大我的心中对于玉雪、阿梅二人总是屡欲忘怀而屡易思及的，他也不自知其所以然了。

又过得几个月，大我积得三百金，计算阿梅在自己身上所费的钱约有此数，今日可以奉还她了，但是自己绝不能再和阿梅晤面，非但她要责备我，而我也很惭愧的了。倘然叫人送去，由银行汇去，这也是不妥之事，万一给那姓牛的见了，岂非反起他的疑心，而于阿梅有不利吗？那么自己怎样可以归还这钱呢？想来想去，忽然心中恍有所悟，点点头道："对了，我只有这么办了。"于是，他向银行里开了一张三百元支票，写好了一个信封，把支票纳入，又附了一张小信笺，上面写着：

梅鉴：

前蒙照拂，感恩不浅，兹奉上三百元支票一纸，聊偿代付医药等各费，至于热情美意，断非金钱所能奉报，当藏之于心矣！原谅原谅！

余之生活已得安定，勿念为幸，谨祝愉快！

李上

遂将这信用火漆封好，藏在怀里，等到星期日的上午，他出去买了一些罐头食物，跑到东新桥徐太太家里来，想起了以前病魔作祟的情形，心中很多感慨，上前轻轻叩门。恰巧是徐太太出来开门，大我叫了一声："徐太太，我来了！"徐太太见是大我，面上不胜惊异，便道：

"李少爷，你去了这许多时候，怎么今日才来？令人好不思念你啊！"

遂让大我到客堂里去坐定，奉上一杯茶，情意很是殷勤。大我问道：

"香君好吗？梅影可常来？她是不是仍住在陶尔斐斯路？"

徐太太道：

"谢谢你，香君很好，梅影小姐也很好，她们依旧住在那里。只是你前番匆匆到南京去的时候，我女儿去告诉了她，她非常疑异，说你不该不别而行，瞒过了她。又怪我们如何不早早通信给她。其实你当时动身，出人不意，我要挽留也不成功，怎有时间去通报她呢？"

大我笑笑道：

"不错，这也难怪你们的。"

徐太太道：

"李先生，我不该编派你的不是。梅影对你可算十分殷勤，当你在病中时，她把你接到她的家中去，代你延医诊治，一心一意服侍汤药，许多将护你之处，便是自己人也不过如此。而李先生却悄悄一走，走到了南京，一封信也没有寄给她，她伸长了脖子盼望，却不知道你究竟在哪方，所以她时常同我们母女俩谈起了你，非常惦念，并且她的心里也难过得很。李先生，你难道和她有了什么意见而把她忘记了吗？"

大我听了徐太太的话，心中更是歉疚，便叹了一口气说道：

"我哪里会忘记她？实在我也是不得已而如此啊！"

大我说到"不得已"三个字，声音特别沉重一些，且把两手频频搓着，表示一种无可奈何的样子。徐太太道：

"现在李少爷来了，别的话也休讲，不知你耽搁在哪里？今日请在我家里吃饭，我可打发人去请梅影前来和你见面，好不好？她虽然有些怪怨你，但是只要一见你来，她依然是很喜欢的。她在前月到我家来，也曾谈及你，问我可知道什么消息呢！"

大我听了，暗想：阿梅对于自己太痴情了，可怜可怜，她还不能猜出我的用意吗？我今番到这里来，岂是要谋重晤之计？徐太太误会了我的意思，不如交代正文，少说闲话，早些走吧！遂说道：

"多谢你的好意，我此时从南京来，要到杭州去一遭，梅影那里且慢通知，我能不能够见她，尚未可知，不如等我杭州回来后再说。我带得一些食物是送给你的，请你哂收。"

徐太太望着桌子上的罐头食物，带笑说道：

"谢谢李先生了，我也没有什么东西送给你啊！你何必破钞呢？"

大我道：

"不值钱的，休要客气。"

一边说，一边从他身边摸出那封信来，双手递给徐太太，说道：

"这是一封要函，烦你今日设法代为转交给梅影，有劳清神，容后拜谢。"

徐太太接在手中，对大我说道：

"李先生，为什么到了上海，又是这样地匆匆不能和梅影相见，却写什么信？何不在这里住一天呢？"

大我微笑道：

"有事羁身，不能逗留，请你先把这信转交给她吧！拜托拜托，我要紧坐火车走了，再会吧！"

说毕，立起身来，向徐太太点点头，回身就走。徐太太再要想留时，大我已走至门口，又回头说道：

"香君面前也请你代为致候，去了去了。"

等到徐太太走出门外，大我早已出了弄口，坐车而去。他回到了公司里，觉得心头又轻松了一些，自己对于阿梅一重公案，即此可以交代过去了。不过阿梅接到了这封信和支票，她一定要大大地奇怪呢，她当然不想我还钱的，可是我除了这个以外，又有什么办法呢？也许外边尽有许多青年喜欢过着浪漫的生活，知道了我这种行径，反要笑我思想迂腐，离去现实，而不会享乐呢！我自己相信我不是假道学，虽然"发乎情，止乎礼义"这句话在现代青年的脑海里已视为陈言了，便是七十岁的老头儿也要闹出三角恋爱的事情来，不知是笑话还是丑史，而我却硁硁自守，从情网笼罩之下跳身出来，敢自夸不是容易的事了。他这样想着，心头稍慰，又想到玉雪跟着小叶不知到哪里去了，以前报纸上虽然登过两回广告，而现在消息沉沉，大概黄鹤一去不复返，没有踪迹可寻。想那位陈老太太爱女情切，骤然间失去了掌珠，心里何等悲痛？不知怎么样了。然玉雪业已堕落，走入了非僻之途，竟连老母也恝然置之不顾，何况其他的人呢？我倒时常要想起她，自己也太痴了，我还是奋发我的前程吧，不要再多生无谓的思想了。以前的事当作一梦，何必牢拴在心上呢？不过自己总须回到杭州去一趟，因为舅父那边此时可以给他一个消息了，他虽想要回杭去，却是迟滞着未即成行，早晚只在公司中办事。

光阴很快，转瞬度过了隆冬，又是一年，大地回春，自然界又呈活跃气象。大我的生活也安定了许多，在公司里地位渐高，已近锥处囊中、脱颖而出之时了。当植树节的那一天，公司放假，有几个同事约他到半淞园去游览。他到了上海，一直在尘嚣中，哪处地方也没有去过，所以欣然同往，换换新鲜空气。他们到了半淞园，大家便去划船，大我昔年在西子湖划过几次船，当然觉得没有多大好玩，大家谈起西湖，大我听了，心里更是感动，决定在最近期内，要去一晤西子久别的容颜。后来，在亭子上品茗小坐之时，忽然见那边水中有一只小小划子船缓缓地荡桨而来，船中对坐着两个很摩登的女子，那背坐的认得正是阿梅，他不由心里怦地一动，再一看时，阿梅腹部膨亨，隆起如瓜，像有六七个月的身孕了。此时，小船渐近，大我恐防被阿梅瞧见，急忙调换了一个隐蔽的座位，又取过一张报纸，遮了自己的脸，至于阿梅，一则背坐着，二则亭子里游人拥挤，她的视线便不能清楚，所以没有觉得，一会儿，船已过去了。大我一想，自己老坐在此，恐防不妥，假若稍停阿梅舍舟而陆，也走到亭子上来，那么自己隐身无术，又将怎么样呢？前番我托徐太太转给她一函和还她的款项，不知她当时收到之后，又作何感想呢！我与她若然一旦见面，真要不知怎样说起，还是效尹邢避面的好。他这样一想，顿时坐立不安，便立起身对同游的人说道：

"我忽然腹痛起来，不能奉陪，想要回去了！"

众人信以为真，遂让大我先走。大我立刻别了众人，匆匆地走出了半淞园，回到公司宿舍里去。侥幸自己虽然瞧见了阿梅，而阿梅却没有见到自己，否则难为情了。阿梅已有身孕，那么将来可以生个儿子，她要做母亲，也许她的归宿可以稳定一些吧！愿她的前途幸福无穷，我心也安了。

隔得数天，大我在饭后正坐在办事室里和人闲话休憩着，只见一个侍役走进来对他说道：

"李先生，外面有客人找你。"

大我听了，不知是谁，连忙跟着走至外边一间小小的来宾室里，却见来的不是别人，正是拜访不晤、阔别已久的史焕章，多时没有见面，比较以前在杭州时发胖得多了。大我不禁惊喜参半，立刻和史焕章紧紧握着手道：

"焕章兄，你不是在郑州吗？几时来沪的？怎会知道我在这里呢？"

史焕章微笑道：

"我也要问你，怎样瞒了人家跑到上海来的呢？"

大我道：

"你怎说我瞒人？我在前年，一到上海，便来华东银行里拜访你的，恰逢你调到郑州分行去了，因此没有见面，引为憾事。"

史焕章道：

"还说不瞒人吗？你既然知道我到了郑州，为何不写信给我？何以你在杭州也瞒着奚昌，悄悄地一走呢？"

大我叹道：

"这事说来话长，我到上海来，无非为着我个人奋斗罢了，你且请坐，我们不妨缓缓细谈。现在请你先告诉我，怎会知我在这里的？因我一向没有告诉过朋友啊！"

史焕章向沿窗椅子里一坐，哈哈笑道：

"天下的事自有巧与不巧，你说你到上海时曾来访问我，而那时我却调往郑州去，岂非是不巧吗？但像现在我能够找到你，说起来都是很巧的了。因为我在郑州时，曾接到奚昌的来鸿，说你辞了陈家的馆地，瞒着友人，一声不响地流浪到上海去。不但陈家疑讶，便是你的舅父和朋友也都很奇怪，又因你一去不返，没有片纸只字给人家，所以更是怀念，不知你受了何种刺激而如此？我得知了这个消息，也猜不出个所以然，但我深知你是个有志气的好青年，绝不致有别的坏事的，也许你另有苦衷，不欲告诉人家知晓，所谓‘此可与知者道而难为俗人言也’。”

史焕章说了这一句，大我频频点头。史焕章又道：

“那时候，我也不能分身返沪，好来找你，只好闷之心头静候消息，可是弹指光阴，过了两个年头，却依然不知你的状况。恰巧我在今年又奉总经理之命调回上海内部任职，我遂回到了黄歇浦头，心里很想要把你找到，我想倘然你也在上海时，总要遇见的。最近奚昌又给我一封信，要我代为寻觅你的踪迹，我以为你喜欢弄笔头的，向各种大小报纸上去留心查察，可有你的投稿，但也没有发现什么。”

大我道：

“我初到上海之时，确曾度过投稿的生涯，但是笔名却用的‘小我’。自从我入新中华实业公司后，便好久不再做著作梦了，无怪你现在难以发现，那么你又从哪里探听到我的下落呢？”

史焕章道：

“你莫性急，待我慢慢讲来。我有一个同乡的儿子，去年到上海来学业，很想补习英文，他的父亲托我介绍，我闻人说起爱文义路有一个三乐补习夜校，是专教授一班失学的工商界的，成绩很好，我遂伴了同乡的儿子前去报名，一同去见那里的贾校长。当我在教员室等候时，见有一本教职员姓名录在旁边桌上，我遂取了，信手翻阅，瞥见里面有你的大名，不由一喜，暗想：踏破铁鞋无觅处，得来全不费工夫。原来你在这校中执教呢！我便去和贾校长说，我是你的老友，要和你晤谈。贾校长却摇摇头说道：‘这个人不在此间了。’我不由一怔，正要再问时，贾校长将手指着一位走进来的教员说道：‘你要知道消息，可问这位王先生。’我连忙过去向那教员一问，他姓王，名志澄，是你的同事，多亏他将你的消息一一告诉了我，我有了着落，喜不自胜，因此今日特地到这里来访你了。”

大我听着，很快活地说道：

“想不到你从那地方找得的线索，真是对不起得很，我在那夜校里曾经试教过三个月，受尽肮脏之气，现在幸而得到安定的生活，煞非容易。回忆到过去的事，真是一部二十四史不知从何说起！"

史焕章道：

"我希望你能够告知一二。"

大我道：

"我们是老友，我一定要把我流浪到上海的事情详细奉告。稍停写字间时间完毕后，我一准来答拜，好在相距不远的，我们可以到一家酒楼里去，痛饮数杯，然后讲给你听。"

史焕章听了大我这样说，一看他自己的手表，点头说道：

"很好，时候也差不多了，我和你停会儿再见吧！"

他遂告别而去，便在这天傍晚，大我和史焕章同坐在三马路一家酒楼之上，彼此在华灯影里，举着酒杯，且饮且谈了。良友重逢，旧事复提，大我遂将自己赴沪谋出路，以及受骗被逮卧病等等经过一一缕述，但对于和玉雪、阿梅两人之事却很简略地没有完全披露。史焕章听了，咨嗟太息，二人都是从忧患中过来的人，自然话到当初，不胜低回，但因彼此挣扎到了如此地位，无异从苦海中诞生乐土，心里各有一种似苦非苦似甜非甜的感想，宛如啖着一个谏果，絮絮滔滔地讲个不休。

这晚，二人各喝了七八分酒，尽欢而别。从此，大我休沐之暇，时常和史焕章聚在一起，非常欢洽。有一天是星期日，大我约好史焕章一同游兆丰花园的，清早就跑去，见了史焕章，便到兆丰花园去散步。史焕章忽然想起了什么似的，便对大我带笑说道：

"你以前在上海不愿意给人家知道，这一点当然是你别有衷肠，也不肯向人摇尾乞怜，现在你已得了稳固的地位，总算有了出路，那么你并非隐遁一世的方山子，何妨给人家知道你的消息呢？"

大我听了，一怔道：

"什么人要知我的消息？"

史焕章道：

"你忘记了奚昌吗？"

大我道：

"我没有忘记他，只因彼此相隔，未能良晤。我到沪以后，没有回过杭州去呢!"

史焕章又问道:

"你可想回杭去一遭吗?"

大我尚未回答,史焕章便从怀中取出一封信来,对大我说道:

"前次我找到你以后,就写书通知奚昌,报一个好消息给他听,他回函前来,果然说'佳音递至,雀跃异常'。要我邀你一同到杭州去相晤。我和西子湖久别,梦寐系之,也想趁此春暮三月、江南草长的时候,和你一同去畅游,大概你也同意的吧!"

一边说,一边将信递给大我,大我接过看后,笑了一笑道:

"奚昌这封书写得很是盼切,我也早想有此一行,只是屡屡鼓不起勇气。现在既有良友做伴,我就同你去也好。"

史焕章道:

"在星期六我们可坐晚车去,下星期一请假一天,便可有两个整天的工夫了。不知你可能请假?"

大我道:

"我自从进了公司,没有请过一天假的,今番难得的,当然可以如命。"

二人约定了,也不再说,这天尽兴而归。大我因为即日要回杭州去,心里又不禁百感丛生起来。星期五的晚上,大我出去购了三份东西,预备带去赠送亲友的,到得星期六下午,史焕章带着行李,来和大我会见。大我早已请好了假,把事务托给了一个同事,二人遂雇了一辆汽车,坐到火车站。史焕章抢着购得车票,遂坐上火车,欣然赴杭。夜半时候,到了杭州,二人遂投宿在湖滨旅馆。大我在夜色昏茫中瞧着西湖,好似美人蒙着面幕,轻易不给人家窥见她的俏面庞,然而一到明天,杲杲日出之时,无论她怎样羞答答的,总要和人家相见,给我一识别来容颜,至于自己想念的人,却是漂泊天涯,音容不可再接了。

当夜,大我与史焕章因为时已子夜,所以各据一榻而睡。史焕章醋然入梦,而大我却又不知怎样地睡不成眠,脑海中的思潮奔腾而起,极力镇定心神,祛除思虑,直到天明时方才睡了一个钟头,又被史焕章唤醒。且说道:

"前天我发一信给奚昌，约定今日他在家里等候，现在我们快些进了早餐，前去拜访他吧！他虽知道我们昨天要来，却不知我们住在哪家旅馆里呢！"

大我听说，连忙披衣起身，洗脸漱口，和史焕章吃罢早点，带了他们预备送给奚昌的东西，匆匆走到旅馆，坐了两辆车子，到得奚家。奚昌正坐在书室里，恭候他们驾临，彼此久别重逢，握手道念，心中各有说不出的欣喜。奚昌谢了他们赠送的礼物，要请二人到外边去吃饭，且说：

"今日天气甚佳，可以一作湖上之游。"

二人也不客气，点头答应。奚昌便陪着二人，走到大门外，家里一个包车夫见奚昌要出外，便拖着一辆簇新的包车跟将出来，那包车夫一眼见了大我，便叫一声："李先生！"大我回头瞧时，原来是以前在陈家拉车子的阿四，心里不由一怔，暗想：阿四一向拉着玉雪到学校的，好好在陈家为庸，怎样现在到了奚昌这边来呢？然而一时又不好问，只得含糊答应了一声。阿四又去雇了两车前来，三人一齐坐到楼外楼，奚昌付去车资，便请二人上楼，在沿窗一个雅座上坐定，向侍者点了几样冷盘和三斤酒，慢慢且饮且谈。奚昌先对二人说道：

"我和二位好多时候不见了，且喜别来无恙。二位的面庞都比我发福得多了。古诗'欲穷千里目，更上一层楼'。二位的前途真是如此，所以我特地借此地为二位洗尘。稍停划舟湖上，再和西子作良睹吧！请！请！"

说着话，提过酒壶向二人敬酒，二人各说不敢当，且谢了他的美意。大我便问奚昌道：

"郑顽石兄我也和他阔别了，不知他现在可依旧在那《西湖日报》馆里当编辑？谅你们常常聚首的，今番回杭，我也要去看看他呢！"

奚昌把手摇摇道：

"你不必去找他了，去年不是某省起过政变的吗？当政变酝酿之时，郑顽石恰巧有个挚友在那边脱颖而出，很是得意，特地拍了电报到此，招郑顽石前去襄助一切。郑顽石对于文字生涯，本有些厌倦之意，逢了这个机会，以为大有希望的，所以立即辞去馆中辑务，跑到某省去了。

当他去的时候，我还代他送行呢！谁知他到某省去后，不及一月，政变即平，某派大大失事，主事者解甲下野出亡外洋，群龙无首，徒党星散。郑顽石也不知到哪里去了，我至今还没有接过他一封信呢！"

大我听了，不由感慨更多。奚昌又道：

"人生只有回忆的价值，想起当年我们三人春郊驰马，畅游南山的景状，尚在目前，也不过二三年的事，然而世变沧桑，人事多故，又是彼一时此一时了。我有一个疑问，一直怀疑在心，想要见了你的面问个明白，但不知你可肯直言相告？"

大我听了奚昌之言，刚才把酒杯举了起来，重又放下，很不自然地答道：

"奚兄，你有什么疑问？"

奚昌道：

"前年你好好儿在陈百万家为西席，后来为了何事突然间不别而行，独走沪滨？"

大我道：

"这当然是因我不满于现状而出去谋别的出路，我岂能一辈子坐冷板凳的呢？"

奚昌道：

"难道你单为了谋出路而离杭的吗？我终是不能相信这话的。你何以悄悄地瞒着人家骤然出走？况且你在陈家教授，有那清才绝艳的女弟子，也是女朋友做伴，何以你对着她也是一些消息也不泄露，忽然一走了事呢？我猜想你十分之八九，定是受了一种很大的刺激，而跑到上海去的，是不是？你我是多年老友，请你不要隐瞒。"

史焕章也在旁说道：

"大我兄在陈家教书，绛帐中有女弟子，这一回事奚兄以前曾在信上约略告知我一二的，究竟是如何因缘，我却莫知其详了。"

大我叹道：

"不堪回首话当年，以前所遇之事不过是一场春梦，谈他什么？"

奚昌道：

"李，你不说也罢，我也料到是你为了失恋之故，现在那位陈玉雪

422

小姐你知道她到了什么地方去吗？陈百万家变了什么状况吗？大概你好久没有回到杭州，这一年来陈家的剧变你没有知道啊！"

他说了这话，冷笑一声。大我听奚昌这样说，又想起了方才包车夫阿四给奚昌拉车的事，遂对奚昌紧瞧了一眼，忍不住问道：

"玉雪上哪儿去的？她不是跟小叶走的吗？陈家有何剧变，我真的不知道，请你告诉我。"

奚昌把筷子夹了一片腰子放在口里细嚼，笑了一笑道：

"我问你，你不肯告诉我，现在倒要问起我来了。"

大我道：

"我和玉雪也并无什么恋爱，既无恋爱，又有什么失恋？不过我因感觉到无聊，所以贸然一走，且因我有狷介之操，恐防此去不能得意，反被亲以嗤笑，所以一个人也没有通知，请你原谅。至于玉雪随小叶私奔之事，我在报端曾见过祖望和汪愚公的启事，已知道了一二。总之，玉雪是个情感丰富而世故未深的小女子，偏逢了恶魔似的小叶，被其所诱，以致趋向于堕落之路，我不忍深责她，却是十分怜惜她的。陈老太太最钟爱女儿，不知她遭逢了这种变故，心里要悲伤到什么地步呢！"

奚昌道：

"可怜这位老太太早已撒手长逝，今生今世不能再见她的女儿了。"

大我惊问道：

"怎么？陈老太太已死了？唉！也许她受了此事的影响啊！"

奚昌道：

"不但陈老太太已故世，陈家也于去年同时宣告破产，资产阶级崩溃了。这事说来话长，待我慢慢报告给你们听吧！"

遂喝了一口酒，重又说道：

"大我兄，当你前年离杭的时候，我起先尚不知道，记得有一个星期日，我因多日没有和你相见，所以跑到陈家去看你，谁知一问陈家下人，方知你已不在那边了。我不明白底细，遂入内去见陈家的账房先生毛小山，他说也不知道你为了何事而离去的，便将你突然出走的经过告诉我，又说你或有神经病，所以如此，他说的话大半是对于你很多讥讽，似乎他也有不满于你之处。我不得要领而回，本很想探访你的消息，但因史兄已不在上海，无从想法，只得静候你可有什么来鸿，然而秋水望穿，青鸾音杳，你好似黄鹤一去不复返了。"

大我双手撑着下颐，正静听他说话，听到这一句，便叹口气道：

"你说这话很不对，我这只黄鹤去而复返，重又飞到湖上来了，可惜他人已作黄鹤了！"

奚昌道：

"不错，一鹤来而一鹤去，此鹤已来，然而他鹤来不来却在不可知之数了。"

史焕章笑道：

"这一鹤已有下落，那一鹤却不知飞在天之涯、海之角，他日丁令威化鹤归来，恐怕城郭已飞了。"

奚昌道：

"无家可归，可怜得很，现代的事不论大小，都是变化得异常迅速，又岂可以常理推测呢？"

大我好似不耐的模样，将手指在桌上弹着说道：

"你快告诉我，陈家究竟怎样崩溃的？"

奚昌笑道：

"你莫要性急，我必要按部就班地说出来，方才首尾不乱，我仍要从玉雪身上说起。可怜这位冰雪聪明的小姑娘，实在是被小叶引诱得变了本来面目的，后来她和小叶时常在一块儿出游了，我也有一次瞧见她和小叶在灵隐寺闲逛，我本不认识小叶的，是我的同事指点着告知我，确是一个摩登的少年，他的面貌和大我兄酷肖呢！"

大我叹道：

"倒霉倒霉，偏偏他的尊容和我相同，这真是从哪里说起啊！"

奚昌道：

"小叶在那时候得意之至了，不顾一切地跑上陈家去，想做入幕之宾，却被毛小山在陈老太太面前说上几句话，陈老太劝她的女儿不要和小叶亲近，因为其时杭州也有一班人不直小叶的行为，在小报上把他的丑史约略披露出来。我和郑顽石闻知这事，心中也有些不平，便在《西湖日报》上写了两篇评论，对于他大大地骂一顿，小叶发急了，忙请人出来向各报馆疏通，缓和空气，方才平息。然而已被毛小山见到了，他是陈家的老账房，怎肯不说呢？为了这事，陈老太太非但劝不醒她的女儿，而母女之间几乎冲突起来呢！我说这位姑娘变了本来面目，可不是吗？"

大我听了说道：

"玉雪以前不过任性一些，没有什么坏的脾气，她为何不智如此？但陈家这些内里的事，奚兄怎么知道？"

奚昌点头道：

"你问得不错，当初我自然不知其详，可是后来陈家崩溃时，恰巧有一个车夫阿四经人荐到舍间来拉包车，我一问，他以前就是在陈家拉玉雪小姐的车子的，我便向他盘问，他一是一，二是二地都告诉了我，所以我今天能够报告得出。至于那车夫阿四不是方才叫应你的吗？"

大我道：

"原来如此，我忘记了。你说小报上披露小叶的丑史，可是玉雪和他有什么暧昧之事，落在人家手里吗？"

奚昌答道：

"这是小叶和一个姓汪的嫠妇发生肉体关系，被人家知道了，就借此攻击他，出他的丑，现在横竖杭州城里差不多大家知道这事了。汪姓嫠妇也为了小叶而自杀了，那嫠妇的堂叔汪愚公曾在大报上悬赏捉拿过小叶的，大概你也见过的。你想小叶这个人尚有人格可言吗？他瞒了玉雪，仗着他手腕灵活，语言动听，把玉雪诱入彀中，死心塌地地相信他、恋爱他。从前只闻女子灌男人的迷汤，现在男人灌起女子的迷汤来了。小叶的功夫却着实不错啊！那姓汪的嫠妇当然起先也是被小叶引诱而失身的，到后来小叶恋上了玉雪，渐渐变了心肠，做了薄情郎，竟在他和玉雪偕遁之日，席卷汪姓蓄的钱财而去。那嫠妇人财两失，名誉扫地，既恨且悔，一口怨气无处发泄，就自杀了，这条性命不是断送在小叶手里的吗？"

史焕章在旁听了，说道：

"可杀可杀，这种狡童狂且，不学无术，专在女人面上用功夫，既破坏人的贞操，又窃取人的金钱，真是衣冠禽兽了。"

大我冷笑道：

"史兄，你说小叶不学无术，哪里知道他是大学生，也是艺术家呢！玉雪所以给她诱惑，也就是在这个上啊！他们都是西泠艺术研究社的社员，玉雪是入了会而和小叶认识的，据人说小叶善奏梵婀玲，而玉雪擅钢琴，二人时常合奏的，因此格外投合了。"

史焕章道：

"原来是知识分子，那是更可杀了。"

奚昌道：

"外间像小叶这般人很多，安得燃犀铸鼎，一一烛照出他们的奸恶情形？小叶不但害死了姓汪的嫠妇，而且又害死了家中的妻子。"

大我听着这话，不由叫起来道：

"小叶已有妻子吗？这可真确？"

奚昌道：

"千真万确。自从杭垣出了这事以后，报纸上争相转载，便有报馆记者到小叶的家乡去调查，才知小叶家中尚有老母妻孥。他的妻子是一个很诚厚的旧派妇女，染有肺疾甚深，已入了第三期，小叶一向看不起她的，所以在人前只说自己尚未娶妻，其实他只好骗骗小女子罢了。小叶的妻子本来病已深重，去死不远，一闻了这个消息，心中又是一气一急，不到数天，便脱离了污浊世界，摆脱她的一切苦痛，然而尚有两个小孩子丢给小叶的母亲去管了。"

大我道：

"小叶的家庭也是很可怜的，那么小叶的罪恶更是擢发难数了。"

史焕章口里只嚷着可杀可杀，一个侍者在旁边听史焕章可杀可杀，他误会了意思，便走上前带笑问道：

"客人可是要杀一尾活鱼做鲜鱼汤喝吗？我这里的鱼都是活的，养在西湖水边。客人如不信，可以捉一尾来，给你们看了拿下去，杀后便煮，美味可口，要不要试试？"

奚昌听了，不由哈哈笑道：

"你莫做缠夹二先生，我们正在这里谈话，你且等一会儿，我们自然要吃你们的菜的。"

大我和史焕章也都好笑起来。侍者只得答应着是是，退下去。大我又叹了一口气说道：

"小叶这坏东西，不要多讲他一方面的事，令人听了，不由气往上冲，莫怪史兄要嚷可杀，实在是国人皆可杀之。请你快把陈家的事告诉我听吧！"

奚昌道：

"据阿四告知我的，就是陈老太太知道玉雪在外胡乱结交男朋友，很想约束她的女儿，不许出外，无如平日宠爱而放任惯的，玉雪怎肯受她母亲的羁勒？所谓养大了她的身，管不了她的心，言之者谆谆，听之者藐藐。玉雪仍旧出外交际，常常借着那艺术研究社作情人晤面之所，不过小叶自己有些心虚，不好意思再到陈家门上去罢了。陈老太太的兄弟常住在陈家，靠着他姊姊吞云吐雾、过安乐日子的，他曾见过小叶，主张就将玉雪配给小叶，让他们俩成功了姻缘，免得将来在外做出不好的事情。陈老太太听了她兄弟的话，有些软了，便托毛小山去探听小叶的家世，岂知毛小山十分嫉忌小叶，他在暗中作梗，又在陈老太太面前说了小叶许多歹话。陈老太太遂断了这个念，而和毛小山商量怎样去约束玉雪的身心，使玉雪不再和小叶交友，而受人家的诱惑，败坏了家声。毛小山是陈老太太的军师，他就献计，说出两个办法，一个是在北平陈家也有亲戚，可叫玉雪到北平去读书，使他们两人因此隔绝不见，渐渐淡忘；一个是由毛小山自告奋勇，愿为执柯，将玉雪从早许给上海一位富商的次子。陈老太太赞成后一个办法，愿意把玉雪早些与人家文定，将来玉雪便不能任意在外边乱跑，自己知道有了人嫁，有了未婚夫了。毛小山见陈老太太主意已定，他就赶紧去进行，把那方面的求亲帖子请了过来，起初很神秘的，后来被陈老太太身边的婢女菊宝泄露了消息。玉雪也不反对，若无其事，等到双方一切都已谈妥，正式宣布，择日文定，谁知玉雪忽于某夜席卷所有私蓄，又窃取了陈老太太的金刚钻项圈，以及贵重饰物，跟着小叶逃之夭夭了。这事当然是玉雪受了小叶的教唆而然，小小女子心地本来纯洁的，怎会这样抛弃家庭，不顾名誉，甘冒天下之大不韪呢？"

大我听到这里，心中十分难过，把左右手掌不住地搓着，恨恨地说道：

"我总是可惜玉雪好好儿的名媛闺秀，蕙质兰心，处处令人可爱，却因交友不慎，爱情不……"

大我说到"不"字，顿了一下，方才续说道：

"不能珍贵，以致被狡童所诱，不惜倒行逆施，随人淫奔，干出这种不名誉的事来。自趋堕落，断送了她灿漫光明的前程。不知她者未免都要讥笑，而骂她不知廉耻，但是知道她的，却只觉得可怜可惜可恨，这真是第一恨事。"

史焕章也说道：

"所谓一失足成千古恨了。"

奚昌瞧瞧大我一眼，见大我额上青筋坟起，血脉大张，一种盛怒之容，为自己以前没有见过的，他就喝了口杯中剩余的酒，徐徐说道：

"不错，你是知道这位小姐的，当然要怜惜她，多情自古空余恨，老天太会戏弄人了。当时陈家发觉了此事，陈老太太气得晕了过去，玉雪是她唯一的爱女，一旦背人出走，对她如此态度，岂不要愤怒悲痛到了极点呢？然而这又有何用？玉雪早已和小叶远走高飞，去度他们甜甜蜜蜜的同居生活了。以后陈老太太一气成疾，缠绵难愈。祖望登了招寻的启事，也是无效，到去年底，陈老太太不及等待爱女回来，竟驾返瑶池，一瞑不视。陈家逢了这个大故，偏偏祸不单行，忽然陈老太太托毛小山投机的金子买卖大大蚀本，绸庄又告破产，有大股份的一家银行也因经理投机失败，拉上了铁门，宣告清理，加以历年亏空，也有许多债务未偿。去年浙江大旱，灾情严重，有许多地方颗粒未收，陈家所有的田亩，十有八九不能收租，而田赋却要缴纳，一文也不能短少，因此这个素称富庶之家，一旦崩溃下来了，控告的、索捕的，几方面同时夹攻，都是毛小山出去料理，因此安定巷那座数代相传的高厅大厦也已售去了。"

大我道：

"哎呀！那屋子都送去了吗？怎会如此一败涂地？"

奚昌道：

"论理陈家虽然亏空，到底不至于弄得一败而不可收拾，其实都是毛小山在中间作祟，标金买卖也是他一人经手的，其中的黑幕不问而知，他无非欺着孤儿寡妇，暗暗把人家的钱财转移到他的手里去，恐怕在陈太太将死之时，早已安排下了，趁此时机，不狠心多捞摸一些，不是呆鸟吗？所以陈家虽然破产，而毛小山却成了殷富之家，试想毛小山的富有从哪里得来的呢？他表面上说是做投机生意发的财，那么陈老太太托他经手做的，为什么都失败呢？这真像曹孟德、司马昭取天下的手段罢了。"

大我道：

"不错，毛小山这人心计甚工，陈家的财政权都执掌在他一人手里，陈老太太只知享福，又不会管事的。以前我在陈家做西席时，瞧了这情形，早知此人不可恃，将来陈家要大受他影响的，村虽大而蛀孔深，怎能不有倾倒的一日呢？"

史焕章道：

"这种人太无良心了，可杀！"

奚昌道：

"史兄又要嚷可杀了，现在排头地砍过去，方称爽快呢！"

大我又问道：

"那么祖望等又住到哪里去了呢？"

奚昌道：

"听说有一个远房的族人领到海盐去了，陈家的许多下人也纷纷散歇，书童和玉雪身边的女婢唤什么桂喜的，也双双逃走，实行他们的同居之爱去了。包车夫阿四歇了生意，便到舍间来的，我所知道的消息，大一半都是阿四说出来的。啊！我的话说得太多了，壶中酒已罄尽，可要再添几斤来？"

史焕章道：

"停会儿我们再要游湖，即此而止，不必多喝，留在夜里再饮吧！"

奚昌道：

"好！你们不妨点些菜，大家用饭。"

一边说，一边将侍者唤来，大家随意说了几样，吩咐下去。唯有大我听了奚昌方才报告的一席话，心里真有无限感怆，自己以前在陈家教书之时，眼见陈家十分豪华，如在洞天福地，玉雪不啻变成飞琼之流，仙乎仙乎！谁料结局如此，二三年中竟有这样绝大的变化，几令人将疑将信了。为诵"旧时王谢堂前燕，飞入寻常百姓家"之句，资产阶级亦岂能久恃呢？又记得以前和玉雪同讲《石头记》一书，玉雪说她读到黛玉死，宝玉出家，大观园中闹妖怪种种衰飒景象，令人不欢，便不要看了，所以她只喜读上半部，现在陈家种种情状，大同小异。我此次回杭，听奚昌告诉我的话，无异读了下半部，可是伊人的芳踪还是杳然不闻，那么这部书可说还没读全，但是我自己也是个中人，我所受到的刺激，又是怎样的深呢？他低着头只管想。

菜已端上，奚昌对大我说道：

"请用热的菜吧！你喜欢喝菠菜汤，这一碗是西湖菠菜，用鸡汤来煮的，试尝尝味道好不好。别再痴想什么了，人家既然对你无情，你又何必恋恋于她呢？当初我无意中在湖滨逢见你和玉雪清游回来的当儿，便恐你陷身情网，作茧自缚的。以前我和郑顽石向你询问，你总是说什么'莫须有'啊，'以小人之心，度君子之腹'啊，又说'事实胜于雄辩'，一味地假撇清。到了今日之下，她人业已堕落，你却兀自念念不忘，早知如此，你又为什么不在此牢守着，偏要负气一走呢？老话说，痴心女子，你却是痴心男子了。"

大我叹道：

"我是一个弱者，又有什么话说？只有给你笑了。"

史焕章听二人这样说着，他也有数分明白，不必细问根底了，遂说道：

"大我兄，你何尝是个弱者？能够力挥慧剑，斩断情丝，非有大智慧的人不办。人家负你，你不负人家，真是仰不愧于天，俯不怍于人的，现在别谈了，快努力加餐吧！菜要冷了。"

史焕章这一说，三人一齐吃饭。饭后，奚昌又要向大我问起他在上海流浪的经过，大我道：

"此刻时候不早了，我们还要游湖呢！等到晚上再告诉你如何？"

奚昌道：

"好的。"

于是他就还去了钞，一齐走下楼外楼，到湖边去雇一只小艇，荡桨而前。不多时，到了平湖秋月，大我一望见那边两株绿柳，心中便不由回肠荡气起来，恰巧临水立着几个年轻女郎，指指点点地在那里笑语。大我想起前番和玉雪在此邂逅和遨游的情景，自己曾感到别离之可悲，而玉雪反用话来劝慰，情意恳挚，令人铭感于心，但是今日之下，伊人何处？触景黯然，更有谁来安慰自己呢？舟近时，奚昌问二人道：

"我们要不要上去走走？"

史焕章尚未回答，大我早摇摇头道：

"这些地方我们以前到得多了，不如便在湖上轻浮，看看青山绿水吧！"

奚昌见大我不欲上岸，他自然也不想上去，陪着二人到各处去划了一会儿。大我此番重游湖上，每到一处便要想起昔日自己和玉雪的游踪，所以心中万分伤感，情不自已，口占了几首诗。天色近晚时，三人舍舟登岸，在白堤上闲步。奚昌又请大我、史焕章在一家酒楼用晚餐，要大我自述他到沪后的经过。大我遂将自己在沪的事告诉一遍，只把阿梅的事略过不提。奚昌听了，便对大我说道：

"恭喜你已战胜了环境，此后前程万里，未可限量，可说不负平生之志了。"

大我叹道：

"像我这样，不过生活上稍得安定而已，哪里谈得到'战胜'两字？忧患余生，一无成就，不足为老友告的。惭愧惭愧！"

奚昌道：

"李，你何必这样说呢？我想一个人生在世上，不能不奋斗，没有精神去奋斗的必要失败，若能奋斗到底，无论如何，必能战胜自己的环境，宛如舟舶行于海中，风浪虽大，路程虽遥，而舟中人一心一意地要到达彼岸，用出他的全力，向前行进，把准了舵，挂上了帆，没有什么恐怖和退缩之念，当然能达目的了。倘然自己没有决心，受不起风浪，那么难免失败，所以奋斗的精神是不可缺少的。"

大我摇摇头道：

"话虽如此说，可是在这年头儿，要向外边去找出路，确乎不是一件容易的事，虽有决心，而困难重重，陷阱层层，像我以前无路可走的时候，几乎要自杀呢！今日有此地位，也是侥幸。"

奚昌道：

"大我兄这样努力奋斗，实在是难能，还要说侥幸吗？事实胜于雄辩，我也要说这句话了。你我三人起初不是同在这里市政府内一起任职的吗？现在你们二位到了外边去，经过一番奋斗，都已改换了优越的环境，今日来此重游，虽不能如苏季子衣锦荣归，佩六国相印，而在我眼光里看来，已比我好得多了。我却依然在老地方守株待兔，一无进展，心里岂不大大感动呢？这是我自己没有勇气去奋斗，三年如此，十年也是如此，这真是惭愧之至了。"

大我道：

"奚兄果然也发生感慨吗？你和我们是不可同日而语的，你上有椿萱庇护，家里又有产业，而在市政府的地位又比我们优胜而稳固，非我们穷措大可以相较，当然你不必到外边去受肮脏之气、仰面求人了！"

奚昌跌足道：

"就坏在这个啊！古人说，晏安鸩毒，忧患玉成，很对的。其实我家一些小小产业有何足恃？陈百万家富甲一方，尚且不旋踵而失败，出人意料之外呢！"

大我道：

"这真是出人意料之外，但你和陈家是情形不同的，不必多虑。"

奚昌道：

"现在我受到了刺激，也要立志奋斗，富贵人家的子弟所以不肖者多而成功者少，便是因为自幼席丰履厚，一切均有凭依，不能稍微吃一些苦，以致结果只是庸庸碌碌，老死牖下，一无所就。进一步说，庸庸碌碌的还算是庸中之佼佼，往往有许多败家子呢！这不是反被环境所误而不能奋斗吗？你们二位奋斗的精神真值得我钦佩的。"

史焕章道：

"'奋斗'二字像我还谈不到，如大我兄确乎是在忧患中奋斗过来的，他真有奋斗的精神，现在跳出奈何天了。"

大我道：

"二位莫要恭维我，我受的苦痛自然比较二位深多，一向在奈何天中过日子，但是到了现在，只解决了我个人的生活问题而已，哪里可以说达到我的志向？虽然我并不想封万户侯，并不想为陶朱公，没有多大的奢望，然而把小的来讲，我初时立志要想读到大学卒业，再到外洋去留学，以便回国后可以为祖国干一些福国利民的事，尽一份国民之责，方才不负此七尺之躯。若如现在的情形，蹄涔之量，洞酌已盈，并无什么大希望，岂能说战胜环境、奋斗出来呢？我仍是为人作嫁，有愿莫偿啊！"

奚昌道：

"你的话也说得不错，但你既有奋斗的精神，将来步步入胜，终有一天偿愿的。我们的话又说多了，大家痛饮一下吧！"

于是大我和史焕章也就举杯饮酒，直至大家都有些醉意，方才用饭。吃毕，奚昌又要还钞，大我却抢着付去，说道：

"不能让你一个人破费的，这一遭由我付去吧！"

奚昌再要推时，史焕章道：

"如此很好，今晚李兄还账，明天你们吃我的，大家轮流着，就省去一种麻烦了。"

三人出了酒楼，奚昌又伴大我等回至湖滨旅社，略坐一会儿，大我又向奚昌问起那个西泠艺术研究社，可知道现在怎么样了？奚昌道：

"自从小叶和玉雪闹出了这不名誉之事，社中会员彼此又有了意见，无形解散。现在那个孙超海和一个女社员密司唐一齐到法国去了。"

大我听了，点点头，又问起冷香阁主的近况。奚昌说：

"前月曾去拜谒过阁主，他正在编著一部《冷香阁丛书》，笔健脑灵，兴致甚高，去年他们夫妇俩曾至粤、桂、滇三省一游，故不久将有《南国游记》一书在某书局出版，又可供人快睹了。"彼此谈了多时，奚昌方才辞去，约定明天下午四时后再来晤谈，二人也就拥被安睡。

次日，大我因为要去看他的母舅，所以在早上带了礼物，独自一人跑至三元坊皮货店里来。走至店前，却不由使他一怔，因为店里的人都已换去，没有一个认识容颜，而店上的牌号已换了"程大昶"三字了，他遂至柜台边一问，方知他母舅的店铺已于去年中秋节盘给了人家，并且家中也迁移到马路背后的一条弄堂里去了。那店里管账先生见大我是个上流人，又是新从上海来的，便叫一个学徒引导大我往徐家，大我谢了一声，跟着学徒，转了一个弯，走入一条小弄。学徒指着第三个石库门说道：

"徐家就在这里面，他家门上有电铃的，你去一按，便有人来开门的。"

说着话，回身去了。大我走到第三个石库门前，见上面果然装着一电铃，他便伸手一按，只听门里丁零零地响起来，跟着有人问道：

"外面哪一个？"

大我道：

"是我，快请开门！"

门开了，站着的正是当年受她白眼的老妈子。那老妈子一见来的是大我，便向大我身上细细打量，又见他手里携着不少东西，便带笑叫应道：

"原来是李少爷，好久没来了，请里面坐吧！"

大我问道：

"你家老爷太太可在家中？"

老妈子道：

"都在楼上。"

一边关了门，引着大我进去，代大我携着物件，打先走上楼去说道：

"李家少爷来了。"

接着便听丁氏在楼上咕道：

"哪里来的李少爷？"

这时，大我已至楼中间。徐家现在住的是两楼两底，徐守信的房在左首，丁氏正从房内探出头来，一见来的是大我，便道：

"呀！你一向在哪里？怎么直到今天才来呢？"

大我含笑叫了一声舅母，丁氏道：

"你请进来吧！你舅舅还没有起身呢！"

大我踏进房去，乃是一个连厢房的大房间，徐守信尚睡在床上，帐

434

门半垂，老妈子把东西放在桌上，便去倒一杯茶上来。徐守信听得大我到临，便在床上问道：

"大我，你前番丢了陈家馆地，不别而行，究竟是什么意思？这两年来，消息沉沉，连我也不知你在何处，怎样的一回事呢？"

大我答道：

"甥儿也不为什么事，只因在陈家教书，觉得太无意味，所以情愿流浪到别的地方去，为我前途奋斗。那馆地还是舅父托人介绍而得的，恐怕舅父知道了，也许要不赞成，因此舅父处也不敢来告辞了。我那时立誓离开了杭州之后，倘然奋斗不成，宁可一辈子长为他乡饿殍，再无面目见江东父老。"

徐守信不等大我说完，便又抢着问道：

"那么你现在哪一处得意呢？"

大我道：

"起初甥儿流浪至沪，找不到枝栖，仗着一支秃笔，东涂西抹，聊以糊口。后来，生了一场大病，险些病死上海，幸亏遇见了昔日教授我德文的霍先生，他在新中华实业公司里做协理，叫我在公司里任职，至今也有一年了。"

徐守信道：

"那公司是很有名的，你在那里必然不错，每月薪金可得到若干？"

大我道：

"今年加至一百元。"

徐守信道：

"很好很好！"

他说着话，穿衣起身，大我兀自立着，丁氏便拖过一张椅子请大我坐，老妈子立在一边，听得清楚，忙又去换了一杯热茶过来，笑嘻嘻地说道：

"恭喜李少爷发财发福了！"

大我见自己此番前来，老妈子又换上一副面孔，便是丁氏也不如以前那样冷淡了，真是世态炎凉，人心最是势利的。大我遂坐下，看徐守信洗面漱口。丁氏对大我说道：

"记得你在陈家无故出走之时，我们非常挂念，只苦一时找不到你，你母舅心里急得很，恐防你要寻短见，因为现在外面一班少年在无路可走时往往自杀，我说甥儿志气很好，他的出走，一定有他的主意，绝不会自杀的。今日果然我的话对了，像你这样有学问的人，怎会一世埋没的呢？"

徐守信在旁听着，哈哈笑道：

"到底你的眼光好。"

大我道：

"承舅母称赞我，使我惭愧之至。"

徐守信洗罢脸，便横到烟铺上去抽大烟。丁氏去装出一盘瓜子和一盘糖果来，大我便问起皮货店的收歇情形。徐守信把手摇摇道：

"不要说起，近几年生意实在不好做，一切都是不景气，我的皮货店年年蚀本，更加去年春我做标金，输了数万，所以支持不下，便把这多年老店不得已盘与人家去开张，我们也搬到这里来住了。"

丁氏也说道：

"甥儿是自家人，我们不用隐瞒，这几年你舅舅的运气真不好，不论做什么，都是亏蚀，不但从前的积蓄都送去，反而负了许多债。因此一切紧缩，家里下人也只用这一个老妈子了。唉！"

丁氏说罢，长长地叹了一口气。大我知是实情，便用话来安慰他们。徐守信抽完了烟，坐起身说道：

"不要说我了，便是陈百万家也破了产，你可知道吗？还有他家的玉小姐跟了人私奔他方，岂非辱没了门风？"

大我点点头道：

"这些事早有朋友告诉过我了，沧海桑田，世事的变迁真快啊！"

丁氏带着笑问道：

"有人说你就是因为玉雪小姐忽然不爱你了，另外去结识了一个姓叶的少年，所以你负气出走的，究竟对不对？我想十分之九是对的。"

大我听丁氏这样说，不由脸上一红，连忙说道：

"哪里有这事？我和那玉雪小姐并无什么恋爱的关系，有何爱不爱呢？"

徐守信恐防大我要窘，便对丁氏说道：

"你不要胡说，甥儿素性诚实，怎会如此？这不过是毛小山多疑罢了。"

丁氏笑笑，就不说下去。大我借此问道：

"听说陈家虽然崩溃，而毛小山却变了富翁，是不是？"

徐守信点点头道：

"可不是吗？恐怕陈老太太的钱倒有小一半到了他的身边去，别的不要说，就是做标金一项，输的是陈老太太的钱，赢的都刮入他的私囊，这种买卖真做得过。我总笑陈老太太何以如此糊涂，受人家的欺骗，一些也不觉察的。"

丁氏笑道：

"这叫作骗死人不偿命了。"

大我道：

"毛小山这个人坏得很，岂陈老太太能够对付得过的呢？"

徐守信叹了一口气，正要再说下去，大我却问道：

"弟弟、妹妹都好吗？"

丁氏道：

"都好的，他们正在学校里，你的克贞妹妹常常要纪念你的，稍停她放学回来时，倘然见了你的面，不知要快活得怎么样了呢！"

大我道：

"很抱歉的，我不能等她回来了，今天晚上便要动身回去的。"

徐守信道：

"你为何如此匆匆？不可以多住一天吗？"

大我摇摇头道：

"今天还是请的假，我是星期六晚车到此的，昨日和几个朋友在湖上游了一天，今日方得抽暇来此拜望，实在不能再耽搁，以后我可以再来的。"

丁氏道：

"那么你吃了午膳去可好？似乎你喜欢吃红烧肉的，今天恰巧有此菜，我可再叫老妈子添煮一样芙蓉蛋，好在甥儿是自家人，大家不用客气。"

大我道：

"多谢舅母如此盛情，我就要去的，不必忙了，因为在旅馆里有我的朋友正等着呢！"

丁氏道：

"怎么你连一顿苦饭也不领情吗？"

大我笑道：

"舅母不要这样说，以前我有好多时候在此白吃舅父、舅母的饭，此恩尚未图报，今日岂有不愿意吃的道理？实在早已和朋友约定了，不可失约。"

徐守信道：

"你说的也是实情，我们也不必苦留你，只是今天我和你没有多谈话，务望你下次再来。还有你的东西，前经陈家送到我处，我代你放好，现在可要带去？"

大我道：

"不必了，我们的宿舍也不大，还是放在这里，将来要用时再来取吧！"

说到这里，像要起身告辞的样子。丁氏瞧着，便走过去凑在徐守信的耳畔，低低说了几句话。徐守信皱皱眉头，轻轻说道：

"你说吧！"

丁氏遂带笑对大我说道：

"甥儿，我们有一件事要和你商量，不知道你可能答应？"

大我问道：

"什么事？舅母有命我总能尽力办到的。"

丁氏又看看徐守信的面孔，笑了一笑，说道：

"甥儿是自己人，我们也不用客气，我要说了。"

徐守信却取过一支纸烟，划了火燃吸着，眼睛望着别地方，不响什么。大我不知丁氏要说什么话，看她吞吞吐吐地不说，他忍不住又问道：

"什么事？舅母快说吧！"

丁氏道：

"明天我们要付一笔重会钱，须用一百二十块钱，近来你舅父的景况大不好，你也知道了，一时凑不出此数，而会钱不可短少，你舅父又是要面子的人，倘然拿不出去，岂不丢脸？况且信用一失，别的事又难办了，所以这几天我们心中焦急得很，难得你来了，姑向你挪移些钱，不知你便不便？"

大我道：

"舅父要付的会钱，缺少若干？"

丁氏道：

"你如有的，最好百元之数，否则六七十块钱也可以勉强凑数了。"

大我一想，自己身边带来八十块钱，已用了十余元，只有六十多块钱了，他们向我开口，真是难得的，大概也是不得已而出此，我岂能不答应？好在旅费倘有短少，我可以向史焕章借一些的，遂说道：

"便的，不过甥儿此次游杭，带的钱不多，只有六十块钱，但是倘然不够时，我可以回到上海后再汇来的。"

徐守信道：

"难为你了，有了此数，可以勉强过去，会钱是明天的日期，也等不及你再汇来了。"

大我遂从身边皮夹内取出六十元纸币，数了一数，交给丁氏，丁氏接过说道：

"谢谢你！"

徐守信也说道：

"一个月后我当奉赵。"

大我道：

"这一些些不用放在心上，甥儿以前受舅父的恩多了。"

丁氏道：

"你真是君子不忘其旧，我们有什么恩典给你呢？"

一边说，一边把纸币放到抽屉里去。在此时，大我想起以前自己要买一双新鞋子，向丁氏告借两块钱的光景，哪里料到今日之下，丁氏要向自己借起钱来？我总是看母舅的脸上，不念旧恶，让她自己惭愧便了。这时，楼上的挂钟当当地已鸣十一下，大我立起身来告辞，又取出一块钱给老妈子。今天老妈子也是第一次得到大我的钱，谢了又谢。徐守信夫妇一齐送下楼来，大我推住了他们，一定不让再送，二人又叫大我常写信来。

大我别了舅父、舅母，很快地走出大门，一直回到湖滨旅馆，见奚昌和史焕章正坐在房间里谈话，奚昌先开口道：

"我到了好多时候了，你却回来得这般迟。"

大我道：

"昨天你不是说要在办公时间完毕后再来相见，怎么今天上午又赶来了？"

奚昌道：

"我本想不请假的，既而一想，良朋重晤，这是难得的事，况且你们今晚又要动身的，岂可丢了你们？所以我也请一天假，大家畅叙一下。"

大我道：

"很好，那么我们上哪儿去游？"

史焕章道：

"还是葛岭近些。"

奚昌道：

"好！我们到外面去吃饭。"

大我道：

"今天就在旅馆里吃了饭出去吧！这样经济一些可好吗？"

史焕章道：

"很好！"

于是三人在旅馆里吃毕午膳，一同出游，直到红日西坠时方才回来。奚昌又陪着二人出去买物，大我购了一双金华火腿和几把扇子，预备送给霍烈的，身边的钱已完了。奚昌也买了好多块钱的食物，送给二人，又回到客寓里，叫茶房来算账。大我便对史焕章说道：

"你代我一起付了，等我回沪后再和你算吧！"

史焕章笑道：

“这一些些说什么算不算？难道我不能请你的吗？”

于是他把账付去，收拾收拾，准备去乘火车。奚昌又去雇了一辆汽车前来，送二人到火车站，二人便约奚昌有暇到上海去游，奚昌一口答应。不多时，火车从闸口方面业已开至，二人带了物件，和奚昌握别，坐上火车，回到上海去了。

大我这一遭旧地重游，增加了不少感触，春愁黯黯，影事重重，觉得闷在心头，一时难遣，他就做了一篇短篇小说，取名《人面桃花》，投在某杂志上刊出，此篇却是从他内心里写出来，不求工而自工，所以大为读者赞美，编辑先生特地写封信来请他继续撰稿，大我却一笑置之。奚昌和史焕章见了这篇东西，对于大我的情怀，有了真的认识，都代他扼腕，其间奚昌也曾来沪一游，大我与史焕章陪着奚昌畅游数天，恰逢名伶荀慧生、言菊朋、李吉瑞等在沪登台唱演，所以看了两天夜戏。奚昌素喜平剧，看得很是高兴，只因请的假不多，就和二人握别回杭去了。

光阴迅速，转瞬间又是一年，大我在公司里勤做事，无懈可击，很得霍烈的青眼。有一天午饭后，大我正在办公室里休息，一个侍役匆匆地走进来，对大我说道：

“李先生，协理请你去谈话。”

大我立刻跑到霍烈的办事室中去，见只有霍烈一人坐在沙发里看报。大我上前相见，霍烈放下报纸，一摆手请大我在对面椅子上坐下，对大我说道：

“我请你来，是因为有一件事要得你的同意，今年董事会议决，派我到南洋群岛去调查华侨的商业状况，在这月里便要出发，我当然一定要带两个助手同往，并且南洋调查以后，再要到德国去一遭，向德国几家有往来的公司厂家接洽些事情，为期至少有十个月。我想带你一同前去，因为你为人很忠实，办事又热心，德文也好，不知你有没有这个意思，到海外去走一遭？”

大我听说霍烈要带他出国远游，自己本有乘风破浪之志，难得有这机会，正是天从人愿，十分雀跃，便带笑答道：

“承蒙老师不弃鄙陋，使我能追随左右，到国外去增长见识，这真是幸事。我在此间亲朋绝少，且没有家，极愿出去吸一些新鲜空气，当努力相助工作，还请老师不吝指教。"

霍烈见大我一口答应，便笑道：

"我也早知你愿意的，不然公司里想跟去的人很多呢！"

遂将行期告诉了他，叫大我早为准备，又略谈数语，快到办事时间，大我遂谢了霍烈退去。

这天晚上，大我跑到华东银行去见史焕章，把这事告诉了他，史焕章也很快活，说道：

"这事是可遇而不可求的，你跟着老师去一遭，前途必将有很好的收获。努力吧！"

大我听史焕章这样说，心中更觉快慰。次日，又写了两封信，一封给奚昌，一封寄与他母舅徐守信，把自己将要出国的事告诉他们。不多几天，两处都有回函来欢贺，且望他在途中珍重身体，平安返国。而霍烈动身的日子已到，便在这个星期六要离开上海，远涉重洋。

星期五的晚上，史焕章约定大我在同兴楼吃夜饭，算为饯行，至于公司里早已公饯过了。这天下午，大我为着一些事到小东门去，回来的时候，已有六点钟，忽见那边马路上有几个男女和小孩们围成一堆，口里喊着："疯子吹牛！"大我恰巧走过，偶然向人群里一望，见中间立着一个少年，衣衫褴褛，脚上穿着一双破皮鞋，满涂着泥，再一瞧他的面貌，瘦得没有血色，鼻梁上开了一个天窗，好不可怕，但又似乎在哪里见过的，一时想不出来。同时身子不觉立定，听那少年指手画脚地对众人说道：

"巡阅使这个官制现在早已废去了，做军长去，我做了军长时，一定要大建功勋。"

众人又笑起来道：

"又吹牛了！"

少年说着话，蓦地瞧见了大我，他张大了眼珠子，向大我滴溜溜地注视。大我暗想：这人好奇怪！那少年立刻露出牙齿，怪笑了一声，大踏步走至大我身边，向大我招呼道：

"请问你可是姓李？"

大我点点头问道：

"你贵姓？怎样认识我的？"

少年哈哈笑道：

"李先生，你不认得我吗？我姓倪，草字文彬，以前不是和你同时投考过太平洋贸易公司的吗？"

大我听他一说，方记得此人就是那时候考取第一名的倪文彬，自己曾和他见过两次面，谈过一会儿话，他的身世也是很可怜的。但怎会变成一个疯子呢？倪文彬也接着说道：

"李先生，我们好久不见了，别来无恙？大概你在上海很得意吧！但我却是命宫魔蝎，不幸得很，天丧斯文，此生已矣！这里人多，我们到一个地方去谈谈可好？"

大我听了他这几句话，却又不像疯人所说的，便又点点头说道：

"很好！"

倪文彬掉转身躯便走，众人有一大半散去，尚有数人跟着走来。大我和倪文彬走了十数步，倪文彬又回头向大我说道：

"李先生，我们到青莲阁去吃茶，好不好？那边野鸡很多，请你打野鸡，高兴不高兴？"

大我听他说这句话，疯态又发作了，便停住脚步说道：

"倪先生，你有什么话？在这里说了吧！我没有工夫去吃茶呢！"

倪文彬又对大我痴痴地看了一下，把手搔搔头发，发长如鬼，像有几个月没修剪过的。他说道：

"讲起我的事来，真是好不伤心也！自从那次投考遇骗以后，我损失了数百元，一直找不到个职业，老是赋闲在家里，吃尽当光。我的母亲年纪老了，生了我这个儿子，却不能养活她，反要她想法度日，你想我心里难过不难过？我母亲本来代我定下一头亲事，只因我学校毕业以后尚没有赚过钱，所以谈不到结婚，谁料女家知道我郁郁不得志，无力娶妻，竟向我提出异议，要我退还庚帖，取消亲事，我无力和人家对抗，只得由他们赔偿了我一百块钱的损失，把庚帖还了人家。我既然不能养活妻子，也不情愿害什么人，然而当初订婚的时候，他家的父亲本是我学校里的先生，因为赏识我学问好、人品高，所以把他的独养女儿

443

许给我，后来却赖婚了，人心真险哪！我母亲为了这事，气坏了身体，生了一场重病。我得到的一百块钱都送给了医生和药店，结果我可怜的母亲却离了尘世，以后我遂变成了无家可归的孤儿。职业依旧找不到，自问并非不无学识的人，不至于人家做得来的事我独做不到，为什么没有人用我呢？或有人说机会未到，但是机会又在哪里呢？等到何年何月何日呢？一年容易，依然故我。那时我心里的忧闷焦急不可以言语形容，而我的生活一天难以维持一天了，古人说得好，君子不怨天，不尤人，一个人虽穷得没有饭吃，仍要安贫守苦，颜渊在陋巷，一箪食，一瓢饮，人不堪其忧，他也不改其乐；五柳先生家徒四壁，箪标屡空，可以说穷困之至了，但他还能够携幼入室，有酒盈樽。我自觉既不能为颜渊，又不能为陶渊明，非圣贤之徒，处在这种年头，一筹莫展，不能独善其身，肚里饿了要吃，身上冷了要穿，做强盗去抢吧，被捕了要枪毙。虽然外边绑匪一天多似一天，他们的主张，与其饿死，不如饱死，所谓铤而走险，急何能择？然像我这种人是做不来的。倘然想法去欺诈巧骗人家的钱财，一则我没有这种黠智，二则我要保全我的人格，不肯做那伤天害理的事，哈哈！在现今的社会，如我穷得没饭吃的人，还要说保全什么人格，你们不要笑我是呆子，是傻瓜，是疯人吗？"

倪文彬说到这里，顿了一顿，举首仰天，叹了一口气，又说道：

"强盗土匪拆白党我都不能做，那么我还是自杀吧！现在外边失业的人往往开了旅馆，服了安神药片，只要一死，什么事都不管了，然而社会上也有许多人在那里讥讽笑骂，说自杀的人太无勇气，好好的人难道会没有饭吃吗？都是自己不知振作，不知自爱，把父母养育的身体很无价值地牺牲了，自杀是罪恶，死得轻于鸿毛。但是这些话说得对不对呢？蝼蚁尚且贪生，一个人何至于这样不要命呢？既然不能自杀，而生活的路依旧走不出，那么只有饿死了。然而一个活的人白白饿死，也要给人家骂一声没出息的东西、不中用的脓包。唉！强盗不能做，骗子不会做，自杀不可，饿死不愿，那么我将怎样做呢？想来想去，只有希望我快快生一场不治的病，倘然病死了，人家倒也没有话说，然而越是要生病，越是不病，好像老天在那里戏弄我。后来，我把家中一些木器都卖去了，房子也不租了，本来房东要赶我出屋了，我遂到八仙桥那边去上咸肉庄，堕落了。不错，我只想求片刻的欢乐，不要我这有用之躯，果然受了梅毒，鼻子都烂去，但是却依旧不得死。李先生，你笑我吗？怜我吗？骂我吗？我这个人真是甘心堕落，不足为训。"

说到这里，他竟号啕大哭起来。大我听了这一番伤心话，忍不住也落下几点眼泪，旁边看的人却在那里好笑说：

"看不出这个疯子倒会大斩其咸肉。"

倪文彬哭了一会儿，又哈哈大笑起来，从身边摸出一张航空奖券，给大我看道：

"你瞧我有五万元的希望呢！"

大我和众人都凑过去看时，原来是一张第七期的奖券多条。众人又笑道：

"这种废券又有何用？疯人也想发财！哈哈哈！"

倪文彬却正色说道：

"明天要开奖了，前夜我梦见仙人吕纯阳把手指着一大块石头送给我，我一看那石头变成了金子，一喜而醒，这不是我要得中奖券头奖的预兆吗？"

说毕，手舞足蹈起来。大我在此立已多时，要紧到同兴楼去，不欲再听倪文彬说什么疯话，便从身边摸出五块钱，送给倪文彬道：

"你的情形真是可怜，这一些些请你拿了，或者去做做小生意吧！"

倪文彬接了过去，也不道谢，只是对着那雪亮的银洋呆看。大我也顾不得了，向倪文彬点点头，立刻坐着一辆人力车，赶到同兴酒楼。史焕章已在那边等候，大我便将自己遇见倪文彬的事告诉了他，史焕章不胜太息，且说道：

"那姓倪的果然是可怜得很，但是他何至于要这样求死呢？真是匪夷所思了。况且他的母亲已死，只剩他一个人，那么个人的生活总可勉强过活的，也许他的欲望太大了，不能有什么成就，否则他还是不能忍耐，不能奋斗，他的情绪太颓唐，须知环境虽劣，何尝不能改造与冲破？现在的社会固有不少不学无术的人，凭借地位，侥幸得志的，然而艰苦卓绝奋斗成功的，也未尝无其人啊！他不去作奸犯科、杀人放火，当然是很好的，然而何以要存心戕贼自己的身体，变得完全失望而待死

445

呢？其境可怜，而其人不足为训的，是不是？即如你大我兄，以前所遭遇的困苦也够了，依旧是洁身自好，奋斗到底，还有今日的否极泰来，若像他这种自弃，还有人来相助吗？唉！倪文彬虽有学问而见解太拙了。"

大我听史焕章大发议论，他却默默无言。史焕章见大我不响，笑了一笑道：

"你要笑我太会批评人家吗？喝酒吧！"

于是点了几样菜、两斤酒，吃喝起来，谈谈说说，不觉时候已晏，吃了饭，史焕章把酒钞还去，对大我说道：

"从此我们要有长时间的别离了，谨祝你海上平安，获得大好的成绩而归，明天我再来送你。"

大我连声道谢，二人出了酒楼，各自分首回去。大我睡的时候，想起了倪文彬，又想起了徐太太的儿子怎样死的，心里有无限感慨，究竟是社会的罪恶呢，还是他们的不长进？即将自己说起来，以前也到了山穷水尽的时候，若不能有霍烈的提携，焉能有今日呢？奚昌说我能奋斗而达到光明之路，真是很惭愧的，人世间不知有许多可怜虫在那里挣扎着呢！他想了良久，方才入梦。

次日一早起身，把行李都预备好了，早有公司里的人代他送到船上去，他遂往公司去见了霍烈。此行同伴共有四人，是坐坎拿大皇后号外轮放洋的。午时又在太平洋酒楼吃了一顿，便跟着霍烈等一同到船上去。那时候，送行的有公司里的经理和各部的代表，以及霍烈的夫人熊女士，霍烈的公子小烈等许多人，大家坐了渡船，到得那大轮船上。大我眼快，见史焕章已立在甲板上等候了，他们虽然坐的是头等舱，可是容留不下这许多人，大家遂到客厅上去坐谈。隔了一刻，经理和公司里人都告辞而去，史焕章和大我走到外边来，倚身在栏杆上，瞧着江里的晚景，又谈了半点钟，听得船上摇铃声。晚餐时候已到，史焕章遂和大我紧握了一下手，说声："途中平安，早惠鳞鸿。"也告别去了。

大我回到客厅里，见只有霍烈的夫人和公子还没有走，霍烈夫妇俩并坐着低低地不知在那里谈些什么，大我顿时想起了"黯然销魂者唯别而已矣！"这一句话，好在自己是个无家之人，没有什么使他依恋不舍啊！霍烈夫人便在船上和他们一起用过晚饭。霍烈劝他们早早回家，于是他们三人一齐走到船边去，大我和同伴坐着闲谈，见船上的人形形色色色，有各国的人，操着不同的言语，来来往往，很是热闹。约莫隔了半个钟头，方见霍烈独自一人悄悄地走回来，大家遂回到舱里去休息。大我坐了一会儿，觉得有些疲倦，遂拥被而睡，等到他醒来时，轮船已在行驶了。

次日，他一早起来，跟着霍烈到甲板上去眺望海景，他是第一次航海的人，一向没有见过这茫茫大海，恰巧这天天气很好，风平浪静，海上风景非常雄伟而美丽，胸襟一畅，所以大我并不觉得航海之苦，反觉得十分有趣味。

这一天早到了香港，气候更暖，轮船在那里要逗留两天，装运货物。霍烈因守在船中，未免太闷，所以和大我等一同上岸来游玩，霍烈又对众人说道：

"我们今天可以在陆上畅游一下，不要回船去，住在香港饭店，那边账房里我有熟人的。"

大众说好，四个人向上面走着，想坐电车代步，正站在电车站边等候车来，忽然背后有一个四十多岁的女佣跑到大我面前，操着上海白，向大我问道：

"你是叶少爷吗？几时回来的？"

一边说，一边对着大我面上紧瞧。大我一时摸不着头脑，说道：

"你找谁？"

霍烈等也都奇异起来，那女佣笑了一笑道：

"我看错了，你这位先生比叶少爷短一点儿，可是面貌真像得很，对不起！"

说罢，回身要走。这时候，大我心里突然一动，忙对那女佣说道：

"你不要走，你要找的叶少爷是什么人？是你自己要找他呢，还是有人叫你找的？"

那女佣立定了，回答道：

"没有人叫我找他。"

大我道：

"怪呀！既然没有人要你找，你喊我做什么呢？"

女佣笑道：

"先生有所不知，我本在这里姓叶的人家帮佣，只因我进去得不多天，我家的少爷忽然有事到南洋去，可是去了两年，一直没有回来。我家少奶起初盼望他归来，后来不知怎样地得了一个消息，整整地哭了两天，以后便不望他回来了。今天我出来买物，见了你先生，很像我家的叶少爷，所以过来问你一声，因为我和我家少爷见面不多，所以认错了。"

大我点点头道：

"你家少爷和少奶是何处人氏？"

女佣道：

"都是杭州人。"

大我道：

"你家少奶的母家可是姓陈吗？"

女佣道：

"听说是的。"

大我道：

"她的额下可是有一个小小红痣的吗？"

女佣点点头。大我自言自语地说道：

"大概是她了，原来她在此地啊！"

霍烈便问道：

"大我，你认得他家的少奶吗？"

大我只得说道：

"是我的表妹。"

说着话，又问女佣道：

"现在你家中可有什么人？"

女佣道：

"除了少奶，只有我了。先生既然是亲戚，请到我家去吧！可怜少奶孤零零的一个人，病了好久，没有一个亲戚来看她呢！"

大我道：

448

"病着吗？我……我就走一遭吧！"

遂回头对霍烈等说道：

"霍先生可让我去吗？"

这时，电车已驶来了，霍烈要紧上车，忙说道：

"你要去探望你的亲戚，有何不可之理？横竖我们今晚一准住在香港饭店，稍停你回到那边去再见面吧！你不认得路时，可以雇车子去的。"

霍烈说罢，便去坐电车了。大我遂对女佣说道：

"我是第一次到港，不认得路，烦你引导吧！"

女佣答应一声，领着大我便走过了一条马路，转了两个弯，来到一家门前，是个半新半旧的西式房屋。女佣引着大我打门进去，走至里面，回头向大我问道：

"少爷你姓什么？"

大我道：

"我姓李。"

女佣道：

"请上楼吧！"

大我便一步一步地随着女佣走上楼去。楼上一共三间，女佣指着左边的一间低声说道：

"这里共有三家人家，我家少奶的房间在那里。"

一边说，一边先开了门，走进去说道：

"少奶，李家少爷来看你了。"

接着，听得床上有气无力地说道：

"哪个李家少爷？我不认识啊！"

分明是玉雪的声音。大我听着，心里不由跳动起来，鼓起勇气，步入房中。只见房里陈设倒也美丽，都是摩登的家具，中间一张铜床上睡着一个女子，因为没挂帐，所以格外瞧得清楚，蓬乱的头发，瘦削的两颊，一手枕着头，双目正向大我凝视着，不是当年的伊人吗？但是满脸的病容，无复昔日的丰采了。大我走上数步，说道：

"密司陈，我们好久没有见面，你怎样卧病于此呢？"

449

这时，床上的玉雪也已认识来的乃是李大我，这是她万万想不到的，一时倒说不出话来。双目呆呆地瞪着，隔了一歇，方说道：

"李先生，你怎样来的？请坐！"

大我遂在旁边一张椅子上坐下，女佣献上茶来，带笑对玉雪说道：

"方才我出去购物，在电车站瞧见这位少爷很像叶少爷，便上前去呼唤了一声，方知不是的，他向我查问，我告诉了他，他说和少奶是亲戚，所以我引导前来。少奶本来病得很厉害，没有人商量，有了自己的亲戚，可以相助了。"

玉雪点点头，对女佣说道：

"原来如此，这真是巧得很，你且到下面去洗衣服，稍停我有事时再唤你上来。"

女佣答应一声，退出房去，于是房里静悄悄的，只有大我和玉雪二人了。大我要想说话，可是心中千头万绪，不知说什么才好，只是瞧着玉雪出神。玉雪也不防自己会和大我相见的，她的芳心里怨啊、恨啊、悔啊、羞啊，好似甜酸苦辣咸，五味俱尝，也说不出一句话。还是大我先开口说道：

"密司陈，你患的什么病？现在你可是一个人在此吗？怎么独居在这举目无亲的异乡？"

玉雪经大我这一问，心里一酸，眼眶里早已滴下两点珠泪，摇摇头说道：

"我遭逢的事，一言难尽，只恨自己太没有经验，眼睛没张开，不能认识人，一误再误，以至于此。总而言之，我很惭愧再见李先生的面，不知李先生今日怎会南游到此？大概你奋斗得已有很好的出路了。记得当初时候，你为什么骤然之间不别而行？承蒙你临别赠言，留给我一封信，你说的话都是金玉良言，可惜我在那时候深深地受了人家的诱惑，以致忠言逆耳，不能接受你的教训啊！我也有些估料得出你的出走也许是为了我而负着气的，我在那时候太对不起你李先生了。"

玉雪说到这里，哽住喉咙，几乎说不出来。大我道：

"密司休要这样说，那时我也是为了自己没有出路而到上海去投考一家太平洋贸易公司的，不过不别而行，自知理屈，请密司原谅。"

玉雪道：

"你要我原谅什么？我却真要请你原谅呢！现在李先生可是在太平洋贸易公司里任职？"

大我摇摇头道：

"不是的，那公司是个滑头公司，骗取钱财，是上海黑幕之一，我徒然损失了三百块钱。在上海流浪了多时，又经过了许多挫折和艰险，方才遇见了熟人，介绍我入新中华实业公司，供职两年，现在跟着协理要到南洋去调查商业，路过香港，和同伴上岸一游，却不料因此遇见了密司，岂不是老天有意要使我们二人重逢吗？但是密司何以卧病在此？你还没有回答我啊！"

大我要紧把自己的事三言两语讲完了，急欲明白玉雪最近的状况，所以仍向玉雪追问。玉雪双手用力在床上撑了数下，挣扎着坐起半身，一件粉红色的内衣，纽扣本来松着，酥胸微露，忙一手伸出被窝儿来，将纽扣扣上了，倚坐在床栏边，两颊罩上一层薄薄的红云，叹了一口气说道：

"李先生，有志者事竟成，你果然奋斗成功了，可喜可喜！至于我的事情大约你也有些知道，我若说出来时，更是惭愧。一向闷在心头，噬脐无及，但是你是爱我者，我也不能不告诉你，你要笑我太不知羞耻，自己甘心堕落吗？唉！我真是堕落了。我这个人活在世上也徒然了，今日难得再和李先生相见，我告诉你吧！我以前不明白人心的阴险，不论什么事，任着我的性，不假思索地做去，没有缜密地考虑，深刻地测验，以致受了叶不凡的诱惑，把我纯洁的爱情输向一个登徒子身上去，上了魔鬼的圈套，可怜一些也没有知道。以为他是一个可爱的青年，所以很愿意地要和他做配偶，溺于情海而不能自拔。后来你去了，叶不凡更是和我亲近，用了许多甜言蜜语来哄骗我，他又到我家里来，和我时时相聚。我母亲本来对于我和叶不凡的婚姻可以允许的了，但是这事已被毛小山知道，他在里面想法破坏，不使我们的婚姻可以成功，他又怂恿我的母亲把我许与他人，文定有日，我遂和叶不凡商量，他说了许多话，教唆我窃取了家中的珍重饰物，跟他秘密赴港，脱离家庭羁绊，达到恋爱目的，同吸自由空气。我糊糊涂涂地听了他的话，跟着他贸然一走，遂跑到这里来实行同居了。那时候，叶不凡有个姘妇姓汪的也在杭州，他临行的当儿，曾把姓汪的所有私财一卷而空，他的手段不是太残忍了吗？起先我当然也不知道，后来凑巧在《新闻报》上被我发现了那汪愚公所登的启事，向他追问，他图赖不得，只得承认，于是他的为人，被我看破，向他闹了数天。然而木已成舟，又有何用呢？古人说，天作孽，犹可违，自作孽，不可活。我和那姓汪的寡妇都是自作孽，上了人家的当，种瓜得瓜，种豆得豆，叶不凡能用这种手段对付那姓汪的，当然他也能把同样的手段来对付我的。所谓'啜其泣矣，何嗟及矣！'我和他还能有什么好结果吗？"

玉雪说到这里，声音有些急促，好似很吃力的样子，顿了一顿，双目下垂。大我正襟危坐，面上露出一种戚然不欢的形色，房中西壁恰挂着一个很大的照相，上面是玉雪侧坐着，衣服非常华丽，面貌很丰腴，一手支着香腮，凝睇含笑，柔情脉脉，背后立着的正是小叶，身穿笔挺的西装，一手叉在他自己腰里，一手搭在玉雪的肩上，大有喜气洋洋之色，大约是他们俩到了香港同摄的俪影了。大我瞧着，脑海里更觉刺激，忍不住问道：

"那么现在那位密司脱叶到哪里去了呢？"

玉雪把手掌向床上一拍道：

"你要问他吗？可恨可恨，他现在把我遗弃了。"

大我道：

"哎哟！这个人真是太无心肝，密司为了他而作如此重大的牺牲，他却以怨报德吗？"

玉雪冷笑一声道：

"他本来是衣冠禽兽，全无心肝，假面目一旦揭穿了，又有什么顾忌？不错，我为了他太牺牲了。"

说罢，盈盈欲泪，不胜黯然。大我也不住地摇着头，表示着无限遗恨。玉雪又说道：

"我自知道他为人后，心里非常懊悔，便觉得什么事都不高兴了，他虽然仍是用着哄骗小孩子的手段来安慰我，可是我却再也不相信他的话了。我的形体虽和他同居，而精神已是涣散，只觉前途一团漆黑，到了沙漠中、死海里，大好青春完全断送了。又有什么话说呢？这样过了一年，他却依旧老了面皮，逍遥快乐，挥霍金钱，度着眼前，而不计算将来。于是他带来的钱都用完了，他又去结交一辈赌友，整日价在外边聚赌，不谈艺术了，不重爱情了，一切的一切都不顾了。他明知我鱼儿上钩，鸟儿入笼，远处异乡，奈何他不得了，还怕我什么呢？但是他在赌场里胜的日子少，有一天，他输得过多了，竟暗中把我从家里带出的金刚钻项圈私行窃去，卖给人家，我发觉后，又向他闹了一场，他方才不敢再到赌场里去，然而我这贵重的东西已不翼而飞了。又过了好多时候，我们手中渐告拮据，香港的生活程度很高的，本来坐吃如何得了？我催促他快些想法，找个事做，但是一时又找不到，小的职业他又不肯做，我心里十分忧闷，郁郁不欢，忽然患了咯红之症。他说我要犯肺病了，叫我快寻快活，我本来是很快活的，一向不知忧愁为何物，然而到了那个地步，再能够哪里去找快活？我遂对他说：'病死也好，你不要再欺骗我吧！'后来，他对我说，有个朋友介绍他到新加坡去做事，但是不舍得和我分别，问我的意思怎样，我才说困居于此，也非久计，只有出去做事，不要失去机会。他说他到了新加坡，若能立定脚跟，当再来接我前去，免得两地分离，于是他和我分别了。他到新加坡后，起初常有信至，也寄钱给我，但是不到三个月，忽然没有信来了。我很是怀疑，恐防他在外生了病，一连写了几封信去，却如石投大海，杳无回响，我又拍了一个电报前去，却退回来说，此人已不在那里，到了荷属爪哇去了。我没法想，到哪里去找他呢？既然他离开星洲，为什么不给我个信呢？莫非他又变了心肠，把我遗弃了？一个弱女子沦落天涯，形单影只，叫我怎样做才好呢？初时我还盼望他有信前来，或是亲自还港来望我，然而隔了半年多，音信杳然。有人劝我也坐了船到爪哇去找他理论，我想一则我不会孤身出门的，二则他既有心把我遗弃，我就是见了他的面，也是徒然，他的人格本来已是堕落的了。一个堕落的人，什么事都可做得出来，我还能和他讲理吗？我这个人上了他的大当，我的一生也就完了，这种人也不愿意和他再见了，任凭他怎样摆布。他的心术太坏，恐怕将来也不得好结果的吧！只是我手中的钱也不多了，前途茫茫，来日大难，我不得不为我自己的生活着想。恰巧在这里有一富人之家，他们要请一个女教员，教授他家小姐的钢琴，附带教读一个十岁的小公子，登报招请，我遂写了一封自荐书去应征，居然给我成功的。每月三十块钱，倘然力自搏节，也可以养活我个人了。那家的小公子声音、容貌很像我的侄儿，我见了他，便要想起我的侄儿。唉！李先生，我家本是请人教读的，现在我竟大着胆，老着脸，去到人家教读了。李先生，你要笑我吗？"

大我道：

"小叶这个人当然是心术很坏的，但是他欺骗别人尚可，岂能遗弃密司呢？难道他在外边又去诱惑人家的好女儿吗？"

玉雪道：

"我本来疑心没有天理，但是作恶自毙，其中也许有些因果，像他这样人倘然还给他得意上去，不是世界上的人都要愿意去做恶人吗？去年我无意中向一个从爪哇回来的商人探问他可知道叶不凡这个人，巧极了，他完全知道的，告诉我说，叶不凡在爪哇一家华侨所办的百货公司做了贸易部主任，常和那商人饮酒看戏，因此认识。叶不凡已在那里恋上了一个有夫之妇，那妇人是个交际之花，十分淫荡，且好奢华，自和叶不凡相好后，背了伊的丈夫，和叶不凡别筑香巢，暗度陈仓。叶不凡也似着了魔的，甘心将钱供给那妇人挥霍，跳舞场内，咖啡馆中，常有他们的足迹，挥金如土，毫无吝啬，因此人言啧啧。叶不凡的名誉大坏，传到了妇人的丈夫耳中，忍无可忍，遂在某天的夜里，侦知秘密，带了人到那香巢中去捉奸，把二人双双擒住，捉将官里去，控告叶不凡奸污有夫之妇的罪名，这事轰动了社会，同时百货公司也发现叶不凡亏空账款至二三万之多，也向官厅告发，两路夹攻，二罪同犯，于是叶不凡判了徒刑，铁索银铐，长坐图圄中了。我得了这个消息，对于他并不着急，倒放了心，因为他既然遗弃我，我也不想再和他重合了。但是我心中的悔恨更觉加重，我的创痕深痛，永远不得平复了，不知不觉地，我的精神一天一天地颓败下去，而心悸、耳鸣、失眠、咯红诸病俱作，睡到床上，请了一个西医来诊治，他说我有很厉害的心脏病，且肝已伤了，需要经过长时间的静心调养，多寻快乐，然而我还能寻快乐吗？以前勉强度着沉闷的光阴，现在病倒了，闷上加闷，愁上加愁，我自己害了自己，世界上还有什么人来安慰我呢？只有一个女仆用了好多年，她是上海人，良心倒很好的，服侍汤药，都亏她一人照应，否则我早已死在他乡，还能够留至今日和你重逢吗？今番谈起前事，恍如隔世。我都告诉你了，我是去死不远，不堪回首。唉！总是自己害了自己。"

玉雪说到这里，声音颤得异常，面色更加发白，大我忙说道：

"密司不要如此悲伤气愤，这是小叶害你的，他既然堕落到这个地步，良心又是坏到极点，你只好当他死了吧！现在你一人独居异地，又是有病在身，真是缺少人来安慰你，不如回到本乡去吧！你倘有什么需要我相助之处，我无不尽力。"

玉雪叹道：

"多谢李先生的美意，我这个人还有何颜重返故乡？只有死在他方了。唉！我母亲十分爱我的，自从我出奔后，不知她老人家要气得什么样子。那时候，我竟会硬了心肠，不顾一切地抛弃了我的母亲而到南国来。现在细细思量，我实在对不起我的母亲，我虽然忏悔，也不能使我心中平安，我只有祝祷我的母亲身体健康，不要想着我这个不孝的女儿，我是今生今世不能再和她相见了啊！我到如今方知道慈母的爱是何等伟大的，我对不起母亲，也对不起我自己的身体了。"

玉雪说着话，双肩一耸一耸的，把手掩着面，不顾大我在旁，竟呜呜咽咽地哭起来了。大我心里异常难过，坐不住身，立起来，走到玉雪床前，很想说几句话去安慰她，然而实在找不出什么安慰的话，把手搔着头，说道：

"密司……"

玉雪早把一手摇摇道：

"你不要再称我密司了，我听了这个称呼，更是伤心。今日之下，我还能够接受这个神圣而高洁的呼唤吗？"

大我听了，想起以前自己在陈家教读时，玉雪也曾叫他不要称呼密司，但那时候她的意思是要和自己亲近，却和现在大不同了。不错，还能称她密司吗？遂又说道：

"玉雪玉雪，你正在卧病，不能如此悲伤，只要病好了，将来总能够和你母亲相见的。我动身的时候，曾到过杭州，听说她老人家身体很好，仍在盼望你回去呢！"

大我说这话，当然是哄骗玉雪，因为在这个时候，自己若然再把陈家的破产情形以及陈老太太病死之事告诉了她，岂非更要使玉雪受重大的刺激而加重她的病吗？所以，他只好作谎言了。玉雪又说道：

"回去吗？除非是在梦中。"

她说到这里，泣不成声，忽然张着口，像要吐的样子，把手指着妆台前一只小铜盂，意思是要大我拿给她，大我连忙回身拿了过来，凑在玉雪胸前，玉雪哇的一声，吐出两口鲜红的血来。大我等她不吐了，方才把铜盂放下，双眉紧皱，柔声对玉雪说道：

"怎么你又吐起来了？莫非多说了话，伤了你的精神？"

玉雪仰着头，双目很无力地微闭着，一手揩着她的眼泪，一手揉着她自己的胸，低声说道：

"不是的，这几天我常常要吐，有时正要多呢！现在我的心里跳得很急，你倘然把耳朵近我的胸前，不消用听筒已可听到很清楚的。"

大我便横着头，凑近玉雪胸前，听了一歇，果然跳得如伐鼓一般的急，声音很大，而且有时混乱。大我知道玉雪此时必然十分难过，便问道：

"你要喝些开水吗？"

玉雪道：

"那边桌上有医生代我配好的药水，此刻已近服药之时，请你倒给我喝吧！每次二小格。"

大我答应一声，遂过去先倒了一杯开水，又取过一个深黄色的药水瓶，摇了几摇，倒出两格子的药水在玻璃杯内，待水微凉，把来相和了，递给玉雪。玉雪喝了药水，说声："谢谢你！"大我接过空杯，仍放在桌上，又说道：

"玉雪，你现在不要说话，睡下去，闭上眼，休息一会儿吧！"

玉雪点点头，遂将身子挪动，睡倒枕上。大我又代她拿被拉上些，偶然触及玉雪的纤手，觉得很冷而又有汗，足见玉雪身子的虚弱了。他遂坐在床边，看玉雪似睡非睡，双目时开时合，两颊瘦得削了进去，无有当日苹果般的红润，颌下的红痣却仍很红得显明着。大我嘴里虽然不谈话，心中却想：本来一个千娇百媚的女儿，不料没有几年，却受着暴风狂雨的摧残，倾国倾城之貌，变作多愁多病之身，几乎使我不认识了。唉！这真是从哪里说起？天下可痛可惜之事恐没有过于此了，她既然到了这个尴尬的境地，我若不去救援她，我的心里也不能平安的，此时我只有唯力是视，弥补此情天缺陷了，他心里的思潮不知涌起了多少。约莫又坐了一个钟头，那女佣轻轻掩上楼来，在门口张望，大我遂唤她进来，问了几句话，又把电灯开了。玉雪早张开眼来，见房里电灯已亮，便对女佣说道：

"天晚了吗？你去预备几样菜，稍停请李少爷在此用晚餐。"

大我忙把手摇摇道：

"不必了，我就要去的。此刻已有六点钟，我的同伴都在香港饭店等我，你好好儿地静养，不要多转念头，明天仍请医生来诊治，我明天早上再来看你。无论你愿意回乡不回乡，我既然在此和你相见，必要尽力帮助你，不使你独自一人流落他乡的，你有什么意思，尽可对我说。说句冒昧的话，以前我们是师弟，现在好如兄妹，我不忍你这样漂泊异乡，备尝苦痛，虽没有什么可以安慰你，但愿把我心头的热忱献给你啊！"

玉雪听了这话，她的眼泪又如泉水般地涌出了，叹了口气说道：

"多蒙李先生能有这样好意待我，使我心里说不出的感谢，只怪我当初误入歧途，太对不起你。到了今日也无法弥补这恨事了，我还有什么希望呢？早早死在他乡吧！"

大我知道玉雪此时心中不但是悲伤，而且愧悔异常，遂又说道：

"以前种种譬如昨日死，以后种种譬如今日生，你既能忏悔前事，还望奋斗将来，不要过于懊丧，难道不好谋补救之术吗？你且静养着，我明天一准再来，虽然我坐的船就要开的，我必要和你商酌妥定，然后动身，再会吧，玉雪！"

大我说到这里，立起身来，和玉雪握了一下手，告辞而出。女佣送到门外，对大我说道：

"少爷，我家少奶的病已有好多日子，我听医生说，吐血的病还不能算十分重，而心脏病却是十分厉害的。少爷，你可有法儿想想吗？"

大我听了，双眉紧蹙，说道：

"等我明天来了再说吧！"

他就坐了一辆车，到得香港饭店，向账房间一问，方知霍烈等开的房间在三层楼一百十六号，大我于是坐着电梯上去，寻到了那里，见霍烈正和两个同伴坐在室中谈笑。大我上前叫应后，霍烈说道：

"大我，你怎么去了这许多时候方才回来？我们游了好多地方，在此开了房间，专候你回来吃晚饭，吃了晚饭，我们要上电影院去呢！"

大我勉强带笑答道：

"对不起得很，只因我这位表妹病得已久，没有人在那边照料，所以耽搁了好多时候。"

霍烈道：

"怎么你的表妹家里没有旁的人呢？"

大我道：

"他们到了香港，又到南洋去，因此没有人。"

这样支吾着过去，幸亏霍烈也不再穷询，便吩咐侍者送上四客大菜，四个人一齐吃毕，霍烈就要上影戏院去，要大我同往，大我不好推辞，只得随着同往。然而他的身子坐在影戏院里，心上却挂念着病榻上的玉雪，哪里有什么心思看戏？脑海里不住地在那里转念，要想怎样去帮助玉雪，可是玉雪的病情很重，这也是一个很棘手的问题。直到散院时，跟着霍烈等回转旅舍，大家坐着谈论影片中的情节，大我却默然无语，因为他始终没有知道看的是什么，所以也难于启齿了。

次日，大家起身得很早，霍烈对众人说道：

"坎拿大皇后号今日下午四时要起碇的，我们最迟在三点钟必要返船，我想在这个上午，我们快出去游玩，午饭后不妨早些回船去。"

大我便说道：

"很好，你们出去畅游一下，我仍要到我表妹那边去。因为昨天约定的，不能不去。"

霍烈道：

"那么你上了岸来，尚没有游览，岂非当面错过吗？"

大我道：

"这也是没法啊！"

霍烈道：

"好！你去吧！午饭时候仍到这里相见，好不好？"

大我点点头，遂比他们先走一步，他昨晚来时曾把途径默记好，今日没有忘记，所以不多时早走到了玉雪家里。楼下正坐着一个少妇，见了大我，便问他的来历，大我方欲回答，那女佣已走下楼来说道：

"少爷来了，我正在盼望你呢！快上楼吧！"

大我一边上楼梯，一边问女佣道：

"昨夜你家少奶可安睡吗？"

女佣摇摇头道：

"不好。"

大我惊问道：

"怎么？"

女佣道：

"昨晚你去后，少奶粥也没有吃，只嚷着心里难过，头里晕眩，又吐了两回血，看她的情形，甚是危险，我问她时，她只是对我哭。反叫我把一只箱子搬到她床边，开了箱盖，拣出了几件东西，放在枕边。我觉得不妙，连忙去请那西医前来，西医诊察过后，说少奶的心脏病忽然剧变，十分危急，可曾受过刺激？我说：'只有一个亲戚来谈了半天话而去的。'西医说：'对了，一定受着很重大的刺激。'他遂注射两针强心针，又配了两种药丸而去，临行时对我说：'倘然再有变动，便不行了。'这时已在下半夜，少奶吃了药后，心里跳得稍慢，也渐睡去，我不敢走开，睡在地板上，当心着她，却听少奶睡梦中刻刻要呜咽地哭起来，口里呓语喃喃，也听不清楚说些什么话，似乎在那里懊悔一件事。你想叶少爷丢了她不回来，当然她心里不会快活的了。"

大我已走到房门口，听了女佣的话，心里自然也明白，很代玉雪发急，走进房中，见玉雪张大着双目，向自己紧瞧，脸上勉强一笑道：

"李先生来了吗？我要和你永诀了。"

大我连忙走至床前，说道：

"你不要说这伤心的话，昨晚你的心脏忽有剧变，大概是你多说了话，多转了念头，急宜安心静养，一切的事都不要管。"

玉雪摇摇头道：

"没有时间给我静养，我简直不想好了。仔细思量，我也无意偷生人世，终身挨受这苦痛，难得你能原谅我，总算人间尚有个知音，今天你不是就要走的吗？我有一些纪念的物件赠送你，不知你可愿意接受？因为此后世间只有你一个人能够纪念我了。"

说着话，向枕边取过一小包东西，双手捧着，抖抖地要大我拿。大我只得接过谢道：

"我没有东西送你，你要送我什么呢？"

玉雪道：

"这里面有块汉玉，就是以前我赠给你的，后来你在我家走的时候，曾将这玉还给我，记得你信上说不敢污损此玉，特地原璧奉赵，叫我珍藏此玉，使它完好无瑕。唉！但是今日这玉虽然依旧完好，而我却白圭有玷，可羞可恨！虽蒙你好意要想法送我回乡，然而这是不可能的事了。我今仍将这玉赠给先生，表示我的心仍为你所有，而愿常时追随的，但不知你以为如何？又有一个电刻的小影，摄得非常酷肖，将来见了此影，宛如见我一般，还有一本袖珍日记，是我到了香港以后随时写的，其中多血泪语，无异断肠日记，你若在暇时读了这日记，便可知道年来我心里的隐痛和抱憾是怎样的了。这三件东西是我灵魂所寄，你拿了去，我的灵魂便如长在你左右了，至于我的臭皮囊，污秽不洁，不久将埋在地下了。"

玉雪说到这里，喘得很急，大我听她说话，一边把玉雪赠送的物件放到他的西装衣袋里去，一边瞧玉雪的神情大是不佳，便对玉雪说道：

"谢谢你！我都接受的。你千万别再这样伤心，现在我想请那医生前来，再行诊治一下，我也要问问他呢！"

玉雪摇摇头，大我回头问女佣道：

"那医生姓什么？你去立刻把他请过来。"

女佣道：

"他姓袁，离这里很近的，不过此刻他有门诊，除非请他加早。"

大我道：

"加早也好，诊金由我照付便了。你快去！"

女佣听了大我的话，立刻走下楼去。玉雪喘着说道：

"我已是垂死之人，还要再去请什么医生呢？"

说着话，两手在床上支撑着，好像要坐起身来的样子。大我道：

"你睡着吧！不必坐起。"

玉雪把两臂一张，说道：

"不！我要坐起的，请李先生扶我一下。"

大我只得过去伸手将玉雪一扶，让她坐了起来。玉雪又微微叹了一口气，仰着脸对大我说道：

"我现在要说句不怕害羞的话，当初你到我家来教读的时候，我很敬佩你的人品和学问，心中本是倾向你、爱你，可是后来我自从遇见了那个冤家以后，不知不觉地中了他的毒，着了他的迷，反和他一步步地亲近，对于你却渐渐淡漠了。后来有一个晚上，你适有小恙，我前来探望你，无意中在桌上一本德文书里偶然瞧见了一张女性照片，曾被我偷偷地带去一瞧，方知就是你所说的歌女阿梅的艳影，我遂疑心你和她必有什么关系的，因此我的心对你更加冷了，这件事恐怕你没有知道，因我仍把那照片放在原处的。"

大我听到这里，才想起自己曾在阿梅照片上发现有一些裂痕，本有些怀疑，却料不到曾被玉雪偷看过的啊！他连忙说道：

"不错，这是阿梅送给我的，但落花有意，流水无情，我不过可怜她的景况，却和她并无什么关系的。你怎样疑心起来？试想，我倘然真有心的，肯滥用爱情的，那么何至于到了今日还是独身无侣呢？唉！若是那时候你对我说明了，岂不是好？"

玉雪又叹道：

"大约我和姓叶的前世结下的冤家吧！我今日悔之晚矣！世间上恐怕没有真心爱我的人。"

大我道：

"我昨天早和你说过，以前种种譬如昨日死，你千万不要悲伤，我敢冒昧说，我对于你始终爱护的，以前如此，现在虽经过了剧烈的变化，也是如此。"

玉雪听了这话，不由向大我一笑，颊上的小酒窝儿虽仍显露，可是没有以前的深，也没有以前的妩媚了。颤着声音说道：

"今天我第一次听到安慰的话，好似在黑暗中见到了火花一般，心里不知是甜是酸，虽死瞑目，因为即使我能生着，而我这不清不白之身也很惭愧来接受你的爱了。"

大我道：

"不要如此说，这都不成问题的。一个人能够真心忏悔，所谓苦海无边，回头是岸，昔日的阴翳，今日可以拨开，昔日的污辱，今日可以洗涤，何损于你？"

玉雪点点头，眼泪又淌下来了。大我的眼眶里已充满着一包眼泪，回转头去，暗暗洒了两点，说道：

"你耐心等医生吧！不要多说话。"

但是玉雪面上的神气忽然好了一些，两颊也微有红润，向大我道：

"你爱我吗？"

大我点点头。玉雪又道：

"那么请和我一吻，使我得到一些现实的安慰。"

说毕，张着双臂，待大我接吻，在这时候，大我也忘了所以然，俯身下去，向玉雪的樱唇上接了一个吻，玉雪双手把他抱住，将她的脸蛋儿贴在大我的颊上。大我觉得玉雪的双手很冷，而心房跳跃的声音又响又急，不免心里怙惙着。只听外面脚步声响，大我忙立起身来，玉雪的两手同时也徐徐放下。恰巧女佣已跑到房里，说道：

"医生快来了！"

大我道：

"很好！"

回头见玉雪双目却凝视着壁上的那个照相，就是她和小叶同摄的。大我也跟着看了一下，忽听玉雪吩咐女佣道：

"你快与我把这照相取来。"

女佣不知何意，遵命取下，送到床前，玉雪双手拿在手里，睁圆着眼，对照上看了一看，恨恨地说道：

"叶不凡，叶不凡，我和你究竟有什么冤孽？为了你，使我丢下了老母，做个不孝的女儿；为了你，使我离弃了家庭，生作他乡之人，死为异域之鬼；为了你，使我名誉败坏，身体玷污，蒙受极大的耻辱，虽汲珠江之水，不足洗去我的污点；为了你，使我这两年来受尽凄凉生涯，精神上的苦痛永远没有尽期；为了你，使我忧郁成病，肉身上受了许多折磨，以至于死；为了你，使我对不起爱我之人，此恨绵绵，精卫难填；为了你……"

玉雪说到这里，气喘大作，再也说不动了，一张口，喷出血来，正射在照相上面。大我见了这情景，刚才要跑过去劝时，玉雪双手用着气力，把那照相狠命地向地下一摔，直摔到沿窗桌子边，砰的一声，那照相上的玻璃早已跌得粉碎，架子也跌坏了，跟着她狂叫一声，身子直倒下去，面色陡然剧变。大我和女佣一齐大惊失色，连忙向玉雪不住地呼唤，但是她闭着眼睛不答了。伸手上去一摸，脸上冰冷，气已断绝，可怜的玉雪竟香消玉殒，含恨而逝了。大我心里兜底一阵悲酸，放声大哭，眼泪止不住倾泻而出，女佣也立在旁边哀哭。这时，恰巧那位袁医生来了，他一瞧这情形，也不由呆呆地站着，大我揩着泪问道：

"你看还有法子吗？"

袁医生上前只一瞧，摇摇头说道：

"这是心脏病剧变，昨晚已是大大危险，注射了强心针。此刻人已死了，叫我有什么法子想呢？"

说罢，回身便走，诊金也不要了。

小楼上的哭声惊动了同居的邻人，早有两三个妇女走来观看，见玉雪死在床上，便向女佣询问，女佣一一告诉了她们。大家也洒些眼泪，说：

"你家少奶果然死得可怜，现在要紧办理身后的事了。"

大我本在抚尸而恸，一听这话，提醒了他，暗想：玉雪这样结果，真太可怜。小叶是一去不回，他自身已在狱中，当然是不能管的了，此事只有我来料理，断不忍她再暴尸于外，可是我又不能在此逗留，且不明白丧葬的事，怎生是好？遂对女佣说道：

"你们这里可有熟人能办理丧事的吗？"

女佣指着一个瘦长的中年妇人说道：

"这位是金太太，他家的老爷平日本做账房的，人家有婚丧喜庆的事都请他帮忙。现在可要请金老爷相助？但不知可在家中？"

那妇人便接口道：

"他快要出去了，待我去看看。"

大我点点头道：

"很好。"

一会儿，那妇人早引着一个中年的男子，嘴边略有小髭的走来，介绍和大我相见。大我只好说死的是自己的表妹，既然没有人在这里，他情愿拿出钱来把死者收殓，不过他有事要去南洋，今天下午三时必要归船，可能在这短促时间中料理得好？姓金的带笑说道：

"有钱不消周时办，可以的，我们取简省的办法便了。"

大我道：

"棺木要用上等的，其余什么都可以。"

他身边本带着一百多块钱，先交给姓金的去购棺木，余款不敷时，当再去拿来。姓金的遂去唤来两个下人相助一切，看看已近午时，大我坐车回到香港饭店，恰巧霍烈等也同时回来，大我便告诉了他们，要向霍烈商借二百块钱。霍烈遂和那两个同伴凑了出来，因为上岸时大家没有多带钱，大我拿了，又对他们说道：

"你们请先回船吧！我迟至三点钟必要归船的。"

于是他午饭也不及吃，匆匆地又走了。他回到了玉雪处，见玉雪的尸身已整了容，穿好衣服，搁在楼下客堂里，棺木也来了。大我不由落下泪来，见了姓金的，又交给他一百块钱，姓金的对他说道：

"既然李先生就要动身的，不如将令表妹的灵柩稍停送到这里关帝庙内暂厝，以便他日运回家乡，或是择地安葬，我已派人去接洽了。"

大我想起了玉雪的说话，便道：

"很好！我托金先生代为留心，将来在这里想法葬在公墓上，这件事须待我回国时再谈了。"

于是姓金的喊了几样菜来，和大我一同吃饭。大我哪里吃得下？勉强吃了几口。饭后，人手俱已齐集，姓金的因大我要回船去的，便吩咐动手。一刹那间，早把玉雪殓毕，从此世间再不能见这位如花如玉的美

464

人儿了。大我在旁不住地挥泪,女佣也在旁边哭得很是凄惨。灵柩出发之时,大我又和女佣送到关帝庙,祭拜而回。那时候不过两点钟,姓金的把各项使费开销去,尚缺二十多元,大我便付了他,又取十块钱谢他,姓金的一定不肯拿,大我只得说:

"且待以后总谢吧!"

于是,又叮咛女佣仍在此间伴守灵座,房间依旧租下,待到他自己回来时再作道理。女佣一口答应,他遂又交给女佣数十块钱,一切之事又托了姓金的。女佣请大我检点玉雪的遗物,大我一看手表上已是两点半,尚有一些工夫,遂略加检点,除了一些衣服而外,别无长物,只有一只小小名字戒指上有阳文"玉雪"两字,留在箱底里,大我遂取了,套在他的无名指上,又向女佣叮嘱了数语,辞别了姓金的,很颓丧地回到轮船上去。已是三点零五分了,霍烈等见大我哭得双目红肿,神情索然,知道他心里悲伤,大家向他解劝,但他们又哪里能够明白其中的真相呢?轮船又向南开驶了。

海天茫茫,涛声澎湃,大我背地里瞧瞧玉雪的小影,玩玩玉雪所赠的汉玉,读读玉雪所写的日记,心中的悲哀正如海水一般深。绵绵此恨,地久天长,一幕幕的往事在他脑海里回忆不尽,而最后的诀别,更是永远不会忘记。想不到自己这番出国南游,无意之中却送了伊人的终,安得凌云御风,上叩碧翁翁,一询此中的兰因絮果呢?至于当初在平湖秋月,初次得睹惊鸿倩影,以及骋马山中,划舟湖上,朗吟书室,絮语黄昏,一切的一切,恍如春梦,芳魂渺渺,逝者如斯,到今日又向何处去招寻呢?正是:

　　愁城恨海,难遣情魔,返魂乏术,徒唤奈何。

图书在版编目（CIP）数据

奈何天／顾明道著. — 北京：中国文史出版社，
2018.5

（民国通俗小说典藏文库·顾明道卷）

ISBN 978 - 7 - 5034 - 9994 - 4

Ⅰ. ①奈… Ⅱ. ①顾… Ⅲ. ①长篇小说 – 中国 – 现代

Ⅳ. ①I246.5

中国版本图书馆 CIP 数据核字（2018）第 011220 号

点　　校：清寒树　旷　野

责任编辑：薛媛媛

出版发行：中国文史出版社

网　　址：http://www.chinawenshi.net

社　　址：北京市西城区太平桥大街 23 号　　邮编：100811

电　　话：010 - 66173572　66168268　66192736（发行部）

传　　真：010 - 66192703

印　　装：廊坊市海涛印刷有限公司

经　　销：全国新华书店

开　　本：720 × 1020　1/16

印　　张：30　　　　　　字数：443 千字

版　　次：2018 年 5 月第 1 版

印　　次：2018 年 5 月第 1 次印刷

定　　价：88.00 元